U0925553

魅丽文化
花火工作室

魅丽文化
花火工作室

云遥 著

下

江苏凤凰文艺出版社
JIANGSU PHOENIX LITERATURE AND
ART PUBLISHING, LTD

【肆】

一入宫门深似海

谁都只是个凡人，谁都不是天神。

目录

【伍】

新人美如玉

女儿无别思，愿君多爱怜。

目录

【陆】

中有千千结

她不明白，当时那种共赴此生，天涯白首的眷恋，去了哪？

【肆】一入宫门深似海

谁都只是个凡人，
谁都不是天神。

【四十一】故人远来

萧美娘看着他，那一声“王妃”像是春水中带着冰凌，在心上缓缓流过，浮生凉薄至此，却总有痴心人。

张宝成看到了萧美娘眼里微微流露出的慌乱无措，却只是勾起嘴角，像是在嘲笑什么，萧美娘动了动嘴唇，终究也没有说出话来。

杨广见状倒是有些奇怪，尤其是萧美娘突如其来地用力握住他的手，他隐隐察觉到一些不寻常。“他是什么人？”杨广揽过萧美娘的肩膀，俯首问道。

“他……”

萧美娘说不出口，该怎么介绍他呢？

“他是我的义兄，是我舅舅的义子。”

轻凌凌的声音响起，说着得体的话，张宝成也不答言，就只是看着她，目光温和却犹如凌迟。萧美娘不知道张宝成方才在远处看见了多少，只知道若她站在张宝成的位置，心中必然充满了怨恨。

若说当初被迫联姻是万般无奈，如今她移情于杨广又要作何解释？

没办法解释，所以张宝成的目光就像毒蛇一般，朝她吐着冰冷的蛇芯子。萧美娘闪躲着不敢看他，杨广虽然觉得奇怪，却也只是笑着上前：“既是美娘的义兄，也就是我大舅子了。在下杨广，幸会。”

张宝成看着杨广，没有与他见礼的意思，反而上下打量着他，

眼神里充满了探究，这让杨广既不舒服又有些尴尬。

萧美娘知道张宝成这个人哪儿哪儿都好，就是有些拧，是个认死理儿的人。看他们俩这样，又怕真惹出些事来，正左右为难之际，身后传来了救世主一般的声音。

“美娘！”

萧美娘顿时松了口气，转过身去。方才尴尬对峙的两个人之间的氛围也缓和了些，看向了远远走来的萧琮。

萧琮果然又长高了，湛蓝色云纹锦服，腰间悬着和田祥云纹白玉佩，英姿飒爽，走起路来没有贵公子的傲气自矜，反而有一种江湖侠气，洒脱不羁。

他渴慕魏晋时期的文士风骨，因此为人也是豪情万丈，不拘于世俗礼法，很有些叛逆。也正因如此，在人人厌弃萧美娘的时候，他就偏偏喜欢带着她玩儿，为的就是不随波逐流。

只是可惜身为太子，总是诸多事情缠身，也不得不做出恭顺的模样。难得离开梁国，他倒是真有些恣意而为了。

萧美娘一直都知道萧琮是个不喜欢安分的人，因此看到这样的他倒也很欣慰，迎上去唤了一声：“皇兄。”

萧琮毫不避嫌，霸王似的把萧美娘揽进怀里：“让皇兄看看，你怎么胖了这许多？”

一句话未说完，萧美娘就狠狠踩了他一脚，回头看了一眼张宝成就拉着疼得龇牙咧嘴的萧琮站到了一边，轻声问道：“他怎么跟来了？”

萧琮感受到了杨广和张宝成之间尴尬的气氛，便正经了起来：“宝成现在是我的贴身侍卫，我就把他带来了。”

“胡闹！”萧美娘有些恼，“你哪里还差这一个侍卫？你把他带来大兴，要我如何自处？”

萧美娘急于和张宝成撇清关系的模样萧琮看在眼里，居然愣了愣，解释道：“我也不想，可是他求我带他来，否则就不死心，所以……”

萧美娘打断了他：“你怎么这么糊涂啊，不管他死不死心，我和他现在已经是分道扬镳的陌路人了。”

萧琮定定地看着她，半晌才说：“你怎么变得这么薄情冷心，就算他是你的义兄，来送送你也无可厚非。宝成他也没说要做什么，你就这么着急，不怕人寒心吗？”

“我……”萧美娘转过脸去不敢看他的眼睛，似乎细细抽噎了一下，抿着嘴唇，好一会儿才深呼吸平复了情绪：“我宁愿他一次寒透了心，从此再无瓜葛。”

“萧美娘！”萧琮没忍住声音大了些，还没说话杨广就已经走了过来：“显见的是亲兄妹了，说体己话我们都不能听，是吗？”

看他笑意融融，梅林暖阳下耀眼得让人移不开目光，萧美娘看着他不由得就有些愣神。杨广也只是笑笑，走到她身边，对着萧琮拱了拱手：“大隋晋王，杨广。”

萧琮看到杨广其实也有些惊艳，便顾不上再和萧美娘置气，忙还礼：“西梁太子，萧琮。久闻晋王殿下风仪不凡，姿容出众，果然名不虚传。”

杨广只是笑，揽过站在一边的萧美娘：“不生得一副好皮囊，怎敢配惊艳绝俗的晋王妃？”

张宝成慢慢踱步过来，也不去看那边的亲密恩爱，只对着萧

琮轻声道："时辰不早了，见过帝后就回驿站吧。"

萧琮知道张宝成不愿意和杨广在一起待太久，自然遂了他的心意："既是如此，我们也先走了，只是……"他笑看了一眼萧美娘，萧美娘从他那笑里看出了几分算计。

"方才面见帝后的时候，皇后娘娘怜悯美娘久不见家人，后宫又有诸多不便，特许美娘跟我一起回驿站叙叙思乡之情。"

"什么？"萧美娘蹙了蹙眉，"我不想去。"

萧琮摆明是要她和张宝成单独谈谈，可她现在已然成了一个背叛者，哪里来的勇气去见他？

杨广不明白为什么萧美娘不愿意，以为她只是觉得驿馆不方便，因此笑道："既是一家人，哪里有往驿馆去叙旧的？不如就请住在晋王府吧，一来出入方便，二来显得亲近，三来有什么不惯的都能照应着，岂不比驿馆来得好？"

杨广的好意萧琮自然无法拒绝，只好应了下来，萧美娘见状也无话可说，跟着去了晋王府。

晋王府因晋王婚期将近，披红挂彩，一排排的大红灯笼高高挂起，说不尽的喜气、富贵。见杨广回来，下人们手里拿着要到各处装点的礼器跪了一排，口称千岁。杨广拉着萧美娘的手让他们都退下了，只有五月看到萧美娘来了，便站到了她身边："王妃金安。"

萧美娘点点头没说什么，不知道青梅被杨广打发到什么地方去了，这里也就只有五月还比较知晓她的性情。

杨广吩咐厨房多做些菜招待贵宾，然后就到堂屋和萧琮他们聊天，谁知这两人大有相见恨晚的意思，越说越兴起，几乎要手舞足蹈了，倒冷落了萧美娘和张宝成。他们便也就只能默默喝着茶，张宝成时不时打量着她，萧美娘则头都不敢抬，生怕和他对视。

好不容易天色将晚，匆匆用过晚宴，杨广正和萧琮说到江南地方的民歌，便拉着萧琮要去看他收藏的那些音律书。

萧美娘只觉得好笑：“我哥哥究竟是来看我的，还是来陪你说话的？”

杨广也有些不好意思了。“真真是相见恨晚，好在亲上加亲”，说着他松开了拉着萧琮衣袖的手，“既然美娘不高兴了，咱们就不多说了，反正以后机会多得是，你们去花园里转转吧，正好并州那里又有信报传来，我去看看。”

萧琮巴不得杨广赶紧留他们三人说说话，因此满口应承下来，迫不及待地就拉着萧美娘和还在走神的张宝成跑了。

晋王府的花园不大，入了春之后又得以打理，因此比先前萧美娘来的时候要齐整精致得多。只是可惜了这月圆良辰，三个人走在一起却各有心思，闷闷地走着，不说话，眼见就要把整个园子转完了。

萧琮觉得这样不行，忙道：“好了，只有我们三人，便把话说开了也好，免得一个不安心，一个不死心。”

他看张宝成和萧美娘只是站着不动，都低着头又不说话，一拍脑门，笑道：“我真是不知趣了，你们在这里说话，我去给你们望风。”

说着他就走开，离得远远的，只留下一个模模糊糊的身影，萧美娘知道萧琮这是在逼她正视一次自己的感情，而不是一味地闪躲。

也罢，若不能好好和他把话说清楚，她和杨广之间，始终是有一个疙瘩的。

因此她缓缓走到张宝成身前，裙裾拖在地上，草木娑娑。

“这一路辛苦了，劳你费心想着。”萧美娘声音平和，就像是寻常闲话，缩在袖子里的手却已经紧紧握成了拳，生怕一不小心会暴露出自己真实的心绪。

张宝成看着她，抿着嘴唇，只是说不出话来。他那种眼神，透着凄楚和绝望，还有一丝不肯死心的希望，萧美娘太熟悉了，那一日在江陵的月下，他也是这么看着她的。

“他待你可好？”

小心翼翼的语气，听了让人心疼。

萧美娘转过脸去：“那天我和你说的话，你不记得了吗？”

“人错不过这世道”，张宝成在长久的沉默之后开了口，声音有些哑，带着冷意却不似从前清润，“看来你过得不错，所以你认输了，是吗？”

萧美娘觉得心揪似的疼，却只是一字一顿：“不然呢？”

“可我觉得你没有，我觉得你还是想赢。”

是啊，她想赢，所以她选择站在杨广身边，若不能改变来路，就去改变这个天下，把天下当作归途，也算是赢了一步。

萧美娘如今的眼界和格局，已经不再是那个伤春悲秋的小儿女了，她眼底有天下，而那个能翻覆天下的人，只能是杨广。

所以，她和张宝成注定是陌路了。

“那又怎样？”萧美娘没忍住红了眼眶，“就算我想赢，也不会是你带着我赢，宝成，你我缘尽此生了。”

“缘尽此生？”张宝成笑了笑，摇着头退后一步，“萧琮说，一对年少相识的男女若不能长相厮守就只能各自天涯，因为他们在年少时就把缘分用尽了……我不信。美娘，你不肯认输，我也不肯。”

那句话，萧琮也跟她说过，他说的时候像是在开玩笑，她并没有往心里去。现在听张宝成说出来，又是另一种感触，劫尽缘至，缘灭劫生，劫缘之说，本就是世人的托词。

她抬头看着张宝成，没忍住流露出了一些哭腔：“那你想怎样？”

“你已嫁作人妇，我能怎样？”张宝成闭了眼，却又仿佛看见了月亮，“我不想认输，你也不必再让姑姑给我安排亲事了。”

张皇后一直在给张宝成安排这样那样的女子，都是官家小姐，品貌人才都是一等一地好，张轲和陈氏都满意得很，偏偏张宝成不肯答应。

萧琮知道其中缘由，只是劝了不肯听，张皇后私下里也找过他，他却固执得很。张宝成这个人，执拗的时候让人恨不能拿绳子把他捆起来逼他就范。

恐怕萧琮答应带张宝成来大兴，也是为了让萧美娘劝劝他，木已成舟的事，实在不用再这么坚持下去了。

萧美娘颇有些失望：“我原本以为你是一个好男儿，虽不说心怀天下，却也懂得取舍和大局，谁知事到临头，你却这般耽溺于虚无缥缈的过去……张宝成，别让我看不起你。”

原来她竟然是这样看他的，张宝成也觉得有些可笑——虚无缥缈的过去。她倒是脱身得干净，留他一人在泥潭里挣扎，她却

站在岸上嘲笑他。

那曾经岁月绵长的温柔，究竟又算什么呢？

张宝成无力地扶住了一棵树，却恰好是一株香樟树，长得高大而有香味，若是用来做嫁妆箱子……

“家里那两株香樟树又长高了，只是也不知道该留给谁去做嫁妆……”张宝成朝萧美娘笑了笑，“你要看不起就看不起吧，我是不想就这么认输，可我也没想过能赢了你。”

“你……”

萧美娘还来不及说话，就听见萧琮的声音：“晋王殿下怎么过来了，事情都处理好了吗？”

杨广来了！

【四十二】今夕良宵

萧美娘再顾不上说什么，慌忙往萧琮那里走，果然看见杨广在和萧琮说话，看到她来杨广抬眼笑了笑：“我看你们这么晚还没回去，有些着急。”

说的是“你们”，却只盯着一个萧美娘看，心里真正担心的是谁一目了然。

当着萧琮的面，萧美娘有些不好意思：“看见两只水鸟在水面上逗趣儿，一时看住了。”

杨广没说什么，只是朝她伸出了手，萧美娘也不犹豫，大大方方地站到他身边握住了他的手。杨广将她小小的手在手里轻轻揉了揉，亲昵的小动作尽数落在萧琮眼里，不得不承认，杨广这样的人才，张宝成便是输了也不亏。

“时辰不早了，那就早些安寝吧。”萧琮捏了捏脖子，“我当真是有些乏了。”

“好，客房也都收拾齐整了。”杨广侧过身子，意思是让萧琮先走，却又想起了什么，“另一位呢？”

“宝成方才说他身体有些不舒服，因此坐在那山石上休息了一会儿，很快就来了。”

杨广不作他想：“既是如此，安排人在这里等他就是了，我们先走吧，晚间凉，美娘经不得风的。”

如此细心，不像是做戏，萧琮好笑地看了一眼萧美娘，萧美娘红了脸：“你别这样，让哥哥笑话。”

“我担心自己的妻子，你哥哥该高兴才是。”杨广朝萧琮笑道，“美娘一味地喜欢害羞撒娇，在家时也这样吗？”

萧琮摇摇头，似有无限感慨：“她在家最懂事的，别说撒娇了，从小到大哭都不曾哭过一回。被人欺负了咬咬牙就当作没事人；人家不重视她，她就乖乖地坐在一边也不吵不闹……”看萧美娘有些暗淡的眼神，他才轻松一笑：“所以我才特别担心她，生怕她再受什么委屈，连我都不能在身边护着她了。”

杨广握着萧美娘的手又紧了紧，然后郑重其事地看着萧琮：“杨广此生定不负萧美娘。”

萧琮这才满意地点点头：“她哥哥再没出息好歹也是一国太子，晋王殿下要记好了你这句话。”

两个男人默契地笑了，萧美娘站在一边反而像个局外人。

像是局外人，却是实实在在的，被这两个人真心呵宠的人，她的哥哥和她的夫君，大约是这世上对她最好的人了。她自从出

生以来看尽人间冷暖，世态炎凉，从不敢奢望人世间的温情，可是此时此刻，亲者如萧琮，爱者如杨广，温情却像似潮水一般，霎时间将她淹没，让她有些想哭。

就算总有一天，西梁被大隋吞没，萧琮也沦为人臣；就算这世界上没有绝对的朋友，也没有绝对的敌人，可是现在，在大兴皎洁月光下，他们就只是她的哥哥和夫君。

这就够了，足以让她热泪盈眶，感激涕零。

她不由自主地将头轻轻靠在杨广的胳膊上，她还没有够到杨广的肩膀，看上去像是黏在他身上似的。杨广不动声色地揽住她的腰，宠溺地捏了捏，心却痒了起来。

好不容易把萧琮送到了客房，杨广刚要送萧美娘回房间，谁知萧美娘却圈住了他的手臂。

“怎么了？”杨广不太习惯萧美娘突如其来的撒娇，却又很享受地抱着她往回廊深处站了站。

在月光照不到的地方，萧美娘胆子也好像大了许多，她渐渐松开了杨广的手臂，然后勾上了他的脖子。踮着脚尖有些吃力，杨广便就着她微微俯下身子，萧美娘凑到了他耳边，声音软软地说：“我想和你，一起睡。”

杨广脑子轰的一下炸开了，好一会儿没反应过来。萧美娘一张脸便红了个透，方才就像是一阵冲动，看他和萧琮站在一起，感受他对她的承诺和呵宠，让她恨不能立刻就把自己的一切都给他。

夜色凉凉的，渐渐地，她也冷静了下来，慌忙要跳开。杨广的手早就箍住了她的腰，在她耳边低低笑了一声：“你说什么？”

“没什么，我要休息了，你……你回去吧。”

萧美娘推着杨广的肩膀想将他推开，杨广却一把把她打横抱起，踢开了房门。

“阿广！”

她惊呼一声，身体已经落在了绣着缠枝连理的锦被上，杨广回身关了门，再过来时萧美娘坐了起来，拾起被子把自己裹了起来：“你，你还是回去吧……”

杨广凑上去盯着她的脸，那目光灼灼仿佛能把人看穿，萧美娘低着头不敢看他，耳朵根都红得像是要滴血。

“你先前跟我说的话自己忘记了？”不等萧美娘回答，他抚上了萧美娘有些烫的脸庞，“可我听得清楚。”

萧美娘想要躲闪，可是那声音里仿佛有一种蛊惑，让她逐渐放松了下来。她不敢看杨广，只能感受到他的呼吸在她眉眼间流连，如同羽翼轻轻滑过脸庞，停留在她嘴角辗转。

萧美娘被他弄得有些痒，却一动也不敢动，只得咬着嘴唇，闭上了眼睛。

“美娘……”杨广轻声唤着她，萧美娘睁开眼，看着他眼底的痴迷：“阿广。”

杨广的指尖轻点她额间桃花花钿：“桃之夭夭，灼灼其华。之子于归，宜其室家。”

他的手带了夜晚的凉，滑过她的脸如同溪水潺潺，萧美娘没忍住握住了他的手，垂下了头。

杨广俯下身子亲了亲她的嘴角：“别怕。”

萧美娘攥着被子的手紧了紧，温热的呼吸拂过光洁的脖颈，

让她不由得颤抖。杨广抱着她，像哄孩子似的轻拍着她的背，如同最温柔的摇篮曲，萧美娘觉得自己有些困乏了。她伸手勾住了杨广的脖子，像是把他当作一个软软的靠枕，可以依赖着安歇……

天光初现的时候，萧美娘便醒了过来，一晚上的好眠让她精神饱满，满脸绯红，转头一看，杨广却不见了。

她撑着身子坐起来，揉了揉肩膀，刚想喊人，五月便推门走了进来："王妃要起身吗？"

萧美娘点点头，五月便上来挂起了帷帐，一群侍女鱼贯而入，伺候萧美娘洗漱更衣。一切都井然有序，安安静静地像是事先排练过似的，她有些好奇："你们以前都服侍过那些贵夫人吗？"

"回王妃的话，早好几日殿下就吩咐我们学着伺候王妃了。"

五月很聪明，猜出了萧美娘的心思，萧美娘对她更是刮目相看："那殿下呢？"

"殿下早就起身了，今日要上朝，特意吩咐了奴婢们不让扰了王妃安寝。"

萧美娘心里一暖，对稳重温婉的五月又多了几分好感，她现在的几个丫鬟里，萧瑜指望不上，兰泽懦弱，又是要给宇文成都的，青梅机灵却有些莽撞，都不如五月来得妥帖。

若是可以，让五月一直跟着她也是好的。

杨广知道萧美娘不大喜欢被一堆人围着，因此除了五月，其他丫鬟放下东西就走了，五月一面服侍萧美娘穿衣，一面道："殿下说让王妃不要急着回宫，等他回府一同用了早膳再回去。"

萧美娘点点头，五月正跪在她面前为她系腰带，小小的身板看上去可怜得很。她把五月拉了起来："地上凉，别跪着了。"

五月没说什么，看萧美娘自己系好了腰带便扶着她坐到了妆镜前：“王妃今日想梳什么发髻？”

“你手巧，都听你的……那一日的随云髻很好看。”

五月应了一声，拿起了妆台上的紫檀木缠金莲纹梳，散开了萧美娘的长发。萧美娘随手拿了一支步摇把玩，看着铜镜里映出的五月低着头，眉间一种清愁，却又是沉默无语的温柔。

这样的人品才貌，当个丫鬟实在是可惜了。

罢了，乱世之中，谁的人生能十全十美呢？当丫鬟也未必不好，虽然劳碌了些，却不用和别人斗心眼，省了一份闲心。

“五月，你是南方人，本家姓什么？可还有家人在世吗？”

“姓蔡，家中遭遇变故，如今只有奴婢一人了。”

萧美娘听她淡淡说来，心生怜悯：“以后你便跟在我身边，我必不辜负你。”

五月拿着梳子的手顿了顿，好半天才反应过来，跪到了地上：“谢王妃。”

萧美娘忙把她拉起来，有些哭笑不得：“刚说了不要你跪，你这是做什么，好好帮我梳头吧。”

五月千恩万谢地起了身，又拿起了梳子，木梳落在头上不轻不重，能舒缓身心，萧美娘昨晚有些劳累，坐在妆镜前便有些困了。

她小小地打了个哈欠，撑着头闭上了眼，原本只打算闭目养神，谁知竟睡着了。再惊醒时也不知过去了多久，五月已经不在屋里了，她还有些蒙，镜子里突然出现的一个高大人影把她吓了一跳，慌忙回头。

杨广站在她身后笑盈盈地看着她：“我从未见过有人坐着也

能睡着的。”

她羞恼，毫不犹豫地呛了回去：“我困了便睡，你晋王殿下管天管地管不着我。”

杨广轻笑一声，手搭到了她肩上：“是我的不对，明知道你辛苦了还这样说你。”

这个人今日怎么如此温顺就道歉了呢？萧美娘慢慢悟到了他话里的意思，顿时气得把他搭在自己肩上的手扯了下去：“讨厌！”

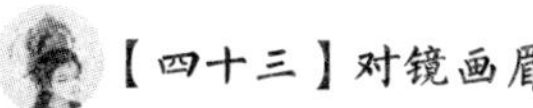

【四十三】对镜画眉

杨广笑了笑没说话，只是看着铜镜里萧美娘的容颜，微微有些怔神：“别的女子都浓妆艳抹地为自己增色，独有你倾城绝世，不施粉黛也是天然一段情韵，反而是那些脂粉误了你。”

哪个女子不喜欢听自己的夫君夸自己呢？萧美娘心里也是涂了蜜似的，却只道：“晋王殿下这话听起来，倒像是阅女无数呢。”

杨广捏了捏她的脸：“纵是阅女无数，也都是俗人罢了。”

“我也只是个俗人，你少甜言蜜语地哄我开心了，我才不信呢。”萧美娘没忍住笑了起来，眉眼弯弯的模样令人见之忘俗。

杨广一愣，拿起妆台上的青雀头黛：“我给你画眉吧。”

“你方才不是说，我不施粉黛才好看吗？”萧美娘嘴上这么说着，却端坐在铜镜前等着杨广。杨广手里拿着那青雀头黛比了又比，不知该怎么拿才顺手，萧美娘见他迟迟不动手，便又转过头来看着他笑。

杨广有些不好意思，也不管什么顺手不顺手了，弯下腰来轻轻扫过萧美娘的柳叶眉，那专注的模样就像是琢玉师在雕琢一件绝世美玉，一点都错不得。

只是可惜，再怎么用心画出来的眉毛都歪歪扭扭地令人发笑。萧美娘看着镜子里的自己，实在是捧不了这个场，笑得前仰后合。

杨广被她笑得有些窘迫，把眉黛一扔："这黛不好。"

"说得是说得是，母后那有波斯来的螺子黛，十金一斛，你若是用那来帮我画眉，一定画得特别好。"

明知萧美娘在打趣自己，杨广反而理直气壮起来："那是自然，不就是螺子黛嘛，以后还怕你用不完呢。"

"只怕你以后有了螺子黛，就要给别的女子画眉了，哪里还记得我。"

"别人终究是别人，你我才是我们。"杨广站在萧美娘身后，手搭在她肩上，弯着腰凑在她耳边轻声道，"别人再好，也不是我们。"

萧美娘微微笑着，觉得这话是世界上最动听的情话，尽管自己也知道以后的路还很长，却也可以在这一句"我们"里，跟着杨广走了很远很远。

话虽如此，只是顶着这样的眉毛出去萧美娘还真有些不好意思，便把杨广打发到一边坐着，自己匆匆又描了眉，然后起身："听说你还没用早膳？"

"可不是，看着你都忘了饿了，难怪人家都说秀色可餐。"

萧美娘只瞪了他一眼，也不理他，出了门便带着五月走了。到了前厅，萧琮和张宝成都坐在那里说着话，看到她来，萧琮笑道："晋王殿下说去唤你起身，谁承想这么慢，我都饿得没知觉了。"

知他是在开玩笑，萧美娘便只坐到了自己的座位上，不紧不

慢道：“嘴长在你自己脸上，饿了不会先找吃的吗？”

萧琮愣了愣，哈哈大笑：“几日不见变得这么伶牙俐齿，当真是出嫁从夫。”

杨广恰好赶到，听了这一句，笑道：“我是个武夫，美娘若是出嫁从夫，怕是要当悍妇了。”

萧琮看见杨广过来了也不收敛，反而大胆调笑：“我看不是‘要当’，而是‘已经’了。”

“你们合起伙来欺负我！”

看她那生气的模样，杨广和萧琮都忍不住笑了，下人们见人齐了早就把早膳端上了桌，萧美娘还想争辩几句，张宝成却夹了一块髓饼放到了她碗里。

“你爱吃甜食，趁热吃吧。”

萧美娘一愣，气消得一干二净，张宝成一直不说话，她倒忘了他了。张宝成仿若未曾察觉落在他身上的三道意味不一的目光，坦然地用着早膳，不看他们，也不说话。

还是萧琮先反应了过来，呵呵一笑：“说得是说得是，趁热吃吧。”

萧美娘只是笑笑，夹起了那块髓饼，香甜肥美，嚼在嘴里却如同嚼蜡，不是个滋味。

杨广也坐了下来，净了手就不紧不慢地用起早膳。萧琮为人豪爽，又饿极了，没过多久就吃得饱饱的，大呼满足。他靠在椅背上，两只手交叉放在腿上，很是散漫，却盯着萧美娘的脸看了许久。

萧美娘有些不自在：“你看我做什么？”

“你的眉毛怎么怪怪的？”萧琮说着还凑上前去，“你去照照镜子，这儿……”萧琮指了指自己的眉毛：“歪了。”

萧美娘有些不好意思，杨广却又不觉得尴尬了，笑道：“那是我手拙，见笑了。”

萧琮意味深长地笑了笑，退了回去，没说什么。一直闷头吃饭的张宝成却冷不防道：“汉有张敞为妻画眉被人参奏，宣帝虽爱其能未加责备，却终不得大位。”

没头没脑地说了这么一段话，字字都在讽刺杨广，萧美娘变了脸色，萧琮更是不停地咳嗽，可张宝成恍若未闻，依旧默默用膳，貌似刚才说话的人根本不是他。

杨广脸色也有些不好看，可是碍着萧美娘和萧琮在这里，他也不好发作，只是愣了愣，笑道：“闺房之乐，夫妇之私，有过于画眉者。”

引张敞的话来反驳张宝成的嘲讽，有力而不显得失礼，化解了一场尴尬，杨广也算是大度了。可萧美娘看着张宝成，却再也吃不下东西，真不知他究竟要做什么。

一顿饭不尴不尬地吃完了，杨广便说要送萧美娘回宫，扶着她上了马车。车刚动他就有些委屈的模样：“你那个义兄，仿佛不喜欢我。”

萧美娘一惊，一颗心都悬了起来却也只能淡淡笑着：“那是你多心了，他就是那样的古怪脾气，你别理他就是了。”

杨广沉默了一会儿：“我总觉得他对我有敌意，真的，美娘，我知道有很多人都不喜欢我，所以我知道什么是性情使然，什么是敌视。”

眼见瞒不下去了，萧美娘蹙了蹙眉，这一蹙眉更让杨广觉得

这其中另有隐情：“怎么，不方便说？”

“这……”萧美娘脑子转得飞快，杨广原本温和的目光在她想象里也变得有些阴沉，春寒料峭，她却觉得自己的衣裳快湿了。

“这……我，我从小是长在张府的”，她总算想到了一个理由，低着头慢慢道，不敢让杨广看到她的神情，“因为我生来不祥，舅舅和舅母都不喜欢我，我几乎是由宝成哥哥带大的。他虽是我义兄，却也算我半个父亲，这次跟了哥哥来大兴，也是不放心我，生怕我受委屈。”

杨广恍然大悟：“难怪他总是看我不大高兴的样子，看来我得对你更好才行。”

这算是瞒过去了？

萧美娘暗暗松了一口气，却也不敢再说话，只装作困乏的样子靠在车壁上，心里乱乱的。

张宝成，你纵使对我有情，从前的萧美娘或许会感激涕零，可如今的萧美娘已经承受不起了。

好在从那之后，萧美娘就安安心心地待在华沐苑，除了有时候和萧琮见一面，别的时间都只和独孤皇后和云容裳在一起。

萧琮说张宝成只是心里不好受，过了这一阵就好了，让萧美娘别往心里去，萧美娘知道这不过是安慰她的话，却也只能让自己去相信。

有时候人是需要自欺欺人的，这样才不会活得太累。

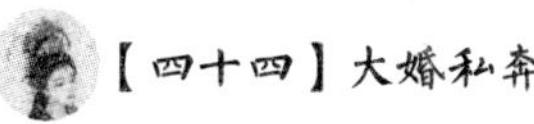

【四十四】大婚私奔

终于到了开皇二年三月初三，上巳节，忌动土，宜嫁娶。

大兴上至皇宫，下至市坊，无一处不是张灯结彩，花尚未开满京都，就被洋溢着喜气的彩灯夺去了光辉。

听说晋王妃是梁国第一美人，说她容貌绝冠天下也不为过，谁不想睁大了眼睛能瞥见她的一二风姿呢？

从含章殿到晋王府的路，萧美娘走过许多次，却不曾有一次像现在这样，穿着大红嫁衣，戴着八宝凤冠，忐忑而喜悦。她向来不喜这样张扬的颜色，在江陵的时候穿过一次，当时心如古井，还以为一生已经看到了头。

杨广的出现，是一个惊喜。

张宝成越来越阴郁地跟着萧琮一起参加了册封礼，从头至尾一言不发，人人都笑逐颜开，自然他就显得分外突兀。

萧琮有些无奈，靠近他轻声道："事已至此，你该死心了。"

张宝成只是抿着嘴唇不说话，看着在招呼宾客的杨广，眼神晦暗不明。这样喜庆的场合，萧琮怕他做什么傻事，因此暗中握住了他的手："宝成，算我求你了，好好过自己的日子吧。"

张宝成神色微怔，刚想说什么，却见一个身着戎装的人风尘仆仆地跑到了杨广身边，不知道说了些什么，杨广脸色都变了。

"好像出事了。"

张宝成喃喃道。

萧美娘坐在房间，乌泱泱地站了一屋子人，青梅和萧瑜也都身着彩衣站在她身侧一言不发，静静地听着外面丝竹清响。

她一手举扇掩面，一手放在身前，攥着华美的衣裳，嘴角轻轻上扬。绣连理，描鸳鸯，在喜乐中等着自己心爱的人牵起自己的手，一起走向下一段人生。

这样的事只要一想到，就忍不住要欢呼雀跃了。

只是……

萧美娘放下了扇子，丝竹声不知道什么时候已经戛然而止了，她蹙着眉看向了紧闭着的大门，心头泛起浓浓的不安。

终于，门口传来了熟悉的脚步声，稳健而又如同急鼓，萧美娘的一颗心都揪了起来，门被推开了，杨广穿着礼服走到她面前。她站了起来："怎么了？"

"我得回并州了"，他抿着嘴，顿了顿，"现在。"

"现在？"萧美娘心一惊，"出什么事了？明天再走不行吗？今天，今天……"

她低了头说不下去，杨广也有些难受，声音低低的："大逻便到了并州，我得去稳住他，否则功亏一篑，先前的努力就都白费了。"

大逻便一心相信杨广，可最后却是摄图坐了王位，怎么可能善罢甘休？他原本就是一个好强而睚眦必报的人，不管不顾地跑到并州就说明他已经对杨广失去了信任。如果这个时候不能安抚好他，他回到突厥和摄图联手南下，大隋危矣！

这些事不用杨广说，萧美娘也想得明白，她也很明白，在家国和天下面前，她和杨广之间的那些儿女私情，根本就微不足道。

因此她缩在袖子里的手握成了拳，轻声道："好，那你去吧，我……"

话音未落，一只宽大的手伸到了她面前，萧美娘一愣，抬起了头。杨广的脸上有温柔的暖意："我舍不得你。"

萧美娘呆呆地不知该作何反应，她看着杨广带笑的眼睛，张了嘴却不知道说什么。看她这副傻傻的模样，杨广忍不住笑了：“你这样，我有点尴尬。”

“以后不管去哪儿，我都带着你。”

萧美娘红了眼圈，脸上漾起了笑容，头上的凤冠沉甸甸的，也管不得什么礼法，摘了凤冠放到了桌子上。站在屋里的喜娘一个个都惊呼不可，偏偏萧美娘像是没听到，握住了杨广的手。

杨广牵着她就往前厅去，萧美娘跑了几步却停了下来：“等一等。”

追在后面的丫鬟仆妇也停了脚步气喘吁吁，以为萧美娘想通了，谁知她只是又解开繁复的礼服，只着一身轻便的裙装便又拉住了杨广的手。

杨广看着身后那些目瞪口呆的下人，轻声笑道：“这次算不算我们一起逃婚？”

“两个人怎么能叫逃婚呢？”萧美娘大着胆子踮起脚尖，凑到杨广面前亲了亲他的脸颊，“我们私奔吧。”

并州，大逻便已经等候多时了，于是杨广一到并州就去见了他，萧美娘自知自己跟去不合适，便跟着服侍的下人去了卧室。

卧室很大布置得却很简单，一张罗汉床，朱红漆香桌上摆着几个白瓷茶盏。摆设只有一架榆木屏风，画的是赛马的场景，再一个青玉花樽，看得出来杨广是个简朴的人。

萧美娘环视一周，不禁笑道：“好一个晋王殿下，怎么过得像苦行僧似的？”

五月跟在她身后拎着包袱，闻言笑道：“殿下他向来不喜奢侈，

纵是赏赐的东西，大多还都散给了下人。”

太子杨勇喜欢富丽堂皇的东西，而杨坚和独孤皇后都崇尚节俭，对杨勇这一点也是颇有微词。杨广此举可谓无形中又为自己加分不少，真是一个细心严谨的人。

想着，萧美娘唤来了五月：“我的东西不多，你带着青梅她们，还是以殿下的喜好为主。”

五月应了，便唤人把细软都搬了进来，和青梅一起安置。萧美娘插不上手，便站在书架子前随手翻着杨广收藏的卷轴，大多是些音律书。人家都说晋王殿下善音律，却不承想到了这般痴迷的地步。

萧美娘也才刚刚学琴，对音律正是着迷的时候，便津津有味地看了下去。有许多都是江南的小调，萧美娘越看越觉得亲近，不由得哼唱了起来，一时间竟像是回到了江南水乡的烟波桨声里似的。

可谁知再往下翻，却是《西洲曲》。

海水梦悠悠，君愁我亦愁。南风知我意，吹梦到西洲。

她和杨广的初见，她就唱着这首《西洲曲》，彼时的心境已然无法体会，只是想来还觉得有趣。《西洲曲》这样缠绵悱恻的情歌，她从来不肯在别人面前吟唱，哪怕是亲近如张宝成，她都不曾说多么逾矩的话。

谁承想她第一次唱的情歌就让杨广听了去呢？

想来这就是命中注定吧，想起那日的场景，萧美娘心里就荡起一圈圈的涟漪，似是雀跃，又似欢喜。

“哎，这衣服你别往这柜子里放，这是殿下放衣服的柜子。”

五月说话从来都是细声细语的，突然这样大声把萧美娘都吓了一跳，放下手里的卷轴走了过去："怎么了？"

青梅手里拿着的是萧美娘的衣服，正要放到那大柜子里，却被五月拦下了。青梅有些不解："这是王妃的衣服，和殿下的放在一起也不是什么大不了的事。"

"你有所不知，殿下不喜熏香，王妃的衣裳都是香熏过的，万一有什么气味沾染到殿下的衣服上，岂不是我们奴婢的失职？"

听上去倒是一个为杨广着想的细心忠仆，可青梅听了却有些不舒服："我家王妃是这里的主母，主母的衣裳，难道还要放到外面吗？"

五月蹙了蹙眉："王妃固然尊贵，可再尊贵也尊贵不过殿下去，自然要以殿下为上。"

"你这是什么话？"青梅本就是个急性子，一听有人说她家公主不好就要跟人吵架，"谁不知道殿下喜爱我们王妃，别说这一个衣柜，便是辟一间屋子来给王妃装衣裳，那也是寻常的！"

"你……"五月不善言辞，脸青一阵白一阵，"既是如此，你去跟殿下说，辟一间屋子出来。"

"好了青梅，"看青梅还要上前争辩，萧美娘忙把她拉了回来，她不想刚来并州就生是非，何况正是杨广焦头烂额的时候。她安抚了青梅几句，便对着五月柔声道："既是如此，让采买的小厮再买一个衣柜回来就是了。"

话正说着，只见杨广身边服侍的阿三走了过来："拜见王妃。"

萧美娘忙让他起身："你来得正好，有事要吩咐你呢。"

阿三是个机灵鬼，笑道："王妃且莫说，让奴才看看殿下猜

对了没有。”说着他拍了拍手，门外便走来四个小厮，每两个人抬着一个大箱子，轻手轻脚地把箱子放在地上后便默默退下了。

“殿下特意吩咐的，王妃的衣裳都装在这两口新的箱子里。”

萧美娘心头一暖，这个杨广，想得真是周到，只是……

“这么大的箱子，一个就够了，为什么要两个？”

阿三眼珠一转：“回王妃，这箱子，是香樟树做的。”

萧美娘愣了愣，上前几步，那箱子上雕的是百鸟朝凤的图案，精细无比，漆了朱漆，果然有一股香樟的香气。

她看了一眼阿三，阿三只是笑也不说话，她便亲手打开了箱子，满怀期待。果然，里面铺着一层丝绸，顺滑细腻，柔软服帖，萧美娘伸手抚上去，一寸寸都像是珍宝一般，让她舍不得放手。

两厢厮守，两厢厮守。

“他有心了。”

“殿下一颗心只在王妃身上，王妃开了心，我们殿下自然也能安心。”

青梅听了扑哧笑出了声：“什么心来心去的这般饶舌，我都听糊涂了。”

阿三也不脸红，反而道：“什么都能糊涂，殿下最在意王妃这件事不糊涂就出不了错的。”

真是什么样的主子就有什么样的奴才，这油嘴滑舌的模样只怕比起杨广是有过之而无不及。

“好了，快回去伺候吧……”萧美娘顿了顿，问道，“那突厥的大逻便可有为难殿下？”

阿三听这话露出些难色：“这个，奴才不好说，殿下只让奴才在屋外伺候，不过谈了这么久，天都快黑了，奴才打量着恐怕有些难缠。”

大逻便先失了王位，如今摄图上位处处与他为难，又失了体面，只怕这笔账都要算在杨广头上。

萧美娘想了想，有些放心不下：“阿三，你带我去看看。”

阿三有些犹豫，可是一面不敢违逆萧美娘一面又担心自己主子，还是应了下来。

【四十五】琴瑟和鸣

并州的晋王府并不大，只是普普通通的宅院，春日里风光倒是不错，只可惜萧美娘端着茶盘，一点赏春之心都没有。

她站在书房外细听了听，没什么动静，看来两个人还没有到翻脸的地步。还好还好，她腾出手来轻轻叩了叩门，就听见杨广的声音：“进来。”

这声音有些不耐烦，看来杨广是真的有些头疼，萧美娘深吸一口气，推门而入。

屋子里有些暗，也不说点一盏灯，门一开阳光斜斜照进来，萧美娘的脸便如同镀上了碎金。杨广看见是她愣了愣：“你怎么来了？”

萧美娘笑道：“你们一谈谈了这许久，不嫌口渴吗？”

说着，她将茶盏放到了杨广的桌上，朝他使了个眼色，又走到大逻便身侧：“尊下请用茶。”

大逻便自打萧美娘进屋一双眼睛就只盯着她看，听她对自己说话居然愣了愣才反应过来：“多……多谢。”

萧美娘笑了笑，走到杨广身边："天色晚了，你们也该饿了吧，晚膳已备下了，吃饱了再谈也不迟。"

杨广对大逻便逾矩的眼神早就心生不满，奈何只能忍着不发作："好，可汗请吧。"

可汗？

萧美娘有些不解，望向了杨广，杨广轻轻摇了摇头，唤了阿三进来把大逻便带去饭厅。大逻便看着萧美娘有些恍惚，便也不多话就跟着去了，杨广看他走了，恨恨道："竖子不足与谋！"

萧美娘搭上了他的肩膀给他顺着气："好了好了，犯不着为这等莽夫生气。"

从方才大逻便见她的反应就看得出来此人有勇无谋，难怪杨广生气："这莽夫尽和我胡搅蛮缠，自己惹的祸要我给他收拾烂摊子，他当我杨广是冤大头吗？！"

这话有些奇怪，萧美娘略微一想，问道："你方才喊他可汗，是什么意思？"

"我气的就是这个！"

原来当初大逻便仗着杨广一句承诺，到处辱骂摄图，还腆着脸问摄图要了一个可汗的位子，摄图也是忌惮大逻便的势力，无奈才封他做了阿波可汗。

萧美娘听到这里也不禁摇头，大逻便既然有心要夺位就不该接受摄图的恩惠，如今受了人家的封赏，日后若要夺位岂不是落人口舌，说他忘恩负义？突厥的人豪迈忠义，他此番作为必然大失人心，就算侥幸夺得王位，名声也不好听。

如今他急了，又回过头来找杨广，杨广又怎么敢再帮他呢？

“阿广，突厥的事，你不能再插手了，至少，至少别直接出面了。”萧美娘有些担忧，“你当初为了离间摄图和大逻便使的手段父皇或许清楚，或许认同，可终究不是正道，说出去要遭人诟病的。”

“我哪里不知这个道理？”杨广有些无奈，“可事到如今，这大逻便是缠上了我，甩都甩不掉。”

萧美娘只搭着杨广的肩膀，一边思索一边看着这整齐的书房，目光定格在挂在墙上的舆图上。她抬步走了过去，看了半晌，杨广觉得疑惑，也跟了过去：“看什么呢？”

萧美娘伸出手指：“这里是并州”，她将手指往上移了移，“这里是幽州和平州，再往北就是突厥了。”

“不错，突厥的国土广袤，只可惜气候恶劣，否则就该是我们中原向他们俯首称臣了。”

“地方大未必是好事，你看，摄图在东边，那西边的事他可就管不了多少了。”

杨广顺着萧美娘的话看向了西边，点了点头：“一直以来突厥部落众多，各有首领。西突厥是达头可汗在统治，虽说向摄图臣服，却也不容小觑。”

萧美娘想了想：“大逻便的封地在哪儿？”

“这儿。”杨广伸手指给她看，摄图大约也是看了大逻便就不高兴，把他远远打发到了西域，和西突厥接壤。

“你瞧，他和达头可汗，离得真近。”萧美娘看杨广似是恍然大悟的神情，笑了，“东西突厥分庭抗礼了这么久，也实在是不容易。”

杨广笑得如释重负，忍不住抱起萧美娘转了一圈，又在她脸上亲了好几口：“你真是我的福星！”

萧美娘一面笑一面躲：“别闹别闹，口水都沾我脸上了！”

说着她捶打着杨广的肩膀，杨广才把她放下来，只是手还不肯松，萧美娘攀着他的肩膀才能稳住自己不摔下来。两个人贴得很紧，不过更亲密的事都做过了，也不介意这个，便就这么在他耳边道：“别忘了，你不能再插手了，这事你换个人去做。”

杨广微微皱眉，抱着萧美娘的手也松了松，好一会儿才道：“我这就上书父皇，跟他禀明情况，让他派长孙晟去。”

“长孙晟？”

“长孙大人在突厥待过一段时间，和突厥贵族关系都很好，尤其深得摄图的喜爱。”

“妙计！”萧美娘捏了捏杨广的脸，笑道，“那晋王殿下可愿移尊驾随妾身去用膳？”

杨广面露宠溺之色：“小丫头竟拿我开玩笑，等本王吃饱了再收拾你。”

席间，大逻便的眼光也只盯着萧美娘打转，萧美娘很不舒服，匆匆吃了两口就借故退下了，杨广也不拦她，自和大逻便商量突厥的事，好不容易才把这尊大佛给安抚好了。

大逻便决定表面上顺从摄图，另和达头可汗谋大事，杨广可算是松了一口气，整个人都神清气爽很多，回到卧室的时候脸上都带着笑意。

一进屋就看见萧美娘换上了寝衣在那里铺床，丝毫没有察觉他到了屋里，他也不出声，悄悄走到美人身后，一把搂住了她的腰。

怀里的人像只兔子一样吓了一跳，回过头见是杨广，才由惊转嗔："你干什么吓我？"

杨广只抱着她坐到了床上："这些事让下人做就好了，何必你亲自动手。"

"我们的卧室，为什么要下人插手？"萧美娘偎进杨广怀里，手指缠上了他的衣带，"大逻便怎么说？"

"他答应回去了，可算是把这个烫手山芋丢出手了。"杨广一手揽着萧美娘的腰，一手揉了揉肩膀，"这一日真是闹得我头疼。"

萧美娘接过他的手帮他捏着肩膀，宽慰道："事情解决了就好，别想了。"

"嗯……"杨广被她捏得舒服，不由得微眯了眼睛，"那你今日都做了些什么？"

他一面说一面拿过萧美娘看到一半扔在一边的书卷："《西洲曲》？"

杨广也想起了往事，脸上不由得挂起了一抹笑意："这支曲子，你唱得极妙，妙得不像是凡尘中人。"

听他如此说，萧美娘停了手中的动作，靠到了他肩上："你又骗我，哪有你说得那么好。"

"真的！"杨广居然有些着急，孩子似的辩解，"当时我就想，我哪里来的福气，能娶到你这样的王妃。"

只是……

"美娘，你给别人唱过这支曲子吗？"

萧美娘愣了愣，她还以为杨广会把那事忘记，原来他一直记得。而她不知道的是，杨广不仅仅是"记得"，那是他心里的刺。

那时候萧美娘唱的《西洲曲》缠绵悱恻，大有相思不得见的悲苦惆怅，她一定很喜欢那个人。杨广不介意萧美娘过去喜欢着谁，却介意那个人是不是还存在于她心里，就像一颗朱砂痣。

心思千结，萧美娘猜不到杨广在想什么，只是不愿意提起过去，因此道："《西洲曲》我原是刚学会没多久，第一次唱，唱得也不好，却被你听了去，你快忘了它。"

杨广喜欢萧美娘时不时露出来的娇嗔神态，戳了戳她的鼻子："忘不掉，你又能把我怎么样？"

墙边摆着的一把琴吸引了萧美娘的目光："那我现在再给你唱一次，你听好了。"

说着她翻身下床，挽了挽袖子坐到了琴边，桐木做的琴身，冰蚕丝做的琴弦，信手拂去，琴音叮咚如珠玉，如浅溪。

调子已经烂熟于心，萧美娘指尖一顿，仿佛就能把百炼钢化作绕指柔，点出一个盛世繁华。杨广坐在一边几乎倾倒，烟波画船、灯火浆声、渔歌唱晚，仿佛在琴声里一一闪过，却最终定格成了萧美娘的模样。

"忆梅下西洲，折梅寄江北……"

萧美娘才唱了第一句，便听见有笛音袅袅响起，杨广横笛于唇边，笛声清扬，与她和一曲。两人虽是第一次合奏，却有一种天然的默契，一起一转浑然天成，都说司马相如一曲《凤求凰》赢了美人的心，杨广和萧美娘的这一曲，若相如有知，只怕也是要嫉妒的。

一曲罢，余音绕梁，杨广还有些意犹未尽，萧美娘手搭在琴弦上，朝他笑道："琴是好琴，我把琴糟蹋了。"

杨广握着笛子："你若是这么说，这把琴能糟蹋在你手里，也是运气了。"

他看着萧美娘，似是在呢喃："南风知我意，吹梦到西洲，我的心意，南风一定是送到了。"

【四十六】战火初平

大逻便回了自己的封地，原以为可以相安无事一段时间，杨坚也派兵南下伐陈。可谁知偏偏就在这个节骨眼上，突厥因为天灾，民不聊生。摄图孤注一掷，联合了突厥的各个可汗，带着四十万大军南下，越过了长城。

战争来得气势汹汹，并州东北的幽州、平州皆燃起了狼烟烽火，杨广镇守并州，也一丝一毫都不敢松懈。萧美娘陪着他处理军机大事，一日日地憔悴了，杨广不忍心，可萧美娘却很固执。

眼看到了十月，关东除了有突厥人，还有高宝宁一党趁机南下，关西，突厥大军直指大兴，危在旦夕，杨坚派杨勇屯兵咸阳，时刻准备和突厥决一死战。

十二月，杨坚派大将军虞庆屯兵弘化，可在这之前，幽州、兰州、乙弗泊皆为突厥所败，刚刚建立不久的大隋王朝已经风雨飘摇。

杨广看着面前雪花似的战报，心情沉重得很，萧美娘站在一边为他研墨，看他不说话自然也一言不发。这次突厥是被天灾逼急了，破釜沉舟，势不可当，这场战争，只能从内往外破。

终于，在年底传来了好消息，长孙晟不知怎么说动了摄图的儿子染干，染干假传战报给摄图，说北边的铁勒趁摄图南下谋反。摄图信以为真，害怕后方有失，打马回府，才出现了一丝转机。

接到信报的杨广松了一口气："总算是能让人喘口气了。"

"是啊，这半年可够人受的。"萧美娘为杨广剪了剪蜡花，"之前国难当头，我不敢问，现在突厥退兵了，我想问问你，父皇派太子屯兵咸阳的事，你怎么看？"

"还能怎么看？太子不管怎么不得父皇母后欢心，终究也是太子……时机未到。"

"所以，阿广，我们现在宜静不宜动。"

杨广蹙着眉头沉思："突厥不会善罢甘休，很快就会卷土重来，我和太子的事暂且不用多虑。"

说着，他拉过萧美娘的手，放到唇边印上一吻："有你这么为我着想，上天待我不薄。"

萧美娘微微笑着，低下身子抱住杨广，亲昵地蹭了蹭，这些日子两个人都太忙，顾不上彼此。难得的亲密，杨广便也搂住了她的腰，青灯如豆，照亮一方安逸，萧美娘将他微有些散乱的鬓发撩至耳后："夜深了，早些歇息吧。"

声音轻柔而撩人，杨广低低一笑，把她抱得更紧，此时却传来了敲门声。萧美娘站直了身子："什么人？"

"奴婢给殿下和王妃送宵夜。"

原来是五月，这些日子他们总是熬到很晚，都是五月留着照顾他们，萧美娘感念这丫头的细心，便柔声道："进来吧。"

五月推门进来，手里拎着食盒，萧美娘上前几步接了过来，嗔怪道："外面这么冷你怎么不多穿件衣服？小心着了凉。"

五月微微笑着："不妨事的，多谢王妃。"

说着两个人已经打开了食盒，杨广也觉得有些饿了，走过来一看却皱了眉：“我不是说过王妃是南方人吃不惯面食吗？怎么还做汤饼上来？”

五月端碗的手顿了顿：“奴婢是想着天冷了，汤饼吃了耐寒……而且，而且，汤饼是殿下喜欢的……”

小丫头的声音越来越低，萧美娘于心不忍，推了一把杨广：“又不是什么大事，你何苦跟一个小姑娘计较？”

五月低着头的模样看上去楚楚可怜，杨广也不忍心再苛责，挥挥手让她退下了，然后坐下抿了一口汤：“这丫头手艺不错。”

“那你还对人家这么凶，不怕她以后给你加点料？”萧美娘笑着坐到了他对面也拿起了筷子，汤饼温暖的香气扑面而来，这在寒冷的冬夜的确是一种享受。

“真不知道以后谁有福气能娶到五月呢！”

“一个丫头罢了”，杨广不以为然，“你要是爱重她就帮她挑个好人家，凭他是谁都不敢不娶的。”

“偏你这般专横。”萧美娘笑了笑没说什么，只专心吃汤饼，杨广吃得快，放下筷子后便像是想起了什么事，“你想把那个……”他蹙了蹙眉一时想不起人的名字，“就那个，身量小小的丫头给成都？”

“是啊，他二人幼年相伴，情深义重。”萧美娘也吃完了，拿帕子抹了抹嘴，“我想的是，兰泽虽是丫头，可我救了她一命待她便有些不同，能不能求个恩典，让她做成都的正妻？”

杨广摇摇头：“别说成都的婚事多半要父皇做主，就算由得了他自己，一个宫女，最多也只能不让她当通房罢了。”

自然是这个道理，萧美娘也是清楚的，便也不为难杨广，只

问道："成都就快到年纪了，你说父皇会把谁许给他？"

"父皇向来不喜欢下面的人结党营私，成都是宇文述的长孙，要么许给他一个无关紧要的官家女子，要么就是太子那边的人。"

杨广揉了揉额头："罢了，暂且愁不到那里。"

"是，自己的事还没理清楚，管别人做什么……"萧美娘似有些失落，声音都低了。

到了并州之后，她看得出来萧瑜不大高兴，原本答应了她册封礼后就抬她做侧妃，谁知经历这番变故，还不知道要拖到什么时候。

萧瑜是个有心计、有城府的人，她面上淡淡的，保不齐在心里算计着什么，而一旦她决定了要做什么，萧美娘一定招架不住。

关于张宝成的事，之前杨广那次试探被她糊弄了过去，可杨广未必全心相信、未必就不再怀疑……

"你有什么人的事要管？"

萧美娘正出神，杨广冷不丁这一问倒把她吓了一跳，可杨广既然开了口，萧美娘便也试探似的说："你知道，萧瑜是上林郡主，又是我表妹，她陪我来大兴的时候，赏赐是和我的嫁妆比肩的。"

杨广愣了愣："你这是要效仿娥皇女英？"

萧美娘觉得有些委屈，却不能表露出来，只是眼睛里泛起些不易察觉的水汽，扭过了脸："有何不可呢？"

"有何不可……"杨广并不是愚钝的人，萧美娘在想什么他一眼就能看出来，因此起身走到她面前，低下身子与萧美娘对视着。萧美娘眼睛很亮，轻咬嘴唇，看着他的神情有种说不出的倔强，于是他笑了笑，伸手揉了揉萧美娘的脑袋，像是在哄一只闹脾气的小宠物："让你不高兴的事都是不可行的事，我可没说我想当舜帝。"

"阿广……"萧美娘的声音轻颤，猝不及防地搂住了杨广的脖子，趴到他的肩上去，并没再说什么，却是满满的依恋。

【四十七】春来有孕

转眼又是一年春至，春风吹绿了柳芽儿，也吹开了满树桃花和漠北的黄沙。

上次摄图无功而返一直在找机会卷土重来，眼看春暖花开又开始蠢蠢欲动了。好在这一次大隋朝做足了准备，除了排兵布阵，长孙晟也在突厥出力不少。此外，旁人都不知道的是，杨广也派人游说了大逻便，让他和西边的达头可汗联盟，以此来扰乱摄图的计划。

相比起旧年的那场苦战，这一次大隋朝便显得从容了许多，杨广虽然也时常要和人议事，却也可以称得上闲散。

萧美娘站在廊下看两只燕子在花枝上嬉闹，手里端着些稻谷来逗引麻雀儿。入春以来她总是觉得身子疲乏，昏昏欲睡，只能找些事情来做，不致长日无聊而误了光阴。

萧瑜自矜身份，兰泽年纪尚小，在身边服侍的是青梅和五月，五月手里还抱着一只大猫。

这只猫是杨广特意找来的，毛色纯白没有一丝杂质，毛茸茸的一团甚是喜人，萧美娘喜欢它，取名叫作雪团。雪团总是一副慵懒的模样，半眯着眼睛显出一种贵气来，吃食也很挑剔，杨广曾说自己堂堂一个晋王还比不得它挑食。

不过也许是因为入了春，雪团也有些不安分，因此要五月抱着才不至于到处乱窜。

而此时，它在五月怀里也显得活泼过了头儿："这猫儿该剪剪爪子了，挠得我好疼。"

萧美娘听说，低头揉了揉它的脑袋，笑着逗弄它："雪团再不听话，我可就要把你关起来了。"

雪团像是听懂了她的话，更加躁动不安，却被自己脑袋上的长毛弄得有些痒，打了个哈欠。萧美娘不禁笑了，对五月道："你别抱得它太紧，当心弄疼了它。"

说着又往地上撒了些稻谷，引来几只麻雀争相追逐，春光烂漫，时光静好，萧美娘扶着廊柱，生出几分闲适的心境来。只可惜战争在即，这样的日子也必然不会长久。

萧瑜一直待在屋里也有些烦闷，听屋外鸟雀叫得欢畅便也忍不住走了出来，正看到萧美娘她们。

"你们不能安静些吗？扰人清梦可不厚道。"她这么说着，却也向她们走来，萧美娘知道她只是嘴硬，因此抓了一把稻谷给她："大白天的别睡觉了，这些鸟雀有趣得很。"

萧瑜接过稻谷，也往地上撒了一把："这些鸟雀真愚笨，看见稻谷就飞下来抢，也不怕下面有陷阱。"

萧美娘微怔，转而笑道："'人为财死，鸟为食亡'，就是这个道理。"

"所以，人和鸟都一样，要是被逼急了那真是命都顾不上了。"萧瑜只看着地上的鸟儿，语态天真。

有几粒稻谷落在她们脚下，几只雏鸟抢不过那些大个子，便小心翼翼地往她们脚下来。

萧美娘装作听不懂萧瑜话里的意思，轻声道："话虽如此，可只要青山在，就不怕没柴烧，何必以命相搏？"

她一面说一面撒了些稻谷喂那几只雏鸟，谁知却引得几只大麻雀又过来抢食，扑棱棱地把五月怀里的雪团吓得不轻。五月一个不小心，雪团便真像个雪团一样跳了出去，吓得一群鸟儿一窝蜂地散了。

雪团在地上很是不安，转来转去不知道在找些什么，萧美娘见状，忙吩咐五月道："去找几个小厮来，别让它蹿上树。"

五月应声去了，环佩叮当吸引了雪团的注意力，一双宝石般的眼睛只盯着萧美娘看。萧美娘以为雪团是想亲近自己，俯下身子朝它伸出了手："小雪团儿，别乱跑了，过来。"

雪团侧着头打量了她一番，走近了几步，萧美娘刚想再唤它一声，可这猫儿就像一块雪白的石头，狠狠扑到了萧美娘身上。

"啊！"

青梅吓得不得了，来不及反应就站到了萧美娘身后，萧美娘被雪团这么一纵便往后仰倒，刚好摔在了青梅身上。雪团的利爪勾破了她的衣裳，这畜生居然在萧美娘身上打起了滚儿。

萧瑜吓了一跳，又是挥手又是跳脚，可雪团也不知是怎么了，怎么轰也轰不走。她又怕猫，不敢去抱，只能看着萧美娘躺在地上，脸色苍白，像是疼得厉害。

青梅在她身后吓得直哭："王妃，是不是摔到了哪里？要不要喊大夫啊？"

萧美娘疼得说不出话来，再一看额头上居然都泌出了细汗。

萧瑜急昏了头，被青梅这么一提醒才反应过来，忙喊起了人：“快找大夫来，王妃受伤了！”

一时间王妃受伤的消息传遍了整个王府，杨广一听说就赶回了卧室，萧美娘躺在床上人事不知，原来大夫到的时候萧美娘就已经疼得晕了过去。

杨广一看就急了：“那畜生在哪儿？！”

“回殿下，雪团已经被抓起来了。”五月低头跪在那里，大气不敢喘，“奴婢没有照看好雪团，奴婢知罪。”

杨广没心思去惩罚谁，只是摆摆手：“赶紧把那畜生给本王扔了！”然后拉着大夫的袖子，一脸焦急，“王妃怎么样？被撞了一下怎么会疼得晕过去呢？”

那大夫是个上了年纪的，哪里经得住杨广这么晃他，忙道：“无事无事，王妃无事，殿下切莫着急。”

“人都晕过去了，我怎么不着急？”

杨广松开了老人家的手，老人家站稳后才道：“王妃并没有摔伤，之所以疼晕过去是因为王妃已经有了身孕。”

“什么？！”杨广又惊又喜，“您说的可是真的？”

老人家也觉得好笑：“人命关天，老夫岂敢妄言？殿下要是不信，找了别人来，也是这个说法。”

“这……”他喜得不知如何是好，几乎有些手足无措，猝不及防地就有了自己的孩子，这份惊喜太大，让人有些招架不住。

“她有孕了，我们有孩子了！”

见杨广高兴成这样，青梅领着一群丫头道喜：“恭喜殿下和王妃。”

“好，好，都赏！”杨广大手一挥，便再不追究这场意外是如何发生的，坐到了床边握住了萧美娘的手，贴上自己的脸颊，欢喜得像个孩子。

萧美娘像是感知到了这份喜悦，缓缓睁开了眼睛，看到杨广这样反而愣了愣：“怎么了，你魔怔了不成？”

“是，我欢喜得着了魔了。”杨广亲了亲她的手，“美娘，你辛苦了。”

“怎么回事？”萧美娘不明所以，她只记得自己被雪团撞到了，肚子疼得厉害，可杨广怎么还这么欢喜呢？

看杨广有些痴的模样，她也不指望能从他那问出什么来，便转头看青梅：“出什么事了？”

青梅也是一脸笑意：“恭喜王妃，王妃怀了小世子。”

“世子？”萧美娘还有些反应不及，慢慢才回过味儿来，看向杨广的眼神里也多了几分欢喜，“真的吗？”

“千真万确！”杨广扶着萧美娘坐了起来，又拿了一个金丝软枕垫在她身后，这才握着她的手认认真真地告诉她，“我们有孩子了。”

萧美娘欢喜得说不出话来，只是紧紧拉着杨广的手，然后像是想起了什么似的，忙转头问那老大夫：“那我方才摔了一跤，于孩子可有碍？”

那大夫笑着摇摇头：“幸而后面有人垫着，王妃摔得不重，只是脖子上像是被猫抓伤了，不过是皮外伤，不打紧。”

“什么皮外伤！你这个庸医净胡说，还不配了药来！”杨广虽是斥责的话，却犹带了笑意，老大夫只能拍了拍自己的脸，“是

奴才胡说，奴才这就回去配药膏，保准让王妃容貌依旧。”

说着他也不好意思再待在这里，匆匆告了退，杨广顾不上去管他，只是拉着萧美娘的手傻笑。屋子里还有人，青梅自然是一脸喜色，萧瑜坐在那里却是面无表情，五月还跪着，原本就总是带了些忧色，如今更是满脸愁容。

萧美娘被杨广看得有些不好意思，忙转过脸，这才看到五月：“五月怎么跪着？”

“奴婢失职，让雪团伤了王妃，请王妃责罚。”

“你这丫头别多心了，那猫儿春日里发情烦躁，怎么能怪到你头上去？”萧美娘瞪了杨广一眼，“你是不是又凶人家了？”

“我……”杨广心情大好，自然事事顺着萧美娘，因此看向了五月，“是本王方才冒失了，姑娘恕罪！”

五月大惊失色，忙磕了几个头：“奴婢身份卑贱，怎经得起殿下和王妃这般。”

杨广也不再逗她，道：“起来吧，今儿看在王妃面上饶了你，以后要小心服侍，不许再出岔子。”

“奴婢明白。”五月又磕了几个头，这才起身站到一边，杨广看她们有些碍事，便把她们都屏退了。

屋里只剩下了两个人，杨广宽厚的手掌便抚上了萧美娘的肚子，小心翼翼的模样让他显得有些笨拙。萧美娘覆上了他的手，这才觉出几分真实感，他们是真的有了一个小娃娃，就睡在她的肚子里，像是上天的恩赐。

杨广抬头朝她笑了笑：“美娘，孩子取名叫杨昭好不好？”

萧美娘觉得有些好笑：“哪有你这么着急的父亲，这才刚刚怀上，你就急着取名了，那等他生下来，你岂不是就要立刻逼着他读书写字了？”

杨广可能是自己也觉得有些不好意思，却还是很坚持：“我就是着急，我恨不能明天就能把他抱在怀里，告诉他，他的父王有多期待他来到这世上。”

萧美娘被他说得有些动容，甚至有些想哭，只是又嫌丢人，便转移了话题：“有什么出处吗？你取名字总不能是随便捡一个字来吧。”

“倬彼云汉，昭回于天。我希望他昭明磊落，就像银河一样。”

杨广看着萧美娘，眼里的温柔像是能让人窒息，他抬起身子抱住了萧美娘，额头抵住她的额头，感受她因为紧张而有些乱的呼吸：“日月昭昭，你就是光。”

【四十八】重回大兴

自打萧美娘怀孕后，杨广便一门心思扑在了她身上，有许多文书都拿到了卧室来看，就差把书房一并搬过来了。

萧美娘有些受不了，她原本并没有受什么伤，可杨广却生生不肯让她下床，使她闷得紧，好说歹说才把他赶回了书房，这也才能下地走一走。

快要入夏了，天气一日日炎热起来，青梅便开始着手把春衣收起换夏装了，萧美娘闲来无事，便也就坐在一边看着她。

杨广崇尚简朴，萧美娘也不是多事的人，因此他们的衣服并不多，没过一会儿便都打理好了。萧美娘起身过去翻检，问道：“怎么少了一件衣裳？那日被雪团勾破的衣裳呢？”

青梅又翻了翻，果真找不见，便唤来了五月，五月道：“那件衣裳被雪团抓破了，奴婢觉得王妃应该是穿不了了，便扔了。”

萧美娘不由得蹙了蹙眉：“只是被抓破了，缝几针就好了，如今连年战乱，国库空虚，不该这么浪费的。”

五月低了头：“是奴婢思虑不周，王妃恕罪。”

看这丫头颇有些委屈，萧美娘自然没有再追究的意思，挥挥手让她退下了。五月走了之后，青梅才道：“奴婢也想起来了，当日五月说要把那衣裳扔了，奴婢也是觉得太浪费让她留着，可谁知她竟忘了。”

“也不是什么大事，罢了。”萧美娘并未往心里去，又翻了翻衣裳，“都收起来吧，殿下的衣裳你趁着天气好拿出来晒一晒，穿着舒服些。”

“知道了。”青梅一面收拾衣裳一面忍不住笑道，“殿下昨儿也这么吩咐奴婢，你们两个人倒像是商量好了的。”

萧美娘红了脸，转身又坐了回去，拿起做了一半的绣活儿，可才绣了没几针杨广便走了进来。听见门响的声音，她抬了眼，看到杨广便带了笑意：“你都忙完了？”

杨广却只淡淡应了一声，脸色并不十分好看，萧美娘不知道出了什么事，只让青梅退下，这才走到他身边，扯了扯他的袖子：“出什么事了吗？”

杨广沉着脸，用力握了握萧美娘的手：“欺我太甚！”

“谁？”除了大逻便那次，萧美娘从未见杨广再这样生气，“是不是突厥的事？”

杨广摇了摇头，想要说话却是欲言又止，半晌才道：“是大兴。”他顿了顿，“父皇让你回大兴。”

“为什么？”萧美娘一时情急，“我不想离开，阿广，我不想离开你。”

杨广把她揽进了怀里，语气几多无奈：“我把你有孕的事告诉了父皇母后，谁知父皇之前做了一个梦，梦见天神投生我杨家……”

萧美娘下意识地抚上了自己的肚子，感觉自己的声音都有些颤抖：“那，父皇是要防着你吗？”

“母后说并州偏僻，既然你这胎应了父皇的梦，就该接回大兴好好安胎。”

说辞总是冠冕堂皇的，可这好听话的背后，究竟有多不堪的算计，谁又说得清？

天神投生杨家，却偏偏不投太子投晋王，岂不是预示晋王要反？接萧美娘回大兴，说是安胎，又有几分打的是做人质的主意呢？

谎言有多好听真相就有多丑陋，杨坚和独孤皇后对杨勇的偏爱大概一直是杨广心里的疤，之前还可以相安无事便当作不知，可如今就像是把这伤疤硬生生揭开。

不需多说什么，该懂的萧美娘都懂，因此只是像杨广一样温柔地抱住他，轻轻靠在了他肩上，只是最简单的相拥，却在彼此的心间衍生出一种地老天荒的意味来。

杨广感觉自己有了些哭意：“这次回大兴，人人都以为你肚子里的是天神转世，所以一定会有人耐不住，美娘……你千万小心。”

因为自己不够强大，所以保护不了自己想要保护的人，只能说这样苍白无力的话。

“我知道的，你放心，我等你去接我回家。”萧美娘语声温柔，如同盛夏的清流缓缓淌过，总能让人莫名地安心。

杨广慢慢蹲了下来，拉着萧美娘的手，轻轻将自己的脸贴上萧美娘的肚子。萧美娘一惊，想要把他拉起来，却听见他道：“昭儿要乖乖的，不要让母妃受欺负，父王不在你们身边，你要好好保护母妃。”

萧美娘差点哭出来，这样的无奈，这样的不甘，杨广承受的实在太多了。

谁都只是个凡人，谁都不是天神。

大兴，初夏的大兴还是萧美娘记忆里的模样，繁花似锦，充满了生机和盛世应有的太平。

坐着辇轿走在长长的宫道上，记忆都仿佛悄然重合，只是两年前的她前途未卜，如同浮萍，而现在虽还是飘摇不定，到底还是有了根。

含章殿，独孤皇后等她许久了，听说她到了忙起身去迎，萧美娘想要跪拜都被她扶住了：“怀着孩子呢，别想着行礼了。”

说着就笑盈盈地拉着萧美娘坐下，左看右看：“我瞧着你比先前出落得越发好看了，阿广一定很照顾你。”

“殿下待儿臣很好。”萧美娘微笑颔首，娇媚中带了些羞涩，仿若新嫁娘一般。

独孤皇后爱怜地摸了摸她的头发：“那就好，我心疼你比心疼我自己的女儿还多，生怕他委屈了你。”说着也忍不住抚上了萧美娘的肚子，慈母般温柔，“可辛苦吗？”

萧美娘摇摇头：“不辛苦，为皇室开枝散叶，是儿臣的福气。”

“你一向是个懂事的孩子。”独孤皇后坐直了身子，笑意却淡了些，“这次你一个人回大兴，阿广舍不得吧？”

萧美娘心一紧，笑道：“是儿臣有些舍不得，不过他说并州服侍的人少，他也是第一次遇上这事，又没经验误了事反倒不好，劝我来大兴，稳妥些。”

独孤皇后点了点头：“他说得有理，且不说并州人少，突厥时不时地就要生事，也不安全。”

“是，还是母后想得周到。”

萧美娘一如既往地恭顺有礼，却难免显得有些生疏，独孤皇后一时也无话可说，道：“回去歇着吧，华沐苑给你收拾出来了，你去看看可还合心意？”

“是。”萧美娘行了礼便告退，谁知出了含章殿便看到云容裳等在外面。

她身穿雨过天青色轻罗长裙，绣着雪色的梨花，木兰色的披帛曳地，雍容典雅、落落大方。挽着精致的堕马髻，凤蝶鎏金银簪点缀了青丝，额心的花钿更添一抹艳色，远远看去仿若天人。

看到萧美娘，便笑着走上前来：“好久不见了。”

萧美娘自然也是笑着：“屋里坐吧。”说着就拉起了她的手，携手进了华沐苑，青梅端上茶和点心便退下了。

云容裳捧着茶盏环视一圈：“要不说母后爱重你呢，听说你要回来，早好几天就打发人把华沐苑上上下下打理了一番，如今

看上去倒像是间新屋子。”

听她这么说起，萧美娘才发现华沐苑的确被翻新过，还添置了不少东西，想来独孤皇后是用了心的，便也有了几分暖意。

“母后这样待我，是我的运气。”

“毕竟你怀着孩子，又是天神投胎……”

云容裳顿了顿，萧美娘便打断了她：“什么天神投胎，市井流言你也相信。”

“这可不是市井流言，至少陛下是相信了的。”云容裳抿了一口茶，“美娘，咱们之间交情匪浅，我知道有些事你心里也有数，却还是要提点你一句。”

“你说。”萧美娘尽量让自己看起来镇定些。

云容裳却只是淡淡一笑：“防不胜防。”

“可我不过是一个亲王的王妃。”

“你不过是一个王妃，可你的孩子却是天命，没有人想让他活下来。”

云容裳的语气冷淡得有些骇人，萧美娘心一沉：“包括你吗？”

像是早就猜到了萧美娘会有此一问，云容裳显得淡定而从容：“包括我。”

她放下茶盏，正襟危坐，看着萧美娘蹙着眉不知道在想些什么，眉目间还是云淡风轻的模样。这个女子永远是一副淡淡然的样子，但永远掌控着全局，谁都没有她看得清楚。

萧美娘手握着杯子，居然不嫌烫手，好半天才抬起头：“但你不会害我，你有事要求我，对不对？”

“不错。”云容裳很开心萧美娘这样聪明，和聪明人说话就是轻松，因此她也放松了些，甚至带了丝笑意，“你也知道，你走了之后，东宫多了几个孩子。”

高良娣和王良媛相继诞下了皇子，云容裳自小产之后身子一直不好，如今虽然还是得杨勇专宠，地位却也已经岌岌可危。

毕竟宠爱是最不要紧的，要紧的是家室和子嗣。

高良娣出身名门又诞下了太子的长子杨嶷，父亲高颍正是得杨坚重用的时候，在帝后面前自然越来越说得上话。元芝灵虽然是太子妃，可是被云容裳设计一直缠绵病榻，根本连反击的机会都没有。

不过，也幸而上面还有一个太子妃，独孤皇后也不会轻易废了元芝灵，因此不论高良娣现在怎么得意，终究也就是妾室，云容裳还能和她斗一斗。

可母凭子贵，如果元芝灵一直没有生养，高良娣这个儿子就是皇长孙，说不准杨坚为了让这个长孙更加名正言顺，而让这个长孙变成嫡孙。

云容裳不得不防。

“所以，你要我做什么？”萧美娘看着她，云容裳却也在看着萧美娘：“我的孩子，才应该是长孙。”

“你要把皇长孙接回宫？”萧美娘不是不理解，只是有些疑惑，“那我能帮你什么呢？”

云容裳只是笑笑：“到时候你自然就知道了。”

“你凭什么认为我会帮你？”萧美娘微微仰首，似有一种霸气，“你别忘了，我是晋王妃。”

“看来，晋王殿下是真的不肯安于现状了。”云容裳并没有多惊讶，聪明的人都知道以杨广的资质和心气，不可能只安安分分地当一个亲王。

云容裳知道，杨勇自然也知道，所以在杨坚做了那个梦之后才主张把萧美娘接回宫，“司马昭之心”——路人皆知。最让人寒心的是杨坚的默许，虽然都是嫡子，可他还是太偏心了。

萧美娘知道这都不是什么秘密，何况云容裳的性子她是了解的，便也不避讳：“是，所以我没有理由帮你。”

现在局势不稳，萧美娘不敢答应，云容裳知道她在犹豫什么，便用胸有成竹的语气道：“你放心，我只想要我的孩子……绝对不会牵扯到晋王殿下。美娘，我可以护住你这个孩子，只要你肯帮我接回我的孩子。”

云容裳的神情多了些急色，看得出来这件事对她非常重要，萧美娘抿着嘴唇想了想，还是应了下来。

看云容裳是一副如释重负的模样，她又加了一句：“那我想去看看太子妃，应该不要紧吧？”

“姐妹一场，当然不要紧。”云容裳毫不在意，起身提了提披帛，道，“好了，我也没什么别的事了，美娘你一路风尘辛苦，好好休息。”

云容裳起身要走，萧美娘也不做挽留，等她走了之后，萧瑜带了几个人进来，手里都捧着精致的檀木雕花盘子：“王妃，这是东宫各位主子送来的贺礼。”

“放着吧，准备好赏银给送东西的人。”

萧美娘给萧瑜使了个眼色，萧瑜便明白了她的意思，把那些人打发走之后又回到了萧美娘身边：“什么事？”

“找个太医来看看，这些东西都先别动。”萧美娘顿了顿，“找蔡成安蔡太医，那是晋王的人。”

不多会儿，蔡成安就到了，一个精瘦的男人，约莫三十岁上下，一双小眼睛，八字胡，看上去很精明。

他向萧美娘行了礼，萧美娘免了他的礼后便让他一一查看了东宫送来的礼物，杨广对蔡成安有知遇之恩，蔡成安对萧美娘自然是一百个尊敬。

“回王妃，都没问题。”

“麻烦你了。”萧美娘示意萧瑜给他赏钱，又问道，“这些日子殿下不在宫里，可有什么新鲜事吗？”

蔡成安也是个聪明人，眼珠一转就知道萧美娘的意思，道:“也没什么新鲜事，就是高良娣生育了皇长孙，如今风头正盛，放眼东宫无人能及。”

“云昭训也比不上吗？”

“前些日子高良娣突然说想吃梅子，太子殿下派了一队人马特意去江南采了梅子来。”

萧美娘有些惊讶，不由得身子前倾：“太子殿下？”

“是，太子殿下。”

萧美娘又坐了回去，不由得勾起了唇角，难怪云容裳着急了。

太子妃如今就是个摆设，执掌东宫的人实际上是她，只要她能诞下皇嗣，又有杨勇的宠爱，迟早能上位。可谁知高良娣居然抢在了她前面，高良娣闺名温玉，虽然平日里也不得宠，可胜在她有一个好父亲，杨坚肯定是维护她的。

而现在，不仅仅是杨坚，杨勇看上去也有讨好高温玉的意思，

这才是最让云容裳担心的。她没有家世又素来不被独孤皇后喜欢，若是杨勇也不和她站在一起，她的下场会比元芝灵还要凄惨。

萧美娘略一思索："你先等等，我修书一封，你务必让人送到晋王手里，越快越好。"

待把蔡成安打发走了，萧美娘才起身："走吧，去太子妃那看看。"

【四十九】危机四伏

体仁堂还是一味地简单朴素，萧美娘都不记得自己多久没来过这里了，洛黛站在门口看见她来也吃了一惊，很快反应过来上前迎着她："王妃。"

萧美娘点点头让她起身，往屋里望了望，一面走一面问道："你家主子怎么样了？"

"太子妃还是老样子，卧病在床，今日精神好些，在做针线活。"

说话间已经进了里屋，果然看见元芝灵在绣一方丝帕，看到萧美娘她颇有些惊讶，却也没起身，只淡淡道："你来了。"

语气温和平常，像是两人昨日才在一起喝过茶。

萧美娘便笑着走过去："不是说要好好养着吗，你又费这心神做什么？"

元芝灵并不招呼她，复低了头又绣了几针："可若不给自己找些事做，这长日无聊的怎么捱？"

听她语气虽平静却也有几分哀怨，说起来若不是萧美娘她当时袖手旁观，元芝灵也不至于变成现在这样。名为养病，实为则囚禁，失宠不说还被夺了权，除了一个太子妃的空名，一无所有。

萧美娘生出几分怜悯来，几乎都忘了元芝灵当日是怎么设计陷害云昭训的，云昭训丧子之痛，以她的心计和手段，留元芝灵一条命已经是开恩了。这就是人常说的，可怜之人必有可恨之处。

“我们梁国人信佛，佛家有一种说法叫因果报应，不爽不错。”

“报应？”元芝灵抬起头来看着萧美娘，眼里满是嘲讽的笑意，“那云容裳怎么还活得好好的呢？虎毒不食子，她比老虎还恶毒！”

萧美娘皱了皱眉：“什么意思？”

元芝灵很是不屑，轻哼一声：“我知道你怎么想我的，是！我是在晚宴上想要毒死她，我也用了麝香，那是为了阻止她怀孕，你以为就那么一点麝香能让她小产？”她眼底露出一丝凶光，“她分明就是自己让自己小产，再借着这个缘由把我囚禁！云容裳，她才是毒妇！”

萧美娘没想到元芝灵居然如此大方承认了她做下的罪行，更没想到背后还有这一层，因此只是摇头：“我不信。”

“你不信？”元芝灵冷笑一声，“你日日给她把脉，她的脉象你最清楚了，她的小产正常吗？”

的确，云容裳的小产太过突然，只是当时那种情况，萧美娘不敢往别的地方想。

看萧美娘还有些犹疑，元芝灵却也不再往下说，转而道：“不过你说得也对，因果报应，就快轮到她了。”

有了高温玉，云容裳地位不保，若真有一日落魄，对元芝灵来说倒也算是报了仇。萧美娘深吸一口气，抬头便看到了一幅山水画，笔法流畅，意境深远，一看就是出自名家之手。元芝灵是有名的才女，喜欢这些高雅的东西不足为奇，只是怎么从前不见

她挂起来？

只是一瞬间的疑惑，萧美娘又把目光移到了元芝灵身上："看来你这些日子过得不好。"

元芝灵眼眸暗淡了些，喃喃道："什么好不好的，以前不也就是这样的日子？冷清、无聊，我都习惯了。"

萧美娘还想说话，洛黛端了两碗酸梅汤来，萧美娘见了，道："虽已经入了夏，可是梅子还未进贡，你这里都已经喝上酸梅汤了。"

说起来，高温玉那可不就是有杨勇千里迢迢让人送来的梅子吗？

看来高温玉如今是想笼络元芝灵了，元芝灵现在虽然失势，毕竟家世在那，独孤皇后又时常派人来问候，东山再起也只是时间问题。原以为高温玉是个鲁莽的性子，却不承想这般有远见，墙上的那幅画想来也是高温玉送的了。

萧美娘心里暗暗盘算着，看面前的白瓷碗没有一丝杂质，如同玉石般晶莹剔透，衬着暗红色的酸梅汤分外好看，汤上漂浮着几瓣玫瑰花，更显出几分雅致。她忍不住端起来抿了抿，酸甜爽口，凉沁身心，且有一股玫瑰花的香气，比平日里喝的好过百倍！

她不由得多喝了几口，一碗汤便见了底，放下碗还回味无穷，又让人盛了一碗上来："怎么做的汤？把法子说给我，我让她们学着做。"

元芝灵只是笑笑，也喝了几口："不过是寻常法子，大约是这梅子好，只酸不涩。"

"可不是，这样的梅子寻常人求都求不来，高良娣倒明白事理。"

元芝灵端碗的手顿了顿，便把碗放了下来：“好聪明的妮子，这都猜出来了。”

“这还用猜吗？满宫里谁不知道太子殿下为高良娣送梅子的事。”萧美娘又指了指墙上挂着的画，“那画也是她送的吧？”

“不错”，元芝灵有些惊讶，却又觉得理所当然，萧美娘的聪慧她是知道的，“高温玉如今攀附于我，算她聪明。”

萧美娘摇摇头：“我倒觉得她不是聪明，是别无选择。”

云容裳自不必说，王良媛诞下了男孩却被高温玉压了一头，怎么想都恨不能灭了他们母子吧。高温玉又不傻，比起孤军奋战，不如和还有可能复宠的太子妃联手。

这东宫的事真是越来越乱了，女人之间的心机和算计听着都累人，萧美娘揉了揉额角，觉得有些不舒服。

她如今怀着孩子，一个小动作都让元芝灵有些紧张：“怎么了，不舒服吗？”

“嗯……”被元芝灵这么一说，萧美娘真的觉得越来越难受，若只是头疼也罢了，偏偏肚子也向下坠似的疼，这太不寻常了。

看萧美娘捂着肚子脸色越来越难看，元芝灵也慌了神，如今萧美娘是金贵的人，若是在她这里出了事可怎么好。她忙喊了人来把萧美娘扶到床榻上躺着，又急急派人去请太医。

萧美娘说不出话来就看着她们乱成一团，自己则狠狠掐着手臂，强忍着不昏厥过去，任人摆布。

是了，多半是被人算计了，尚且不知道是谁的手笔，她断断不可就这么失去意识。

好在萧瑜虽然处处和萧美娘作对，关键时候也拎得清轻重，

请了独孤皇后过来，也就是看见独孤皇后之后萧美娘才终于支持不住了，昏厥过去。

太医也赶来了，独孤皇后也不及斥责谁，忙让太医诊治，元芝灵则战战兢兢地跪在一边，低着头大气不敢喘。

过了好一会儿，太医道：“王妃尚在孕中，怕是食用了山楂这样的东西。”

独孤皇后忙问道：“可要紧？”

“王妃应该食用过多，因此昏迷，不过好在王妃身子素来康健，还不妨事。”

听如此说，独孤皇后才放下心来，让他下去煎药，自己则看向了元芝灵，语气冷淡：“方才在本宫那里还好好的，怎么到了你这里一趟就这样了呢？”

元芝灵又着急又委屈，不由得红了眼眶：“儿臣也不知，美娘她在儿臣这里断然没有吃过山楂。”

独孤皇后一向认为元芝灵是懦弱又没有主见的人，自然不会怀疑到她身上，转眼看到桌上的两个白瓷碗，便示意何姑姑端给她看。

“皇后娘娘，是酸梅汤。”独孤皇后低头看了一眼便蹙了眉，立刻让太医过来检查，果然那酸梅汤里有大量的山楂。

酸梅汤本就酸酸甜甜，加上山楂自然不会惹人生疑，元芝灵吓得白了脸色。

这汤究竟是要害萧美娘还是要陷害她？

是云容裳还是王良娣，又或者会是高温玉？

“母后，现如今小厨房的事都是云容裳在打理。”

独孤皇后便让人唤了云容裳过来，云容裳早就听到了风声，来的时候低眉顺眼，可独孤皇后看见她便沉了脸色："你是怎么管着小厨房的，居然出了这样的事！"

云容裳露出惊慌的神情，跪在地上："臣妾虽然管着小厨房的事，可也不过是每月检查账目，像酸梅汤这样的小事怎么可能经臣妾的手呢。"

她顿了顿："况且，臣妾反听说如今太子妃这里有一位宫女，酸梅汤做得极好，想来也是用不到东宫的厨房的。"

元芝灵差不多肯定了这是云容裳做下的事，心里愤恨更甚，苦于独孤皇后在这里，她还是只能扮演一个唯唯诺诺的太子妃。她抹了抹眼泪："儿臣一向身子不好，没有精力去管下人的事，如今体仁堂的人一大半都是云昭训安排的，什么做酸梅汤的宫女，儿臣一概不知。"

独孤皇后被她们你一言我一语吵得头疼："够了！东宫争风吃醋的风气太甚，该好好管管了！"

说着她也不让两个人起身，让人找了做酸梅汤的小宫女成璧来。

成璧看上去身量小小的，还没有长开，最普通的衣裳发髻，眉清目秀却是个美人坯子。她看到独孤皇后抖得像筛糠似的，听说要治她谋害晋王妃的罪连磕了几个头："奴婢不知道，奴婢只是做了一碗酸梅汤，别的什么都不知道。"

"酸梅汤里怎么会有山楂？谁让你放的？"

"山楂？"成璧愣了愣，"回皇后娘娘，那是奴婢从前在家里的时候娘亲教的法子，在酸梅汤里加些山楂要比寻常的酸梅汤好喝一些，奴婢不知道山楂会害人。”

听她的解释倒是合情合理，独孤皇后尚在思虑中，元芝灵却磕了个头：“母后，美娘的确说这酸梅汤要比一般的好喝，还想学了回去做给母后喝呢。儿臣想这小丫头也不是故意的，既然美娘也没出什么事，不如就此揭过吧。”

那小丫头哭花了一张脸，不住地抽泣，看上去害怕的样子不像是装出来的，独孤皇后本就心善，动了几分恻隐之心。加上这几日突厥又开始南下了，她也没精力去管这些争风吃醋的小事，因此摆摆手就罢了。

那小丫头朝独孤皇后和元芝灵磕了几个头：“谢皇后娘娘不杀之恩，谢太子妃回护之恩。”

独孤皇后不再久留，派人把萧美娘送回华沐苑，自己便也走了，云容裳看独孤皇后走了就起了身，朝元芝灵冷笑一声：“也不知道你这个好人能演到什么时候？”

元芝灵毫不示弱，也站了起来，她比云容裳要高一些，可大约因为未施粉黛，气场上反而逊了一头：“你这个宠妃，也不知道能当到几时？”

“走着瞧。”云容裳并不把她放在眼里，转身就走，元芝灵狠狠瞪着她的背影，又听见她在外面吩咐人，“太子妃身子弱，你们好好照顾着，别让她出去走动，再生了病。”

元芝灵气得浑身发抖，拿起手边的碗盏就往地上一砸，瓷器碎裂的声音清脆，却让依旧跪在地上的成璧抖了抖：“太子妃息怒。”

听到这怯怯的声音，元芝灵才回过神来，转头看着她。

方才的回护自然是为了在独孤皇后面前装个好人，但她也有别的考量。杨勇是对她厌恶透了的，可她元芝灵身边却不能没有人。

成璧低着头，看上去就知道是个乖顺听话好控制的，元芝灵弯下身子把成璧拉了起来，小姑娘哭红了眼睛，看都不敢看她。

“别哭了”，元芝灵的声音温柔，却透着一股狠劲，“哭花了脸，都不好看了。”

说着，她纤长的手指抚上了成璧的脸颊，不禁让成璧抖了抖：“太子妃……”

“回去好好歇着吧，以后那些粗活儿都不要干了，可别白白辜负了一个金贵的人。”

成璧一惊，抬起头看着元芝灵，有些不知所措，元芝灵却又松开了她：“洛黛。”

洛黛应了一声，元芝灵便又懒懒地靠在了软榻上：“好好教教她规矩，有用得上的时候。”

【五十】军中惊变

华沐苑，青梅和兰泽都围在窗前，萧美娘一睁开眼就是两个泪眼盈盈的丫头，反被吓了一跳：“你们怎么了？”

“王妃你可醒了。”青梅忙抹了抹眼泪端了药来，“坐起来喝药吧。”

兰泽上前扶起了萧美娘，萧美娘就着青梅的手喝完了药才看见坐在桌前的萧瑜，她心思一动：“你们先下去吧。”

青梅似有些不满，可是萧美娘态度坚决，她只好拉着兰泽走了。萧瑜这才看向她：“你让我跟你去东宫，就知道会出事是吗？”

萧美娘把被子往身上裹了裹："所以呢，今天的事你怎么看？"

"你相信太子妃吗？"萧瑜看着萧美娘的眼睛，充满了探究，而每次只要她这么看着自己，萧美娘都有些招架不住："你这是什么意思？"

"我不是你，我从来都不相信任何人，太子妃也好，云昭训也好，甚至是独孤皇后，我从来都没有相信过。江山易改，人心易变，往往能要自己命的人，都是最亲近的人。"萧瑜面色冷冽得让萧美娘暗暗心惊，还未及笄的少女，如何会说出这样的话来。

可是她也知道，萧瑜说得对，因此她颇有几分无奈："那你的意思呢？"

"我也说不准，反正东宫里没有一个是省油的灯，你当心离她们太近，引火烧身。"

"我知道，现在这样也好，我就在华沐苑装病，装过这几个月。"萧美娘说着就舒舒服服地靠上了软枕，"你吩咐下去，不管什么人，我一概不见。"

"好。"萧瑜起了身，"你要没事我就走了。"

看萧瑜少有的乖巧，萧美娘笑道："从前你可没这么听我的话，不想和我斗了？"

萧瑜顿了顿脚步，回过身来："你就是现在死了，我也当不了晋王妃，你我还没到你死我活的时候。"

萧美娘微眯了眼睛心有余悸，萧瑜年纪虽小，但她聪明，而且够狠心。

"你去吧，我以后不见客，有些事情就该你来帮我应付了。"

萧瑜没说什么，撩起帘子就走了，而她前脚刚走后脚青梅就到了萧美娘面前："王妃，你现在怎么和萧瑜那么亲近？"

这语气有几分嗔怪的意思，青梅向来是直爽，又和萧美娘一同长大，情同姐妹，大约心里觉得不是个滋味。萧美娘笑着捏了捏她的脸："你这是在怪我冷落你了？"

青梅有些不好意思："奴婢不是那个意思，只是萧瑜以前就喜欢欺负你，你倒是以德报怨了，可万一焐热的是一条毒蛇呢？"

话虽如此，可就像萧瑜说的，她们现在还没到你死我活的时候，犯不着像仇人似的。二来青梅虽然忠心可没多少心计成算，不比萧瑜一双眼睛看得清楚，因此有些事情萧瑜要比青梅更适合。

萧美娘拉着青梅坐到床沿上："不是我和她亲近，是有些事她会做得更好。"

"奴婢可以学，她能做的事，奴婢都可以为王妃做。"青梅有些不服气，"奴婢只是担心王妃被她骗了。"

"你放心，我心里有数。"萧美娘有些感动，摸了摸青梅的头发，"你自幼跟着我，谁是最值得信赖的人，我知道。"

青梅这才笑了，转而又道："说起来，奴婢有件事想说，那个五月有问题。"

"五月？"萧美娘蹙了蹙眉，她知道自从在并州五月和青梅发生口角之后，青梅就一直不大喜欢五月，只是却也没有在她面前说过五月什么坏话，让她不由得认真起来，"怎么了？"

"今日王妃回宫，她理应留在华沐苑，可王妃都晕倒了，她却一个人回了晋王府。"青梅越说越愤愤不平，"她说并州偏僻，条件又不好，要给晋王殿下打包些东西送过去。王妃你说，她不过一个宫女，对晋王这么上心，分明有问题！"

萧美娘听完就笑了：“那你的意思呢？对主子不管不问的反倒是好的了？”

“不是这个意思！”青梅看萧美娘不怒反笑，更加着急，“你才是晋王妃，她一个宫女再怎么对晋王上心也不能越过你去！再说了，她这样一个人回晋王府算什么？合着只有她把晋王放心上，我们都是死人不成？做给谁看呢？！”

“好了，一个屋子里的人，让人听见了笑话。”萧美娘虽然面上淡淡的，心里也的确有些不舒服，虽她从前是服侍杨广的，可就这么不知收敛也不知避嫌地把杨广放在心上，岂不是衬得她这个正妃不知疼知热？久而久之，万一传出什么风言风语，于她于杨广，都不是什么好事。

她紧抿着嘴唇，半晌才道：“这些事你放在心里就好了，别往外说，此外，以后近身的事能不让她做就别让她做了。”

青梅点了点头，还是有些不平：“那你就不管她了吗？”

“手脚长在她身上，我怎么管？她为晋王考虑是她忠心，我怎么管？罢了，说出去丢人。”

萧美娘摆摆手示意青梅不要再说这事，青梅也猜到萧美娘许是乏了，服侍着她躺下，问道：“天渐渐热了，可要让人把冰鉴取出来用？”

“不用了，也不知怎的，怀了孩子有些畏寒。”萧美娘往被子里缩了缩，像只猫儿似的眯着眼睛，“我乏了，你将那窗帘子放下来，我睡一会儿。”

“好。”青梅依言去做了，却看到萧瑜和五月远远站在院子里不知道说些什么，五月低着头有些委屈的样子。

奇怪，萧瑜素来眼高于顶不和她们说话，怎么反而和五月这么亲近？

青梅心里存了疑，可看到萧美娘已经睡着了也就没去吵她，往香炉里添了些安神香就出去了。萧瑜越过五月看见她出来，拔高了声音："让你帮我把衣裳熏一熏，你一句忘了就了事了？方才做什么去了，主子出了事找不到你人，还有脸委屈！"

原来是为了这样的小事，虽然萧瑜一向跋扈，可五月做的事实在讨人嫌，就让萧瑜代替萧美娘教训她一下也好，因此青梅只朝她们那里望了望便走了。

看青梅走了，萧瑜才压低了声音："晋王现在还轮不到你去关心，收敛着点，别把人都当傻子。"

"奴婢知道了。"五月低着头，眼角挂着一滴泪，看上去楚楚可怜，萧瑜看不惯，转身就走了，留她站在院子里望着萧美娘的窗子，眼里神情不明。

这一年，突厥又大举南下，杨坚下诏细数突厥恶行，任命王爽、窦荣定、高颎和虞庆等人担任元帅分八路出塞，和突厥正面对抗。

长孙晟跟着窦荣定行军，也一直在找时机想要破坏突厥各个可汗之间的联盟，一时间刚刚安定不久的九州大地又是狼烟四起。

萧美娘虽然身子一日日重了，却还是每天走到独孤皇后面前侍奉，就为了多听一些关于战争的事，关于杨广的事。

之前给杨广寄去的书信许是在路上耽搁了，杨广一直没有回信，让她更加焦虑。

好在传回大兴的都是好消息，先是在白道大败沙钵略可汗摄

图的军队，抢夺牛羊无数，又在高越原大败阿波可汗大逻便的军队，使隋军气势大盛。长孙晟趁机游说大逻便，说摄图在战场上威信颇高，很得人心，而大逻便的兵力虽然和摄图差不多，可刚刚入中原就打了败仗，一定会被视作国家的耻辱。摄图为人狡诈，会借着这个机会大做文章，铲除异己。

大逻便心生疑虑，又听说达头可汗已经投奔了大隋，便也驻军塞上，派人跟长孙晟回朝请和，不多日就要到大兴了。

独孤皇后心情大好：“这样一来，突厥不攻自破，我们大隋可算是要扬眉吐气了。”

萧美娘坐在她身边喝着茶，心里明白大逻便那里多半又是杨广出的损招，只是浅浅笑着，心里却有一种说不出的骄傲。

自古美人爱英雄，杨广一怀抱负和才干，可为了收敛锋芒韬光养晦无法施展，大约也算得上是失意了。可他再怎么失意，都有萧美娘陪他懂他，两个人就是彼此的唯一，这种感觉就像是在茫茫海上相遇的两片孤帆，即使身处逆境，却也能成为彼此的依靠。

独孤皇后放下书信，也端起了自己面前的茶盏，看着萧美娘日渐隆起的肚子，不由得笑道：“照这样下去，阿广不日就可以还京了，孩子出生的时候，说不定父王能陪在他身边呢。”

萧美娘抚上了自己的肚子，这是她近来经常做的事情，仿佛只是触碰着他就能听见他说话似的。

看她的笑容那样温柔，独孤皇后只觉得自己的一怀慈母心肠都被勾了起来：“我怀阿广的时候，他可是个调皮的主儿，没有一时不闹我，把陛下气得不得了，说是等他生下来一定要好好罚他。”

萧美娘听了扑哧一笑，忙问："后来呢？"

"后来他出生了，原以为那么闹腾的孩子一定很强壮，谁知干瘪瘪的，看上去可怜得很，陛下没能下得了手。"

独孤皇后说着自己就笑了起来，萧美娘更是捂着嘴笑个不停，她们是这个王朝最尊贵的女人，却也是最柔软的母亲。

笑着笑着，萧美娘便抚摸着肚子，默默和杨昭说着话，你一定要乖乖的，别学父王那般淘气，而要多学一学他的理想抱负，他的文韬武略，他的认真和他的痴情。

"可惜了。"

萧美娘正沉浸在自己的世界里，却忽听得独孤皇后说了这么一句话，有些不解："母后在可惜什么？"

"可惜阿广这孩子命不好，没能早一点从我肚子里爬出来。"独孤皇后说这话的时候脸上的惋惜不像作假，可萧美娘还是打起了精神应付，笑道："都是一母同胞的兄弟，谁先谁后有什么要紧呢？"

"当然要紧，有的人晚了那么一步，这一辈子都追不上。"独孤皇后看着萧美娘，眼里探究的意味甚浓，萧美娘则让自己的笑意融进眼睛里："追不上便不追，这世上有君有臣有百姓，大家各司其职，才能有如今的盛世。若是人人都当王公贵族，地也没人种了，布也没人织了，那岂不是乱了套？所以儿臣不觉得可惜，阿广也不觉得可惜，都是为了大隋能国富民强，君臣和睦，兄友弟恭才是最要紧的。"

独孤皇后愣了愣，半晌才开口，语气里满是赞扬："美娘你是深明大义的，不瞒你说，阿广论人品论才干，样样都比勇儿要好，

因此我与陛下时常害怕他会不甘心。”

“阿广说打小儿父皇和母后就对他很偏爱，想来太子殿下也会不甘心吧。这都是人之常情，可是一家人，就算不甘心也只会互相攀比，取长补短，断不会互相残杀，血浓于水可不就是这个道理吗？”

“是啊，”独孤皇后大为赞同，“都是我身上掉下来的肉，手心手背哪个不疼？好在勇儿和阿广虽然不怎么亲近，却也没闹出过大的矛盾，也算让我省心了。”

正说话间，有个小太监闯了进来：“皇后娘娘，陛下让您速速去书房议事。”

看这小太监神色紧张便知事出有因，独孤皇后忙问：“出什么事了？”

小太监偷眼看了一眼萧美娘，复又低了头：“奴才不敢妄议，娘娘速往吧。”

独孤皇后起身欲走，萧美娘却被那小太监的一眼看得有些不安，也起身走到了他面前：“出什么事了？是不是晋王出事了？”

“这……”

小太监不敢说，独孤皇后看他神色有异，也担心起来：“你快说来，不得有瞒。”

见如此说，小太监只好磕了个头：“晋王殿下失踪了。”

“什么？！”

萧美娘身子晃了晃倒在地上。

独孤皇后慌了神，忙唤了人来把萧美娘扶上自己的凤榻，只等太医到了说无事才安下心来，杨坚那里她也顾不得去了，让人喊了杨坚过来。

原来摄图得知大逻便和隋朝勾结，又刚在白道打了败仗，心生怨恨，居然派兵马去袭击大逻便的营帐，还杀了他的母亲。一时间突厥自己打了起来，杨广因为大逻便已经向大隋请和，为了让他死心塌地，亲自带兵去救。谁知摄图已经是气急败坏杀红了眼，杨广人马不多，便失去了音信。

杨坚说完之后沉默不语，独孤皇后也蹙了眉，半晌才问道："派去找的人怎么说？"

"还没有消息。"

独孤皇后往里屋看了一眼："美娘已经知道了，她还怀着孩子，万一出个什么事可怎么办才好……"

说着，独孤皇后声音越来越低，也有了哭意，杨坚走过去安抚地拍拍她的肩膀："阿广吉人天相，不会有事的。"

"都是你，怕阿广太优秀会影响到勇儿，逼着他出去做官，如今出了事，遂了你的心愿了是不是？"独孤皇后落下泪来，"你从小就偏心勇儿，可阿广也是你的儿子啊！"

杨坚被她说得心酸，再三犹豫还是忍不住开口："你这是什么话？他兄弟二人不相上下，难道你看他们斗得你死我活就满意了？"

"我什么时候这么说了？你别会错了意来怨人！你自己想想这么些年，你对不对得住阿广？"

萧美娘已经醒了，却没有发出声音，只默默听着屋外独孤皇后和杨坚的争执，而他们也好似忘了屋里还有人，说起话来也放下了平日的身段。

“长幼尊卑有序，我就算爱重阿广，我又能怎样？”

“什么长幼什么尊卑？不就是一个皇位吗？都是我的儿子给谁都是一样的！”

“胡闹！”杨坚少有的对独孤皇后发了脾气，“历朝历代因为立太子而惹出的祸端还少吗？何况……”他压低了声音，“何况当时那个梦，我也是没办法的事。”

独孤皇后微怔，忽地拉住了杨坚的手：“我生他的时候梦见金龙飞天，如今美娘的孩子又是天神投生，你说，这会不会是老天的意思？杨坚，天命难违啊。”

杨坚似是在犹豫，半晌才道：“可勇儿自当了储君并没有出过什么差错，天下初定，妄易储位是自掘坟墓啊。”

萧美娘的脑子渐渐变得清楚，后面的话她没有再听，已经够了。

独孤皇后心里大约是更加属意杨广一些，杨坚是两下为难，一面觉得杨广堪当大任一面又觉得杨勇并无过错。

从来君心难测，却不想她就这么窥探到了君心，可是就算这样，杨广又在哪里呢？

萧美娘觉得心像是浸泡在药汁里，苦得让人说不出话来，两只手在被子里紧紧握拳才不致让自己哭出声来。泪水顺着脸颊洇湿了罗枕，鬓发被水痕沾在脸上，凉凉的。

四下里很安静，像极了她被萧岿逼着联姻的那一天，空空荡荡的屋子，只有她一个人，好像永远也不会有人来似的。

珠帘轻响，也不知过了多久独孤皇后才走进内室，萧美娘哭累了已经迷迷糊糊又想睡过去，脸上泪痕斑驳，看得独孤皇后心疼。

“可怜的孩子。”

萧美娘睁开眼看着她，一个没忍住眼泪便决堤似的往下淌，她强撑着坐了起来："母后，怎么办啊……"

"要是找不到阿广，我怎么办啊……"

独孤皇后也难过，可是看萧美娘泣不成声，泪如雨下，她也只好忍着心里的悲痛把她搂进怀里安抚着："不怕，有母后在都不怕的啊，你是母后的女儿，母后照顾你一辈子都是愿意的。"

独孤皇后说着也有些哽咽，萧美娘放下了所有的克制和礼数，紧紧抱着她，像是溺水之人抱住一根浮木，把独孤皇后的衣裳都弄皱了。

她的怀抱很温暖，是厚重的檀香味道，萧美娘第一次在最无助的时候感觉自己没有那么可怜，来自母亲也只能来自母亲的那种温情，就在那一瞬间给了她家的踏实感。

"母后，阿广一定会没事的，对不对……"

"是，阿广一定会没事的。"独孤皇后稍稍心安，萧美娘已经坚强起来了，这是一个坚强的女子。

于是她轻轻抚着她的背，柔声道："我告诉你一个秘密，你知道为什么阿广的小名叫阿摐吗？"

萧美娘在她怀里摇了摇头，独孤皇后便笑道："我生他的那天夜里，做了一个梦，梦见有一条金龙越飞越高，越长越大，陛下说这是预示着这个孩子要摩云擎天，所以起了小名叫阿摐。"

萧美娘抬起头，愣愣地不知说什么，独孤皇后则帮她理了理乱了的鬓发："阿广的人生才刚刚开始，他不会有事的。"

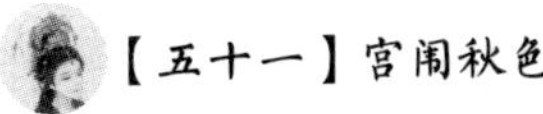

【五十一】宫闱秋色

大逻便为报杀母之仇联合了达头可汗起兵反对摄图，突厥东西分裂，摄图不得不放弃南征。可杨坚早就想除了突厥，又哪里能让摄图有些许喘息的机会，步步紧逼毫不退让。

内忧外患，摄图已经精疲力尽，不得不向大隋俯首称臣，就连从前远嫁突厥的北周千金公主也上书情愿改姓杨，认杨坚做义父。

连续两年的战乱使大隋国力空虚，杨坚收了摄图的降表，至此一统北方，举国欢庆。

而对于萧美娘来说，最最要紧的是在过了心惊胆战噩梦连连的日子之后，终于等来了杨广的书信。

信上说他一切都好，等到把并州的事情都安排妥当之后就会回大兴陪她一起生产，萧美娘捧着书信喜极而泣，将墨迹都晕染开来，模糊不清。

此时她肚子已经隆得很高了，行动有些不方便，可能是孩子听到了父王的消息，也欢快地在肚子里踢了萧美娘好几脚。

萧美娘抚上肚子，且泣且笑，马上就可以见到父王了，你一定也很高兴对不对。

马上就可以见到他了，她的心已经忍不住欢呼雀跃，像是春雨过后的鸟儿那般，不得安宁却生机勃勃。

萧美娘在青梅陪着读信的时候，五月也抱着拿出去晒的衣服走了过来，红着一张脸，怯怯问道："殿下是不是要回来了？"

青梅看她这样就没好气："回不回来与你何干？你只守好自己的本分！"

萧美娘就是看不得女孩子委屈的模样，尤其是五月这种天生柔弱容易让人同情的姑娘，因此拉了拉青梅的袖子让她住嘴，转而笑道："殿下大约年底回来，今年怕是要在大兴过年了。"

"真的吗？"五月毫不掩饰自己的欢喜，看上去倒是一副怀春少女的模样，那样子看了的确让萧美娘这个正妃觉得别扭："是，无事你下去吧，这里有青梅陪着就行了。"

五月应了一声却不说就走，反而嗫嗫嚅嚅的，又问道："那，殿下的伤呢？殿下之前受伤失踪，他的伤怎么样了？"

是啊，杨广之前受伤失踪，怎么信里只字未提？

萧美娘也心生疑惑，又把书信翻了一遍，果然，就像那让她几乎崩溃的失踪只是一场梦一样。

"怎么会？"

萧美娘不得其解，青梅忙道："那是殿下体谅王妃，王妃怀着世子本就辛苦，殿下不愿意让您为这些事烦恼伤了身子，这是殿下的体贴，奴婢可羡慕呢。"

说的也是，杨广对她向来宠溺，从来不肯让自己为他担心，隐去那些事也是常情。

萧美娘笑着点点头，虽未说什么，笑意却把她的幸福一点不落地出卖了。

她的夫君大约是这世界上最温柔的人了吧。

这么想着，窗外的阳光仿佛都变得更加和暖，萧美娘扶着青梅的手从藤椅上站了起来："天气真不错，我想出去走走。"

"也好，太医说了王妃多走动有利于生产。"青梅说着就去屋里帮萧美娘拿披风，只五月站在那里不知道手脚怎么放。

青梅已经很久不让她接近萧美娘了，以至于她都快忘了在萧美娘面前该怎么服侍，萧美娘看她那样于心不忍，只道："你过来扶我一把。"

五月居然露出感恩的神色来，忙上前扶住了萧美娘，屋里闷，萧美娘想到走廊上去站站顺便等青梅，便扶着五月的手，另一手扶着腰慢慢往外走。

夏末秋凉的季节最是舒适，夏的温暖和秋的静谧在这时完美地融合在一起，像是薄荷的颜色，鼻息间都是这个季节的清新的味道。

萧美娘扶着栏杆，贪婪地享受着阳光与南风，空气里的味道都是暖暖的。

五月看四下无人，动了动嘴像是有话要和萧美娘说，可是还没开口青梅却已经过来了，她看见五月便把她挤到一边："你跟在后面就行了。"

"是。"五月不敢和青梅争辩，只好乖乖跟着。

大概是天气晴好的缘故，离了建章宫不多久就碰上了东宫的几个姬妾，以云容裳为首，带着高温玉和王良娣、王暖玢，还有一个新晋的小美人，看着有些眼熟，却想不起来在哪里见过。

既然碰上了，少不得寒暄几句，萧美娘闭门谢客的这些日子里，东宫已经又是一番境遇。云容裳怀了孩子，太医诊断过后说是双生子，这让杨勇喜出望外，对云容裳的宠爱更甚，把高温玉和王暖玢尽数抛到脑后。只有一个通房成氏是杨勇新得了的美人，新鲜感还没过，居然也能和云容裳分庭抗礼。

所谓通房也就没有名分，不过是个体面些的宫女，萧美娘细细打量了她一番，才想起来原来就是元芝灵屋里那个做酸梅汤做得好喝却差点害她小产的宫女。

那少不得这是元芝灵的人了，她知道自己翻身无望，便指望靠一个小宫女去争宠，看起来也已经是穷途末路了。善恶终有报，萧美娘暗暗感叹一番，也不再惋惜，这些年来，她的心已经是冷硬了许多，不相干的人或事大可一笑置之。

这群人里云容裳和萧美娘最亲近，便拉过萧美娘的手两人并排走着，看上去如同一对深闺密友，旁人插不上话，高温玉和王暖玢也就慢慢地落后几步，成璧还是小心翼翼地跟在她们身后，和从前当宫女的时候看起来并无分别。

云容裳自然不管身后的那些人，只笑着朝萧美娘道："你可真是会躲，一躲几个月，我连你的面都见不着。"

萧美娘摇了摇头，解释道："什么话，我怀着孩子总觉得身子懒懒的，别说出来走动，多看一会儿书都会犯困。这样去见客，知道的说是我身子不好，不知道的只以为我是那种轻狂小人，我何苦去惹得人骂我。"

"一张巧嘴黑的都能说成白的。"云容裳笑着嗔怪了一句，虽是玩笑话，却不知几分真几分假，"我当时找你帮忙的事，是我情急了，幸而没有一时冲动。"

萧美娘听她这么说才松了一口气，杨广在书信里也嘱咐她万不可掺和进这件事，她正苦恼呢，云容裳自己想通了最好。

于是她的笑意也多了几分真诚："说的是，你现在的福气可是谁都比不来的。"

云容裳不置可否，摇了摇扇子，转而又恨恨道："可气的是那个毒妇，居然放了一个妖精似的人在殿下身边，这不是给我添堵吗？”

“你是说那个小宫女？”萧美娘不由得往后看了她一眼，低着头怯怯地跟在后面，怎么看都不像是那种会争风吃醋，咄咄逼人的人，何况她身份又不高，“我看她怎么也越不过你去吧，她做了什么事让你这般生气？”

“就是什么都不做，才让我生气！”云容裳说着居然顺手揪下了一旁的灌木叶子，在手里揉碎又扔到了地上，“成日里一副可怜巴巴的样子，活像谁欺负了她，在殿下面前也是，让人好心疼。有时候她不懂规矩做错了事，我才说一句就眼泪汪汪的，惹得殿下以为我不能容人。笑话！我要是不能容人，元芝灵那个贱人早就化作灰了！”

萧美娘知道她是不吐不快，干脆就等着她把话说完：“所以啊，最可怕的不是咄咄逼人的人，而是这种楚楚可怜，背地里捅刀子的人。”

这话说得萧美娘心里一动，她身边，可不也是有这样一个人吗。

“那这样的人要怎么对付呢？你身经百战的，让我取取经。”

云容裳扑哧一声被她逗笑了，转而正色道：“这样的人别无他法，你不对她狠，就别怪人把你往死里整。”

“这么说，你要……”

萧美娘吓得捂住了嘴，云容裳染上了愁容，叹了一口气：“她如今正得意，我犯不着去触殿下的霉头，左不过她生不出孩子，过了这阵新鲜劲殿下自然就丢开手了，到时我想怎么样都行。”

“左不过她生不出孩子”，看来云容裳是使了手段的，最毒妇人心，真是一点都不错。

萧美娘和她慢悠悠地走着也不说话，不知不觉逛了大半个御花园：“有些乏了，去那亭子上坐坐吧，歇歇脚也沏盏茶喝。”

浮翠亭坐落在太液池边的假山上，站在亭中俯瞰另是一番风景。

有些树叶已经开始泛黄，点缀着太液池较之往日多了几分华贵雍容，湖面澄澈如明镜，隐隐可以看见湖心的瀛洲岛。

浮翠亭下种了许多银杏树，叶子金黄像是一树一树的碎金，看上去华贵又高雅，萧美娘站在亭子里往下看，像是铺开了金黄色的地毯，让人想要往上躺一躺。

“此番秋日盛景，如何比不上春日？”

萧美娘不由得感慨了一句，云容裳便走到了她身边，也被这景色吸引了。

“咦？”

成璧不知道看见了什么，发出一声惊叹，见众人都看着她瞬间红了一张脸：“奴婢看见那里有一架秋千。”

“秋千？好玩儿，我想去荡秋千。”萧美娘一听就来了精神，拉着云容裳就往下走，让云容裳有些无奈，“好歹是要当娘的人了，也不说稳重些。”

说话间萧美娘已经快步乱窜走到了秋千旁，一面喘着气一面道：“谁说的，我听见昭儿与我说他想荡秋千，我这是为了他才玩儿的。”

云容裳笑笑没说话，大约也懒得和萧美娘争论，显得自己和她一样孩子气。

高温玉和王暖玢都累了，无奈跟着她们下来便也就远远站在

一边看着，只有成璧也是孩子心性，站在秋千旁跃跃欲试。青梅带了人回去沏茶，身边便只留了五月服侍，见萧美娘想要去荡秋千，忙拦住了她：“王妃您怀着世子呢，月份大了万一伤着可怎么好？”

“怕什么，我打小儿就开始荡秋千了，不会有事的。”萧美娘不以为意，五月却急了，“王妃便是不为自己着想，也要为了世子，为了殿下考虑啊。”

“我……”

云容裳看着她们觉得有趣，便倚着秋千道：“你们可商量好了？再不拿个主意，我可就要上去了。”

五月见状，轻声道：“怎么云昭训也不知轻重呢，您比我们王妃大几岁，好歹劝劝她。”

这秋千建在此处，既不知是谁人所建又不知过了多少时日，实在有些危险，云容裳是有些犹豫的，萧美娘被她们这样说也生出了退意。正想着不如作罢，成璧却怯怯道：“奴婢也想玩，不如奴婢先玩，当是为昭训和王妃试一试这秋千牢不牢。”

萧美娘看成璧瘦瘦小小的，想来也不会有事，便应了，成璧坐到了那秋千上，五月便站到了她身后帮她推，秋千越荡越高，又慢慢低回，成璧静静握着两边的绳子，闭着眼睛感受风在自己耳边呼呼吹着，混合了阳光味道的风暖暖的，让她少有地露出笑来，不由得忘却了小心谨慎，咯咯笑了起来。

她看上去年纪尚小，也尚天真。

萧美娘捧着肚子站在一边看着，秋千越荡越高，成璧回头道：“好了好了，再高我就要害怕了。”

五月听如此说，便渐渐减了力道，终于双脚落地，成璧站起来呼了一口气，这才有些不好意思地站到一边。萧美娘看着云容裳，云容裳扑哧一声笑了：“你要玩便玩吧，我不和你抢。”

萧美娘这才笑笑坐了上去，五月站在她身后，不敢用太大的力气，因此萧美娘的脚都不曾离地，让她有些不满，回头道：“你哄小孩子不成？用力些。”

“王妃，可是……”

“别可是了，我就玩一会儿。”

五月没办法，只好加大了力道，萧美娘抬起了双脚就像是被风拥抱住了，和暖的秋风像是软软的桂花糖，要把她送到云朵里去。云容裳还是站在一边，想不到萧美娘平日里看起来那般成熟端庄，也有这样孩子气的一面。

可能被宠爱的人永远都不会老去吧，云容裳便靠着秋千架看萧美娘，在金灿灿的银杏树下，那样的笑容仿佛都在发光，让人有些移不开眼。

想来她和杨勇最开始的时候也是这样的，彼此眼里都看不到第二个人，可也不知道从什么时候起，杨勇虽然还是最喜欢她，可她却已经没有办法再把最纯粹的感情留给他了。

大概是从她怀了孩子之后杨勇却不肯给她名分那时候开始吧，再后来他娶了元芝灵，又纳了许多妾，虽然还是对她最好，可总是在心里留下了芥蒂。

云容裳羡慕萧美娘的幸运，却又不无恶毒地去想，这样的幸福能持续到几时。

她思绪飘得很远，却被一声惊呼扯回了现实。

“王妃！”

【五十二】难辨忠奸

那秋千的绳子不知什么时候断了，把萧美娘甩了出去，五月吓得瘫软在地上，脸色白得像纸。银杏树后，萧美娘被一个男子抱在怀里惊魂未定，云容裳忙跑了过去，萧美娘还没有回过神来。

萧美娘大约也是被吓到了，在那人怀里直发抖，好在并无大碍，云容裳长舒了一口气，万幸万幸，若是出了事，只怕独孤皇后会把她撕了的。

过了好一会儿，萧美娘眼里渐渐有了神采，彼时她还被那男子抱在怀里，孔武有力的臂膀让她红了脸，推了推他。李渊这才回过神，忙把怀里的人放下，拱了拱手：“失礼了。”

萧美娘退开几步：“多谢公子相救。”

这男子穿的是常服，大约是哪家的贵族公子，容貌算不上英俊却有一种坚毅，看上去就很精明。身材颀长壮硕，一看就是习武之人，萧美娘从未见过他，不敢称呼，只好偷眼看着云容裳。

云容裳料到萧美娘不认识这位，忙上前道：“这是李渊李大人，是皇后娘娘的外甥，晋王殿下的表兄。”

李渊的母亲和独孤皇后是姐妹，因此特别得杨坚的器重，父亲死后袭了唐国公的爵位，因此可以自由出入宫廷。

萧美娘听说是杨广表兄，又欠了欠身：“原来是表兄，我竟不识得，失礼了。”

李渊听云容裳的话就猜到了萧美娘的身份，忙又还礼：“方才冒犯了王妃，王妃恕罪。”

“好了，都是一家人，你们要不对着行一天的礼罢了。”云容裳拉过了萧美娘，道，“李大人从哪里来？”

“回京述职，刚从陛下那里过来。”李渊的回答恭顺有礼，又问道，“晋王殿下的伤势如何了？我很是惦念他。”

萧美娘一愣，脸上便有些烧，低声道：“我，我也不知。”

“殿下竟不曾告知王妃吗？那他……”李渊有些吃惊，可是看萧美娘似有低落，便截了话口，转而道，“那大约是殿下怕王妃担心，殿下失踪后我也被派去搜寻，王妃放心，一切安好。”

“多谢李大人。”

萧美娘道着谢，心里却有些不是滋味，自己的夫君出了事，可居然要从别人嘴里听来“安好”两个字。虽说是怕让她忧心，可杨广怎么不想一想，他不向她报个平安，她又如何能真正地安心呢？

云容裳看萧美娘像是被吓到了，也怕出什么事，便拉着她向李渊道了别。

萧美娘精神不大好，只跟着云容裳走，李渊却突然喊住了她：“王妃。”

两个人脚步一顿，萧美娘回过头疑惑地看着他，李渊的样子看上去居然有些呆：“王妃怀着孩子，还是小心些，不是每次都能这么幸运的。”

“多谢大人叮嘱。”萧美娘无心应付，刚走出几步就看见了青梅，小丫头也像是被吓到了，急得要哭：“王妃怎么了？怎么奴婢刚离开一会儿就出了事呢？”

五月怯怯地跟在她身后大气不敢出，青梅也是气急了，回身就打了五月几下："你怎么服侍的？是不是存心想害王妃？"

"没有没有，奴婢不敢。"五月一面闪躲一面哭着解释，萧美娘本就不大高兴，看到她们这么闹腾更是不快，"好了，当着云昭训的面，也不嫌丢人！"

青梅听这话才住了手，悻悻看了云容裳一眼："那王妃回去休息吧。"

"不急，"萧美娘还没说话，云容裳却阻止了她们，"咱们去秋千那看看。"

说着她抬步便往那儿走，别说萧美娘了，高温玉她们再看到那秋千都心有余悸。云容裳站在那秋千旁，好笑地看了萧美娘一眼："现在不是女中豪杰了？"

萧美娘微微红了脸，岔开了话题："你究竟是个什么主意？"

云容裳蹲下来捡起了地上的秋千绳："果然，是被人割断的。"

"什么？！"萧美娘也顾不得害怕了，忙走上前去接过了那秋千绳，真的如同云容裳所说，而且，"你瞧这边缘这般粗糙，像是被石头割破的。"

云容裳沉思了一会儿，起身看了一眼各怀心思的众人，道："回去吧，这事不急，慢慢查。"

萧美娘看云容裳在给自己使眼色，便点了点头："也好，明儿再见吧。"

回到华沐苑，青梅早就请了太医来，好在李渊到得及时，萧美娘只是受了惊吓，并无大碍，青梅这才放下心来。

五月自知做错了事，跟在萧美娘身边一刻也不敢离了她，正想给萧美娘倒杯水，却被青梅拦住了：“你又想做什么？不害死王妃你不满意是不是？”

“奴婢真的没有！”

“秋千绳子是被人割断的，我可听说当时是你在晃秋千。”青梅不依不饶，越说越过分，“你那点小心思，打量人看不出来吗？劝你趁早死了这份心，晋王殿下可看不上你这样恶毒的人！”

见心事被人说破，五月也急了，不再和青梅争辩，而跪在了萧美娘面前：“奴婢是倾慕殿下，可是奴婢从来没有要害王妃。”

萧美娘实在是头疼，揉了揉额角：“你们让我安静一会儿好不好？我真的乏了。”她轻叹了一口气，青梅见状，忙把五月打发走，扶着萧美娘坐到了床榻上：“王妃还是躺躺吧，太医虽说无事，可到底受了惊吓。”

“嗯……”萧美娘精神不大好，由着青梅帮她卸了簪环，和衣躺到了床上，“出去吧，我不叫别进来吵我。”

青梅帮她掖了掖被子就走了，萧美娘则拉着被子把脸蒙了起来，像是这样就没有人能害得了她了。

她现在就是一只兔子，周围全是虎视眈眈的猎人，让她不知何处而归。越是害怕就越是思念杨广，分离的日子太久了，她无比怀念在并州的那段时光，就算有突厥犯境，可两个人守着彼此，也未见有多难过。

或许是杨广为她承担了太多，又或许只是因为有杨广在，所以什么都不足为惧。

她这一觉睡了很久，醒过来的时候天已经黑透了，萧美娘身子有些沉，恍若犹在梦中，一时间都没能想起发生了什么。青梅

听她的话不曾进来打扰她，因此屋子里的灯都还没有点，萧美娘撑着坐起来，揉了揉额头，自翻身借着浅浅的月光去点灯。

屋子里亮了起来，青梅便在外面问了一声："王妃醒了？要不要用晚膳？"

萧美娘摸摸肚子，倒也不算饿，只是她自己不想吃也该为了孩子吃一些，这才让青梅端了食盒进来。她坐在妆镜前松松绾了一个髻，回过身时青梅已经布好了碗筷。都是她素日里喜欢吃的东西，睡了一觉神清气爽，精神也好了许多，看青梅侍立在一边憋了一肚子话的样子，萧美娘不禁笑道："有什么想说的就说吧，别憋坏了，还得麻烦人家太医来一趟。"

青梅看她这样打趣自己，噘着嘴埋怨道："奴婢是一心为了王妃着想，可王妃总是不领情。五月明明就心怀鬼胎，王妃却一点也不怪她，弄得倒像是奴婢在咄咄逼人。王妃你只在乎五月受委屈，怎么不想想奴婢也会委屈呢？"

萧美娘笑着摇摇头："你说得再多却是口说无凭，我就是有心要帮你，却也是帮不上的。"

"还要什么凭证啊？明眼人都看得出来。"青梅嘟囔了一句。萧美娘笑道："这话你要是和人家打官司，也这么和主事官说吗？"

青梅还想反驳，到底是把话咽了回去，安分地服侍萧美娘用膳，待收拾碗筷的时候才想起来："奴婢记得曾看见五月和萧瑜在一起唧唧哝哝地不知道商量什么，王妃你说……"

萧美娘登时板起了脸："我知道你一向不喜欢萧瑜欺压我，但你记得，萧瑜也是你的主子，你怎么敢议论她？被人听见了我也保不住你。"

青梅吐了吐舌头："奴婢在王妃面前才说的。"

"我只怕你说顺了嘴，往后去别人面前也这么说。"萧美娘牵过她的手，起身往妆镜那走，挑了一根翡翠如意攒金簪给青梅，"我知道我身边最忠心的就是你了，这个给你也算是我的心意。"

青梅拿着簪子红了眼眶："奴婢都是分内的事，不敢收这样贵重的簪子。"

"你我虽为主仆，但你知道我心里是把你当作姐妹看的，就当是做姐姐的给妹妹送件首饰，你不收才是看不起我呢。"萧美娘温声细语，眉眼含笑。青梅听说，忙把簪子戴到了头上："奴婢谢王妃赏赐。"

萧美娘依旧拉着她的手："五月的事你放在心上就好了，她若真的行为不正自然会露出端倪，若是有了凭证，我绝不轻饶了她。"

"奴婢知道了。"青梅点点头，却突然喊了一声，"什么人？！"

萧美娘一回头，果然看见一个黑影闪过。青梅把萧美娘往屋里拉了拉自己走到窗边，屋外明月高悬，月朗风清，倒是一片宁定："怎么回事？我明明看见有人过去的。"

"可能是野猫吧，你别多心了。"萧美娘上去关了窗户，"你下去收拾收拾吧，帮我准备沐浴。"

青梅应了一声，眼看青梅走了，萧美娘这才摊开手拿出方才那人扔进来的纸条，只看了一眼就放到灯上烧了。屋外是青梅吆喝人的声音，萧美娘听着听着却又放空，思绪不知飞到了哪里，手心汗津津的，惴惴不安。

青梅打发人去烧热水后想起来该吩咐他们往热水里加些牛乳，

好让萧美娘解解乏，又能滋养肌肤，谁知刚走到后院却看见五月不知去了哪里才回来。想到方才的黑影，青梅不由得起了疑心：“站住。”

五月一惊，看向了青梅，低了头：“姐姐有什么吩咐？”

“你去了哪里？我找人帮王妃准备沐浴的水竟找不到人，你以为你现在不到前面去伺候就可以偷懒了吗？”

青梅咄咄逼人，五月不敢和她争论，只道：“方才皇后娘娘遣人来送东西，奴婢看没有人在前面这才去接的。”

“这么说你方才到前面去了？”青梅走上前去，拉起她的手就瞪着她，“那方才是不是你趴在王妃窗前鬼鬼祟祟的？”

“什么？”五月大惊失色，慌忙摇头，“没有没有，奴婢没有。”

“还说没有，你头上落了一片梧桐的叶子，这满院子除了王妃屋子前边，哪里还有梧桐？”

五月伸手一摸，果然落了一片梧桐叶在头上，她竟然没有察觉，青梅看她这样，自以为抓到了把柄。“可算是被我逮到了，方才王妃还跟我说呢，让我盯着你，要是有了凭证她定不饶你。”青梅抢过五月手里的梧桐叶，“你瞧，这就是凭证。”

五月害怕，也不管青梅只是和她一样的宫女，忙跪了下来：“这梧桐叶奴婢也不知道是在哪里沾上的，姐姐饶命，奴婢真的没有。”

“这话你说给王妃去，看她信不信你。”青梅不由分说就要拉着她往萧美娘那里去，五月哭哭啼啼地不肯，“姐姐信我一次，我真的对王妃忠心耿耿。”

“王妃早就不信你的忠心了，你且向别人表忠心去吧。”青梅是大大咧咧惯了的，最看不上五月这样动不动就流眼泪的女子，只觉得矫情，心下更是不舒服。

五月听了她的话却愣了愣，手上力气也松了些："王妃当真这么以为？"

"你以为呢？你背着王妃勾引晋王殿下的事打量能瞒得过谁？也就是王妃大度，又要为小世子积德才留你到今日。"青梅甩了她的手，"今儿可不行了，你自己在前面走，别拉拉扯扯的，大家脸上都不好看。"

五月倒是不再啼哭了也不再求告了，只是眼泪还止不住，站在青梅面前直往下淌却又不说话。青梅不耐烦她这样，刚要开口催促她几句却听得身后来了人，清脆如珠玉的悦耳声音："你们吵什么呢？不让人安静。"

萧瑜走上前来，青梅这才草草行了个礼："郡主。"

"你今日倒是懂规矩，知道该向我行礼了。"萧瑜有些不屑，"是被美娘姐姐教训了吧。"

"奴婢做得不对，王妃理应教导。"青梅看萧瑜来了就知道事情要坏，果然，萧瑜并不和她纠缠这个，只道："你们在吵什么？美娘姐姐没教过你深宫之内不许喧哗吗？"

"五月方才偷懒了，误了王妃沐浴，奴婢只是训斥她几句。"

青梅知道萧瑜和五月多半已经是一路人了，她在萧瑜面前说再多也只是白费功夫，说不准还要被她们抓住把柄。可她有心退让，萧瑜却不依不饶："多大的事你就这般欺负人，自以为是美娘姐姐的陪嫁便高人一等吗？你别忘了这屋里还有一个陪嫁的郡主，要嚣张也轮不到你。"

青梅心里不服气，却又不能多争辩，只好低头：“是，是奴婢莽撞了。”

“这可不是莽撞不莽撞的问题，你是姐姐带来的贴身婢女却这般不知礼数，传出去人家只会说是姐姐教导无方，更有那恶毒的人会揣测姐姐的家教，带累的是我梁国的名声。你区区一个宫女，可担得起这份罪责？”

这样大的罪名加在她头上，青梅明知是萧瑜故意刁难但还是跪了下来：“郡主恕罪，奴婢不敢。”

“知道不敢就收敛些，姐姐脾气好纵容你们这些奴才，我却是眼里容不得沙子的。”

“奴婢明白了。”萧瑜的语气冷冽透着股狠劲，青梅头都不敢抬只能认罪，萧瑜这才放了她去。

等到青梅都走远了五月还有些蒙，眼泪尚未流干净，萧瑜扔了一块帕子给她：“擦擦吧，现在你可看明白了？”

五月只是抹眼泪却并不说话，萧瑜像是也不在乎五月的回答，只是盯着青梅的背影，眼神晦暗。

她头上带着的是翡翠如意攒金簪，那是萧美娘的嫁妆，整个梁国只有两支，一支给了萧美娘，还有一支萧岿私下里赏了她。

这样的簪子她居然送给了一个奴婢，萧美娘现在是枝头上的凤凰了，只怕谁都不在她眼里了。

【五十三】虎毒食子

安生的日子又过了几天，云容裳派人来传话，说是要约萧美娘出去转转。萧美娘经过上次的事还有些后怕，可云容裳话里正有和她商量之前那事的意思，萧美娘也不得不去。

青梅的话她也记在了心里，因此出门只带着青梅，远远地看见了云容裳和她身边服侍的沁儿。

看到她来，云容裳便笑了笑，她今日穿得简单，素色的罗裙一应妆饰皆无，薄施粉黛，只在眉间点了花钿，既素雅又俏丽，只能说人美怎么穿都好看。

萧美娘走到她身边，不由得夸赞："你今日真是好看。"

"什么话？我昨日不好看吗？"

"昨日我又未见你的面，怎知你好不好看？"萧美娘抢白了一句，拉着云容裳的手便往前面的问月台去坐。

问月台建在水面上，要走过南屏桥才能到，栏杆低低的，坐在台中便可以望见水里的月亮，到了晚上的时候水光与月光糅合在一起，如同洒了一湖的碎金，那可真真是良辰美景。

此时是白天，景色虽好却没什么特色，只是比寻常楼台要幽静些，萧美娘落了座，桌上已经沏好了茶，显见是云容裳早有准备。

萧美娘自斟了一杯，放在鼻前闻了闻，闭着眼品了品："好香的茶，只是有些凉了，你说你何不就约我在醉花居呢？还要平白走这么些路。"

云容裳提起茶壶一面给自己斟茶一面道："东宫现在有了那个成璧，哪里还是能说话的地方，不如到外面来清静。"

"怎么？我看那成璧年纪又小，胆子也不大，谨小慎微的，她竟真能做出什么事来？"

萧美娘有些不解，云容裳便叹了一口气："倒也不是她，她的确胆子小，可是她烦人。我估摸着元芝灵一定是让她下手害我，

只是她不敢，元芝灵被我困着又无可奈何，只怕也直跳脚呢。”

想到元芝灵那样，云容裳心情倒也好了些：“说白了，成璧那丫头就是只苍蝇，不咬人却又不让你安生，时不时地还恶心你一把。”

“苍蝇虽小，日子久了也能让人得病。”萧美娘顺着她的话往下说，转而道，“可你要是只盯着这小苍蝇，恐怕也不是长久的道理。”

“你说得是，苍蝇背后还有只老虎呢。”云容裳握杯子的手紧了紧，萧美娘看在眼里，只笑道：“哪里是老虎？那老虎被你困在屋子里，猫儿都不如。”

云容裳顿了顿，沉了脸色：“自打我怀孕之后，殿下最常去的就是成璧那里。元芝灵有家世有背景，又一向有皇后的宠爱，成璧现在正得宠，男人最听不得枕边风，万一哪天殿下一心软把元芝灵放出来，我就前功尽弃了。”

萧美娘理解她，云容裳和元芝灵相比，只输在家世上：“你主意多手段高，自然已经想到怎么解决了吧。”

“想到是想到了，只是还差点火候。”云容裳放下茶盏，看向了萧美娘，“美娘，我差你这一点。”

虽说早就看清了元芝灵的真面目，可元芝灵曾对她说的关于云容裳的那些话萧美娘也还记在心里。她身边的这些女人一个个都太有心机，她不能不信却也不能全信，最重要的是不能插手。

因此她只是摇摇头：“我胆子小又没本事，怕是帮不上你。”

云容裳一听就知道这是借口，低头轻笑一声，转而看向了湖心的蓬莱岛。入了秋，蓬莱岛上的树木枯得却慢，远远看上去还是一片苍翠。

“我知道你自以为和我们不是一路人，所以这样的事你不屑参与。可是美娘，你要知道风水轮流转。”

萧美娘蹙了蹙眉：“什么意思？”

“没什么意思。”云容裳看向她，“先不说这个，上次秋千的事我查明了，是成璧那个小贱人做的。”

“成璧？”萧美娘眉头皱得更深，“我看她不像是做这种事的人啊。”

“知人知面不知心，当日我就怀疑她，所以一直让人盯着她。”

那秋千的确是被尖利的石头割破的，那样的石头很特殊，应该很容易找，可当时秋千架下并不曾找到。云容裳猜测是被人收了起来，果然，成璧也算是没什么心计，刚回东宫就把这石头扔到了花园里，也不说避着人，自然就被发现了。

“那现在呢？”萧美娘忙问，“你把成璧怎么了？”

“事无定论，她现在是得宠的时候，仅凭一块石头可不能把她怎么样，因此她还以为自己做得天衣无缝呢。”云容裳朝着萧美娘微微一笑，“成璧是个没心眼的，你说这种事，是谁让她做的？美娘，元芝灵要害的可不一定是我。”

萧美娘心里一惊，双手不由得在袖子里握成了拳，面上却还是淡淡的：“你什么意思？”

“元芝灵和我不同，我不管太子和晋王的事，可她的野心并不止于太子妃。你怀着孩子回来，又是天神投胎，她心里指不定怎么想的呢。”云容裳顿了顿，“况且，你知道得太多了。”

萧美娘眼神深了深，杨广也跟她说过，东宫里最有手段的是

云容裳，最有野心的是元芝灵。可能是因为元芝灵嫁给杨勇从一开始就不单纯，所以她所做的事，为了自己也为了杨勇。

当时杨广和她两个人躺在床上，他把她搂在怀里，轻轻抚着她的肚子："回宫之后千万要小心太子妃。"

而现在，萧美娘就像杨广那样抚着自己的肚子，杨广曾那样无奈地对着杨昭说让他好好保护她，而事实上，正是她应该要好好保护他们的昭儿。

手掌心传来的温度就像是杨昭在无数个夜里带给她的慰藉一样，从掌心一点点传回到心口，明知是这样多的风刀霜剑，可那样的温暖却能让她一次次勇敢起来。做了母亲之后才体悟到什么是血脉相和的母子亲情，从这个孩子在她肚子里诞生的那一刻起，她们就已经连为一体，唯一能把他们分开的是生，而绝不应该是死。

萧美娘想到了什么，轻声问道："我问你一句话，你的孩子，是怎么没有的？"

云容裳微怔，看着萧美娘并不作答，微微有些惊讶。萧美娘看着她，声音平缓却又如同利刃："别人不知可我清楚，就算床底下有麝香香包，按你平时的脉象也绝不可能小产。"

微风吹过，吹起云容裳鬓边的碎发，让萧美娘有些看不分明她的神情。

"你都已经猜到了，又何必来问我？"云容裳像是笑了，笑得有些凄楚，"是我杀了他，是我杀了我的孩子，你满意了？"

"虎毒不食子，你怎么能……"萧美娘没忍住拔高了声音，可是当她看见云容裳眼里的恨意的时候，却又愣住了。

云容裳将碎发撩到耳后，也不看她，只看着水面的波纹："你当我不知道那孩子本就生得艰难吗？经过那么多事，我生他是要搭上我自己的命的！独孤皇后打得好算盘，我难产而死遂的是她的心。”

“你又怎知一定会难产？说不定……”

云容裳打断了她：“能让一个女人死在产房里的方式太多了，我死了我的阿俨怎么办？他应该是皇长孙，他不能那么偷偷摸摸地过一辈子！如果我死了，杨勇一定不会再管他的，所以我不能死。”

“所以你就要用你孩子的命去换？”萧美娘有些难以置信，“皇长孙是你的孩子，这个就不是了吗？”

“这个孩子本来就生不下来不是吗？”云容裳反驳道，“我也愧疚，我也难过，午夜梦回我也害怕他向我索命，可是美娘，你告诉我，我还有更好的办法吗？”

萧美娘被她问住了，云容裳却像是许许多多的委屈好不容易有了一个宣泄口，越说越多：“美娘，你生来就是千金贵体，风风光光地被封了晋王妃，皇后那么喜欢你，晋王也独宠你一个，你根本就不明白我要怎么去活。我一个没权没势的妾，有的就只是那么一点可怜的宠爱，可我要对抗的太多了，我要活下去就只能让别人永不翻身！我也想像你一样做一个单纯善良的人，可是我命由天，我只能这么走下去。”

萧美娘有些难受，云容裳别过脸去微微仰起脸，好一会儿才道：“我不逼你，美娘，这本就是我的命。”

“你让我想想吧。”萧美娘觉得自己待不下去了，起身便要走，云容裳却又喊住了她：“我听杨勇说，晋王在并州纳了一个女子

作妾，也不知真假。”

萧美娘匆匆的脚步一顿，回过头去，张了嘴似有话想说，却又不知道该说什么。反驳或是质问，落在云容裳眼里大概都是笑话吧，女人一旦自己过得不如意，往往就希望看别人也过得不如意，如果能比自己更加艰难那就再好不过。

萧美娘是个自尊骄傲的性子，只淡淡道：“他一个人在并州，多一个人照顾也是好的。”

“你能这么想最好不过了，我只怕你想不开。”云容裳微微笑着，没再说什么，萧美娘便也加快脚步离开了这是非之地。

回去的路上正好遇上五月，五月似是来寻她的，看见她便迎了上来：“王妃。”

萧美娘心情不大好，看到五月想到她对杨广的心思更是心烦，便也没什么好气儿：“什么事不能等我回去再说？”

五月难得见萧美娘这样冷淡，便先有些怯，低声道：“天渐渐凉了，皇后娘娘方才传话来说要给殿下寄些衣裳，所以奴婢来请王妃示下。”

萧美娘轻哼一声：“这些事你服侍他久了你比我清楚，来问我做什么？自己主张去吧。”

五月一时手足无措，也不知萧美娘这究竟是什么意思，还想硬着头皮再问一回，萧美娘却已经走远了。她走得这么急，显见的不愿和她多说话，那背影是说不出的冷漠，像是淬了毒的刀子，能扎到人心里。

【五十四】鸿门花宴

入了秋菊花越开越艳丽，云容裳在百花园里设下了赏菊宴，给后宫诸人都下了帖子，连久不出门的元芝灵一并都在邀请之列。元芝灵起初收到帖子还不敢去，可谁知萧美娘来了一趟体仁堂，说了不少趣事儿，硬拉着元芝灵出席。

出了秋千那事之后，元芝灵日夜悬心，可听说云容裳只是找人大肆调查，成璧那里也未能幸免，只是未能找出什么东西来，渐渐地，风声也就过去了。元芝灵以为她二人都未出事，这事便算翻篇，虽看得出来萧美娘和云容裳走得紧，可面上的亲热不能丢，只得应了。

赏菊宴上喝的是菊花茶、菊花酒，吃的是菊花糕，小小的皓月亭尽是菊花微带了清苦的香气，甚是醉人，呼吸之间清冽芬芳，别的花闻起来馥郁，菊花闻起来清雅，这便是菊花的妙处。

萧美娘和元芝灵到的时候，云容裳正和东宫其他几位妃子站在一起赏着菊花，残雪惊鸿恣意，黄鹤翎贵气，玉玲珑清纯，锦荔枝娇艳……更有一种叫作胭脂点雪，雪白的花瓣只尖上一点儿红，看上去既纯又艳，真是不负这名字。

见萧美娘和元芝灵到了，云容裳请元芝灵上座，看上去恭顺有礼，元芝灵也带着得体的笑意，就像是最亲热的姐妹。萧美娘看着都觉得累，便干脆只看那菊花，“采菊东篱下，悠然见南山”，菊花是最淡泊不争的清贵花，借着赏菊的名义来争一段生死，真是讽刺得很呢。

云容裳安顿好元芝灵便看向了萧美娘：“你今日这打扮真好看，头上那簪子又是皇后娘娘赏的吧。”

她这句话引得众人都往萧美娘那儿看，萧美娘头上的玉簪正是菊花的样式，玉是独山玉，本就难得，更难得的是那花朵正如同胭脂点血一般，白玉剔透，只在花瓣尖儿那是红玉，居然这样恰到好处，这样的簪子只怕是世无其二。

“也就是皇后宠着你才肯把这样的极品赐给你，像我们这样的只怕连独山玉都摸不到呢。”云容裳抿唇笑了，其他人便也附和起来：“是啊，满宫里谁不知道晋王妃最得宠，只怕是公主都比不上了。”

“没见谁家宠媳妇儿能比宠自己女儿还甚的，晋王妃真是好福气。”

萧美娘被她们说得有些不好意思，忙起身举起了茶盏：“妹妹有孕不便饮酒，以茶代酒，敬诸位姐姐一杯。”

众人也举杯同饮，赏菊宴才算正式开席，女儿家的聚会聊的无非是时兴什么妆容什么花样，谁家诰命新做的衣裳好看，谁家千金许的人家般配。元芝灵深知这是一场为她办的鸿门宴，因此也不说话也不吃东西，便只坐在上位听她们说，云容裳看着她微微一笑，朝她举了举茶盏，不知是何意。

正当元芝灵暗自揣测的时候，云容裳却看着萧美娘道：“美娘你的簪子歪了，我帮你整一整。”

说着她起身便往萧美娘那里走，萧美娘只是浅浅笑着：“有劳你了。”

云容裳取下那独山玉菊簪放到一边的桌案上，将萧美娘的头发挽了挽，心思一动，便折了一枝胭脂点雪在手，插进了发髻里。萧美娘闻得一阵菊花香，便猜到了云容裳做的事，伸手一摸，果然是花瓣的娇柔："你这支簪子可比那玉簪好多了，只怕我今日回去卸妆，头发都是香的。"

"那可不是，我送了你簪子，你要怎么谢我？"云容裳拿了那玉簪在手，"旁的我也不要，你把这玉簪借我细赏一赏。"

萧美娘笑道："什么大不了的，你拿去吧。"

云容裳这才拿着那簪子细细端详："玉质温润，玉纹清晰，当真是一块好玉！"

高温玉听说，也有些羡艳："晋王妃也借我看一看，我这辈子恐怕都见不到这样的玉簪了。"

萧美娘听说，忙道："哪里的话，不过一根簪子，诸位姐姐随意就好，只可惜这是皇后娘娘赏的，不然姐姐们喜欢，我该送给姐姐才是正理。"

高温玉从宫女手中接过簪子，也细细赏玩一番，笑道："怪不得皇后喜欢晋王妃，你们瞧她就是懂事会说话。"

说着高温玉将簪子又递给了那宫女，一边的王暖玢接过，她本就出身不高，在这些人里除了成璧就属她低微，因此说的话也不大中听："不过一根簪子罢了，玉石再金贵也贵不过黄金。"

高温玉一向和王暖玢不和，听了这话自然要反驳："黄金虽贵重可是俗气，好看的金簪还是得有宝石点缀。"

"话虽如此，可是黄金质坚，哪像这玉，一摔就碎了。"

她们犹自难争高下，云容裳便站在萧美娘身边不动声色地看这一出闹剧。缩在角落里的成璧一句话都不敢说，就连宫女送到她面前的玉簪她也不敢拿，只看了一眼就让人拿走了。

高温玉和王暖玢虽然争论不休，可是既然是云容裳设的宴，

也不好闹得太难看，元芝灵适时地提醒了一句“注意分寸”，两个人冷哼一声也就丢开手去。

云容裳笑了笑：“我听说园子东边也种了几株菊花，都是这里没有的品种，不如我们走去看看吧。”

今日她是东道主，既然是她的提议没有不同意的，一时间珠翠清响，衣袂轻扬，打扮得花枝招展的女子们都走了，只有成璧找不见随身提的绢袋有些着急。方才还放在桌上的，怎么一眨眼就不见了？

眼看那一群人渐行渐远，成璧急得直冒汗，幸好一个宫女眼尖：“小主，绢袋掉在您身后了。”

成璧回头一看，果然在那，她道了声谢也不及细看忙追了上去，气喘吁吁到的时候云容裳正在找她。

“怎么了？”

“奴婢方才落了东西。”成璧低着头，别的人不理她，元芝灵偷偷走到了她身边，轻声道：“怎么笨手笨脚的，非要出风头是不是？你丢的是本宫的面子。”

“奴婢知错了。”

成璧对元芝灵是害怕的，大气都不敢喘，元芝灵虽然提拔成璧，可是对这丫头也有些失望。她胆子太小了，这样胆小懦弱只能给人当垫脚石，成不了气候，还是该另寻出路。

她们这里说着悄悄话，萧美娘却突然道：“呀，我的簪子呢，莫不是也落在那儿了？”

她这么一说，云容裳也才想起来：“是了，方才簪子在谁那呢？”

一听说簪子丢了，所有人的心都提了起来，高温玉望向了王暖玢："我方才递给王良媛了。"

王暖玢瞪了她一眼，忙道："可不在我这，方才那宫女呢？该问她才是。"

云容裳看向了身后站的小宫女，小宫女有些惊慌："回昭训，那簪子方才成小主说想细看看，奴婢便留在她那儿了。"

从一听萧美娘说簪子不见了，元芝灵就知道事情不好，果然，这罪名落到了成璧头上。成璧尚不知发生了什么，好一会儿才反应过来，拼命摇头："奴婢不知，奴婢碰都没碰过那簪子。"

云容裳温声安慰："也没说就是你拿的，那簪子你方才给了谁？"

"那个宫女姐姐，奴婢只是看了一眼，那个姐姐就拿走了。"成璧一面解释一面都快哭了，跪在地上，"昭训和王妃明察，奴婢毫不知情。"

"诶，方才你久久未来，说是落了东西，什么东西？"高温玉问道。成璧听问，举起了手里的绢袋："这个。"

她的动作一僵，方才太过着急一直没有察觉，这袋子居然重了许多！

见她脸色骤变，云容裳便冷了脸："呈上来。"

意识到什么的成璧看着离自己越来越近的沁儿，浑身都在发抖，像是立刻要瘫在地上似的。绢袋是贵族小姐们出行提在手里的，无非是装一些帕子和梳子，可是云容裳却从成璧的绢袋里找到了那支玉菊簪。

她举起那簪子，居高临下地看着瑟瑟发抖的成璧："人赃并获，你还有什么好说的？"

那玉簪在秋日的暖阳下折射出的光芒刺眼，成璧不敢去看。“奴婢不知道，奴婢不知道……”她也是被吓到了，转头看着元芝灵，“太子妃，您帮帮奴婢，奴婢真的不知道。”

在元芝灵看来，成璧是鸡肋，食之无味弃之可惜，可谁知她居然蠢到在这种时候把她拖下水，元芝灵忙退开几步：“我今日还没和你说过几句话，怎么帮你？你做了什么事还是老实说了吧，说不准云昭训会放过你。”

“太子妃，您……”

成璧吓蒙了，更没想到元芝灵在这种时候居然对她不管不顾：“您怎么能这样呢？奴婢为您做过那么多事，您难道就不肯帮帮奴婢吗？”

元芝灵怕她说出什么不该说的话来，忙道：“成璧偷窃是大忌，按宫规处置吧。”

说着元芝灵就要喊人来把成璧拉下去，按宫规，偷窃是死罪！

成璧吓得直磕头：“奴婢没有，奴婢没有！”

云容裳看戏唱得差不多了，道：“成璧不像是那样的人，我看此事还有蹊跷，先收押吧。”

站在一边的沁儿早就准备好了，上前扶起了成璧就让人把她带回了东宫，元芝灵知道自己已经走进了她们的圈套，明着是摆布成璧，暗里要的是她的命！

成璧不能开口，元芝灵只有这一个念头。

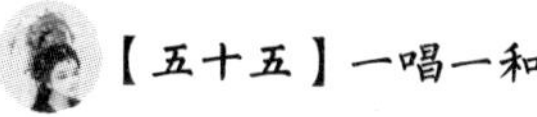

【五十五】一唱一和

深夜，华沐苑的灯还未灭，萧美娘一丝倦意也无，只在灯下和兰泽一起绣一个香囊。宇文成都现在在江南时刻准备伐陈，兰泽也只能把一怀相思之情倾注到这小小的香囊上。

“王妃，这是什么花？”

萧美娘在兰泽面前就是一个善解人意的邻家姐姐：“这叫白苹花，只有江南才有。”

江南，她日思夜想的人儿，可不就在江南吗。

“江南是不是很漂亮？王妃，他在江南，会过得好吗？”

真是傻丫头，萧美娘笑着摇摇头：“他过得好不好我不知道，可你的心思早就不在大兴了对不对？”

兰泽有些不好意思得低了头，娇憨的模样我见犹怜，萧美娘心有所感：“于以采苹？南涧之滨。于以采藻？于彼行潦。《诗》里写采苹是为了女子出嫁，兰泽当真喜欢他？”

兰泽没有否认，只是有些失落：“可是他并不把我放在心上。”

这样纯粹的少女爱恋，听起来都让人羡慕，萧美娘把她拉到了自己身边，柔声道：“以成都和晋王殿下的关系，我让他收了你他一定会收，可是我不想那样。给你他这个人容易，给你他那颗心难，我帮不了你，谁也帮不了你，兰泽，你得自己去争。”

兰泽听得似懂非懂，好一会儿才摇摇头：“奴婢不敢奢求太多，只要他能看见我，我就很欢喜了。”

正说话间，青梅掀起珠帘走来，轻声道：“王妃，事成了。”

萧美娘很是镇定，点了点头：“记得提醒她，千万把人看好了。”

“王妃放心，万无一失。”

兰泽还在这儿，萧美娘不想在这个丫头面前说太多不干净的

事，摆摆手就让青梅退下了。心里像是放下了一块大石头，萧美娘长舒一口气，也来了困意，只是还有些心烦，明儿又是一场仗。

第二日萧美娘梳洗过后去独孤皇后那里请安，果然云容裳已经在那儿了，独孤皇后沉着脸："既有偷盗之事，理应按宫规处置，可她服侍过勇儿，贬去冷宫做粗活罢了。"

"是。"云容裳恭顺应道，"昨儿夜里还抓了一个杀手，也不知是谁派来的，皇后娘娘您看……"

独孤皇后了蹙眉："成姬是太子妃引荐的？"

"是。"

她伸手撑着下巴，萧美娘知道，那是独孤皇后在为难。以皇后的机敏，她一定猜到了这背后有猫腻，就看她还肯不肯回护元芝灵。若是她肯松口，那自然皆大欢喜，若是不肯，就只能她们自己来动手了。

萧美娘非常希望独孤皇后能放弃元芝灵，因为她实在是不想沾染上人命和鲜血，尤其是自己曾经的闺中密友，尤其她肚子里还有一个不谙世事的孩子。

可惜的是，独孤皇后只道："多半是有人眼红成姬得宠，成姬本就是死罪，那既然没出什么事，不必在意了。"

萧美娘心一紧，她看得出来云容裳也不大高兴，独孤皇后的偏袒太明显了，这样就算她们最后要了元芝灵的命，只怕她也会追究下去，又是一身麻烦。

可皇后的意思摆在这里了，她们自然也不敢再说，又寒暄了几句就散了，萧美娘告退后就跟着云容裳去了东宫。

在云容裳的落花居里，成璧已经跪了许久，看到萧美娘她们过来，忙磕了几个头：“王妃和昭训明察，奴婢真的是冤枉的。”

“人赃并获，还说什么冤枉？来人，立刻带下去！”云容裳看都不看她就下了命令，萧美娘忙道：“且慢，昨儿不是抓了个刺客吗？我看事有蹊跷，你问问清楚再说。”

她和云容裳约好了一个红脸一个白脸，配合得天衣无缝，云容裳摆摆手让人退下：“我都要忘了，成璧，你知道昨晚是谁要你的命吗？”

成璧一直被关押在东宫一处偏僻的小屋子里，因这事还没有定论，她又正得宠，所以云容裳除了把她关起来还没有什么大动作。

但是成璧她知道自己活不了多久了，甚至已经绝望了。她还是想不明白为什么那玉簪会出现在她的绢袋里，但是她也懂元芝灵已经放弃了她，而她知道太多的秘密，元芝灵不会让她活。

果然，就在昨晚，一直暗中看守成璧的人抓到了一个刺客，审了一晚上已经招供了，是元芝灵体仁堂的侍卫。

“你为她办事，她却派人杀你自保，你瞧瞧你的主子，真是好狠心。”

成璧咬着嘴唇不说话，她明白云容裳的意思。从元芝灵把她引荐给杨勇的时候起，她的命就已经握在了别人手里，成璧心里一直都知道，却在此时此刻才看透。

“太子妃作恶多端，还以为自己有多高明呢，现给你一个机会将功赎罪，把你知道的事都说出来！”

成璧还有些犹豫，她没想过自己能活命，就算云容裳放过她，元芝灵还是会找机会下手。如果元芝灵知道她背叛了她，说不定还要牵连家人，她一条贱命没了就没了，不能再让家人受累。因此，

她抿着嘴唇摇了摇头，道：“奴婢不知道，都是奴婢一个人做下的事。”

云容裳一拍桌子：“你以为你不说我们就查不出来吗？我现在给你机会活命，可别不知好歹。”

看成璧还是打定了主意不肯开口的样子，萧美娘起身上前，她身子重弯不了腰，便只柔声道：“既是她不仁不义在先，就不能怪你不忠，你们云昭训赏罚分明，你若是将功折罪，说不定能留一命，你的家人，我也会帮你照顾的。”

“真的吗？”成璧抬起头看着萧美娘，眼睛里已经是泪光盈盈，“奴婢不在乎生死，只求王妃开恩，不要牵连奴婢的家人。”

想起那还未长成的弟弟，还有年迈的爹娘，成璧哭得厉害：“我说，我都说，我知道我活不了了，请王妃照顾我家人，就是慈悲了。”

萧美娘心生恻隐，和云容裳对视一眼，便知道这事成了，成璧把元芝灵的事情抖了个透，自然也包括指使她割断秋千绳的事。她感觉自己有些冷，浑身都在发抖，是心惊更是心凉，初入宫时认识的那个太子妃大度得体，怎么也想不到扯下面具之后会是这样丑恶的嘴脸。

云容裳暂且顾不得萧美娘，道：“算你立功，去冷宫做事吧，我们这次饶你是担了罪责的，你可要知恩，以后若再做出这等没脸的事可就怪不得我们了。”

成璧千恩万谢地磕了头，跟着人出去了，萧美娘这才转身问云容裳：“你要把元芝灵怎么办？”

“她害我不得不放弃一个孩子，我要她拿命抵！”

云容裳眼神狠戾，萧美娘也没有心软反对，只道：“现在动手太过引人注目，过了年再说吧。”

“我也这么想，她好歹是太子妃，死了要人给她服丧的，何苦让她害得我过不好年。”云容裳牵了牵嘴角，虽是笑着却带着寒意，萧美娘只看着都有些害怕。

离了东宫，萧美娘没有直接回建章宫，而是去了长门宫。

长门宫一直是关押犯了罪的宫人和妃嫔的地方，也有不少枉死的人，就连空气都阴森了许多。宫道很长，宫墙很高，阳光都照不进来，有的墙角甚至已经生了青苔，墨绿色点缀着因已经脱了漆而斑驳的宫墙，更添一道残破。

青梅越走越害怕，打了个寒战：“王妃这是做什么？那种不干不净的地方让奴婢们去就行了，您是千金贵体，还怀着小世子呢。”

萧美娘没有回答，只是往前走着，总算是遇见了人，那小太监不认识她，只是看她的装束就知道一定是贵人，远远跪了下来。萧美娘闻到了一股恶臭，不由得掩鼻问道：“方才是不是送了一个宫嫔过来？”

“有，是太子宫里的。”

“带我去见她。”萧美娘说着就要跟他走。青梅拦了下来：“王妃，这里面不干净啊，您还是……”

“我没做过亏心事，冤魂野鬼害不了我。”萧美娘握了握她的手，青梅手很凉，手心里全是冷汗，难为她一直陪她到这里了，“你在外面等着吧，很快的。”

青梅摇摇头：“奴婢绝不丢下王妃！”

小太监忙道："王妃不用担心，刚来的小主儿还没安置好，就站在院子里呢。"

听如此说，青梅才扶着萧美娘进了宫门，说是院子其实是一片荒芜，地上的砖石都已经裂纹，草木皆枯，宫墙上蔓生着不知名的植物，就连屋顶上也像是生了杂草。屋室的门窗也都脱了漆，这是前殿，只怕还好些，再往后只由一条极幽窄的小路连着，阴阴的看不分明，想来更加冷清。

成璧果然站在院子里，她穿的衣裳戴的簪环已经被褪了下来，眼睛哭得红肿，想来已经受过那些嬷嬷的折辱了。

"成璧。"萧美娘唤了一声，成璧还以为自己听错了，一脸惊讶地回过头来："王妃？"

管理长门宫的王嬷嬷已经出来了，行了大礼："不知王妃贵步临贱地，奴婢失礼了。"

萧美娘让她起了身："我想和她说几句话，请嬷嬷行个方便。"

说着青梅已经上前，往王嬷嬷手里塞了一个锦囊，王嬷嬷掂了掂，脸上堆满了笑："王妃随意，随意。"

萧美娘这才带着成璧往远处走了些，站立后轻声道："我会打点好的，你不用太担心，你的家人我也会让人照顾好，衣食无忧。"

成璧一听就跪了下来连磕了几个头："多谢王妃，王妃大恩奴婢永世不忘！"

萧美娘把她扶了起来，这丫头也是个实心的人，额角都磕出了血，萧美娘有些揪心："好歹也是做过宠妃的人。"

"什么宠妃不宠妃的，奴婢明白自己的身份，不过是太子妃想要东山再起的垫脚石罢了。"成璧年纪尚小，说这话的时候却是与年龄不符的老成，还轻轻叹了一口气。

深宫就是一头冷漠的巨兽，它能吞噬人的善良和单纯，把人变成最讨厌的样子。

萧美娘有些怜悯，她庆幸自己还懂得怜悯，因此她用自己的罗帕帮成璧擦了擦额角的血，问道："秋千那次，她要害的是谁？"

别的萧美娘都不在意，只有那一次，是她心头的刺。

成璧摇了摇头。"太子妃只和我说，看到机会就下手，东宫的各位娘娘，还有……还有晋王妃。"说着她又要下跪请罪，萧美娘扶住了她，她连甩自己几个耳光，"是奴婢糊涂，奴婢害了王妃，可是奴婢自服侍了太子之后一直没有下手，太子妃她等得不耐烦了，她拿奴婢的家人威胁奴婢，奴婢也是不得已。"

"好了，人人都有为难处，既然到了这个地步，以后的日子好好过吧。"萧美娘虽然可怜她，却也只是可怜，她不是圣人，没有普度众生的心胸。

只是觉得有些可笑，成璧现在对她感恩戴德，可若是有一日她知道是云容裳和她一起设的局，又会是怎样的情境。

她仰起头，院子里空旷，却也只能看到一片四四方方的天，冷清得像是连鸟儿都不屑从这里飞过，苍白的天空就如同苍白的心和苍凉的心境。什么姐妹情深，全都是假的，她倒是以慈悲之心待人，却不想人早就以豺狼之心看她！

萧瑜说得对，除了自己，谁都信不得，从前是她太天真了，那以后呢？

她还能将这份天真保留多久？

萧美娘想要改变却又害怕改变，害怕某一日看着镜子里的人

会觉得陌生，可若是她一味地固执不肯改变，她又能活多久？

已经入了局，谁也不能置身事外了。

萧美娘轻叹了口气，转身想走，却被成璧喊住了，她的声音不再怯懦，听起来像是多了几分坚韧。

她抿了抿嘴唇，轻声道："让晋王殿下小心些。"

"什么意思？"萧美娘心中警铃大作，忙问道。

"我先前服侍太子殿下的时候，听他说起晋王殿下，说是晋王殿下纳了一个突厥女子做妾，他想拿这事做文章。"

萧美娘觉得有些冷，不由得裹紧了披风："突厥……女子？"

她只觉得脑袋嗡嗡乱作一团，天地顿时失色，只余一片苍茫。她忘了怎么离开了长门宫，又是怎么回的华沐苑，整个人失了魂一般。

青梅知道是为了什么，却不知如何劝，看萧美娘一个劲儿地发抖，只能在宫里笼上了火盆，又让人熬了一碗热热的燕窝粥来。

萧美娘斜斜倚在床榻上，一言不发，像是在看她，又像是眼里空无一物。大兴的秋天，实在是太冷了。

【伍】新人美如玉

女儿无别思，
愿君多爱怜。

【五十六】心比天寒

十一月，听说晋王殿下要回大兴了。华沐苑的人多多少少都有些兴奋，只有萧美娘懒懒的，借着身子重为理由，倚在床上连门也懒得出。自那日从长门宫回来，她就一直是这个模样，就连她自己都说不出个所以然。

大兴从十月就开始断断续续下了两三场雪，可萧美娘一直都没有出门，甚至连独孤皇后那里都去得少。独孤皇后体谅她在孕中没有多加责备，反而嘱咐太医要好生伺候，只是也有些担心，唤了青梅问了好几次，都说不知道。

十一月廿二，杨广一到大兴见过杨坚就赶往了建章宫，独孤皇后等他多时了，话没说几句杨广就有些心不在焉。独孤皇后知道他的心思，笑道："几个月不见，怕是思念得紧了。"

杨广有些不好意思地笑笑，独孤皇后则正了正脸色："美娘这几日看上去心情不大好，你有没有做什么对不住她的事？"

"啊？"杨广一愣，"儿臣没有。"

"果真？"独孤皇后有些不信，"可我恍惚听人说你在并州纳了个妾，还是突厥人？"

"哪里来的谣言？让他出来和儿臣对峙！"杨广一听就急了，一拍桌子就站了起来，礼数也顾不得，活像个孩子。

独孤皇后嗔怪了一句："谣言便谣言，眼见着就要当父亲了，还这么不稳重，像什么样子？"

杨广垂了头，也不坐下："儿臣没有，美娘若是为了这样荒唐的话气坏了身子，岂不是儿臣的罪过？"

“无风不起浪，人家敢这么说一定是你给了人把柄。”独孤皇后面色平淡，看不出她的情绪，“这事儿你父皇也知道了，只是眼下事多还没有与你深究，你不妨老老实实地把前因后果说清楚，我还能帮你跟你父皇解释一下。”

杨广摸不准独孤皇后是怎么个态度，只是跪了下来：“母后明察，当日儿臣出兵去救大逻便，在路上遇到了突厥伏击，中了暗箭。的确有一位突厥女子，但她不是儿臣的妾，儿臣中的箭上有突厥奇毒，是她救了儿臣。后来李渊表兄找到了儿臣，儿臣余毒未清，这才把她带回了府上。儿臣视她为救命恩人，断没有纳她为妾的心思。”

独孤皇后沉吟片刻：“可我听说你把那位女子带回了大兴。”

“是……”杨广承认了，顿了顿，又解释道，“那女子父母双亡，突厥又是一片狼藉，早就无家可归，她既救了儿臣，儿臣自当报恩。想着她颇通医术，不如就带在身边，日后帮她寻个好人家，也算是一点心意。”

独孤皇后也不知是不是信了，没再说什么，只道：“那你去美娘那里吧，我看她大概也是思念你的。”

杨广有些迫不及待的样子，匆匆告退就往华沐苑去。

萧美娘早就知道杨广已经回来了，明知杨广不可能一回宫就到她这里来却还是醒得很早，倚在床上说是要做些针线活儿，可大半天过去了也没绣几针。

看上去是不在意，心却早已经飞了，青梅知道她的心思，一面在一旁服侍一面道：“其实晋王殿下他未必就纳了妾，都是王妃自己信了那些谣言自己折腾自己，现下殿下既然回宫了，王妃

好好问一问他，别再这样了。”

萧美娘也不知是不是听进去了，只是看着手里的活计出神，半晌才道：“哪有男人不纳妾的呢，是吧？”

其实她早就很清楚杨广不会只是她一人的，旁的不说，萧瑜就一定会是杨广的侧妃。所以她在乎的不是杨广是不是有别人，而是那个别人是谁。

突厥女子，他明知大隋和突厥虽然已经议和可关系还是有些僵，却纳了一个突厥女子为妾，算什么？

明明是清醒理智的人却做出这样不理智的事，为了什么？

她和杨广的确两情相悦，可他们最初的结合却是一场利益的交换，他们只是被命运捆绑到了一起，却不是彼此最初的选择，不是吗？

萧美娘介意的是这个。

青梅哪里晓得萧美娘心里的千回百转，还以为是萧美娘想开了，忙道：“是，哪有男人不纳妾呢，殿下待王妃好，这不就够了？凭她是什么人，在王妃面前那也是要低头的，王妃才是主母。”

萧美娘只轻笑一声，却带了讽刺的意味，也就是这时候，杨广已经到了。

“晋王殿下！”

萧美娘一惊，回过神来杨广已经神采奕奕地站在了她面前。

墨蓝色的长袍银丝滚云边，腰间悬着白玉玲珑佩，是寻常富贵公子的装束。萧美娘抬头，嵌玉银冠泛着温润玉色，掩去了一路的风尘辛苦。他看着她，眼带笑意，却不知怎的让她有些想落泪，于是她转过脸去，轻声问了一句：“你的伤痊愈了吗？”

杨广笑着走过去坐到了床边，一把就把美人搂进怀里：“方才母后说你心情不大好，我还以为你生了我的气，不肯理我了。”

“殿下说哪里的话，我怎么敢呢？”萧美娘虽靠在他怀里，说的话却带了些许生分。而杨广却像是没有察觉，捏了捏她的脸：“你有什么不敢的？”

然后他笑着抚上了萧美娘的肚子：“昭儿乖吗？有没有欺负你？”

见杨广什么都不说的样子，萧美娘便也没有多问，只是覆上了杨广的手：“他很乖，不像是个顽皮的。”

“那就好，乖才好，乖乖地才不会让你受苦。”杨广笑着仰起头看着萧美娘，“我很想你，真的，美娘，真好，我又见到你了。”

萧美娘低头笑了笑，伸手触碰着杨广的脸庞，温柔地抚摸着：“你瘦了，突厥的事是不是很难？”

杨广抓住萧美娘的手，放到唇边印上一吻：“军政皆是外务，相思使人断肠。”

他眼底的温柔就像是三月里的桃花，让萧美娘不由得就想起在并州，两个人最自由无忧的日子。再多的怨怼此刻都像杨广说的那样，化作寸寸相思，她靠向了杨广，额头贴上他的额头，轻声叹了口气。

“怎么了？”

杨广的声音很低，像是怕惊扰了什么，萧美娘亲了亲他的眼角：“有些累，又有些开心。”

“以后不会再让你这么累了。”杨广宠溺地摸摸她的头发，“以后不会再把你一个人丢下了。”

萧美娘笑得像个小女孩儿，指了指杨广的心："我也不贪心，你这里有我就好。"

杨广把她推开了些，脸上神情有些古怪，目光闪躲着不敢看她："美娘，我……"

萧美娘一颗心已经悬了起来，生怕从杨广口中听到什么她不想知道的事，可就在这时青梅闯了进来："王妃！长门宫那里有消息说……"

她看到屋里两人的情状，顿时红了脸低了头："奴婢冒犯了。"说着转身就要离开，萧美娘喊住了她："回来，把话说清楚，长门宫怎么了？"

青梅有些犹豫，萧美娘便急了起来："殿下又不是外人，出什么事了？"

"长门宫的人说，成小主有孕了。"

萧美娘一惊，推开了杨广："当真？"

"千真万确，四个多月了，都显怀了。"

"东宫知道了吗？"

青梅摇摇头："云昭训好像没有派人盯着她，所以这还是咱们的人来回的消息。"

当日萧美娘一是觉得成璧可怜，二是为了给孩子积德，派了人在长门宫护着些她，却不承想有了这样天大的消息。云容裳也是使了手段的，所以她一直以为成璧生不了孩子，所以才不管她，可谁知造化无常呢？

她略一思索，便笑了起来："天助我也。"

杨广听得有些糊涂："你们在说些什么呢？我怎么一句都听

不懂。”

萧美娘笑看了他一眼，转而看向青梅：“千万别让东宫知道了，再偷偷安排一个太医，我要她安安稳稳生下这个孩子。”

青梅领了命就退下了，萧美娘便坐在床榻上出神，杨广像是不满被冷落，把人搂进怀里，捏了捏她的脸：“你这丫头打什么鬼主意呢？”

萧美娘笑着捶了捶他，把事情简单说了一遍，杨广便明白过来：“你的意思是想借这个孩子让成姬回东宫？”

“成姬懦弱、单纯、好掌控，我又对她有恩，留她在太子身边，总有用得到的时候。”

“可是……”杨广似有疑虑，“你觉着云昭训会轻易放过她？”

“她不敢。”萧美娘很笃定，“她现在正盘算着要除了太子妃，除了太子妃再除了成姬，傻子才看不出来是谁干的呢，母后本就不喜欢她，更加不会放过她，此其一。其二，只要成姬生下孩子，不管是男孩还是女孩，云昭训下手都会有顾虑。”

杨广细细一想，正是这个道理，不得不感叹一句萧美娘真的长大了不少，看她眼睛里已经少有少女的纯稚，多了几分深沉的算计。他有些欣慰，却也有些失落，而萧美娘看着他若有所思的模样，大概也猜到了他的心思。

拉过杨广的手，萧美娘笑着晃了晃：“你方才要和我说什么？”

“没什么。”杨广先是一愣，然后笑道，“听母后说你这些日子都不出门，怎么了？”

“出门做什么，外面怪冷的。”萧美娘弯了弯嘴角。

杨广则嗔怪道：“这可不行，对昭儿不好，我带你出去走走，

外面刚下了雪，你不是说想和我一起看雪吗？”

说着也不容萧美娘拒绝就唤来了青梅：“服侍你主子穿厚些的衣裳。”

青梅也怕萧美娘这么闷着闷出病来，很快就拿来了衣裳，萧美娘推脱不过，只好跟着杨广走了。

穿的是妃色宫装，披了红色绣祥云的狐皮斗篷，因在孕中，不施粉黛，连头发也只是用发带松松挽起，戴上帽子便是一个清丽无双的人儿。她牵着杨广的手穿过长长的曲廊，外头是粉妆玉砌，雪已经停了，太阳也露了脸，世界宛如琉璃雕成，在萧美娘眼里折射出惊喜的光华。

“这个时候赏梅最好。”杨广领着她出了建章宫就往百花园去，百花园中有一处梅苑，红梅簇簇映着白雪皑皑，那才是人间胜景。

梅枝清瘦，借一抹雪色，红色的花朵儿便也带了一缕清寒，远远望去便像是极精致的玉雕，萧美娘从未见过这般景色，喜不自胜，左撷右采，抱了一捧梅枝在手，便如同误入凡尘的梅仙。

梅花的香气也是清冷的，闻起来都有一股寒意，萧美娘站在花树下望向已然看呆的杨广，笑道：“阿广，我喜欢这些花儿，你在晋王府里也种些梅花可好？”

杨广这才回神，可还未等他回答，远处又传来了女子的笑声，萧美娘看杨广脸色突然变得有些不自然，心下生疑，转身望去。

白雪红梅深处，还有一个女子，只有一个红色的背影，她不知在和谁玩闹，很是活泼，居然让这样寒冷的冬日也显得有些生机勃勃。萧美娘有些疑惑，宫里不曾有这样的女子，她会是谁？

转头想问杨广，却见他的目光已然追随那女子而去，眼底的温柔她很熟悉，像是雪落在了心上，陡然一凉。

“阿广？”

她轻唤了一声，杨广愣了愣，向她走来，牵起了她的手，便向远处喊道：“卿卿，过来。”

被他唤作“卿卿”的少女转头看向他们，脸上笑意不减，如同一只蝴蝶轻盈地跑了过来，大大方方地打量了萧美娘一番，便看向了杨广：“这是你的王妃？真好看。”

萧美娘被杨广握着的手紧了紧，脸上却保持着得体的微笑：“她是……”

“我在并州受了伤，多亏了卿卿照顾。”

“是吗？”萧美娘微微笑着，向她欠了欠身，“多谢你照顾殿下。”

“不用谢，他也很照顾我。”木卿卿的大胆有些无礼，却又让人羡艳。

她的确不同于中原女子，不仅容貌更加艳丽，性格也更加开朗，大概就像是塞外的阳光那样温暖人心吧，像这样明丽的女子，是会让男人动心的。

萧美娘没有再说话，她其实不是很会和人相处，尤其是这样让她自惭形秽的女子。

杨广知萧美娘甚深，自然也晓得她心里明镜似的，因此只是紧紧握着萧美娘的手，似是为了让她安心，然后笑问木卿卿：“方才在玩些什么？”

“还不都是阿三！”木卿卿一提就气鼓鼓的，“我想折几枝梅花，可阿三说这花很金贵我折不得，我生了气就拿雪团砸他了，

你得帮我做主。”

阿三揉着脸走过来：“殿下您别信她，她力气大得很，哪里像个姑娘家？”

虽是抱怨，却又带着笑，萧美娘只觉得自己才是外人，融不进他们，神色有些黯然。木卿卿恰看见了她手里的梅花，拉着杨广道：“你的王妃可以折花，为什么我不可以？”

青梅看萧美娘那样就知道她心里委屈不好受，上前想要打抱不平，萧美娘另一只手却死死拉住了她，然后微微笑道：“我折花是为了给母后插瓶赏玩。”

“那我折花是为了给阿广插瓶赏玩！”木卿卿眉眼生动，亲昵自然地摇了摇杨广的手臂，“阿广，好不好吗？”

从木卿卿口中说出来的“阿广”那般甜腻却又酸得发苦，萧美娘只能当作没听到，她从来不敢也不会这样和杨广撒娇，所以在看见木卿卿这样的时候居然有些嫉妒，还有羡慕。

她把手从杨广手中抽了出来：“出来有一会儿了，我该回去了。”

杨广转头看着她，低头垂眸，看不到她的神情却又能知道她的落寞，他觉得自己有些残忍。

“我送你回去。”他在萧美娘转身的时候抓住了她的手腕，可萧美娘却连看也没有看他，背对着他道：“你一路风尘辛苦，早些回去休息吧。”

“美娘……”

“殿下，”萧美娘打断了他，“我有孕在身，有些乏了。”

杨广愣了愣，慢慢松了手：“路上小心。”

萧美娘没有回答他，甚至连青梅的手都没扶，抱着怀里的梅花走得很快，杨广一直看着她的背影，直至消失。萧美娘是很好的妻子，他也是真心喜欢她的，因为喜欢，所以了解。

她只是一时不能接受罢了，过几天等她想明白了，她一定会站在他这边。太子因为纳妾的事惹得独孤皇后不喜，萧美娘那样识大体的人一定不会让他也这样难堪，她是个懂事的女人，她知道该怎么做。

木卿卿拉着他的手，杨广却觉得自己有些龌龊，这样利用一个女人对他的信任和理解去爱另一个人，根本就是小人的行径。

他可以对萧美娘满怀愧疚，用尽一切方法去弥补她，可木卿卿实在是一个令人着迷的女子，她活泼生动，坦率天真，尤其是她笑的时候，就像是阳光洒在心里，他终究控制不住自己。

萧美娘都不知道自己是怎么离开他的视线，只是匆匆离开百花园之后有一种劫后余生的感觉，长长舒了一口气。

她仰起头来，天空有些苍白，来日只怕还要下好几场雪。

当日他走的时候，他说一辈子还长得很，他们还可以一起看好多好多场雪。是啊，余生这么长，可谁能猜到这余生里不再只有他们两个人呢？

承诺和雪花都很美，唯独那个人，这份情，已经是脏了的。

萧美娘感觉眼角酸涩，却不敢闭眼，生怕眼睛一眨就会流下泪来。

她不想哭，那个能让她肆意流泪的杨广已经是别人的“阿广”了，所以她再也不想哭了。

这和坚强没关系，只是觉得不值得。

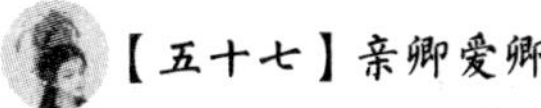

【五十七】亲卿爱卿

从那之后，杨广每日都会来华沐苑，只是两个人并不会说多少话，萧美娘做着针线活的时候杨广就在一边与自己对弈，一晃便是半日时光。虽不说话却也勉强算得上是宁和，至少也没有争吵，关于那天的事，关于木卿卿，杨广没有再提起。

虽然他看上去是在讨好她，时不时会给她倒杯水，或者揉揉腰，可萧美娘总觉得他不过是在做给别人看。让别人都知道晋王夫妇是怎样的琴瑟和鸣，恩爱有加，所以你们说的什么纳突厥女子为妾，都是一派胡言！

谣言就是这样，你越去否认反而像是风助火势，而你做个戏，自然会让人闭嘴。

萧美娘已经不知道是第几次扎到自己的手了，一瞬间的刺痛让她缩了手，蹙着眉吮吸着手指上的血珠。杨广也只是对着棋谱发呆，听见她因疼痛而明显的吸气声，起身走了过去：“疼不疼？”

萧美娘摇着头闪躲：“无妨。”

可杨广的力气很大，硬是捉住了她的手：“别再和我赌气了好吗？”

他的语气有些无奈，萧美娘愣了愣，不再挣扎，却也不肯看他：“我并没有。”

“那你怎么不看我？”杨广也低了头，“美娘，对不起。”

“对不起什么呢？你并没有错。”萧美娘偏着头，笑意像是泡沫，“你不过是喜欢上了别人，男人总是会喜欢上别人的，你何错之有？”

就像是一片花海，你不能逼一个人只把一朵别在衣襟上，那对他来说太难了，对花儿来说也是一种辜负。

萧美娘只能这么安慰自己："我只是有些累，我没有怪你。"

杨广握着她的手却不知道该说些什么，他宁可希望萧美娘和他吵闹也不希望萧美娘是这样的成熟懂事。太过成熟让人无措，太过懂事让人愧疚，杨广额头抵着萧美娘的掌心："你相信我，我心里最爱的是你。"

萧美娘只是笑笑，伸手抚摸着他的头发，还有那镶着玉的发冠。"听人说，一个人全心爱恋另一个人的时候，眼里是看不见旁人的。阿广，我说过我不贪心的，我真的只是有些累……"萧美娘强忍着落泪的酸楚，"我在大兴宫左右周旋，举步维艰，可是你呢？你在做什么？'亲卿爱卿，是以卿卿'，你口口声声喊她'卿卿'，把我置于何地！阿广，我觉得好累，好不值。"

杨广垂了头，无言以对，萧美娘也只是轻声叹了口气，别过脸去："没有赌气，不会贪心，该做的我还是会为你去做。"

屋子里只剩了炭火燃烧的声音，听起来很温暖，萧美娘似乎觉得好受了一些，把话说清楚之后，至少不会憋着难受。杨广则伸手抚上了萧美娘的头发，她不出门的时候便只用一根簪子把头发挽起来，看上去素净而优雅。

"我不是个好丈夫。"他轻声道，"我不能对妻子一心一意，美娘，我绝不为自己辩解。但是你相信我，我身边或许会有很多女子相伴，但是只有一个人能和我站在一起，只有你。"

他宽厚略粗糙的手掌覆上了萧美娘的脸庞，小小的她似乎又瘦弱了不少，看上去也很是憔悴，显见的她过得不好。

“我承认我多情，但我的深情只会给你。”

手掌上传来的温热一点点融进了心里，像是要把心上结的那层寒冰融化，再化作眼泪流出来。萧美娘觉得自己红了眼眶，轻轻仰起头，倔强地不肯落泪，好容易平复一些了，她勾起了唇角。那笑意里也不知道是娇嗔多一些，还是嘲讽多一些：“早听人说晋王殿下舌灿如莲，我以前以为你不过是油嘴滑舌惹人厌，是我小看你了。”

大约是听懂了萧美娘的意思，杨广也只是笑笑并不再说话，萧美娘不是那种只会无理取闹耍脾气的小女人，杨广相信她，她活得通透。萧美娘也不和杨广闹别扭了，主动拉起了他的手，轻声问道：“你真的想要她做妾是吗？”

杨广愣了愣，而后点了头，动作不大，却是笃定。

“那你让她先跟在我身边服侍吧，”萧美娘看杨广有些疑惑，紧接着道，“母后那里，只能我去说，这几天我带着她去母后面前露个脸，以后才好办。”

杨广大为感动，一把就把萧美娘拉进怀里，他抱得那样紧，萧美娘几乎有些喘不过气，只好无奈地笑笑：“快别闹，当心伤了昭儿。”

杨广这才稍稍放松了些，搂着她的肩膀看向她的眼眸，深情有，愧疚亦有：“得你是我之大幸！”

萧美娘伸手戳了戳他的脸：“谁让我偏偏招惹了你。”

杨广捉住她的手指，握着她的手贴上了自己的脸，也不说话，只是浅浅笑着，萧美娘侧了身子靠进他怀里。熟悉的动作比起往日的甜腻多了几分亲近，人不能永远活在梦里，比起梦里那些美好却脆弱的假象，不如打破梦境。梦醒后的敞开心扉有时能让人离得更近，能把彼此不那么美好的一面给对方看，本身就是一件需要勇气和信任的事。

杨广第二日就让木卿卿入了宫，她还是一身艳丽的红衣，头上斜斜插了几支镶了宝石的金簪，看上去不输任何一位千金贵女。

青梅把她领进来看萧美娘的时候萧美娘尚未梳妆，披散着头发，穿的也不过是一件月牙色的裙子，比起木卿卿来要逊色不少。她上下打量了一番木卿卿，从她的神色里就看得出这是个骄傲的姑娘，自信张扬，不似一般中原女子的温婉，她有她的魅力。也是，能让杨广顶着独孤皇后的责怪都要留在身边的人，怎可能一无是处呢？

萧美娘心上还有些许薄凉之感，却也只是一瞬间的事，很快便带了笑意："好齐整的模样，都快赶上公主了。不过……"木卿卿露出了得意的神色，萧美娘便有意顿了顿，道："你现在的身份穿成这样，不合适，青梅，带她换一身，等会儿要去见皇后，别失了礼数。"

"是。"青梅本就看不惯木卿卿，便也没什么好气，"跟我走吧。"

"你……"木卿卿不知皇宫里的规矩，一把推开了青梅，"我不换衣服！你这是在嫉妒我！"

"我家王妃什么身份你是什么身份？也配让我们王妃嫉妒？"木卿卿力气大把青梅推倒在地，青梅本也是个火爆性子，哪里能忍，站起来就抢白，"现在还没过了明路你就这样嚣张，难不成以后都要是你的天下了？"

“身份有什么了不起的？阿广喜欢我就行了。”木卿卿站远了些，“我知道你是他的王妃我该听你的话，可阿广也说了，我可以做自己喜欢的事。”

萧美娘看着她笑了，也不知道是被气得还是觉得好笑：“你说的都有道理，那你回去问问他，究竟是听我的还是听你的。”

木卿卿一时语塞，她本是不愿意来的，可杨广说这是为了她好，更千叮咛万嘱咐事事都要听萧美娘的安排，不可以顶撞她，显见的是把萧美娘看得比她重，她自然不敢回去向杨广告状，只好忍气吞声跟着青梅走了。

等她们再回来的时候，五月也已经帮萧美娘梳好了头发，也换了一件妃色绣白玉兰的宫装。木卿卿则是普通的宫女装束，就连头发也梳成了双鬟髻，虽容貌出众，可看上去也就是个颇有几分姿色的小宫女。萧美娘满意地点点头：“带你去见见皇后，不出众才最好。”

说着她给五月使了个眼色，五月递上了萧美娘早就准备好的和合二仙如意簪，萧美娘起身走到木卿卿身边，亲手替她戴上：“走吧。”

含章殿还是老样子，冬日里椒墙的香气要浓郁许多，闻起来暖暖的，混着淡淡的檀香，又显出别样的尊贵与厚重。独孤皇后正在抄写经书，见她来了也不要她行礼，指了指自己身边的椅子就唤她上来坐。

萧美娘依言坐到了独孤皇后身边：“母后又在抄写经书吗？别太劳神了。”

“哪里的话，眼见着要过年了，我抄些经书为大隋祈福是分内的事。”

独孤皇后已经放下了笔，何姑姑也上了茶点，她笑着指了指面前的一盆桂花糖糕：“听说你喜甜食，来尝尝这个。”

“可巧了，儿臣也带了桂花糖糕来，母后可要尝尝？”萧美娘看了一眼木卿卿，木卿卿便上前来奉点心，她虽任性但也知道独孤皇后的分量，不敢无礼，规规矩矩地跪在她面前。

独孤皇后拿了一块，慢慢咀嚼着，道：“味道倒还是其次，难得的是这桂花糕里竟有一股梅花的清香，更觉口感清冽。”

“母后猜对了，和面的水是这丫头特意收的梅花上的雪水，自然有梅香。”

听萧美娘这么说，独孤皇后才注意到跪在她面前的木卿卿。“看上去年纪不大，竟有这样巧的心思。”说着便看到了她头上戴着的金簪，眸光一深，“抬起头来我瞧瞧。”

木卿卿不敢不听，慢慢抬起了头，独孤皇后勾起她的下巴，左右打量了一番：“模样也不错。”

“是，儿臣也觉得这丫头样样都好，正想着要给她寻一门好亲事呢。”

萧美娘知道独孤皇后一定是猜到了八九，心里也有些忐忑，脸上却还是笑着，却暗暗观察独孤皇后的反应。好在独孤皇后只是脸色沉了些，没说什么就让木卿卿起了身，转而道：“你前两日送来的梅花，我很喜欢，摆在屋里又香又好看。”

“母后喜欢就是这花的福气了。”萧美娘早就看到了那日她送来的白玉净瓶，里面是疏疏梅枝，红梅衬着白玉瓶，花好看，瓶子也好看，真真是相得益彰。

“梅香清寒，这屋子里却是一股暖香，把梅花放在屋里，岂不是糟蹋了？”

木卿卿冷不防地冒出了这句话，萧美娘心一紧，忙回头瞪了她一眼，一个宫女打断主子说话是大不敬，罪名可大可小，何况她驳的是独孤皇后。

可独孤皇后却来了兴致，不怒反笑，问道：“你说说你的道理。”

木卿卿被萧美娘瞪了正是不满，见独孤皇后笑着和她说话便更加认真对待：“回皇后娘娘，奴婢觉得梅花在雪里才最好看，这屋子太华丽了，不衬这梅花。”

“寒梅傲雪独绽，天地间只那一抹绝色才是梅花风骨，有意思，难为你小小年纪，有这般有趣的见解。”独孤皇后笑看了萧美娘一眼，“难怪你要把我给你的簪子送她，她……般配得上。”

“是，母后谬赞了。”萧美娘低头称是。

木卿卿得了称赞，心情大好，可独孤皇后却摆了摆手：“都下去，本宫有话单独和晋王妃说。”

萧美娘一惊，何姑姑早麻利地领着人走了，她尚不敢抬头，独孤皇后也只是看着她，那目光如炬，就像是要看透她的心，让萧美娘更加惶恐。好在过了半晌，独孤皇后只是叹了口气：“美娘，你可是自己愿意的？”

萧美娘愣了愣，不敢犹豫太久，道：“木卿卿对殿下有恩，况且模样性情又都不错，儿臣……儿臣是自愿的。”

也不知道独孤皇后信了还是不信，只是语气几多怅惘：“我早就知道你会这样回答，问了也是白问。只是难为你自己怀着孩子，还要为阿广着想，这是他的福气。”

“妻以夫为纲，这是儿臣的本分。”

独孤皇后拉起了她的手，冲她笑了笑：“你一向懂事，我也喜欢你懂事识大体，可女人有时候不能太懂事。”

萧美娘摇摇头：“没有，儿臣只是希望殿下能好，只要殿下好好的，儿臣便知足了。”

独孤皇后对萧美娘可以说是刮目相看，大为赞赏，转而又抱怨：“要是东宫那些女人有你一半识礼数，也不会闹出这么多丑闻来！嫡庶尊卑颠倒，不成体统，我满心里要疼太子，可她们这么闹，让我怎么喜欢得起来？”

萧美娘不敢说什么，只能劝道：“也不然，太子妃病后，诸位姐姐都有所收敛，已经许久未出事了。”

“可不是，太子妃一病这么久，也不知道过了年能不能好。”提起元芝灵的病，独孤皇后又是不放心，“依我看还是得换个太医，现在的太医保不准就被某些人收买了，趁人病，要人命呢。”

“母后说的是，一直伺候儿臣的太医蔡成安，儿臣觉得很好，不如就让他去吧。”

“也好，你举荐的人，我用着也放心。”独孤皇后点点头，起身走向了妆镜，萧美娘不明所以，也跟着站了起来，独孤皇后翻了好一会儿才拿了一支金钗过来。

“你把那和合二仙的簪子赏了人，我自然要送你一个更好的替上。”独孤皇后抚摸着手中的金钗，小小的簪子上居然雕琢了九只栩栩如生的金凤凰，金色的羽翼缀上宝石，华贵大气，说不出的尊荣。

萧美娘被金光晃了眼睛不敢收，独孤皇后则握住了她的手：“低下头来。”

萧美娘拒绝不了，只能依言照做，独孤皇后将金钗斜斜插进她发间，看了好一会儿才笑道：“这是我封后时陛下赏赐的最贵重的首饰，这些年我提倡节俭，一直放着不用，如今赏了你，也不算辜负了它。”

封后时的赏赐……

独孤皇后这是什么意思？萧美娘心跳得厉害又不敢妄加揣测，更不敢露出多余的情绪，只艰难地行了礼：“儿臣谢母后赏赐。”

一步步走出含章殿，萧美娘觉得自己的脚步都是虚浮的，有一种不真实的感觉，等在外面的青梅看见她手里的金簪，吓了一跳：“王妃！”

萧美娘忙瞪了她一眼，她匆忙把嘴边的话咽了回去，低了头：“奴婢扶您回去。”

木卿卿站在一边不明所以，只问道：“那我呢？”

“你回晋王府吧，跟殿下说一切顺利。”萧美娘没精神应付她，匆匆就打发她走了。青梅这才轻声道：“王妃，皇后把这簪子给您，是什么意思？”

“不管什么意思，她没有明说都不算数，别声张，回去收起来。”

青梅点头称是，又问道：“要告诉殿下吗？”

萧美娘微怔，仰起头看屋檐上闪闪发光的冰凌，还有些晃眼，半晌才道：“暂且不必。”

开皇三年的寒冬腊月，由独孤皇后赏赐的九凤钗为始，一出大戏已然拉开了帷幕。

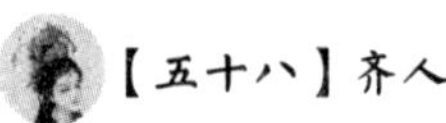

【五十八】齐人之福

开皇四年正月初五，萧美娘诞下了晋王长子，因为这是应天而生的神灵转世，杨坚特别看重，甚至将他接到了身边亲自抚养，萧美娘也只能时常跟着独孤皇后一起去看看他。

杨广没说什么，长子得杨坚看重原是一件好事，可萧美娘甚为忧虑："昭儿刚出生就这般受宠，遭人嫉妒啊。"

东宫现在有两个孩子，可都没有特别出彩的地方，云容裳也快要生产了，她那样要强的性子和高明的手段，萧美娘想想都觉得有些后怕。

"集宠就是集怨，阿广，想想办法吧。"

杨广握着她的手凝眸沉思，半晌才道："你说太子的儿子和咱们昭儿，云昭训更担心哪一个？"

"你的意思是……"萧美娘细想了想，"成姬？"

"你原本打算让成姬把孩子生下来再做打算，这原本是万无一失，可是事情有变，把她怀孕的事先告诉母后吧。云昭训现在自己还怀着孩子，她自顾不暇的，然后等过段时间，咱们就回并州，她们的事就管不着了。"

"云昭训怕是马上就要对太子妃下手了，等她除了太子妃再说吧，那时候是她最放松的时候，给她来个措手不及。"

萧美娘和杨广相视而笑，杨广便揉了揉她的头发："我的小丫头长大了，变得这么聪明了。"

"我本来就很聪明的。"萧美娘握住他的手，把它从自己头

上拉了下来放到心口，“阿广，还有一件事，你考虑一下。”

萧美娘许久不曾这样亲昵地和他说话了，杨广很受用，把人抱在怀里自己也找了一个最舒服的姿势半倚着：“你说。”

“云昭训可不好糊弄，我不想与她为敌，你想想办法，帮她为皇长孙正名吧。”

“你是说她和太子的那个私生子？”杨广蹙了蹙眉，“这事有些麻烦，摸不准父皇的态度，咱们贸然出头，岂非惹人猜嫌？”

萧美娘往他怀里靠了靠：“云昭训跟我说过这事，虽然后来不了了之，但我知道她一定不会善罢甘休。她现在怀的是双生子，等到孩子生下来再和太子一说，我想陛下也不会多加责难。既然如此，阿广，我们何不帮她一把呢？一来可以缓和与太子的关系，二来也不至于让陛下终日怀疑你，三来云昭训有了这一个皇长孙傍身，也能少关注些咱们昭儿。”四来，当日云容裳跟她说过，风水轮流转，以后的事谁都说不准。云容裳那么聪明，成璧一回东宫她肯定就猜得到是她萧美娘在做局，难免会有怨恨。萧美娘不想和她结怨，不如就还她一个皇长孙，不说多么肝胆相照，至少面子上要过得去。

这是萧美娘的私心，她不大想和杨广说，杨广自然也猜不到那里去，想了想便应了下来。

两个人一时无话，萧美娘还未出月子，有些困乏，在杨广怀里太过安闲，居然有些昏昏欲睡，而杨广却像是有心事一般。

“你说云昭训要对太子妃动手，什么时候动手？”

“我哪里知道？这是她的事，我才不管呢。”萧美娘闭着眼睛喃喃道，显见的是要睡着了，可杨广并没有让她安睡的意思：“我是想着，太子妃要是薨逝，那也是一件大事，举国上下是要服丧的。”

萧美娘顿时清醒了过来，原来杨广在想这回事……

可她不动声色，还是安安静静地窝在他怀里：“我也想着这事，等我出了月子我就跟母后说把瑜儿和木卿卿都给你做妾。”

“萧瑜？”杨广蹙了蹙眉，“为什么萧瑜也要？”

杨广他心里还是爱重萧美娘的，他受不住诱惑要纳木卿卿为妾已经觉得十分对不住她了，怎么能再来一个萧瑜呢？

萧美娘还是闭着眼睛，她也懒得揣度杨广的心意了，只道：“瑜儿本就是我父皇送来给你做侧妃的，先前因为母后不喜纳妾，我一直没说。如今我已生了孩子，你又要纳木卿卿做妾室，我再不给她一个名分，怎么说得过去？她可是我的亲表妹啊。”

杨广也知道是这个理，没再说什么，萧美娘便自顾自说道：“这也罢了，我听母后说我父皇不日会来大兴朝见陛下，你知道父皇他一直都最喜欢瑜儿了，所以你一定要给她一个好看的位分。阿广，不是我偏心自己的妹妹，但瑜儿的位分，必须要在木卿卿之上。”

杨广拨弄着萧美娘垂在胸前的头发，半晌才轻笑一声：“好，反正都高不过你。”

萧美娘听说也笑出了声，睁开眼撑起身子，捏了捏杨广的脸：“你知道就好。”

红绡帐里烛影深深，萧美娘和杨广相依相偎，难得的静谧时光，一刻都不想浪费，谁知道明日醒来又是怎样的境遇呢？

萧美娘出月子之后，按照独孤皇后的意思，封了萧瑜做晋王从一品侧妃，木卿卿则只是从三品良媛，跟着萧美娘一起搬回了

晋王府。

正式册封后，妾室要给正妃敬茶，萧美娘坐在上座，萧瑜先奉了茶，行了礼，再轮到木卿卿。

也不知道是真的对中原礼仪疏忽还是有心怠慢萧美娘，木卿卿举手投足间都透出一种随意来，萧美娘面不改色地接过她的茶盏便放过了她，但萧瑜可不是萧美娘那样的好脾性。

萧瑜位分在木卿卿之上，理应木卿卿也该给她敬茶，可她跪着奉上茶盏的时候萧瑜却没有接，只道："腰要直，手要稳，头要低，水要平，你既然入了我们中原，就要按中原的规矩办事。"

木卿卿跪得膝盖有些疼，却无可奈何，只好照做。萧瑜这才端起了茶盏，抿了一口又放了回去："起来吧，别说我欺负你。"

木卿卿起身揉了揉膝盖，这才坐回到自己的位置上，萧美娘转头看了一眼青梅，青梅便领着人上前送了一个小匣子到两人面前。

"这一对碧玉缠金镯不算贵重，是我从娘家带来的，如今便送给两位妹妹，还希望妹妹们不要嫌弃。"

萧瑜只看了一眼，这镯子她是见过的，是当年的贡品之一，后来送了来给萧美娘做嫁妆。她倒并不稀罕，这碧玉虽好，可是另有一对白玉缠金镯，不仅玉质更好，做工也更加精细，她求了萧岿好久萧岿都没舍得给她，后来听说也一并做了萧美娘的嫁妆。

真正的好东西自己留着，拿这些来糊弄人，这收买人心做得也真是拙劣。

萧瑜有些不屑，萧美娘并不在意，只和木卿卿说话："既然有了名分，就不能总是像下人一样跟在殿下身边抛头露面了，木良媛这性子也要收敛一些，不然别人不说是我教导无方，只会嘲笑殿下。”

“可阿广就是喜欢我不加矫饰，他说你们都是些精致的木偶人，既无特色又无趣味。”木卿卿坐在那里身量尚小，可是言语间的傲慢却让她涨了几分气势，“所以我觉得，阿广不会希望我变得像你们一样。”

小小侍妾第一日就敢顶撞主母，真是一出好戏，萧瑜不作声，只在一边喝茶看戏，想要看看萧美娘究竟使个什么手段。

“话是这么说，可你总不能只讨殿下一个人的喜欢，若是因为你殿下被人笑话了，久而久之，谁还敢亲近你呢？我不管你在殿下面前是什么模样，但是在人前，该有的礼数都得尽到，才是长久的道理。”

萧美娘不急不躁，温和从容，尽显正妻的气度，面对木卿卿这样的挑衅还能面不改色，萧瑜有些佩服她。

谁不知道当时晋王和晋王妃是如何如胶似漆，原以为他们之间容不下一粒沙子，可突然一个木卿卿夺了夫君的宠爱，萧美娘不仅不哭不闹，居然替杨广主张纳她入府，如果不是因为她真的宽宏大量毫不计较，那就是她目光长远另有算计。

萧瑜比较相信后一种解释。

果然。

“就好比方才你敬茶，处处都是差错，遇上是自己的姐妹教导你一二也就罢了，若是遇上外人，你丢的是晋王府的脸。”

见萧美娘扯到了自己身上，萧瑜便打起了精神，听她道：“我也已经和殿下说过了，别的不说，你得先学学规矩，不说和中原

贵女一般无二，挑不出错，至少也要在人前过得去。”说着萧美娘顿了顿，转向了她：“我不是在宫里长大的，论规矩也不如你熟识，就麻烦你来教教她吧。”

萧瑜没说好也没说不好，只是低着头摆弄自己的帕子，微微笑道：“你还不知道我从来就是没规没矩的，你不怕我把人带坏了？”

“都是自家人，说得过去就行了，又没让你去当宫里的管教嬷嬷。”萧美娘虽然语气温和，却是不容置疑的态度，萧瑜不想在木卿卿面前和萧美娘闹得不好看，只好应了下来。

木卿卿似有话要说，可是萧美娘侧着头和青梅不知在说些什么，萧瑜更是低着头只顾着看她新染的指甲，心知现在还斗不过她们，只好作罢。

三个人本也无话可说，好在有人回报说杨广回府了，萧美娘便看向了木卿卿：“你去接着吧，好生伺候着。”

木卿卿听说杨广回来了，脸上的表情才软和了一些，听萧美娘这样吩咐更是多了几分得意挂在脸上，随意欠了欠身就带着丫鬟小穗儿走了。

萧美娘这才端起青梅刚刚新给她上的茶抿了一口：“和这丫头说话真累。”

“她虽然没规没矩的，好在看起来不像是有心眼的人，比起太子妃那些人，她还算好对付的。”萧瑜看看日头也不早了，起身想要告退，萧美娘却放下茶盏喊住了她，“等等，我有东西给你。”

萧瑜脚步一顿，有些怀疑，犹豫了一会儿才跟着她转入内室，萧美娘早已让人拿了一个雕花木盒递给她。

“这是什么？”

“你看看就知道了。”萧美娘坐到了窗边的软榻上，阳光斜斜照在黑梨木漆桌上，上面还散乱着一封已经启了封的书信，“过来坐吧。”

萧瑜不动，打开了木盒，里面正是她朝思暮想了许多年的白玉缠金镯：“这是……”

她惊讶极了，看向了萧美娘：“你什么意思？”

萧美娘撑着头，便看着她觉得有些好笑：“你不是一直想要这个镯子吗？我送给你了，你怎么好像不大高兴的样子。”

“无功不受禄，”萧瑜举着镯子晃了晃，“直说吧，有什么事。”

白玉缠金在阳光下有些晃眼，萧瑜就是这样的性子，斤斤计较，不肯吃一点亏，也不白占一点便宜。和这样的人相处谈不了交情，只能做交易，不过也算是省事。

萧美娘指了指自己对面的位置：“坐下慢慢说。”

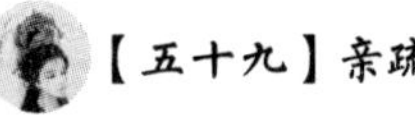

【五十九】亲疏有别

等萧瑜落了座，青梅也给她上了茶，萧美娘这才道：“显见的是你我姐妹亲情淡漠了，做姐姐的送妹妹一个镯子，妹妹还要这样怀疑。”

萧瑜看上去是不在乎的模样，手却一直握着手镯不放松，一看就知道她是喜爱的。

萧美娘注意着她的小动作，微微一笑：“不管怎么说，你我是姐妹，如今又同侍一夫，就该效仿娥皇女英。我要送东西，你的那一份自然也是外人不能比的，这才显得出亲疏来，你说呢？”

“美娘姐姐说的是，不管怎么说，咱们都是姓萧的。”萧瑜冰雪聪明，一下子就听出了弦外之音。

她挽起了袖子，当下就戴上了那白玉缠金镯，白玉衬雪臂，晨光映赤金，她笑语嫣然：“好看吗？”

“镯子好看，人也好看。”萧美娘将面前的书信推给了萧瑜，“这是梁国来的信，你也看看。”

萧瑜接过信看了两三行，便惊喜起来：“姨夫要来了？！”

头上簪着的步摇随着她抬头的动作叮当作响，脸上的笑容是毫不做作的欢喜：“什么时候？”

“你看完就知道了。”

萧美娘不得不说她觉得那个笑容有些刺眼，萧岿明明是她的父亲，可却是萧瑜和他更像是亲生父女。萧瑜一直以来都很张扬，虽然只是个侧妃，但是有萧岿在一日，别说是杨广，哪怕是杨坚都得给她几分面子。

而她呢？

萧美娘都觉得有些讽刺，只好低头饮茶来掩饰自己的失落和尴尬。

这是萧琮寄来的信，说是萧岿大约五月的时候会到大兴来朝见杨坚，祝贺大隋平定北方突厥之乱，到时父女相见，若能冰释前嫌就最好不过了。

萧瑜很快看完了信，笑得眉眼弯弯，两个梨窝看上去倒是很可爱，她放下信纸，那模样像是得到赞赏的小孩子。萧美娘不无羡慕，却假装看不见，只道：“你教导她的时候也别太过严苛，殿下那么喜欢她，当心惹了殿下不快。”

“我心里有数。”萧瑜满心欢喜，眉眼生动得像是会说话，萧美娘不大想和她说话了，恰好青梅站在帘子外轻声道：“王妃，殿下唤您到前面去。”

“知道了。”萧美娘起身来，手撑着小几略站了站像是在想着什么，而后道，“你回去休息吧，按规矩今晚是你侍寝。”

萧瑜虽是个开朗的女子，初听到“侍寝”两个字还是微微红了脸，有些羞涩地低了头：“嗯。”

萧美娘看着她，心里是说不出的滋味，有的人生来仿佛就是为了接受老天的恩泽的。

罢了，要不然怎么人们常说“人各有命，富贵在天”呢。

青梅早就打起了帘子，萧美娘又看了看萧瑜，这才离开去杨广的书房，木卿卿已经不在了，也不知去了哪里。杨广正在看一份文书，听见门响便抬起头来：“怎么这许久，快坐吧。”

他指了指自己身边的一张锦凳，想来方才是木卿卿坐在这里，萧美娘不动声色地坐下了，便轻轻靠到了杨广的肩上，显出一种娇媚来：“怎么了吗？”

“无事，思卿耳。”杨广侧过头来笑着捏了捏萧美娘的脸。

萧美娘则有些不高兴的样子：“思卿，你把木卿卿喊过来就是了，找我做什么？”

杨广一下没有想到这一节，有些尴尬，却还是笑着：“你这丫头现在知道吃醋了？”

“我早就吃醋了，是晋王殿下您贵人多忘事。”萧美娘捂嘴轻笑了一下，转而敛了笑意，“阿广，我有件事想和你说。”

“说吧。”只有萧美娘在身边的时候才是杨广最放松的时候，

因此他由着萧美娘靠在他身上，自己又转过头去看文书。

萧美娘也有些犹豫，支支吾吾了半天，又往他身上蹭了蹭：“可不可以，给木卿卿，改一个名字。”

“什么？”杨广蹙了蹙眉，放下了手里的文书，看萧美娘的眼神深了深。

萧美娘微微松开了他一些，道：“我一开始就说了，亲卿爱卿，是以卿卿，这是夫妻间的称呼，我无法自处。现在我想明白了，可是阿广，你可以这么喊她，我喊不出口。”

杨广沉默了好一会儿，才淡淡问了一句：“依你看，改成什么好？”

“双卿”，萧美娘微微一笑，“双本身是个吉利字，你看呢？”

“双卿……”杨广念了几遍，右手握卷轴轻轻敲击着左手心，“好，依你吧，不过卿卿她脾气不好，恐怕要哄好一会儿了。”

“我不信世上有我家晋王殿下哄不好的女子。”萧美娘笑着偎进杨广怀里。杨广搂住她的腰，顿了顿便道：“我听说你想让萧瑜教卿卿规矩？”

恐怕这才是杨广找她过来的真正原因吧。

萧美娘大大方方地应了：“是，今日她来奉茶，行为举止有些不合规矩，瑜儿便说了她几句，我想着她既是你的妾室，总不能以后丢了你的脸，所以……”

“可是卿卿她从来是不喜约束的，我喜欢的就是她这般的天真自然，不加矫饰。”杨广打断了萧美娘，“还是算了吧。”

萧美娘早就料到杨广会插手，便正色道：“再怎么不喜约束，嫁入天家都要被约束，阿广，并不是我要故意为难她，是母后那边……”

“母后怎么了？”杨广显然有些紧张。萧美娘便轻叹一口气：“我去求位分的时候，原想让双卿做庶妃，可母后不肯，只让她当了良媛，从正二品到了从三品。这自然和双卿的出身有关，可我第一次带她去见母后的时候她就驳了母后的话，又焉知不是因为母后不喜她无礼呢？”萧美娘顿了顿，手搭上了杨广的手臂，“阿广，你觉得她的不知礼数是天真自然，可父皇母后不这么想啊。”

杨广抿着嘴唇想了想，忽而似恍然大悟：“是你想得周到，东宫有例在先，我原该小心的。”

萧美娘松了一口气，笑着捏了捏他的鼻子：“你倒是处处小心的，只是有美人在前便什么都顾不上了。”

杨广拉下了她的手握在手心里，十指相扣，挂着丝浅笑在唇角，却不知在想些什么。过了一会儿，又问道：“云昭训说了什么时候要动手吗？”

“她早就下手了。”说起这事萧美娘便低了声音，“蔡成安说云昭训让他在太子妃的药里下了慢毒，看上去一切如常，可不出两个月，药性伤及心肺，暴毙而亡。”

杨广听萧美娘说来还有些愣怔：“果然是最毒妇人心……”

“阿广，我只担心母后会怀疑我们。”

萧美娘蹙着眉的样子也很好看，眉心含愁，眸带忧色，杨广居然呆了一下才道：“你是说蔡成安？”

萧美娘点点头：“毕竟是我举荐的太医，如果母后对这事心存怀疑，第一个就要找蔡成安。”

“你不用担心，母后不会怀疑他的。”

“为什么？”看杨广一副胸有成竹的样子萧美娘疑惑得很，独孤皇后的心思向来深不可测，杨广凭什么这么确信呢？

杨广只是笑了笑并没有解释，转而问道：“冷宫里那个怀了孕的快生了吧，你打算怎么办？这可不能瞒一辈子啊。”

成璧现在算起来也有五六个月的身孕了，胎相一直很稳定，找个机会让她回到东宫，一定会让怀着双生子的云容裳很头疼。云容裳现在一心只对付元芝灵，加上一个成璧肯定会让她分心，再说成璧那个性子，保不准就又要当了元芝灵的枪，都到了这一步了，让元芝灵死灰复燃就不好了。

萧美娘思索一番，也不多说，只道：“合适的时候我会想办法跟母后提这事的，你不用担心。”

“你知道我向来最相信你的。”杨广说着，握着萧美娘的手放到唇边印上一吻，“美娘，我早就说过，得你是我之大幸。”

萧美娘只是笑笑却不答言，正是难得的片刻温情，阿三却来敲门：“殿下，王妃，宫里有人传话来，说让王妃即刻入宫。”

萧美娘面露惊疑，和杨广对视了一下，杨广握着她的手紧了紧以示安抚，朗声问道：“可说了是为的什么事？”

“奴才不知，像是太子妃的事。”

算起来也快两个月了，看来元芝灵薨逝的日子也快了，萧美娘心里有了主意便安定了些：“我知道该怎么做了。”

杨广依旧抿着唇，半晌才道：“若真是为了太子妃，她现在穷途末路，你千万小心。”

“你放心就是。”萧美娘笑着俯身亲了亲杨广的额头，“我都把昭儿平安生下来了，还怕什么呢？”

杨广这才恋恋松了手，萧美娘整了整衣衫，开门跟了宫里的人去了含章殿。

【六十】人之将死

独孤皇后坐在那里和何姑姑不知道在说些什么，看上去很不高兴的样子，萧美娘大气不敢出，远远跪在了珠帘外："母后。"

听到这一声，独孤皇后给何姑姑使了个眼色，何姑姑忙上前扶起了萧美娘："王妃刚出月子，地上凉，快别跪了。"

说着就和青梅一起扶萧美娘坐到了独孤皇后对面："母后唤儿臣来有什么事？"

"太医方才来说太子妃不大好。"独孤皇后蹙着眉，"我有些担心。"

"太子妃开春之后不是慢慢好起来了吗？怎么又不好了呢？"萧美娘也蹙了眉做出忧心的模样，看上去真像是在为自己的好友忧虑。

独孤皇后叹了口气："可不是，这里面一定有猫腻，还得让你去看看。"

萧美娘点了点头："儿臣自当竭尽全力。"

独孤皇后这才露出些许笑容来："昭儿很乖，待会儿我找人去把他抱过来，你从东宫回来后就过来看看他吧。"

听说能见到杨昭，萧美娘喜形于色，忙起身行礼："多谢母后。"

独孤皇后点点头："去吧，早些回来，我还有话要跟你说。"

萧美娘应了是就往东宫去了，云容裳像是早就得了消息，挺

着个大肚子站在东宫门口等着她。她早已没有了先前纤瘦的模样，富态丰腴，只是妆容依旧精致，远远看见萧美娘就迎了上去：“皇后让你来的？听说她召你进宫我就知道你要来，特意等着了。”

“是，怎么了？”萧美娘拉了她的手扶住了她，生怕她一个不稳摔着了再伤了胎儿，“不是说慢性毒药吗？怎么被看出来了呢？”

云容裳站定歇了歇。“我也不知道，一直都好好的，就今儿早上她忽然吐了血，蔡成安也慌了，我才让他报给皇后。”说着她环视一圈，凑到了萧美娘耳边，“你说会不会是她察觉了，又在演戏呢？”

萧美娘听了这话，不由得放慢了脚步，思索起来：“她若真察觉了就该早做打算，都到这时候了，还演什么戏？”

她摇了摇头：“或许是有别的缘故吧。”

云容裳的肚子已经很大了，走了这几步便有些吃力，脚步越发慢了下来：“皇后只相信你，我现在也只能信你，你去看看吧，我就不跟着去了，她现在看我那眼神，恨不得就吃了我。”

明明是很沉重的话题，可云容裳说这话的时候表情很有趣，萧美娘不禁摇头笑了笑：“她现在就是只纸老虎，你怕什么？”

说话间已经到了体仁堂门口，在院子里煎药的洛黛也远远看见了她们。萧美娘便拍了拍云容裳的手让她安心，领着青梅进了屋，洛黛再见到萧美娘已经不如之前的亲近了，大约心里早就把她当作了云容裳那边的人。

这个丫头忠心耿耿，若是元芝灵真的去了，恐怕也是个祸患。

萧美娘心思百转，脸上只是笑着：“皇后说你家主子不大好，让我来看看，不请我进屋吗？”

洛黛低了头：“王妃请。”

萧美娘定了定神，拾级进了元芝灵的卧室，这屋子里总有散也散不开的药味，闻着便觉得舌尖泛苦。她转过里间，元芝灵脸色苍白地躺在床上，乌发散乱堆在枕上，一张脸儿瘦得不成样子，看上去让人心疼更令人心惊。像是听见了萧美娘的脚步声，她微微睁开些眼睛，很快又闭上了，气若游丝道：“你来了。”

萧美娘被她那一眼看得不知怎么有些心虚，便坐也不敢坐，只轻声道：“母后让我来看看你。”

“我？快死的人了，还有什么好看的。”元芝灵虽然没力气可心里明白得很，“你以为云容裳那点手段，瞒得过我？”

她像是想要冷笑，却又引得不住地咳嗽，萧美娘忙上前扶她坐了起来，塞了几个软枕到她腰后，又拍着她的背帮她顺气。虽说元芝灵现在这样她也有一半的功劳，可看着她这样，心里也是酸楚。

这个女子到底也明丽过，也曾是她最亲近的至交好友。

可元芝灵不大领情，只道：“你现在到我面前，装什么好人？萧美娘，我原以为你本性纯良，却不想和云容裳一样，都是做戏的。”

萧美娘本还有些同情她，听了这话却又有些失望：“你这么说我的时候，问过自己的良心吗？云容裳杀心早起，若不是我，又怎容你活到现在？元芝灵，是你不义在先。”

“你说的是秋千那次？”元芝灵看上去虚弱，记性却还很好，“那是你自己倒霉，谁让你挺着个肚子去玩了？罢了，我反正要死了，你既然还肯照顾我，就是不怨我了。”

萧美娘没想到她会这样说，又气又恨，明明是自己行不义之事，还能这么理直气壮！可听到她后面那句话，又不由得有些难过。

她怎么能不怨呢？那次若不是李渊恰好路过，恐怕就是一尸两命了，她现在想起来都后怕，都会发抖。

只是就像元芝灵说的，她还是太善良了，所以看不得人受苦，有些东西是骨子里的，改不了。

可这样的话说出来，元芝灵大约也不信吧，因此她只是笑笑，并不辩解什么："让我给你把把脉吧，好回去向母后交差。"

"不必了，我知道我也就是这几天的光景了，只是临死前，想见你一面。"

"见我？"萧美娘有些疑惑，"我以为我们已经无话可说了。"

"怎会？"元芝灵牵了牵嘴角，"我要和你说的话，多着呢。"

她强撑着又坐起来一点，只是这样的动作就让她喘了许久的气才缓过来，道："杨勇他喜欢和文人往来，也不知道都聊些什么，说不准是结党营私。他还有一件蜀铠，花了不少工夫去妆饰，宝贝得很，怕父皇说他铺张奢侈，一直都藏得好好的。还有高颎，他是父皇的宠臣，很多皇子都想笼络他。可他女儿是杨勇的良娣，所以他跟定杨勇了，让晋王离他远一点，免得吃亏……"

元芝灵身子很虚弱，说一句话都要咳嗽几声，却还是一字一句，颤抖着将杨勇那些事抖了出来，听得萧美娘心惊。

她知道元芝灵对杨勇没什么感情，却也曾经是想要帮杨勇坐稳太子之位的，从帮扶到背叛，中间经历了多少绝望，又是怎样的恨意。

"他负我一生，我便要这天下尽负他！功名、声誉、江山，我要让他也尝尝被负的滋味。呵，到那时，我才能安心去轮回呢。”

元芝灵咬牙切齿，字字诛心，萧美娘不由得从心底怜悯起她来，可恨之人也一定有可怜之处。就像是在风雪里凋零的花朵，怜悯它的衰败枯萎，更怜悯它曾经在风雪中的苦苦挣扎和最后不得不认命的无可奈何。

“晋王，他可千万别让我失望……”她忽地笑了，这笑里有一种报复的快感，萧美娘只觉得全身都冷了。

她忘了自己怎么离开的体仁堂，阳光洒到身上的时候让她一个踉跄，差点从台阶上摔了下来，青梅忙扶住了她。萧美娘站在院子里好一会儿才缓过来，也没心思去云容裳那里，便扶着青梅的手慢悠悠地回了含章殿。

独孤皇后已经抱着杨昭等着她了，萧美娘整理好情绪，除了脸色有些苍白，看不出有什么异样。襁褓里的杨昭咿咿呀呀，独孤皇后正拿着一只步摇在逗弄他，看上去是很和谐的画面。

萧美娘上前行了礼：“母后。”

独孤皇后心情好了不少，笑道：“你过来看看孩子吧，当娘亲的肯定想坏了。”

萧美娘走了过去，只站在独孤皇后身边看她逗孩子，杨昭长胖了不少，眼睛只盯着那步摇转悠，可爱得很。这孩子一出生就被养在杨坚那里，她其实也很久没有见过他了，乍一见他居然还有些辛酸想哭。可萧美娘知道自己不能显露出一丝一毫的难受，只笑道：“父皇和母后把昭儿照顾得真好，比生下来胖了好些呢。”

“可不是，小孩子这个时候最容易长胖了。”独孤皇后低着头笑得温柔，“昭儿真的很乖，很少哭闹，一看就知道是个稳重

的孩子，可不像阿广那时候，整天哭得我头疼。”

萧美娘低下身子，屈起手指抚摸着杨昭柔嫩的小脸蛋，杨昭便扭着脑袋蹭了蹭，萧美娘一颗心都要被软化了。

独孤皇后把孩子递给萧美娘：“你抱着他坐下吧，太子妃怎么样了？”

萧美娘抱着杨昭坐到了独孤皇后对面，一面拿着步摇引杨昭玩，一面道：“像是伤了元气，要大补呢。”

“那你说，会不会有人在背后动手呢？”

“不会吧……”萧美娘装作低头和杨昭亲近，害怕自己一不留神，眼里的情绪被独孤皇后看出来，“病来如山倒，病去如抽丝，太子妃本就身子弱，多病多灾的，马上开了春天气回暖，人自然也会一日日好起来的。”

独孤皇后沉吟片刻，大概还是有些怀疑，却只是叹了口气：“罢了，我一想这些事就心烦，你和阿广还好吗？”

萧美娘见独孤皇后不再追问，可松了好大一口气，便抬头笑道：“很好，母后怎么这么问？”

“男人总是不安分的，你主张帮他纳了妾是你的贤良，可人家未必会领情。”独孤皇后的语气听起来就知道她还是对杨广纳妾这事颇有微词。萧美娘心头微暖，道：“儿臣进宫之前还和阿广在一起说话呢，虽然纳了妾，也不过多两个人照顾他，省了我好多心力。”

“阿广的人品我倒是相信，只是那两个女人，可还安分？”

“瑜儿和我是姐妹，彼此自然是互相照应，木良媛虽然出身不高，可也开始跟着瑜儿学礼仪规矩，也很乖巧。”萧美娘笑得温柔而知足。独孤皇后这才稍稍安心：“你觉得好就好了，美娘，我知道你懂事，别的也就不嘱咐你了，你只记得一点，我独孤伽罗眼里的儿媳，只你一个。所以你要是受了委屈，只管跟我说，我饶不了她们。”

萧美娘只觉得这话窝心得很，从小到大，也不曾有长辈这样维护她，从心底里涌出的暖意几乎要化作泪水流下来。她眨了眨眼把眼泪逼了回去，抬头笑道：“有一件事，儿臣想和母后说。”

【六十一】初生疑虑

独孤皇后见她这样就知道事出有因：“你说。”

“先前被打发到冷宫的成璧，怀了孩子。”萧美娘咬了咬嘴唇，看上去有些犹豫。独孤皇后吃了一惊：“你说什么？就是那个行窃的成璧？”

“是，儿臣一早知道这事，却瞒了母后这么久，是儿臣的错。”

“别说这个了，孩子怎么样？”独孤皇后哪里顾得上问罪，忙问她成璧的状况。萧美娘道：“母后放心，一切都好。儿臣知道这事之后也是害怕成璧回到东宫会出事，所以特意安排了太医过去照顾，如今胎相很稳。”

独孤皇后心如明镜，成璧怀孕这事一定又是一场风波，眼下东宫为了太子妃的事忙得不可开交，乱中出错，成璧现在回东宫并不合适。她明白这其中的利害，略一思索便道：“我知道了，等她把孩子生下来再说吧。”

萧美娘点头称是，不再多言，待陪着独孤皇后用完了午膳，便匆匆回了晋王府。阿三守在杨广房门前，看到她来忙行礼：“王

妃找殿下吗？殿下用了午膳后觉得困乏，歇下了。”

“殿下一个人吗？”

“木良媛在里面陪着。”阿三低着头，声音低了些，像是怕被责罚一样，让萧美娘觉得有些好笑：“既如此，你过来，我问你些事。”

阿三不明所以，只跟着萧美娘到了她那里，萧美娘客客气气的：“高公公坐吧，一直服侍殿下也辛苦了。”

“不敢不敢。”阿三原名高尚礼，因排名老三，杨广图个方便只唤作阿三，青梅早沏了茶上来，阿三这才坐下，“不知王妃有何吩咐？”

“吩咐谈不上，只是想问问，我离开并州之后殿下的起居。”

萧美娘温声软语，又对他如此礼遇，阿三不作隐瞒，一一说来，萧美娘便也认真听着，又问道：“那殿下去救阿波可汗受伤之后呢？”

“殿下伤势本不严重，一直是木良媛在照顾，很快就痊愈了。”

“那殿下有没有说过，他是怎么遇见木良媛的？”萧美娘似不经意地问起。阿三说顺了嘴也不生疑，只道：“殿下那日带兵去救阿波可汗，退了沙钵略可汗的兵之后就和阿波可汗剩下的人一起去达头可汗那里，谁知中了埋伏，受了伤。殿下失踪了，那里是荒郊野岭，前不着村后不着店，还以为回不来了，幸好遇见了木良媛，她懂医术，这才救回了殿下。”

“既如此，该好好谢谢她了……”萧美娘依旧是淡淡的，却越想越觉得不对劲，不由得蹙了蹙眉。

阿三以为是自己说错了话，小心翼翼地问道：“王妃怎么了？”

“无妨，你回去伺候吧，殿下醒来之后就说我有事找他。”

萧美娘微微笑着，阿三摸不着头脑，想着杨广也差不多要醒了，便起身告退，只留了萧美娘把他的话在心里过了一遍又一遍。

木卿卿是突厥女子，出身布衣，却救了受了伤的大隋将领，这本身就很奇怪，何况……前不着村后不着店的，木卿卿是从哪里来的？

萧美娘越想越觉得可疑，可想来想去也想不出个所以然，过了好一会儿，茶盏里的茶水都冷了，她还是那个姿势动也未动，就连杨广进来她都没有察觉。

杨广站在门口见她这样觉得很有趣，刻意放轻了脚步，走到她身后一把抱住了她，吓得萧美娘惊跳起来，见是杨广才松了一口气，转而嗔怪道：“你吓人做什么？孩子似的。”

杨广笑着坐到了她对面。“我看你动也不动木头似的，还以为吓不着你呢。”说着他给自己倒了一杯茶，又帮萧美娘换了一杯，道，“宫里出什么事了？”

萧美娘接过杨广递来的茶盏却又不喝：“是太子妃想见我，她知道自己不行了。”

“看来太子妃还是挺聪明的。”杨广有些不以为然。

萧美娘顿了顿，语气含嗔：“你正经一些，她与我说了一些事。”她把元芝灵跟她说的话全部告诉了杨广，杨广越听越认真入迷，眼睛都不敢眨，生怕错过一个字。

萧美娘说完之后，他声音居然有些颤抖：“这些都是真的？”

“鸟之将死，其鸣也哀，人之将死，其言也善，她知道自己时日不多，没有理由骗我。”

“好啊……我真该谢谢这位太子妃了。”杨广露出些笑容。

“你想怎么做？”萧美娘打起了精神，“现在事情一桩接着一桩，我都不知道我们是按兵不动好还是乘胜追击好了。”

杨广的笑容从容自信：“下棋的高手，从来不怕耗费时间去布局，局布好了，那就是瓮中捉鳖。”

萧美娘大概明白了杨广的意思：“现在布局会不会早了点？万一惹得父皇怀疑岂不是得不偿失？”

杨广摇了摇头：“父皇是皇帝，他信任太子的前提是不会威胁到他自己，何况你我都不用出头，只等太子自己作茧自缚罢了。”

“嗯……”萧美娘似懂非懂，好不容易把杨广的话理了一遍，又道，“对了，成璧的事，我和母后说了。”

杨广敛了笑意，眉也不禁蹙到了一起：“母后怎么说？”

“母后说等她把孩子生下来再回东宫。”

“不出所料。”杨广摸了摸自己的下巴，“好了，既然母后知道了，别的事也不用咱们操心了。”

说着他伸手摸了摸萧美娘的头，半是欣赏半是宠溺：“你真的长大了不少。”

大概是杨广的掌心有些烫，萧美娘轻轻闪躲了一下，看杨广眼中闪过的那一抹微微讶异，便偏过了头：“长大了，是不是就不是你喜欢的样子了？你说你喜欢不加矫饰的女子，可我……”

杨广听了之后没忍住笑了起来，探起身子伸手揉了揉萧美娘的头发：“傻丫头，我喜欢的是你，和你是什么样没有关系。”

萧美娘却也不反驳他，虽说有些话听听就好，可如果不那么斤斤计较的话，也像糖浆那般甜。

记得以前好像是元芝灵说过，人有的时候要对自己说一些好听的话，这样日子才不会太苦，这是一样的道理。

因此她抓住杨广的手臂，将他的掌心贴到了自己的脸上，轻声问道："午后有什么事吗？"

也许是因为萧美娘像猫儿一样的黏人让杨广心里软软的，他语气也变得温柔了不少，另一只手将萧美娘额前的乱发理了理，道："没什么大事，可以陪陪你。"

萧美娘便露出了孩子般的笑容："那你给我讲讲你在并州的故事吧，分开了那么久，我都要不认识你了。"

"好。"杨广毫不犹豫地就答应了，起身把萧美娘抱起来转过里间，放到了雕花木床上。

萧美娘自己卷起了被子乖巧地窝在杨广身边，枕着杨广的大腿肆意享受着这难得静谧的午后，杨广倚着床柱斜斜坐着，盘起一条腿来让萧美娘靠得更舒服些。

萧美娘梳着简单的发髻，看上去就是一个干干净净的少女，头上簪着的步摇在从窗户偷溜进来的阳光下散发着夺目的光彩。杨广取下了那步摇，萧美娘的头发便散了下来："你做什么？"

少女的声音透着娇俏，脸也红红的，看上去可怜又可爱。杨广放下了步摇，笑道："既然要睡不如卸了簪环，睡得更安稳些。"

萧美娘想想也是这个理，便坐了起来，面对着杨广，杨广伸手取下了她的头饰，小心翼翼地生怕扯到头发弄痛了她。萧美娘带着痴迷的眼神就停留在杨广身上，也不知午后的阳光和她的目光哪一个更加炽热。

取下最后一根簪子，萧美娘一头乌发垂散，杨广以手为梳帮

她理了理，长发便自然地堆在肩头又垂了下去。萧美娘刚出了月子，做了母亲的人自有一种韵味，薄施粉黛，及腰长发自然垂散，看上去就如同出水芙蓉一般，带了几分仙气，甚是迷人。

萧美娘看杨广只顾着盯着她发呆，便轻笑一声，伏到了杨广的膝盖上，青丝如云，正如同不谙世事的小女孩，热烈地吐露着芳华。

“宿昔不梳头，丝发披两肩。”

杨广喃喃念起这句诗，萧美娘便笑着念道：“宛伸郎膝上，何处不可怜。”她抬起头对上杨广的眼神，“女儿无别思，愿君多爱怜。”

杨广轻轻捏了捏她的脸：“小丫头可别胡思乱想了，我给你讲故事。”

【六十二】三月冬寒

三日后，太子妃元氏在东宫病逝，丧钟长鸣，举国哀恸。

太子妃没有子女，又是早逝，因此只是薄葬，独孤皇后尤为哀痛，萧美娘便干脆住回了建章宫时时陪伴，稍作劝慰。

太子妃薨逝是大事，宫里乱糟糟的，独孤皇后主持大小事宜，宫里女子不多，也只有萧美娘能帮扶一二。除此之外，萧美娘也帮着抄些经书，真心希望元芝灵来生能投个好人家。

四十九天后元芝灵一出殡，杨勇就迫不及待地来求独孤皇后立云容裳为太子妃，执掌东宫事宜，气得独孤皇后当下就砸了一个内造的琉璃花樽。

“你这个逆子！元妃尸骨未寒，民间尚在丧期，你却急着把

妾室扶正！平民布衣还有些良心，你看看你一个太子，良心都喂了狗不成？！混账！”

独孤皇后一拍桌子，被气得浑身发抖，萧美娘忙放下笔跪到了她身前将独孤皇后的手握住：“母后息怒，小心手疼。”

“息怒？你看看这个逆子存心想把我气死好和他那帮狐媚女人厮混！”独孤皇后指着杨勇，“你给我滚出去！”

杨勇像是有话要说，萧美娘急得直给他使眼色，他这才不情不愿地退下了。

这个太子也是糊涂，分不清轻重缓急，元芝灵已经死了，云容裳生下孩子后早晚都能上位，何苦急在这一时？惹恼了独孤皇后不说，更让云容裳处境尴尬，宫里本就有不少风言风语，他这么做岂不是授人以柄？

独孤皇后越想越气，萧美娘忙给她斟了一碗茶：“母后这些日子太过悲痛，快别生气了，伤了身子就不好了。”

“我气的是太子不明事理，元妃好歹是他的正妻，这些年是他负了人家，如今人去了他不心怀愧疚也就罢了，居然这般急不可耐！”独孤皇后也不接茶盏，亲自把萧美娘拉了起来，“我看，元妃多半就是他害死的！”

“怎会？母后别多心了。”萧美娘心一动，独孤皇后居然怀疑杨勇，这对他们来说倒是个意外之喜，顺着这个下去，杨勇在独孤皇后面前可就一点都讨不到好了。

“怎么不会？”独孤皇后这个人智慧敏锐，非常相信自己的判断，一旦她心里有了猜测，她在这之后做的事只会是不停地证实自己的猜测。

“他一心只宠着那个妖精似的女人，如今云昭训又要生了，不说太子，她第一个等不及生下嫡子！”

萧美娘小心翼翼地开口：“可太医不是也说太子妃是病逝吗？”

“太医？这宫里最信不得的就是太医！”独孤皇后双手握了拳，又像是突然想到了什么似的，“那个太医，是你举荐的是吗？”

“是，”果然，萧美娘不敢再掉以轻心，面对独孤皇后怀疑的神色，她蹙了蹙眉，“儿臣怀孕的时候觉得这太医话虽不多但是为人可靠，所以才举荐给母后的。”

“蔡成安……”独孤皇后在脑子里想了想这个人的来路，“我有印象，他当年进宫可是在一众名医里拔得头筹呢。”

过去的事情萧美娘不知道自然不敢开口，只提心吊胆地等着独孤皇后的主意，独孤皇后转动着自己手上的扳指，抬头看向了萧美娘：“蔡成安的妹妹，不是还在你们府里伺候吗？”

“什么？”萧美娘一惊，“他妹妹？儿臣不知道，他妹妹是哪一个？”

独孤皇后见萧美娘的惊讶不是假装的，也有些难以置信：“你竟不知道？”

“从未听说过，还请母后明示。”

“就是那个在你身边伺候的，叫作五月的姑娘。”

“五月？！”萧美娘更加惊讶，她只知道五月是南方人，一直跟在杨广身边服侍，却从未听她提起过她还有一个做太医的哥哥，“这丫头瞒得我好苦，我怀孕的时候蔡太医日日来请脉，居然一点儿没看出他们是兄妹……我想起来了，她曾经跟我说她本姓蔡，可我也没有往那处想。”

独孤皇后看萧美娘惊讶的自言自语的模样觉得有些好笑：“好了，没什么大不了的，他们兄妹俩看上去都是低调温逊的人，大概也是不想张扬吧。”

“那母后怎么知道的呢？”萧美娘有些好奇，五月瞒了她这么久可独孤皇后却知道他们的底细，看上去关系匪浅呢。

“怨不得你不知道，那时候阿广也还小呢。”独孤皇后顿了顿，便说起了一件很久之前的事，“那时候我头风发作，宫里的太医都束手无策，陛下着急得很，在民间遍寻名医，蔡成安就来了。他的医术高明，用了一剂偏方，居然真的治好了我的病，陛下很高兴就把他留了下来。他妙手回春，陛下说要赏他，他也奇怪，说不爱金银不图富贵，只有一个妹妹孤苦伶仃的，想让我们把他妹妹也接过来，就是五月。我看那小姑娘很乖巧的样子，便也留了下来，后来阿广要去并州，我怕没人照顾他，就把五月给了他。”

独孤皇后说完之后萧美娘还在震惊里没回过神来，这到底是怎么回事？五月瞒着她也就罢了，为什么杨广也从来不曾提起？

她心里乱乱的，脸上却不能显露出分毫，实在是辛苦，干脆低了头接着抄写经文。独孤皇后并未留意她的反常，只道：“蔡成安医术出众，可是这些年来他闷不作声的，倒被一些晚生超了过去，也是可惜。他不是沽名钓誉的人，为蝇头小利害人性命的事看上去不像是他能做的……”

果然如杨广所说，独孤皇后并不怀疑蔡成安，萧美娘惊讶之余又有些不安。

可是现在的情况不容她多想别的事。“母后说的是。”萧美娘笔尖微顿，话说到这份上了，不如帮一帮云容裳，毕竟太子妃这事上她和云容裳是一根绳上的蚂蚱。独孤皇后现在不追究，难保以后再起事，与其如此不如就此断了她的疑虑。

因此她斟酌再三才开口："太子妃一直卧病不起，东宫的事本就是云昭训在主张，虽说只是个昭训，可一点也不比太子妃过得委屈。云昭训她怀着双生子本就辛苦，儿臣想不明白，她为什么要害太子妃性命呢？不仅惹来闲言碎语，就是对她未出生的孩子，那也是损福报的事，母后您说呢？"

屋里有一瞬间的寂静，萧美娘提了一颗心，好在独孤皇后像是把这话听进去了，撑着下巴凝神沉思，时间都像静止了，过了好久才道："可太子妃一日不死她终究是妾。"

"论理这话不该儿臣说，可母后您看，东宫那样子，正妃还是妾室又有什么区别呢？"独孤皇后的语气已经不如先前那般笃定了，萧美娘偷眼打量独孤皇后的神色，只见她一向慈爱的眼里居然也多了一丝冷意，便可知她对这件事是不能轻易放手的。

萧美娘把到了嘴边的话又咽了回去，现在多说无益，不如回去再和云容裳商量着把事情处理干净，这样就算独孤皇后心有怀疑，找不到证据也不能定罪。

证据……

这个词出现在脑子里的时候，一个身影也在她脑子里飞快地闪过了。

"母后，太子妃身边的那个洛黛，您打算怎么处置？"

"主子死了丫鬟该去守陵的，只是眼下还不太平，陛下也说了不要太耗费，过些日子打发她去服侍别人。"独孤皇后顿了顿，便转头看向了萧美娘，“怎么，你想要她？”

“是。”萧美娘也不作隐瞒，“如今儿臣身边只有三个人，兰泽还小做不了什么事，剩了青梅莽撞，五月又不吭声。儿臣早先和太子妃交好，和洛黛也算得上是熟识，她沉稳知礼又伶俐，儿臣很喜欢她。”

“也好，待会儿你就把她接回府吧。”独孤皇后说着就抬手揉了揉肩膀，萧美娘眼尖，走过去站到她身后接过手帮她揉着肩：“这一个多月忙下来，母后都累瘦了。”

独孤皇后弯着嘴角笑了笑，拍拍萧美娘的手：“幸而有你帮衬着。”

“儿臣第一次遇上这样的事，只怕都是在帮倒忙。”萧美娘抿着唇微笑。

萧美娘经常帮独孤皇后捶肩膀，知道她哪里容易酸痛，用的力度也刚刚好，让独孤皇后轻松舒畅了不少，心情自然也愉悦了些。

“有你在我边上陪着说说话，按按肩，那就是帮了大忙了。”

“儿臣愚笨，也只能在力所能及的小事上用心了。”

已经是三月了，屋子里也摆上了新开的桃花，娇嫩欲滴，衬着古色古香的红木方桌格外好看。虽然历经了一场丧事，可也许元芝灵本身是个容易被人忽视的人，她的死并没有在人们心里留下多久的哀伤。就连一向怜惜她的独孤皇后，也在明媚的春光和萧美娘的娇音解语里渐渐忘却了她曾忍受的孤寂痛苦，取而代之的是其他令人欢悦的事。

人本来就是善忘的，何况正是阳春时节呢，萧美娘陪着她话家常，倒也别有一番岁月静好。

杨广就在这个时候站在了帘子外，萧美娘青春娇媚，独孤皇后也是标准的美人，上了年纪更显风情，映着灼灼桃花，隔了琉璃烧制的珠帘，像是一幅画。他站了许久都不曾进去，还是何姑姑轻笑着为他打起了帘子，他这才笑着给独孤皇后请了安。

独孤皇后免了他的礼，杨广自觉地找了张椅子坐下了，萧美娘只微微笑着，她看得出来，杨广进来之后独孤皇后便不似先前高兴了。

“从你父皇那儿来的？”

“是，父皇和儿臣说了并州的事。”

“要回并州了？”独孤皇后微微蹙眉，“突厥已经臣服，不急着走。”

“父皇也是这个意思。”杨广赔笑着，眼睛只看着萧美娘，她低眸垂首，像是在听他们说话又像是在想着自己的心事，就这样清清淡淡的模样。

独孤皇后自然察觉到了杨广的眼神，扭头看了看兀自出神的萧美娘，对着杨广笑道：“你与美娘成婚一年多了，还看不够吗？”

萧美娘一惊，抬起头来正对上杨广的眼神，有些羞涩地躲过了：“母后还有哪里不舒服吗？儿臣再帮你按按。”

“不必，你坐吧。”独孤皇后看着萧美娘坐到了自己对面，才对杨广道，“你现在有两个妾室，我都是看的美娘的面子，她贤良大度是你的福气，你要知福。”

杨广低头应是，独孤皇后看着杨广便不由得唠叨起来：“你别以为是美娘跟我开的口我就不知道你的心思，娶妻不到一年就把别的姑娘往家领，又不是正经人家的女儿，来路不明的，你知道她的底细吗？”

“卿卿她虽是突厥人，可她救过儿臣，她绝不是别有用心的歹人。”

杨广忍不住出声反驳，独孤皇后原本只是想在儿子面前念叨几句，谁知杨广居然会为了一个妾室反驳她，明明没有火气却被勾出些不满来：“你这是什么话？我都不能说你一句了是不是？”

“没有，”杨广忙低头认错，顿了顿又道，“儿臣只是觉得，母后并未曾和卿卿相处过就这么怀疑她，有失公允。”

“公允是你说的吗？”独孤皇后显然有些生气了，“我看不出来那个女子哪里好，你当着美娘的面就处处维护她，你让美娘怎么想？”

“儿臣……”杨广看见萧美娘坐在一边研墨却难掩落寞的神情，还想再说什么话也都只能咽回去。

萧美娘似察觉到了杨广的目光，抬起头来冲他笑了笑，转而对着独孤皇后道：“母后别气坏了身子，双卿没有您想的那么糟。”

独孤皇后见萧美娘都开口了也就不再和杨广计较，只轻哼了一声，道：“一个突厥女子，你宠爱她是你的事，但你要有分寸，不能让她生孩子，知道吗？”

“为什么？”

杨广有些急了，独孤皇后瞪了他一眼：“突厥和大隋的关系你最清楚了，你觉得让一个突厥女子诞下皇孙，合适吗？”

“可是……”

“母后，”萧美娘怕再这样下去杨广会惹恼独孤皇后，忙打断了他，“儿臣突然想起来方才府里来人说有并州来的书信立等

着阿广回去看呢。”

独孤皇后还有些不满，却也摆了摆手：“罢了，你们回去吧，美娘你记得要帮我把这经书抄完。”

“儿臣知道。”萧美娘起身行礼，拉着杨广就走。

出了建章宫，萧美娘走在杨广身边就忍不住埋怨：“你说你怎么也这样了？母后只是随口念叨几句，你非和她顶嘴，何苦惹得她不高兴呢？”

“道理都在你们那边，我横竖不是人，

满意了吗？”

杨广没好声气，显见的还在为了木双卿和独孤皇后置气，萧美娘有些恼：“你这是什么话？天下父母哪有不说自家孩子的呢，你顺着她一点又没坏处。”

天气晴朗，耀眼的阳光反而让杨广心里愈加烦躁：“是，你说得都对，反正母后心里只有你是最好的，双卿怎么样都入不了她的眼。”

萧美娘愣了愣，总觉得杨广说话的语气不大对，果然，他甩开了她的手：“我知道你一直都不喜欢她，也总是依仗着母后和你那些大道理针对她，可在母后面前哪些话该说哪些话不该说，你心里没有分寸吗？我以为你真的懂事呢，可原来你和她们也没什么分别！”

“你什么意思？”

萧美娘声音冷了，看他的眼神也冷得不似往常，杨广转过脸去不看她：“你打听过她的身世对不对？母后说她来历不明，难道不是你告诉她的吗？”

“原来这样……”萧美娘一颗心也似放进了冰窖，冷得刺骨，“杨广，你要这么说，那就真没意思了。”

她的声音冷淡里还带了些嘲讽：“当初是谁做承诺做得痛快说这辈子都不负我的呢？是，我不喜欢她，木双卿是你的女人我凭什么要和你一样喜欢她？我去找母后是为了不让她因为纳妾的事厌弃你，是因为我还想着过去的情分！你现在怀疑我，晋王殿下你自己不觉得可笑吗？”

杨广稍微冷静了些，说话也不像方才那么冲，深吸了一口气：“美娘，我一直都最相信你的……”

“晋王殿下的这番信任……”萧美娘打断了他，眼里话里都像是揉了冰，“我萧美娘担当不起。”

说罢，她也不等杨广，径直往宫门口走去，青梅原本远远站着，看她走了才匆匆跟了上去。萧美娘走得飞快，却只是低着头，手也缩在袖子里，全然没有她一直以来的稳重和端庄。青梅好不容易才赶上了她，发觉她眼里尽是泪水却又固执地没有淌下一滴来。

以前也不是没有受过委屈，却没有一次能让萧美娘有这种无助的感觉，自己仿佛站在一块薄冰上，脚下就是无底深渊，而四周空荡荡的，居然没有一个人。

青梅看得心一紧，想开口劝几句却发现她根本说不出话来，而萧美娘猝不及防地停了脚步，扶着一边的宫墙站直了身子。她仰起头来，阳光依旧刺眼，是个晴朗无云的天气，可是隔了高大的宫墙，她能看见的天空，只是那么窄窄的一条，单薄得有些可笑。

于是她笑了，像是在笑浩大的天地也臣服于冰冷的墙壁，又像是在笑自己不自量力，敢嫌天空单薄。

青梅站到了她身边，轻声唤了一句："王妃，回去吧。"

是啊，闹够了，还是得回去。

萧美娘整理了自己的情绪，挂上最得体的笑容，慢慢朝着宫门走去。

人生从来没有认输的机会，既然选了这条路，那就别回头。

青梅看着她的背影却久久没能回过神，萧美娘笑的时候很好看，可是那个笑里，也有比哭更让人心疼的失望。

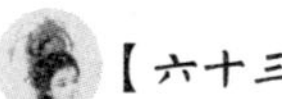

【六十三】无礼长孙

走到宫门口，晋王府的马车等在那里，萧美娘却突然不想过去，想到方才杨广所说的话，她实在没法说服自己和他坐在同一辆马车上。青梅看萧美娘止了步有些好奇，问了一句，萧美娘伸手抚上了宫墙上一道细微的裂纹，问道："皇后说洛黛什么时候到晋王府吗？"

"太子妃下葬了，大约今晚就能过来吧。"

"是吗……"萧美娘只是随口问问，她想给自己找些事做，让自己有个理由不回晋王府，"那我去趟东宫吧，顺便也看看云昭训。"

青梅虽然不大懂这些事，却也明白现在去东宫未必就是好时机，可是看萧美娘脸色苍白的模样，想着回到晋王府就要对着那木卿卿，也是厌烦。木卿卿虽然在萧美娘面前不敢太过分，可是对萧瑜就没那么客气了，对她们这些下人更是颐指气使。可是青梅不想让萧美娘再生烦恼，从来都不说，就连别的丫头受了欺负她也让人家能忍则忍。

木卿卿倒是见风使舵的一把好手，对萧美娘她们的下人这样，可对杨广那边服侍的却又是另一副面孔，因此，杨广那儿的人没有不说木卿卿好的。做人能长袖善舞到这样的地步，也是一种本事。

萧美娘见青梅不说话，便自顾自地转身往东宫走，为了避开杨广，还特意走了御花园的那条小路。好巧不巧，正碰上了云容裳，她挺着个大肚子看到萧美娘且惊且喜：“美娘，你怎么在这？”

萧美娘不想多说，随口应道：“随便走走，你怎么不在宫里歇着？”

“东宫这几日为了元芝灵的事晦气得很，我不想待，出来转转，正想回去。”云容裳看她不大高兴的样子，便过来挽住了她的手，“你从哪里受了气来？”

“没有……方才母后生了气，我在面前服侍着，自然还有些害怕。”萧美娘转了话口，“太子殿下是怎么回事，要抬你做太子妃也不在这一时，现在一点好儿没落着，徒惹母后生了一场气。”

说起这事云容裳也很不高兴的样子：“你看我也不是那不懂事的人，还不是我爹闹的。”

云容裳的父亲云定兴，宇文成都以前和她说过，后来她又问了问杨广，的确是个不太安分的人。云容裳和杨勇的长子杨俨就寄养在云定兴那里，为了这个云定兴在杨勇面前便有些得意忘形，加上他自己会一些奇巧伎俩，杨勇更加听他的话。这次太子妃一死，云定兴就等不及想要让杨勇封云容裳做太子妃，再把杨俨接回去当皇长孙，他自己又有不少好处。

萧美娘听了之后连连摇头：“你怎么也不劝着些？母后今天

生了好大的气，连我都吓到了。”

“我倒是想劝，可没人听我的呀。”云容裳挽着萧美娘的手慢慢往回走，“我爹那人固执得很，本就不听我的话，我略劝一劝，他反而要说我是妇道人家什么都不懂，我怀着孩子没那许多精力去管，殿下也跟着他一起胡闹，我有什么办法？”

萧美娘想起自己母后在萧岿面前那低三下四的样子，也稍稍能理解云容裳，便也陪着她一起蹙了眉：“若是这样，还是早些把皇长孙接回来比较好。”

“我也是这么想的，跟着我爹，俨儿一定会学坏的。”云容裳摇了摇头，“可是谈何容易呢。”

萧美娘心里倒有了主意，只是面不改色，云容裳既然没来问她，她便什么都没说。慢慢地也就走到了东宫。

“真是麻烦你了，和我一起走回来，没误了你的事吧？”

萧美娘笑了笑：“可巧，我来东宫也有事。”说着她拉着云容裳一起进了宫门，杨勇正好要出去，看见萧美娘便止了脚步：“弟妹。”

“殿下。”萧美娘忙行礼，杨勇明明方才在她面前被独孤皇后好一顿训斥，现在又像没事人一样和她说着闲话，让萧美娘觉得很尴尬。

云容裳看出了萧美娘的窘迫，便把萧美娘往身后拉了拉，问着杨勇：“殿下要去哪里？”

“去太极宫。”杨勇答着云容裳的话，眼睛却只盯着萧美娘，他不觉得逾矩，萧美娘却浑身不舒服。当着云容裳的面就这样，这太子殿下也真是太不知收敛了，萧美娘一直低着头，云容裳便也板起脸来："那殿下快过去吧，别让父皇久等了。"

杨勇听云容裳带了愠色的话才回过神来："好，你回去歇着吧……哦对了，你父亲方才来了，俨儿也在。"

皇长孙杨俨，萧美娘一惊，没想到阴差阳错，她能在这里见到他。

"父亲又来做什么？"云容裳不大高兴，"皇后都生了气了你还让他往宫里跑，非要这般惹眼吗？"

杨勇见萧美娘在场，也不和她争辩，只说了一句"你自己去问他"就走了，云容裳才叹了一口气："我为他们操碎了心，可他们一个个的都这般令人失望。"

萧美娘抿嘴一笑，安抚道："好了，你现在怀着孩子就别想这么多了，天塌下来他们男人顶着呢。"

云容裳大概也是真的有些乏累了，便就着萧美娘的手往落花居去。还未进院子就听见有小孩子的声音，然后就看见一个五六岁的孩子跑了出来，莽莽撞撞的，差点冲撞了云容裳。幸得萧美娘反应快，上去挡了一挡，否则这么个孩子撞到了云容裳的肚子可不是开玩笑的事。

只是这么一挡，杨俨便被撞倒在地上，登时哭了起来。云容裳也不去拉他，板着脸训斥道："男子汉大丈夫，摔了不说自己爬起来，反而哭哭啼啼的，你不嫌丢人吗？"

杨俨看云容裳疾言厉色的，反而哭得更厉害，云定兴便也匆匆跑了出来，忙把杨俨扶起来。杨俨和他也很亲近的样子，一头扎到了他怀里就哇哇大哭，云定兴忙不迭地哄着他，也不说让云容裳进屋。

云容裳被杨俨哭得头疼，揉了揉额头，拉着萧美娘一面往里走，一面道：“快进院子吧，一定要站在门口扎眼吗？爹你还嫌我这里闲话不够多是不是？”

云定兴听了，便搂着杨俨进了落花居，可看得出来他不是很高兴，果然一进了屋子还不等云容裳坐下他就道：“孩子摔了你不说扶就罢了，还骂他，有你这么当亲娘的吗？”

“他都多大了摔了还只知道哭，爹，你不能这么惯着他了！”

云定兴看到了萧美娘便也不和云容裳争吵，只问了一句：“这位是……”

“这是晋王妃。”

云定兴听说是晋王妃还没来得及行礼，一直缩在他怀里的杨俨却冲了出来对着萧美娘踢了一脚，一边踢还一边骂道：“晋王妃是坏人！”

小孩子力气不大踢得不痛，萧美娘却被他的言行吓到了，云容裳登时站了起来把他拎到了一边，带了怒气地质问道：“你说什么？！”

杨俨不说低头认错，反而理直气壮：“晋王妃是坏人，晋王家的人都是坏人！”

“你！”云容裳气得紧，扬起手就要给杨俨一个耳光。萧美娘刚回过神来，忙上前拉住了她：“童言无忌，算了算了。”

云容裳看萧美娘来劝，既尴尬又愧疚，拉着萧美娘的手道：“美娘你信我，这话不是我教的，我从来没教过他说这样大逆不道的话。”

“我知道，我知道，小孩子嘛，不必放心上的。”萧美娘看了看云定兴，他低了头有些不敢看她，她也就只是微微一笑，“好了，送你到这我就去做自己的事了，我和母后说了，洛黛以后就跟着我吧。”

“洛黛？”云容裳先是一惊，很快便反应了过来，点了点头，“好，麻烦你了。”

萧美娘也不和云定兴说话，带着青梅便去了体仁堂，元芝灵去世之后体仁堂的人也都散了，只剩了一个洛黛在扫院子，看上去孤孤单单的，有些落寞。她是元芝灵从娘家带来的丫鬟，感情想必是很深的，也难怪她不肯离开，萧美娘在院门口站了一会儿，微微叹了口气，这才走了进去。

洛黛看见萧美娘便呆住了，站在那里也不行礼也不说话，只看着她，眼睛里的情绪也很复杂，萧美娘不敢多看，只笑着问了一句：“以后跟着我，你愿意吗？”

洛黛跟着元芝灵久了自然要比一般宫女聪明得多，握扫帚的手紧了紧：“奴婢就是不愿意，王妃也一定会带奴婢走的，对吗？”

萧美娘没有说话，她喜欢洛黛的聪明，却也害怕她的通透。

洛黛看着沉默的萧美娘，不由得红了眼眶：“奴婢想起王妃初入宫时和我们太子妃是多么亲密无间，却不想不过三四年时间，就成了这幅情状。”

萧美娘依旧是无言，可她眼里也真切地流露出了那么一丝失落，元芝灵去了这么久，这是洛黛第一次在她脸上看到这样真实的悲伤。

她轻叹了口气：“我和她，都不是圣人，谁都不是圣人。”

“要不是王妃当日和云昭训走得那么近，太子妃又何至于要

对王妃下手？说到底，我们太子妃只是太害怕了。”洛黛抹了抹眼泪，将手里的东西放了下来，“王妃进屋坐坐，等奴婢收拾了东西就走。”

萧美娘点了点头，领着青梅进了体仁堂，元芝灵去了之后她再也没来过这里，屋子里也少了那一年四季弥漫着的药香。洛黛很用心，在屋里放了几瓶鲜花，衬着满屋子的书卷古雅好看。

先前来的时候一门心思只想着元芝灵，竟从未好好打量过这屋子，现在人走了心才能闲下来，也才发觉其实元芝灵该是一个温婉有才的女子，只是可惜了。

她站在书柜前出神，洛黛便背了一个包袱过来，看萧美娘这般模样，便走到了她身边：“其实太子妃的病是出嫁后才有的，她刚嫁进来的时候从来没想过要靠着一副病怏怏的样子才能在东宫立足。”

可怜之人必有可恨之处，可恨的人却也有可怜的地方。若是能嫁得一心人，哪个女子愿意抛下少女时期的善良和希望，把自己的人生涂抹成灰白呢？可是这世上的一心人，往往是最难求的，便是上天眷顾寻到了这一心人，乱世之中，又有谁来怜惜这样的一种儿女情长呢？

萧美娘不知怎的想起了张宝成，想起张府里的那株香樟树。

当年的时光如果能再快一点就好了，如果她能早一点长大，是不是还有希望将一心人握在手里呢？

只是可惜当年的他们，都以为时光流逝是寻常，殊不知就在这寻常里，两个人就走上了不同的路。

萧美娘不让自己再去回想，再怎么回想也都是徒留喟叹，便转了身，目光便落到了一个架子上，她忽地想起了什么事。

“我记得你家太子妃这里是收着麝香的，那些麝香呢？”

元芝灵的遗物大多都被收起来了，只是麝香这样的东西她是万万不敢让旁人知晓的，知情的大概就只有这个洛黛。可洛黛却蹙了眉：“奴婢也不知道，太子妃早早就把那麝香藏了起来，也不跟奴婢说藏到了哪里。太子妃去后有礼官来清点遗物，也没能找出来。”

“这么说，那麝香不见了？”

萧美娘大惊失色，元芝灵收着的麝香都是很厉害的品种，她能把它们藏到哪里呢？

她第一个想到的是云容裳住着的落花居，可是又觉得不对，若真是在落花居，别说云容裳现在一切安好，根本不可能怀上孩子。高温玉和王暖玢那里……也不大对，别说她们也先后生下了孩子，元芝灵最大的敌人是云容裳，她应该不会先去对付那两个人才是。

萧美娘想来想去也想不出个所以然来，洛黛也不敢说话，只听得萧美娘问：“你家太子妃去过什么地方不曾？”

“没有，太子妃一直被云昭训禁足，就连离开体仁堂的机会都少有，遑论离开东宫了。”

那也就是说，麝香还在东宫里藏着，只是不知道下一个受害的是谁。

萧美娘觉得浑身窜起了一阵寒意，这东宫她简直一刻也不想久待，带了青梅就走了，连招呼也没跟云容裳打。

离了东宫那窒息的感觉才稍稍好些，青梅扶着她，知道她不

想回晋王府却还是不得不问一句："王妃，我们去哪儿？"

萧美娘沉默了一会儿，才缓缓道："长门宫。"

"什么？"青梅忍不住惊呼出声，"王妃去那里做什么，上次去了一次，奴婢都瘆得慌呢。"

"有些事总得交代清楚。"萧美娘自顾自转了身往长门宫去，成璧的事独孤皇后已经知晓，眼看着她也该生产了，生下孩子回到东宫后她再嘱咐她什么事总是有诸多不便，不如早早把该说的说了，省得夜长梦多。

青梅见萧美娘已经打定了主意，再不愿意也只能跟上去扶住了她，倒是洛黛有些不大明白萧美娘为什么要去冷宫。

杨坚没有妃嫔，冷宫里住着的那些前朝罪妇或者宫女萧美娘都不认识，她能去探望的就只有一个人——成璧。

成璧只不过是体仁堂的一个小宫女，当时元芝灵看中了她要提拔她，还是她一手调教出来的，原想让她为元芝灵做事，却不承想她胆小如鼠，有不如无。成璧进冷宫也是云容裳和萧美娘一手策划的，既然做了这样的事，又来看她做什么呢？

洛黛心里满满的疑惑，可到了长门宫，萧美娘也像是有意防着她似的，只让她等在外面，自己带着青梅进去了。

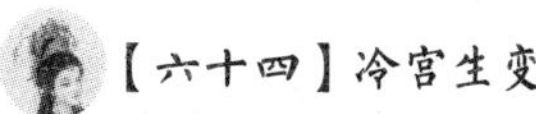

【六十四】冷宫生变

这一次萧美娘去的是成璧的屋子，长门宫的人还算是会办事的，知道成璧怀孕后给她住的屋子虽然也破旧不堪，但好歹能挡住风雨，亮亮堂堂的，像是人住的屋子。地上还有一个火盆，冬天大概也是给她生了炭火取暖的，萧美娘环视一圈，还算满意。

成璧看到萧美娘来了早就颤颤巍巍地捧着肚子要下跪行礼，青梅忙扶住了她，扶她坐到了榻上。那榻上有些脏，萧美娘也不想坐，只笑吟吟地看着成璧，道：“我跟皇后说过了，皇后知道你有孕了很开心，说等你生了孩子就回东宫去，还要抬你的位分呢。”

成璧听了之后不见喜色，只是诚惶诚恐：“奴婢哪里有这样的福气，不敢再奢求其他，只希望王妃能让奴婢的孩子堂堂正正长大，奴婢就是在冷宫了此余生都是运气了。”

“英雄不问出处，你别这么说。”萧美娘想了想，道，“我打发人去看过你的家人了，你托人送回去的银两，他们置办了田地，日子也算过得去。可是成璧你想想，这就够了吗？你弟弟还年轻，他要是有一个做太子宠妃的姐姐，以后的路能走得更远。”

成璧捧着肚子不答话，却不得不说萧美娘所说的每一个字都说进了她心里。

她自己的命不过如此了，可要是能为家人谋一点好处，她也能舍弃自己。萧美娘看她这样沉默就猜到了她的心思，干脆便把话挑明了：“我当初帮了你，一是因为我是真心心疼你，二来也是希望你哪天飞黄腾达了，还能帮衬我一把。”

“王妃……”成璧蓦地抬头，“我，我能做什么呢？”

她眼里似乎含了泪水，像是不甘心命运又要被人摆布，可是有什么办法呢？谁让她生得不好，没生成皇亲贵胄。

或者说这世上，就算是皇亲贵胄，他们的命运又何尝就是在自己手里呢？

萧美娘慢慢走上前去，蹲在了成璧面前，成璧更加惶恐，忙

要起身，萧美娘握着她的手用力一按，然后一手抚上了她的脸颊。清秀的脸儿就算怀着孩子也还是很瘦，一双眼睛大大的，像是天真，又像是恐惧。

“你只要细心保护好自己就好，就是帮了我大忙了。”萧美娘朝她笑笑，成璧却更加无措，什么都不让她做，比明明白白告诉她要做什么，更让人不安。

而且不知道为什么，成璧总觉得萧美娘抚上她脸颊的那只手，居然似曾相识，曾经的元芝灵，也是这样看她的。

她也这才终于明白过来，原来从始至终，她只不过是一枚棋子，在这些贵人手里被摆布着，不由自主。

“奴婢明白了。”

“我知道你很聪明，”萧美娘看到她一瞬间黯淡的眼眸就猜到了她的心思，因此手指拂去了成璧她自己都不曾发觉的眼角的泪水，“可是成璧，人间就是这样的。”

成璧没有再说什么，萧美娘也不多留，只是又嘱咐了长门宫的人要好好照顾她便离开了。洛黛在外面等了许久，萧美娘出来就看出了她神色不对，难免多想一想。

跟着元芝灵久了，洛黛也学会了不少的心机城府。

成璧是个不成事的，萧美娘能和她商量些什么呢？

当日成璧中了她们的圈套被关押，元芝灵也派人去杀过她，只是未能成事，偷窃原本是死罪，可成璧也不知哪里来的运气居然只是废为庶人关进了冷宫。她当时就觉得这其中有蹊跷，只是元芝灵病重没有再去追究，现在想来，恐怕和萧美娘有关。

她为什么要放过成璧呢？是成璧跟她说了什么，还是她另有所图？

她低头思索着，萧美娘唤了她一声：“洛黛。”

“奴婢在。”她一惊，抬起头来看着萧美娘，萧美娘看她的神情也有些复杂，“人要向前看。”

洛黛一愣，迅速低了头也不答言，跟着萧美娘就回了晋王府。

已经是黄昏时分，杨广也早回来了，萧美娘并不想见他，便直接回了自己的云逸轩。青梅带着洛黛去安顿，身边只有五月在服侍，萧美娘一面让五月伺候她更衣，一面问道：“听皇后说你是蔡成安蔡太医的妹妹，怎么以前没听你提起过？”

五月动作微顿，轻声道：“我们兄妹二人既然服侍了主子，那就是主子的人了，原本就不该张扬的。”

“也不是这么个说法，你是我的丫鬟，你哥哥又是晋王的人，本就该亲如一家才是。”萧美娘低头系着衣带，语气也带了笑意，“我说你怎么总是为晋王着想，原来打小儿就服侍了他，是我忘了你了，原该和母后说了，把你也抬做妾室的。”

五月还是和以前一样，听到这样的话就只会说“奴婢不敢”，萧美娘朝她笑笑，自己坐到了软榻上，撑着头打量着她：“听说你一开始是服侍皇后的，那皇后待你也很不错吧。”

“皇后娘娘待奴婢恩重如山，奴婢不敢忘。”

“我知道，今日提起时，皇后也对你赞不绝口呢。”萧美娘笑着取下了自己手上带着的翡翠镯子，“这个便送你吧，难为你一连服侍了三个主子还这么忠心。”

萧美娘话里话外都像是有别的意思，五月不敢接，可是不接又拂了萧美娘的面子，正在犹豫间，萧美娘笑了笑：“怎么，你

嫌弃它旧吗？虽是我戴过的，可这翡翠的成色是极好的，就是皇后那里也未必有这样好的翡翠。”

“奴婢不敢。”五月听了连忙接了过来，跪下谢恩，“多谢王妃。”

“起来吧。”萧美娘免了她的礼，“我一直知道你忠心，这很难得，前边的路还长着呢，只有忠心才走得远。”

五月诚惶诚恐应了一声“是”，萧美娘也不再为难她，挥挥手让她退下了。

她一直很疑惑，独孤皇后一开始明明对木卿卿的印象还不错，后来又究竟是为什么变得不喜欢她了呢？今日她对杨广说的那些话，来历不明也好，不是正经人家也好，一定是她知道了什么才会说出来。可关于木卿卿的事杨广一直瞒得很深，就连她也是问了阿三才知道的，那独孤皇后又是听谁说的呢？

她从独孤皇后不肯给木卿卿太高的位分那时起就觉得晋王府或许有独孤皇后的眼线，却一直想不明白会是谁。直到今日她提起五月，五月先是服侍独孤皇后的，后来跟着杨广去了并州，她这般关心杨广，在建章宫的时候也总是往含章殿去，想来也有这一层关系。

可五月要是独孤皇后的眼线，那独孤皇后究竟是想知道些什么呢？杨广又知不知道呢？

萧美娘想不明白，这些事她真的很想去问问杨广，可是她没办法，她真的没有勇气去面对一个怀疑她的杨广。

她临窗而坐，桌上摆着的书卷也没心思去看，只轻轻揉着额角，眼看着屋外天光渐暗，新燕归巢，屋檐下传来的几声啁啾倒也是一番岁月静好。人都说燕子是吉祥的鸟儿，谁家屋檐下有燕子衔泥筑巢，来年一定有福报，可萧美娘看着它们在窗前盘旋，心里却生出一种薄凉之感。

新婚宴尔，它们怕是择错了屋子了。

还未及她叹气伤怀，青梅匆匆跑了过来，连礼数都顾不得了，还没站稳就道："宫里传来消息，成小主要生了！"

"什么？！"萧美娘惊得站了起来，"不是还没到月份吗？"

"不知道，说是出了什么事，整个长门宫都慌了，派人去了建章宫，幸好皇后娘娘是知情的才立刻派了太医过去，现在还不知道是什么情况呢！"

青梅越说越急："王妃，怎么好好的都没事，你去了一趟她就……王妃，这背后会不会是有人要害你啊？"

萧美娘被她说得心慌，脑子也是一团糟，成璧要生了，她隐瞒了成璧怀孕的消息，然后在她去探视过她之后成璧就突然出了事，这么突然，而且针对她。

云容裳会怎么想？杨勇会怎么想？洛黛会怎么想？

最关键的是，独孤皇后会怎么想？

"怎么会这样……"

是巧合，还是真的有人要害她？

如果有人要害她，是谁？这天下知道成璧怀孕的就那几个人，谁会想害她？

她脑子乱乱的根本想不清楚，只匆匆道："更衣，我要进宫。"

青梅看她似有些神志不清，怕她进宫再遭人暗算："王妃，先冷静下来吧。"

萧美娘听不进去，只是摇头："我要进宫，我要去皇后那里，让有心之人占了先机我就完了。"

说着自己就开始翻柜子，手都在发抖，青梅看不下去忙上来帮她，好不容易穿好衣服萧美娘撇下她就往外走，却撞到了一个人怀里。

"你去哪儿？"

"进宫。"

萧美娘并不抬头，推开他就要走，杨广一把抓住了她的手腕："你这个样子进宫，生怕别人不知道你慌了是吗？"

萧美娘依旧不看他，泪水在眼眶里打转，真的是非常委屈。

她的确是慌了，她要让成璧生下孩子，一是为了让东宫那些人少关注她的昭儿，二是想让她有个孩子傍身，能活得久一点，以后和杨勇斗的时候也算是有个筹码。可现在成璧突然在她去过长门宫之后出了事，那她成什么人了？

害人一尸两命的罪名且不说，杨勇本就对杨广心存芥蒂，要是因为这个误了大局怎么办？杨坚在这两个儿子中间，是一定会偏向杨勇的，独孤皇后看上去像是喜欢杨广多一点，却也还是在他身边安插了自己的眼线，她的心思又有谁能说得准呢？

这样多的情绪压在萧美娘心上，她是真的有些慌乱无措，可杨广他，说得好轻松。可能是她在他眼里真的长大了，所以他就以为她什么都可以扛起来。可是命运这种东西向来无常难捉摸，她又怎么可能真的运筹帷幄。

萧美娘用力挣脱开来，杨广却只是一瞬间的愣神，又把人拉了回来，这一次直接把她抱进了怀里："别和我闹脾气了。"

“我没有，你放开……”萧美娘只当作没听见他的话，捶打着他的肩膀要逃离，可杨广箍在她腰间的手太用力，她怎么都挣不开。

最后只能安静下来，低着头有些无奈：“你究竟还想怎样呢？”

“如果那时候你说你不同意，我不会娶她的，”杨广略有些心酸，轻轻将萧美娘的头按到自己心口，“我说过，在这里，没有人重得过你。”

这话有几分可信萧美娘不想深究，或者说也有那么一点不在乎，事情已经到了这一步，再去纠结过去的选择太浪费时间了。不如想想怎么把以后的路走好，可要命的是，萧美娘在杨广抱住他的瞬间，忘了她想要走的路是什么。

她想要一生一世一双人，可内心深处不相信杨广也不相信自己。她想要凤临天下，做最有权势的女人，却又总是轻易就耽溺在杨广不经意的温柔里。

左右犹疑的时候，最痛苦，萧美娘没有在这个节骨眼上去纠结这个问题，只是伏在杨广胸前：“我该怎么办？现在，该怎么办？”

“成璧不过是冷宫里的废妃，要她死太容易了，你既然和母后说过成璧的事，至少母后不会怀疑你。”

“我知道，可是陛下和太子呢？还有云容裳……”

“他们都不重要。”杨广的声音很笃定，“父皇到最后一定会听母后的话，太子本来就和我有龃龉，不差这一个件事，至于云昭训……你真以为你能和她做一辈子的朋友吗？先太子妃的教训你该记住，付出的感情少一点，才不至于太伤心。”

“所以，我现在显得越慌乱，就越能让人觉得我心虚，对不对？”萧美娘轻声笑了笑，“你们这些人啊，都是在心机里泡大的，脑子转得真快。”

【六十五】秉烛夜话

杨广也只是笑了笑没说什么，略略放开萧美娘，揉了揉她在挣扎的时候被弄乱的头发：“先回去吧，这事等母后喊你进宫了你再去，我们先把事情理一理，免得到时候应付不过来。”

说着他就牵起萧美娘的手往屋里走，上了几级台阶回过头对阿三道：“你先回去吧，跟木良媛说让她先歇着，我不过去了。”

阿三愣了愣，低头应了一声“是”，杨广这才拉着萧美娘走。

萧美娘看着阿三的背影，突然有了一个想法，便愣住了，杨广松开了她的手给她斟了一杯茶便自顾自坐下了，端起了茶盏放到鼻下闻了闻，萧美娘还在出神。

“你想什么呢？”

萧美娘不慌不忙地坐了下来，也不看杨广递给她的茶盏：“他……你现在让阿三服侍木双卿？”

“卿卿……双卿和他在并州就熟识了，到了这里说跟在身边的那个小穗儿合不来，再者阿三本也是个小孩子脾气，让他跟着双卿也不错。”

“这样啊……”萧美娘若有所思，一面接过杨广手里的茶盏，一面问了一句，“五月和蔡成安是兄妹的事，你怎么不告诉我？”

杨广举着杯子放在嘴边，打量着萧美娘的神情，勾起嘴唇笑了笑：“我猜，如果你早知道的话，母后面前，过不了关吧。”

“你怎么知道？”萧美娘一愣，便回过神来。

独孤皇后并不知道蔡成安是杨广的人，那在她眼里五月就是她和蔡成安之间唯一的联系，如果蔡成安真的是被收买了去太子妃身边伺机下毒，萧美娘只能利用这唯一的联系。而只有萧美娘对这一无所知，独孤皇后才会相信她是无辜的。

“所以不是知道得越多越有好处，”杨广笑着朝她举了举杯，又轻抿了一口茶，“成璧怀孕的事，有几个人知道？”

萧美娘蹙了眉一算：“不多，除了你我，也就是青梅了，还有冷宫的那几个人和那个太医，就连母后我也是为了先太子妃的事进宫那一次才告诉她的。”

“这么说来，母后不可能，青梅又是你的陪嫁，那个太医呢？”

“张太医马上就该告老还乡了，我就看中了这一点才让他去的，一把年纪的人总不至于要害人性命损自己的阴骘。”

杨广细想了想，眉头皱得更深，忽而又勾起了嘴角：“有点意思了，这还是个暗人。”

“敌暗我明，我们该怎么办？”萧美娘不大喜欢杨广这样的神情，推了推他的胳膊，“我现在甚至不知道他究竟是要对付我，还是对付成璧。”

“如果仅仅是想对付成璧的话，用不着等到你去。”

“我竟不知道我得罪了什么人，这么来陷害我。”萧美娘看着眼前碧色的茶水却没有一点心情，手握得紧紧的。

杨广握住了她的手：“你的性子不容易树敌，要么就是东宫的人。”

太子和晋王貌合神离，太子的人和他晋王的人自然也不可能真正地亲密无间，何况晋王妃如此得宠，生的世子又有天神投胎的传言，她们要保住自己日后的地位，自然要对付晋王妃。而成璧的孩子又刚好是杨勇的孩子，用这孩子来陷害晋王妃，一举两得的事。

杨广说的不无道理，可萧美娘还是觉得有些不对："成璧的孩子我刻意瞒着东宫，按理她们不会知道的，云容裳虽然聪明机警，可她怀着孩子，自己那儿还有一堆麻烦呢，怕是都要把成璧忘了。"

"那你说呢？"

"我……"

如果只是恨她的话，晋王府的人要比东宫的人更恨不得她去死才对吧，萧美娘这么想的，却又不敢说，因此只能笑笑："我不知道，心乱得很，等母后那的消息吧。"

"也好……听说你把先太子妃身边的那个宫女接过来了？"

"她知道的太多了。"萧美娘想到洛黛还有些头痛，"我总觉得，那丫头也不是个省油的灯，云容裳曾说不如一了百了，可我想着她要是死了肯定会让母后生疑，再者，我……"

"你狠不下心。"杨广站了起来，走到萧美娘身边，手搭到了她的肩上，"你就是心软，心软容易吃亏。"

"可不是嘛。"萧美娘笑着覆上他搭在自己肩上的手，"我要不是对你心软，也不会是现在这样。"

杨广不尴不尬地笑笑，萧美娘以为他要坐回去，可谁知他反而贴过来靠得更近："美娘，你告诉我一句实话，你为什么会同意我纳妾。"

"什么为什么，皇亲贵胄家的夫人，不都是这么过的吗？"

萧美娘偏着头看着他，笑容依旧娇俏，却也有些假，杨广看着她的眼神充满了探究，灼热得让萧美娘不由得开始闪躲，她转了目光，“我当时问你，是不是真心想要她，你点了头。她是你自己选的人，就算我不同意，也不过是让你厌恶我，与其到时候闹起来大家不好看，不如我去和母后说，是全了你的名声，也是全了我的脸面。”

杨广微微有些辛酸，萧美娘的语气却平淡，甚至带了丝缥缈的笑意：“像母后一样遇上一个只娶她一个人的男人我自然也是幻想过的，说句冒犯的话，我知道这世上只有一个杨坚，而我不会是独孤伽罗。既然如此，坦诚相待，真心相对，你喜欢哪个女子了就告诉我，未必不是一件好事，至少你不会防着我不是吗？”

杨广只是勾了勾嘴角，眼里意味不明，说不出是敬佩多一点还是愧疚多一点，抑或是有些心疼。越是懂事的人越容易被人忽视，他一直以来也努力做一个懂事的二皇子，所以在他遇见不那么懂事的木卿卿的时候，才会有惊艳的感觉。而现在，他看着努力懂事的萧美娘，居然有些自惭形秽，有些不敢面对她依旧温柔的笑意。

这样的氛围让萧美娘也有些不太舒服，便把杨广的手拉了下来，笑道：“还有一件事，我今日见到皇长孙了。”

“养在云定兴那里的那个？”杨广眉头一皱，“出什么事了吗？”

“那孩子长得倒是不错，只是被云定兴养得不大像样。”萧美娘一面觉得杨俨的无礼惹人生厌，一面又觉得他这般模样讨不了杨坚欢心，也不错，因此只道，“不像是正统的皇室子弟，倒像是那流氓混混家的孩子，上不得台面的。”

“意料之中的事。”杨广捏了捏萧美娘的肩膀，又走了回去，给自己斟了一杯茶也不坐下，就站在那里看着萧美娘，“云定兴本就是个艺人，不过是靠着一个得宠的女儿，人家才敬重他几分，他还真以为自己是一个人物了。像这样活得不明白的人，能指望他教出什么样的孩子来？”

“别的也罢了，皇长孙见到我之后，听说我是晋王妃居然出手打我，还一面嚷着‘晋王的人都是坏人……’小孩子可不懂这些话，你说是谁教的？”

杨广的眼眸深了深，没说什么，萧美娘接着道：“我看云容裳那样，怕是立刻就要把皇长孙接到自己身边来了，到时候恐怕她会找我帮忙。”

“这是件大事……”杨广想了想，“你的意思呢？”

“我这不是在问你的意思吗？”萧美娘咧嘴笑了笑，“晋王殿下怎么这都要问起我来了，我一个女人能懂什么呢？”

“你虽是女人，懂的可比男人多。”杨广也就笑了笑，接过话口调侃了一句，转而正色道，“父皇尚且康泰，我和太子还不到撕破脸的时候，若能帮他这个忙，说不定能让他少盯着我一点，也不错，我还能喘口气。”

萧美娘和杨广相视一笑，彼此就心领神会，这种默契真不是旁人可以随便替代的。

杨广沉默着饮了一口茶便放下了茶盏，看着低眸沉思的萧美娘，道：“如果云昭训找你，你应了她就是，只是这事可大可小，要从长计议，毕竟眼下还有几件大事，父皇怕没那个心思去管这个。”

杨昭的百日宴，云容裳也快要生了，眼下还有成璧的事，不知是个什么结果，再然后就是萧岿朝见的事，都算得上是大事。

萧美娘这么一算，要是等萧岿走了，差不多也就入夏了："这么多事，什么时候才能消停啊。"

萧美娘随口感叹了一句，凉凉的晚风吹进屋里，杨广一面走过去关窗户，一面笑道："人活着不就是这样吗，死了就消停了。"

"别信口胡说，晦气！"萧美娘嗔怪了他一句，却听见一声门响，"谁在外面？"

杨广被她惊动了，萧美娘还没来得及起身他就快步走到了门口，拉开大门，居然是木卿卿。

她像是刚刚走到门口，看着杨广娇俏一笑。"你在做什么呢，没有你我睡不着的。"说着就挽住了杨广的手臂，"这么晚了，陪我回去好不好嘛？"

"这……"

杨广尴尬地回头看了一眼萧美娘，萧美娘也只是看着他，面上淡淡的，没说好也没说不好，就是这样反而让他更加不知所措。他覆着木卿卿挽着他胳膊的手，却也不推开她，只轻声哄了一句："我还有事呢，你先回去，乖一点。"

木卿卿看起来很不高兴的样子，青梅就在这时从她身后走来："殿下，王妃，宫里来消息了。"

一听这话，萧美娘也淡定不了了，起身走到了门口，杨广下意识推开了木卿卿，拉住了萧美娘，木卿卿没办法，只能退到一边。青梅看了她一眼，转而低头道："听说成小主生下了一个男孩，母子平安。"

“母子平安”这四个字落到耳里，萧美娘大大松了一口气：“谢天谢地。”

杨广也笑着捏了捏她的手，看青梅欲言又止的模样，又问了一句：“还有什么话？”

青梅有些犹豫：“皇后娘娘急召王妃入宫。”

萧美娘低了头，只一瞬间又站直了身子：“我这就去。”

“你一个人可以吗？”杨广没有松手，脸上有担忧的神色，“要不我跟你一起去吧？”

萧美娘摇摇头：“不用了，像你说的，我表现得越云淡风轻，母后才越不会怀疑我。”

杨广点了点头，拉着萧美娘的手只是不肯松，像是有话要嘱咐又像是不知道该说些什么，萧美娘了然地笑笑，拍拍他的手背：“好了，没事的，母后大概只是想问我一些话罢了。”

“好”，杨广恋恋不舍地松了手，“夜深了，小心些。”

萧美娘看着他点点头，刚要带着青梅走，洛黛却走了出来：“王妃留步。”

萧美娘转头看着她，有些疑惑，洛黛则朝着她行了个大礼：“王妃要入宫的话，带奴婢一起吧。”

“你？”杨广有些疑惑，“你去做什么？”

“殿下有所不知，成小主是先太子妃在世时奴婢一手带出来的，如今出了这样的事，奴婢也很关心她。”

马车在外面等着，萧美娘不敢让独孤皇后久等，因此也不让杨广多盘问就带着青梅和洛黛两个人走了。宵禁之后路上没有行人，马车很快就进了大兴宫，到了建章宫门口，含章殿灯火通明，独孤皇后怕是彻夜未眠。

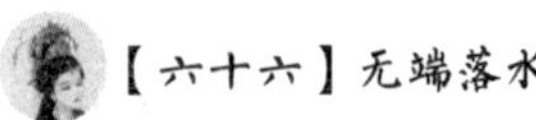

【六十六】无端落水

萧美娘下了马车，整了整衣裳，便正色进了建章宫，何姑姑站在门口迎着她，也没说什么，转过内室，独孤皇后簪环卸了一半，坐在那里修剪窗下的一瓶桃花。

萧美娘觉出了殿里的气氛不太对，因此也不敢出声，只规规矩矩地下跪行礼，独孤皇后并没有理会她，不急不慢地将手中的桃枝修剪完之后才看了她一眼："起来吧。"

萧美娘如获大赦，忙谢了恩，慢悠悠地站了起来，跪得太久了膝盖有些麻，只能小心翼翼地扶着，站到了一边，也不敢先说话。

独孤皇后转着自己手上的扳指，冷着声音问道："长门宫的事，你听说了吧。"

"是。"

萧美娘低着头大气不敢出，独孤皇后声音冷淡平静，更让人心慌："那你有什么要说的吗？"

"儿臣……儿臣不知母后是什么意思，今日儿臣的确是去看过她，可儿臣也只是和她说了几句话，别的一概不知。"

"说了几句话？那……说的是几句什么话？"

"不过是几句让她好好安胎的话，再者……儿臣看她心有戚戚，惶惶不安，自作主张许了她若是能平安生下孩子，就抬她的位分，不过是安她的心，也没有僭越的意思。"萧美娘每一个字都透着小心，说完还生怕独孤皇后不信，又急急补了一句，"母后若是不信，大可去问成璧。"

看萧美娘这般小心翼翼，独孤皇后心里信了八九，便指了指自己面前的椅子："坐吧。"

萧美娘慢慢走了过去，膝盖还隐隐作痛却不敢显露出来，坐下后依旧是低着头，独孤皇后看她这样便关怀了一句："疼不疼啊？找个人给你揉揉吧。"

"儿臣没事的，多谢母后。"

"长门宫的人跟我说那丫头出事之后我倒没什么，她们说你前脚刚走，她后脚就出了事，我这就急了。私心里我不信这事是你做的，可我管不了别人的心思，美娘，我把话说开了，你有什么话要跟我说的？"

萧美娘有些紧张，忸怩了半天："儿臣，儿臣也有私心。父皇喜欢昭儿，儿臣很开心，可是儿臣也害怕父皇对昭儿的宠爱会惹人嫉妒，所以才有意保护成璧的孩子……是儿臣自私小气了。"

独孤皇后沉默了好一会儿，才道："罢了，你的顾虑也不是没有道理，这次成璧算是虎口脱险，她是大难不死，必有后福了。"

萧美娘附和了一声，犹豫了半天还是小心地开口："这次的事情，是天意，还是人为？"

"你倒是问到点子上了。"独孤皇后笑了笑，冷意却未退，"说是天意未免太巧了，可说是人为……又找不到是谁做的。"

"长门宫服侍的人怎么说呢？"

"她们能说什么，一个个怕得话都说不出来，翻来覆去就是一句晋王妃走了就出事了，把自己撇得干净。"

这么说来，长门宫的这几个宫人是想让她背锅了，看上去倒是合情合理，毕竟她们命如草芥，主子要是不高兴，说没就没了，而她一个晋王妃，总比她们要好一些。可萧美娘也不知怎的，却总觉得这其中还有别的缘故，如果是有人教的呢？如果这几个宫人就是下手的人呢？

萧美娘想来想去，觉得这事还是得问一问成璧，因此开口道：“那成璧现在在哪里？她说什么了吗？”

“我得到消息的时候她已经痛得说不出话来了，自然没法问，生下孩子就晕了，现在还没醒呢，我找人把她抬回东宫了。”她看萧美娘眉头紧锁的模样，就猜到她在想什么，“放心吧，派了稳妥人照看着呢，不会被人杀人灭口的。”

萧美娘有些不好意思：“儿臣去看看她可以吗？”

“你不怕落人口舌？”独孤皇后有些诧异，“还是算了吧，长门宫那几个人的话不少人都听了去，这宫里人多嘴碎，不知道要被传成什么样子，你避避嫌吧，等我问过她了再说。”

“好……”萧美娘应了。独孤皇后抬头看看窗外的月亮：“不早了，你就在华沐苑歇下吧。”

萧美娘起身告退，领着青梅她们慢悠悠地走出了含章殿，她现在心里乱乱的睡不着，不由自主地就转出了建章宫。独孤皇后的话总让她有些耿耿于怀，她前脚刚走，后脚成璧就出了事，宫人们言辞笃定，几乎就要给她定罪，天意？人为？

知道成璧怀孕的人那么少，会有谁这么做呢？

她倒是怀疑过萧瑜可能猜到了这些事，毕竟那丫头心思缜密，城府又极深，可是萧岿马上要来朝见，她们现在也算是半个盟友，她不会在这时候对她出手。

那木卿卿呢？

木卿卿入宫时间这么短，就连晋王府的人都尚未认全，更别说长门宫了，她哪里来的神通能做下这样的事？

思来想去，谁都不可能，难道就真的是巧合吗？

“这世上，从来就不会有巧合……”

“王妃说什么？”青梅听见萧美娘一句呢喃，有些疑惑，可她问的时候萧美娘却摆了摆手：“我想一个人走走，静一静，你们远远跟着吧。”

青梅想说都这么晚了，该早些回府才是，可是萧美娘这样恍惚的时候不多，大概是遇到了难处，顺着她一点也好，因此只和洛黛远远跟着。萧美娘一面踱步一面思索，突然想到了一件本不相干的事。

杨广白天和她吵架的时候，说的是他早就知道她打探过木卿卿的身世，所以才怀疑是她在独孤皇后面前说了什么不好的话。可她思来想去，也就问过一次阿三，那就是阿三在杨广面前说过什么了。

这个阿三，也不知道是对杨广太忠心，还是就没把她这个晋王妃放在眼里。她偶尔听到青梅抱怨，说在阿三那里，只怕木卿卿才是晋王府的主母呢！

木卿卿是有手段的，她知道阿三是杨广的人，所以对他极尽收买之意，不得不说，她的目的达到了。

阿三自幼服侍杨广，那可是宫里的老人了，总是有几分薄面的。还有就是五月，五月之前是在独孤皇后面前侍奉的，按理来说身份也不低，想要吩咐长门宫的宫人一句话，自然不是什么难事。

可五月对杨广一往情深，又是独孤皇后的眼线，独孤皇后对杨广很有几分偏爱在里面，那五月没有理由做这种对杨广没好处的事。毕竟她不过是一个丫鬟，就算萧美娘真的死了，晋王妃也不会轮到她来做。

那就是阿三？

阿三一直跟着杨广，想要安身立命都要靠着杨广，他总不至于蠢到自断生路吧。

木卿卿……

萧美娘也不知道自己是不是真的对木卿卿怀有敌意，所以才有意无意地总会怀疑到她头上去，就像是非要给她安一个罪名似的。这样小家子气地争风吃醋原是从前最不屑的，怎么落到自己头上也不能免俗呢？

她轻叹了一口气，刚抬起脚要落下继续往前走，就听见有人在耳边说了一句："大晚上的，你往湖里走，快别吓人了。"

萧美娘一惊，才发现自己再走几步就真要走进太液池里了，没想到她居然想得这么入神，都没有察觉到，一抬头，是云容裳站在她身边冲她笑："有心事？"

萧美娘现在看到云容裳还有些尴尬，只是笑了笑不知该说些什么，云容裳了然，捧着自己的肚子看着水里泠泠月光，道："你不用这样，大家都是为了自己，我不怪你。"

"多谢。"

萧美娘知道杨广的话是对的，她和云容裳之间有太多利益纠葛，不应该付出太多的感情和信任，可她也不知为何，云容裳和她说的话她总是愿意去相信。

"你挺着个大肚子，大晚上的出来做什么？"晚风有些凉，

萧美娘忙脱下了自己的披风给云容裳披上，云容裳笑笑也没拒绝，拉着萧美娘的手道："何尝不是睡着的呢？成璧这事一出来，东宫里乱糟糟的，我哪里还睡得着，不如出来走走。"

"成璧这事，你怎么看？"

"我不知道。"云容裳说得很坦然，"不过我觉得，应该不会是我们东宫的人。"

"为什么？"

"高温玉、王暖玢她们这几个人可以说是从来没有把成璧放在眼里过，不过是个通房，又畏惧元芝灵，成不了气候，就连我也是这么想的。而我又怀着孩子，她们一双双眼睛都只盯着我，又怎么会浪费精力去盯一个冷宫的成璧呢？"

"是啊……"

云容裳听她这语气不大对，有些诧异："怎么，你都猜不到是谁吗？"

"成璧怀孕这件事，不瞒你说，我有意瞒下来，就是我身边的人，也只有青梅知道，青梅不会害我。"

"这可就奇怪了，你说你这个性子，能得罪谁呢？"

"也不是看我得罪了谁，要看我挡了谁的路。"萧美娘看着水里的潋滟波光，如同撒了一湖碎银，"等成璧醒来再问问吧，现在想这么多也没用。"她转头看着云容裳笑了笑，云容裳也在出神，两只手绞在一起，看起来有些紧张。

"怎么了？"

"论理，我不该现在和你说这个……"云容裳犹豫再三，终于开了口，"我一定要把我的俨儿接回来，美娘，你看……"

萧美娘没有说话，云容裳更是少有这样小心的神情，轻声道：“你刚回来的时候我和你说起过，当时是东宫一下子多了几个孩子，我太急了，想明白了也就不为难你了。可是今日你也看到了，俨儿那个样子，我怕再不把他接回来，他就要学坏了。美娘，你我好歹也算是姐妹，你看这……”

“我知道”，萧美娘打断了她，“我今日回府后就和殿下商量过了，他也说如果你们有什么要帮的，我们自然不会袖手旁观。”

云容裳有些惊讶：“晋王殿下？他居然也肯帮我们？”

萧美娘笑着点点头：“都是陛下的儿子，血浓于水，哪里就非要弄得那么僵呢？”

云容裳没说什么，只是握住了萧美娘的手，冰冰凉的，似乎还在发抖，她帮她搓了搓：“这么冷的天，赶紧回去吧。”

“你先回去吧，我还想再待一会儿。”

云容裳大概猜出来萧美娘有别的事难以启齿，也就不多问，唤了沁儿过来，扶着她就走了。萧美娘目送她离开之后又看向了湖心，月亮升得很高了，这个夜晚亮堂堂的，若是有那个闲情逸致，也是赏月的好时候。只是周围草木掩映，风吹起时沙沙作响，树影婆娑，一个人待在这儿也有些害怕。

萧美娘抱住手臂抖了抖，真是有些冷，她想要回头喊青梅过来，谁知却冷不防被人推进了湖里。

湖水刺骨地冷，萧美娘并不会游泳，膝盖方才跪得疼又站了这半天，根本使不上力，就连挣扎也挣扎不了，只扑腾了几下，连一声“救命”都喊不出口，人就沉了下去。

就像是坠入无边的黑暗，没有一丝光亮，只有刺骨的寒冷，

萧美娘只觉得自己的身体都不属于自己，睁着眼睛什么都看不到，她知道自己在往下沉，却动弹不得。手脚仿佛被什么东西缠住了，无边的黑暗就像是泥浆裹住了她，很沉重，压得她喘不过气来。

可能人生就是这样一个被命运纠缠着下落的过程，背负着越来越多的东西，也越来越不由自主。

【六十七】宫女洛黛

力气用尽之后，萧美娘也就放弃了，她没想到自己能再醒过来，再一次拥抱光明。

身边坐着的是杨广，看到她醒来就凑过来握住了她的手："美娘，你醒了？"

萧美娘还有些蒙，看着他说不出话来，青梅及时端了一碗热腾腾的参汤过来，杨广将萧美娘扶起，让她靠在自己怀里，又接过碗一勺一勺喂给她汤。等到把一碗汤喝完了，萧美娘也有了些精神，看了一眼青梅："怎么回事？"

"奴婢不知道……"说着，杨广就瞪了她一眼，她慌忙跪下，"那日奴婢看到一边有一个黑影闪过去，像是有人在那里，奴婢便过去看，只留了洛黛跟着王妃，后来就听洛黛喊王妃落水了，奴婢赶到的时候，王妃已经……"

"洛黛呢？"杨广声音很冷，"第一日服侍王妃就出了这样的纰漏，该当何罪！"

洛黛忙上前跪到青梅身边："回殿下，奴婢那日本是一直看着王妃的，后来云昭训过来了，奴婢看王妃和云昭训说话，想着一时半会儿说不完，天气又冷，才想着去给王妃取件厚点的衣服，结果还没走出御花园就看见云昭训回去了，奴婢想王妃大概也要回宫，又赶回去服侍，这才发现王妃落水了。”

“这么说，王妃落水的时候，你们一个都不在？”杨广生了气，“那要你们何用！”

“阿广……”萧美娘握住了杨广的手，摇了摇头。

杨广不知何意，只能按着她的意思，把人都屏退，这才又让萧美娘躺下，给她掖了掖被角：“你有话想和我说？”

“嗯……”萧美娘往被子里缩了缩，“推我的那个人力气不大，应该是个女子，大晚上的，有谁不在自己的宫里，一查就查出来了。”

“母后已经去查了。”杨广帮她理了理头发，“是云昭训吗？为了成璧的事记恨你，所以……”

“不是她，我和她是偶遇，她还求我帮她接回皇长孙，推我入水对她没什么好处。”萧美娘说着说着就蹙了眉，“你怎么会怀疑她？”

“按照洛黛的说法，人人都会怀疑云昭训，何况成璧这件事闹出来，你们两之间总是会有芥蒂的。”

“那母后一定很生气吧。”

“是啊，你刚被救上来母后就亲自去了东宫，当场就把云昭训训了一顿，听说太子还想为她辩驳，母后连他一起骂了，还牵扯出了先太子妃的事。”

杨广说起来语气也不是很高兴：“看来母后是认定了先太子妃是云昭训害的了。”

“洛黛还真是好手段……”萧美娘喃喃道。

“洛黛？”杨广一惊，“是她推的你？你怎么会知道？”

“她的话漏洞百出，你们听不出来，可我知道她在撒谎。”萧美娘还是觉得有些冷，把被子又裹紧了些，杨广见状便把被角给她捂得严严实实的，她这才道，“她说去给我取衣裳那就是往建章宫去，阿云要回东宫，这本就不顺路，怎么能碰上呢？除非当时还没有离开太液池太远，那既然如此，我落水之后，她怎么又过了那么长时间才喊人来呢？”

杨广听了也觉得很有道理，只是还有些疑惑：“这样一看就能被你看破的谎话，她怎么就敢当着你的面说呢？”

“她知道我不会戳穿她。”萧美娘的笑意有些冷，这种被人利用的感觉很不好，“关于先太子妃的事她都知道，她手里有我的把柄，所以她料定了就算她用这样拙劣的谎话去陷害阿云，我也不敢站出来指认她。”

“原来如此……真不愧是先太子妃身边的人。”杨广像是在自言自语，看萧美娘有些昏昏欲睡的样子，便道，“你睡吧，趁这机会多歇几日，也避一避。”

“睡多了，不困了。”萧美娘微眯着眼睛，声音很虚弱，一只手从被子里伸了出来握住了杨广的手，轻轻地，却有一种力量。

杨广扭头看着她，反握住她的手，声音也不由自主地温柔了起来：“那我陪着你。”

萧美娘牵了牵嘴角，杨广将另一只手放到嘴边哈了几口气，这才覆上萧美娘的额头：“是不是吓坏了？”

萧美娘想了想，摇摇头。“就是有点冷，还有点……累。”她轻轻转了个身子正对着杨广，说着她微微红了眼眶，“有时候我都不知道，我想要什么，在我动不了的时候，我好像是知道了，可是，我想要的，我要不起。”

杨广也不知道有没有听懂她的话，只是沉默了很久，才揉了揉她的额头：“睡吧，都会有的。”

这样无动于衷，该是让人失望了吧，萧美娘闭了眼，眼泪没能流出来，又转过了身子：“你也去休息吧，眼睛里都有血丝了。”

她的声音很轻，杨广也没说什么，替她把被子拉了拉，然后轻手轻脚地带上门出去了。萧美娘脑子里像是塞满了东西，可认真去想，又空空茫茫的，她在想什么她自己都有些糊涂，只是觉得有很多东西要去想，又不敢轻易触碰。

有些人有些话，或许无动于衷才最安全。

萧美娘借着养身体一直待在晋王府里，除了独孤皇后派来看她的人，别的人一概不见。

她落水这事让独孤皇后大发雷霆，加上洛黛的证词，她更是认定了是云容裳下的手，后来问起萧美娘，萧美娘也只说不知道，查来查去，事情也就不了了之。只是独孤皇后生了气，将云容裳禁了足，看样子是要等她生下孩子来才能离开东宫。

成璧恢复得挺快，虽然元气大伤，只是她本就生得单薄，独孤皇后可怜她，赐了她不少补品，一来二去也养得要比先时胖了些。她突然早产这事，人人都说是萧美娘的错，好在成璧是个懂事的，替萧美娘证明了清白。到最后，也就是把长门宫的人用照看不周的缘故训诫了一番，也没再往下查。洛黛萧美娘也没有找过她，她那些心思萧美娘都知道，没必要说破，只是也不让她近身服侍了，一日日的只和兰泽一起做些零散的活计，也算是相安无事。

萧美娘坐在窗下的软榻上解九连环打发时间，听青梅说起这些事也颇有几分感慨，大概这深宫中许多事都是这样没个结果的，枉死的人也好，含冤的人也好，没有人会真的去在乎。太平总是最可贵的，哪怕是粉饰出来的太平。

天一天天地热了起来，萧美娘这一歇索性连杨昭的百日宴都不曾去，更别说云容裳诞下双生子了，她也不过备了厚礼去庆贺，只是没有露面。

她也猜得到，云容裳一下子生了两个孩子，又都是男孩，东宫肯定把她捧得像菩萨似的，她大概也没什么心思来管她。只是独孤皇后那边对这两个孩子倒不是很在意，大约也是因为这是云容裳的孩子。

独孤皇后不喜欢她的出身和为人，又因为元芝灵的事对她心存芥蒂，万万不会让她做太子妃的。要是元芝灵知道她的死能让独孤皇后更加厌恶云容裳，恐怕她九泉之下也能高兴得不得了。

“眼看就要入夏了，父亲那边怎么说？”

萧美娘一面低头摆弄着九连环，一面随意地问起了青梅。青梅站在一边，道：“王妃你忘了，前两日太子殿下还写了信来呢，差不多五月份，咱们陛下就该到大兴了。”

“是，我歇得久了，人都糊涂了。”萧美娘说着放下了九连环，揉揉肩膀，又伸了一个懒腰，窗外的太阳暖烘烘的，照在面前的小几上，将小几晒得发光。

“天气真不错，该出去走走。”萧美娘将窗子又推开了些，“你去帮我取件衣裳来吧，再躺下去，人都要懒了。”

青梅应了一声，转身就取了一件披风，帮萧美娘披上之后便扶着她出了云逸轩，也是巧，碰上了萧瑜。

【六十八】嚣张妄为

说起来这些日子一门心思过自己的日子，萧瑜也是多时不见了，萧美娘看见她笑着点点头：“一起走走吧。”

明明是在询问，用的却是陈述的语气，萧瑜没有拒绝，便跟了上去：“我还以为你就要在你自己的屋子里修仙参禅，再不出门了。”

“天气晴好，岂不辜负？”萧美娘笑笑没说什么，果真是到了好时节，晋王府的花园都要好看许多，花开似锦，草木成荫，热热闹闹的，显出一派天家富贵来。

萧美娘喜欢这样的天气，这样的季节，脚步不由得轻盈了起来，正如同花季少女的娇俏活泼，那明媚的模样不输萧瑜，倒是以往最开朗好动的萧瑜，在这时候显得有些沉静。

“你这是怎么了，有心事？”

萧美娘对她这样还不大习惯，便问了出来，萧瑜没想隐瞒，道：“你是真的心大，人家都骑到你头上了，你不知道？”

“谁？”萧美娘一问出口就猜到了，“你说木双卿？小丫头片子，我犯不着和她斗。”

萧瑜不屑地冷笑一声：“依我看，她的手段比你高明多了，听说她是个平民布衣，被晋王捡回来的，可她的心机城府，绝非一朝一夕练成的，你就没有一点怀疑吗？”

“有啊，可无凭无据的，殿下也不会信你。”萧美娘像是不在意，“她现在风头正盛，别去触她的霉头，讨不到好的。”

“我当然知道，不过平白和你一说。当日你让她跟着我学规矩，算下来也这么久了，统共没来过我这里几次，我看她呀，就没把咱们俩放在眼里，她的野心，大着呢。”

萧瑜这么说着，看萧美娘也停下了脚步若有所思，便转了话口：“姨夫马上就要到大兴了吧，你还要接着装病吗？”

“父皇要来我自然不能闭门不见。”萧美娘仰起头看着那被阳光镀了碎金的树叶，“其实认真说起来，我离开江陵也没多久，却像是已经过了好几辈子似的。”

“论年月，不久；论心境呢？”

论心境，沧海桑田。

萧美娘在心里这么说，不知不觉她也和萧瑜一起走到了湖边，湖心有个小亭子很精致，能歇脚也能赏景，是个好去处。她看了一眼萧瑜，似是在问她，萧瑜自然没什么意见，只是两人还未动身，就看到阿三往她们这里走。

“王妃，殿下唤您去书房。”

“是谁教你的规矩？离得这么远就和主母说话，走近些是有狼吃你吗？”萧美娘还不曾说话，萧瑜便板着脸训斥了他，“好好一个总管公公，是被谁带得如此目中无人，怕是公公眼里的主子另有其人吧。”

“好了瑜儿，出言不逊的，高公公也是宫里的老人了，规矩还用你我教吗？”萧美娘很配合萧瑜，面上看上去温和可亲，说的话却句句带刺：“公公请略等等，我与侧妃还有话要说。”

阿三被她们俩几句话说得脸通红，不敢再吭声，默默弓着腰退远了些，萧瑜看着他啐了一口：“呸，狗奴才。”

“真是奇了，你怎么讨厌起他来了？”

萧美娘心里另有盘算，萧瑜却是性子上来了想说就说：“你是正妃，他还不敢欺到你面前，前些日子说是木双卿那里没有好的熏香了，硬是从我这里拿走了从梁国带来的沉香。打着晋王的旗号耍她自己的威风，她一个从三品的良媛，也配用沉香？可笑的是这奴才，心里一点成算都没有，我看你得找个机会提醒一下晋王，这奴才不可用，免得到时候自己吃亏。”

阿三对木卿卿是真的言听计从，像是中了邪似的，萧美娘一开始只是以为他们俩合得来，听说阿三能为木卿卿做到这一步也有些讶异，想了想，道：“阿三再怎么胡来，也不会拿晋王开玩笑吧。”

“那可说不准。”萧瑜轻哼一声，“这事旁人都不知道，还是我无意间看见的，木双卿曾经扮作太监的样子来玩闹，阿三连自己的腰牌都给她了。虽说是在自己府里，可到底不成体统，被人看了说出去，晋王的名声能好听吗？”

“腰牌都给了？”萧美娘更加惊讶，服侍这些王公贵族的人都有腰牌，宫里人太多难以认全，都是认牌不认人的。这东西都能随便给出去，阿三真是疯了。

“你这么说，我倒也想起来了……”萧美娘也不管杨广等得心急，拉着萧瑜轻声道，“实不相瞒，我在他那里打听过木双卿的来历，可殿下不知怎么知道了这事，先前在含章殿，母后不过随口说了几句木双卿的不是，殿下登时就拉下了脸，回过头来还责怪我。我当时觉得奇怪，只是没有疑到他身上，毕竟跟在身边这么多年了，我想他做事总有分寸，听你这么说来，他简直是胡

作非为！”

“跟在身边的人最要紧，不管感情深浅，该舍就得舍。”萧瑜这么说了一句，看阿三又在朝她们这边张望，知道他等得性急。以她的性子恨不能让他多等个把时辰，可又怕杨广找萧美娘有要紧事，不敢耽误，推了推萧美娘，自己就先走了。

萧美娘眼看着萧瑜走了，这才走向了阿三，阿三看见她过来喜笑颜开，一脸的谄媚讨好，萧美娘却只是淡淡的：“殿下有什么事？”

“奴才也不知道……”

“跟在主子身边服侍的人，连主子出了什么事都只能用不知道来搪塞，可见公公懒怠了。”

“这……”阿三脸上青一阵红一阵，“像是有南方来的书信。”

南方来的信，要么是梁国来的信，要么就是南下伐陈至今未归的宇文成都的信。萧岿来大兴朝见是一件大事，若是梁国的消息该直接送到杨坚面前去，就算是萧琮的家书，一般也总是送到她那里，杨广鲜少插手。那就是宇文成都那小将军了，这么多日子没见她几乎都想不起他这个人了，萧美娘心里有了几分期待，看着阿三也没之前那么不高兴了。

阿三是察言观色的一把好手，知道萧美娘心情像是好了些，忙想说几句话讨个好，谁知萧美娘不让他开口，道：“方才侧妃的话虽然不好听，但是在理，公公服侍殿下越久，这礼数越是不能差，否则不知道的，只当是咱们殿下是个无礼的人。侧妃是我表妹，我替她向公公赔个不是，还望公公不要在意。”

“哪里哪里，原本是奴才礼数不周，侧妃娘娘教导奴才，那是奴才的福分，应该的，应该的。”

阿三看起来很乖觉，萧美娘就是不大喜欢这样油腔滑调的人，先时看得还好，也不知怎的现在成了这样。

“既然如此，我也再提点公公一句，礼数要有，是非要知，什么话该说不该说，什么事该做不该做，公公服侍得久了，原该比我明白才是。服侍主子就是要小心谨慎地服侍，行差走错一点，这后果，我担不起，公公也担不起。”

萧美娘一向是个和善人，极少把话说得这样不中听，阿三知道她是真的生了气，更加不敢多辩驳，除了点头称是，再不敢说一句话。萧美娘还想着他到底是杨广的奴才，要处置也不该是她来处置，因此也不再为难他，到了书房就推门而入。

杨广坐在书案前，桌上果然有几封书信，看见萧美娘，他还是蹙着眉头：“怎么这许久？”

“遇上点事耽搁了，怎么了？”萧美娘关上门走到了杨广身边，低头一看，果然是宇文成都的信，“成都好久都没有寄信了，出什么事了？”

“去年他跟着大军一起南下伐陈，收复了江北失地，后来突厥大敌当前，没有继续南下，他也就留在了他祖父宇文述那里，一直以来都没什么消息，也不知怎的，今日来了一封信，是给你的。”

“我？”萧美娘有些疑惑，接过了杨广递过来的信封，她拆了信通读一遍，又是好气又是好笑，“这样的事也值得他巴巴地写一封信过来？”

杨广好奇得很，凑过去要看：“什么事？”

“说是兰泽生辰要到了，前几年他都有准备贺礼，只有今年赶不上了，让我帮他为兰泽好好过个生辰。”说着就把信递给了杨广。杨广看了一遍也觉得好笑：“我看他倒是有些没话找话的样子，也不知道这孩子究竟在想些什么，若真看中了你身边的兰泽，开口问你讨就是了。”

萧美娘没说话，兰泽是对宇文成都满心的喜欢，可宇文成都到底也没给出个痛快话，这么长时间了只是这样不痛不痒地吊着人家小姑娘，有时候她看兰泽又有些心疼她。虽然兰泽还小，可是从小经历的事情多了，要比别的像她这样年纪的女孩子懂得多，什么人对她好她心里明镜似的。

杨广见她不说话，只是蹙着眉不知道想些什么，有些疑惑：“怎么了，你不是一直想撮合他们吗？”

“话是这样说，可成都究竟是个什么意思呢？你和他亲近，得空儿帮我问问他，畏畏缩缩的可不像是个男人。”

杨广若有所思，把宇文成都的信又看了看，不以为然地笑了笑，道：“那是你们女人多心了。”

“是你们男人没心没肺的。”萧美娘不甘示弱出口回击，想到萧瑜的话，她顿了顿，还是把到了嘴边的话咽了下去。阿三一直跟在他身边服侍，感情一定很深，木卿卿又是他现在喜欢的，她要是现在说什么杨广肯定听不进去，凡事还得讲究一个证据。

“怎么了，是谁给你气受了？”杨广看得出来萧美娘心情不大好，想要插科打诨哄她开心，可萧美娘却不吃他这套，推开了凑上前来的杨广：“别闹，我听说太子和你商量了皇长孙的事，是怎么个打算？”

“等你父皇走了之后，找个机会让云定兴把俨儿带到父皇面前，让他去讨个好儿，父皇一向喜欢男孩，时间处久了有了感情了，再徐徐图之。太子说到底还是防着我的，只让我要是出了什么意外，在父皇面前帮他说几句好话，别的一概不告诉我，不过也好，省得父皇他老人家再怀疑我的企图。”

杨广说这话时几分假轻松几分真失意，心里到底还是有个结。萧美娘有些难过，也知道劝慰无用，只拉住了杨广的手臂，就算是什么都不说，却也比千言万语来得亲密和理解。

【陆】中有千千结

她不明白，当时那种共赴此生，
天涯白首的眷恋，去了哪？

【六十九】父女之情

转眼就到了五月，萧岿到了大兴。

杨坚一直对萧岿礼遇有加，这次萧岿来朝他也是亲自带着文武百官到宫门口去迎接，萧岿一行不过十几个人，见到这样的阵仗都十分感恩杨坚的爱重。萧美娘她们是女眷，自然没有出席，独孤皇后安排她和萧瑜等在一旁的侧殿里，等杨坚和萧岿把该说的说完了才许她们父女相见。

萧美娘对她这个生身父亲没有多少感情，恨多于爱，畏多于敬，因此坐在侧殿里也是无所事事地发呆，看上去很平淡，反而是萧瑜一直和这个姨夫很亲，要比她兴奋得多。

“听说姨夫这次会在大兴留一个月呢。”

“便是留再长时间也是和陛下他们一起，你我能见几次面呢？”

萧瑜看她这样漠不关心便有些恼：“你怎么看上去事不关己的样子，那可是你的父亲，好歹你出嫁的时候，他也没亏了你。”

萧美娘没说话。没亏吗？她倒是觉得亏大了，她想起萧岿逼她和亲的时候的那副模样，差不多也能想象十几年前，他提剑要杀她是什么样子了。生而不养，枉为人父，他和她的联系，不过是流着一样的血罢了。

眼看日头渐渐高了，终于有人来请她们，说是杨坚的话，让萧美娘去和萧岿叙叙父女之情。萧瑜耐着性子听完就急急问道：“那我呢？”

来传话的人低眉顺眼：“陛下没有明说，还请侧妃娘娘略等一等。”

萧瑜有些不高兴，萧美娘安抚地拍拍她的手：“等等我让人来喊你，别急。”

说着她也不耽搁，起身理了理衣衫就跟着那人去了正殿，杨坚和独孤皇后都还在，萧岿坐在下首，萧美娘并不敢抬头多看，只是规规矩矩地向杨坚他们行了礼，这才转向萧岿。就在要下拜的时候，萧岿起身扶住了她：“受不起王妃大礼，王妃快请起。”

萧美娘许久未听到萧岿的声音，乍一听居然有些陌生，不得不承认，萧岿老了，声音是骗不了人的。想到这一点，萧美娘心里也有些酸楚，只是面上淡淡的，就着萧岿的手站了起来，便侍立在他身边不敢多言。

独孤皇后笑道：“美娘温婉大方，知书达理，有她在身边，省了我不少心力。”

“皇后娘娘谬赞，美娘在家时未有如今这般懂事，想来都是皇后娘娘教得好。”萧岿只看了一眼萧美娘，转而还是和独孤皇后寒暄，这其中的疏离再怎么掩饰也掩饰不了。

萧美娘有些落寞，低着头不说话，杨广默不作声地走到了她身边，轻轻拉起了她的手。萧美娘抬头看了他一眼，杨广也只是朝她笑笑，便转过去接着听萧岿和杨坚他们说话。独孤皇后注意到了他们之间的小动作，便指着他们笑道：“说起来也是美娘有本事，阿广从来也不曾对谁这么上心过，美娘是独一个。”

萧岿听说，便转向了杨广：“承蒙晋王殿下不弃，美娘没给你添麻烦吧。”

“岳父大人哪里的话，我生怕美娘会嫌弃我呢。”杨广对萧岿也很恭敬，故意握着萧美娘的手在他面前晃了晃，萧岿倒是一愣，然后笑着问美娘："你妹妹怎么不见？"

萧美娘神色一暗，好在还有杨广在她身边，也不至于太过难堪，于是整理了情绪，淡淡道："瑜儿还在侧殿等候，未得陛下传召，不敢入见。"

杨坚听了这话，也看出来气氛有些尴尬，便领着独孤皇后起身："那你们自己叙叙旧情吧，朕和皇后先走了。"

萧岿他们忙跪送杨坚离去，然后才起身，萧岿看着萧美娘道："把瑜儿喊来吧。"

萧美娘点点头，杨广早就让人去唤了，因此萧岿话音刚落，萧瑜就走了进来，也不管杨广还在就扑到了萧岿面前："姨夫，瑜儿可真想你啊！"

萧岿笑着把她搂进怀里："让我看看，长高了，长胖了，哪里像是有心思想我们的样子？"

"您和姨母我日日都记挂着，不信你问美娘姐姐。"萧瑜说着就指向了萧美娘，萧美娘一愣，也微微笑道："瑜儿的确经常挂念父皇母后。"

萧岿点点头，想来也是觉得这里说话不方便，只拉着萧瑜的手，当着杨广他们的面也不说什么。杨广猜出了他的心思，便笑道："父皇设的接风宴在明日，岳父大人如果不嫌弃，今日与我去晋王府用膳吧，想来美娘她们也是十分思念岳父大人的。"

萧岿求之不得，自然应允，杨广也就牵着萧美娘的手走在前面，由着萧岿和萧瑜跟在后面，看上去真像是一对亲密的父女。

杨广之前只是听说萧岿和萧美娘的关系并不亲近，可当真看

到的时候连他也不由得替萧美娘心疼，这哪里是不亲近呢，恐怕就算是陌路人，都要比他们之间的关系要来得好一些。

萧美娘一路沉默不语，低着头走路，看上去很不开心，想来她虽口口声声说并不在乎，心里也很难受吧。她就由着杨广牵着自己，一双眼睛只盯着自己的鞋子看，偶尔踢一下小路上的石子，也不知道是在撒什么气。

杨广将她的手握得紧了些，只是说不出话来，而知他如萧美娘者，则早就猜出了他的心思，转过头冲他笑笑："早就习惯了，我没事的。"说着她不经意一撇，看到一个身影一闪而过，熟悉得很。

她心一紧，忙推开杨广上前几步，杨广不知道发生了什么，也快步跟了上去："怎么了？"

萧美娘往那人消失的方向张望着，像是有什么要破土而出，因此顾不上回答杨广的话，飞快地想着种种可能性。杨广看她这样更加着急，忙握住了她有些颤抖的手："你倒是说话啊。"

萧岿和萧瑜更是一脸迷惑，站在不远处看着他们，萧美娘沉默了好一会儿才转过身去，面上一切如常，淡淡笑道："是我看错了，回去吧。"说着她看了一眼萧瑜，萧瑜愣了愣，便也蹙了眉。

萧美娘的意思是，她方才看见了木卿卿。

今天萧岿来朝，从皇亲国戚到文武百官，都在大兴宫等着迎接萧岿，萧美娘和萧瑜因为是梁国人，也都在宫里候着，只有木卿卿留在了晋王府。那她不好好在府里待着，怎么会出现在宫里？

萧岿看萧瑜也忽然之间有些低沉，不明所以，看向了同样一头雾水的杨广。萧美娘怕这样下去会被杨广察觉到什么，忙笑着挽住了杨广的手臂："不过一只猫窜了过去，我还以为是个人呢，是我大惊小怪了……阿广，我父皇一路辛苦了，我们还是赶紧回府吧。”

杨广点点头，回身招呼了萧岿：“不知岳父大人有些什么爱吃的，我好打发下人们去做。”

“入乡随俗，客随主便。”萧岿拍拍萧瑜挽着他胳膊的手，“我能见到她们这两个丫头，就已经很高兴了。”

萧美娘就站在杨广身侧看萧岿和萧瑜站在一起，露出他从来不曾见过的笑容，可能如果只有她的话，萧岿也只会有厌恶的情绪吧。

回到了晋王府，萧美娘就离了杨广回到了云逸轩，喊来了兰泽。

兰泽见萧美娘问自己木卿卿的事，有些为难：“奴婢愚笨，王妃就交代了奴婢这一件事，奴婢也没能做好……木良媛住的绿怡居一直关着门，门口守着人，奴婢也不好上前，也不知道木良媛在不在府里。”

“阿三公公呢？”

“阿三公公倒是在，就是他守在绿怡居门口的。”兰泽也学着青梅的样子帮萧美娘换了家常的衣裳，然后燃起了炉子里的香，“王妃，其实你早就该管管她了，你是不知道，她就会仗势欺人，欺负起我们这些没名没姓的丫头来，让人有冤都没处诉。”

“你是我身边的人，她也敢欺负你？”

“她连侧妃娘娘都敢欺负，何况是我们呢。”兰泽还是孩子心性，见萧美娘问起，便一桩桩一件件都说了出来，有萧美娘知道的，也有萧美娘不知道的。越听越觉得惊讶，木卿卿这样嚣张

跋扈，居然杨广一无所知，恐怕杨广身边的人都被她收服了。

想想看，自己身边的人都听别人的摆布，若那人没有恶意还好，若要起了歹心……

木卿卿都做到这一步了，说她一点企图都没有，任谁也是不相信的吧。

那她究竟有些什么企图？按理说她应该铆足了心思和她斗个你死我活才对，可是这样看起来，她在杨广身上下的功夫要比在她身上下的功夫多得多，她根本就是在算计杨广。

意识到这一点的萧美娘觉得自己仿佛出了一身的冷汗，可就算是这样，她一点证据都没有的话，杨广肯定不会相信她的。之前独孤皇后不过平白说了她几句，杨广就那样，那她现在要是直接去向杨广告状，只怕也会被他认定是别有用心，心胸狭隘。

证据，要的就是这该死的证据。

萧美娘觉得头痛了起来，兰泽见状忙上前帮她轻轻揉着："王妃快别费神了，每次这样就头痛，也不说找个太医来看看，万一落下病根可怎么好。"

"无妨，我哪里就那么娇贵了？"

"王妃本来就是娇贵的人！"兰泽说得很用力，像是只有这样才能表达出她有多认真，萧美娘不禁失笑："傻丫头，前些日子我问你生辰要些什么贺礼，你到现在还没想好吗？"

"我……"兰泽低了头，半晌才道，"想好了，可是奴婢知道那都是痴心妄想，所以就不说出来惹人嫌了。"

听她这么说，萧美娘大概猜到了些，接过兰泽的手自己轻轻按着额角，阳光缠绕着她的发丝和指尖，整个人都沐浴在阳光下，却又像是她本身就有一种夺目的光彩。她沉默了一会儿，睁开了眼睛微眯着看向太阳，仰起的角度恰到好处地露出她优美的脖颈，她轻声道："有的人就是太阳，看上去高不可攀，可或许就这么伸一伸手……"萧美娘拉过站在阴影里的兰泽的手，将她牵到自己身边，握着她的手伸进光里，"你看，你就触碰到它了。"

兰泽若有所思，却不说话，萧美娘将她带进阳光里，笑着问了她一句："你想好了？"

兰泽沉默了许久，认真点了点头，萧美娘的笑意更深："好，过几日就送你去江南。"

看兰泽微微红着脸垂眸的少女娇羞模样，萧美娘也不禁心生怜爱，像兰泽这样单纯的姑娘，若是能得宇文成都照顾一世，也算是个善终了。不像她，看起来风风光光的，却不知道自己的归宿究竟在哪里。

萧岿和杨广打了声招呼就去了萧瑜的宁和堂，萧瑜自打见到萧岿之后就满心欢喜，将未嫁人之前那副小女儿的情态显露无遗，黏着萧岿撒娇。萧岿一直都最宠爱萧瑜，自然事事顺着她，只是一笑起来，眼角的细纹要比她们离开江陵之前多得多。萧瑜也不是不懂事的人，忽地安静下来，伸手抚上了萧岿的眼角："我早就发现了，姨夫您老了。"

说着，她很不高兴的样子，埋怨道："美娘姐姐还那么冷淡，一副事不关己的样子，看了就让人生气！"

萧岿把她拉到了自己身边坐下："瑜儿，你美娘姐姐对你还好吗？"

"还好吧，反正没像我以前欺负她似的欺负我。"萧瑜坐下

来之后安分了些，只是手指还缠着腰间挂着的玉佩把玩，算是很可爱的小动作。

萧岿点点头，顿了顿又问："那，晋王殿下呢？"

"他……"萧瑜脸一红，扔了玉佩转过身去，"也就那样吧，面子上过得去，只是也没有特别喜欢我，他最喜欢的还是美娘姐姐。"

萧岿拍拍萧瑜的背，叹了一口气，"那你们俩没置气吧？当初你说你也要嫁来大兴，我是不乐意的，就怕你和你美娘姐姐处不好，她是正妃，少不得是你受气。"

"我一开始，是想和她争来着，可是晋王是真心喜欢她，我就知道我现在争不来。后来又来了一个突厥人，晋王就更不在意我了，美娘姐姐对我还不错，我干吗和她作对啊，这不是砸我自己的脚吗？"

听萧瑜这话萧岿就知道萧瑜已经长大了不少，不是以前那个什么都不懂只知道使小性子的小丫头了，这也能让他稍稍放心些。

"瑜儿，姨夫有句话，要和你说……"

萧岿的语气很不对劲，萧瑜下意识地有些紧张，转过头去看着他，满满是不安，小心翼翼地问道："什么？"

"我……"萧岿犹豫再三，似有不忍，"太医说我身体不大好，没多少时光了。"

萧瑜瞪大了眼睛，过了好半晌才呆呆道："姨夫，您怎么和我开这种玩笑啊，一点也不好玩。"

"我再怎么喜欢逗你，也不能拿这事说笑啊。"萧岿叹了一口气，"所以我这次来大兴，一是向杨坚示好，日后不至于为难你太子哥哥；二是为了再见见你，也再嘱咐你几句话。”

“我不听！”萧瑜站了起来退后几步，“这些话您留着嘱咐别人吧，我不听！”说着她转身要走，萧岿在她身后无奈唤了一声：“瑜儿，别闹了，除了你我还能嘱咐谁？”

萧瑜只是站在那里，也不看他，肩膀微微颤抖，看得出是在哭泣。萧岿扶着桌子站了起来走过去，拍了拍萧瑜的肩膀：“我最心疼的就是你了，你这样，别说我不能安心去，就是你姨母知道了，心里也会不安的。”

萧瑜轻声抽泣着，也没有在胡闹，默默听着萧岿的话。

“你得为自己打算了，有我在一日，杨坚、杨广也好，美娘也好，总会给我几分薄面。可我要是真有个万一，你和你太子哥哥不亲近，你姨母也是个不管事的，你可怎么办？”

“什么打算，怎么打算？我从小到大，都是你们帮我做打算的。”萧瑜忍不住抹了抹眼泪，“我害怕。”

萧岿搂住了她的肩膀，安慰道：“别怕，你美娘姐姐，靠得住吗？”

萧瑜摇摇头。“我不知道”，她声音带了很重的哭腔，“我哪里能知道以后的事？又为什么要知道这么多的事？我以为我自己很聪明了，可没有了姨夫，我就是刀板上的鱼肉！”

“所以我说，你得为自己打算。”萧岿牵着她走到桌边，按着她坐下，“你是个聪明有主见的孩子，这世上没有永远靠得住的人，能靠得住的，只有一个东西。”

“什么？”

萧岿没说话，只是手蘸了茶水在桌上写下了一个字，很快又

在阳光下消失不见。

萧瑜盯着那桌子，已经没有一点痕迹了，可那个字却深深刻在了萧瑜的心里，让她还蓄着眼泪的眼睛里露出一种冷漠的寒光来。

利。

看萧瑜还在发呆，萧岿揉了揉她的头发，柔声道：“我会和你美娘姐姐也说一声的，只要她还认我这个父亲，她就绝不能为难你。”

萧瑜点了点头，咬着嘴唇没说什么，一只手握得紧紧的，长长的指甲几乎要陷到肉里去。

她大哭了一场，没有去用午膳，因此席上只有杨广、萧岿和萧美娘三个人，氛围有些尴尬。萧美娘和萧岿一直都是这样冷淡的关系，让他们演一出父女情深，恶心自己也恶心别人，因此萧美娘只坐了坐就告辞了。

谁知在回云逸轩的时候却被兰泽喊住了，那丫头站在一棵树后朝她挥着手：“王妃！”

兰泽少有这样惊慌的神色，萧美娘便也紧张了起来，匆匆走了过去：“怎么了？”

“木良媛方才背了一个包袱，往里面去了。”兰泽指着花园深处轻声道。

“她一个人？”

兰泽点点头：“看上去鬼鬼祟祟的，王妃您要不要去看看？”

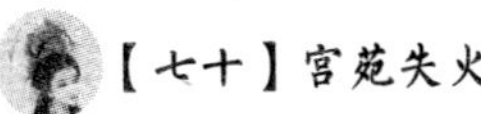

【七十】宫苑失火

萧美娘没有多想就跟了上去，没走几步就撞上了木卿卿，木卿卿被她吓了一跳，退后几步，回过神来后也只是草草行了个礼，看上去的确有些慌张，却也很傲慢。

“你在这里做什么？”

“逛花园，不可以吗？”

“当然可以，只是这日头这么大，怕晒坏了你。”萧美娘笑了笑，木卿卿则不和她多纠缠，语气很不屑：“你这么怕晒坏，还在外面晃什么呢？”

“你……”兰泽这样软儒的脾气都忍不住要生气了，萧美娘拦住了她：“多谢你提醒了。”

木卿卿像是有些不耐烦，也不看萧美娘，推开她就走了，头也不回。

“做贼心虚。”

兰泽对着她的背影骂了一句，萧美娘不理她，又往前走了几步就看见了花园里的那个小湖，湖畔微风徐徐，景色宜人，看上去倒是一派宁静。

萧美娘盯着湖水，若有所思，兰泽站在她身边，有些不解：“王妃，你说她把包袱扔到哪里去了呢？”

这里草木葱郁，湖光粼粼，要在这么短的时间里藏起一个包袱，只有一个办法。

“喊几个会水的稳妥小厮来，悄悄地，千万别惊动了人。”

兰泽应了一声就去了，没过多久果然带了几个人过来，萧美娘点点头，吩咐他们下水打捞。这湖不算大，没过多久就捞上来一个包袱，兰泽一眼就认了出来：“是木良媛的。”

萧美娘示意小厮们把包袱放在地上就让他们下去领赏，自己

则蹲了下来解开了湿淋淋的包袱，里面是一件小太监的衣裳。

早就听说木卿卿和阿三很亲密，有时会在府里穿着小太监的衣裳玩闹，只是为什么要这么慌张地扔掉呢？萧美娘心跳快了几拍，感觉有什么要破土而出了，或许这就是可以证明她心怀不轨的证据！

萧美娘拎起了那衣裳，并没有什么不妥，放到鼻子下闻了闻却吓得将衣裳扔了出去，火油的味道！

衣服上有火油的味道，木卿卿碰过火油！而且不止一点，她要干什么？

萧美娘忽地紧张起来，让兰泽收拾好包袱，想要立刻就去找杨广，刚走出几步又停了下来，如果她就这样去了，杨广会相信吗？

火油是哪里来的，木卿卿是怎么弄到的，什么时候弄到的，为什么他们都没有察觉到？

仅凭一件浸了火油的衣裳，的确没法给木卿卿定罪。

萧美娘想到了上午在宫里看到的那个神似木卿卿的身影，穿着小太监的衣裳一闪而过，如果真的是她，那这火油是在大兴宫里？

可她有几个胆子敢在大兴宫纵火，萧美娘算是发现了，木卿卿最大的问题不在她做的事有多出格，而在于她做的这些事毫无章法，让人摸不清她的目的。

这个女人不简单。

萧美娘慢慢往回走着心情却越加复杂，她总觉得木卿卿的目的仿佛不是她或者别人，而是有一个更大的阴谋。只是一种直觉，没有来由的，却如同蔓草疯狂生长，几乎让她喘不过气来。

好不容易走出了花园，眼前豁然开朗，才稍稍好受一些，可很快取而代之的是另一种焦虑。身边有一只狼在窥视着，绿油油的眼睛发出诡异的光来，低低吠着，不知道什么时候就会扑到自己面前。

战战兢兢地到了第二日，一大早杨广就带着萧美娘他们往大兴宫去，等着中午给萧岿准备的接风宴。杨坚带着他们一行人在御花园里闲逛，萧美娘有意落后几步，找到了同样走在女眷里的云容裳。云容裳刚出月子，身材丰腴，看上去精神也不大好，只是妆容依旧精致，穿着天青色的长裙更显出一种韵致来。

她抬头看了一眼萧美娘，也只是微微一笑，并没说什么。萧美娘却拉住了她的手，示意她走慢一些。等和前面的人拉开了些距离，她才轻声问道："你知道宫里哪里有火油吗？"

"火油？"云容裳大惊失色，"你问这个做什么？"

火油易燃，在宫里自然不可能人人都有，大部分都有专门的人收着，等哪个宫苑要用了，需有一宫主位的手谕，如果要得多的话，还要经问皇后知晓。

萧美娘做了个噤声的动作，回头看了看才贴着云容裳的耳朵把事情说了个大概。

"你说木双卿在用火油？"云容裳有些不相信，"她一个晋王的良媛，怎可能私藏火油，若真出了纰漏，只怕还要怪罪到你的头上。"

"可是千真万确，那件衣服上是火油的味道。"萧美娘有些着急，"青天白日的我骗你做什么，难道要等火烧起来你才肯信吗？"

“你着什么急啊？”云容裳见她声音都高了，忙制止了她，可谁知已经被人听了去。杨坚回过头看着萧美娘，脸上倒是温和的笑意：“你们在说什么，什么火烧？”

萧美娘一惊，很快就反应过来，笑答道：“儿臣说今日天有些热，火烧似的。”

杨坚抬头看看日头：“说的是，也不早了，咱们入席吧。”

说着就领着萧岿他们走进了不远处的重华宫，重华宫里香风缭绕，早就布置好了一张张雕花嵌玉的桌案，桌上摆着玉盘金盏，时兴水果，宫人们低头侍立，躬身行礼，井然有序，俨然是大国风范。杨坚大概也是有意宣扬国威，摆上来的都是最好的，萧岿更是恭顺有礼，半点不敢逾矩。

萧美娘坐在杨广身边，萧瑜和木卿卿并坐在后面，对面正是云容裳，只是因为独孤皇后不喜，杨勇身边坐的是高温玉，云容裳和王良媛并排而坐，成璧则没有出席。萧美娘心里记挂着木卿卿的事，不耐烦听杨坚和萧岿之间的寒暄，只盯着自己面前的杯盏，却时时刻刻注意着木卿卿的一举一动。

开宴之后，宫人们鱼贯而入，给每人的桌上都奉上了精烹细作的菜肴，丝竹也都响了起来，舞姬们伴着乐声轻移莲步。也是为了表示对萧岿的尊重，歌舞是江南的调子，上的菜肴也都是江南风味，杨广吃不大惯，便一个劲儿地给萧美娘布菜。

萧美娘陪着笑，时不时给杨广说一些江南菜式，只是还有些心神不宁的样子，杨广心中疑惑：“你怎么好像有心事似的？”

萧美娘本也没想过自己能瞒过杨广，因此并不惊讶，只是愣了愣：“我……回去再说吧。”

杨广还有疑惑，可丝竹却戛然而止，他好奇地抬起头往门口张望，居然是云定兴。

云定兴是个奇巧艺人，不仅擅长制作一些奇装异服和新兴物件，也会几招散乐来逗乐，可到底是不登大雅之堂的东西，真想不到他怎么会出现在这里。

杨坚显然也有些疑惑，看向了负责这次宴会的杨勇，杨勇不慌不忙地起身，对着杨坚和萧岿道："从来宴席上只有歌舞，难免看得厌烦，儿臣想着不如来些新鲜玩意儿，以求诸位一乐，因此请来了精通散乐的云定兴。"

杨坚听说也无异议，点点头示意云定兴可以开始了，云定兴抹着面便踩着特殊的鼓点跳起舞来，颇有几分西域的味道。

萧美娘对歌舞之类的本不大上心，杨广倒是很有兴趣，看得津津有味，她拉了拉杨广的袖子，凑过去轻声问道："太子这一出，是不是为了皇长孙？"

散乐和一般歌舞不同，有时也会让孩子上场，若说想借这个由头让杨坚先见一见杨俨，也是说得过去的。只是让皇长孙去做这种下九流的行当，他也真不怕日后让孩子遭人诟病，抬不起头来。难怪云容裳看上去恹恹不乐，恐怕她是知道了他们的计划，只是无力干涉吧。

杨广想了想，低声道："让父皇认一个演散乐的孩子做皇长孙，日后岂不是要让人议论？太子这步棋，真不怎么样，我要是开口帮他说话，只怕……"

话音未落，却听得外面传来一阵阵惊呼："走水啦！走水啦！"

走水了？！

萧美娘对这个词敏感得很，立马站了起来转身看向了木卿卿，木卿卿也抬头看着她，却是一脸无辜的表情，甚至，有那么一丝得意。杨坚和独孤皇后也着了慌，忙喊人来问："是哪里走水了？"

一个小太监匆匆跑进了重华宫："陛下，皇后，是边上的侧殿走水了，火烧得很旺，请各位大人、娘娘还是尽早离了这里，免得火势蔓延过来。"

边上的侧殿……那应该是供这些舞伎们休息的地方，杨坚听说，忙拉着独孤皇后往下走。"都别慌，咱们慢慢出去。"有杨坚震场，众人内心里虽然害怕却也不敢行差走错，只好按序一一快步离开，他转向了还有些蒙的萧岿，"让你见笑了，日后再补偿。"

杨广早早就牵起了萧美娘的手，又回头看着木卿卿："你好好跟着我，别乱跑。"木卿卿很乖巧地点点头，就也挽上了杨广的手臂。

云定兴早就吓得不知所措，云容裳更是脸色惨白，惊呼了一声也不管杨坚还在场，推开众人就冲出了重华宫，像是被吓疯了。独孤皇后蹙着眉小声嘀咕了一句什么，萧美娘也被她吓了一跳，转而就很快反应了过来。

如果杨勇和云定兴是想借这个机会让杨俨露面，那杨俨岂不是也在侧殿里？

萧美娘想到这里，下意识地也要冲出去，却被杨广死死拉住，杨广显然也想到了，却只是训斥了她："别胡闹！"

"可是……"

"这不是你出头的时候！"

他的语气很严厉，萧美娘被他吓到了，被他握着的手腕也有些痛，大概都青了：“阿广！”

杨广依旧摇了摇头，用嘴形告诉她：“这是有人故意的。”

怎么会这样……

火，火油，会是木卿卿吗？

她瞪了木卿卿一眼，可木卿卿只是靠得杨广更近，声音也有些委屈：“你干吗这么凶地看着我？”

说话间他们已经走到了重华宫外，果然是火势滔天，侧殿几乎已经被火吞噬了，周围聚拢着不少侍卫手里拿着铜铁缸里的水来灭火，后面有人源源不断地送水上来，更有不少人爬上了屋顶往下泼水，场面一时混乱不堪。

贵人们都站得远远的，只有云容裳疯了似的要冲进殿里：“里面有人，去救人啊！”

火烧成这样，怎么可能进去救人，侍卫拿她没办法，杨勇只好冲过去拉住了她：“别闹了，冷静一点！”

“冷静？你让我怎么冷静？！”云容裳推开了杨勇，“我儿子要有个三长两短，杨勇我要你偿命！”

听她口不择言，杨勇吓得魂飞魄散，忙捂住了她的嘴：“别胡言乱语了，快走！”说着就喊云定兴上来帮他一起把云容裳拉走，云定兴早就吓蒙了，自然是杨勇说什么就是什么，可谁知反而激怒了云容裳。

激怒交加之下的云容裳奋力挣脱了两个男人的禁锢，回身甩了杨勇一个耳光：“你从一开始就不敢承认他，现在你连救他的命都不敢了是吗？你算什么太子？！算什么男人？！”

这一耳光把在场所有人都打蒙了，萧美娘在那一瞬间的安静

里，听到了她自己的心里响起两个字——完了。

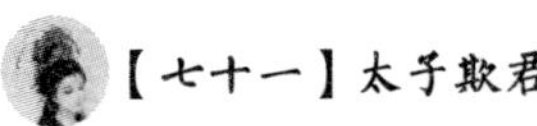

【七十一】太子欺君

好在杨坚和独孤皇后离得远，没注意到这边的闹剧，可是流言只要一传出去，只会变本加厉，萧美娘心下不忍，扯了扯杨广的袖子：“怎么办啊，这下可怎么收场？”

杨广牵着萧美娘的手，渐渐握紧：“美娘……我可能帮不了他们了。”

“什么？”萧美娘一惊，“这样的话你和太子……”

“父皇要比太子重要得多。”杨广这么说着，合情合理，可萧美娘很快想到了另一点。

她不久之前才问过云容裳火油的事，转眼侧殿就起了火，这不是太巧了吗，巧得根本不像是巧合。

如果云容裳还有些许理智的话，她可能会相信她，可如果是现在这样状似疯魔的她呢？而就算她相信了，杨勇呢？杨勇和杨广之间的关系本就尴尬而微妙，他会相信这是一场意外吗？

杨俨如果真的出了事，杨勇的欺君之罪跑不掉，就算是对他们的杨昭也是大有好处，是，如果杨俨死了，最大的受益者就是他晋王殿下。

所以，这不是一场意外，就算是，别人也不会相信。

有了火油这个线索，只要云容裳说出来，杨广越是想撇干净就越是撇不干净。

“不行！”萧美娘一个哆嗦，拉住了杨广的手，“阿广，不行，你一定要帮他们，一定要！”

“为什么？”杨广万分不解，“你应该明白，现在状况在我们掌控之外，我帮不了他们。”

道理都懂，可是萧美娘只是拼命摇头，她说不出话来。因为她反驳不了杨广，而火油和木卿卿的事，她不知道该怎么说，尤其是木卿卿就站在一边如同看好戏一般，她说不出来。

可能是因为火烧得太旺，也烧进了人的心里，看萧美娘这样不明是非，杨广烦躁地推开了她：“如果你只是为了你和云容裳的所谓姐妹情的话，你就太幼稚了。”

“不是的！”萧美娘辩解道，“阿广，我可以解释，回去我慢慢和你解释，但是你一定帮他们，好吗？”

说着她走上前要拉杨广的袖子，就在那一瞬间，木卿卿把杨广拉到了身边：“阿广，我有些害怕……”

杨广的袖子就从萧美娘手里滑过，落到了别的女人手里，萧美娘并不看她木卿卿挑衅的眼神只是看着杨广：“阿广，你相信我。”

“我没办法相信你。”杨广几乎是不假思索地说道，“你今日一直心神不宁的，我问你你也三缄其口，那你要我怎么相信你？”

“我可以解释的！”

“那你现在给我一个解释。”

杨广的语气不容置疑，木卿卿倚在他身上，显得萧美娘更加窘迫和局促，萧瑜就站在不远处，她觉得她应该上前帮萧美娘一把，不管萧美娘是个什么打算，既然她们现在联手对付木卿卿，那就应该站在一起。

可萧岿的话却一直响在耳边，没有永远靠得住的人，只有永远靠得住的利。

萧美娘现在和她站在一起，因为她能带给她利，那以后呢？

萧瑜知道自己不应该坐以待毙，尤其是在知道萧岿时日不多之后，她不能就这么傻傻地等着人家帮她做好选择。所以这一次，她选择视若无睹，萧美娘和木卿卿的恩怨，她为何一定要插手呢？

萧美娘也想到了萧瑜，可当她看向萧瑜的时候，萧瑜却只是出神，脸色苍白不知道在想什么。

她孤立无援的一个人，和杨广僵持不下，她看了一眼木卿卿，深吸一口气：“你也说这火烧得蹊跷，那你不想想这是谁烧的吗？”

“不是你我就够了。”

“那如果是你身边的人呢？太子会怎么想？父皇会怎么想？”

“你在说什么啊？”杨广一头雾水，“你知道是谁放的火？”

“我不确定，但是……”她看向了木卿卿，她居然很淡定，没有半分慌乱，这样的神情反而让萧美娘有些不安。她是有把握不会有人怀疑到她身上，还是另有后招根本就不怕被人怀疑呢？

“但是什么？”

杨广看萧美娘只盯着木卿卿，心下生疑：“美娘，你想说什么？”

“虽然我不确定，可是八九不离十，木双卿，是你干的吧？”

“美娘姐姐你说什么呢？”木卿卿很惊讶的样子，“我今日一直都和阿广在一起，难不成我会分身术，再变一个自己去放火吗？”

说着她居然轻声笑了起来，这样不合时宜的笑自然惹得众人侧目，杨广瞪了她一眼她才收敛，复低了头吐吐舌头：“美娘姐姐，你要冤枉我也得有证据吧，总不能凭你一张巧嘴就定了我的罪啊。”

“你昨日碰过火油，对不对？”萧美娘也不管她的挑衅了只冷冷看着她，“你想把东西处理掉，扔进了晋王府的小湖里，昨日中午被我撞上的那个惊慌失措的人，不是你是谁？”

“如果美娘姐姐说的是昨天中午的事，我在园子里逛得好好的，忽然你就窜到了我面前，我当然要吓一跳了，至于其他的，美娘姐姐说的和真的一样，可我什么都不知道。”

木卿卿矢口否认，萧美娘也没想到她居然会否认得这么彻底，她应该是知道包袱已经被捞起来了才对，怎么还是这样淡定？

萧美娘越来越不安，觉得自己仿佛中了别人的套，可木卿卿只挽着杨广的手臂，用近乎撒娇的语气道：“美娘姐姐，我知道你一直都不喜欢我，可纵火是大罪，你也不用这么狠毒吧？”

“你……”

“美娘，够了！”杨广脸色很不好看，“你说的这些我会去查，但是等等到了父皇面前，这些话不能说，你明白吗？”

“我知道，我都明白，可是……”

没等萧美娘把话说完，已经有人来传杨坚的话，让一众人都去一边的紫云殿候着。

火已经被扑灭了，可也已经是一片狼藉，好好一座宫殿被烧毁，更从里面抬出了好几具已经烧焦了的尸体。云容裳看到这些尸体就疯了似的扑上去：“俨儿，俨儿……”

她几乎是在哭喊，几乎要崩溃的样子，就在这时，一个浑身都是煤灰的孩子怯怯从一旁的御花园里走了出来：“娘……”

云容裳一惊，猛地转过头去，是杨俨！

她也不知道是惊讶多一点还是欢喜多一点，眼泪一瞬间就流了下来，跌跌撞撞地跑过去把杨俨抱在了怀里："俨儿，俨儿……"

想问的话太多，可到了嘴边却只是一声声因失而复得所以喜极而泣的呼唤，杨俨没有事，萧美娘也松了一口气，可一想到杨坚的召见，浑身又紧绷了起来。

杨坚一定是听人回禀了这件事，原本私生子这回事就是一件丑事，没有外人的时候自己人关起门来解决也就罢了，可偏偏当着萧岿的面，又惹了这么一场大祸，误了萧岿的接风宴，更烧毁了一座宫殿，烧死了那么多人。就算杨坚想要从宽处理，当着萧岿的面，为了大隋的面子，只怕都只能按律法办事。

纵火，死罪。

紫光殿里，杨勇、云容裳、云定兴和杨俨跪了一排，好在在场的除了杨广和萧美娘他们，再就是一个萧岿，依旧坐在杨坚下首。当着外人的面处理这种家丑，杨坚心里想必是非常不痛快的，看他铁青的脸色就知道他有多恨。

"这到底是怎么回事！"

云容裳脸上泪痕未干，犹自抽抽噎噎地说不出话，杨勇只能跪着上前一步："父皇，这孩子是儿臣与云昭训在五年前所生……"

"什么？"杨坚一拍桌子，"胡闹！"

"父皇恕罪，儿臣和云昭训一见钟情，可惜身份云泥之异，却又实在情难自禁，所以闯下大祸。"

杨勇磕了几个头："父皇恕罪，父皇恕罪。"

"就算是情难自禁，朕也许你纳她做妾了，你为什么不说已经和她生了孩子？欺君之罪，罪不容诛！”

“儿臣一开始不知如何向父皇解释，母后又一直不喜欢阿云，因此瞒着不敢说，后来又一连出了好几桩大事，儿臣更不敢因为这些事来让父皇分心……”

“以你这么说，反而是本宫逼你犯下欺君之罪的了？”独孤皇后被他的话惹恼了，“太子，我是不喜欢你纳妾，可我也没逼着你不认亲生儿子吧？你这么说，是要把本宫置于不义之地吗？”

“儿臣不敢！”杨勇又磕了几个头，独孤皇后却不领情，只轻哼了一声，大有不想插手的意思。可是谁不知道杨坚一直对独孤皇后敬爱有加，独孤皇后的态度经常就是杨坚的态度，那独孤皇后这样表示了，只怕杨勇是凶多吉少。

萧美娘犹豫再三，还是大着胆子上前，她的动作太突然，杨广没能拉住她，更没有人反应过来，为什么和这件事一点关系都没有的晋王妃，就这么跪了下来。

“美娘！”萧岿低低唤了一声，像是在斥责她，让她不要蹚这趟浑水。

只是萧美娘置若罔闻，“父皇，母后，请听儿臣一言。”不敢抬头，深吸一口气，心里紧张得要死却依旧端着不慌不忙道，“太子殿下和云昭训情难自禁，有了皇长孙，虽然有错却情有可原，只是千不该万不该，不该犯下欺君之罪，让皇长孙流落在外，不得归宗谱。但是可怜天下父母心，太子殿下这么做，何尝不是为了保护皇长孙呢？天下初定，内忧外患，皇长孙身份特殊，地位尊崇，必然会引起奸人的歹心，到时岂非追悔莫及？”

“美娘！”独孤皇后没想到萧美娘会和她对着干为杨勇求情，

又惊又怒，“你知道你在说什么吗？还不退下！”

杨广已经被萧美娘气糊涂了，可是看她就算被独孤皇后斥责也岿然不动的样子，既生气又无奈。萧美娘是他的晋王妃，他万万没有袖手旁观的道理，何况萧美娘这一跪已经把他拉下了水，因此就算万分不愿，他也不得不上前一步，跪了下来。

“父皇，母后，皇兄有一句话说得让儿臣感动，五年前，父皇排除万难登基为帝，可突厥、南陈、吐谷浑、高宝宁都对父皇的皇位虎视眈眈，国难当前，皇兄为了不让父皇分心而忍受骨肉分离，实在让人感动。儿臣自幼就去了并州，未能在父皇母后膝下承欢尽孝，深以为憾，因此更能懂得骨肉血亲不得相聚是怎样的痛苦。正因为儿臣感同身受，才更感念皇兄对父皇的一片孝心。”

杨勇大概也没想到杨广真的会帮他，愣了愣又很快磕了一个头：“儿臣不孝，无论父皇如何处置，儿臣绝无半点怨言，只是俨儿自幼没有父母的管教疼爱，实在可怜，请父皇怜悯他，饶他一命。”

萧岿看杨广都因为萧美娘出面了，思来想去还是起身对杨坚道：“多子多福是福气，陛下该感到高兴才是，可别像臣一样，一把年纪了也没能抱个孙子。”

这么多人都为杨勇求情，杨坚也松动了些，只是独孤皇后还在因为萧美娘而生气，少不得要他去哄一哄。可帝后还没说几句话，就有人来回话：“陛下，娘娘，走水原因找到了。”

一听这话，萧美娘整个人都紧张了起来，杨广察觉到了她微微颤抖，却越想越不明白，为什么萧美娘会这么害怕。

“侧殿里像是有火油，所以才会烧起来。”

“火油？”杨坚看着那人，“怎么会有火油？”

“这……”

云定兴忙上前磕了一个头：“陛下，火油是奴才的，奴才要给陛下表演散乐，要用到火油，因此才会把火油放在侧殿里。可是奴才发誓，火油一直都封在缸里，绝无可能会漏出来，更别说引火了。”

“这孩子一直待在侧殿里，莫不是他贪玩，打翻了火油，因为害怕跑了，反而害得别人丧命？”一直在一边沉默不语的王暖玢道，“若真是如此，倒也是个意外。”

“若是意外，这意外的代价也太大了。”

一座宫殿，几条人命，单单用一句意外搪塞过去实在难以服众，高温玉和王暖玢早就知道云容裳有个私生子才是皇长孙，如今事情被捅了出来，她们自然不愿意看云容裳顺顺利利地把孩子接回来。就算到最后，在杨勇的保驾护航下云容裳能如愿，她们也打定了主意要让云容裳掉一层皮。

“那这孩子怎么处置？”

杨坚扭头似是在询问独孤皇后的意见，云容裳知道独孤皇后一直不喜欢她，自然也不会对她的孩子有什么好感，何况又闯下了大祸！可能是母亲的天性，为了保护自己的孩子，什么都顾不得了，云容裳忽然抬头大喊：“陛下，娘娘，不是俨儿，火油不是俨儿打翻的！”

“你说什么？”独孤皇后看她似是疯疯癫癫很不满，“说清楚些！”

云容裳转过身子看向了还跪着的萧美娘：“美娘，是你告诉我的，你说你有火油对不对？你说可能会走水，你根本就是早知道会发生这种事，你为什么不早说呢？”

“我……”

独孤皇后看她居然把矛头引到了萧美娘身上，勃然大怒：“胡言乱语！本宫看你疯疯癫癫的，嘴里一句话都信不得！”

【七十二】设局陷害

“皇后娘娘明察，陛下……陛下！您上午听到的，您听到美娘在和我说火烧对不对？美娘她真的是知情的！所以不是俨儿，是她，是她们！”

云容裳连磕了几个头，杨坚本来也看不惯她这样疯癫，可是她说的话又很在理，让他无法忽视。如果萧美娘真的是知情的，那这就不是一场意外，而是蓄意纵火，罪名大得多，更让人怀疑这背后的目的。只是当着萧岿的面审萧美娘，这面子上怎么过得去呢？

正当杨坚左右为难，萧岿倒是善解人意，率先发话：“美娘，你有什么要解释的，还不快说，纵火的罪名，万不可欺瞒陛下和皇后。”

独孤皇后见萧岿开了口，自然也要维护萧美娘：“是啊，美娘，你快说，这究竟是怎么一回事？”

杨广也转头等着萧美娘，萧美娘感受得到他的失望和愤怒，可是她没有精力去失落或是怎样，面对杨坚，她不得不打起精神来冷静应对。

“父皇，母后，儿臣的确知道有火油这一事，可火油并非儿臣所有。”她深吸一口气，转头看了一眼木卿卿，谁知都到这一步了，她还是一副泰然自若的模样，让萧美娘很不安，不敢说下去。

然而，在这种情况下，又岂由得她闪烁其词，她只能硬着头皮道：“昨日午时儿臣在王府花园里撞见了木良媛，看她抱了个包袱鬼鬼祟祟的，便跟了上去，谁知木良媛再出来的时候神色慌张，手里的包袱却不见了。儿臣想，花园里要藏东西，只能藏在湖里，便喊了几个小厮打捞，果然捞上来一身小太监的衣服，上面浸了火油。这火油，是木良媛所有，只是不知道这次的事情，木良媛知不知情，儿臣今日问云昭训，也只是想确认宫里有没有哪里少了火油。”

这解释合情合理，独孤皇后算是松了一口气，可杨广的脸色反而更不好看了。

木卿卿也是个有眼色的，上前一步跪了下来：“陛下，皇后娘娘，奴婢绝对没有做过这样的事，昨日的确在花园里撞见了王妃，可也只是说了几句话就散了。什么包袱，什么衣裳，奴婢一概不知，更别说火油了。再者，奴婢极少入宫，今日更是跟在殿下身边寸步不离，怎么可能纵火呢？”

木卿卿言之凿凿，萧美娘也不像是在撒谎，杨坚一时犯了难，安静中，还是高温玉道：“既说有个包袱，那包袱呢？把包袱拿过来看一看不就知道了？”

萧美娘一听，便磕了头：“陛下，包袱在晋王府，由宫女兰泽收着，陛下大可拿来查验。”

杨坚立刻让人去晋王府找那个所谓的包袱，萧美娘跪在地上却也越来越觉得膝盖疼得慌。

桐木地板上仿佛长出了荆棘，萧美娘也是强撑着才不让自己显露出不安的情绪来，木卿卿就跪在她身边，她感觉得到，木卿卿要比她坦然得多。她不知道别人怎么想，但如果是她的话，可能她会相信木卿卿多一点。

这世上就是有人能把是非颠倒，黑白混淆，萧瑜说得对，木卿卿的手段要比她高明，而她一个出身布衣的突厥女子，又究竟是哪里来的手段？

独孤皇后看出萧美娘有些不自然，再看木卿卿一副轻松的模样，便觉出这里面似乎有些不对劲。这件事从头到尾都透着不对劲，却像是一团乱麻，纠纠缠缠有许多的利益纠葛，想要去理也没有个头绪。

就这么过了许久，萧美娘觉得自己的膝盖都没知觉了，终于有个小太监带着兰泽和那个包袱一起到了杨坚面前。兰泽也不知道发生了什么，看到这阵仗还有些害怕，只怯怯跪到了一边，请安行礼。

杨坚接过太监呈上来的包袱，里面果然如萧美娘所说是一件浸了火油的衣裳。他蹙着眉头一想，便把衣裳扔到了她们面前，看着木卿卿问道："果然有异，这是不是你的衣裳？"

木卿卿却不露惧色："太监的衣裳都是一个样，奴婢也不知是不是。"

"这衣裳，是木良媛扔到湖里的，请陛下、皇后娘娘明鉴。"兰泽还是聪明的，大概猜到了这其中的缘故，自然是要维护萧美娘，"昨日中午，是奴婢陪着王妃一起从湖里捞出来的。"

"你是王妃的贴身婢女，自然要护着你主子了，你的证词怎么可信？”木卿卿抢白了一句，便转向了杨坚，“陛下，且不论这衣裳是谁的，就是这包衣裳的布，奴婢也从未见过。”

包袱正落在高温玉面前，她听木卿卿这么说，便拨开衣裳单捡起了那块布，拿在手里摸了摸：“这是织金锦啊。”

织金锦算是名贵的丝帛，除非是身份贵重的人，否则一般人还真用不起，何况是用来沉湖？未免太过奢侈了。

“织金锦？”杨坚略想了想，转向了独孤皇后，“我记得今年的织金锦还没有进贡吧？”

独孤皇后点点头：“是，所以现在宫里用的还是前几年的贡品。”她蹙了眉，一时记不清，唤来了何姑姑。

这些事都是何姑姑经手的，她立刻就道：“织金锦本就名贵，先前进贡的织金锦除了陛下和娘娘宫里，其余的都已经赏赐下去了，看这块布的花样，仿佛还是当年晋王成亲时做彩礼的那一批，全部送进了晋王府，就连东宫也是没有的。”

“那你的意思是，这块布……”

所有人的目光都投向了萧美娘，萧美娘很惊讶，却不意外，她猜到木卿卿有她自信的理由，就准备好了接受这样的冤枉。她只是有些蒙，突如其来地所有的证据都指向了她，她想的不是要如何为自己脱罪，而是会有多少人相信她。

杨广就在她身边却不置一词，甚至连为她辩解的意思都没有，或者说他大概还在生气。是她一意孤行，也是她自作自受。

她抬起头看向了独孤皇后，独孤皇后恰好也在看她，那眼神却是晦暗不明，看似平淡却又掩藏着疑虑。萧美娘只觉得像是有个人拿着一把匕首，从她的心上狠狠剜了一刀，于是她垂了头，

有那么一瞬间，是真的失望了。

当着萧岿的面，证据却都指向了萧美娘，杨坚一时犯了难：处置她吧，萧岿面子上挂不住；可若是不处置，必然会落人口舌。他倒是希望萧美娘能再说几句话，而不是这样一种认命的态度。

萧岿知道杨坚在想什么，查来查去查到了萧美娘身上他自然脸上无光，可杨坚还是要顾及他的脸面，他也不得不为这个不懂事的女儿收拾烂摊子。

“美娘，你还有什么要解释的？或是有什么苦衷，尽管说出来，陛下和皇后都是明理的人，既然做错了事，就认罪吧。”

萧美娘听得出来，萧岿看似关心的话里，也有着想和她撇清关系的急切，在萧岿眼里，可能一直以来，她都只是一个从出生那天开始，就是错误的人。

她抬起头，目光掠过萧岿，看向了杨坚：“父皇，就算这织金锦是晋王府的东西，儿臣也一无所知。成亲当晚，儿臣就跟着晋王殿下去了并州，这些彩礼一概留在了大兴。后来儿臣回大兴安胎，也一直住在建章宫，晋王府的东西亦不是儿臣在掌管，认真说起来，儿臣留在晋王府的时间比起这位木良媛还是要短得多。再者，儿臣虽是晋王府主母，这些内务琐事却一直不是儿臣在张罗，真要问这织金锦的来路，恐怕不该问儿臣。”

木卿卿听她如此说，自然不甘示弱：“陛下，晋王府内务是奴婢管的，可是这织金锦何等名贵，奴婢又岂敢妄动？”

“好了！”一直沉默的独孤皇后忽地开口，掷地有声的两个字，把杨坚都吓了一跳，印象里独孤皇后从来都是温和可亲的，生气的时候也会疾言厉色，但像现在这般的神情，却是极少。

萧美娘也说不出是怎样的神情，仿佛突然之间她变成了高高在上的神祇，不容置疑，也不可侵犯。

“这件事到此为止，杨俨打翻火油，引起大祸，念他年幼无知，从轻发落，从今以后由本宫来教养。至于这个……”她指了指地上的包袱，“拿出去烧了，就当没有过吧。”

“伽蓝！”杨坚显然有些不满意她这样的决定，可独孤皇后仿佛一刻也不想在这里待着，也不顾杨坚还在就站了起来，看着依旧跪在那里的萧美娘，声音依旧严厉：“美娘，你跟我过来。”说着像是想起了什么，看向了瑟瑟发抖的兰泽，“好生扶着你家王妃，别摔了。”

兰泽应了一声，偷眼看着杨坚，独孤皇后走了之后，杨坚便也有些心不在焉，对殿里的几个人明显没有先前那般在意。因此兰泽小心翼翼地站了起来，扶着萧美娘起身，萧美娘膝盖早就失去了知觉，不由得向前一扑，幸好杨勇眼疾手快扶了一把，才没有跌在地上。

“多谢殿下。”萧美娘轻声道谢，站稳后扶着兰泽的手，看也不看杨广就慢悠悠地往宫门口挪去。

杨坚也看不下去了，忙喊了人给她准备辇轿，屋里的氛围这才松动了些。

“都起来吧，就按皇后说的办。”说着他看向了萧岿，两个人又不知开始谈笑起什么来，看着其乐融融，却也难掩尴尬。

杨广不关心他们，只转身扶起了木卿卿，木卿卿眼眶已经红了，膝盖酸麻，便干脆靠在了杨广身上，委委屈屈地低声道：“什么意思嘛，就这么怪我，皇后一定是相信她，不信我的了。”

杨广只是搀着她，却也没说什么，他脸色很不好看，让木卿卿也有些怕，便也乖乖闭了嘴，跟着杨广回了晋王府。

云容裳还呆呆跪在那里，杨勇几乎是把她拉走的，她脸上满是泪痕，看起来很狼狈。杨俨拉着云容裳的袖子不肯松，见杨勇有些生气的样子，便咧了嘴要哭，幸好云定兴动作快，捂住了他的嘴，这才别别扭扭地离开紫光殿。

等人都走光了，杨坚才轻声叹了一口气："朕知道美娘该是无辜的，可当着这么多人的面，实在不能不秉公处理，若不是皇后当机立断，朕还真不知该如何是好。"

萧岿也只能应和着，心里却直打鼓，这桩事真能这么容易就了结吗？

他觉得不可能，可独孤皇后把证据都烧了，是为了做样子让纵火的人放松警惕吗？

萧美娘也是这么想的，因此她坐在辇轿上的时候想的都是如何面对独孤皇后，她不知道独孤皇后找她是为了什么，却总觉得这事情没这么简单。

事实上，人总是会自以为是。

【七十三】往事如云

萧美娘到了含章殿，是何姑姑亲自扶进去的，一进了屋就扶她坐到了软榻上，边上是一盆热水，有小宫女跪了下来，用帕子绞了水帮萧美娘敷起了膝盖。

独孤皇后坐在一边看着也不说话，萧美娘心里惶恐得很，忙站起来要行礼，只可惜膝盖一扯就疼得她倒吸一口冷气，晃了晃又跌坐了下去。

“母后……”

她低了头，不知如何开口。“王妃不必如此，皇后娘娘心里明白着呢。”何姑姑站在她身边劝慰了一句，她不由得抬起头，何姑姑看着她，一如既往的慈爱。她心里疑惑，又转向了独孤皇后，独孤皇后满脸都是无奈，摇了摇头：“好好一个正妃，连个妾都管不了，美娘，你让我怎么放心？”

“母后怎么知道？”

“她太冷静了，冷静得有些反常。”独孤皇后摆摆手，“不说她了，我只问你，究竟是怎么回事？”

萧美娘一时说不出话来，只感觉有一只大手狠狠揉了她的心，而心里蓄满了水，全部涌上了眼眶，鼻尖是酸的，心里也是酸的。

“母后相信儿臣？”

“不信你信谁？我把你当成我自己的女儿，就算所有人都怀疑你，我也该是相信你的。”独孤皇后说着就站了起来，慢慢走向了她，俯下身子看着萧美娘红红的眼眶，“我知道你一直以来都有自己的顾虑，你一门心思都为了阿广好，可我也看得出来，你有自己的委屈。”她笑了笑，手抚上萧美娘的脸，拇指帮她拭去了眼角的一滴泪，“为自己的夫君着想是好，可是这人性谁都说不准，太会做人的人最后反而会被人教怎么做人。”

萧美娘双手渐渐握拳，眼里的泪光闪烁，折射出一种寒意来。

“其实皇长孙的事，我和阿广，早就知道了……”萧美娘低着头，也不去管独孤皇后听到这些话会是怎样的心情，对她来说，只是想对一个真心待自己的人真心相待，想把一些无法说出口的、

不知道该和谁说的话，都说出来。

“太子殿下和云昭训也找过我们，希望我们能在父皇母后面前帮他们说话。可谁知出了这场意外，阿广他怕了，我没有告诉他我找到了那件浸火油的衣裳，却私自问了云昭训，我怕如果阿广真的放手不管，云昭训把这事说出去的话，太子会和阿广生出龃龉。所以……”

独孤皇后一听就明白了，只是有些疑惑：“那你为什么不告诉阿广呢？”

萧美娘的笑意里带了一丝苦味，她轻轻摇了摇头：“事关木双卿，他不会轻易信我的，所以我不敢说……”

“我知道了。”独孤皇后心疼地揉了揉萧美娘的头发，“可怜的孩子，真是让你受委屈了，你放心，这事我不会不管的。”

“母后，”萧美娘用力握住了独孤皇后的手腕，摇了摇头，“纵火的事现在这样已经是皆大欢喜了，儿臣不想再生事端，只是有一点，儿臣希望母后能帮帮儿臣，也是为了阿广。”

独孤皇后坐到了她身边，拉着萧美娘的手，萧美娘便把阿三的事也都说了出来。果然，独孤皇后也不相信阿三居然会和木双卿沆瀣一气：“这事当真吗？”

“儿臣再也不会在母后面前撒谎了。”萧美娘咬了咬嘴唇，“母后您想，木双卿她再有心计有手段，若没有人暗中相助，凭她的身份，这些事也是做不来的。”

“我知道了，阿三留不得，我会另找一个妥帖的人到阿广身边去。”独孤皇后这么说着，又帮萧美娘理了理鬓发，“那你回去吧，也别和阿广置气，啊。”

萧美娘点点头，敛了眼角的失意，独孤皇后也就当作没看到，给了兰泽一个眼神。兰泽心领神会，扶着萧美娘站起来，膝盖上的酸疼好了些，她微微欠了欠身："多谢母后。"

坐在辇轿上，萧美娘依旧忧心忡忡，大兴宫长长的宫道上不住有过往的宫人低头行礼，却又偷眼看她。萧美娘知道，这场大火大概把她们烧怕了，独孤皇后没有再查下去，可是人言可畏，她萧美娘的好名声，可算是毁了。

一路回到了晋王府，萧美娘就觉得心沉沉的，煊赫大气的匾额和朱门，仿佛突然变得黯淡无光，如同暴雨来临之前的天幕，笼着浓浓的云障雾霾。

青梅和兰泽扶着她下了马车，阿三就在晋王府门口等着，看到她倒也还算恭敬："王妃，殿下请您过去。"

萧美娘没有理他，这次的事情不管阿三知不知情，总是和他脱不了干系。因此只是轻哼了一声，自领着青梅去了书房，书房大门紧闭，却也能感受到里面的人藏着怎样的怒气。以往她出入书房不用人通报，这次却不得不敲了敲门，不紧不慢，一听就知道是她。

"进来。"

短短两个字，薄情如冰刃。

萧美娘推开门，却发现木卿卿也在，她站在杨广身边，也像是刚刚哭过，看上去倒是楚楚可怜的。可是领略过她的心机，萧美娘看到她这样的神情，只有畏惧和厌恶，只淡淡瞥了她一眼，转而看向了杨广："如果要我解释的话，我只会向你一个人解释。"

杨广没说什么，抬起头看了一眼木卿卿，木卿卿知趣地离开了，顺手带上了门，看上去这两个人应该也把该说的说完了，而且似乎达成了某种一致。萧美娘不知道木卿卿跟杨广说了什么，她现在是被算计了，被圈进了她的圈套里，敌暗我明，她只能希求杨广对她的信任可以多一点。

她看着杨广，眼神平淡，语气从容："那件衣服，真的是我从湖里捞上来的，那个包袱，也是兰泽亲眼看见木双卿抱在怀里的。我只能说这么多，你愿相信也好，不愿相信也罢，这就是我的解释。"

"你自己看看这番说辞，足以让我相信吗？"杨广有些失望地摇摇头，"我以为你会说得更好一些，至少不会这么敷衍，萧美娘，你是太小看我了。"

"小看？"萧美娘牵了牵嘴角，杨广的话已经表明了他的态度，已经足够让人寒心，"我不是小看你，我是高看了你……我以为你自己说过的话，你真的是记得的。"

她轻笑一声："你说你多情，深情只会给我一个，你说此间是我，天下是我，余生是我，你还记得吗，你说过你不会负我的，你还记得你在我皇兄面前立的誓吗？！"

"够了！"杨广呵止了她，然后长舒一口气似是在平复自己的心情，"就算是你说的这样，你当时为什么不来告诉我，大风大雨都是我们商量着过来的，你这么不相信我吗？"

"你要我怎么相信你？"萧美娘仿佛听见了一个笑话，"杨广，我原话奉给你，你觉得你自己，足以让我相信吗？"

当初只是独孤皇后几句话，杨广他就那样对她生气，他对木卿卿的偏爱表现得太过明显，萧美娘不是自不量力的人，没有十足的证据，她不敢在杨广面前说木卿卿的任何不是。萧美娘觉得自己像是一只猫，敏感又骄傲，如果有一次她伸出了手却换来的是失望，那么下一次，就不会再轻易伸手。

杨广终究是让她失望了。

而杨广大概也想起了之前的事，脸上有些挂不住，还是很生气，却多了几分尴尬的意味，正因为尴尬，他反而更加生气。

“只是那么一次，你要记多久？好歹我也是和你道过歉的，你究竟还要我怎么做你才高兴，是不是一定要我像父皇一样只供着你这一位妻子你才能满意？”

“从始至终我何曾提过这样的要求？是你太自以为是！是你一直在说你有多喜欢我要对我多好，现在你自己打了自己的脸，就要来怪我要求太多了是吗？你扪心自问，是不是你对不起我！”

杨广被她质问得心烦意乱，随手拿起书案上的一卷书就掷到了她面前，卷轴“哗啦啦”地摊开，是一幅舆图，萧美娘记得，是挂在并州晋王府杨广书房里的那一幅。那年大逻便为难杨广，他和她一起站在这幅舆图面前指点江山，她不明白，当时那种共赴此生，天涯白首的眷恋，去了哪儿？

萧美娘慢慢跪到了地上，伸出手抚上了这舆图，江山易改，人心易变，或许唯有孤独，亘古长青。

杨广看到那铺在地上的舆图，也想起了当年的事来，心软了些，只是还未等他开口说话，门外却传来了何姑姑的声音。

“殿下，皇后娘娘派奴婢来传句话。”

独孤皇后？她有话说不拘派谁来都好，为什么会让何姑姑这掌事大宫女来？

杨广不敢怠慢，忙起身去开门把何姑姑迎了进来，萧美娘也已经站了起来，挤出一个笑来唤了一声：“姑姑。”

何姑姑在深宫中多年早就一双慧眼如炬，因此笑道：“皇后娘娘说宫里内府局缺了人手，看殿下身边的阿三不错，想让他去历练一番，因此派奴婢来向殿下讨人，不知殿下舍不舍得？”

问的是舍不舍得，可杨广知道独孤皇后派何姑姑就是不容他反对的意思，也只好赔着笑应了，立马就唤了阿三过来。阿三听说要把自己调去内府局当差吓了一跳，心里自然是不愿意，只是当着主子的面，也只能磕头谢恩。

何姑姑满意一笑：“皇后娘娘也说了，殿下身边不能没有人伺候，特拨了含章殿当差的王贺春公公过来服侍殿下。王公公也是宫里的老人了，办事是极稳妥的，殿下放心。”

“母后想得周到。”杨广笑着送何姑姑出门。萧美娘却上前一步：“姑姑留步，我有些东西想托姑姑转交给母后，请姑姑随我来一趟。”说着她也不看杨广，逃也似的拉着何姑姑就离开了书房，杨广就看着她落荒而逃。

心上像是覆了一层薄冰，凉意一点点渗透，又泛起淡淡的失落，回过身，那幅舆图还摊在地上，孤零零的，看上去有些狼狈。

萧美娘拉着何姑姑离开书房之后，脚步便慢了下来，何姑姑依旧走在她身侧，不动声色地落后半步，柔声笑道：“皇后娘娘猜到了，这才派了奴婢过来，这次是王妃受委屈了……”

萧美娘停了脚步，望向了曲廊外的那棵银杏树，正是枝繁叶茂的时候，树影婆娑，纤细的树干看上去还有几分瘦弱。她轻叹了一口气：“这银杏树长得真好，是殿下亲手栽的，因为木良媛喜欢……殿下是用了心的。其实委不委屈又有什么要紧，再委屈，这棵树也长在这里了，我还不如多看看，说不定习惯了，也就好了。”

何姑姑陪着她一起看着那棵银杏树，今年春天才种下的，难得夏天就能长得这么好，种的人一定是花了心思照顾的。

她自幼就服侍独孤皇后，看过杨坚对独孤皇后的那种情深义重，有时候反而体会不到这种因夫君变心而变得患得患失的女子的心情，所以她不知道该怎么安慰。又或者萧美娘并不需要谁来安慰，可能这样的安慰对她来说，更像是一种嘲讽。

于是何姑姑轻声道：“不管怎么说，皇后娘娘总是站在王妃您这边的，您且放宽心就是，说句大逆不道的话，这天下风云变幻，有时候也就是皇后娘娘一句话的事。”

萧美娘心里一惊，看向了何姑姑，极力掩饰着自己的惊讶，可何姑姑脸上的笑意没有一丝改变，像是她说的话其实无足轻重。可是萧美娘还是看到了，何姑姑眼里的默认，这天下的风向究竟是朝着哪里的呢？

萧美娘微微仰头，恰看到在她屋檐下筑巢的两只大燕子相伴着飞了回来，划过檐角留下优美的一道弧线，潇洒利落，倒是像极了萧美娘羡慕的那种性格。

耳边又似想起了出嫁时萧琮对她说的话，该争的不要舍，该放的就放了吧。

说到底，人还是要自己成全自己。

萧美娘的目光忽然变远，何姑姑也就不再逗留：“王妃怕是没什么东西要奴婢转交的，那奴婢先告退了。”

“姑姑慢走。”

萧美娘目送何姑姑离开，还没等自己从那种黏稠的愁绪里走出来，就看见萧岿和萧瑜一起走着往这边来了，虽然这样说可能不大好，但萧美娘的确觉得这是“冤家路窄”。

萧岿也看到了她，躲是躲不了的，萧美娘只能硬着头皮应对，等萧岿走到自己面前的时候欠身行了礼：“拜见父皇。”

萧岿原本是和萧瑜有说有笑的，看到萧美娘之后就算离得还远，萧美娘也能感觉到萧岿其实也不是很愿意看见她。只是都见了面了，又是在晋王府，也得顾及面子，萧岿还是朝她点了点头。

氛围一下子就变得有些尴尬了，没有旁人打圆场，萧美娘和萧岿根本无话可说，可一时之间也找不到什么合适的理由离开，还是萧瑜打破了安静：“美娘姐姐跪了那么久，膝盖没事吧？”

“有些疼，我回去让青梅帮我热敷一下……”萧美娘有些感激地看了一眼萧瑜，便想要告退，可谁知刚转了身青梅还没来得及上来扶她，萧岿就喊住了她：“慢着，你先跟我来。”

萧美娘心里升起了一种不耐烦，转过身堆着笑道：“父皇，儿臣膝盖疼得紧了……”

“那就一边热敷，一边说。”说着萧岿拉着萧瑜的手，不由分说地就往萧瑜的宁和堂去，萧美娘无法，只得跟上。

萧岿没把自己当外人，大摇大摆地坐在了软榻上，萧美娘便坐到了他对面，萧瑜自己拣了一张椅子坐了，等下人们上了茶，萧岿只一个眼风，青梅就自觉地退了下去。到底是梁国的人，萧岿在她眼里还是绝对的权威。

人都走光了，萧岿这才问萧美娘：“你今日是怎么回事？东宫的事谁让你插手了？出了这么个风头，脸都被你丢光了！”

一上来就是这样兴师问罪的语气，萧美娘原本就既是委屈又是生气，在萧岿面前又被这几句话勾起了从前的叛逆来：“我早已嫁给了晋王做了晋王妃，丢脸也是丢的晋王的脸，与父亲什么相干？若说丢脸，父亲在陛下面前那般谦卑恭顺，怎么就不丢脸了？”

“你！”萧岿被她气得一时说不出话来，下意识举手想要甩她一耳光，却又猛然想起萧美娘已经是晋王妃，不是他能动手打的人了，最后只能狠狠甩了袖子，“你说的是什么话！”

宽大的袖子卷起了空气发出沉闷的一声，萧美娘不禁想到，若是在从前，这耳光她是挨定了，只怕半边脸都要肿好几天。

萧瑜也被那一声吓得一颤，忙上前搂住萧岿的肩膀：“姨夫别生气，瑜儿给您揉揉肩。”

说着萧瑜偷偷拉了拉萧岿的衣裳，萧岿有萧瑜安慰，一股子气这才下去了些：“你要是有瑜儿一半懂事，我只怕还能多活几年。”

可谁知萧美娘正是在气头上头脑发热的时候，听他这些话就忍不住反驳起来：“我长这么大，你管过我几日？见过我几回？我懂不懂事你又究竟知道多少？你给我懂事孝顺你的机会了吗？现在你说这样的话，我担不起这不孝的罪名！”

萧岿瞪大了眼睛，已经是气得说不出话来了，指着萧美娘浑身发抖，萧瑜害怕得很，连忙又去拉萧美娘：“萧美娘你别说了！”

萧美娘想也没想，下意识地推开了萧瑜，萧瑜一心想劝她，没站稳便跌到了地上。萧岿见状更加生气，亲自扶起了萧瑜：“没事吧？”

“萧美娘你发什么疯？”萧瑜被她这一推也生了气，“好心当作驴肝肺，你凭什么推我？”

说着她就要上前，大有和萧美娘拼命的架势，幸亏萧岿拉着她，一面拦着萧瑜，一面对着萧美娘道：“你自己有错在先，做父亲的说你几句你反而如同市井泼妇一般，你的教养呢？”

“教养？”萧美娘强忍着眼睛里的酸涩，她站在那里，手抠着小几一角，用力到指尖发白，像是要把那桌角掰下来。

“你教过我吗？你养过我吗？你现在和我说教养不觉得可笑吗？是，我让你丢脸了，让晋王丢脸了，那你去和陛下说，给我一纸休书我立刻就走！你以为这晋王妃是我想当的吗？”

杨广听说萧岿来了，便想着要亲自作陪正往宁和堂来，谁知刚到门口就听见了萧美娘这一句“你以为这晋王妃是我想当的吗”，推门的手便顿住了。王贺春跟在他身边也不敢出声，默默退远了些，就由着晋王殿下听了这个墙脚。

“若不是只有你的八字是大吉，这样的福气也轮不到你！”

“福气？”萧美娘的声音很奇怪，像是在笑，又像是在哭，“若不是这‘福气’，我会比现在过得好，谁稀罕这福气？”

杨广不知道为什么，觉得这句话刺心得很，就像是有一根秃了的木锥子往心头狠狠扎了一下，没有扎破却依旧钻心地疼。萧美娘为什么会笃定，她能过得比现在好？

她想要的是什么，杨广才发现他其实一直都没有真正了解过萧美娘，或者说，他根本没想过要去了解她。

他的确有些自以为是，觉得能掌握萧美娘的一切，但是没有，这世上没有人能完全了解另一个人。

“不嫁给晋王，你能嫁给谁？谁敢娶你这个不祥之人？”

“他敢！”萧美娘话一出口便戛然而止，她知道自己说错了话，忙闭了嘴有些不知所措。

说来也是好笑，每次和萧岿在一起的时候，她总是控制不住自己。

萧岿也被萧美娘这一句话说得愣在那里，好半晌才道：“他？他是谁？”

萧美娘不再说话，杨广也愣在了那里，时隔这么久，他以为他快忘记的心里的那根钉子，仿佛又被人挖了出来，又狠狠扎了进去。

那首缠绵悱恻的《西洲曲》，那个萧美娘的心上人。

【七十四】心有戚戚

门蓦地被打开了，杨广还没反应过来，萧美娘已经站在了他面前，看他的眼神里也是慌乱：“你……”

“你怎么在这？”他装作一无所知的样子，往屋里看了看。萧岿也听到了屋外的动静忙赶了出来：“晋王殿下。”

杨广目光掠过了萧美娘，对萧岿笑了笑：“听说岳父大人在这里，我特意来看看。”

“劳烦晋王想着了。”萧岿笑得有些尴尬，方才他们在屋里闹得不好看，也不知道杨广听去了多少。

杨广看了一眼萧美娘，她眼睛红红的，低着头不敢让他察觉到什么异样，他也就当作不知道，声音软了些：“你回去休息吧，我晚些再去找你。”

萧美娘“嗯”了一声，只是声音很低，微不可闻，她也不管杨广有没有听到，扶着青梅转身就走。萧岿只好赔着笑：“美娘这般无礼，平日里也没少冒犯殿下吧？”

杨广胡乱应了几声，只看着萧美娘一瘸一拐的背影出神，她一手扶着青梅另一手撑着墙，走得很慢。一个单薄却又倔强的背影，瘦弱得摇摇欲坠，她可能真的是很累了吧。她不想当晋王妃，她另有一个心上人，杨广感觉就像是有一只手把他的心狠狠揪住，让他不由得开始怀疑起自己来。

萧美娘慢悠悠地回到了云逸轩，五月便从屋里迎了出来：“王妃怎么了？”

青梅对她依旧没什么好声气：“打盆热水来给王妃敷着膝盖。”

五月也不敢多和她计较，只得领命去了，萧美娘也没有力气多计较什么，只坐在软榻上，手撑着小几出神。青梅拿了几个软枕来垫在了她腰下：“王妃靠着睡会儿吧，奴婢服侍您。”

萧美娘微闭着眼，由着青梅掀起了她的衣裙，在膝盖上敷上了浸了热水的帕子：“今日跪了这么久，王妃还是好好休养几日吧，再出门也是给自己找气受。”

这丫头这般为自己着想，萧美娘有些感动，略抬了身子把她拉了起来：“帕子放着就好，你别跪着了。”

“奴婢还以为公主嫁做晋王妃之后，陛下他对公主也会好一些，谁知还是这样，也不怕人寒心！”青梅说着自己都委屈得红了眼眶，萧美娘捏了捏她的脸，挤出一个笑来：“都这么多年了，我早都不委屈了，你委屈什么？”

青梅听她这么说反而更加心疼，萧美娘忙道：“你快别哭了，妆镜左边第三个抽屉里有个小匣子，你取来给我。”

青梅擦了擦眼泪，起身取了那小匣子来，是最最普通的一个匣子，上面一应雕花皆无，一看就知道不该是萧美娘现在这样的身份会有的东西。而这里面的东西，恰恰是对萧美娘来说最珍贵的，也最不愿触碰的。

她打开匣子，取出沾了血迹的丝帕，随着年岁流转，血迹变得暗红，渐渐有些褪色，可把它握在手里的时候，就又回忆起了年少时的悸动，鲜明如昨日。

青梅就站在一边，看萧美娘对着一方丝帕怅然若失，忍不住道：“公主，您不该把这再拿出来的。”

“如果……唉”，她长叹了一口气，“罢了，没有如果了，跟他说死心的是我，真正死不了心的，也是我。”

和杨广最好的时候，她真的以为自己可以完全开始新的生活，抛弃过去的一切，成为一个新的萧美娘。可是她没有想过，如果杨广给她的这个全新的天地有一天崩塌了，她该怎么办。有很多东西都只是深埋在心底，你以为你不提就是忘了，可从来是相遇不易，相忘更难。

青梅没再说话，就看着萧美娘将那丝帕攥在手里，很用力地攥着，像是要抓住什么虚无缥缈的东西一般。

“王妃，殿下来了。”

两人都沉默不语，屋外传来了五月的声音，在回忆的氛围里有些突兀。杨广来云逸轩原本是不用通报的，如今这样，大概也是向萧美娘低头的意思。可萧美娘并不愿意见他，只看了青梅一眼，青梅会意：“王妃乏了，睡下了，殿下还是先回吧。”

她以为杨广至少会坚持一下，谁知他倒是走得很潇洒，反而让青梅有些疑惑。不过这是萧美娘意料之中的事，杨广来找她，在他心里可能是给她一个台阶下，她要是向他服个软，这事便过去了。他摆出的是高高在上的姿态，来等着萧美娘对他臣服，可偏偏萧美娘骨子里有一种叛逆，杨广越是这样，她就越是不领情。

其实她和萧岿还是有相像的地方的，比如这种固执。

萧美娘还是了解杨广的，杨广来找她的确有求和的意思，可他也是骄傲的人，一个固执一个骄傲，谁都不肯多走一步。

杨广走了，最了解萧美娘的青梅犹豫再三还是小心地开口："公主，您还是不要激怒殿下了吧。"

萧美娘只是闭了眼："乏了。"

她脸色不是很好看，青梅还想劝几句，思来想去还是选择了沉默，晋王殿下做的这些事，换谁不会寒心呢？萧美娘生来就不如意，对她好的人少之又少，当初对杨广也是真的全心交付，最后换来这样的局面，怕是要把人心都凉透了。

"公主要是乏了，去床上睡吧，奴婢帮您卸妆。"

萧美娘懒懒应了一声，由着青梅给她去了簪环，又扶着她上了床，拉上了帷幔，关上了窗子将鸟鸣拦在外头，云逸轩这才安静下来。少有的安静，也不知道能安静到几时，青梅燃了些安神香，这才出了屋子，五月就站在外面，见青梅出来还有些怯。

青梅在门前站了一会儿，总觉得有什么事还没做，却又一时想不起来。五月见状，轻声问了一句："青梅姐姐，王妃歇下了吗？"

"刚歇下。"青梅随口应道。五月手指绞在一起，显见的有些紧张："方才殿下来的时候，为什么不让他进去呢？我看殿下好像很不高兴的样子，殿下不高兴了，对王妃也没有好处的呀。"

"主子的事，奴才就别管了。"青梅这次少见的没有对她冷言冷语，只顾着想事情，"你在这里听吩咐，兰泽要走了，我去帮她收拾，警醒着点，别误了事。"

青梅说完这话就走了，眼看天色渐晚，黄昏慢慢笼罩过来，萧美娘却一点动静都没有，五月站得腿脚发麻，渐渐也有些困。倦鸟归巢，暮色总是温柔，五月轻轻倚着门，听着耳边叽叽喳喳的鸟鸣，倒也显得安逸。谁知她刚迷迷糊糊要睡着，就有一个小丫头来找她："五月姐姐，青梅姐姐说王妃有一件月牙色绣祥云的披风，让你找出来。"

五月一听是青梅的吩咐，立马就醒了，轻手轻脚进了屋，萧美娘犹自在沉睡。她看了看香炉里的安神香快没了，又添了些进去，这才打开衣柜去找那件披风。萧美娘早就吩咐这披风要让兰泽带去江南，因此青梅已经收拾出来了，很好找，五月将披风拿了出来正要出门，却瞥见了软榻上的小几上有一方丝帕。

鬼使神差地，她走过去拾起了那丝帕，也不知是谁用血写的一首《燕燕》，五月幼时跟在独孤皇后身边耳濡目染，看得出来这是个男人的字迹，而且绝不是晋王的。

燕燕于飞，字字泣血，这是谁在感叹瞻望弗及，求而不得？

就这么放在这里，萧美娘一定是不久前才拿出来一番怀思……五月知道自己发现了一个惊天的秘密，吓得退后一步，不小心踢翻了脚踏。这一声在安静的屋里显得很突兀，萧美娘似乎翻了一个身轻哼了一声，隐隐像要醒过来，五月手忙脚乱地把丝帕放回

原地，侍立到床前轻声问道：“王妃醒了？”

“嗯……”萧美娘声音还不大清醒，哑哑的，“什么时辰了？”

“该掌灯了。”萧美娘没什么动静，五月又问了一句，“王妃要用晚膳吗？”

“躺了一下午竟不觉得饿，免了吧。”

里面传来了一阵窸窣声，萧美娘掀开了帘子：“打盆热水来，我洗个脸。”

五月应声去了，将披风交给了在外面等着的小宫女，自去打热水，萧美娘将床帏挂了起来，伸了个懒腰，这才觉得浑身松动了许多。翻身下床，穿上鞋子就披了一件外衣起身走到了软榻旁，丝帕倒还在，只是睡之前那怀愁绪散了些。怪不得总有人说心情不好的时候就睡一觉，醒来自会雨过天晴，原先她还不信，如今看来也不是没有道理。

过去的事终究是过去了，前面的路再难，她也早没有了回头的余地，与其感怀当初，不如想想下面要怎么走。

她自己将丝帕收起来放好，回身时却发现洛黛不知何时站在她身后，把她吓了一跳：“洛黛？”

“王妃……”

洛黛面有难色，神情还有些恍惚，失魂落魄的样子让萧美娘看得心一紧：“怎么了？”

“奴婢……”洛黛咬着嘴唇似是下定决心，忽地跪在了地上，“王妃开恩放奴婢回乡吧，求王妃开恩。”说着连磕了三个头，额头在地上撞出沉闷的声响，萧美娘从未见过这样的阵势，忙把她拉了起来：“有话好好说，你这是什么意思？”

洛黛再抬起头来的时候已经是一脸泪水，呜呜咽咽的话也说不清，萧美娘也只能干着急：“到底出什么事了？”

洛黛过了好一会儿才勉强平复下来：“奴婢做了错事，奴婢犯了死罪，今日重华宫大火，奴婢也是帮凶。”

萧美娘被惊得呆愣在那里：“你说什么？！”

她回身关了门，坐到了软榻上，洛黛这才一五一十地交代了事情的来龙去脉。

成璧出事那一晚，洛黛就知道这和萧美娘脱不了关系，萧美娘一直暗中护着成璧，她就猜到萧美娘心里是忌惮着云容裳的。她是元芝灵陪嫁的丫鬟，自然对云容裳恨之入骨，当晚就推萧美娘入水，借这机会算计了云容裳。

可谁也不知为什么木卿卿居然知道了这件事，找上了她，说她能让云容裳万劫不复。她太过惊愕，一时反应不及，回过神来已经入了木卿卿的圈套。木卿卿说了云容裳有个私生子的事，就想从这私生子上做文章，策划了这场重华宫大火，这一来云容裳欺君之罪落实，若能烧死杨俨，那也算是为了元芝灵，一命抵一命。

“奴婢也是糊涂了，一心想为太子妃报仇，就应了她……”洛黛哭得厉害，几句话说得断断续续，萧美娘则惊讶得连话都说不出，好半天才问道：“那火油是哪里来的？”

洛黛摇摇头：“奴婢不知道，木良媛她神通广大，奴婢觉得她真的好厉害，她从外面弄来了火油，还打听到了云定兴大人要在梁帝的接风宴上表演，奴婢都不知道她到底是哪里来的消息，最后奴婢害怕了，可也无法脱身，只能硬着头皮干下去，帮她买通了一个宫女，在重华宫偏殿点了火……”

“她昨日进了宫是不是？”

“是……她进宫是为了提早将火油藏好，为了能烧得更快，她几乎在每个角落都撒上了火油。”

“她为什么不自己收买宫女，要靠着你去？”

“重华宫是举办国宴的地方，宫女和太监都是层层选出来的，以木良媛的身份，他们不可能听她的。但是奴婢服侍过太子妃，虽然太子妃不得宠，可是有皇后娘娘庇佑，奴婢在他们面前，还是有几分薄面的。”

原来是这样……洛黛这番话倒是解开了她几个疑惑，她正思索着要把这些事串起来，洛黛又哭了起来：“奴婢没想到事情会闹这么大，没想到会烧死这么多人，奴婢真的好害怕，王妃，您救救奴婢吧，看在太子妃的面子上您救救奴婢！”

“你没想到？好一个没想到！火一旦烧起来岂是人能控制的？今日烧死了几个人，若你真的烧死了皇长孙呢？若是火蔓延到整个大兴宫呢？你一句没想到就要脱罪，洛黛，你好大的胆子！”

洛黛越听越是颤抖，哭得泣不成声，身子也瘫软了下去，一双袖子几乎被眼泪浸湿了。萧美娘没有同情她的意思：“我没法救你，原不原谅你也不该是我说了算，你去问问那些枉死的宫人的家人，问问他们肯不肯原谅你。”

说着萧美娘就起身，并不打算再和她多纠缠：“明日随我去见皇后，该认罪认罪，该领罚领罚。”

她的话不留情面，洛黛更加害怕，几乎是在萧美娘经过她身边的那一瞬间她就扑上去攥住了萧美娘的衣裳：“王妃，你别忘了，你有把柄，你和云昭训的把柄，你敢把奴婢送到皇后面前，就别怪奴婢玉石俱焚。”

萧美娘脚步一顿，低头看向了洛黛，她眼神透着一股狠劲儿，不是在说笑的。那种眼神不仅狠，而且毒，单纯的凶狠只会让人害怕，而这种狠中带毒的眼神却让人战栗，明明白白地告诉你，她真的做得出来。

光脚的不怕穿鞋的，就是这个道理。

可萧美娘也不是轻易受人胁迫的人，语气也瞬间冷了下来：“你威胁我？”

“奴婢不敢……奴婢只想回乡，王妃放奴婢回乡，奴婢就把这些事烂在肚子里。”洛黛露出些哀求来，“王妃，求你了。”

独孤皇后说这次的事过去了，就算把洛黛带到她面前，恐怕也不会再掀起什么风浪，而元芝灵的事，是绝不能让独孤皇后知道的。孰轻孰重，萧美娘分得很清楚，可就这样被一个丫鬟威胁了，怎么看都有些不像话。

因此萧美娘还是冷着脸，也不让洛黛起身：“你说的话半真半假，又无凭证，我凭什么相信你呢？”

洛黛身子一抖，拉着她衣裳的手也松了些，她眼神飘忽了些，像是想到了什么，忽地拉住了萧美娘的手：“有，王妃，我想起来了！”

火油是木卿卿从外面带进来的，她装在了一个竹筒里，那个竹筒上有一种很奇怪的花纹。

“也不是花纹，是被人刻上去的，像是一个记号……”

“记号？”难不成木卿卿也和外人有联系不成？萧美娘上了心，“什么样的记号？”

“奴婢说不出来，像是一只鹰。”

【七十五】突厥暗间

鹰……

鹰这种动物凶猛无比，中原比较少见，大多来自边塞，有的部落会把苍鹰作为守护神，木卿卿是突厥人，她的东西上刻一只鹰也不是什么大不了的。可是，那竹筒是她从外面带进来的，那么她见过突厥人？

自从突厥归降后，两国往来亲密，大兴城里有突厥人不稀奇，但是突厥人为什么会有火油这样危险的东西，并且居然敢交给木卿卿呢？木卿卿原本就带了疑团的身份似乎渐渐明朗，细想却又更加扑朔迷离。

木卿卿是突厥细作？

可能吗？

萧美娘冒出这个想法的时候都被自己吓了一跳，如果是，那她接近杨广的目的，她所做的一切，绝不仅仅是针对她一个晋王妃，她，或者说他们，一定有更大的计划。

萧美娘觉得自己在发抖，她甚至不敢多想，仿佛只要多想一点点，就会牵扯出一个她无法承受的真相。

“好，你收拾东西去吧，我会帮你向皇后解释的。”

萧美娘声音很平淡，看向洛黛的眼神却又有一丝怜悯，洛黛没有在意，她欢欢喜喜地谢了恩就离开了，萧美娘则慢慢坐到了床上，倚着床柱想了许多。

想木卿卿异于常人的心机，想她缜密的计划和玩弄人心的手段，她绝不会是一个普通人。

木卿卿收买了杨广身边的人，挑拨自己和杨广的关系，也惹得独孤皇后不快。又引起了这一场大火，把东宫闹了个天翻地覆，更栽赃于她，使得她和杨广几乎反目。如果不是她发现了木双卿装火油的包袱，杨广和杨勇之间势必也要生事端，如果那天火没有及时被扑灭烧了大兴宫，或者烧伤了萧岿，那对于整个大隋来说，都将是一次动荡。

她有能力拿到火油这样的东西，而且很明显，有人在调查许多事情，只要是她想知道的消息，都有人告诉她。这样下去岂不是太危险了？

突厥已经归降，可难保他们还有反心，木卿卿就像是他们身边的一只狼，她身后埋伏着的，是一整个狼群，只要他们有一点点大意，都会让人趁虚而入。

想到这一点，萧美娘打了一个激灵，杨广！

如果木卿卿真的这样危险的话，首当其冲的就是杨广！

她觉得自己有些坐不住了："青梅！五月！"

"王妃？"青梅还在兰泽那里，五月匆匆跑了进来，"王妃有什么吩咐？"

"打水来。"

"热水已经打来了，只是方才洛黛姑娘在，所以……"

"冷水。"

"什么？"五月蒙了。

萧美娘眼角眉梢像是覆了寒霜一样没有一丝温度，整张脸看上去冷得可怕，五月有些害怕，缩了脖子轻声问："王妃是要做

什么？”

“照做。”

干干净净的两个字，冷硬而没有给人拒绝的余地，五月被这两个字吓得不敢再说话，只得照办，给萧美娘准备了一大盆冷水。鎏金雕牡丹花的浴盆里的水就算在明晃晃的烛光下也没有一丝热气，五月站在一边，这水是从井里现提上来的，虽然已经入了夏，可井水还是冷得刺骨，她根本不敢想萧美娘要是泡进去会是怎样的感觉。

“王妃，这水太冷了……”

萧美娘只是沉默着解开外衣，只穿了一件里衣就踏入盆中，那一瞬间，她真的差点跳起来。水像是带了刀，扎着她每一寸肌肤，紧紧地围着她让人几乎要窒息，又似有千斤重，萧美娘在水里连动一下都觉得很累。

她闭了眼，咬着牙忍着，在水里抖得筛糠一般，却一声不吭。五月站在一边候着，心都揪了起来，生怕有个万一她难辞其咎，她看着萧美娘强忍着的模样，几乎要哭出来了。

可萧美娘对自己是真的狠，渐渐地，她都觉得自己身体已经麻木了，就连颤抖都已经感觉不到，她睁开眼，眼前的场景有些模糊，只是心脏的位置疼得厉害。说不出是怎样的疼，那疼痛也像是水一样，明明白白地存在着，却又抓不住。

她狠了狠心，干脆将头也埋进了水中。

“王妃！”

五月再也忍不住了，忙把她拉了起来：“快找太医来！”

“不许找！”萧美娘每一个字都像是从牙缝里挤出来的，“扶我……去床上，不许……惊动人。”

她牙齿打着颤，由五月扶着躺了下来，五月抹着眼泪：“王妃不要热水，好歹把身子擦干啊。”

萧美娘只是摇头：“不行！”说着她转头看向了五月，朝她伸了伸手，很小的动作，萧美娘觉得自己的身体特别重，只是这样的小动作都很吃力。可五月细心，忙跪着上前，拉住了萧美娘的手：“王妃……”

“五月，你告诉我，你是不是皇后的人？”

五月先是一惊，可想到之前萧美娘话里话外也都提点过她了，便也不隐瞒，点了点头。

“我相信母后是不会害我的，所以，我可以相信你吗？”

“我……”五月像是有些犹豫，“奴婢……奴婢不知道。”

“不知道，哪有这样的回答……”萧美娘牵了牵嘴角，也没再逼她，只是看进了她的眼睛，“那如果我问你，皇后让你做什么，你也不会告诉我，是吗？”

五月依旧是迟疑了很久，然后点了点头，转而忙道：“但是王妃说得对，皇后娘娘不会害您的！”

不会害她，那目标也就不是她了……

果然，独孤皇后想要盯着的人，是杨广吗？

五月对杨广一往情深，萧美娘看得出来，一个人的喜欢是藏不住的，所以她相信，独孤皇后通过五月得不到对杨广不利的消息。可之前五月明知道独孤皇后不喜欢下面的皇子纳妾，却还和她说了木卿卿的不是，也看得出来五月她有自己的私心。

一个人暗间有了自己的私心，那事情就会容易许多。

“虽然你不知道，但是我会相信你，五月，这次的事不要告诉皇后好吗？”

“为什么？”

“告诉皇后的话，她会生殿下的气，因为木良媛，她已经对殿下很不满了，你这么聪明，该知道皇后对殿下有多重要，不是吗？”

五月点了点头，萧美娘便握住了她的手，虽然手上没什么力气，却依旧郑重：“谢谢你。”

那一瞬间，五月差一点就要哭出声音来了。

她第一次见到萧美娘的时候，就特别喜欢这个女子，温柔得像水一样，美丽聪慧，知书达理，她自幼父母双亡，哥哥为了生计四处奔波，除了独孤皇后，也只有萧美娘会对她温柔地笑着。

她的确喜欢晋王殿下，非常非常喜欢，可就算是这样，对这个晋王殿下的王妃，她也半点都不讨厌。可能是因为太喜欢，萧美娘渐渐对她生出了嫌隙，她也失望过，在萧瑜拉拢她的时候，她也动摇过。

可她到底还是从心底仰慕着萧美娘，就像是有两个人在拉扯着她，她左右摇摆，游移不定。

直到萧美娘刚才的一句“谢谢你”，简单，又珍重。

青梅就在这个时候进了屋，看到此情此景吓了一跳。“出什么事了？王妃怎么了？”她看到五月跪在床头哭，还以为又是她冒犯了萧美娘，上来就要把她拉走，“王妃这样你怎么不去喊太医？你要看着王妃死了才满意吗？”

“青梅！”萧美娘呵止了她，“你不许看着五月好欺负你就无法无天。”

她声音虚弱气势却不减，青梅低了头：“奴婢知错……可王妃究竟是怎么了？”

“我没事。”萧美娘示意她附耳过来，在她耳边交代了几句话，“这事一定要办好，快去吧。”

青梅点了头便离开了，萧美娘这才放了心，困倦便又席卷而来，只是和疲乏不同，这一次的困倦很沉重，像是一个旋涡要把她卷入昏迷之中。在失去意识之前，她只吩咐了五月一句话：“不到万不得已，不许告诉殿下。”

【七十六】乍暖还寒

昏昏沉沉，迷迷糊糊，萧美娘再强撑着醒过来的时候，已经过去了整整七天。

杨广在她面前，看到她醒来居然差点喜极而泣：“太医！太医！”

蔡成安忙上前来把脉：“恭喜殿下，王妃无碍了。”

“谢天谢地。”杨广看着萧美娘，把她的手紧紧握住，“你知不知道你吓死我了，我差点以为……我差点以为老天要惩罚我，要把你带走了。”

“怎么了？”萧美娘一开口，嗓子却嘶哑得厉害，青梅忙倒了水过来，杨广接过茶盏，亲自抱起了萧美娘把水喂给她。

萧美娘喉咙火烧似的干得厉害，一杯水下去才勉强能说话：“我怎么了？”

“你生了病，好厉害的风寒！”

“只是风寒，瞧你担心得这样……”萧美娘抿嘴一笑，安心靠在了杨广怀里，“真好，醒来就能看见你。”

杨广抱着她，只一个眼神，众人就会意，全部退下了，他这才流下泪来：“我真的好害怕，蔡成安说你可能挺不过去的时候，我才知道我有多害怕失去你！”

那眼泪滚烫，滴落在萧美娘的脸上，萧美娘也不伸手拂去，只轻声道：“那你多陪陪我，只陪我一个人，好吗？阿广，我真的是个小气的人，至少，至少在我好起来之前，你只陪我……”

“好。”杨广满口答应，“这次我绝对不骗你，我只陪你。”

萧美娘转了身抱住了他，窝在他怀里像是个撒娇的小姑娘：“好难受，你陪我躺一会儿。”

杨广现在对她百依百顺，经历了一场生死，他已经在这整整七天里被失去的恐惧折磨了个遍，再想不起先前的不快。他只想好好保护萧美娘，抱在怀里，任何人都不能把她夺走。

可能也就是那时候，杨广才真正意识到萧美娘对他来说意味着什么。

别的女人如同木卿卿，他不喜欢别人说她的不是，可到底还存了三分理智，可要是有人胆敢夺走萧美娘，神挡杀神，佛挡杀佛。萧美娘大概就是他的理智，任何会让萧美娘离开的人或事，他都不会原谅，即便是萧美娘她自己也不行。

所有的都忘了，杨广只记得萧美娘过去有过的心上人，可能是因为在他眼里，这就是可以和死亡相提并论的，夺走萧美娘的事。

他抱着萧美娘的手紧了紧，心里的承诺也更笃定一分。

这之后很长一段时间，萧美娘都缠绵病榻，为了让杨广离木卿卿远一点，她经常趁杨广不注意把药倒掉，或是再偷偷想办法让病情更加重一些。蔡成安自然也很不解，幸而有五月代为周旋，青梅看她这么折腾自己，经常心疼得掉眼泪，可萧美娘知道，在抓到木卿卿意图谋反的证据之前，她只能用这样的办法让杨广尽量远离危险。

伤敌一千，自损八百，萧美娘以前想不明白为什么会有人用这样的办法取胜，现在她懂了。

当一个人面对绝境的时候，是没有多余的理智去思考的，除了生死，都是多余的闲事。

转眼已经到了开皇五年，木卿卿大概是因为失去了阿三的掩护，又或者因为这些日子杨广冷落了她，没掀起什么大风浪，而萧美娘也终于在过了生辰之后的春天，渐渐好了起来。

装病不能装一世，守得差不多了，就该攻了，木卿卿气焰已经下去了一半，在这样的时候去抓她的把柄会容易许多。

今年春日来得迟，差不多到了四月，天气才一日日暖和起来，杨广也才允许萧美娘下床走动。

要说这装病真不是个好事，最后累的还是自己，萧美娘在那之后第一次离开屋子，暖暖的阳光，熏熏的南风，还有空气里甜丝丝的花香，清新自然的生命力总是能让人心情愉悦。萧美娘行走在春色里，脚步轻盈，像极了那第一次跟着大人出门的小孩子，居然看什么都新鲜，青梅和五月跟在她后面，只笑着也不上前扰了她的兴致。

兰泽去了江南宇文成都那儿，萧美娘生病这段日子身边便只有青梅和五月两个人，也是她有意调和，两个人之间的关系好了

许多。

“这杏花开得真不错，要是能在这里扎个秋千就好了。”

“还扎秋千呢，王妃真是好了伤疤忘了疼。”五月不由得出声抱怨，萧美娘也才想起之前的事来。

不过一年多的光阴，都好像过了很久了，当时的人现在也都有了各自的境遇，云容裳在那次重华宫大火之后，大概也是对杨勇有些失望，便安安心心地抚养两个孩子，时不时再去独孤皇后那里看看杨俨。杨勇对云容裳的冷落倒是很无所谓的样子，东宫的美人越来越多，听说高温玉又怀了孩子。

成璧还是那样胆小，虽然也生了一个孩子，可她身份低微，东宫里的人也不大看重她，连带她的孩子也受了冷落。不过这样也好，她那样的性子越是出众才越危险，不如这样安安稳稳的，说不定反而有后福。

说起来，这人生真是变幻无常，谁也不知道它在哪里就会拐个弯，然后把自己推向相反的方向。

可能是好事，也可能是坏事，可不管怎样，人生中有未知总是好的，未知会给你功败垂成的绝望，也一样会给你绝处逢生的希望。

然而，当她看到沉着脸的杨广的时候他也不得不承认，如果这弯是往万丈深渊拐的话，她宁可能早些知道。

“你说什么？我父皇病危了？！”

萧美娘几乎叫起来：“怎么可能？！”

萧岿上次来的时候还差点和她打起来呢，怎么好端端的就病危了？杨广握住了她的手：“是真的，今早刚到的急报，是你皇兄写的。”

“那……”

萧美娘是真的反应不过来，她的确恨萧岿，入骨地恨，可知道他要死了，心里居然也有些难过。

杨广把她的手握得更紧：“父皇让我带着你回一趟梁国，梁帝若是有个万一，大隋总要派人去奔丧的，我这个梁国的驸马自然最合适。”

“回……梁国？江陵？”

萧美娘有些难以置信，杨广看她惊讶的样子，居然没忍住笑了起来，揉了揉她的脑袋：“不然这天下，还有第二个梁国吗？你可以回家了。”

“回家……”这个词对萧美娘来说仿佛是陌生的，她放在嘴里咀嚼了好几遍，才渐渐反应过来这背后的意义，然而连她自己都不相信的是，她其实并没有多开心。

在江陵，她哪里有家呢？

皇宫或是张府，从来都不曾真心接纳过她，她于梁国，其实只是一个过客。

杨广看她似是心有郁郁，便拉着她的手把她揽进怀里：“别太担心，萧琮说你父皇神志尚清，应该能等到我们。”

“父皇神志尚清恐怕想见的也不是我吧。”萧美娘自嘲地笑笑，“瑜儿要是知道了，肯定要大闹一场。”

那天萧美娘直接病到昏迷，醒来之后杨广也不许她见人，生怕有个万一，因此直到萧岿回去的时候萧美娘都没有再见他。听

说杨坚亲自送萧岿送到了城外，不仅让他位分在诸王公之上，更赏赐了无数绢帛，甚至许下了要为他兵临长江的承诺，送他回兰陵故里。

这样的恩遇大概已经是旷古绝今了，说起来也好笑，萧岿恐怕怎么也想不到，当年那个他想要杀死的婴儿有一天会给他带来这样的荣耀吧。

春光当真是烂漫，花儿开到四月就是鼎盛了，再是鲜花着锦的繁华，也该要落幕了。

萧美娘知道，梁国虽然背靠大隋这棵树，可依旧只是在夹缝中求生存的弹丸之国，萧岿在，旁人忌惮杨坚，还会多几分礼遇，萧岿不在了，萧琮能力再出众，又怎么斗得过那群早就蠢蠢欲动的饿狼？杨坚想要统一全国，他日南下灭陈之后，必然也不会让梁国再存于世，现在的和平一是为了她萧美娘晋王妃的身份，二是南征时需要梁国相助。

这样乱的时局，萧琮仓促即位，将要面对的是内忧外患，最好的选择是自废帝号，俯首称臣，这样或许才能留给萧氏皇族富贵安平。可是这背后，他要背负的，必然是不战而降、庸懦无为的骂名，还要赌上身为一个太子、一个帝王的尊严。

西梁王朝的命数将尽，在这烂漫春光里，萧美娘几乎听见了一个王朝末代的哀钟。

【七十七】衣锦还乡

五月，杨广带着萧美娘回到了江陵，彼时萧岿已经奄奄一息，杨广一到就立马去了萧岿的寝殿，张皇后早已哭成了泪人，萧琮

也守在一边，脸色阴沉得可怕。

“晋王殿下……”萧岿已经骨瘦如柴，不过一年时间，居然瘦成了这样，萧美娘都觉得有些心酸。他颤巍巍地朝杨广伸出了手，杨广忙上前：“陛下。”

“我有一柄随身佩带的金装剑，请殿下代我转交给陛下……就说臣福薄，不能辅佐陛下一统江山，奉上宝剑以表臣心，犬子琮虽愚笨，亦能为陛下鞍前马后，死而后已，此乃臣遗志也。”

萧琮沉默着将剑奉到了杨广面前，昔日那意气风发的少年如今眼底尽是血丝，眼窝深陷，脸色苍白，他看着杨广，眼神里有一种难以描述的痛楚。杨广看着自己的至交好友憔悴至此，也不由得红了眼眶，接过了他手中的宝剑：“请陛下放心，请太子殿下……安心。”

萧琮听懂了他言语里的安慰之意，也只是扯了扯嘴角，他是想让杨广不用担心，却比哭还难看。

病榻上的萧岿听到杨广的承诺之后整个人都像是放下心来，精神倒好了些，脸色也红润了许多，他望了望站在杨广身后的萧美娘，动了动嘴唇。萧美娘以为萧岿有话要对她说，心里居然有一些紧张，也有一些期待，甚至暗暗上前了一步，就等着萧岿唤她的名字。人之将死，其言也善，萧岿这一生都没有对她说过一句好话，萧美娘以为她一辈子都不会听到了。

可萧岿只是问了一句：“瑜儿呢？”

除了萧美娘自己，没有人知道当时的她是怎样的心情，就像是艳阳高照的时候，突然下了一场暴雨，风雨席卷过后，只留下一地狼藉。

她没有回答，只是盯着萧岿，眼神居然有些怨毒。怨毒的眼神，萧岿看过不少，却没想到有一天会在死前，在自己亲生女儿眼里看到，他知道萧美娘恨了他一辈子，只是都恨了这么久了，也无所谓她继续恨下去，对萧美娘来说，单纯的恨意，说不定能让她更加轻松。

“姨父！”

殿外传来了萧瑜的声音，她疯了似的跑到了萧岿身边，扑通一声跪下：“姨父，瑜儿来看你了……”

“好丫头……”萧岿看到萧瑜之后，才算是真正的释怀，露出一个笑容来，脸上泛出红光，他想要伸手去擦萧瑜的眼泪，却在半空中垂落。

“姨父！”

萧瑜撕心裂肺痛呼一声，一直侍立在身边的太医忙上前探了探萧岿的手腕，继而端端正正地朝着萧岿磕了一个头：“陛下驾崩！”

大殿里人跪了一地，传来了惊天动地的哭声，萧美娘几乎是下意识地跪到了地上，她有些蒙，却没有哭。张皇后几乎要哭死过去，萧美娘只能跪着上前扶住了她：“母后节哀。”

张皇后泪眼婆娑地看了她一眼，转而哭得更厉害，扑进了萧美娘怀里，萧美娘安抚着她，转头看向了萧琮。萧琮跪在最前面，神情几乎有些麻木，他眼眶是红的，却没有眼泪。

萧岿的贴身太监宣读了萧岿的遗诏——皇太子琮，嘉德敏行，仁而爱人，博学有文义，兼善弓马，人品贵重，能继大统，着继朕登基，即皇帝位。

“儿臣遵旨。”

萧琮从公公手里接过了圣旨，站了起来，那公公忙朝着萧琮跪下：“吾皇万岁。”

“吾皇万岁”之声响彻宫殿，也会响彻整个西梁，整个天下，象征无上的尊荣和权势，却也那么不堪一击。

萧岿的遗诏很短，却只是夸赞了萧琮的人品德行，没有一个字提到他的治世之才，萧岿为了不让杨坚对萧琮生疑，也算是煞费苦心。只是这样的遗诏对萧琮来说，未免有些寒酸了，萧美娘在人群中偷偷抬头仰望她的太子哥哥……以后就是皇兄了，那样地单薄无助，那样地孤若无依，他手里握着圣旨和传国玉玺，看上去却有些可怜。

隋开皇五年，梁天保二十三年的五月，萧岿病逝，终年四十四岁，谥孝明皇帝，葬于显陵，庙号世宗。

皇太子萧琮奉遗诏登基即位，改年号为广运，主持国丧事宜。

杨广既是大隋的使者，也是萧岿的女婿，自然帮扶着萧琮，萧美娘是出嫁女，相对就轻松了许多，过了头七之后就几乎只在寝殿里待着，或者去陪着张皇后。她在宫里原本是没有住处的，张府自然也不能去，住在驿站又诸多不便，现在的庆和殿还是萧琮匆匆派人收拾出来给杨广和萧美娘暂住的。

多讽刺啊，她堂堂梁国公主，要在皇宫里有一个自己的寝殿，居然是因为自己父亲的丧礼。

张皇后已经是太后了，看上去老了许多，鬓角花白，看到萧美娘且喜且悲，说不了三句话就抹眼泪，萧美娘也只能耐着性子宽慰她。

萧瑜还是住在皇后宫，因此每次萧美娘来的时候，她几乎也在张太后面前侍奉，张太后看着她们俩客客气气的样子，也算是欣慰。

“当初我还总是害怕你们俩要争个高下，如今看你们姐妹和睦，我也就放心了。”

萧美娘亲手帮她削苹果，因此并不说话，谁知萧瑜反而道：“从前是我不懂事，如今不会了。”

“那就好……”张太后拉着萧瑜的手，接过了萧美娘递来的苹果也不就吃，颇为忧心地问道，“我听说晋王殿下身边有一个良媛，很得宠的样子？她品貌如何？比起你们来如何？有没有欺负你们？”

“她就是个没规矩的野丫头！”萧瑜一提起木卿卿自然没好气，“我真不知道晋王是看中了她哪一点！”

“瑜儿！”萧美娘呵止了她，“虽是在母后这里也要谨言慎行。”说着她看向了张太后，“木双卿也跟过来了，母后若是好奇，不如亲自见见她。”

张太后听萧瑜一句话就大概猜到了木双卿的性情，摇了摇头：“我和她非亲非故的，见什么呢？”

“论礼数，她是该来拜见母后的，只是她在这些礼仪上实在生疏，殿下怕母后笑话。”

张太后听说只是笑笑，敛去笑意之后便是一声长叹，这些你争我斗的事她看得太多了，都厌烦了。如今她是一人之下的皇太后，已然是一个胜者，再看自己的女儿又在和别人斗，心里也只觉得累，替萧美娘累，也替自己累。

“好在晋王是很喜欢你的，你日子也不会太难过。”张太后笑了笑，“当年送你去大兴的时候，我还以为这辈子都见不到你了，没想到我的美娘还能回来看看我，还有了一个这样疼爱她的夫君。”

萧美娘没说什么，如人饮水冷暖自知，这晋王妃究竟是个什么滋味，她也不想跟谁提。

这次杨广来奔丧，原本是不带木卿卿的，可这样一来晋王府就剩下她一个人，萧美娘害怕她会趁机搞鬼，干脆让杨广把她也带上。反正江陵是萧美娘的娘家，木卿卿翻不起什么浪来，这几日也就只待在庆和殿里，据说有些水土不服，连门都少出。

这一来杨广自然心疼她，这几日晚上都陪在她身边，可木卿卿也不见好，弄得青梅都抱怨说她就是故作姿态，矫情地不肯放杨广离开罢了。

张太后看萧美娘神情恍惚若有所思，便找了借口屏退了萧瑜，轻唤了一声：“美娘。”

萧美娘只是出神，张太后又唤了两声她才听见。

“母后什么事？”

张太后也像是有些难以启齿，半晌才道：“你回来之后，可去拜访过你舅父？”

“去过了。”

张轲虽然贫穷，但是一向对她还不错，陈氏是刻薄了些，说起来也不是特别坏，到底是把她抚养长大的人，不管以前有多怨恨，还是该知恩图报。她和杨广一起回过一次张府，送去了不少银两绢帛，陈氏看到她吓得直磕头，大概她也是万万没想到萧美娘有一天会成为晋王妃，并且化干戈为玉帛，再不提过往的事。

“母后问这做什么？”

“没什么，只是想起来你舅父可怜，一生没有个自己的孩子，好在……宝成如今也出息了，跟在你皇兄身边挣个前程，听说是很能干的。”

张太后像是随口一提，萧美娘却知道她的意思，笑意从容不生波澜：“我知道，只是这次回张府没见到宝成哥哥，想来是跟在皇兄身边的。”

张太后被她这个笑容弄得心里有些不是味道：“你舅父年纪大了，想要抱个孙子，可是宝成总也不肯成亲，我给他说了好几家姑娘，他都不要。”

话说到这份儿上了，萧美娘也没办法再装作事不关己，可是看着张太后眼里那种无奈，却又不知道该说些什么，只能低了头，等着张太后自己往下说。张太后看萧美娘不置一词，心里也知道萧美娘既然已经嫁了人就不该再管这些事，可张宝成实在是固执，解铃还须系铃人，她没办法不提。

“我知道你肯定不愿意母后再说这些话，可是你和宝成……”

“母后，心在他那儿，我管不到的。”萧美娘眼神有些闪躲，“他要是不想娶，我还能绑了他逼他拜天地吗？”

“话是这么说，可症结在你这儿。”张皇后轻叹一口气，“他是个死脑筋，有时候看他那样我都会想，是不是我错了。”

萧美娘疑惑地抬头看张太后，张太后神色很温柔，却另有一种怅惘：“我当日一心想要你能飞黄腾达，为自己争个出路，可看着宝成我就忍不住想，如果当时我没有向你父皇提起你，你和宝成是不是另有一番结局。”

萧美娘没想到除了她和张宝成，还有人会想着这样的“如果”，居然一时有些说不出话来。张太后像是沉浸在了自己的“如果”里，萧美娘已经无数次告诉自己，不要去想如果当时，可看着张太后脸上那让她熟悉的神情，却忍不住问道：“母后曾说人要自己成全自己，如今为何还要去想‘如果’呢？”

张太后愣了愣，笑着摇摇头：“是啊，我上了年纪，反不如你看得透彻，如果之所以让人念念不忘，就是因为它是如果，得不到的总是让人放不下。就像是下等茶叶反复冲泡的茶水，色泽暗黑，苦涩不已，越是冲泡越是难以下咽，人越是念着如果，日子就会越难过。”

这个道理，张宝成一定是懂的，而且懂得刻骨，可就算是这样，他宁愿一杯杯喝着苦茶却也不愿意放弃的执念，究竟是为了什么？

看萧美娘面露疑色，张太后也是一声叹息：“那孩子，真不知他在想些什么。”

萧美娘没再说话，端起自己面前的茶盏，茶水已经有些凉了，泛着些苦味在舌尖上，以前不喜这苦茶，现在品来却也是一番滋味。萧琮就在这时进来请安：“母后。”

“皇帝坐吧。”

萧美娘忙起身让萧琮坐，萧琮摆了摆手：“美娘别动了。”说着自己找了张椅子坐了下来，又道：“晋王方才已经回庆和殿了，你也早些回去吧。”

“也好……”

萧美娘起身向张太后请辞，再看向萧琮的时候正对上他的眼神，他给她使了个眼色，意思是让她略等一等。萧美娘不知这是

何意，只是不动声色地离开，站在殿外的曲廊里等着萧琮。

天色已经不早了，眼看也要掌灯了，杨广若是回到了庆和殿，多半也是在陪着木卿卿，她何必去讨人嫌？

也不知道是不是错觉，站在江陵的黄昏里，总觉得那归巢的燕子都是似曾相识。燕子去了也还有再回来的日子，人要是散了，可就真的散了，就算是一样的地方，一样的景色，也已经完全不一样了。

她看到张宝成的时候，恰有一只燕子从他身后飞过吸引了她的注意力，当她把目光放到张宝成身上的时候，她看到的是一张在黄昏暮色下显得有些肃穆的沉静脸庞。

难道这是萧琮让她留下的原因？

他究竟在想些什么！

难道他还以为她和张宝成之间能有什么改变吗？这样让两个人也只是徒生是非，徒添烦恼罢了！

张宝成看萧美娘面露不悦，下意识地回头看了看，身后空无一人，他才确定了萧美娘是因为看见他才不高兴的。

为什么呢？这些日子他一直跟着萧琮忙得脚不沾地，像是一个陀螺，虽然知道她回来了，却连想她的时间和心思都没有，谁想今日能在这里不期而遇。虽然两个人之间身份尴尬，他知道萧美娘不会对他有多亲近，却没想到她再见到他的时候，会是这样地厌烦。

“我……”

“宝成，你怎么来了？”

张宝成话没说完，萧琮的声音就传了过来：“吩咐你的事情都办妥当了？”他快步走到萧美娘身前，拉着张宝成不知道说了些什么。

萧美娘没那个心思去听，原来张宝成只是偶然出现在这里，是她想太多了。那他刚刚露出的那种惊讶和失落……是因为她当时表现出的不耐烦吧？萧美娘想要解释，却又觉得仿佛没有那个必要，她和张宝成因果既定，说得越多，错得越多，不如就沉默，当作什么都没发生过，至少两个人看起来都还能有些体面。

她在这里心思百转，萧琮则拉了她一把：“跟我过来，你上次让我去查的事情，有眉目了。”

萧美娘风寒昏迷之前吩咐青梅给萧琮写了信，只是一直没有回音，她还以为是因为事情太难办，也就没再在意，谁知萧琮会现在提起。

“事关重大，我也不敢随意写进信里，能当面告诉你是最好的了。”说着萧琮就看了一眼张宝成，转而对萧美娘道，“跟我过来。”

【七十八】长醉不醒

萧美娘没想太多就跟着萧琮往御花园里去，天色渐晚，御花园里几乎没有人，萧琮领着她去了御湖边假山上的一处亭子里，那里点了灯，别人能看见他们，却不会听见他们说话。萧琮在这里，一般人看见他自然会避开，安全些。

“你查到什么了？”

萧美娘快刀直入，萧琮苦笑一声：“你也太着急了，明明等了大半年了，这一会儿急什么？”

说着，他抿着嘴唇像是在思索，然后道："你让我派人跟着那个洛黛，你猜得不错，她离开大兴没多久就被山贼杀了，那一带经常闹山贼闹出人命来，因此人家也没多在意。不过你既然吩咐了我，我自然要查个透彻，这一查果然查出了问题。"

山贼一般要的是大刀，可萧琮另派了仵作去验尸，才发现洛黛身上的伤口是弯刀所致。弯刀比起大刀来更适合劈砍，尤其是马上劈砍，因此马背上的突厥人最喜欢用的就是弯刀，反而中原人用起弯刀来不大顺手。有了这个疑点，再查下去就看得出来这凶手一定是惯用弯刀的人，那洛黛的死就多半不是山贼所致，而是突厥人干的。

有人要杀人灭口，萧琮立刻就确定了木卿卿一定是突厥的细作，可是萧美娘要的是证据，让木卿卿无法反驳的证据。萧琮只好再继续查访，这如同大海捞针一般，又不能打草惊蛇，好不容易才找到了那个凶手，那凶手的弯刀上也有一个形似苍鹰的记号。

"那个记号，是达头可汗他们部落的图腾。"

"达头可汗？"萧美娘蹙了眉，"他怎么会有这样的心思呢？"

当时摄图带着兵马南下的时候，就是这达头可汗中途退兵害得摄图惨败，又联合大逻便一起反叛，可以说，因为他才导致了如今东西突厥的对立。说起来，他还是隋朝的大功臣，怎么好端端的就要反了？

"达头可汗因为擅自退兵的事，在突厥风评很不好，可能想借着机会给自己正名吧，再说突厥那帮人从来也不会真的臣服，达头可汗要是真的能把大隋搅得一团糟，摄图一定会卷土重来。"

"原来是这样……且不管他，我要的证据呢？木卿卿那个刻了苍鹰的竹筒一定被扔了，现在哪还有证据？”萧美娘着急得很，“你可别告诉我，你就查出了这些东西。”

“笨死了，这苍鹰既然是图腾，那木卿卿就一定有贴身的东西上刻了图腾，否则她怎么和外面的人联络确认身份？”萧琮给了萧美娘一个榧子，“你好好想想怎么把这东西找出来吧，只要能找到，她就赖不掉了。”

说话间，张宝成走了上来，从袖子里拿出了一支箭来：“这是那突厥汉子的箭，我们偷偷拿了一支，上面也有图腾，你要是能找到木卿卿带了图腾的东西，一对比就可以了。”

萧美娘自然地从张宝成手里接过箭，翻来翻去有些为难：“这么长一支箭我怎么带回去啊，肯定会被发现的。”

“这个容易。”萧琮说着就接过箭来一折两段，将箭头递给了萧美娘，“图腾在箭头上，你拿着这个就够了。”

萧美娘拿着箭头有些好笑：“我还以为你有什么好办法呢，居然这么粗暴。”

“粗暴怎么了，有用就行。”萧琮很是骄傲的样子，“我最不耐烦的就是看有的人磨磨叽叽。挺简单的事非要拆作好几半，能把人急死。”

“急性子可做不好皇帝。”萧美娘将箭头收进了袖子里，她神色似是无意，语气却很认真，“皇兄，既然做了皇帝，该收的就该收了。”

“皇帝？你觉得我这个皇帝，能做多久？”萧琮很不以为然，居然还颇有几分豪爽，“无妨无妨，我心不在帝王位，早些交了差，我也能过几年舒坦日子。”

比起萧岿刚去世那几天，萧琮显然要豁达了许多，也不知道是真的看得透还是故作姿态，为了不让自己看上去太狼狈。

可他都这么说了，萧美娘自然也不去揭穿他，萧琮抬头望了望月亮，清澈透亮如同玉石，月光铺在深蓝色的夜空里像是泛着水纹，几颗星星明明灭灭点缀着夜空。

“真是好月色！”他不禁赞叹了一句，“说起来，咱们很久没在一起喝酒了，不如就现在，我们再醉一场如何？”

他兴致勃勃的，萧美娘不想扰了他的兴致，自然满口应承，只是张宝成有些不乐意：“你刚登基就喝醉酒，不怕人说闲话？”

“怕什么，我以后总归是要做个闲散皇帝的，就从今夜开始，就当是演习了。”说着他拍着张宝成的肩膀，哈哈大笑，“宝成，你有什么资格说我啊？你当年喝得烂醉，怎么不怕人说闲话了？只许侍卫放火，不许皇帝点灯，谁定的规矩？”

张宝成看了一眼萧美娘，一张脸涨得通红，好半天才道：“我看你还没喝酒，就开始发酒疯了。”

“发酒疯？发酒疯的是你，我从来不喝醉的！”萧琮笑着吩咐底下的人，“给朕备些酒菜来，然后就都回去，今日不许人来扰了朕的兴致！”

萧美娘看萧琮有些不对劲，和张宝成对视一眼又不知道问题出在哪里，只好顺着他，等酒菜上来了便陪他对酌，却不敢多吃，只盯着萧琮。

萧琮酒喝得多，菜吃得少，一喝酒话也就变多了：“你说你们俩，别扭个什么啊？多大的事别扭到现在，不就是这姻缘配错了吗，你们看看我，我这一生，什么事情如意过？”

明明是讳莫如深的事情，萧琮却这样大大咧咧地说出来，萧美娘忙要去夺他手里的酒壶：“皇兄你醉了。”

“谁说我醉了？”萧琮指了指张宝成，“不信你问他，我酒量好着呢，怎么喝都不会醉的。”

他从来都不醉的，因为从来不敢醉，他生来一身豪气，爽朗不羁，却只能活得小心克制，不敢行差走错。

从前不敢醉，以后就更不能醉了。

人都说是真名士自风流，真名士怎么少得了酒？那阮籍、嵇康、刘伶，哪一个不风流？哪一个不醉酒？

他只是有些不甘心，不甘心活了一辈子，都不知道醉酒是什么感觉。

今夜，好歹两个最信任的人都在身边，就这么醉一次，也就没有遗憾了。

醇酒入喉化作热泪，萧琮举着酒壶一面往嘴里灌酒，一面却哭得很委屈，萧美娘好不容易把他的酒壶夺了下来：“皇兄你别喝了。”

“这酒不行，喝了头晕，换……换好酒来！”

喝醉了像个孩子似的，萧美娘也只能哄着他：“好，这就让人去备好酒，你跟着他们回去喝好酒好不好？”

“美娘，你不能骗我的……我现在是皇帝，你要是骗我，你欺君！”

“不敢不敢，我哪敢欺君啊。”萧美娘简直哭笑不得，萧琮就这么赖在她肩膀上，她看着张宝成，无奈地笑笑。

张宝成也只能苦笑着上来帮萧美娘拉萧琮：“起来，回去喝

酒了。”

“还是你们，对我好……”萧琮赖在萧美娘身上不肯动，“你们对我好，我不要他们。”

“美娘，你还记不记得，我们以前，跑马……”他突然嘟嘟囔囔地说起了以前他们三个人一起去城外纵马的事，“那时候，好大的草场，看不见边，看不见了……我以为可以跑很远，很远很远，可后来我又回来了……我是为了什么回来的，你还记不记得？”

“因为你跑得太快了，马儿以为你疯了，把你甩了下来。”说起往事，萧美娘不禁笑出了声，可回过神来时，却发现自己的眼里也含了泪水，“我们把你抬回来的时候，你还吵着要骑马，你说你能骑到天边去。”

“我好想去跑马啊，好想去跑马，这一次，我真的可以跑到天边去……你说天边有什么，到了天边，是不是就摘到月亮了？”

萧琮声音渐渐低了，像是睡着了，可能在梦里，他真的就骑着一匹骏马奔向了天涯海角，意气风发，恣意洒脱。

【七十九】惊梦而已

好容易服侍的人来了，把萧琮抬了回去，亭子里便只剩下了张宝成和萧美娘两个人，月色下的确是一番良辰好景。萧美娘不敢去看张宝成，便扶着栏杆看月色，张宝成坐在位子上给自己斟了一杯酒，轻抿一口，上好的杜康酒，萧琮喝得那么急，真是糟蹋了。

“有好酒，有明月，人生快意也莫不如此了。”张宝成看着萧美娘的背影，忽地说了这一句。

萧美娘听了好奇，转过了身子看着他：“这不像是你说的话，像是我那个傻哥哥说的话。”

“人是会变的，跟在你傻哥哥身边久了，居然也和他一样，做起不切实际的梦了。”张宝成苦笑着摇摇头，饮了一杯酒，“你这些年不在不知道，他日子也不好过。”

话说到这里，萧美娘也就大大方方地坐到了他对面，张宝成见面前刚斟满酒的酒盏推到了萧美娘面前：“萧琮说得对，难得的月色，他辜负了，我们不该辜负。”

萧美娘犹豫了一下，还是接了过来，却只是轻抿一口便放下了：“皇兄他这几年，怎么样？”

“义兴王萧瓛聪明又有能力，明里暗里也给他使了不少绊子，我看他不是个安分的人。可萧琮他就是一只鹰，向往天高海阔，却囿于深宫院落，这日子怎么能好过呢？”

义兴王萧瓛是萧岿第三子，虽不如萧琮行事为人样样出众，但也是个不可多得的人才，在当荆州刺史的时候就赢得了不少好名声。他有意于皇位也不足为奇，只是可惜，他生母早亡没有势力，凭什么去和稳稳当当做了十多年太子的萧琮比呢？

“人都是这样的，求非所得，得非所求。”萧美娘一面替萧琮和萧瓛唏嘘，一面又问起了张宝成，“那你呢，你所求与所得的，都是什么？”

“佛家有句话叫，说不得。”张宝成看着萧美娘笑笑，又饮了一杯酒，“我以为你知道自己要的是什么，可没想到也一样迷惘。”

“哦？”萧美娘撑着头看他，眼波流转出一种温柔娇媚来，

恍如当年的天真少女，尚不知何处为愁，“何以见得？”

“知道自己要什么的人，不会用这样的语气问别人。”张宝成也看着她，“美娘，你所求的，得到了吗？”

长久的沉默。

萧美娘眼里水光潋滟，不知是氤氲了酒气还是为了别的什么，她端起酒杯一饮而尽，眼泪也就顺着眼角滑落：“或许曾经得到过，或许现在也还拥有着，又或许……我都不知道自己想要什么，该要什么了。”

“想要和该要，有什么分别吗？”

“想要的，他给不起；该要的……我却害怕去争。”

萧美娘眼泪一流出来，也就收不住了，方才被萧琮那一闹，勾起了她许许多多的委屈烦恼，几杯酒下肚，便有些不管不顾起来。

“我总是会去想如果，又总是逼自己不去想如果，我害怕那‘如果’会让我难过，可是不去想，也一样很难过。”

张宝成起身走向她，看她情难自已，泪流满面，就觉得很生气：“他欺负你了是吗？我早就听说他在宠爱别人，嗬，当时说了那么多好话，全是鬼话！”

萧美娘摇摇头：“算不上欺负，是我自己想不开。”

“他若是真怜惜你，就不该让你这样自苦！”

起了一阵晚风，吹来了几朵合欢花，正巧落在酒盏里，明月金樽，琼浆玉朵，勉强也算得上是花好月圆，可是人呢？

人从来是不能够长久的，这世上不如意的事太多了，最大的一件就是，求不得。

萧美娘摇着头，也不知道为什么摇头，她撑着桌子起身，晃晃悠悠地："我该回去了。"

张宝成没有拦她，只是扶了她一把："小心点。"

"放心吧。"萧美娘站稳后朝他笑了笑，"我自己的路，我会走得很漂亮的。"

"我只想你，照顾好自己。"张宝成轻声说了这一句话，萧美娘没有听清："什么？"

"没什么。"张宝成摇摇头，"天这么黑，我送你回去吧。"

"不必了，青梅应该在下面候着呢。"萧美娘走到栏杆边上往下看了看，却没看见青梅，"这丫头哪儿去了？"

张宝成听说也走上前去，萧美娘并未留意，一转身恰好撞进了他怀里。

熟悉的温度，还有熟悉的兰花香，萧美娘愣住了，张宝成显然也没反应过来，下意识地手扶住了她的腰，便实打实地把人圈在了怀里。

萧美娘红了脸："对不起。"

"又不是没抱过，你小时候都是我抱着你哄你睡觉的。"

张宝成抱她的力道大了些，萧美娘有些慌，忙推了推他："放开。"

"不想放。"张宝成说着就把她抵到了柱子上，身体贴上了萧美娘的身体，紧紧地令人窒息，萧美娘被他这么禁锢着动弹不得，越发慌乱起来，却只能强作镇定："你喝醉了，快放开！"

张宝成习武，手上的力气很足，只一个动作就把萧美娘两只手扣在了她身后，俯下头，嘴唇贴到了她脸上，轻轻滑到她耳边："你不是问我所求的是什么吗？现在知道了吗？"

萧美娘挣扎了两下："你疯了吗？"

"是啊，自打你出嫁，我就疯了。"

说着，张宝成就贴上了萧美娘的嘴唇，萧美娘一扭头，那个吻便落在了嘴角："宝成，你清醒一点，现在不是以前了。"

"以前怎么样，现在又怎么样？"张宝成动作松了些，抬起了头，"其实都是一样的，你都会拒绝我。"

说着，他松开了她，得到自由的萧美娘忙把他推远了些，大大松了一口气，可心里一块石头尚未触底，她却大喊一声"小心"，扑上去推开了张宝成，张宝成只感觉一阵风过，不知哪里飞来一把剑，擦过他的脸钉到了柱子上。

萧美娘惊魂未定，转头看去："阿广？"

杨广站在那里，手还保持了一个掷剑的动作，他脸色铁青，狠狠盯着张宝成："浑蛋！"

萧美娘觉得全身的血液都凉了，她方才和张宝成的那一番动作，杨广全都看到了，那也就是说……

"阿广，你听我解释……"

萧美娘其实不知道该怎么解释，可是她不能坐以待毙由着杨广往最坏的方向去想，她脑子飞快地转着，想要抓住一切可信的说辞来证明自己的清白。

然而……

"都断箭为誓了，还有什么好解释的呢？"

木卿卿手里拿着的，是萧美娘袖子里的那个箭头，方才她扑上去的时候掉了出来，居然被木卿卿捡到了！

她把玩着那个箭头，很显然，她发现了那上面的端倪，再看向她的时候眼神里便多了一点阴毒，萧美娘眼睁睁地看着她用她的指甲将那本来就刻得不深的图腾抹掉，然后得意地笑了笑。

萧美娘所有的注意力都放在了木卿卿身上，全然没发觉杨广已经站到了她面前，并且捏住了她的下巴。

那一下，萧美娘觉得自己的下巴都要被他捏碎了，她被迫仰视着杨广，张了张嘴却发不出声音。张宝成回过神来之后毫不犹豫地抓住了杨广的手腕："你放开她！"

"本王怎么对自己的王妃，轮不到你这个外人多嘴！"杨广一把把他推了出去，张宝成没有防备，狠狠撞到了石桌上，胳膊怕是要断了。萧美娘露出些担心的神情来，却很快又看向了杨广，杨广也这么看着她，他的眼神像是一个黑洞，蕴藏了所有阴暗的情绪，嫉妒、失望、愤怒、痛恨……

而萧美娘就映在他眼眸中，惊慌且无措。

木卿卿站在杨广身边，脸上挂着轻轻浅浅的笑意，而假山下的阴影里有一个人，就这么看着这场戏，好戏终于要开场了。

云遥 著

江苏凤凰文艺出版社
JIANGSU PHOENIX LITERATURE AND
ART PUBLISHING, LTD

图书在版编目（CIP）数据

兰陵萧美娘 ： 全2册 / 云遥著. -- 南京 ： 江苏凤凰文艺出版社，2018.6
ISBN 978-7-5594-2203-3

Ⅰ. ①兰… Ⅱ. ①云… Ⅲ. ①长篇小说－中国－当代 Ⅳ. ①I247.5

中国版本图书馆CIP数据核字(2018)第113350号

书 名	《兰陵萧美娘》（上下）
作 者	云 遥
出版统筹	汪修荣 邹立勋
选题策划	吴小波
责任编辑	胡小河 姚 丽
文字编辑	唐 慧
责任监制	刘 巍 江伟明
出版发行	江苏凤凰文艺出版社
印 刷	湖南凌宇纸业有限公司
开 本	880×1230毫米 1/32
字 数	385千字
印 张	18
版 次	2018年6月第1版，2018年6月第1次印刷
标准书号	ISBN 978-7-5594-2203-3
定 价	64.80元

目录

【壹】

一去心知更不归

她嫁衣如火，可惜浮生凉薄。

【贰】

定不负，相思意

江山秀丽，草芥微渺，我跟着你就是了。

目录

【叁】

别作深宫一段愁

此间是你，天下是你，余生也是你。

【壹】一去心知更不归

她嫁衣如火，
可惜浮生凉薄。

【一】灾星降世

公元317年，五胡乱华，建朝不过百年的晋朝被迫南迁，建立东晋政权。

公元420年，刘裕灭东晋而建宋，至此南北对峙，史称南北朝时期。

南朝政局动荡，皇权更迭，百余年历刘宋、南齐、萧梁数个王朝，侯景之乱后兰陵萧氏的旁支在北朝西魏的扶持下偏安江陵继承梁统，是为西梁。

公元562年，萧岿即位，年号天保。

天保六年二月十九日，江陵。

夜渐渐深了，梁国皇宫却依旧灯火通明，宫人们提着灯笼步履匆匆，在长长的宫道上留下杂乱的脚步声。

这一日身怀六甲的皇后突然要生产，已经过去整整一天了，皇后痛死过去好几次，可是孩子却一点儿不知道体谅母亲，让一众稳婆和太医束手无策。

萧岿在昭阳宫前徘徊，双手负在背后眉头紧锁，愁云密布，二月生产本就不吉，何况这孩子这么难缠，恐怕……

他叹息一声，听屋里女人的哭喊声听得烦闷，站在廊下抬头看晴朗的星空，想要稍稍喘口气。

然而，天上的星星却在他心上落下了重重的一击。

荧惑星在心宿徘徊不去，和心宿中最亮的大火星交相辉映，红光如血似火，像是延绵起伏的战火和动荡……

这是，荧惑守心，大大的凶兆！

萧岿直勾勾地看着天上的星象，耳边的哭声反而渐渐远去，只能听见自己有些紊乱的心跳，眼前则是哀鸿遍野的荒芜。

荧惑守心，天下大乱。

如今这天下正是多事之秋，中原各国之间暗潮汹涌，却堪堪出现了荧惑守心的星象，莫不是梁国要有灾厄？

他正愁眉苦思，却听见一声婴儿的啼哭划破天际，虽然回了神儿他还有些发愣，转身望向帷帐深处。

帷帐深处烛影摇红，另有一种奇异的香气在夜色中弥漫开来，甚至盖过了院子里的梅香。

宫女欢喜地跑来向他道贺：“恭喜陛下，是个小公主，小公主生来体带异香，不是凡人！”

萧岿闻着这香气却仍是眉头紧锁，让报喜的宫女有些惶恐，不知道自己哪里得罪了主子。

昭阳宫的宫人来来往往嘈杂得很，可萧岿却只听得见草木婆娑的声音，四处无风，何来草木声？

一个宫人举着宫灯发出一声惊呼，“那是什么？！”

萧岿也抬起了头，看见苍茫夜色里突然出现了许多黑影，看上去黑压压的有些吓人，胆小的宫人们都拥挤着躲进了宫室里，只有萧岿站在那里，神色凝重。

待那黑影越来越近，他才借着灯火看清，原来是成千上万只蝴蝶被这异香吸引而来，绕过院子里的点点红梅，在月色下有一种朦胧美，在萧岿眼里却仿若鬼魅。

春寒料峭的二月，不该是有蝴蝶的时节，它们却这般声势浩大地来庆贺小公主的诞生，又怎么能活得长久呢？

果然，不过片刻，孱弱的蝴蝶便在寒冷的夜色里纷纷坠落，如同一场大雪，瞬息间落了满地。

有些年纪小的宫女叹息这些蝴蝶的命运，萧岿看着满地蝴蝶尸体，却头皮发麻。

小小的婴儿刚出生就害了这么多条命！

这个孩子诞生在不吉利的二月，又碰上了荧惑守心这样的星象，然后蝴蝶纷纷横尸宫苑。

在萧岿眼里，这些蝴蝶已然不再是蝴蝶，他看见了铁血与烽烟。

他低着头看着蝴蝶，久久不能回神儿，心里乱得很。这个孩子不是凡人，怕是妖孽。

这注定是个不平静的夜晚，萧岿在听到那独特的脚步声的时候这样想。

果然，远处隐隐走来一个人，模模糊糊地看不分明，只看得出那人走得极快，像是乘风而行，不一会儿就到了萧岿面前。

“陛下。”

来人身穿灰色道袍，身形消瘦但目光矍铄，看上去颇有几分出世的风骨。他手里拿着拂尘就向萧岿行了大礼。萧岿连忙扶起了他，“袁道长”，他指了指一地的尸体，“您怎么看这荧惑守心？”

袁天罡也被这些蝴蝶吓到了，半晌才朝着满地的尸体告了哀，然后站定，“今日宫中可有阴人出生？”

袁天罡是有名的术士，传闻他能上达天听，占星卜卦最为拿手，因此很得萧岿信任，经常跟着他研习星象。

因此听他这么说，萧岿面色复杂，望向了里间那重重叠叠的黄色帷幔和帷幔后影影绰绰的人影，沉声道：“皇后刚诞下了小公主。”

袁天罡拂尘一甩，“陛下让贫道给小公主批个命吧。”

萧岿犹豫片刻，便吩咐人告知皇后张氏一声，然后领着袁天罡进了昭阳宫。

昭阳宫中，张皇后已经知道了事情始末，抱着刚出生不久的女婴，坐在萧岿身侧一言不发。

袁天罡端坐正中，合眼凝神，四下里一片死寂，连方才哭闹的小公主都安安静静地睡在母后怀里。

张皇后一边哄着孩子一边偷偷打量萧岿，他自进了屋连一眼都不曾看过他新出生的女儿，那张铁青的脸活像是个煞神。

“小公主命格异数，生来不祥，亡国祸民，留不得。”

话音未落，张皇后也不管萧岿是不是不高兴便呜呜哭了起来，她是个妇道人家，不懂什么道理，自然也想不明白为什么她好好的女儿，就“留不得”了呢？

萧岿转头看着张皇后，眼里闪过一丝犹豫，却很快冷冻成冰，“把孩子交出来吧。”

“陛下开恩啊！”张皇后哭红了眼睛，跪倒在萧岿脚下，“陛下就是不怜惜她，也请怜惜臣妾，臣妾只有这一个女儿啊！”

萧岿对这个皇后很有几分敬重，这些年来夫妻二人举案齐眉从来没有红过眼，如今她不顾身份礼数跪倒在他面前，他怎么能不心软？

可是，这个孩子是亡国祸民的妖孽，他闭了眼，只恨这孩子投错了胎，不该生成他的女儿。

袁天罡便坐在那里默默闭目养神，不置一词，仿佛眼前的一场闹剧与他无关。

而一直在怀里安睡的小婴儿像是察觉到了危机，“哇哇”哭了起来，孩子的哭声本是最聒噪的，何况萧岿正是心神不宁的时候？

他一发狠砸了手边的茶盏，一声脆响过后张皇后便垂头止了哭声，轻声道了一句“陛下息怒”，像是一个习惯。

萧岿看着她，她抱着孩子跪在地上，低着头却挺直了腰，女本柔弱，为母则刚。她抱着孩子没有办法拭泪，泪水便顺着她的脸颊滑落，打湿了衣襟。

他还是不忍心的。

“你先起来吧。”

张皇后不敢忤逆萧岿，只好默默起身，坐回了位置上。

萧岿轻叹了一口气，无奈道：“道长可有别的法子？”

袁天罡这才睁开眼，缓缓道：“要么，就把公主养在宫外，只当没生过这个女孩儿，说不定能瞒过神明，保梁国太平。”

萧岿沉思片刻，转向了张皇后：“这样可以吗？”

张皇后听说能留下孩子的命，哪有不愿意的，眼里还噙了泪水就已经换上了笑容，“只要能让她活，臣妾绝无异议。”

萧岿这才对着伺候的小内监道：“传东平王入见。”

不过多会儿，东平王萧岌就到了，听萧岿说要让他代为抚养这小女婴的时候大为诧异，“可这是皇兄的嫡女啊！”

“她生来不祥，留她活命已经是开恩了。”萧岿脸色很不好看，话也说得有些绝情，这让萧岌有些不满。

“皇兄这么做，可曾顾及父女之情？”

“朕倒是希望没她这个女儿。”

张皇后知道萧岿做了极大的妥协，也在拿梁国的命运在赌，私心里便不愿让人这么说他。于是她起身亲自抱着孩子走到萧岌面前，“六弟是仁厚之人，小公主由你代为教养，本宫很安心。”

萧岌看张皇后红肿的眼睛，便是有怨也只能长叹一口气，接过了孩子，“臣弟定不负皇嫂所托。”

说完他低头看了看这可怜的娃娃，她在他怀里倒是很乖巧，软绵绵的一团看了就让人心生怜爱，真是苦命的孩子，背了不祥的预言，这一辈子，还不知道要怎么走呢。

萧岌捏了捏小女婴的脸，便向帝后请辞，萧岿点了点头就让他退下了，却在他走到门口的时候唤住了他。

萧岌回头，有些不解，“皇兄还有吩咐？”

萧岿动了动嘴唇，似有犹豫，过了好一会儿才低下头去，“多谢你了，六弟。”

那时候的萧岿，看上去仿佛一夜之间苍老了许多。

小公主乖巧可人，萧岌夫妇也是极和善的人，把她视如己出，虽是没有了亲生父母的疼爱，可到底也是锦衣玉食的金枝玉叶。

萧岌看她渐渐长开，原先皱巴巴的小脸儿变得白皙柔嫩，大眼睛分外有神，显出一副聪明样，灵气十足，愈加喜爱。

可惜萧岿厌恶她不祥，连名字都不曾赐予她，他也不敢自作主张，平时也只唤她的乳名“美娘”。时间一长，东平王府上上下下的人也都这么称呼她，等到了萧岿终于想到要赐名的时候，也就省了不少事，只唤作萧美娘。

非大雅亦非大俗，却也勉强算是雅俗共赏。

可或许就是为了印证荧惑守心的动乱征兆，就在萧美娘百天的时候，陈国以梁国收留叛将华皎为由大举进犯，萧岿立刻联合北周反击却是步步退败，溃不成军。

正在萧岿焦头烂额的时候，东平王萧岌和王妃相继去世，举国上下人心惶惶，就连市井上的三岁小儿都知道说这是因为萧美娘不祥，不仅为梁国招来了战争，还克死了养父母。

这样的妖孽，不杀了还等她亡国吗？

萧岿正被陈军逼得无路可走，听了这样的话更是心头火起，提着剑便闯进了昭阳宫。

在东平王夫妇去世后萧美娘就被张皇后接到了自己身边，她知道萧岿一定会来找她算账，却没想到是这般的来势汹汹。

“孽障在哪儿？！”

萧岿红了眼睛，张皇后从未见过如此暴怒的他，忙跪下来去扯他的衣角，“美娘何辜，陛下看在臣妾膝下无女的分上，也饶她不死吧！”

“饶她不死，让我梁国上下为她陪葬吗？！”萧岿狠心踢开了张皇后，闯进了内室，萧美娘正在摇篮里安睡着。

婴儿的睡颜总是最干净澄澈的，萧美娘闭着眼睛，对这世上的一切都还无知无觉。

不知道这世间事的残忍，亦不知道这世间人的温情。

什么都不知道。

只是闭着眼睛睡在她的小摇篮里，时不时地咂巴一下嘴巴，嘴角挂着笑，也不知道是做了什么美梦。

这是他的女儿，雪团似的小娃娃，粉雕玉琢的，实在是惹人怜爱。尤其是她睡着的时候，安详静谧，让人忍不住就想亲亲她。

可他是她的父亲，却没有抱过她，也不曾好好看看她，原来一眨眼的工夫，已经长得这般大了。

萧岿本就是个孝悌仁慈的人，何况和萧美娘有着骨肉血亲，父女天性是抹不去的。

他手里提着剑，却下不了手要她的命，只是死死盯着萧美娘，像是怜悯，又像是无可奈何。

虎毒不食子，他到底是狠不下心来。

可是，她的存在，又的确是个违背天道的错误，她会给梁国带来灭顶之灾。

他是一个父亲，可他也是梁国的皇帝。

张皇后跟着闯进内室的时候，看到的就是这样犹豫的萧岿。

只要他犹豫，就还是有希望的。

她快步冲上去夺走了萧岿的剑，就跪在摇篮旁，“陛下若真要杀美娘，不如就先杀了臣妾，臣妾先走一步去黄泉路上等着她，也免得她无依无靠的让小鬼欺负。”

萧岿长叹了一口气，“我不亡她，可天要亡我啊。”

“袁天罡也说可以把她养在宫外的，陛下，饶了美娘吧。”

“养在宫外？六弟的下场，你看到了，如今整个江陵城，谁还敢收养她？”

萧美娘不祥之名已经落实，是啊，谁还敢呢？

张皇后跪了许久，缓缓道：“有一个人，他敢。”

【二】竹马情深

张轲抱着萧美娘回到府上的时候就知道要鸡犬不宁。

果然，还没进家门，就有一个花瓶碎在了脚下，然后是女子尖厉刻薄的声音，“你要是敢把那个生来不祥的小孽障带进家门，我就敢把你张家的东西摔烂了回娘家！”

张轲看着尚在怀里安睡的婴孩，实在是无奈，一边是无人照顾的外甥女，一边是凌厉悍妒的结发妻子。

“别闹了，这是圣旨，你敢抗旨，你去和陛下说。”张轲也不敢进门，只站在屋外大声道。

“我不敢抗旨，你去和你那个好姐姐说清楚，她生的孽障她自己养活，何苦带累旁人！”

“你说的这是什么话！”张轲没想到自家夫人会如此出言不逊，气得发抖，大步进屋，果然看见妻子陈氏坐在高椅上，义子张宝成侍立在侧，也是害怕的神情。地上全是碎瓷片，想来她在接到圣旨之后已经大闹了一番了。

张轲是安平王萧岩的僚属，张皇后的弟弟。虽然有个当皇后的姐姐，可是他为人刚介耿直，不屑攀附裙带关系，因此日子过得清贫。他也是个能安贫乐道的性子，并不多埋怨什么，只是娶了个嘴碎的妻子。

陈氏出身小门小户，当年也就是看中了张轲还算是个皇亲国戚才嫁给了他。谁晓得张轲这么多年了一点前途都没有，早就心生不满，动不动就要埋怨高高在上的皇后不知道帮扶一下她的兄弟。

不过时间久了，陈氏倒也消停了不少，谁知道如今帮扶指望不上就算了，还塞了一个丧门星过来，这不是成心和他们过不去吗？

“我说的是什么话？我倒要问问你，你办的是什么事？”陈氏指着张轲破口大骂，“人家王爷都被克死了，你是觉得你命比人家王爷还重？还是说你觉得自己就是贱命一条，不信这个邪？我可告诉你，你自己不要命了我不管，你倒是给我一纸休书，我不给你这闷葫芦垫背！”

“你！”张轲被气得说不出话来，怀里的萧美娘却被吓得大哭，

哇哇的吵得人脑仁儿疼。

“哭哭哭，就知道哭！我们都要被你害死了！”陈氏说着说着竟也忍不住流下了眼泪来，张轲两头难顾，十分狼狈。

好在张宝成是个懂事的，从张轲手中接过了哭闹的萧美娘，“义父劝劝义母吧。”

张轲欣慰地点点头，他这一辈子，仕途上无所指望，妻子又是这样的性子，也就是收了这么一个义子，年纪不大可是为人老成稳重，能给他一点宽慰。

“把妹妹带下去休息。”张轲这么吩咐了一句，眼看张宝成把萧美娘带走了才走到陈氏面前，抚上了她的背，“好了，皇命难违，认了吧。”

“我不认，为什么要我认？”陈氏哭哭啼啼的，“自我嫁给你，没过过一天的好日子，如今这丧门星进了家，哪里还能活？你这个姐姐真是打得好算盘，她自己怕死不敢养，就把孩子丢给你。平日里又不见有什么帮衬的，好处全让她给占了，凭什么？”

“你说你，怎么说这种没道理的话来？”张轲是个吃软不吃硬的，陈氏这么一服软，他心也跟着软，忙搀着陈氏坐下，“姐姐的意思是，东平王姓萧，算是同族，我姓张，是外族。美娘生来不祥，不能养在宫里，说不定找个外族的人，就能保全了。”

陈氏听如此说稍稍消了气，只是嘴上还不服气，“那为什么要找你？你们不是还有个妹妹吗？怎么不找她？江陵城的外姓也多了，又为什么不找他们？”

“你这话可是糊涂了”，张轲知道陈氏已经回转，也就好声好气地，“妙芬如今是王妃，夫家是姓萧的，外姓虽多，终不如本家来的亲近。再说，若是真能保全美娘，以后她就是公主，自然要报养育之恩，姐姐她必然也记着你的恩情，你又哪里吃亏了？”

陈氏不说话了，只是还哭得厉害，张轲便也只能好言相劝，心里亦是忐忑不安。

萧美娘就是一个变数，如同坠入静水的石子儿，引起动荡和不安。

前面吵得鸡飞狗跳，后院却还是安安静静的。

张宝成抱着萧美娘回了自己的房间，他今年快十岁，正是好奇心旺盛的年纪，将萧美娘放到自己的小床上就开始打量起她来。

白嫩的脸儿有些肥，许是哭久了还带了抹红晕，漂亮的大眼睛盯着他滴溜溜地转个不停，眼角犹带了泪水。左边眼睑下有一颗小黑痣，很不起眼儿，可是听人家说，长在那里的痣叫作“泪痣”，长了泪痣的人都是苦命的。

他尚不懂事，只知道这个小女娃的爹娘都不要她了，所以才会到他家来，可他的义母仿佛也很不喜欢她的样子。

当真是可怜。

他是个孤儿，不知道自己的爹娘是谁，张轲和陈氏一直没有孩子才去养生堂抱了他回家。他一直都知道自己不是张家的亲生孩子，所以也一直是战战兢兢的，生怕惹了他们不高兴要被扫地出门。

说到底，他和她，也算是同病相怜了。

萧美娘本已不哭了，只是乖巧地盯着张宝成看，可她也不知道是不是太聪明了，看出了张宝成在难过，撇了撇嘴，漂亮的眼睛里又似是噙了泪水。

张宝成顿时慌了神，他不会哄孩子，只知道凑在萧美娘面前念念叨叨，“你别哭，别哭啊……”

他不知道她为什么哭，还以为她是和他一样想起了自己的身世，于是笨拙地把她抱进怀里，“你别哭，他们不要你，我要你。”

当时稚嫩的誓言听上去浅薄又可笑，可是张宝成却用他的生命固执地守着她颠沛流离的人生，像是一盏孤灯，经年不减的沉默温柔。

天保十七年，一生叱咤风云的周武帝宇文邕去世，其子宇文赟即位，妻子杨丽华被封为皇后，杨坚也靠着女儿被封为柱国大将军和大司马，只可惜被宇文赟忌惮，自请出任亳州总管。

天保十八年，宇文赟不思进取，荒淫无道，将皇位传给了年仅七岁的宇文阐。宇文阐年幼无知，杨坚便以外戚的身份控制了北周的朝政。

天保二十年二月，北周静帝宇文阐以杨坚众望所归下诏宣布禅让，杨坚三让而受天命，在临光殿即皇帝位，改国号为隋。

时光容易把人抛，红了樱桃，绿了芭蕉。

初夏时节的阳光明媚却不晃眼，最是和暖，落在香樟树上就像是给滴翠的叶子撒上了一层碎金。

江南风俗，女孩儿诞生时需在院里种上一株香樟，待树长成了女孩儿便也要出嫁了，砍了它作两只大箱子，里面铺上丝绸，取“两厢厮守”的意思。

萧美娘站在那香樟树下抬头望着，默默计算着这棵树又长高了多少。

风吹树叶的沙沙声中，她感觉到有人站到了她身边，不用猜也知道是谁，她微微勾起嘴角，“你瞧这棵树，长高了好些呢。”

“是啊，我种下它的时候，它还只是株小苗。”张宝成的声音落在萧美娘耳朵里就像是清泉的声音一样在这个夏日里带给人恰到好处的温润。

萧美娘抬头望树，张宝成却只是低着头看她，这个少女，刚来到府上的时候还是个爱哭的奶娃娃，却总是惹他怜爱。

只是可惜她生来不祥，因此满府里也只有他还记得为初生的小女孩儿种上一棵香樟树。

如今树已亭亭如盖，而当初的小女孩儿也已经是豆蔻梢头的年纪。

张宝成想着，突然道："等树长大容易，等你长大可难了。"

萧美娘一声轻笑融化在阳光里，她看着张宝成，语声娇俏，"难，你不等就是了。"

张宝成没有说话，只是看阳光落在她绝丽的脸上，忽然就失了神。

萧美娘觉得他这副模样有些好笑，回头张望了一下，确定没有旁人，便跳了一步靠到了他身边。张宝成长得高大，她还没有够到他的肩膀，便只将头轻轻靠在他的手臂上。

树下两个交织的影子隐没在婆娑树影里，虽然是不说话，绵绵情意却像是风一样氤氲开来。

突然身后传来脚步声，萧美娘像受惊的兔子一样离张宝成远了些，把张宝成逗笑了，"放心吧，你舅母今天不在家。"

萧美娘有些不好意思，回头一看，原是侍女青梅来寻她了。

青梅倒没察觉到有什么不妥，只站在檐廊下大声道："公主，太子殿下来了，说是皇后娘娘急召，请您入宫。"

"又是母后。"萧美娘微微皱眉，她自小被养在舅父张轲家，在父母亲情上就淡漠了不少。

可能张皇后也是对她抱有愧疚，对她还不错，时不时地召她入宫。只是每次入宫就有许多的规矩，运气不好也会碰上那个视她如洪水猛兽的父亲萧岿，还有一个处处看她不顺眼的表妹，因此萧美娘总喜欢找个理由混过去。

只是这一次皇后让太子来接她，摆明了是非要她去不可了。

也罢，想来北面杨坚称帝不久，天下局势不定，萧岿只怕忙得很，应该是碰不上的。思及此，萧美娘整理了一下衣衫，笑对张宝成道："我去去就回，宝成哥哥你等着我。"

张宝成点了点头，看萧美娘像只花蝴蝶一样离开，跟着青梅往前厅去，不知怎的心里涌起了浓浓的不安来。

【三】奉旨联姻

前厅，太子萧琮脸色也不是很好看，不知受了哪家姑娘的气，因此就算是和他玩笑惯了的萧美娘也不去触他霉头。

"拜见皇兄。"

萧琮摆摆手，"别多礼了，赶紧走吧。"

往日里萧琮是绝对不会这么说话的，萧美娘心里疑云大作，隐隐觉出些不同来。

杨坚以隋代周，登了帝位，铲除异己之后便对萧岿当日不出兵伐隋以正周室的举动大为感动，很是厚待他们梁国，除了封赏无数，仿佛还要联姻。

看样子，恐怕是萧岿要让萧琮娶杨坚的女儿让他不高兴了吧。毕竟她这个哥哥最是风流，若家里多了这样身份的太子妃，以后可就不得自由了。

这么想着，萧美娘倒对萧琮生出了几分同情，这一同情，脸上居然添了笑意。

萧琮偶然抬头看到萧美娘这副表情，愣了愣。

萧美娘，人如其名，美艳无方，尤其是这一笑，莫说千金，便是倾城也值得。

“宝成还好吗？”

看萧琮和自己说话了，萧美娘也就收了笑意，“好得很，前儿还说什么时候你有空了再一起去骑马呢。”

“最近忙，怕是不得空了。”

“也是，这么个时候，你这太子自然不能躲懒，难为你还要亲自来接我。”

萧琮微微笑道：“谁又能比得上你闲散呢？”

萧美娘看萧琮心情好了些，便耐不住自己的好奇心，凑上去道：“你今日这一副苦大仇深的模样是怎么了，难不成是那杨坚要让你当驸马？”

“联姻的事……”萧琮顿了顿，“你自然会知道的。”

说罢他靠在车壁上闭目养神，像是不想理会萧美娘，这让小姑娘有些失望。

一路再无话，没过多久，马车顿了顿，萧琮掀开帘子看了一眼，道：“到了，下车吧。”说着就率先跳下了车，惹得萧美娘一阵嘀咕，觉得她这皇兄仿佛小气了许多。

扶着小太监下了车，萧美娘就跟着萧琮往昭阳宫去，而萧琮的脸色则越来越难看，让她也无端惶恐了起来。

“母后找我什么事？”

“你去了就知道了。”萧琮没有回头，只是快步往前走着，过了半晌又道，“你……你待会儿懂事些，可千万别任性。”

一席话说得萧美娘更是莫名其妙。

她自认人前人后都是温婉乖顺的样子，也就是在他和张宝成面前会娇纵些，萧琮这是在担心什么呢？

到了皇后宫门前，赫然停着萧岿的龙辇，萧美娘便止了步，“父皇也在？”

“嗯。”萧琮似有些不忍，“你进去吧，我先走了。”

说罢逃也似的就走，倒像是后面有狼在撵他。

萧美娘和萧岿名为父女却是相看两厌，此时萧岿和张皇后坐在正厅像是等了她许久，让萧美娘有些不好意思，“儿臣拜见父皇母后。”

“起吧，坐。”说话的是萧岿，他反常地没有对她冷言冷语，而是笑得温暖和煦，弄得萧美娘有些惶恐。

张皇后笑着把萧美娘拉到自己身边坐下，笑对萧岿道：“陛下您瞧美娘，都出落得这么亭亭玉立了。”

萧岿也看着她笑，笑得萧美娘心里发慌，“父皇母后召儿臣有什么事？”

萧岿没有说话，张皇后拉着萧美娘的手道：“特给你道喜，美娘你的命好，如今就要当王妃了。”

“王妃？”

萧美娘的心像是坠了铁直往下沉，她的预感很不好。

果然，张皇后笑盈盈地，“隋帝杨坚的二皇子，晋王杨广，你可听说过？”

像是一声惊雷炸开。

原来要联姻的是她！

怪不得萧琮也是支支吾吾地说不清楚，怪不得萧岿今日对她这么好，原来是把她当成向杨坚寻求庇护的筹码了。

只是奇了怪了，她不过是一个因为生来不祥被赶出皇宫的落魄公主，在张府这些年，陈氏的冷言冷语自不必说，就连寻常丫鬟都敢欺负她。有这种飞上枝头的好事情，萧岿放着他喜欢的其他女儿不选，为何偏偏看中了她？

可是萧美娘就算惊疑不定也只是轻声道：“女儿自认粗鄙，宫里姐妹众多，父皇还是另挑好的，免得让女儿出去惹人笑话。”

萧岿没说什么，倒是张皇后解释道：“那不是因为袁天罡看了看，你那些姐妹和晋王八字不合，只有你是大吉大利。”

袁天罡……

十几年前，也就是这位袁天罡说她命数不好，害得她不祥之名传遍梁国，人人唾弃。这么多年了，梁国还算是安定无虞，她都要把那些事忘记了，可他居然又冒了出来，而这一次，却是说她的命好。

真是有趣，不祥和大吉，都是他的一张巧嘴，而她的人生也就在他这一张嘴上变得天翻地覆。

萧美娘不说话了，张皇后看出了她不太愿意，劝道：“杨广听说是丰神俊朗，年少聪明的，出身高贵又得独孤皇后的喜欢，不知道是多少女子的心上人，美娘你是个有福气的。”

萧美娘两只手缩在袖子里绞着手指，这是她习惯的小动作，随着手上用的力越来越大，她也越来越不耐烦。

“可袁天罡也说过女儿生来不祥，不是有福气的人。”萧美娘道，谁知话音未落，一直沉默着听她们说话的萧岿冷声道，“自你出生就给梁国带来了不少麻烦，如今正是你将功补过的机会。”

不得不说萧岿这个人，要么不说话，一说话就总能戳到萧美

娘的痛处。

就因为她出生不久养父就去世了，梁国又打了败仗，所以大家都把这些灾厄归结到她的头上。可是她当时不过一个襁褓中的婴儿，尚不知事，又何其无辜！

“当年的陈军不是我引来的，败仗也不是我打的，我何错之有？又为什么要将功补过？”

“放肆！”萧岿用力拍着桌案，桌上茶盏里的茶水都晃了几滴出来，“过去的事暂且不论，单说你一国公主，难道还不该联姻吗？别说晋王人品贵重，是个出色的，就算是塞外的蛮夷之人，也没有你说话的地方！”

萧美娘握紧了拳头，觉得她这个父亲真是虚伪又自私，无耻得很。

若说她先前只是因为心里存着和张宝成的那份儿女情思而不想联姻，如今却是真真正正地生出了几分叛逆的心思来。

她露出了丝冷笑，“我自打出生以来就被父皇厌弃不让住在皇宫，小心翼翼地活到现在，哪里像个公主的样子？如今要我去联姻了，父皇这才终于想起来我了，终于想起来我也是你的女儿，是梁国的公主了吗？”

“你说的这是什么混账话！”萧岿脸涨得通红，也不知道是急的还是恼羞成怒气的，“把你放在外面这么些年越发养得一点儿规矩都不懂了！”

张皇后看不过去，起身走到萧岿身后帮他顺着气，一边安慰他一边向萧美娘使眼色让她低头认错。

可是萧美娘这些年来过得实在是太委屈了，在张家帮着操持家务还要看人冷眼，在宫里又要被兄弟姐妹们欺侮。可她知道自己是不祥的，所以她没有底气去和人家起争执，只好默默忍受着，从来也不敢跟人说。

这么些年来，只有太子萧琮和张宝成对她最好，时不时地还会带她出去玩，不会看不起她。

尤其是张宝成，是给过她一生一世一双人的承诺的。她不知道自己对这个义兄的感情是不是喜欢，却最是依赖他，一心以为以后若能嫁给他，他也是可以给自己平安喜乐生活的。

她一直在等着那么一天，可是萧岿，居然就这样把她的希望打得粉碎。

她实在是不想再妥协了，何况眼睛酸胀得厉害，她几乎连妥协的力气都没有了。

萧岿看她好看的眼睛里似乎闪着泪光，心软了一软，却不足以让他改变决定。

“美娘这个脾气要改一改，即日起在你宫里禁足，让人教教她规矩，别到了婆家去丢丑。”

张皇后连忙应承下来，萧岿走的时候连看都没有再看一下萧美娘。张皇后送他出门，一群宫人也都跟了出去，一下子皇后宫中就只剩了她一个人孤零零地站在那里。

那个时候，萧美娘有一种错觉，仿佛以后的人生，就只有她一个人孤零零的了。

【四】凤命缠身

没多久就有宫人来请她，萧美娘固执地抹了抹眼睛，愣是没在这些人面前落眼泪。

张皇后对她不错，昭阳宫里给她留了一间屋子做卧室，虽然

她一次都没有住过。

别的皇子公主哪一个没有自己的寝宫？而她只有这么小小的一间屋子，还因为自己不祥的身份，从来不敢留宿。

她进了屋子，听着那些宫人落锁，便沮丧地坐到床边的软榻上出神。

张宝成还在等她回家呢，可是她……却再也回不去了。

想到这里，一向倔强坚强的萧美娘也忍不住想哭，为什么总要和她开玩笑呢？

她出生的时候，老天就给她开了一个大玩笑，荧惑守心的星象把她逼入绝境。好不容易长大了，她不求富贵不求权势，只想和喜欢的人两厢厮守，老天却又说她是母仪天下的凤命。

明明是自己的命数，怎么都在老天手里？

萧美娘觉得委屈，更觉得绝望。

委屈是因为她所有的梦想都在这一刻被打碎，绝望是因为她发现她对这一切无能为力。

于是她捂着脸轻轻哭了起来，她不敢哭的太大声，在宫里啼哭是忌讳的。她把自己缩成一团，脸埋在膝盖里，哭得肩膀不停地发抖，却愣是听不见一声哭声。

“谁在宫里哭哭啼啼地晦气？我要是告诉了陛下，可得挨好多板子呢。”

娇俏而令人生厌的声音……

萧瑜是梁始兴王和张妙芬的女儿。

张妙芬是张皇后的妹妹，算起来是萧美娘的姨母，萧瑜就是她表妹。

始兴王去得早，张妙芬孤儿寡母的生活不易，张皇后便把萧瑜养在了宫里，萧美娘不在，她便是张皇后放在心尖上宠的人。

萧瑜长相出众，又聪明伶俐，很讨长辈欢心，就连不苟言笑的萧岿都时常与她玩笑，自然就让她娇纵了起来。

在长辈面前她是不敢无礼的，可是对生来不祥的萧美娘她从来没有过什么好脸色。

萧美娘入宫最怕的就是对上这小表妹，萧瑜的手段不算高明，可胜在有萧岿撑腰。萧美娘知道，只要她跑到萧岿面前去说几句话，萧岿是绝对不会站在他亲女儿这边的，因此她对萧瑜是能忍则忍，实在忍不了了让萧琮暗地里给个教训也就罢了。

可她在这种时候找上门来，萧美娘就是忍无可忍了。

她现在可是准晋王妃，是有凤命的人，她还怕谁呢？

萧岿难道还敢对她动手吗？

于是萧美娘抬脸看向了一脸幸灾乐祸的萧瑜，探出了头去，“方才父皇跟我说了一件事，和你有关，你要不要听？”

萧瑜还是孩子心气，只略犹豫了一下就走上前，“什么？”

“你靠近些，这话让旁人听了不好。”

萧瑜看到萧美娘有些假的笑意，心里发虚，可是她平时见她都不敢大声说话的，何况现在还被禁足了呢？于是她也不设防，把脑袋凑到了窗下。

萧美娘伸手将面前小几上的茶壶提到了手里，对着萧瑜就毫不留情的浇了下去。

“呀！大胆！你疯了不成？”萧瑜猛地往后退了几步。

茶水不烫，浇在身上也够受的，衣服湿答答地贴在身上不好受不说，梳好的发髻也都乱了，一只落汤鸡，狼狈得很。

萧美娘砸了手里的茶壶，一声脆响把萧瑜也吓住了，呆愣愣

地看着萧美娘说不出话来。她从来没见过这样阴鸷的萧美娘，看上去有些可怕。

这个不懂事的表妹，打小儿就会仗势欺人。

不知道是哪一年张皇后的生辰，她跟着张轲进宫祝寿，萧瑜就带着那些宗室女子嘲笑她是不祥之身，甚至把她的贺礼扔进了御湖里。

“不祥之人送的不祥之物，给皇宫带来灾厄怎么办呢？”

当时萧瑜站在岸上，眼底是毫不掩饰的算计和得意，又或许是因为年纪太小，根本不知道怎么去掩饰。

萧美娘不是生事的人，只是觉得这个女孩儿太张狂，未必能有个好结果。

可事实是，她却一步步成了帝后眼前的红人，在这个皇宫里，哪怕是公主在萧岿面前都未必有她那般的分量。

就连萧琮都说，萧瑜这丫头左右逢源，心机太重。

而现在，她站在萧美娘面前，头发湿漉漉的粘在脸上，瞪着一双凤目，却又不敢上前，看在萧美娘眼里，滑稽又可笑。

“萧美娘，你欺人太甚！等我去告诉陛下治你的罪！”

虽然话说得狠，气势上已然是输了的，萧美娘如今也不怕她，只是轻蔑地冷哼了一声。比起萧美娘的冷漠，萧瑜更像是在无理取闹。

“瑜儿。”

温柔的声音唤了她一声，萧瑜面露喜色，转头却又是委屈的神情，“姨母，美娘她欺负我。”

张皇后是目光如炬的人，看到浑身是水的萧瑜和一脸倔强的萧美娘就猜到了八九。因此摸了摸萧瑜的头，拾去粘在她发梢上的茶叶，安慰道："好了，知道你委屈，快去换身衣裳，仔细生了病。"

萧瑜带着哭意应了一声，就被张皇后的贴身侍女给领走了，张皇后这才转而看向萧美娘，微微叹了一口气。

她开了门，走到了萧美娘身边，萧美娘这才从软榻上下来，看着张皇后却只是咬着嘴唇不说话。

张皇后都忘了自己有多久没好好看看萧美娘了，身量小小，梳着简单的惊鸿髻，也只戴了两根素银簪子。水绿色的裙子上绣着几朵素色小花，矜雅大方，衬得她倾城绝世的容颜另有一种楚楚可人。

如今抿着嘴唇，漂亮眼睛亮得出奇，显见的是受了大委屈。

张皇后把她揽进了怀里，抚摸着她的背，才觉出萧美娘实在是太瘦了。

"可怜的孩子。"

萧美娘用力眨了眨眼，眼睛酸胀得厉害，终是没有忍住眼泪，张皇后感觉到胸前被濡湿，才发现怀里的女孩儿已经是泪流满面。

"这是怎么了？"她也顾不得其他，用袖子去帮萧美娘擦眼泪，"原是一件喜事，你这孩子哭什么？"

萧美娘渐渐止了泪水，"母后若真是心疼我，就别让我嫁去大兴。"

张皇后更是不解，别说如今天下之势杨家独大，就是杨广也是一等一的人品才貌，萧美娘是看不上哪一点？

"杨坚登了帝位，眼看就要统一中原。晋王虽不是太子，却听说有治世之能，又得独孤皇后钟爱，以后前途不可估量。"她看萧美娘抽抽噎噎的却也在认真听她说话，便继续劝道，"这个

且不论，你看杨坚登了帝位，雷霆手段除了多少人？唯有你父皇得他信赖，还不是因为你父皇当日的明哲保身？如今天下初定，若没有这联姻，我们梁国恐怕……”

说到这个，萧美娘就从心底有些看不上萧岿。

当年萧岿自降身份，得到了周帝宇文邕的庇护，可在杨坚以隋代周的时候却又袖手旁观，眼睁睁地看着杨坚屠戮宇文王室和一众忠臣。如今又要这样去向杨坚寻求庇护，这样的皇帝，委实窝囊！

萧美娘不敢抬头看张皇后，便只轻声道：“女儿福薄命薄，怕没有这个命数。”

“再怎么福薄命薄都是过去的事了，如今袁天罡的卦象说你是凤命，这是大吉大利啊！”

萧美娘也不说话，只是轻轻叹了一口气，张皇后细心，从这声叹息声中觉出了几分不寻常。

“美娘，你自幼不在我身边却出落得这么好，又一直是最温顺懂事的，如今为了联姻这般，可是有别的缘故？”

萧美娘抿了抿嘴唇，却硬是把张宝成的名字咽了下去，道：“女儿不想离开故国家园，亦不想离开父母亲人。”

张皇后是个聪明人，看萧美娘这般也就猜到了八九，因此只是把萧美娘搂在怀里，默默思索着。

萧美娘不知道张皇后这是什么意思，心里乱糟糟的，所以在张皇后平平淡淡地说出“张宝成”这个名字的时候，没忍住流露出惊讶的神情。

这样就够了，张皇后明白了萧美娘的心思，只是叹了一口气。

乱世中，最容不下的就是这些风月情长。

“什么时候的事？”

张皇后的语气很冷淡，让萧美娘有些惶恐，她不知道要怎么说，更害怕自己说错了话会连累张宝成，因此只是垂了头保持沉默。

张皇后看她这样又急又气又是无奈，“你这孩子，真是不知轻重！”

委屈的情绪，几乎是一瞬间爆发的。

她不知道自己哪里“不知轻重”，若不是半路杀出这联姻的事，有萧琮的帮忙，她和张宝成是该有一段美好姻缘的。

“若不是当日，父皇和母后听信袁天罡的话将女儿送去张府，又岂会有今日的事！”

萧美娘难得地反驳了她，让张皇后有些意外。而更让人意外的是萧美娘放软了声音道：“女儿与宝成有了私情是不对，那女儿宁可不要这公主的名号做一个庶民，也不愿嫁去大兴做王妃。”

“胡言乱语！”张皇后打断了她，“联姻的事已经决定了，不是你一两句话就能更改的。”

看萧美娘只是倔强地不说话，张皇后也不知道该怎么劝，这儿女私情本就是最难开解的。

“美娘，且不说梁国需要你去联姻，就算你不是凤命，乱世之中，又怎么容得下你这种心思？”

张皇后越说越心疼，怜爱地抚摸着萧美娘的后颈，“不是杨广也会是其他的公子王孙，绝不会是张宝成，与其嫁与那些纨绔，不如跟了杨广，还能谋个出路。”

“母后又怎知，这条出路不会是死路？”

“死路也好，活路也罢，你要自己成全自己。”

成全……

烽火狼烟燃了千百载，从来不曾熄灭过，乱世有乱世的苦，盛世有盛世的苦，说到底这世上本无“成全”这说法，一切都是命数罢了。

曾经的她是不祥之人，如今的她凤命缠身。

曾经她尚不知事所以任人摆布，如今她看的通透却也无能为力。

张皇后说得对，她们这些人的去留从来都是家国大义的棋子，就算不是杨广也不会是庶民张宝成。

从她出生的时候起，就已经站在了权力场上，如今只是一步步陷得更深而已。

只有真正拥有权势的人才能掌控自己和别人的命运。

所以，她只有自己成全自己，才能在这乱世里，争得她想要的东西吗？

萧美娘没有再说话，只是眼睛亮得出奇。

【五】嫁衣如火

杨广镇守并州，一时间赶不回来，因此万事从简，杨坚派来的人早就到了江陵城，只等着吉时一到，迎萧美娘回大兴宫，在大兴举行成亲礼。

这一个月里，萧美娘住在昭阳宫里学习新嫁娘的礼仪，恍恍惚惚地过着日子。可能是自己刻意想要遗忘，所以她想起张宝成的次数也越来越少。

她反复做着两个梦，一个梦里有一匹发了狂的大黑马冲着她跑过来，从她身上踏过。一个梦里是黑漆漆的宫室，阴凉刺骨的滴水声能让人发疯。

但是她只梦到张宝成一次。

仿佛是很久很久以前，梦里的他还是个孩子，一个人在院子里种下了一棵香樟树，然后朝着她露出了最纯粹的一个笑。

那两个噩梦她都能平静地做完，只有这个梦让她蓦然惊醒，汗湿薄衫，梦外不知身是客。

成亲礼前夜，她换上了绣着凤穿牡丹的大红华服静静地坐在梳妆镜前，为她梳妆的是张皇后。

散开少女的双鬟，纤纤红酥手将缕缕青丝缠成髻，华美的凤冠落到了头上，耳边传来细小的珠翠碰撞的声音，萧美娘被这突如其来的重量压得皱了皱眉。

铜镜里的人浓妆艳抹，看上去便如同春日里最艳丽的牡丹花，晃了人的眼睛。

萧美娘有些出神，镜子里的人那样陌生，居然是她自己吗？

她不自觉地伸出手触上了铜镜，冷冷的，让她又极快地缩了手。

张皇后扶着她的肩膀也看着镜子里的丽人，欣慰地笑笑，“我们美娘是个美人胚子，虽年纪还小，却已经是倾国倾城了。”

从小儿没有过多的亲近，谁知最亲近的一次，就是要送她远嫁。

“这些年，是母后对不住你了。”

听到张皇后的声音，萧美娘也有些辛酸，却知道在这个日子里她决不能流眼泪，因此笑道：“母后不要挂怀，千万珍重。”

张皇后欣慰地覆上她的肩头，“你是个懂事的，我放心，只是……瑜儿她，她年纪小又骄纵惯了的，我只怕她又要闯祸。”

说来也奇怪，自打她萧美娘要远嫁当晋王妃的消息传出来之后，一向闹腾的萧瑜就安分了许久。

萧美娘以为她是欺软怕硬，不敢在她面前嚣张了，却不承想始兴王妃张妙芬写了信给张皇后，要让萧瑜做萧美娘的陪嫁。说是宁愿做低伏小地服侍萧美娘，也要进那大兴宫。

萧岿自然没什么意见，嫁了一个公主再陪嫁一个郡主，那是给足了杨坚面子，也给了他更多的筹码。

他担心的也就是萧瑜这么个金枝玉叶，不肯跟了萧美娘去。

萧美娘是正妃，萧瑜就算能得了杨广的青睐最多也就是侧妃的位子，若是运气不好，就只能做萧美娘的丫鬟。他知道萧瑜一向都不大看得上萧美娘，心高气傲的如何能服软呢？

谁知道萧瑜不仅答应了，在昭阳宫里就像丫鬟似的服侍萧美娘，“姐姐”不离口的，挑不出毛病的乖巧。这传到了萧岿耳里更是心生怜爱，生生给了她不少赏赐，算起来都快要和萧美娘的嫁妆比肩了。

名为赏赐实为嫁妆，又是和正妃一样的规格，意图就很明显了。

张皇后一直以为萧美娘为了这事心里不舒服，毕竟萧瑜只不过是陪嫁丫鬟，这事放谁身上都硌硬。因此她说这话时分外小心，萧美娘和萧瑜都是她疼爱的，就算做不成娥皇女英，也不要弄到手足相残的地步才好。

萧美娘知道张皇后的顾虑，因此只道：“瑜儿最近很懂事，儿臣会好好照顾她的。”

张皇后点了点头，本想抱一抱萧美娘又怕弄乱了她的衣裳，还想说什么就听见内侍尖厉的一声“吉时到”，穿过重重屋檐，落到了萧美娘的耳朵里。

她突然有些愣神儿，恍若梦中，看着张皇后说不出话，一双手揪着礼服还有些颤抖。

她有些害怕，害怕去面对未知的未来，很远又很近，却无法抗拒。

她该走了，一个人上路。

张皇后眼眶含泪，取过梳妆台上的扇子交到了萧美娘手里，又握了握她的手，“别怕。”

萧美娘轻轻点了点头，将扇子举在面前，挡住了那倾世稚颜。

站起来的时候，头上的凤冠实在太重，她的脚步都有些不稳。

这么重的凤冠，如何能让人自由走动？不过也罢，以后的日子里只怕也不得自由了，戴上了这凤冠，就戴上了枷锁。一步一步都要小心谨慎，不为了梁国也要为了她自己。

一直守在外面的萧瑜也打扮得精致华美，看着萧美娘被张皇后扶了出来，立刻上去搀住了萧美娘的手臂。

两个人转身下拜，辞别张皇后。

萧琮等在昭阳宫外，领着一众宫人伺候萧美娘坐上辇轿，往大殿去。

萧岿和一众使者等在了那里，萧美娘以公主之礼辞别萧岿，便坐着辇轿跟着那些使者往城外去。

萧琮穿着礼服，骑着挂着红绸的骏马一直走在最前面，队伍走过江陵的街道，百姓们空巷而出，只为了看看这场旷世婚礼。

公主和郡主远嫁，太子殿下做送亲使，百年难遇的盛况。

萧美娘坐着辇轿，扇子始终挡在脸前，不知道是为了不让旁人窥见她，还是为了不让自己看见人群里的某个人。

他一定会来的。

因为他曾经说，他要亲自看着她出嫁，当时他笑得有些羞涩，她明白他的意思。

他要亲自看着她出嫁，嫁衣华服，把她娶回家。

如今，青梅竹马的爱恋已逝，也只剩下这承诺还能实现一半。

那不会再被人提起的另一半，就当作是……少年美梦罢了。

梦终究是要醒的。

天还未亮透的江陵城雾蒙蒙的，像是笼上了一层纱，清晨的空气混合着晨露，有些凉沁。

红色的送亲仪仗队如同一条绸带落在这都城，行过处鲜花撒了一地，红装铺开十里，说不出的天家富贵，繁华太平。

张宝成混在人群里，也是一袭惹眼的红衣，他看着高高在上的穿着婚服的女子，未曾想过再见会是这样的场景。

过往重重仿若都化作这清晨的迷雾，氤氲在眼前，伸手去触摸却只是空空的冰冷。

她配得上这样的盛世婚礼，配不上她的，是他。

萧琮跟他说过很多，萧美娘就算是不祥之人，她的夫君也一定会是位高权重的。所以一直他都活在一个自欺欺人的梦里，现在梦醒了，这铺天盖地的红和欢声笑语击碎了他的梦。

原来是空无一物。

所有人都说着这是天作之合，却没有人过问那美丽的新嫁娘其实所爱另有他人。

萧琮看见了人群里的他，颇无奈地轻叹了一口气。

真不知道是该说他自作自受，还是该说这是造化弄人。

萧美娘被摆布了好几天，就像一个木偶人，可就在那一个瞬间，她察觉到了一道熟悉的目光。

举着扇子的手微微颤抖着，露出了眼睛来，小心翼翼地转向了那个方向。

动作缓慢而僵硬，却很笃定。

张宝成看着她，眼睛都不敢眨，生怕他一眨眼，眼前的人就会消失。

终于，萧美娘的目光停留到了他的身上。

他看见她愣了一愣，却没有多惊讶，然后缓缓地移开了遮脸的扇子。

却扇之礼，是南方嫁娶的习俗，新娘以扇遮面，等到洞房时与夫君相对方可取下。

张宝成看着她移开了扇子却又很快遮住了脸转了回去。

只是一瞬间而已，若不是人群中爆发的惊喜的欢呼声，他都以为那不过是一个幻觉。

他痴痴站在那里，人潮从他身边匆匆而过，而他仿佛置身于另一个世界，动也不动。

她的辇轿越行越远，渐渐地成了一个小红点，人群也跟着队伍向前涌去，没过多久，街道上就只剩了他。

在这空荡荡的清晨站在空荡荡的街上，似有一声叹息随晨风入殓。

而在城外，迎亲的马车已经准备好了，萧瑜扶着萧美娘下了轿，萧琮也下了马走了过来。

仪仗队停得远远的，使者们也知趣地各自走到自己的马前，留人家再说几句话。

太阳渐渐升得高了，阳光穿过迷雾落在萧美娘的嫁衣上，像是镀上了一层碎金。

“今日的美娘，是皇兄见过，最美的一次。”

“再美也不是给你看的。”

语气娇俏却落了刻意，萧琮听得出来也不点破，只帮她理了理肩上的褶皱，“皇兄就送你到这，你自己千万要珍重，该争的不要舍，该放的……就放了吧。”

“我知道的，你别啰唆了。”萧美娘隔着扇子像是在笑，“太子哥哥，你们，也多保重。”

“保重”二字突然就染了哭意。

这是最后一程了，再后来的路途漫漫就是只能是她孑然一身了。

前所未有的害怕和无措，都只能落在这“保重”上。

萧琮鼻头一酸，笑道:“好了，以前可没见你这么婆婆妈妈的”，说着握住了她的手，“我也不多说了，知道你都明白，好好照顾自己。”

萧美娘顿了顿，“美娘拜别皇兄。”

她嫁衣如火，可惜浮生凉薄。

【六】燕燕于飞

时局不稳，杨坚派来的车马也不多，一行人轻车简从的，到了傍晚已经离开江陵城很远了。

眼看天色将晚，萧瑜便扶了萧美娘下车，住进了驿站。

萧美娘木木地坐在床上，双手握拳，似有所思，萧瑜则帮她整理房间，也是一言不发。

萧瑜推开了窗子，凉凉的晚风便拂到了脸上，夜色也如水一般流淌进来。

“今晚的月亮真大啊。”萧瑜轻声道，像是在自言自语，语气轻巧，带了丝少女的娇俏。

有时候，萧美娘还有些羡慕萧瑜，无忧无虑的爱娇，这才被人宠成如今的娇纵，可她也有少女该有的生气。

于是她的目光不自觉地就停留在她身上，萧瑜正站在窗前仰着头赏月，萧美娘看了她好一会儿儿才道：“打点水来洗脸吧，今日劳乏了。”

萧瑜应了一声就去了，萧美娘等她关上了门才展开手掌，手心里的一方丝帕几乎要被她的汗浸湿了。

这是和萧琮告别的时候他偷偷塞给她的，让她一路上都惴惴不安，心慌得紧。这丝帕已经被她揉得皱巴巴的了，上面有点点墨痕。如今被她攥在手里，仿佛还有些烫，萧美娘既期待，又害怕，不知道该期待什么也不知道在害怕什么。

只是心上像是压了一块大石头，让她喘不过气，手有些颤抖，却不敢看看帕子上的内容。

脑子里嗡嗡作响，不知是外面太吵，还是心里太乱。

啪嗒一声，她猛然惊醒看向窗外，原来是萧瑜忘了关窗户，被风吹上了。

她又坐了一会儿，起身去关窗户，被晚风一吹反倒清醒了过来，便就在月亮下展平了那丝绢。

上面的字清瘦灵逸，颇有风骨，她是很熟悉的，可却是字字殷红，句句泣血。

他留给了她一首《燕燕》。

燕燕于飞，差池其羽。之子于归，远送于野。瞻望弗及，泣涕如雨。

燕燕于飞，颉之颃之。之子于归，远于将之。瞻望弗及，伫立以泣。

燕燕于飞，下上其音。之子于归，远送于南。瞻望弗及，实劳我心。

仲氏任只，其心塞渊。终温且惠，淑慎其身。先君之思，以勖寡人。

求而不得，瞻望弗及的悲哀，从古至今都是一样的，燕鸣声声哀婉，却终不如这辞章，有着将相思刻入骨血的绝望。

以血为书，不知道他是伤痛到了何种地步，萧美娘抬头去看月亮，却是朦朦胧胧像是蒙了雾，似乎还有潋滟水光。

在泪水涌上眼眶的一瞬间，她是想不顾一切地去见他的，可身上繁重的嫁衣都明明白白地告诉她，他和她，大约已经见了今生的最后一面了。

在皇宫里那弯冷月下。

她被禁足之后，即将成为晋王妃的消息就传遍了江陵，是萧琮偷偷告诉她，张宝成想见她一面。她看萧琮的神情就知道张宝成大约是有些颓丧了，说到底两个人以后就是陌路人了，她不愿也不忍心再让他为一个陌路人牵肠挂肚。

因此一免了禁足，两个人便在御花园偏僻的唱月亭，见了一面。

张宝成到的早，萧美娘登上唱月亭的时候他正站在栏杆前，像她现在这样仰着头看月亮。那天的月亮还是弯弯的，月光浅浅，披在张宝成身上让他整个人宛如玉石雕琢，温润俊雅。

萧美娘便站在那里，静静地看着他，空气里除了不知哪里传来的潺潺流水声，便是两个人都小心翼翼的呼吸。

张宝成知道萧美娘来了，只是不想看她，仿佛一夕之间，他们就已经是不同世界的人了。

萧美娘沉默了一会儿，虽是答应了要见他，却没有想过该说些什么。或是说她想过很多话，想过千万种解释，却在张宝成面前溃不成军。

什么也不必说，说了也只是让彼此徒添烦恼。

什么也不用解释，解释了也改不了各有命途。

萧美娘微微叹息一声，款款走上前去，轻声道："我马上就是晋王妃了，你我现在见面，不大合适。"

张宝成转头看向她，在清冷的月光下神情莫测，许久才道："可你还是来了。"

萧美娘一时语塞，便转过了头不再说话，张宝成站在她身边，听得见身边的人气息有些乱，她是心慌。

张宝成也不知道该说些什么，质问和疑惑都在萧美娘出现在面前的时候烟消云散，便像往常一样牵起了她的手，冰凉。

他皱了眉，"晚上还是冷的，你出门也该披一件衣裳。"

萧美娘不动声色地把手抽了回来，"这些事，就不劳烦你记挂了。"

张宝成握住了手里的空气，嘴角勾起一抹苦涩的笑来，"何苦现在就与我生分？我好歹也是你哥哥。"

萧美娘需要靠沉默才能让自己开口说话的时候显得平静，于是她过了许久才轻声道："萧琮才是我正经的哥哥。"

张宝成微怔，眉宇间露出难以置信的悲痛，他没想到萧美娘会连他们之间的兄妹情分都一并抹去。萧美娘亦不敢看他，只微微低头，"从前是我不好，让你误会了这许久，如今我要出嫁了，你也该死了这份心。"

"你若不是心甘情愿，我便不会死心！"张宝成语气有些急，声音也高了些，倒让萧美娘有些惊讶。

说的话也这样戳人心，只让她原本看淡此生的心又开始不甘地跳动，可她终究只是露出一个最好看不过的笑来。

“晋王杨广是天之骄子，嫁与他，该是天下所有女子的梦想。”

“我问的是你。”

萧美娘的笑容有一瞬间的凝滞，然后对着张宝成，一字一句道：“我也只是个女子。”

面对这乱世，束手就擒。

张宝成明白了她的意思，面上是一片惊痛，不禁往后退了几步，仿佛面前的女子他根本就不认识。

“可你以前……不是这样的。”张宝成用了极大的勇气才敢问出这句话，他已经猜到自己得不到回应，也不会有结果。

可是他不问，他就不甘心，他想要听萧美娘亲口告诉他，却不知这对萧美娘来说，是最残忍的事。

“宝成，人心是敌不过这世道的。”萧美娘看着他，眼睛里仿佛有揉碎的不舍和凄惶，“错不在你我，错在这乱世。”

“我若不服错呢？”

萧美娘没想到张宝成会问出这样可笑的话来，便摇了摇头，“你不服错，终究我也不能把你怎么样，可你，错得过这世道吗？”

回忆再多，最后便只停留在她问张宝成的这话里——错得过这世道吗？

这是她对张宝成说的，也是在对自己说的，她知道命已定盘，再无回头，可手中丝帕上的折痕，像是他蹙起的眉。

她伸手想要去抚平，却已经是无能为力。

人是要成全自己，可成全自己却不能得到真正想要的东西，她成全的究竟是谁？

窗扇还在左右摇摆，也让她犹疑不决，是要天下，还是要人间。

她揉了揉眼睛，萧瑜正好端着水盆进来了，看到她站在窗前，愣了一愣，“姐姐怎么了？”

“风大，关个窗。”萧美娘说着就把窗户拴上了，却也不说落座，只盯着萧瑜看。

萧瑜现在对她恭顺有礼，看上去倒真是甘心做一个陪嫁丫鬟的样子。

可萧美娘知道她不是，前几天她亲眼看见萧瑜在她的房间里，看着那身嫁衣出神。那眼里露出的痴迷和渴望太过炽烈，萧美娘便看出来她其实是有野心的，对这晋王妃的位置。

想要的人得不到，不想要的却不得不要，她不知道萧瑜跟她去大兴的目的是什么，却清楚这丫头的城府。

思及此，她倒生出了一种心思来，上下打量着萧瑜，看得萧瑜很不自在，也低头看了看自己，并没什么差错，“怎么了？”

萧美娘微微一笑，“瑜儿，你想当晋王妃吗？”

【七】翩翩君子

晚间起了风，吹散了天上的浮云，到了天将明未明的时候一轮圆月轻轻巧巧地挂在西边，雾蒙蒙的清浅。

眼看天快亮了，萧美娘偷偷跑出驿站之后长舒一口气，也有一种拨云见月的轻松和欢喜。

反正杨坚要的是晋王妃，这个王妃是谁并不重要，“萧美娘”和“萧瑜”对他来说都是一样的。

人总是要有一次，为了自己去义无反顾。

萧美娘抬头看看月亮，天已经蒙蒙亮了，月亮也变浅了些，

像是一不留神就会融化在晨曦里。

代表着黎明的月亮，迎接了她的新生。

而她的新生在一开始的时候，就遇上了些小挫折。

萧美娘把身上带的几件首饰当了换了些银子便优哉游哉地在集市上溜达了起来。

叫卖吆喝的声音，讨价还价的声音，还有议论时局的声音，这个小城倒是有着都城江陵少有的人间烟火的味道。

只是碰上赶集的日子，街上人很多，免不了磕磕碰碰的，让萧美娘的兴致去了大半。

意兴阑珊地想要去雇辆马车好回江陵，谁知一个高大的男人挡在了她面前，把萧美娘吓了一跳。

抬起头来，这男子眉眼生辉，薄唇轻抿似是带了笑意，看上去隐隐有贵气，倒是丰神俊朗的好模样。萧美娘大着胆子打量了他一番，看男子眼里带了丝戏谑才想起礼数来，忙低了头，脸上烧得慌，低低道："公子有事吗？"

大街上的挡一个女子的去路，莫不是登徒子？

思及此，萧美娘便有些害怕，如今她只身一人，要真碰上这样的色坯恐怕难以脱身。

那男子像是猜出了萧美娘的心思，往后退了一步，从袖子里掏出了一个荷包在她面前晃了晃，"你丢东西了，我给你送回来。"

萧美娘愣愣的尚未反应过来，只是看着他手里的荷包觉得眼熟得很，好一会儿才往自己腰间一摸，果然是空空如也。

"原来是这样，多谢公子。"萧美娘接过荷包，对男子千恩万谢的，这是她全部的身家，若是丢了恐怕她就得当那花子一路讨饭回江陵了。

男子爽朗一笑，“姑娘一个人还是不要在这儿乱晃了，如今世道乱，失了钱财事小，伤了性命可就事大了。”

萧美娘连连道谢，那男子挥挥手，“举手之劳，有人偷姑娘的荷包，我没有坐视不管的道理。”

“世道虽乱，有公子这样的人，可见这世道还有得救。”萧美娘抿嘴一笑，顿了顿又问道，“公子知道哪里可以雇车吗？”

男子指了一个方向笑道：“真是巧了，我也要雇车，姑娘要是不嫌弃，你我同行吧？”

萧美娘本就怕自己一个女子还会遭人暗算，如今男子既然邀她同行她自然是感激不尽。街上人多嘈杂，男子有意落后萧美娘半步，防止再有人盯上这看上去就很天真的小姑娘。

就是这样细心的小动作，却让萧美娘莫名感觉有些窝心。从小到大见过的听过的尽是冷言冷语、拜高踩低，她都快不相信这人世间还有如此简单纯粹的温情了。

两个人走在街上也不多说话，没过一会儿就看到一片空地上停了不少车在那，马槽边拴了好几匹马，有些穿着锦缎的商人正和车夫们争论不休。

“到了。”男子停了脚步，“你要往哪里去？”

“江陵。”萧美娘正打量着这地方，便脱口而出。

“你是江陵人？”

萧美娘被他问得一愣，“不错，有什么问题吗？”

男子便打量了她几眼，笑道：“以前听人说江陵养美人，我还只不信。”

萧美娘听了这话好一会儿才反应过来，微微红了脸。原以为这是个正经的正人君子，谁承想也是个流氓。

不过这个流氓模样生得太好，言谈举止也都温润得体，硬是让人讨厌不起来。

她正胡思乱想，那男子已经帮她选了一辆马车，顺便讲好了价正要帮她付钱。

萧美娘一看就觉得太过意不去了，忙拦住了他，“你已经帮了我太多了，车钱我还是付得起的。”

男子好笑地看着她，拉着她背过那车夫轻声道：“不是怕你付不起，你一个女子孤身一人，难免会被人欺负，我帮你付了钱，好让这些人有个忌惮。”

萧美娘没想到这人想得这么周到，似有暖意从心底泛起，让她一时间说不出话来。

过了许久，她才低了头低低道：“你我不过萍水相逢，何必要帮我这么多？”

男子依旧笑得爽朗可亲，“正是萍水相逢才叫作缘分，何况落难的是美人。”

萧美娘没在意他的冒犯，蹙着眉想了想，从荷包里拿出了一锭银子就塞到了他手里，“我不能要你的钱，你帮我付了车钱，这便是我还你的。”

男子看了看手里的银锭子，简直哭笑不得，“我一个男人怎好意思要你一个弱女子的钱？”说着就把钱扔进了萧美娘的荷包里。

“可是……”

“好了”，那男子打断了她的“可是”，“便当是我借你的，以后若有缘再见，姑娘你应我一个要求，岂不比银钱来得新鲜有趣？”

萧美娘见他这么说也不好再坚持，只好笑道：“那便希望我与公子还能再见了。”

男子送她上了马车，等到车驶出了自己的视线仍收不回目光，这女子身上有一股特别的香气，分外迷人，又是倾国倾城的容貌，当真是世间罕见。

只是可惜了，有缘无分。

他轻轻叹了一口气，刚转身就看见一个小厮模样的人气喘吁吁地跑到他身边站定，拍着胸口好一会儿才顺过气来，“王爷让奴才好找！”

杨广心知方才为了帮那姑娘就把自己近身服侍的小太监阿三给冷落了有些对不起人家，便也伸手拍了拍他的背，“怎么了着急忙慌的，出什么事了？”

“您还别说，真出大事了。”

杨广看阿三突然严肃起来的神情也敛了笑意，“怎么了？”

“晋王妃跑了！”

“什么？！”

杨广大为吃惊，自家父皇为了笼络西梁政权让他迎娶那从未谋面的梁国公主他是没什么意见的，左不过是个女人，娶谁都是娶，娶个王妃还能讨杨坚欢心是再好不过的事。

可是，梁国公主居然敢逃婚？

她难道不知道这次联姻对大隋和西梁来说有多重要吗？

“送亲的人是怎么办事的？一个女子都看不住！”

阿三道：“王妃和陪嫁的上林郡主换了衣裳，趁着夜色跑了，要不是因为郡主不似王妃那般体带异香，送亲的梁大人就真被瞒过了。”

送亲的梁大人丢了人不敢向杨坚禀报，听说杨广最近亲自到梁国来选马匹这才偷偷告诉了杨广，让他给拿个主意。

“本王能拿什么主意？快把人找回来是正经的，要真是丢了人父皇生了气，本王也救不了他。”

杨广这么说着，却想起了方才那小姑娘，体带异香，是江陵人，还是个美人。

他勾起了嘴角，原以为有缘无分，谁想到他们之间的缘分这么深。

【八】阴错阳差

阿三看自家王爷一点不着急还带了笑，更是不解，“王爷，跑的得可是您媳妇！”

“跑便跑了，抓回来就是了。”杨广看上去满不在乎的样子，转身挑了一匹骏马，扔下银子上马就跑，急得阿三在后面直跳脚。

杨广马跑得快，很快就看见了萧美娘的马车在前面不远的地方，眼瞅着美人就在前面，他却勒了马。

原以为是个柔柔弱弱的小女子，没想到胆子大到敢逃婚，真是有趣。

他要是就这么贸然上去抢人，恐怕会把他的小王妃给吓到，万一弄巧成拙岂不是大罪过？何况他还弄不清这丫头为什么要逃婚，就算年纪不大这关乎家国大义的事总该是心里有数的吧？

不过她倒还算聪明，晓得找人来瞒天过海，为了不嫁给他也算是费尽心思了。

杨广这么想着，从小学的帝王权谋之术让他在没有万全把握之前绝不出手，因此便不紧不慢地跟在后面。

眼看日头渐渐高了，杨广还是没有找到合适的时机。

慢慢地马车进了山，通衢大道成了羊肠小路，绕过这座山便是江陵城了，再不出手的话可就来不及了。

杨广加紧了几步跟上，正想去把人拦下来，谁知就听见一阵喊打喊杀的声音。

眼前的马车突然加快速度疯跑，就连自己座下的骏马也是一声嘶鸣，很是不安。这样乱的世道，有人落草为寇也是常情，杨广一面安抚着马儿一边觉得是老天助他。

英雄救美的戏码，从来都不嫌俗套。

且说萧美娘在马车里坐得好好的，突然一阵颠簸，车夫拼了命似的驱车，吓得她掀起车帘问发生了什么事。

“这一带闹山贼，平时我们都是好几辆车一起走的！今儿个要不是看你给的钱多，我才不揽这活呢！”

车夫一面赶车一面骂骂咧咧地直呼自己运气不好，萧美娘也没想到自己逃个婚逃出这么大的麻烦来，真是时运不济。

不等她抱怨，马儿嘶吼一声发了狂似的往前跑，然后传来了车夫的惨叫，马车也颠簸得越来越厉害，坐在车里的萧美娘感觉自己都要被癫得摔下去了。

那伙山贼人倒也不多，不过七八人，看见马车里坐着的是个穿着绫罗的小美人便打定了主意要把这一笔买卖做成。

可马儿受了惊跑得太快，他们压根儿追不上，为首一人看了看自己手里的白刃，便把它扔了出去，正好伤了马儿的腿。

那马儿吃痛，嘶鸣着跃起，差点儿将身后的车给掀过去。

萧美娘被这马的动作吓得魂都没了，感觉眼前一黑，只听见马的悲鸣和刀剑碰撞的声音。马车像是被一只大手捏着左右摇晃，

终于轰然倒了下去，她也被重重甩在了地上。

浑身散架似的疼，胃里更是被方才的动荡晃得恶心要吐，最最要紧的是她头不知磕到了哪里，眼前直冒金星。

这次逃婚，真是亏大了！

这是她在昏过去之前最后的想法。

再醒来的时候天已经黑了，眼前只有一对温暖的篝火，萧美娘只觉得浑身都痛，动也动不了，只能小心翼翼地蜷缩起身子。

“醒了？”

好熟悉的声音，萧美娘抬头一看，居然是早上遇见的男子！

“你？我……”她太过惊讶，以致有些语无伦次，这副模样把杨广逗笑了，“什么你啊我的，你是想问这是怎么一回事？”

萧美娘点了点头，“我记得我仿佛遇见了山贼。”

“不错。”杨广一面钩着柴火烤着鱼一面道，“我刚好赶到，顺手救下了你。”

“你一个人？”萧美娘有些不信，她虽然没敢探出头去看，可是听那动静，阵势大得很啊，这男子难不成是天生神力？

杨广冲她笑道：“这些落草为寇的人都是被逼到无路可走了，阵势虽大武功却一般，我一个人还能应付。”

萧美娘看他的眼神不禁多了些许敬佩，“公子是真英雄，小女子佩服，只是还不知道公子怎么称呼。”

杨广的动作顿了顿，想了想，道：“我家里人喊我阿摐，你要是不嫌弃，也叫我一声阿摐吧。”

萧美娘强撑着坐了起来，借着火光打量了一下环境，才发现他们俩在一个山洞里，“这是哪儿？”

“你昏迷不醒的行动不便，这山上恰好有个山洞，我就带着你过来权且做个安身之所。”杨广顿了顿，道，“还好你只是手臂受了伤，我帮你包扎了一下，没什么大碍了。只是身上恐怕还有淤青，你我男女有别我不好动手，明儿到了镇子上，你找个医馆看看，好好上药。”说着就将火上的鱼放到面前闻了闻，然后满意的笑笑，递给了萧美娘，“山洞外有个清水湖，里面的鱼倒是很鲜美，你尝尝。”

萧美娘简直是目瞪口呆，刚想开口表示自己的敬佩就被面前的烤鱼吸引了注意力，她肚子实在是饿了也就不多客气，接过了木棍，“好香啊！这世上还有你不会的事吗？”

“有啊。”

“什么？”萧美娘嘴里塞了鱼肉，说话有些含糊不清。

杨广又开始烤另一条鱼，低着头颇有些漫不经心地回答道：“我想我应该不会生娃。”

“噗！”

萧美娘实在是没忍住，还没咽下去的鱼肉尽数喷了出来，笑得合不拢嘴，“你这人真有意思！”

萧美娘笑起来眼儿弯弯，篝火映在眼眸中像是琉璃一般，光华流转，顾盼生姿。

杨广只是不经意地看了她一眼便再无法转移目光，这样生动的笑容，倒不像是久处深宫的公主，这样的生气不是那些精致的布偶人会有的。

萧美娘渐渐止了笑意便注意到了杨广的目光，脸微微一红转了过去，杨广也知道自己失态了，忙正襟危坐，作不经意问道：“你一个姑娘家孤身在外，家人居然放心得下？”

萧美娘心里存了不少事，只是无处倾诉，如今碰上一个陌生人，反倒是让她放下戒备来。

“不瞒你说，我就是逃出来的。”

“哦？”杨广做出很有兴趣的模样，“为什么逃出来？”

“他们逼我嫁人，我……我不是很想嫁给那个人。”萧美娘蜷起了身子，双手抱膝，小巧的下巴便搁在膝盖上，漂亮的眼睛扑闪着，带着少女特有的灵动。

“为什么不想嫁？那个人很不好吗？”

萧美娘摇摇头，“倒也不是，那个人听说是很好的，想嫁给他的女子怕是能挤满一个江陵城。”

“既是如此，为何你不愿嫁？”

“我……”萧美娘犹豫了会儿，终究还是不愿把张宝成的事说出来。

张宝成就像是她心里的珍宝，别人触不得，就连她自己也只能偷偷地把他的样子在心里描摹一遍又一遍。

最心爱的宝贝都是不愿意给别人看的。

“我也不知道，可能是因为离家太远了吧。”

她胡诌了一个理由，杨广自然半信半疑，却也不再多问，只安安静静地烤着鱼。

山洞里面很安静也很温暖，萧美娘边听着篝火燃烧的“哔剥”声边有些昏昏欲睡。杨广坐在她对面，看她坐在那里撑着头，时不时打个晃儿的模样，便忍不住挂上了盈盈笑意。他放下手里的烤鱼，取过自己的披风，轻手轻脚地盖在了萧美娘身上。

“困就睡吧，这一天你该累了。”

萧美娘也不知道是醒是梦，只迷迷糊糊“嗯”了一声，便在杨广臂弯里睡着了。

杨广看着她毫无防备的干净睡颜，觉得有些好笑，“你也不怕我是登徒子？”

看她只是呼吸浅浅，安稳绵长，杨广再不忍心吵她，将她安放在一边，自己便往另一边睡去了。

可能是身边睡着人杨广便睡不安稳了，萧美娘的或颦或笑总在他眼前晃悠，挠心挠肺的只是睡不着。睡不着他便干脆转个身看着对面的萧美娘，她倒是香梦沉酣。

萧美娘身量娇小，看上去还是个孩子，让人忍不住就想要好好照顾她，以后若要让他和这么一个“孩子”入洞房，想想还真是有些为难。

他看着萧美娘微微起伏的胸口，想起了过去听到的传言。

在知道杨坚要让他迎娶梁国公主的时候，他就听见很多人说梁国正经的公主和他的八字都犯冲，只有一直被养在宫外张府里的那位公主是大吉大利。

他当时有些疑惑，不明白公主为什么会住在宫外，后来听了不少流言蜚语，才知道原来这位公主生来不祥，给梁国带来了灾厄，这才被萧岿赶出了宫。

他是不信这些鬼神之说的，只觉得那些不过是哄骗世人的谎话，可是看到传闻里那个不祥的小公主安安静静地睡在自己身边，再把他道听途说的那些事和眼前的小姑娘联系到一起，杨广生出了一丝怜悯来。

听说因为她生来不祥，所以萧岿从来没有给过她好脸色，哪怕是除夕晚宴她的位子也只排在最最末位，比最低等的妃嫔还不如。

听说她的养父家家境贫寒，她贵为公主却亲自操持家务，养母身边上等的丫鬟都敢动辄给她脸色看。

听说她一个公主在皇宫里连自己的寝殿都没有，兄弟姐妹对她如同对待宫人奴婢，更把她的东西都扔进了水池子里。

…………

这些道听途说来的消息未免全部真实可信，可就算是经过了添油加醋，她的日子想必过得也一定好不到哪里去。

毕竟萧岿在她刚出生的时候就想杀了她，这是世人皆知的事情。

生活在这样的阴暗角落里，还能有那样干净纯粹的笑容，实在是难得。

这乱世中从来由不得儿女情长，尤其是像他这种身居高位还想更进一步的人，生活里每一件琐事都要权衡利弊。他一直都知道他的婚姻只会是权谋的筹码，可是如果他的妻子是萧美娘，他是真的想要娶她了。

篝火犹自燃烧着，映在洞顶上仿若水纹般晃动，暖黄色的烛影摇晃着，让他一颗心也变得暖融融的。

他的小王妃还想着要逃婚呢，如果这一次她没遇见他，逃便逃了，可既然遇上了，她不管逃到哪里，他都会把她娶回家。

山洞外有一汪清泉，月亮映在水里漾起一池碎金，波光潋滟。

月光总是公平的，就像是情人的眼睛，沉默温柔地注视着每一对有情人，萧美娘在山洞里安睡，而她的有情人则在月下彻夜难眠。

张府，只有张宝成的屋子还亮着灯，萧琮这几日都没回皇宫，一直待在这里陪他，怕的就是张宝成想不开跟自己过不去。

他这个人看上去淡淡然的什么都不放在心上，其实是个死心眼儿，最容易钻牛角尖，这正是萧琮最担心的地方。

“宝成，你别再喝了！”萧琮看着满桌满地的酒坛子，终于忍不住把他手里的那一个夺了下来，“都两天了，你不要命了？”

张宝成喝醉了，眼眶红的厉害，看萧琮也只是模糊的重影，他盯着他好半晌，只说了一个字，“酒。”

“没啦！被你喝光了！”萧琮没好气儿地回了他，看张宝成这醉鬼晃晃悠悠地朝自己扑过来，嫌弃地把他推开，“你这酒鬼，可别吐我身上。”

张宝成被他一推，没坐稳从板凳上摔倒了地上，倒稍微清醒了一点，坐在那发蒙，然后双手蒙脸呜呜哭了起来。虽然有意压抑自己的哭声，可萧琮听着还是难过得很，他走到他身边，也一屁股坐了下来，然后拍拍他的肩膀。

“美娘嫁了人，你老这么喝酒算怎么回事？正经的好好娶个媳妇，比什么都强，说句不好听的，你们俩，本就不是一路人！”

张宝成也不知道听没听进去，只是含含糊糊地念叨着“美娘”两个字，“她走了……她不回来了……”

“真是个傻子。”萧琮好不容易听明白他的话，便只幽幽叹了一口气。

果然是人说的，人间自是有情痴，他以前还只不信。

“美娘……”张宝成又喊了一声，萧琮早就不在意了，这几天“美娘”这两个字听得他耳朵都要起茧子了。

可这次张宝成倒像是清醒了不少，说的话虽然乱七八糟，倒也能听得懂了。

“她说她是自愿的，她愿意嫁给杨广，那我算什么呢？她还

说我连她哥哥都算不上，她哥哥只有萧琮那个流氓……”

等一下，为什么他是流氓？

萧琮听了抽了抽嘴角，看来这两个人私下里没少说他坏话。

“她心真狠啊，这么多年的感情，说断就断了……”

萧琮听着不禁也眼眶发红，哄孩子似的把他搂进怀里，“断就断吧，旧的不去，新的不来，你老这么记挂她，她也是回不来的。”

“她会回来的！”

这个醉鬼，话都说不清，叫板的声音倒还挺高，“她走的时候说了，让我等她回来，美娘从来不骗我。”

“她是不骗你，可惜的是这世道骗了她。”

萧琮也不知道自己跟一个烂醉如泥的人感慨什么，只是他身为太子，有时候也是一身的无可奈何，他倒想这么好好醉一场，可是他醉了，谁守着他呢？

“你啊，知足吧。”

萧琮顺手拿起酒坛子就往自己嘴里灌酒，衣襟被流下来的酒打湿了，他便扯开了衣襟，看上去有些颓丧。

张宝成呆呆看着萧琮喝酒，道：“你不让我喝，你自己喝，你……真流氓。”

“行行行，我流氓，流氓才不管你，醉死活该！”萧琮心里像有一团火在烧，仰着脖子咕嘟咕嘟就喝完了小半坛，然后将酒坛子砸得粉碎。

“你看，没了，我们谁都喝不成了。”

张宝成看着碎陶片和洒了一地的酒，笑了起来，“你醉了。”

萧琮懒得理他，“那醉鬼说话你听不听？”

“听。”

萧琮犹豫了好一会儿，才道：“美娘是被逼着联姻的，为了不嫁给杨广都和父皇把脸撕破了，大吵了一架，这才被禁足。她倒是一门心思要嫁你，可惜这乱世不由人，她跟我说此去大兴万事皆抛，唯抛不下宝成，你啊，知足吧。”

萧琮还是这么一句话，这世上，能有个人记挂着而那个人也记挂着自己，是件多好的事啊，哪像他，真真正正的一个孤家寡人，醉都不敢放肆醉。

张宝成只是双手捂着脸，也不知道还是不是醒着，这些话萧美娘千叮咛万嘱咐不让他告诉张宝成，可张宝成这副模样只怕明日醒来就什么都不记得了。

因此他干脆全盘托出，“美娘说了，让我看顾着你，别让你做傻事，再帮你张罗一门好亲事，让你安安稳稳的有个家。她为了让你死心在你面前把绝情话说尽了，心里还是记着你，张宝成，你要再这么不知好歹，我就替美娘教训你了！”

回应他的是张宝成的鼾声，萧琮觉得自己方才一定是对牛弹琴，傻得很。

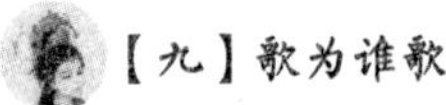

【九】歌为谁歌

萧美娘一夜好眠，醒来的时候头还有些昏昏的，她蹭着洞壁慢慢坐了起来，又发了好一会子呆才回过神儿。

山洞中间的篝火早就灭了，留下一堆灰烬和残木，她揉揉眼睛才发觉身上披着那男人的披风，可那男人却不知去了哪里。

她下意识地想伸个懒腰，却忘了自己的手臂骨折了，这一牵扯到伤处疼得她龇牙咧嘴，彻底清醒了过来。

这么一清醒，身上所有的伤口也都开始隐隐作痛，这样下去，

就算是回到江陵恐怕也没能耐见到张宝成。

她幽幽叹了一口气，真是祸不单行。

等了许久还是不见杨广回来，萧美娘便也有些着急了，虽然看那阿摐是个正人君子的模样，可万一那男人把她一人丢在这荒郊野岭的，她找谁哭去？

想着，她便扶着洞壁站了起来，慢悠悠地往洞外走。

杨广没有骗她，山洞外的那泓湖水看上去清澈得很，在阳光下泛起潋滟水光，摇碎了蓝天白云。

她环视了一圈，发现并没有人，便坐了下来，一只手艰难地脱下了鞋袜，将一双芊芊玉足泡进了水里。

暖洋洋的阳光照在身上，脚则被清清凉凉的湖水包裹，舒服得很，让她不由得玩心大起，踢起了水花来。

被踢起来的水花在阳光下折射出彩虹的光芒，乍一看，那雪白的玉足像是被彩虹环绕，萧美娘仿佛就坐在云端，恍若天女。

杨广刚回来就看到这样一幅场景便止了脚步，不忍心上前打扰到她。

萧美娘一个人玩了半晌也是觉得有些无聊，便安静了下来，两只脚在水里有一搭没一搭地晃着，逗弄着水里那些小鱼，涟漪一圈圈荡漾开去，又归于平静。

阳光晴好，洒在身上暖暖的，能把一颗心也焐热。

萧美娘轻轻哼起了小曲儿，缠绵忧伤的曲调，正是江南的温婉含蓄。杨广虽然是北方人，却十分渴慕江南文化，博览群书，尤善音律，听得出来这是那有名的《西洲曲》。

“忆郎郎不至，仰首望飞鸿。鸿飞满西洲，望郎上青楼……”

萧美娘的声音清澈，很适合这样的江南民谣，仿佛在宫商清音之间都能听见有人在江南的小桥流水间划桨而过，荡起潺潺水声，留下一抹月色。

杨广听得入了迷却又不由得蹙起眉来。

《西洲曲》是女子唱给情郎的情歌，唱的是和情郎相隔天涯，相思难解，盼的是能与情郎携手余生，白首不离。

“海水梦悠悠，君愁我亦愁。南风知我意，吹梦到西洲。”

南风过境，梦回西洲，你想要南风知道你什么样的心意，又要把什么样的梦境留在西洲？

今时今日，你在为谁而歌？

这般缠绵，这般落寞。

忽有一只黄鹂鸟飞落到萧美娘身边的树枝上，似是被歌声吸引，啁啾几声算是应和。萧美娘抬头看到了那黄鹂，也是觉得有趣，俯身鞠了一捧清波在手，往树上一泼。

那黄鹂吓得跳开老远，冲着萧美娘叫了几声，却又大着胆子围着萧美娘转起了圈圈。

萧美娘也是玩心大起，将一怀相思愁绪抛到脑后，只顾着和黄鹂鸟玩起来，活像个没长大的孩子。杨广躲在一边看着也觉得有意思，情不自禁地探出了身子。

谁知萧美娘玩得兴起，一扭身就看到杨广的半个身子，吓了一跳，“你在那做什么？也不出个声，存心要吓我是不是？”

“不是”，杨广看自己被发现了也不再躲藏，慢慢走了过去，“我是看你和鸟儿玩得甚好，怕扰了你的雅兴。”

黄鹂鸟早就飞走了，萧美娘听出了这话里揶揄的味道，也微微红了脸，然后发觉杨广正盯着她犹浸在水里的双足看。

这一发觉不要紧，她慌忙把脚缩回来藏到裙子里，“你转过

身去，我要穿鞋。”

杨广觉得好笑，也不欲和一个小姑娘多计较，乖乖转过了身，背对着她道：“方才唱歌的时候玩得开心，现在害什么羞？”

萧美娘匆匆穿好鞋袜，站了起来，有些不好意思，“你都听见了？”

“嗯，《西洲曲》，你唱得很好听。”杨广还是背对着她，“我可以转身了吗？”

“不可以。”萧美娘站在他身后，语气有些娇蛮，“你得答应我，不把方才的事情说出去。”

“嗯？”杨广有些不明所以，“为什么？”

“要让人知道我的脚被你看到了，我还怎么嫁人啊？”

可能是因为眼前是个不知道自己身世过去的陌生人，可能是杨广亲切温和，也可能是因为命中注定，缘分使然。萧美娘在杨广面前仿佛卸下了过去十几年背在肩上的包袱，变得天真娇俏，一如她曾经羡慕过的萧瑜一样。

“怕什么，要是让人知道了，你嫁给我就是了。”

“你……”

萧美娘红了脸，也不知是羞是恼，“原以为你是个君子，没想到这般轻浮！”

听萧美娘的语气带了恼意，杨广便知道自己失言了，忙转过身来看着她，“是我冒犯了，向你赔罪。”

萧美娘转过脸去不理他，杨广知道这样唐突不好，却觉得心里有个疙瘩，还是没忍住问道：“你唱的是《西洲曲》，可是因为有意中人？”

果然，萧美娘神情有些不自然，双手不安地绞在一起，轻抿了嘴唇，转过头来瞪了他一眼，“那也与你无关。”

杨广心一沉，果然是已有情郎，难怪要逃婚。

这么想着便越来越不是个滋味，他自认自己是声名远扬，像萧美娘说的，要嫁给他的人可以挤满一个江陵城。那萧美娘的意中人究竟是谁能把他一个皇子都比下去？

“你逃婚也是为了他？”

听杨广的语气也有些生硬，萧美娘只觉得这人未免有些逾矩，不愿再和他多说，绕过他就要走。杨广一急，忙抓住她的手腕，不料牵扯到了萧美娘身上的伤，让她蹙了眉，“你这人是怎么回事？我的事情为何要与你说？”

“我……”

话还没说出口，就听见马蹄声越来越近，不一会儿就到了面前。

杨广看着面前的人不由得皱了眉，早不来晚不来，偏偏这时候出来捣乱！

送亲的梁使者看晋王殿下的眼神有些冷，不由得打了个寒战，不太明白明明是这位王爷传信让他来这里接人的，怎么反而一副要杀了他的模样？

不过他也不敢多说，只按着杨广的吩咐装作不认识他的模样，翻身下马拜倒在萧美娘面前，“公主，请随属下回去。”

萧美娘听到马蹄声的时候心就凉了半截，看到梁使者便连方才和杨广生的气都一下子忘记了。心里像是塞了一团棉花，堵得厉害，浑身上下的血液都似是凉了，她低了头，泛起一阵阵酸涩。

果然还是逃不掉，果然还是她太自以为是了。

她低着头不说话，梁使者当着杨广的面也不催她，便定定跪着，恭敬而坚持。

萧美娘究竟还是不甘心，究竟还是想再拼一拼，轻叹了一口气，抬头看向了杨广，露出些许恳求的意味。可能人在穷途末路的时候，就会抓住一切可以抓住的东西，尽管她知道那只是一根稻草。

杨广明白她的意思，却还是松开了她的手腕，“接你的人来了。”

萧美娘眼里骤现的失望像针一样扎在杨广心里，轻轻的一下，不很痛，却让人无法忽视。

试也试过了，这样也好，至少是试过了，以后再想起总不会再有怨怼，就算还是不甘心，至少也能死心了。

于是她理了理衣裳和鬓发，微微闭了眼，再睁开时已经是从容淡漠的模样。

朝着梁使者走出一步却又驻足，蓦地回身，正撞上杨广还没有收起落寞的眼眸，愣了愣。杨广也是没想到萧美娘会突然转身，颇有些惊讶，低着头疑惑地看着她。

萧美娘便也大胆迎着他的眼神看了他好一会儿才低了头轻声道：“我逃婚是为了我自己，我以为自己斗得过命。”

声音像是清溪水一样在心间淌过，等杨广回过神儿来萧美娘已经转身快步走到了梁使者身边跟着他走了。只留下他站在那一泓清波旁，低着头不知道在想些什么，颀长的身形被微风沾染上了几分落寞。

杨广他有治世之才，执笔能安天下，策马能定河山，只可恨他命不好，只不过是个二皇子，被庸懦任性的大皇子杨勇压了一头。

杨勇喜爱诗赋，又好女色，成天只知道舞文弄墨和他那群姬妾厮混，于家于国何曾有过半点儿功绩？而他杨广自幼苦学武艺，建下赫赫战功，却最终只能因为次子的身份而始终差了那么一点点。

杨坚一登基就封了杨勇为太子，他杨广付出的所有努力都不如杨勇的命好，谁规定的命？

他也是个倔强的性子，天要他认命可他偏要和天斗一斗，所以步步为营走到今天，总算是让晋王的名号立了起来。

他答应娶萧美娘，一是为了讨杨坚的欢心，二是为了得到西梁的支持，可萧美娘却跟他说，斗不过命的。

是吗？

他站在那里想了很久，风吹过绿草如茵，吹起他的衣摆，有一只还未长大的蝴蝶倔强地逆着风颤颤巍巍地飞着，终究还是被风卷起，不知所终。

人是不是就像这风里的蝴蝶，落在命运的旋涡里，再怎么倔强也只能被裹挟着顺着它的方向去走？

他低头看萧美娘已经坐上了停在山下的马车，一行人马在他脚下缓缓移动，像是蚂蚁匍匐在他的脚下。

他和萧美娘，都是不安分的人，都想去和命斗一斗。一个小姑娘尚有勇气，他杨广一步步走到今天耗费了多少血泪，又怎么能轻易认输？

双手微微握拳，我不仅要改我的命，我还要改你的命，就算你是生来不祥，也要让你当上我身边的凤凰。

杨广收回了目光，眼里已经是笃定和坚毅，带了一抹冷色。

【贰】定不负，相思意

江山秀丽，草芥微渺，
我跟着你就是了。

【十】宇文成都

一连几日梁使者对萧美娘逃婚的事情不置一词，还是对她毕恭毕敬的，像是这事从来没有发生过一样。

他不提萧美娘自然也不说，坐在马车里让萧瑜和青梅帮她包扎换药。身上撞出来的青紫没什么大关系，就只是这手臂，若是到了大兴还不好，只怕是要露馅儿。

晋王妃逃婚这事若是吵嚷出去，杨坚还不知道要怎么找萧岿算账呢，到那时只怕萧岿会提着剑追到大兴来要她的命。

青梅猜得到萧美娘的担忧，安慰道："公主放心，虽然手臂伤重可伤不及骨，很快就不用包扎了。"

萧美娘只是点了点头也没说什么，青梅便抱怨了起来，"眼看就要到大兴了，公主您不管怎么说也该高兴些，若是那杨坚看到您现在这副模样，一定会不高兴的。"

话是这么说，可是假哭不易，假笑更难，萧美娘实在是有些累，自从被抓回来那天之后就累得很，像是把力气用尽了，对什么都是一副淡淡的样子。

青梅心里着急，可是想起那一日的情状，也不好再多说什么。

那一日她和萧瑜就站在马车旁等着萧美娘，看到她浑身是伤都吓糊涂了。

萧瑜还好，很快就面无表情再没什么说的，她反而哭成了泪人儿，扶着她上了马车就道："公主怎么伤成了这样？都是奴婢不好，奴婢应该拦着公主的。"

萧美娘又是无奈又是感动，对着这小妮子轻轻一笑，"婚是我要逃的，就算怪罪也不怪到你头上，你快别哭了。"

不说话还好，一说话青梅哭得更厉害，萧美娘不擅长应付她，便只好问萧瑜，“梁使者没怪罪什么吗？”

“没有。”萧瑜只顾低头帮萧美娘上药，“他仿佛早就猜到能把你找到，大兴和江陵都没有人去报信。”

“是吗？”萧美娘转过了头，只觉得这事倒有些蹊跷。

出嫁的王妃逃婚，他是哪来的自信两边都不报信呢？真不怕担罪责不成？找到她的时候也一副冷静自若的模样，像是……

萧美娘这几天累得很，脑子一转就有些晕，干脆闭上了眼睛。

想那么多有什么用呢？反正是逃不了了，当初是死了心离开江陵的，却偏偏不甘心想要去试一试，如今试过了，她也该认输了。

她眼眸突然黯淡了，伸手摸了摸一直放在心口的张宝成的血书，如今便也只能是辜负了。

原来自以为是的结局就是一场空欢喜。

突然眼睛酸胀得难受，萧美娘便捂住了脸转过身去，肩膀不停地颤抖，却死死咬着嘴唇硬是不发出声音来。

燕燕于飞，和鸣铿锵，瞻望弗及，天各一方。

萧美娘压抑着的哭声犹在耳畔，可她哭过那么一次便一切如常，一副过往全抛的模样，淡然的模样看在眼里让萧瑜都隐隐有些敬佩。

她才觉出萧美娘身上有一股坚韧劲儿，不管遇到什么事都能鼓足勇气走下去，就算前面是万丈深渊也不会后退半步。

只是她那日的一哭，自然让萧瑜这个聪明女子觉出了其中的蹊跷来。

萧美娘这颗心，还不知道系在哪里呢。

存了这样的心思，萧瑜对萧美娘便多了许多注意，可萧美娘一直防着她，她根本无从下手，只好装作若无其事的样子静待时机。

眼看大兴渐渐近了，萧美娘一颗心也不得不冷却下来，的确是不该再任性了。

前途是渺茫未知的，如同一只巨兽在等着她自投罗网，可是她毫无办法只能一步步慢慢走向那个未来。

越临近大兴萧美娘就越紧张，缩在袖子里的双手攥着衣袖，甚至还有些微微颤抖，坐在车上的萧瑜和青梅也是正襟危坐，只剩下车轱辘的声音像是在心上滚过。

而不管内心如何风起云涌，萧美娘面上依旧是淡淡的，不流露半分惧色。

嫁与皇家就像是一场赌，而她要把自己作为赌注，那么开局之前她总是要让自己看起来从容一些，才不露怯。

“公主，我们要进大兴城了。”

突然传来梁使者的声音，萧美娘没忍住掀起车帘，便看到恢宏高大的城墙绵延开去，霸气沉稳，像是要告诉世人它身为皇城的骄傲。

马车渐渐慢了下来，萧美娘便看着城墙一点点向自己倾倒，最终让她怎么仰起头也再看不到天空。

眼前渐渐暗了，她却还是保持着仰头的姿势，在那一个瞬间，她有一种被吞没的感觉，什么都想不了。

可眼前却蓦地一亮，重见天日，天高云淡，恰有一行飞鸟掠过高高的重檐，听见了车马声，也听见了人声，原是柳暗花明。

而在这所有的人世喧嚣中，她仿佛听见啪的一声，像是谁人在棋盘上布下一子，把她推入另一个命局。

因为还没有行过册封礼，萧美娘还不算是正经的皇家人，所以车马只从大兴宫偏门入宫。入得内宫后早就有辇轿候在那里，萧瑜和青梅整了整衣衫，扶萧美娘下了马车坐上辇轿，小太监便抬起轿子往皇后的建章宫去。

萧美娘一直低着头，心里默默想着待会儿拜见杨坚和独孤皇后时的礼节，更把可能遇到的状况一一过一遍，生怕出什么意外。

可是她没想到的是，意外远比她以为的要来得早。

正在她凝神沉思的时候，辇轿一个颠簸，惊得她差点儿摔下去，好不容易坐稳还没回过神儿就听见萧瑜尖厉的声音，“什么人！竟敢拦晋王妃的轿子！”

萧美娘抬头看去，看见一个半大少年也摔在地上只揉脑袋，也不答话，看上去摔得也不轻。

“这是什么人？”她轻声问跟在辇轿旁边的老嬷嬷，老嬷嬷忙回道，“王妃，这是右卫将军宇文述的孙子，宇文成都公子。”

“宇文公子？”萧美娘还是有所疑惑，一个外臣的子孙怎么在内宫横行霸道的，可是看这不过十来岁的小公子捂着脑袋的模样还是有些心软，便呵止了萧瑜。

“瑜儿，快把公子扶起来。”

萧瑜方才也被这泥猴似的小子吓了一跳，自是没什么好气儿，把人扶起来就退到了一边。

宇文成都揉着脑袋也是一肚子不满，他借着祖父宇文述的名声一向很得杨坚的喜爱，特许他在内宫自由出入，也从来没有人敢对他大吼大叫的。

因此他不管坐在辇轿上的萧美娘，只冲着萧瑜道：“你是哪里来的野丫头，怎么凶巴巴的，一点儿规矩都没有！”

萧瑜哪里受过这种气，正要出声反驳，萧美娘不欲生出事端，抢在萧瑜面前柔声道：“她是我的侍女，冒犯到公子了，我替她向公子赔不是。”

“你？”宇文成都还是有些傲慢，仰着头看萧美娘，稚嫩的脸上倒是一派天真，“你是谁？”

“我是晋王妃。”

萧美娘依旧很温柔，事到如今，晋王妃这三个字她也能坦然接受了，既然命运如此，与其终日戚戚，不如坦然受之。

“晋王妃……”宇文成都念着这三个字大胆地打量这萧美娘，这个比他大不了多少的姑娘，“你就是杨广哥哥要娶的那个公主？”

“是我。”

听说是晋王妃，宇文成都便也不再纠缠，只瞥了萧瑜一眼，“那你可得好好管教手下的丫头，大兴宫不是你们梁宫，由不得你们胡来。”

萧美娘看这少年年纪不大说话却故意学着大人们一板一眼的老成正经，实在是有些有趣。想来是久在宫中，日日被人训，好不容易逮住一个训人的机会就不肯放过了吧。

于是她轻笑一声，“我知道了，我们初来乍到的不懂规矩还请你多多包涵。”

宇文成都的自尊心得到极大的满足，露出惬意的笑来，“你还算懂规矩。”

“是，以后我会好好管教手下的丫头的。”萧美娘强忍着笑意，“那我现在要去建章宫，你让我过去好不好？”

宇文成都没说话，但是站到了一边，抬轿子的小太监们这才小心翼翼地从那混世魔王身边经过，大气不敢喘。

谁知萧美娘却突然喊了一声“停”，小太监们步伐一致地停了下来，都有些不明所以，“落轿。”

轿子应声稳稳当当地落了下来，萧美娘也不要萧瑜她们的搀扶，走到了宇文成都身前。如今和他站在一起，才发觉少年其实长得很高大，甚至要比她还要高一些。

他皮肤有些黑，一双眼睛亮得出奇，神采奕奕，意气风发的好模样。他祖父宇文述征战千里，功名等身，他长大后想来也一定是一员骁将。

萧美娘从袖子里摸出一块罗帕，替他擦了擦脸上沾着的泥，笑道：“你这泥坑里打过滚儿的样子，也难怪我的侍女都敢对你无礼。”

宇文成都只感觉鼻尖萦绕着一阵香风，让人沉迷，待回过神儿来萧美娘已经把帕子塞到了他手里，“快把脸擦干净，别让人笑话。”

说罢转身上了辇轿，不敢再耽搁，第一次朝见杨坚夫妇可绝不能迟到。

小太监们也是明白人，抬起轿子走得飞快，不一会儿长长的宫道上就只剩下了宇文成都呆愣愣地拿着那方罗帕，放到鼻下细闻了闻，“咦，不是帕子的香气。”

那是……

他抬头望向萧美娘离去的方向，听说有人生来就带着异香，难不成今日竟让他碰上了不成？

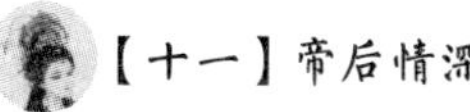

【十一】帝后情深

萧美娘则很快就忘了方才的小插曲，要见杨坚和独孤皇后的大事压在心头，她可没工夫在一个不懂事的少年身上分心。

加快了脚程，不多久就看见了建章宫的宫门，萧美娘下了辇轿，又整理了一下仪容，这才扶着萧瑜的手走进去。

建章宫是皇后中宫，但是布置得很简单，听说是因为独孤皇后崇尚节俭。

正值盛夏，萧美娘一路走来已经出了层薄汗，可建章宫的主殿含章殿却很凉爽，一走进来整个身体都松快了不少。刚站定便有小宫女来引她入内室，越往里走便越凉爽，汗渐渐干了，不再黏在身上难受。

走到内室，萧美娘才知道为什么这里如此凉爽，原来内室正中摆了一个巨大的冰鉴，大块大块的冰块儿看上去就很舒爽。

冰鉴里还盛着些新鲜的瓜果，因此屋里有着淡淡的果香，不像一般的熏香一样香味浓郁，却很舒心，像是带着甜味。

而杨坚和独孤皇后则并肩坐在软榻上，温和地看着她。

萧美娘偷眼看了看这屋子便打起精神来，盈盈下拜，“儿臣萧美娘，拜见陛下、皇后娘娘。”

规规矩矩地三拜九叩，一点儿不敢含糊，待拜完之后，独孤皇后便看了身边服侍的大宫女何姑姑一眼。何姑姑便亲自上前扶起了萧美娘，搀她入座，萧瑜和青梅这才跪拜帝后，然后就被宫女领着去萧美娘的寝宫了。

独孤皇后的眼睛一直盯在萧美娘身上，含笑打量了她一番，转过头去对杨坚道：“我一直听说梁帝这个女儿美艳无方，还只当是传闻，如今一见，我只怕阿广配不上她。”

杨坚长相普通却王霸之气尽显，虽然不苟言笑的但是可以从他的眼神中看出一点和善来。萧美娘知道杨坚这皇位上沾满了周

朝王室忠臣的鲜血，因此对他心有惧怕，低着头不敢多看他一眼。

杨坚大约是察觉到了萧美娘的不自在，温声道：“美娘是害怕朕吗？怎么连头都不抬？”

萧美娘一惊，忙道：“儿臣初来隋宫，有幸得见圣颜，实属平生大幸，陛下有天威却亲下，臣女惭愧，所以不敢抬头。”

杨坚知道这小姑娘大约是怕他的，怕就怕吧，一个皇帝最害怕的该是别人不怕他。可他没想到一个看上去这么小的小姑娘居然这般伶牙俐齿，一番话说得他无可辩驳，也是奇才，更加心生怜爱。

“你即将是晋王妃了，与朕和皇后便是一家人，说话不必这样恭顺，叫人听了只觉得生分。”

“是。”

萧美娘到底是大着胆子看了杨坚一眼，却很快又低了头，如今害怕减了几分，她只怕失了礼数。

还是独孤皇后善解人意，笑着嗔怪杨坚道：“我就让你不要总是板着脸，瞧把美娘吓得都不敢看你。以后你再这样，我便让你一个人做那孤家寡人去，再不理你的。”

说着，这位年至中年的皇后露出了少女一般的笑容，亲昵地拉过了杨坚的手，杨坚自然而然的反握住，将她的手放到了自己膝上。

萧美娘偶然一抬头看到这一幕，居然愣住了。

她早就知道杨坚和他的发妻独孤氏伉俪情深，甚至为了她虚设嫔御，不立六宫，唯皇后正位，如今太子和一应王爷都是皇后所出。

她当时只以为那是为了独孤皇后有开国的功勋，杨坚对她的安抚和敬重，谁知今日一见才觉出杨坚对他这位皇后远远不止一个“敬”字。

皇家也有情爱这种东西吗？

她这么想着，她一直觉得没有，因为在她的印象里，她的母亲张皇后处处顺着萧岿，一点儿不敢拂逆他的意思，敬中有怕。而萧岿虽然厚待张皇后，可是后宫妃嫔众多，夫妻之间的感情也仅限于帝后的名分，就连太子萧琮也不是正宫所出。

所以当她看见杨坚这样和独孤皇后旁若无人的亲近时，生出了几分羡慕，还有对她母后的怜悯，以及一丝丝的期待。

杨广，会是一个什么样的人。

这是她第一次去想这个问题，虽然早就知道自己要嫁给他，可是当“杨广”这两个字极偶尔地出现在脑子里的时候她都会立刻把他赶出去。

下意识里她不愿意去了解这个人，甚至抗拒去了解这个人。

仿佛一旦她敞开心扉，接受了“杨广”这两个字，就代表她向命运低下了头，代表着不管她愿不愿意，她这一生要永远和这两个字捆绑在一起无法逃脱。

所以她对杨广的认知也仅仅停留在张皇后说的“丰神俊朗，年少聪明”“有治世之能”“前途不可估量”。这些词语虚无缥缈，在她脑子里杨广还只是一个模糊的影子，她对她的夫君一无所知。

而现在，当她身处杨广出生长大的大兴宫，当她面对着杨广的父皇母后，她却忍不住在脑子里胡乱描摹杨广的模样。

是像杨坚一样威严，还是像独孤皇后一样和善。

她渐渐入了神，想着想着脑子里却出现了一个人影来。

“怕什么，要是让人知道了，你嫁给我就是了。”

一个看上去谦逊有礼实则轻浮的男人，萧美娘不知道自己为什么会突然想到他，忙摇了摇头把脑中的人影打散。

可能是她的动作大了些，引得杨坚和独孤皇后都看向了她，“美娘？”

萧美娘愣了愣，这才回神，忙低下头掩盖脸上一抹红晕，独孤皇后不做他想，心知杨坚在这里萧美娘总是放不开。因此她推了杨坚一把，“儿媳妇也看了，你赶紧忙你的去，你在这里我都没法和美娘说说体己话。”

“从未见过有你这样的，有了儿媳妇连夫君都要赶走。”杨坚和独孤皇后相爱多年，自然明白她的意思，便笑着起身，还不忘打趣一句自己的爱妻。

然后他对着头也不敢抬的萧美娘道：“美娘你不要觉得拘束，便当是在梁国，下人们有不服管的只管告诉皇后。”

萧美娘起身行礼，“儿臣知道了，恭送陛下。”

知礼数，识大体，是个懂事的，杨坚看着她点点头，这才出了含章殿。

杨坚一走，屋子里的氛围都缓和了不少，萧美娘尤其松了一口气。

独孤皇后看着她笑了笑，朝她招了招手，“过来，坐到我身边来。”

说着她就往方才杨坚坐的位置挪了挪，给萧美娘腾出了位置，萧美娘也不做推辞，大大方方地告罪入座。

独孤皇后拉过她的手，却蹙了眉，“这手怎么这么粗糙？”

“儿臣自幼养在舅父家，舅父家境清贫，所以儿臣也会帮着打理家务。”

独孤皇后点点头，更加爱怜地握了握萧美娘的手，之前她也是听过那些关于萧美娘生来不祥的传闻的，只是没想到萧美娘居然在张家过得这样辛苦。一双手上有不少老茧，若不是自幼操劳，断不会如此。

不过这倒让她对萧美娘更加刮目相看，长在清贫之家可在宫廷里该有的礼数一点儿也不错，可见萧美娘为人谨慎细致。她自己也是帮着杨坚一起打下大隋江山的，比起娇贵的公主，自然更喜欢萧美娘这样有分寸又持家的儿媳。她几乎可以断定，萧美娘在杨广身边，定会成为第二个独孤伽蓝。

有了这样的想法，独孤皇后对萧美娘更加生出了几分亲近的意思来。她伸出她那也不白皙娇嫩的手抚上了萧美娘的头发，如同母亲一样慈爱，“我还以为你来得早，早早就和陛下在这里等着你了，谁知你仿佛来晚了。”

从来没有人给过萧美娘这样的温柔，让她不由得红了眼眶，像是被人遗弃的宠物，突然有人把它抱进怀里一样。独孤皇后的手如同春风吹开了萧美娘心里的花海，让她几乎想要落泪。

“在路上撞到了宇文公子。”

听到萧美娘声音有些不自然，带了些鼻音，独孤皇后愣了愣，却也隐隐猜出了缘由，更加疼惜这个只身嫁入异国的小姑娘。她也不说破，只是更加温柔地解释道：“成都这孩子有他祖父的风范，力大无穷，年纪虽小可是武学天赋极高，因此陛下很喜欢他，一直把他带在身边。”

说着，独孤皇后笑了笑，“他是个顽劣的，满宫里只听陛下的话，以后你遇见他能让就让一让，不过是个孩子，犯不着和他多计较。”

“儿臣知道。”萧美娘低头附和，只怕让独孤皇后看见她泛

红的眼眶，会责怪她。

独孤皇后便也当作不知，问道：“方才你在想些什么，那么出神。”

“儿臣……”萧美娘顿了顿，却不知道该怎么回答，轻声道，“儿臣是觉得这屋里有一种暖香，从来不曾闻过。”

屋子里没有香炉，除了新鲜瓜果的香气，还有一种很特殊的香气，温暖得如同寒冬腊月的太阳，暖融融的却又很温和，像是丝丝点点化在了空气里。

独孤皇后听说，露出一种萧美娘从来没有见过的笑容来，幸福而满足，“你知道从前未央宫里皇后的宫室叫作什么吗？”

萧美娘不明所以，回道：“椒房殿……”然后她恍然大悟，看向了墙壁，“原来是椒泥的味道！”

北地冬日漫长，天气寒冷，便以椒泥涂墙，既温暖又满室生香。只是椒泥难得贵重，便是强盛如大汉王朝也只皇后宫中有，象征着后位尊崇和帝王的恩宠。

椒房之宠啊，真是令人艳羡。

“儿臣过去只听说过椒泥，却从不曾见过”，萧美娘看着墙，不禁露出了羡慕的眼神，“儿臣感慕陛下和娘娘的伉俪情深。”

独孤皇后听说，脸上笑意更深，细心如她，自然看出了萧美娘羡慕的眼神里也有一些失落，因此道：“阿广身边也还没有姬妾，要我看，也是个多情种，你大可放心。不像杨勇，左一个右一个的放在身边，正事不做，就知道胡来！”

萧美娘看独孤皇后说着居然有了怒色，也是有些心惊，她提起杨广时用的是“阿广”，提起太子杨勇居然直呼其名，看来太子不得皇后喜欢是真的了。

她似有所思，独孤皇后也觉得自己有些失言，便又换了笑容，道:“你一路赶来辛苦了，回去歇歇吧，今日不用到我面前来伺候。”

“是。”萧美娘听说便起身行礼告退，走到含章殿门口便有宫人引她去寝宫。

萧美娘是晋王妃，按理是应该住进王府的。只是还未行过册封礼，便只在建章宫挑了一处华沐苑做寝宫，就当作是养在皇后身边服侍，等杨广回朝再别府居住。

她抬头看牌匾，青梅便出来接了她进去，笑道：“公主，这华沐苑又大又亮堂，我看皇后很是厚待咱们哪！”

青梅一直跟在萧美娘身边服侍，萧美娘虽然是公主，可是日子过得也就是和一般的下人差不多。这样的待遇，那可是头一次，够让这个没什么心眼儿的小婢子大开眼界了。

华沐苑也有一个小小的院子，像是新种了几株桂花，独孤皇后安排了四个宫人伺候，另有她自己带来的青梅和萧瑜。

她一走进院子，宫人们便齐刷刷地向她行礼，让她有些不自在，快步进了屋，萧瑜正在帮她归置细软。

看到她也不说行礼，有些愤愤不平，“今日那个泥小子那般无礼，你对他那么好做什么？白白丢了面子！”

萧瑜到底是娇生惯养的千金小姐，一点儿气都受不了，萧美娘也是有些无奈，便挑了张椅子坐了下来，“面子重要还是命重要？”

“什么意思？”萧瑜皱了眉，问道。

萧美娘看着她，语气平淡中透着些冷意，“一个少年却可以在内宫横行霸道，要么是身份特殊的贵人，要么就是深得圣心，和他亲近些总比和他结下仇要好。入宫第一日要是就得罪了人，

以后还怎么过？”

萧瑜听了不得不服气，便也坐到了萧美娘对面，看着她，“那他是什么人？”

“右卫将军宇文述的孙子，宇文成都，是杨坚很喜欢的孩子，所以一直留在宫里。”

萧瑜一听就有些后怕，这个少年还真是她们得罪不起的，幸好当时没有一时冲动。

萧美娘看她惊讶的神情，便道：“今日算是一个教训，以后切记谨言慎行，不要以貌取人，惹祸上身。”

“知道了。”

萧瑜虽然应了，可还是满满的不服气，萧美娘知道萧瑜养尊处优习惯了，对她这个突然之间变成凤凰的“不祥之人”还是很看不上。

萧美娘倒是想说她几句，只怕她心高气傲的未必听得进去，萧瑜这样的性格跟在身边总是让人有些不放心何况她知道萧瑜可不是甘心做丫鬟的，现在杨广不在宫里还好，等到杨广回宫，以她的心气……

萧美娘想着都有些头疼，青梅却喜滋滋地领着一群人进来了，“公主，皇后娘娘的人来了。”

领头的便是何姑姑，萧美娘不敢怠慢，忙起身相迎，除了萧美娘，一应连跟来的萧瑜和青梅都有份，萧瑜更是和萧美娘比肩。

萧瑜看了得意便露在了脸上，只青梅为自家公主有些不平，萧美娘则大方地谢了赏赐，面色如常。何姑姑这才又让人呈上了一尊白玉观音像，笑道：“这个是皇后娘娘特意吩咐赏给王妃的。”

萧美娘看着那雕琢细致，栩栩如生的玉观音，惊讶得居然忘了谢恩。南朝尚佛教，她们梁国尤甚，广建寺庙，梁武帝萧衍更是亲自出家礼佛。独孤皇后以玉观音相赐，其中表现出来的看重不言而喻。

送走何姑姑之后，萧美娘还没有回过神儿来，一寸寸细细抚过玉观音一言不发，不过第一日见面，独孤皇后就给予她这样的厚爱，她总觉得这背后有些事情是她还不能看清的。

没有人会无缘无故地对一个人好，所有恩遇的背后一定有算计。

她心里这么想着，一抬头便看到了萧瑜若有所思的神情，吩咐道："玉观音放在最显眼的位置，其他的先收起来吧。"

萧瑜这才回神，领了吩咐去了，青梅又道："其实方才东宫也有赏赐，只不过她们放下东西就走了，没说什么话。"

杨坚的几个儿子都建了自己的王府搬出宫去了，只有太子杨勇一直住在东宫。杨坚没有后妃，太子杨勇却姬妾众多，用独孤皇后的话说就是"左一个右一个"的往东宫放，闹得东宫不得安宁。

"公主，按理咱们也该去东宫拜会一下太子妃。"

萧美娘点点头，"东西都准备好了吗？"

青梅便领着她去看一式四份的见面礼，萧美娘一一过目，道："除了太子妃的那一份，其他人的减半。"

"为什么？"青梅有些不解，"不是说初来乍到，不要分出伯仲惹人闲话的吗？"

"皇后不喜欢。"

萧美娘很清楚，如今她要在大兴宫里立足，最最重要的就是这位不管在前朝还是后宫都很有分量的独孤皇后。只要她能得到独孤皇后的信任和喜爱，那她的未来就一定是通衢大道。

死路也好，活路也罢，人要自己成全自己，萧美娘看着一屋子赏赐下来的绫罗珠宝，在心里默念这一句话。

【十二】东宫之争

东宫人多，果然要比其他宫苑都热闹许多，她站在门口等人通报，不多会儿一个长相机灵的小宫女就过来朝她行了礼，“太子妃请王妃进去。”

萧美娘微微颔首，跟上了她的脚步，原以为太子妃作为太子的正妻，住的地方一定是煊赫华丽的，谁知道反而越走越偏了。

她还没来得及疑惑，青梅最快问道：“不是去见太子妃吗？怎么倒往后面去了？”

领路的小宫女回头笑道：“王妃初来乍到不清楚，太子妃体弱多病要静养，便搬到幽静的体仁堂了。”

原来是这样……

“那前面就空出来了吗？”

东宫布局如同“目”字，前面是太子杨勇处理公事的宫室，中间是杨勇的寝殿和太子妃的寝宫，最后面才是姬妾的屋子。

萧美娘试探地一问，小宫女便答道：“也不是，前面是云昭训住着。”

一个昭训却住着正妻的屋子，尊卑颠倒至此，也难怪独孤皇后看不下去。

说话间就到了体仁堂，小宫女退下了，另有一个宫女站在门口等着萧美娘，看到她来便迎了上去，“奴婢洛黛，迎候王妃多时了。”

说着就带着萧美娘进屋，体仁堂不大，一进屋就是一股浓郁的香气扑面而来，让萧美娘不由得捂了捂鼻子。

穿过重重帷幔，才到太子妃元芝灵的卧室，一个铜博山香炉正袅袅吐着香气。

元芝灵看到她来便起身道："我身子不好，失礼了。"

萧美娘道了句"不敢"，便将见面礼一一呈上，好容易一番客套话，两个人才坐下。萧美娘这才打量起元芝灵来，脸色有些苍白，虽然涂了厚厚的脂粉却也掩不住病容，她学过些药理，知道这是气虚。

虽是太子妃，不过元芝灵从首饰到衣裙都很朴素，一看就看得出来她何止是身子不好，分明也是不受宠的。

萧美娘跟她说了几句闲话，便指着她的手腕道："姐姐手上的玉镯子好看，可否借我细看看？"

元芝灵有些不解，伸出了手，"没什么稀奇的，不过是最普通的蓝田玉。"

萧美娘低着头看镯子，手指则似不经意地搭上了她的手腕，笑道："越是朴实无华的东西，才越衬得姐姐简静清雅，不同庸脂俗粉。"

元芝灵听了很喜欢，语气也轻快了些，"不愧是一国公主，就是会说话，一根草都要被你夸成一朵花了。"

萧美娘松开她的手，刚要说话就听见外面吵闹起来，不由得向往张望，好奇是什么人居然敢这样喧哗，扰了要养病的太子妃。

元芝灵一听就叹了一口气，"又闹起来，存心叫我不得安宁。"

"是什么人？"

萧美娘下意识地问了一句，元芝灵有些尴尬，可是她为人温和，萧美娘也是这些日子以来第一个来探望她的人，便也不做隐瞒，

只当她是个知己。

“高良娣和王良媛，这两个人总是不安分，为了一点小事就要吵到我面前，像这样下去，我的病再难好的。”

萧美娘误听了人家的丑事，也有些尴尬，不过元芝灵像是要和她敞开心扉似的，她也只好往下接，“那太子殿下不管吗？”

“太子？”元芝灵嘲讽似的笑笑，“太子殿下便是有时间，也不会来管我的。”

也是，若杨勇对元芝灵有那么一点点上心，也不至于让一个太子妃活成这般落魄的样子。果然这深宫中的女人，像独孤皇后那样独得圣心的才是凤毛麟角，也才更让人羡慕。

元芝灵叹了一口气，起身道：“走吧，你与我一起出去看看。”

果然，高良娣和王良媛站在前堂连礼都不行，就站在那里大吵大闹，一点礼数都没有，看到元芝灵出来才欠了欠身。

高良娣是高颍的女儿，高颍又是杨坚的亲信宠臣，因此在东宫很有些嚣张跋扈，杨勇也碍于杨坚的面子不多加斥责，更加涨了她的气焰。

王良媛倒是小门小户出身，但是姿容姣好，除了盛宠的云昭训，最得宠的就是她，她自然也倚仗着杨勇的宠爱不甘示弱。

这两个人不和也不是一日两日的事了，元芝灵早就不胜其烦，可又不得不应付着，否则吵到杨勇面前，还是要怪她这个太子妃失职。

“今次又是为了什么事？”元芝灵一脸无奈，拉着萧美娘坐了下来。

高良娣抢先道：“姐姐来评评这个理，臣妾宫里的冰块用完了着宫女去取，可是王良媛却半路插了一脚，抢了臣妾的冰块。

如今盛夏暑热，没有冰块还怎么过？”

“冰块就在那里人人都可取，怎么你取得我就不能取？”

“东宫的份例就这么多，那已经是最后的一份冰了，明明是我先让宫女去取的冰块却到了你宫里，你这不就是明抢吗？”

“胡言乱语！分明就是我先让宫女去的，你少在这里血口喷人！”

两个人一来一往，居然就当着元芝灵的面吵了起来，萧美娘也算是见识到了，这女人吵起架来当真是不讲道理的。

元芝灵脸色愈发苍白，呵止了两人，“好了，一份冰块罢了就吵成这样，当着晋王妃的面把东宫的脸都丢尽了。”

两个人这才注意到萧美娘，便也低了头不再争吵，“那就请姐姐给出了决断来。”

元芝灵犯了难，扶了扶额，“不就是冰块么，我生着病用得少，高良娣你拿去用就是了，以后东宫的冰块我都不用了，你们也不要再拿这事吵到我面前来。”

如此，两个人才不情不愿地回了宫，好歹算是解决了这事。

元芝灵咳嗽了几声，朝萧美娘抱歉地笑笑，“扰了你的兴致，真是对不住。”

“哪里，家家有本难念的经，姐姐要主家，真是辛苦了。”萧美娘看元芝灵露出些疲态来，便也不多做停留，起身告辞。

元芝灵也实在是没什么力气，“我不留你了，以后闲来无事找我说说话，也免得我长日无聊。”

萧美娘应了一声，就扶着青梅走了，一路穿花拂柳，却看到几个小太监抬着一瓮冰块脚步匆匆，生怕冰块融化了似的。

她停了脚步，眼看着小太监把冰块送进了妙云轩，心里寻思

那里住的是什么人？

青梅看萧美娘疑惑的样子，便道："方才奴婢去送礼，那就是云昭训的屋子，装饰得可漂亮了，比皇后宫还要好看呢！"

萧美娘解了惑也不多做停留，只道："不是说东宫份例的冰块都用完了吗？怎么还有人往云昭训那里送？"

青梅四处望了望，才低声道："奴婢方才打听了些消息，其实东宫份例的冰块根本用不完，只不过太子殿下吩咐了，一大半都只许妙云轩用，其他宫室自然不够分了。"

就因为这样，别的姬妾因为冰块的事吵闹不休，妙云轩的冰块却多得用不完，有些冰块才化了一大半就被丢弃到太阳底下。

云昭训，妙云轩，这样别有深意的宫苑名字，足见杨勇对云昭训的宠爱。只不过宠爱得太过了，失了公平分寸，难怪东宫不宁。

可怜的是，杨勇惹的祸却要元芝灵来给他善后，元芝灵的性子与其说是不争不如说是懦弱，真是让人又怜又恨。

推此及彼，萧美娘想到自己未来的前路未卜，对元芝灵又多了些怜惜，道："咱们宫里人少，多的冰块便送去给太子妃吧，她身子弱，受不得暑热的。"

青梅倒没说什么，顿了顿又道："说起来，那体仁堂的香燃得也太多了，身子不好的人还用这么重的香，哪里是养病的呢？"

"何止，你知道那是什么香？"

青梅摇摇头，萧美娘道："那是沉水香。"

沉水香是很贵重的香料，萧美娘以前在昭阳宫闻到过，其味清幽，愈久弥醇，也常常入药，行气止痛，温中止呕。那原本是上好的药材，但是用多了会导致气虚体弱，用作熏香虽不如内服厉害，可时间一长自然是伤身的。

“我方才偷偷给她把了脉，太子妃的病和这香脱不了干系。”

“啊？那……”青梅一不注意拔高了声音，被萧美娘瞪了一眼才吐了吐舌头复低声道，“那御医都诊治不出来吗？”

萧美娘没有说话，大兴宫广纳天下名医，她这样的半吊子郎中都看得出来他们怎么可能诊治不出来？一定是有别的原因让他们不敢诊治出来，她微微锁了眉，东宫远比她想的还要复杂。

或者说，她这个一直生活在宫外的人，已经对这深宫的城府算计应接不暇了。

以后如果要这样过日子，还不如死了清静。

【十三】宫闱之怨

萧美娘是个喜静的人，终日只在建章宫里待着，要么去独孤皇后面前伺候，要么就在华沐苑学琴练画。

她自幼长在张轲家，张轲有不少闲书，她闲来可以偷着看看书，琴和画却是一概接触不到。她知道独孤皇后喜欢多才多艺的女子，所以才亲自挑了才女元芝灵当太子妃，她自然要投其所好，从头开始。

日子过得像只蜗牛，不紧不慢，从从容容，平静到萧美娘以为这一生都能这么过去。

其实这样也挺好。

可那天午后她去给独孤皇后请安的时候却听见里面有争执的声音，把她吓了一跳，一时间不知道该不该进去。

独孤皇后不知道在和谁生气，就连何姑姑都只站在外面伺候，看到萧美娘犹豫的样子忙迎了出来。

“谁在里面？”萧美娘轻声问道。

“太子殿下和太子妃，皇后娘娘正在生气呢。”何姑姑也是有些气恨，杨勇总是这样不争气，只怕是要自毁前程。

萧美娘听说杨勇也在里面，便道：“那我过会儿再来吧。”

“王妃”，何姑姑喊住了她，“您进去看看吧，再这么下去，太子殿下吃亏不说，皇后娘娘也要被气坏了身子。”

萧美娘脚步顿了顿，有些犹豫，“为的是什么事？”

何姑姑上前一步，附到萧美娘耳边，“东宫没了个宫女。”

萧美娘更是疑惑，这深宫中人太多了，宫女太监之流就如同草芥蝼蚁，没了就没了，何至于让独孤皇后发这么大的火？

何姑姑看出了萧美娘的疑虑，声音压得更低，“尸首把怀着孕的云昭训吓到了，太子殿下就责怪太子妃管教下人不妥当，太子妃一时委屈就哭闹起来，这才闹到了皇后这里。”

这样的事萧美娘其实不是很想插手，一个不留神就是两边不讨好，可是何姑姑都这么说了她也只好应下来，一个人就进了含章殿。

转过屏风就看见独孤皇后坐在软榻上，依旧朴素单薄的元芝灵坐在她身边垂着头流眼泪，杨勇则跪在独孤皇后面前一言不发。屋子里只剩下元芝灵低低的抽泣声，萧美娘便放轻了脚步，走上前去给独孤皇后请了安。

独孤皇后刚发完一通火，狠狠训了杨勇，现下看到萧美娘，火气便又去了些，“免礼吧，你坐。”

萧美娘告罪入座，特意坐到了元芝灵身边，轻轻握了握她的手才又松开，算是给她一个安慰。元芝灵抬眼颇为感激地看了她一眼，反握住她的手，用手中的罗帕擦了擦眼泪，这才抬起头来。

“母后，此番的确是儿臣没有管束好下人，害得云昭训受惊，殿下心疼她才这样的，母后就别再责怪殿下了。”

元芝灵的声音怯怯地听上去就惹人怜惜，独孤皇后也是恨铁不成钢地看了她一眼，“你这软弱的性子什么时候才能改一改！一个太子妃居然由着一个妾室欺负到头上，东宫规矩在哪里？你以后还怎么母仪天下！”

“儿臣……”

元芝灵又低了头，眼眶里噙了泪水，梨花带雨，我见犹怜，萧美娘倒是想帮她说几句话。可杨勇跪在那里，听了这话却出言反驳，“母后，这次是儿臣看到阿云受了惊急怒攻心，冤枉了太子妃，可阿云是无辜的。”

萧美娘只能默叹这杨勇实在是愚蠢，元芝灵都帮他说话了，他认个错这事便也就过去了，他倒好，还说这种话，也是不知好歹了。

果然，独孤皇后又来了气，“你说的是什么混账话？”

独孤皇后一拍桌子，桌上的茶水都洒出来了些，“你现在是为了一个妾室连本宫的话都不听了是不是？”

“儿臣不敢，只是……”

独孤皇后打断了他的话，“住嘴！既然你的阿云这么娇弱受不得惊吓，你还是别让她随便出门了，免得哪一日再受了惊，你怕是连本宫也要怪上！”

这是禁足的意思？

杨勇一听就急了，开口就要辩驳，独孤皇后却不容他说话，“本宫再提醒你一次，嫡庶尊卑有别，你心里要有个分寸。你再怎么宠爱妾室，都不容许威胁到正统，妾室的孩子再怎么尊贵那也是庶子。”

说罢又看向了哭哭啼啼的元芝灵，“你也要争点气，不要总是哭，再这么下去什么时候才能生下名正言顺的皇长孙？”

元芝灵告了罪，独孤皇后便把杨勇唤到身前，握住他的手又握住元芝灵的手，将两个人的手合到一起，语气也软和了些，“家和万事兴，别再胡闹了。”

两个人自然不敢再说话，一一应了独孤皇后的嘱托，这才离去，萧美娘还沉浸在这一出闹剧里，独孤皇后喊了她几声她才回神。

“儿臣失仪了。”

独孤皇后看了她许久，轻轻叹息一声，“三天一小吵，五天一大吵，倒让你笑话了。”

萧美娘摇摇头，“夫妻之间哪有不吵架的，儿臣的舅父与舅母也总是吵架，可感情也还是好得不得了。”

独孤皇后看她这般懂事，心下甚是欣慰，握住了她的手，“美娘你是个懂事的，以后嫁给了阿广，也要注意分寸。”

“是。”

独孤皇后满意地点点头，像是突然想起了什么，道：“听说你最近在学琴？”

“是，儿臣闲来无事看到书架上有几本琴谱，一时来了兴致。”萧美娘有些不好意思地笑笑，“不过儿臣愚笨，才只学了指法，还不成曲调。”

“无妨，你聪慧又肯下苦功，日后定然指下生花”，独孤皇后和萧美娘说着闲话，方才的气便消了个干净。她思索了一会儿，露出一个别有深意的眼神，笑道，“阿广也擅长音律，尤其喜欢你们南边的小曲儿，日后你们肯定谈得来。”

萧美娘听了这话便低下头，脸颊泛红，再说不出话来，倒惹得独孤皇后好一番嘲笑。

说笑间杨坚却突然进来了，也不说让人通报一声，“说什么呢，这么开心？”

可能是萧美娘和萧岿之间父女亲情淡薄，因此杨坚虽然一直很和气，她却也亲近不起来。何况杨坚和独孤皇后在一处的时候，她这个未来的儿媳便显得十分多余，于是她向杨坚请了安就识趣地退下了。

哪知道刚出门就看到元芝灵站在不远处向她招手，倒把她吓了一跳。

“出什么事了？”萧美娘快步走过去问道，元芝灵则笑得很轻松，除了脸上的泪痕，看不出方才还哭得伤心地痕迹。

她拉了萧美娘的手，“我一直在等你，可你就是不出来，都打算走了，谁知看到父皇进去了，我就知道你肯定待不久的。”

萧美娘也觉得有些好笑，便也拉了她的手，“那你究竟有些什么事呢？”

“无事便不能找你了？上次说好了你要去找我说话的，结果你一次都不来，山不来就我，我自来就山。”

元芝灵宫女也不带，就拉着萧美娘出了建章宫，“我听说你一日日的都不出门，当心闷出病来，今儿天气好，咱们去曲荷池逛逛，听说那儿的荷花开得可真不错呢。”

萧美娘没什么说的，只觉得元芝灵虽然脸色还有些苍白，不过气色是好了些，不像前几日那样病恹恹的。

元芝灵看萧美娘的神情就知道她在想什么，笑道：“云容裳比我进宫早，她是选妃的时候靠一张脸被殿下选中的，我是皇后娘娘塞给他的太子妃，因此他一直都不喜欢我。这也罢了，云容

裳那个狐媚惯会乔张作势的，专哄得殿下不理我。尤其是她有了孕之后居然把我赶出了正宫，你说如今她被禁足了，我是不是该高兴？”

话是这么说，不过萧美娘也是没想到元芝灵看起来柔柔弱弱，与世无争的，居然也有这样的小脾气，倒是有些意外。

“你说她把你赶出正宫，这事皇后娘娘不知道吗？”

“知道，怎么不知道？”元芝灵越说越气，“可知道又能怎么样？人家怀着皇长孙，我又有什么办法？最可气的是殿下居然为了云容裳把正宫的名字都改了，这不是明摆着打我的脸么。”

“那当时皇后娘娘是怎么说的？”

“当时殿下这事是偷摸着办的，可是他失了分寸，连宫室的名字都要换，这才惊动了母后。母后把殿下和云容裳都训斥了一顿，云容裳身子弱，胎像不稳，差点儿在含章殿就小产。母后本打算让我搬回去，可牌匾已经挂上去了，我住妙云轩也觉得硌硬，干脆就自请搬到了体仁堂。”

原来是这样，萧美娘想了想，又怜又叹，“要我说你的性子也太软弱了，既是名正言顺的太子妃，就该拿出些气势来，被一个昭训欺负成这样像什么样子？”

元芝灵脚步一顿，再抬步时脚步便不再轻盈，一步步都很沉重。

她沉默着走了好一段路，才开口道：“你啊，还是太天真了，这宫里最不少的就是出身高贵的人，可有什么用呢？到底还是要看得不得宠。我算是看明白了，出身只能把你逼上这条路，恩宠才能让你在这路上走得远，走得漂亮。”

元芝灵一边说着话一边慢慢往前走，萧美娘就觉得她那一步步都像是走在这条钩心斗角的不归路上。艰难又危险，却没有回头的机会，元芝灵无奈的语气让她心里也像是压了块石头，喘不过气来。

看萧美娘低头蹙眉的模样，元芝灵便停下了脚步拉起了她的手，笑道："我这话也不是说给你听的，你瞧你，你是梁国公主，奉皇命嫁给晋王，父皇和母后又很喜欢你，你是有靠山的。而且……你长得这般好看，仙女儿似的，一定会把晋王迷得眼里再看不见别人的，所以你可千万别往心里去。"

萧美娘知道她在安慰自己，便强撑着笑笑，"你还说我会说话，你看你这几句话说得多好听，别说是把草说成花，你都快把野鸡说成凤凰了。"

元芝灵笑了笑，又像是在叹息，"咱们入了宫，就该学着说好听话，不是说给别人听，是要说给自己听。"

"自己听？"

"是啊，深宫寂寥，朝宠夕衰，若自己不能说些好听话来宽慰自己，还有谁能陪在身边说说话呢？而若是连陪自己说话的人都没有，这百年的岁月，又要怎么熬到头？"

萧美娘被她的语气和她的说的话伤到了，堵在心里的棉花便似堵到了嗓子口，说不出的感觉难受得很。

可突然之间有个人影冲到了她们面前，把她们吓了一大跳。

"什么人！"

【十四】荷韵悠长

元芝灵身子虚，差点儿跌倒，萧美娘赶紧扶住了她这才朝那罪魁祸首看去，原来又是宇文成都，这泥小子还是毛毛躁躁的。

"怎么又是你啊？"萧美娘看元芝灵脸色都白了，便也不太

高兴，“你怎么总是做这些吓人的事？以后上了战场也这么冒失不成？”

宇文成都浑身是泥，裤脚更是湿答答的被淤泥粘在了靴子上，两只手背在身后，低了头不满地嘟囔道：“你怎么也和那些大人一样，总是拿上战场的事来唬人，我又不是小孩子了。”

萧美娘扑哧一声笑了出来，“你不是小孩子？那你瞧哪个大人像你这般脏兮兮的，你要说出一个来我就服你。”

宇文成都想了半天，道：“杨广哥哥有时候下雨天还在训练场练功，连脸上都是沙子，那可比我脏多了”，说着，他坏笑道，“哎，他这么脏，你还嫁不嫁？”

萧美娘登时红了脸，元芝灵如今也缓过神儿来，忍不住也笑了，萧美娘瞪了她一眼，便朝着宇文成都道：“你这小孩儿说话怎么没个轻重？油嘴滑舌也不知跟谁学的。”

“和杨广哥哥学的啊，你们可别被他一本正经的模样骗了，他其实可不正经了！”宇文成都越说越来劲儿，抖了杨广不少往事出来。

过去别人跟她提起杨广总是不停地夸他好，可宇文成都口中的杨广却多了几分生气，也更加生动起来。如果说从前的人把杨广捧成了天神，宇文成都则把他打回成凡人，有了些人间的味道。

是萧美娘喜欢的味道。

可她到底也还是不太好意思，便打断了他宇文成都，“说了这半天，你怎么光学他不好的地方，他冒着雨练功的勤奋你怎么不学学？”

“那你怎么知道我没干正事？”宇文成都有些得意地看着萧美娘，倒让萧美娘有些好奇，“你在做什么正事？”

“呃，我……”不知怎的，这高大的少年居然有些窘迫，扭扭捏捏地，好半天才把背在身后的手伸到了前面，原来他双手捧着一朵盛放的荷花。

“我看那边曲荷池里的荷花开得好看”，他抿了抿嘴唇，又将花往萧美娘面前递了递，“给你。”

别说萧美娘，就是一直笑而不语的元芝灵都愣了愣。

曲荷池的荷花开在池边上供人赏玩，而宇文成都手里这一朵开得有一种恣意洒脱藏在荷花本身的含蓄清雅里。花瓣完全绽放，露出嫩黄色的花心，浅浅的粉和嫩嫩的黄，有一种清贵的气质。

这样的花若是开在池子边上，早被人采回去了，难怪这小泥猴这么脏兮兮的，原来是蹚着水往湖心去了。

萧美娘都不知道该说什么好了，只是不敢接，“送我的？”

“嗯。”宇文成都黝黑的脸上居然罕见地红了一红，“你要不要啊，你不要的话我就送给陛下了。”

“要。”萧美娘接过花，也像他那样捧在手里，脸凑近花瓣细闻了闻，“好香。”

宇文成都听她这么说便露出一个有些傻气的笑来，“那些人不懂，最好看的花都开在最里面，没有人赏玩，白白糟蹋了恁么好的花。”

“多谢你。”萧美娘冲他笑了笑，清浅的笑容便也如荷花一样在她绝世倾城的脸上温柔绽放，看得宇文成都有些痴。

萧美娘自然没注意到这个孩子的眼神，只笑道：“你怎么这么笨啊？去湖心采花怎么不划个船？”

“划船不好”，宇文成都道，“木船笨拙，划到荷花丛里容易把花弄伤，明年就开不了花了。”

原来这孩子看上去莽撞冒失，还是个惜花之人，也算是意外之喜，“真的多谢你了。”

“不用”，宇文成都像是还有话要说，可是看了一眼站在一边的元芝灵，嘴唇动了动还是把话咽了下去，道，“我还有事，我先走了。”

说完脚底抹油似的跑了，留下两个女子还有些蒙。

“这孩子风风火火的，以后恐怕是个暴脾气的将军。”元芝灵看着宇文成都远去的身影，笑道。

萧美娘将荷花又放到鼻尖下嗅了嗅，荷花清雅的香气沁人心脾，闻着分外舒心。

她微微一笑，轻声道：“我倒觉得他会是一个怜悯苍生，心怀天下的好将军。”

“也是”，元芝灵走了几步，道，“他是个实心的好孩子，这宫里啊，少的就是实心的人。”

萧美娘不置可否地笑笑，眼看便走到了头，元芝灵抬头看看日头，道：“也不早了，我就先回去了。”

萧美娘点点头，看着元芝灵走远才捧着荷花慢慢往回走，她也不很着急，左不过回建章宫也没什么要紧事，不如在这园子里逛逛。

盛夏草木成荫，萧美娘一个人走在青砖铺的小路上，头顶是浓密的绿色，倒也不觉得日头晒，反而这种暖洋洋的感觉像是把时光都拉长了。

她不由得哼起了江南的小曲，缠绵的调子在这夏日里也似洒下了一片清凉。

宇文成都跟了她很久，一直都没有跑出去，他是害怕打断了萧美娘的歌声，虽然轻轻的，却有一种情致在里面。

后来，宇文成都走过名山大川，听过不同地方不同人唱的不同的曲子，却再没有人能把歌词唱出情致来。

眼看萧美娘把园子逛尽了要往建章宫走，宇文成都这才忍不住跟着追了上去，他这次倒没有冲到她前面去再把人吓一跳，而是在她后面喊了一声，“晋王妃！”

萧美娘脚步一顿，还有些不太习惯这样的称呼，转过身去看着宇文成都，“你还有什么事吗？”

宇文成都倒是有事，可是看着萧美娘用那双好看的眼睛看着他，居然一句话都说不出来。萧美娘也不催他，就站在那里等着他，宇文成都看萧美娘只是柔柔地看着他，心也不觉就塌陷了一块下去。

“我是来还东西的。”他突然道，然后从怀里拿出了一方罗帕，“这是你之前给我的帕子，还给你。”

萧美娘觉得好笑，“一块帕子罢了，就是送你又如何，你何必巴巴儿地给我送过来？”

“不行！”宇文成都却很坚持，“男子汉大丈夫，不能要女人的东西。”

说着他走上前去，将帕子也塞到了萧美娘手里，“还给你。”

萧美娘一手举着荷花，一手便拿那帕子又给宇文成都擦了擦额头上的汗，“你就为了这块帕子才追我？”

“嗯。”宇文成都有些不好意思，却从萧美娘的袖子上闻到了之前那种让他念念不忘的香气。

原来不是帕子香，而是萧美娘身上的味道，虽然很淡，但是媚人。

“你身上的味道，真好闻。”

宇文成都也是傻了，居然呆呆地把心里的话说了出来，萧美娘便红了一张脸，要不是眼前还是个孩子，她可能都要骂他一句“登徒子”了。

她颇有些羞恼的拿帕子轻轻甩了他的脸，“好了，我要走了。”

宇文成都这才如梦初醒，看萧美娘的神情才知道自己似乎说错了话。可萧美娘并不给他解释的机会，这里他刚回过神儿来，萧美娘已经走出去好一段路了。

宇文成都见状也顾不得那么多事，袖子一甩就追了上去，拉住了萧美娘的袖子，“等……等一下！”

萧美娘早就听见了身后的脚步声，又听见他上气不接下气的声音，便心软了，转过身看着他，“还有什么事？”

“那个，我……”宇文成都看萧美娘还和他说话，心里便乐了起来，只是手一面拍着胸脯大喘气，一面道，“我，以后……能去找你玩吗？”

“嗯？”萧美娘有些奇怪，偏了头不明所以，宇文成都也差不多顺过了气，小心翼翼地像是一个害怕被人拒绝的孩子，少了张扬活泼，反而多了几分沉静和委屈。

“我一个人在宫里，没人陪我玩，我……我特别无聊。”

他低了头，两只手背在身后，一只脚尖似有若无地在地上画着圈圈，萧美娘哪里见过这样的孩子呢，愣了愣，道：“好。”

“真的吗？”宇文成都蓦地抬头看着萧美娘，“你是说真的？”

“当然。”萧美娘被他逗笑了，“我就在建章宫，你要是无聊了就来找我吧。”

宇文成都欢呼了一声，“晋王妃，谢谢你。”

这个称呼萧美娘果然还是有些听不惯，笑道：“你也别这么喊我，我叫萧美娘，以后你喊我姐姐就好了。”

“嗯。”宇文成都用力点点头，然后像是有些不好意思，半天才红着脸道，“杨广哥哥能娶到你，那是他的福气。”

萧美娘愣了愣，继而微微一笑，“多谢。”

【十五】溺水宫人

和宇文成都那傻小子说了会儿话，再回到华沐苑的时候日头都偏西了，青梅站在院门口张望着，看到她回来便迎了上去。

“公主你去哪了？大夏天的外面暑气重，你也不怕中了暑。”一面说一面抱怨，萧美娘心头一暖，“好了，哪儿就那么娇贵了。”

说着便把手中的荷花递给了青梅，“把这荷花供起来。”

青梅也不问她是哪里来的荷花，只应了一声便按吩咐做事去了。萧美娘不习惯有人伺候，因此独孤皇后赐的几个小宫女只安排着做粗活儿，近身伺候的事还是青梅和萧瑜来。

可萧瑜自己还是个千金大小姐，萧美娘也不指着她能帮什么忙，果然，走进凉爽的内室，就看见萧瑜坐在她的琴前面拨弄着琴弦。

萧美娘没说什么，倒是萧瑜看见她忙站了起来，“你回来了？”

“嗯。”萧美娘见内室无人，便解了外衣，松爽些，然后懒懒地倚在窗边的软榻上，随手拿起黑漆梨木雕花小几上的一本琴谱闲闲翻看起来，黄昏的霞光便在她脸上晕染开一片红晕。

半晌，她看萧瑜还站着，便笑道：“你坐吧，傻站着干什么？”

萧瑜这才隔着小几坐到了萧美娘身边，却也还是不说话，萧美娘觉出几分不同来，合起了琴谱，“怎么了，魂不守舍的，可

是出什么事了？”

萧瑜想了想，低声道：“东宫的事，你知道吗？”

“你是说没了个宫女的事？”萧美娘以为是萧瑜害怕，便安抚道，“不是什么大事，你不用怕。”

“我当然知道这宫里死个人不是什么大事，可……”她神色一变，又凑上了前去，声音压得更低，“可这次不寻常。”

“嗯？”萧美娘被她这样倒勾起了好奇心，将手里的琴谱放下，敛了笑意，“怎么了？”

“我听人说，这小宫女是淹死的，就淹死在东宫的那个小湖里。”

“那又怎么了？”萧美娘不解，“说不定是失足落水呢？”

“可是那小湖浅得很，根本淹不死人啊！”

东宫里原本没有小湖，而只有一个小花园子，是云昭训云容裳说喜欢亲近水又懒得走那么远的路去御花园，因此杨勇找来能工巧匠，硬是在东宫里凿了一方水池，种上了荷花，堆上了假山，也砌了个小亭子，看上去也是有模有样的。

因为只是给云昭训戏水用的，杨勇特意吩咐不让凿深，就是怕发生意外，如今这水池子里居然淹死了人，岂不是怪异？

“你的意思是，是有人杀了那宫女？”萧美娘不由得蹙起眉来，宫里主子遇到不顺心的拿奴才出气的也不少，虽然说不常闹出人命来，可到底也不是什么大不了的事。

萧瑜知道她在想什么，便有些急，“哎呀，你想啊，要是失手把人弄死了，干吗不找个僻静的地方把尸体处理了？非扔到那水池子里，那水池可是云昭训最喜欢去的地方，这不……”她忙压低了声音，“这不就是冲着云昭训去的吗？摆明是故意要吓她，最好能把孩子给吓掉，或者干脆一尸两命，多好。”

萧美娘这才悟到这一层，震惊之余再细想一想，简直是毛骨悚然，出了一身冷汗。

若真是如此，这样的手段，神不知鬼不觉的就能除掉一个得宠的太子姬妾，实在是骇人！

她吓得脸色都白了，握着小几一角的手更是有些颤抖，咬着嘴唇说不出话来。萧瑜看她这样也有些慌，忙越过小几晃了晃她的肩膀，“哎我说，你可别这样吓人，倒是说句话啊。”

“我能说什么？”萧美娘回过神儿来已经是汗湿薄衫，她感觉浑身的血液都冷了，“千万别说出去，以后也别往东宫去了。”

萧瑜点点头，坐了回去，“其实我也就是个猜测，你这样六神无主的，我……”她低了头，像是有些不好意思，“我反而更害怕，虽然我也不喜欢你，更不服气，可你毕竟要比我懂事得多。”

萧美娘抬头看了她一眼，生平第一次觉得她这个小表妹其实也有不那么令人讨厌的时候，因此放软了声音，“别怕。”

萧瑜这只是个猜测，可是防人之心不可无，若是真的，那会是谁下的手？

高良娣还是王良媛？不仅想要害得云容裳小产，甚至还把元芝灵拉下了水，最后闹到了独孤皇后面前，云容裳虽然身体无碍却被禁了足。萧美娘只能说这个局布得很好，不管怎么样都能对她有利，好深沉的心机，好骇人的算计！

她撑开了窗子，外面是披着霞光的桂花树，偶尔有一两声鸟鸣，仿佛也透着些疲倦。

萧美娘不禁有些难过，虽然她现在还只是一个旁观者，可以后呢？

等到她真正成为晋王妃，等到杨广也有了别的女人，她的日子又会不会比现在的元芝灵过得好呢？

未来实在是太遥远了，可萧美娘却知道它总有一天会来，不管愿不愿意，都会如期而至。

就是这样，像是死刑犯等着行刑的日子一样，在被拉长的恐惧无措里苟延残喘，等一个注定会到来的未来。

她轻叹了一口气，手抚上了心口，那里有一方丝帕，每次，她感到害怕无力的时候，她都会把手放到心口。

尽管只是一件死物，却能给她莫大的慰藉。

宝成，我一定也是可以走下去的，对吧？

她仿佛看到年少时，张宝成和萧琮带着她去郊外骑马，她不过学了半日就闹着要和他们两个大男人比赛。

两人都拗不过她，只好应战，只不过放水放得很明显，让她有些不高兴。

性子上来了，她举起马鞭，狠狠抽在了张宝成的马身上，那马儿吃痛一声嘶鸣，便发了疯似的狂奔起来，饶是张宝成也不能让它慢下来。

而她则又一扬鞭，自己座下的马儿便也狂奔起来，很快就赶上了张宝成，她朝他示威似的大声道：“你瞧，我哪点不如你了？”

张宝成又是好笑又是气恼，在马上呛了她一句，“这般凶悍，谁娶了你那真是……”

话没说完，便被她一瞪眼吓了回去，匆忙改口，“那真是三生有幸。”

她是他眼里凶悍的女子，好胜又不服输，所以她一定可以走下去的，哪怕如今茫茫原野上，骑在狂奔的马儿身上下不来的，只有她一个人。

时隔这么久，想起张宝成的时候萧美娘不说有多难过，只是还是很遗憾，可能人生就是需要这样的遗憾吧。这样，就算未来有残缺，仿佛也都可以一笑置之，不多在意了。

“我乏了，你先出去吧。”萧美娘闭了眼睛，手撑在小几上就像是要睡着了，萧瑜也不多说什么，掀起帘子出去了。

她刚走没多久，青梅便捧着一件缥色的小水缸过来，里面浮着那朵盛开的荷花，“公主，这花您要放在卧室吗？”

萧美娘原本只是闭目养神，听到青梅的声音便睁开了眼，“放下吧。”

青梅便将那小水缸摆到了桌子上，她是个有心的丫头，还特意又摘了几片荷叶一起供起来，不让那荷花孤零零的看上去有些可怜。

那娇艳欲滴的荷花配上嫩绿的荷叶，缥色的瓷器更衬得它们有一种淡然悠远的意境。萧美娘看住了，看着这荷花不禁就想起今日宇文成都说的话来，关于杨广的那些事。

关于她的夫君，萧美娘把所有人说的话拼拼凑凑，只除了一张脸，杨广的模样已经是渐渐明晰起来了。

丰神俊朗，刻苦用功，尤擅音律，宽厚温和。

偶尔会有些油嘴滑舌引人发笑，可别人笑了他却又是一副淡定的模样，让那笑的人看上去如同一个傻子。

萧美娘不知怎么的，有一个人猝不及防地闯进了她的记忆里。那个叫作“阿撚”的男子，宇文成都说话的神情语气简直和那个也同样“不知轻重”的阿撚如出一辙。

想到宇文成都那一口一个“杨广哥哥”叫的亲热，想来两个

人的关系是极好的。而宇文成都对杨广的崇拜溢于言表，大约也是处处模仿杨广的吧，那杨广说不定也就是阿摐那个模样。

她这么想着，便不自觉地将阿摐的脸代进了她想象里的那个“杨广”，于是，她脑海里总算是有了一个完整的人。

是阿摐对着她笑得有些轻浮，“怕什么，要是让人知道了，你嫁给我就是了。”

那是阿摐，亦或是杨广，萧美娘实在是有些困乏，脑子里的那个人也像是隔了一层雾，看不分明。

【十六】前朝孤女

宫女奴才终究还是命如草芥，独孤皇后又把这事往下打压，不过几天，就没人再议论了，顶多是东宫的人说话做事都要多加几分小心。

听说就因为云昭训被禁足，杨勇的心情很不好。萧美娘自然是对东宫敬而远之，一心一意只在独孤皇后身边侍奉。

不过云昭训禁足之后，元芝灵倒不再病恹恹地待在自己的体仁堂里了，时不时也会到含章殿和萧美娘一起陪着独孤皇后，妯娌俩言笑甚欢，看得独孤皇后更加欢喜。

只是夏秋之交，宫里一时间有不少贵人都得了风寒，独孤皇后上了年纪自然也病倒了，萧美娘便日日侍疾，连试药都亲力亲为。

谁知这一日，萧美娘正服侍独孤皇后喝药，元芝灵却恹恹的过来了，向独孤皇后请安。独孤皇后为着萧美娘在身边，心情不错，忙免了她的礼赐座。

元芝灵谢恩之后却只是发呆，萧美娘看着有些奇怪，问道:“元姐姐这是怎么了？遇到难事了吗？”

独孤皇后正拿着帕子拭嘴，一听这话才发现了元芝灵有些不同，登时沉了脸，“可是杨勇又做了什么混账事了？”

“不是的，母后别误会！”元芝灵忙出言辩解，却是欲盖弥彰，她看独孤皇后和萧美娘都不太相信的样子，只好叹了一口气，“母后，儿臣这次来是想请您免了云昭训的禁足吧。”

“什么？”独孤皇后有些疑惑，“是杨勇逼你的？”

元芝灵摇了摇头，轻声道：“不是太子殿下逼的，只是近来时气不好，云昭训也染了风寒，她怀着孩子本就辛苦，又在禁足中，难免有些郁郁寡欢。儿臣是怕她这样下去，病上加病，她的命不可惜，要是伤了皇嗣，那岂不是儿臣的罪过？”

这话说得也有道理，萧美娘只觉得元芝灵是个仁厚的人，照理来说她一个太子妃还不曾有孕，一个昭训的孩子她该防备着才是。像她这样大公无私，温良体下的主母，也是难得了。

她这里暗暗思忖，独孤皇后也对元芝灵多了些怜爱，“好孩子，难为你了，杨勇负你，本宫绝不负你。”

元芝灵眼睛一亮却很快又归于平淡，“儿臣不敢居功，只盼着东宫能为大隋开枝散叶。”

独孤皇后赞许地点点头，“既如此，本宫便看在你的面子上，免了云昭训的禁足，不过你得转告太子，嫡庶尊卑有别，以后要注意分寸。”

元芝灵起身谢恩，萧美娘一面帮独孤皇后捶着肩膀一面感叹元芝灵的识大体，她想着，如果是她，她大约是做不到的。

或许她可以看着杨广有别的姬妾，但是她做不到处处为别的女人着想，更不会为杨广和别的女人的孩子着想。

真不知道元芝灵是太善良还是太懦弱，这样的性子在这深宫

之中，怎么能保得长久呢？

又说了会儿话，元芝灵便起身告辞，却在跪安的时候咳嗽了几声，独孤皇后问道：“是不是也染上风寒了？”

元芝灵用帕子捂着嘴，声音很轻，时不时带出一两声咳嗽，“不碍事的，母后不必挂怀。”

独孤皇后皱了眉，“你这孩子本来身子就不好，自己还不上心，快找个御医去看看。”

元芝灵连忙回绝，“云昭训那儿正闹得不可开交，高良娣也病了，东宫正是鸡犬不宁的时候。儿臣不过是旧疾，吃几枚丸药就好了，何必再去添乱呢？”

独孤皇后沉了脸色，越发觉得东宫尊卑颠倒至此，实在不成体统。可是杨勇是太子，又是嫡长子，她心里再不满意也只好能忍则忍，不好坏了国本。

因此她扭头看着萧美娘，“美娘你颇懂药理，去东宫给太子妃看看吧。”

萧美娘虽然不大想往东宫去，可是背了独孤皇后的命令，却也只好点头跟了元芝灵去。

一路上已经有些宫人在扫落叶了，眼看着秋天就要来了。

两个人携手而行却没什么话说，自从东宫出了事，萧美娘心有余悸，总是害怕祸从口出。

天朗气清，云朵大块大块的像是雪一样堆在湛蓝色的天上，让人总想着能上去躺一躺。有一行大雁划破苍穹，萧美娘不禁抬起了头，阳光暖好，照得她的脸也是红红的。

“鸿雁高飞，吉兆呢。”

元芝灵闻言也抬起了头，却露出了一个讽刺的笑容，“我刚进宫的时候也是这么一行大雁，领我入东宫的嬷嬷也这么说，结果呢？”

风乍起，一片离了枝的树叶刚好落在元芝灵的绣花鞋上，她弯腰捡起那叶子放到眼前端详，脉络清晰，通身碧绿，只叶尖那儿一点泛起了枯黄，却也被风毫无怜惜的吹落。

“那年秋天，母后看中了我，封了我做太子妃，转眼又一年了。”

萧美娘不知道该说什么，元芝灵眸子里像是有一层雾，让人看不清她的情绪。于是她也只好装作不经意地问道：“那是什么时候的事？”

元芝灵摇了摇头，“不记得了，日子太难过，谁还数日子呢。”

她看着萧美娘，却笑得有几分凄惶，“前几日，殿下突然对我特别好，虽然没有明说，可我知道他是为了云容裳。多可笑啊，我是他的妻子，我的丈夫对我好，却为的是另一个女人。美娘，我真的……好恨啊。”

说着，她手里的那片落叶被她捏得粉碎又狠狠扔到了地上，“我是太子妃，可我除了这一个空名，我什么都没有。”

萧美娘垂了头，这世上，最难开解的，可能就是闺怨了。

好不容易跟着元芝灵一起回到了东宫，才知道她说的是真的，来来往往的人从妙云轩里进出，一个个都面带忧色。元芝灵只看了一眼便转过脸去，算是眼不见心为净。

体仁堂还是一如既往地安静，燃着有些刺鼻的香，萧美娘皱了眉，“其实我一直想说，你身子不好就别燃这么重的香，不利于你养身子。”

元芝灵脚步一顿，却深呼吸一口，才缓缓道：“这香是云容裳给我的，挺贵重的，我不用就拂了她的面子，太子殿下会不高

兴的。”

萧美娘把这话在脑子里过了一遍，也有些气恨，“从未见过你这么窝囊的正室！”

元芝灵只笑笑也不说什么，带着萧美娘进了卧室，萧美娘以前在张家看过几本医书，虽然不说是妙手回春，却也勉强算是个半吊子郎中。

她手搭上了元芝灵的手腕，没什么大病，要紧的还是气虚。气主人之精华，她这气虚的毛病要是老不好，再多的药都没用。

萧美娘倒是心疼元芝灵，可想着那么多御医都不敢把话说明白，这背后一定有文章。她如今根基还不稳，也不想徒惹是非，因此只道：“反正殿下也不来你这里，你这香还是少燃一些吧。”

元芝灵似是有些恍惚，冲着她笑了笑，“我知道了，麻烦你了。”

萧美娘看她这笑心里就堵得慌，便把一心窝的劝她的话都咽了下去，只坐在那里发呆。元芝灵自己也有些困乏了，看便道：“要是无事你就回去吧，别在我这耽搁了时间。”

萧美娘本也有些坐不住，告了辞就匆匆离开了东宫，谁知刚走出没几步，就被一只泥猴子拦住了去路。

她如今也是聪明了，一般这样冒冒失失的，都是宇文成都那家伙，因此倒也镇定了不少，虽然心里还是闷闷的难受，却也露出了个笑容，“你又找我有什么事？”

“找你救个人！”

宇文成都说话急匆匆的，他虽然是个莽撞冒失的人，这样慌乱却是头一次，萧美娘也不禁打起了精神，“出什么事了？”

宇文成都也顾不得什么礼法尊卑，扯着萧美娘的袖子就跑，一边跑一边气喘吁吁地解释，“冷宫那里有个小姑娘，没亲没故的，现在快病死了也没人管。太医署的人一个个的都势利不肯来救，我只能找你了。”

萧美娘从他断断续续的话里才听明白了事情的原委，因此也上了心。这宫里命如草芥的人太多，她萧美娘也不是菩萨，只是能帮一个便帮一个，算是积德。

到了宇文成都说的地方，才发现那是冷宫又脏又破的一间小屋子，顶上漏雨，壁上漏风，没有床铺，只有一堆枯草。有一个瘦弱的小女孩儿躺在那堆枯草上，脏兮兮的，看上去可怜得很。

也不知道是哪里来的孩子，小小年纪就受这样的罪。

萧美娘喟叹一声，也不及多问就坐到了草堆上帮那女孩儿把脉，眉毛越皱越深。

这小女孩儿这么长时间也不知道怎么活下来的，体虚得很，连脉搏都很微弱，加之又染上了风寒，像是还有肺痨的样子，要是没有人来管她，说不定就真的留不住了。

“怎么样啊？”宇文成都看萧美娘皱眉就急了，跪坐在一边追问，“要不要紧？能不能治？”

“能是能，就是有些麻烦。”萧美娘解下了自己的披风盖到了那女孩儿枯瘦的身上。真是太瘦了，活像是根火柴，萧美娘摸到她那一把骨头几乎心酸得有些想哭。

“她不能再待在这里了，这里又冷又湿，迟早要了她的命，你那里可方便？”

宇文成都有些为难，挠了挠头，“我好歹也是个男人，你把一个姑娘家放我那儿算怎么回事？我宇文成都可是正人君子！”

这小泥猴分外强调“正人君子”这四个字，倒把萧美娘惹得好气又好笑，“也没人说你就是势利小人啊，罢了，你与我回建

章宫吧。”

说着萧美娘就起了身，拍拍自己的裙子便要把那小姑娘抱起来，谁知她刚弯腰宇文成都便抢了过去，“我力气大，你走前面吧。”

萧美娘笑着摇摇头，“方才还急着避嫌，现在却又抱人家，真是搞不懂你。”

宇文成都看着萧美娘打趣的笑意，正色道：“她是女子，所以我要避嫌，你也是女子，所以我不能让你出力，我是堂堂正正的。”

萧美娘没想到宇文成都居然还一本正经地跟她解释，只笑了笑也不说话，率先出了那小破屋子，青梅正在门口张望着。

刚才她被宇文成都拉着就跑，都忘了这个小丫头了，青梅看见她就撇了撇嘴，“公主怎么跑得这么快，让奴婢好找！”

萧美娘捏了捏她头上的双鬟，“找人宣个御医到建章宫去，快去。”

青梅看见宇文成都怀里的人就猜到了八九，便嘟囔着不情不愿地去了，萧美娘这才领着宇文成都往建章宫去。

一路上倒也把事情问了个清楚。

原来这小女孩儿是前朝不知道哪一位宫嫔留下来的，也不知道是谁的孩子，只是进了大兴宫就被扔到了冷宫，从此再没人管过她的死活，由着她自生自灭。

而宇文成都从小就喜欢到处转悠，在冷宫那一带见过这小姑娘，他是个活泼好动的性子，宫里孩子少没人陪他玩闹，这小姑娘便成了他的一个玩伴，只是从来也没人知道。

如今玩伴生了病快死了，又找不到御医来医治，宇文成都这才想起了萧美娘来。

“草儿实在是太可怜了，我第一次见到她的时候她头发都稀稀疏疏的，像是粘上去的似的，又枯又黄。”

草儿，这名字起得也贱，恐怕也就是因为贱名好养活，她才能活到现在。

萧美娘听了也是一阵唏嘘，“可怜人多了，你都能一一救过来不成？”

宇文成都却有些不满，“因为救不了所有的人所以就一个都不救吗？这宫里的人面冷心硬，我还以为你是不一样的。”

萧美娘没想到自己和宇文成都的想法不谋而合，于是欣慰地笑了笑，“你说的是，我们都不能普度众生，能度一个是一个，行善事是会有福报的。”

萧美娘信佛，讲究个因果报应，宇文成都却不以为然，“我没想什么福报不福报的，命是自己的得靠自己挣，我就只想我能保护我喜欢的人，能让他们平平安安的。”

命是自己的得靠自己挣。

这句话猝不及防落进了萧美娘的心里，让她不由得念了好几遍，才了悟似的笑道：“没想到你年纪不大，看得却通透。”

说话间已经到了建章宫，宇文成都也不是第一次来，因此没人拦他，只是在华沐苑的时候萧瑜看见他不是很高兴。宇文成都也不理她，抱着草儿就进了屋，放到了一张软榻上，没过多久御医就来了。

毕竟是在建章宫，又是晋王妃要救的人，他们也不敢不上心，没多久就拟了药方煎了药来。宇文成都暗骂一声，“这帮人，惯会拜高踩低的！”

萧美娘将草儿搂在怀里，一边给她喂药一边笑道：“好了，在宫里这许久了还为这种事生气，显见的你是长不大了。”

宇文成都一听就不乐意了，“你别总把我当小孩子，我也快十五了！”

萧美娘没理他，只顾给草儿喂药，宇文成都便也不再吵闹，只坐在一边静静地看。

草儿面黄肌瘦，衣衫破旧，与这华美的宫室和萧美娘显得格格不入。可萧美娘却将她温柔地抱在怀里，明明是素昧平生的人，她却没有半分嫌弃。低着头，轻轻吹着汤匙里的药汁，怕把人烫到又放到唇边试了试才喂进她嘴里。

草儿还在昏迷，药汁难喝进去，萧美娘也不嫌麻烦，用自己贴身的帕子给她拭嘴，一擦，那雪白的罗帕便弄污了。

这样温柔的人，让宇文成都心里一动，他自幼丧母，父亲宇文化及是个风流纨绔，祖父宇文述是个严厉的将军，他还从来没有见过温柔的人。

听说这世上，菩萨是最温柔最慈悲的，他就这么静静地看着萧美娘，仿佛就看见了低眸浅笑的菩萨，散发着柔和的金光，要度人于苦厄。

宇文成都出身高贵又得杨坚赏识，从来也没说羡慕过谁，只这一次，他从心底里有些羡慕他的杨广哥哥。

能娶到萧美娘这样温柔的人，该是多大的运气啊。

他犹自出神胡思乱想，萧美娘已经喂完了药，将草儿放到软榻上，自己则起身给了宇文成都一个榧子，“别发愣了，跟我去皇后面前解释一句，平白无故带个人回来，总得给个说法吧。”

宇文成都被人敲了脑袋还有些怔怔的，只是闻着那一股好闻的香风，就一边揉着脑袋一边傻乎乎地笑了起来。

萧美娘看他这样，只当是小孩子喜欢走神儿，也只是笑了笑，不理他就往含章殿去，果然没走几步宇文成都就追了上来。

“皇后娘娘会不会不喜欢草儿啊？”

“这可难说，前朝的孤儿，当朝的贵人多多少少都会有些不喜，不过独孤皇后一直吃斋念佛，心如莲花，大约也不会狠下心来见死不救。”

她猜得不错，独孤皇后有着慈悲心肠，说是宫里要是戾气太重会伤了国运，让人好好医治，还说伺候萧美娘的人本就不多，加一个草儿也不错。

萧美娘端庄得体地谢了恩，宇文成都一向没什么规矩却差点儿跳了起来，看得独孤皇后笑着直摇头，“你啊，也该学学规矩了，打小儿就跟你杨广哥哥厮混，怎么只学了他的淘气，半点儿不学他的稳重呢？”

宇文成都有些不好意思，“杨广哥哥离宫那么早，便有稳重的一面，我也没见过，怎么学？”

“你可别找借口，过几日你杨广哥哥就要回来了，到时候本宫倒要看你能不能跟着他学得稳重些！”独孤皇后笑了笑，萧美娘却没来由得一惊，“晋王殿下不是说年底才回京吗？”

独孤皇后看萧美娘已经红了脸，两只手绞着帕子就知道她心里有些紧张，便温和地笑笑，“年底回京完婚，过几日只是回来述职，待不久的，不过……也能让你们见上一面，免得大婚的时候洞房花烛夜了还像个陌生人。”

说着她自己先捂嘴笑了起来，萧美娘是红了一张脸，说话也不是不说话也不是，心里也不知道是羞涩多一些还是期待多一些。

其实这么长时间以来，她已经习惯了大兴的生活，杨坚和独孤皇后都对她很好，还有一个说得上话的元芝灵陪伴，真要说起

来比她在江陵还要过得好许多。

可能也因为这样，她对这桩婚事的抗拒越来越小，甚至连张宝成都鲜少想起了。反正和他已经是陌路，不如好好看看以后，看看杨广。

他在别人口中都是被夸赞的多，又说模样俊朗，又说文武双全，又说是嘴甜会说话，能哄人开心。

她常常在夜里睡不着的时候想想她的“夫君”，居然也会有些欢喜。

原是死了心到大兴来的，可这一日日地过下去，她却发现自己其实还活着，对杨广，对这段婚姻，对未来，还有着期许。

只是宇文成都看萧美娘低头浅笑，带着羞涩的无语温柔，不知怎么的，方才的欢喜便散了大半。

【十七】离人将归

回到华沐苑，青梅正在床边照顾那个时不时就咳嗽的草儿，萧瑜则坐在一边静静地看着，看见萧美娘进来就有些不满，“你从哪救回来这一个叫花子？弄得屋里脏兮兮的，像什么样子？”

萧美娘没说什么，只坐到了床沿，伸手摸了摸草儿的额头，还是在发烧。

“再打一盆冷水来。”她吩咐青梅，看青梅出去了才道，“这是宇文小公子拉着我去救的人，可见对他来说意义非凡，我怎么能不救呢？何况救人一命胜造七级浮屠，总是行好事的，别计较太多了。”

萧瑜撇了撇嘴，“我看那宇文公子也不是个省事的，你这么经常和他厮混在一起，倒不怕惹麻烦？”

萧美娘有些疑惑，“不过是个孩子，能惹什么麻烦？”

“孩子？”萧瑜轻蔑道，“他可不比你小多少，人多口杂的要是生出了什么风言风语，你怎么办？”

萧美娘这才想起来宇文成都其实只比她小一两岁，只不过他顽劣莽撞，像个孩子，所以让她忘记了还有这一层。

萧瑜的顾虑是对的，她一面帮草儿擦汗，一面暗自庆幸现在醒悟还不算晚。

草儿面色还是有些苍白，有着病样的潮红，不过大约是因为已经喝了药的缘故，渐渐地睁开了眼睛。

青梅恰好打了水进来，萧美娘便招手让她过来，“她醒了。”

草儿的眼睛很漂亮，只是没什么神采，看到这一屋子穿着绫罗绸缎的贵人就慌了，挣扎着要起来。

“你还在病中，先别动。”

萧美娘按住她，冲她笑了笑，然后绞了帕子亲自给她擦了擦额角的汗又覆在了她额头上。草儿很是惶恐，声音低低的几乎听不见，“你是谁？”

“我是晋王妃。”萧美娘轻轻道，像是怕吓到这小姑娘，然后帮她掖了掖被角，“是宇文公子让我救的你。”

“晋王妃！”草儿吓了一跳，又差点儿坐了起来，只是浑身无力，最后还是缩在了温暖的被子里，“我这样低贱的人，怎么敢劳动晋王妃呢？”

“身份有尊卑，人命无贵贱，你别放在心上。”萧美娘笑道，“你且好好休息，养好了身子若是不嫌弃，就留在我身边伺候吧。”

“不嫌弃不嫌弃，王妃救命之恩，草儿以命相报。”

草儿说着就红了眼眶，她像草芥一样活到现在，从来没想过

有朝一日还能被温柔对待。如果说宇文成都的出现是她生命里的一束光，那萧美娘仿佛是月亮，在黑暗里给人以光亮和方向。

“草儿这个名字不好，我给你换一个，你愿不愿意？”

草儿用力点点头，逗笑了萧美娘，“涉江采芙蓉，兰泽多芳草，以后就叫作兰泽吧。”

“谢王妃赐名。”

萧美娘点点头，把青梅唤了过来，“以后就让她跟着你吧。”

青梅自然没有异议，萧美娘便也起了身，“那你好好休息吧，我先走了。”

兰泽感恩戴德地目送她离去，萧美娘回到自己的卧室之后便让萧瑜把自己的琴搬了出来，对照着琴书闲闲抚着琴。萧瑜侍立在一边看着她愈加流畅的指法，不得不佩服萧美娘实在是一个聪明的女子。

她长在梁国皇宫里，自幼学琴，别的不敢说，单论琴这一项就绝对要压萧美娘一头。可她这么冷眼看去，萧美娘学得这么快，说不定哪一日，她就要被比下去了。

她有些不快，看着不喜欢的人追上自己，总是一件让人心里硌硬的事。

只是她渐渐也发现了萧美娘的琴音似有停顿之处，指法虽熟练却不够流畅，“你有心事。”

萧瑜的语气很肯定，萧美娘便歇了琴，“你的耳力倒不错。”

“是你自己走神儿太过，好好的一首曲子断断续续的。”说着她拖了一张凳子坐到了萧美娘对面，“出什么事了？”

萧美娘认真地看着她的眼睛，“方才皇后说，近日晋王要回宫。”

“真的？”

萧美娘没有错过萧瑜眼睛里一闪而过的欢喜，她这个表妹，果然还是盯着她的位置。也是，她都屈尊降贵跟着她放着好好的郡主不做跑来大兴做丫头了，还指望她真能心甘情愿地服侍她一辈子不成？

萧瑜有野心，萧美娘一直都知道，这不是一个好缠的女子。心机重，城府深，对自己也能狠得下心来，先前两个人要在大兴宫立足，必须得相互扶持，如今杨广一回来，她知道萧瑜一定不会安分。

萧美娘担心的就是这个，张皇后在临行前千叮咛万嘱咐不可手足相残，但若真到了那份上，她萧美娘又该如何自处？

萧瑜被她看得心里有些慌，她这个眼神虽然是淡淡的，可是透着一股狠劲，虽然一句话不说却已经是警告。于是她偏过头去，“晋王这次回来，你有什么打算？”

“没有打算。”萧美娘看萧瑜已经心虚，又信手拂过琴弦，发出一串泠泠如珠玉却没什么章法的琴音来，“瑜儿，这世上不是所有的事都要去计划的，有的时候计划太过只会自缚手脚。”

萧瑜不知怎么的脸上一热，萧美娘看她这样就干脆把话挑明了去说，免得日后两个人都不好看，“我知道你的心思，以你的心气和资质，一辈子在我身边当一个宫女，我也觉得是暴殄天物。”

这是一句心里话，萧瑜称得上是真正的皇亲贵族，举手投足天然带着贵气，她既然跟了她来，不管心里再不乐意，她都不能让她一辈子只当一个宫女。别说萧瑜不甘心，杨广又怎么会放过她呢？

萧美娘这些日子目睹东宫的事，早就没有了当年一生一世一双人的少女情怀。她知道像独孤皇后这样宠冠六宫的大约是前无

古人后无来者的，而她萧美娘不会这么幸运，嫁与杨广，她就要像元芝灵一样做出妥协。

与其到时候让杨广开口要人，不如她现在就给萧瑜承诺，这样至少，她还能掌控形势。

萧瑜有些惊讶地看着她，萧美娘便大方与她对视，“侧妃的位置我给你留着，但是有一点，现在不行。”

“为什么？”

萧瑜的语气有些急，萧美娘只能说她还是不太成熟。

“独孤皇后不喜欢太子你是知道的，那你知道是为什么吗？”

独孤皇后是杨坚唯一的妻子，而杨坚这么多年不设嫔御，所以她虽然年过中旬却还是一副少女心肠，总是看不上三妻四妾的人。而杨勇不仅好色，收了那么多姬妾，更吵得东宫不得安宁，难免让独孤皇后心生厌弃。

萧瑜明白了过来，萧美娘知道她自己能想明白，便也不再多说，只道：“你一定要记得，晋王是次子。”

空气里似乎有一种令人窒息味道，萧瑜感觉心里沉甸甸的，有些透不过气，忙站了起来，“我给你倒碗茶来。”

萧美娘就看着她落荒而逃的模样，不再多说什么。

萧瑜觉得气闷，她又何尝不是？

那份血书还藏在她心口，压着她的心，让她四肢有一种发麻的感觉，如果是张宝成，或许她还能像独孤皇后一样。

只是可惜，没有如果。

那日过后，倒是安宁了一段时日，秋意渐浓，华沐苑的院子里常常铺开一地金黄色的落叶，温馨又浪漫，萧美娘常嘱咐宫人不要扫去。

江陵地处南方，秋天也是淡雅的颜色，如同一卷水墨画，萧美娘也是到了大兴之后才第一次看到这样五彩斑斓的秋日，因此只要看着那一地碎金心情便分外舒畅。

兰泽的身体渐渐好转，虽然还是瘦，但气色好了不少。她话不多但是乖巧忠心，长相很普通，年纪虽然还很小，可一双眼睛分外有神，看上去很聪明。青梅喜欢她，便常常给她喂一些好吃的，也一天天胖了起来。

宇文成都来过几次，却只兰泽陪着他说话玩闹，萧瑜的话如同晴天霹雳一般惊醒了萧美娘，她一直称病不见他。

渐渐地，宇文成都便也不常往建章宫跑了。

还是偶然兰泽提起，说许久不见宇文公子了，萧美娘嘲笑了一句，“兰泽如此惦念他，便让他收了你也是不错的。”

说得兰泽红了一张脸，却也没说不愿意，萧美娘倒是记在了心里。

宇文成都能力非凡，假以时日必然又是一员猛将，若能把自己的贴身侍女给他，哪怕只是一个妾室，也能让宇文成都为杨广鞍前马后。

杨勇不得帝后欢心，杨广身为次子就有上位的可能，萧美娘知道自己一生已经与这个还没有见过面的男人紧紧绑在了一起。那么她做的每一件事，都不得不为杨广考虑。

也就是在现在，萧美娘想起张皇后的那句“自己成全自己”，才隐隐约约明白这里面的道理。

又抚了半日琴，看看日头差不多了萧美娘便起身往独孤皇后那里去。

院子里的落叶铺了厚厚一层，桂花细碎的花朵躲藏在落叶的

间隙里，极难看见却步步生香。萧美娘特别喜欢听树叶在脚下发出的“沙沙”的声音，每一步便走得都很小心，慢慢踩下去，在那“沙沙”的声音里，仿佛就把这满院秋色拥入了怀中。

好不容易走到含章殿门口，发现含章殿外似乎多了几个面生的人，她不知是来了什么人，可何姑姑在里面伺候着，她也找不到人问。

想着独孤皇后知道她每日这个时候都要过来，如果是她不能见的人一定会把她拦下，因此也不做他想，自己走了进去。

越往里走就能听见独孤皇后在与人说话，时不时还会笑起来，看来她心情不错。萧美娘这么想着，便有意放重了脚步声，果然，里面的声音顿了顿。

萧美娘止了步子，何姑姑很快掀帘出来，看见萧美娘便是满脸笑容，“皇后娘娘就猜到王妃快到了，可等了您多时了。”

萧美娘有些疑惑，“母后在会客吗？是什么人？如果不方便的话，我还是回避吧。”

“说不方便也的确不方便，可要说方便……”何姑姑笑得意味深长，“要说方便，王妃还真不用回避，快随奴婢进去吧。”

萧美娘心里更是不明所以，可看何姑姑这样便知她是有意卖关子，她再问也问不出什么来的。因此只好跟了上去，何姑姑掀起了帘子，萧美娘一低头走进去，果然看见独孤皇后满脸笑容，身侧做了一个男子。

男子？

她心里一咯噔，莫非……

想着，她低了头不敢再看，只请安问好，“母后万安。”

方才只看见那男子的侧脸，他虽然坐着可是看得出来身材高大。因为太过惊诧和羞涩，并没有敢看男人的脸，因此只是一个模模糊糊的影子，还有他头上戴着的玉冠发出的温润色彩。

她心突突地跳，站在那里有些不知所措，好在独孤皇后没让她窘迫太久，笑道："美娘低着头做什么？这位可不是外客。"

独孤皇后笑着，那男子便也跟着笑，"不是外客，是'内人'不成？"

这个人说话倒是很有趣，萧美娘也不禁弯了弯嘴角，只是这个声音好生熟悉！

仿佛在哪里听过。

一个人的影子在萧美娘眼前飞快闪过，她猛地抬头看向那男人，顿时惊讶得说不出话来。

居然是阿摐，那个把她从山贼手下救下来的人，那个谦逊有礼却又有些轻浮的人，那个在她脑海里被想象成杨广的人。

他怎么会在这里呢？

难道说他也是大隋的皇亲国戚？那她逃婚的事还能瞒得住吗？

她由最初的惊讶变得有些害怕，生怕这个人要把她逃婚的事说出来，她甚至感觉自己背上出了薄薄的一层汗。她想向他做一个恳求的表情，却害怕被独孤皇后看出端倪。

可阿摐却也只是笑着看着她，面色平淡，笑容和暖，像是让她安心一样。

独孤皇后看两个人这么对视着，笑道："美娘你倒来得巧，阿广刚刚来向我请安，你就过来了，你们俩莫不是早就约好了？"

萧美娘太过惊讶又恐惧，没听见独孤皇后的话，杨广却笑道："可没有这回事，儿臣与王妃不约而同，这是缘分。"

萧美娘感觉自己有些站不住了，他居然是杨广？！

【十八】晋王杨广

老天究竟在和她开一个怎样大的玩笑呢？逃婚被自己的夫君抓到，可算是天下第一奇闻。

独孤皇后看萧美娘脸色不太好，有些担心，“美娘你怎么了？是不是不舒服？要不要找个御医来看看？”

萧美娘摇了摇头，“多谢母后挂怀，儿臣无碍。”

她的声音有些虚，独孤皇后更加担心，“还说无碍，你声音都在发抖了。”

“儿臣……儿臣……”

萧美娘窘迫得很，两只手不停地绞着手中的帕子，杨广自然知道其中的因果，忙笑道：“怕是儿臣长得太吓人，把王妃吓到了。”说着他向萧美娘笑着拱了拱手，“小王向王妃赔罪，王妃大人有大量，还是展颜一笑吧。”

萧美娘愣愣地看着他，看着他朝她使眼色，知道自己这样有些失仪，忙欠身行礼，“殿下说笑了。”

独孤皇后见状也不再多说什么，只朝着萧美娘伸出了手，萧美娘犹豫了一下，慢慢走了上去。独孤皇后便笑着拉着萧美娘坐到自己身边，“我早就和你说你这位王妃是天仙般的好模样，怎么样，如今可信了？”

萧美娘还是只低着头不敢说话，杨广倒是谈笑自如，“母后的话儿臣向来奉为金玉良言，哪能不信呢？”

独孤皇后笑得很开心，却对萧美娘道：“美娘你可记好了，阿广惯会花言巧语的，你可千万别被他骗了。”

萧美娘微微一笑，看上去还是有些紧张，独孤皇后只以为是因为她在萧美娘不好意思，因此笑道："我要去陛下那里，你们夫妻第一次见面，便好好说会儿话吧，我看我在这里啊，反倒是有些多余了。"

说着她就起身，杨广和萧美娘自然也站了起来送她，等独孤皇后把人都带走了，杨广坦然入座，萧美娘却还是站在那里不知所措。

杨广看了她好一会儿，笑道："不过数月，你不认识我了？"

"你……"萧美娘抬起头来看着他，还是有些难以置信，"你是晋王杨广？"

"我看上去，不像是个王爷吗？"杨广觉得有些好笑，"没错，我是你夫君。"

听到"夫君"这两个字，萧美娘不由得红了脸，"可是，我……"

"你是晋王妃"，杨广认真道，"是我的妻子。"

萧美娘看着他，眼前的人是曾经让她信赖崇拜的阿摐，也是传说中那个丰神俊朗，仪态出众的晋王。

这两个人的身影在她脑海里交错着，让她有些眩晕，却最终成了一个人。

杨广，她的夫君。

萧美娘感觉这就像是一场梦，实在是有些不可思议，因此愣愣地看着他，像是还没缓过神。

杨广觉得她这样真是迟钝得有些可爱，便朝她伸出了手，眼神里有一种笃定的温暖，柔柔的抚平萧美娘心里的局促和不安。

她看着杨广的那只手，很宽厚，看上去透着一种稳重，让人安心，这个人有多可靠，萧美娘其实是知道的。

于是她犹豫了片刻，还是缓慢地抬起了手，轻轻把手放到了杨广的掌心，杨广轻轻一笑，握住了她的手。

杨广的手很热，大掌恰好把萧美娘的小手包裹住。严丝合缝的暖意便如同细密的网一样，蒙在了心上，萧美娘轻吁一口气，总算是安下心来。

她的手不算细腻，而杨广的手更因为常年习武而老茧丛生，他抬头看着萧美娘，轻笑道："你瞧我们俩的手，显见的是天生一对了。"

萧美娘顿时有些羞涩，想要把手抽回来，杨广却握得更加用力，"你我本就是夫妻，这样的玩笑话不算逾矩。"

"那你……"萧美娘低头垂眸，"那日看到我的脚之后，对我说的话，你当时知不知道我就是你的晋王妃？"

杨广一愣，没想到萧美娘会有此一问，略作思索，道："原本是不知道的，后来你逃婚了，我恰好在梁国，梁使者便向我求助，我这才猜到你的身份。"

说着，他话锋一转，带了些笑意，"你问这个做什么？"

萧美娘大着胆子抬起头来看着他，"若你就那般随意唐突一个陌生女子，我定然是看不上你的。"

她脸上犹有红晕，细碎的鬓发垂在耳边，青玉的耳坠便若隐若现。双眼漂亮而有神采，此时此刻看着他，眸光奕奕，认真而别有一种倔强。

这样的眼神很容易打动人，杨广仿佛在这眼神里看见了他自己。

于是他有些出神，待被窗外一两声鸟啼唤回神儿来时，萧美娘已经转过了目光。他知道这小姑娘是不好意思了，便笑道："那我现在站在你面前，王妃可还满意？”

萧美娘心跳得有些厉害，手还被他握着，他目光灼灼落在自己的脸上，让她更加无措。这样的问题，该怎么回答才好呢？

既不能显得太冷淡，又不能显得太轻浮。

杨广似是猜中了她的心思，笑道：“我是不喜欢逢场作戏矫揉造作的，只要你的真心话。”

这一句话，仿佛点醒了萧美娘，两个人论名分，他们是夫妻，论情分，他对她有救命之恩。不管怎么说，她此生都要跟着他了，便是要演戏，又要怎么去演一辈子？

想起两个人在山上那一晚上的时光，那样的单纯天真，那样的信任依赖，萧美娘心底不易察觉地生出些少女的娇俏来。

“有匪君子，如切如磋，如琢如磨，晋王殿下风仪落落，爽朗清举，是个玉人。”

明明是极好的夸人的话，可萧美娘这样脆生生地说出来，反而让杨广听出了几分揶揄的意思来。

也好，他喜欢的萧美娘，不该是精致的木偶人。

于是他只是笑笑没说什么，道：“时候也不早了，我该回府了，你送我出宫可好？”

萧美娘似有犹豫，可杨广握着她的手就没有松开的意思，她也只有答应的道理。杨广见她点了头，眼里笑意更深，“御花园秋色最好，可不要辜负了才是。”

杨广拉着她走出了含章殿，守在门口的青梅看到这一幕吓得睁大了眼睛。萧美娘不动声色地瞥了她一眼，她便反应过来，忙低了头远远跟在后面。

御花园是暖色的，大约是徐徐和风把秋日的暖阳缝进树叶里，

还缀在枝头的叶子金黄，居然透出阳光般的生机来。叶子脉络清晰，还未来得及飞走的小麻雀在枝叶间穿梭着，像是在采撷阳光，时不时啁啾一声，稚嫩得可爱。

萧美娘不由得抬起头来，杨广不愧是长在宫里的人，挑的这条小路安静得很，耳边便只余风与叶的呢喃低语和鸟雀的啁啾。

杨广偏过头去看萧美娘，她身量尚小，只到他的肩膀还没有，因此他可以清楚地看见萧美娘沐浴在阳光下的那绝世容颜。脸颊红红的宛若桃花，微闭了眼，长长的睫毛清晰可数，脸上是一副满足的神情。

萧美娘的确很快乐，她喜欢这样和暖的大太阳，这样晴朗的秋日，这样高旷的天空，这样慵懒的云朵。还有身边这个人，或许是曾经有过那么一段摒弃了身份的相处，萧美娘在杨广面前很容易就卸下了防备。

杨广看着这样的萧美娘，就像是有人揉碎了欢喜洒在他心里，在这样的暖阳下，开出了花来。

萧美娘似是察觉到了杨广的目光，睁开眼低下了头，偷眼看去时，杨广却又是走在她身边，一副正经的模样。莫不是她多想了？萧美娘既疑惑又羞赧，看杨广要转头来看她，忙低头看着自己的脚尖，脸上却不由得带了一丝笑意。

心里有一种莫名的欢欣雀跃，让她感到陌生又着迷，只是牵着杨广的手，便不再惧怕跟着他走。

仿佛这一路，这一生，跟着他走，无惧无畏。

意识到自己有这种想法的萧美娘便如同一只受了惊的小兽，突然一阵颤抖，欢喜如潮水般退去，另有一种无措涌了上来。

杨广驻足，皱了眉，“怎么了？”

“啊……”萧美娘有些慌，便把手从杨广手里抽了出来，眼神也躲闪着，“许是天凉了我穿得少，有些冷。”

杨广的眼神突然变得深邃了许多，像是能洞察一切，萧美娘不敢看他，而杨广却想起了那一日的《西洲曲》。

那样的旋律，她一定很喜欢那个人。

他有些不快，却无可奈何，人不论坐到多高的位置上，哪怕天下尽在股掌之间，还是有一样东西无法掌握，那就是人心。

不知道那个人是谁，可他的确在萧美娘心里有极深的印记，杨广很清楚这一点。而他是一个自负的男人，对他心仪的人有一种征服的欲望，他看得出来萧美娘是一个难以征服的女人。她有和命斗的倔强和勇气，所以她敢逃婚。

上一次她逃走，是被抓了回来，而以后，他要让她心甘情愿地留下，今生今世，只站在他的身边。

杨广打定了主意，嘴角弯起一个自信而从容的弧度，“就送到这里吧，你快回去添件衣裳，仔细着了凉。”

“好。”萧美娘松了一口气，欠了欠身转身便走，青梅眼疾手快地过来扶住了她。

走出不过十步，却听见杨广在她后面喊住了她，“萧美娘。”

他的声音温润而笃定，可能也是因为在阳光下的缘故，听起来别有一番暖意，“我不管你为了什么才嫁给我，我是真的想娶你。”

一个字一个字落在心间，便如同响亮的鼓点，让她的心随着他的声音而跳动。

【十九】接风家宴

萧美娘压下心里头突然翻涌起的难以名状的情绪，挺起了胸

膛，便也不回头，一步一步踩在鹅卵石上往前走，优雅从容。

回到建章宫，独孤皇后还不曾回来，萧美娘低着头思付方才与杨广见面的每一个细节，想从中看出一个更真实的杨广。可谁知刚走进自己的华沐苑，就听见里面有争吵的声音，她不禁蹙了眉。

“我都说了她不在，你再胡搅蛮缠，我就喊人了！”

“你喊啊，我倒要看这宫里谁敢动我！”宇文成都还是这般的跋扈，“我回回来找她，你不是说她病了就是说她不在，你以为我好糊弄是不是？”

“她真的不在，你在这里和我吵得再凶，她也不在屋里头！”

萧瑜的脾气还是太急躁了些，和她说了不止一次，宇文成都不是她能惹的人，可也不知道为什么，她对他就是这么不待见。

“我不信你，在不在，你让我进去看看！”

“你胡闹什么？王妃的寝宫怎么能让你乱闯？”

萧美娘一听就知道事情不好，加快了脚步赶了上去推开院门，“吵什么呢？也不怕人家听了笑话。”

听到萧美娘的声音，萧瑜和宇文成都才安静下来，萧瑜率先上前一步，“你瞧瞧这个人，我说你不在他非不信，还要硬闯，要真让他闯了进去，你以后的名声怎么办？”

萧美娘也蹙眉看这宇文成都，宇文成都自知理亏，已经低了头，嗫嚅着说不出话来。站在一边的兰泽方才一直想要劝架，奈何萧瑜不大喜欢她，人又蛮横，宇文成都更是一生气起来眼睛里就没有别人，两个人都无视了她。

现如今萧美娘来了，兰泽便抹了抹眼睛，道：“不是的，王妃，宇文公子也是太想念王妃了，这些日子王妃……”

“好了，别说了。”兰泽还是年纪太小，说话不知轻重，青梅赶紧呵止了她，萧美娘环视了四周，好在院子里人不是很多，这事倒还传不出去。

她看着低着头的宇文成都叹了一口气，“你跟我进来。”

说着便向着青梅使了个眼色，青梅会意，守在了门口，萧瑜便气鼓鼓地眼看着宇文成都跟着萧美娘进了屋。

屋子里都是萧美娘身上那种淡淡的香气，宇文成都一进屋就忍不住深吸一口气，“屋子里好香啊。”

萧美娘也不理他，自顾自坐到了桌旁，拎起茶壶斟了两杯茶，“坐吧。”

宇文成都看萧美娘这般冷淡就知道她是生了气，便也不敢再放肆，乖乖坐了下来，连茶也不敢喝。

“说罢，你有什么事找我？”

“我没有事啊，没有事就不能找你了吗？”宇文成都还有些理直气壮的样子，“是你说的，我可以来找你玩，可是这几日你分明是在躲着我！什么生病，什么外出，都是在哄我！”

“你既然知道了，我也就不瞒你了”，萧美娘轻叹了一口气，“你要知道这里是皇后中宫，我是晋王妃，你虽然得陛下喜爱，可是宫里风言风语太多，会毁了你的名声的。”

“谁在乎？”宇文成都不假思索道，可是他看到萧美娘蹙着的眉和为难的神情，便明白了过来，“你根本不是在考虑我的名声对不对？你是为了你自己的名声！”

“就算是这样吧。”看宇文成都猜到了，原本不想让他太伤心的萧美娘干脆也就把话挑明了，“你叫晋王一声哥哥，我就是你的嫂嫂，晋王已经回来了，我和你就要避嫌。”

原来杨广回来了？宇文成都有些吃惊，难怪萧美娘一直躲着

他呢。

可他还是有些不高兴，“你我二人本就坦坦荡荡的，还怕旁人说什么呢？”

萧美娘看着宇文成都尚显稚嫩的脸，也不知是该觉得好笑还是好气，末了也只是摇摇头，“你还真是个孩子，半点儿事也不懂。”

宇文成都觉得有些委屈，他自幼便无人管束，祖父严厉，父亲风流，还是被杨坚接进宫之后才稍稍体悟到一点温情。

可是杨坚是个君王，杨广又常年在外任职，渐渐地他又成了没有人在乎的野孩子。萧美娘的出现就像是一缕春风，温柔而含蓄，虽然只比他大几岁，却是像母亲一样的人。

他贪恋那种温柔，所以才想要亲近她，谁知她居然也要狠下心离他而去。

“好。”他握紧了拳头，紧抿着嘴唇，有着稚嫩的倔强，“随你高兴了。”

说罢，他看也不看萧美娘，起身就跑了，萧美娘自然没有追他的道理。这样也好，萧美娘虽然有些难受，可这样的事最容不得拖泥带水，还是快刀斩乱麻来得好。

她轻叹了一口气，唤了一声，“瑜儿。”

萧瑜在外面应了一声，很快就进来了，“什么事？”

“宇文公子走了？”

听萧美娘提起那泥猴子，萧瑜就把不满摆到了脸上，“走了，兰泽追上去了，你关心他做什么？”

萧美娘实在是无奈，“和你说过多少次，不要把‘不喜欢’这三个字摆在脸上，来日到了杨坚面前，你也这么冷言冷语的不成？”

萧瑜撇了撇嘴没说什么，只问了道：“你和他说了什么？”

“把话说开了，对我对他都好……”萧美娘也不大愿意在这件事上多纠结，转了个话口儿，“晋王回来了，你可知道？”

萧瑜微微有些惊讶，“我之前恍惚听人提过，不过一直以为是谣言，他……他真回来了？”

“嗯。”萧美娘点了点头，“这几日大约会给晋王办个接风洗尘的家宴，到时候你与我同去。”

“我？”萧瑜有些惊讶，萧美娘抬眼笑看着她，“你不愿意？”

“没有！”萧瑜忙道，然后微红了脸，垂头不看她。

萧美娘也是觉得有趣，萧瑜这般性格或许才是杨广喜欢的，真正的“不矫揉造作”吧，思及此，她竟不知心里是个什么滋味。

原是打定了主意的事，可事到临头，她仿佛又不是那么愿意了。

心里乱得很，便挥挥手让萧瑜退下了，她一个人撑着头，看着窗外将落未落的树叶，脑子里便是杨广那句话。

我是真的想娶你。

萧美娘以为自己离开张宝成穿着红嫁衣来到大兴城成为晋王妃，心就会是一潭湖水，了无波澜。可谁知杨广的出现，他这句不轻不重的话，就像是一阵风起，让她久久难以平静。

再想起自己走在他身边的时候，那种雀跃的心情，她不得不承认她很快乐，可是她又有些害怕。

而她不知道自己在害怕什么，爱上杨广？

他们本就是夫妻，也应该是爱侣。

害怕辜负张宝成？

自打她为杨广穿上嫁衣的时候，他们就注定了殊途不同归，这又是何必。

思来想去，她捂着心口，那里却始终像是有一团雾，她不知所以地迷惘着，恐惧着。

萧美娘猜得不错，第二日晚上，杨坚便为了给杨广接风洗尘设下了家宴，一应外臣俱无，只有皇亲贵族在场。

杨坚有五子，长子杨勇为太子，次子便是晋王杨广，此外，三皇子秦王杨俊和四皇子蜀王杨秀都在任上，出席的便只有五皇子杨谅。

杨谅年纪尚小，坐在杨勇身边说个不停，看上去是一副兄友弟恭的场景。想来也是，他另外三个哥哥都不常在大兴城，他最亲近的自然是以太子身份居住在宫里的杨勇了。

萧美娘虽然还没有行过册封礼，可在这些人眼里已经是晋王妃了，独孤皇后也有意让她和杨广多接触，便特意安排她坐在杨广身侧。

杨广果然如传言中是个温柔体贴的性子，又是布菜又是斟酒，对萧美娘很是殷勤，时不时还要说一两句俏皮话逗得萧美娘在这样的场合上笑又显得不庄重，不笑又憋得难受，只好瞪了他一眼，偏过头去不看他。

她这一偏头便看到了元芝灵，她坐在杨勇身边，朝她微微一笑，还是一如既往的脸色苍白，近来时气不好，想来她又生病了。

她对这个窝囊的太子妃实在是又生气又心疼，不由得叹了一口气。杨广是个细心的，转过了身，“怎么了？是不是不舒服？”

萧美娘摇摇头，“没有，只是……”

“只是什么？”杨广是一头雾水，萧美娘也是一肚子的疑惑，偷眼看了看，众人都在看歌舞，也没什么人注意他们，才凑到杨广耳边，轻声问道，“你说太子殿下怎么就不能对太子妃好一点呢？”

杨广莞尔，没想到萧美娘在想这种事，他笑着摇摇头，招招手让萧美娘离得他更近，“你瞧那个穿蓝衣裳的，就是受宠的云昭训。”

萧美娘听说，便也看了过去，云昭训虽然穿着淡雅，可是那一张脸果然是清丽无双，薄施粉黛便是天然一种风韵。梳的是牡丹髻，插了两三根玉钗，是很素雅的一个人，许是怀了孕的缘故，更显风情万种，有一种温柔在她的眼眸里水一般的漾起。

她尚不知自己在被人打量着，提起酒壶为杨勇斟了一杯酒，柔柔一笑，脸上便是两个小小的梨涡。

听元芝灵说这个云昭训是在选秀的时候因为容貌而被杨勇一眼看中的，此番看来云容裳不仅容色出众，而且很会打扮自己。不是一味的浓妆艳抹，而是最适宜自己气质的淡妆，看上去便如同水墨画里的人，淡淡的让人欲罢不能。

而且她举手投足尽显优雅温柔，进退得宜，看上去落落大方，别说是男人，就连萧美娘看着她一时间也移不开目光。

而反观元芝灵，她长相自然是逊了云容裳一头，为了沉稳庄重又总穿一些老气横秋的衣服，更是病恹恹的，难怪杨勇不喜欢。

萧美娘点了点头，“好个美人，我要是男子，也会喜欢她这样的。”

杨广听了觉得好笑，“你若是男子，那我怎么办？”

萧美娘才发觉自己说的话使人发笑，脸颊绯红，笑嗔着瞪了杨广一眼，推开他坐直了身子不再说话。杨广觉得好笑，给她斟了一杯酒，自己也举起了酒杯看起了歌舞。

他二人自以为小动作无人知晓，殊不知独孤皇后皆看在眼里，

转头对杨坚笑道：“你瞧阿广和美娘，这般亲密，真像是一对璧人。”

杨坚听说便也转过头去看着他们，彼时他二人还头碰头说着悄悄话，丝毫不觉。杨坚看萧美娘笑着红了脸推开杨广，他二人又故作正经的模样，心里也泛起了暖意。

他明白爱妻的心思，也不忘了讨好她，笑道：“是啊，看着他二人，我都想起我们刚成亲那会儿，也是这般形影不离的。”

独孤皇后听了果然很开心，却撇了撇嘴，“刚成亲的时候才形影不离，你现在定然是厌弃我这个半老徐娘了。”

杨坚笑着握住她的手，“我这个糟老头子就喜欢你这个半老徐娘。”

独孤皇后柔柔一笑，正要说话，却听见一声脆响，她转过了头去，原来是云容裳桌上打翻了一碗汤。

失手的小宫女跪在地上不停地磕头，这样的场合，云昭训就算心有不满也不好发作，摆了摆手让那小宫女退下了。

不是什么大事，很快歌舞声又起，萧美娘又多看了云昭训几眼便也不去管那边的事，一心一意地看歌舞。

而那边云容裳却有些可惜的样子，那碗汤是她喜欢的笋丝老鸭汤，被那丫头打翻了，再从御膳房传一碗来又要让人说她多事。

元芝灵见状，笑道：“我这一碗还未曾动过，给云妹妹喝吧。”

“这……这怎么好呢？”云容裳像是受宠若惊，连连拒绝。

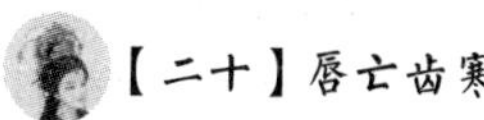

【二十】唇亡齿寒

她自从那日东宫湖畔受了惊，一直都很小心，生怕再中了别人的暗算，就算元芝灵一向是不争不抢的，她也不敢轻易信任。

而元芝灵不做他想，还只以为是云昭训不好意思，大度地笑道："你怀着孩子就该多滋补，就当是我让给皇长孙的了。"

云容裳还想拒绝，杨勇却直接把那汤接了过来放到了云昭训桌上，"趁热喝吧，也是太子妃一番心意。"

如此，云容裳才道了谢，端起碗来小口儿喝着，杨勇也难得地朝元芝灵露出赞许的笑容，"天气凉了，多喝几杯暖暖身子。"

"是，谢殿下关心。"

元芝灵端起酒杯一饮而尽，可她这里杯盏刚放到桌上，又是一声巨响，云容裳又摔了碗，人连着凳子一起倒在了地上，捂着肚子蜷缩着身体，脸色苍白得很，额头上也都是汗。

众人无不下意识地站了起来，杨广更是直接把萧美娘拉到了身边，一干人等面面相觑，不知道出了什么事。

霎时间大殿里寂静无声，只听得见云容裳痛苦的呻吟。还是杨勇率先回神，大叫"传太医！这汤里有毒！"

听到这句话，手里正端着汤碗愣神儿的萧美娘也吓得扔了碗，"呀！"

看她脸色苍白，杨广宽慰地拍拍她的肩，"没事，别怕。"

可萧美娘怎么能不怕，她虽然离得远，可也看得清清楚楚，云容裳蓝色的裙子上已经渗出了血迹。

太医很快到了，杨勇抱起云容裳就转到了大殿边上供女眷更衣的偏殿里，一群宫人也一股脑儿跟了过去，一时间殿里乱作一团。

没有人敢说话却又乱糟糟的，珠翠声和脚步声听得人心慌，地板上那一摊血更是分外刺眼。

居然有人敢在皇家宴席上的菜肴里下毒，而且残害了皇嗣！

杨坚脸色铁青，"把今日御膳房当值的人都给朕捆到重华宫来！"

萧美娘被这样震怒的杨坚吓得瑟瑟发抖，杨广便大胆把她揽进了怀里，搂着她的肩膀，“别怕，事情会查清楚的。”

萧美娘只能哆嗦着点点头，却还是脸色苍白说不出话来。

杨广有些无奈，便抬头朝杨坚道：“父皇，还是让太医们看看究竟是哪里藏的毒吧。”

杨坚看杨广在这种情况下还这般镇定，很是欣慰，点了点头。很快就有一位太医检查云容裳桌上所有的菜肴，果不其然，毒就藏在那碗被打翻的汤里。

众人还没反应过来，杨广又指着方才被萧美娘打翻的汤道：“再来查查这一碗。”

杨坚没有反对，太医便依杨广所言检查了先前萧美娘手里的汤，无毒。

“劳烦太医，把这所有的汤，都检查一遍。”

一圈下来，居然只有云容裳喝的那一碗汤里有毒，这人是冲着云容裳，或者说，冲着云容裳的孩子去的。

蓄意残害皇嗣，好大的胆子！

杨坚脸色更加难看，一时间重华宫里鸦雀无声，没有人敢在这位帝王生气的时候发出声音。可又是一声巨响，原来是元芝灵却突然瘫软到地上，居然把她面前的桌子都撞倒了。她脸色更加苍白，浑身抖得筛糠似的，嘴唇哆哆嗦嗦，好不容易才说得出话来。

“不是云昭训，是我……”

她眼泪刷的就流了下来，转向杨坚，跪在地上磕了一个头，再抬起头来时已经泪流满面，哭着道：“父皇，那碗汤是儿臣让给云昭训的，那个人要害的是儿臣！”

若不是上菜的小宫女失手打翻了云容裳的汤碗，那么现在中毒的就是元芝灵，难怪她这么害怕。

萧美娘更是心惊，要害太子妃，目的是什么呢？难道又是那一群不懂事的姬妾？

她下意识抓紧了杨广的手臂，皱了眉紧张得很，杨广被她抓得有些疼却不敢发出声音，只好把她搂得更紧。

杨坚看着跪在他面前怕得泣不成声的元芝灵，一时间居然拿不定个主意。

若说想要杀太子妃的人，整个东宫的姬妾都有嫌疑，可她们又为何偏偏要在这样的晚宴上动手呢？

真是让人摸不着头脑，正思索间，御膳房的人已经被捆过来了。杨坚声音冷得像是冰，“你们好大的胆子！居然敢谋害皇亲国戚！”

御膳房的人被无缘无故抓过来正是惊疑不定，听到这句话一个个都舂米似的磕头，大叫冤枉。

“冤枉？毒就藏在这碗汤里，你们还敢说冤枉？”

御膳房的人自然没有这个胆子，除非是背后有人指使。

杨坚一拍桌子，“趁早交代了，供出幕后指使是谁，朕还能饶你们一命。”

杨广想了想却觉得有些不对，上前一步道：“父皇，若是做汤的人下的毒，怎么可能只在一碗里有毒呢？何况今晚御膳房里必然是人多眼杂，也是极难动手脚的。”

杨坚细想了想，的确是这个道理，御膳房的掌事太监连连磕头，“殿下说得有理，陛下，奴才们断然不敢做这种事！”

杨坚便又问道：“那送汤的人在哪里？”

“送汤的是小齐，陛下明察！”

杨坚看了一眼站在两边的侍卫，他们便明白了过来，匆匆要

赶去御膳房抓人，谁知还没走出重华宫就听人来说，小齐自尽了。

这下可好，找到凶手了，可找到也没用了。

人死了，死无对证的事，谁敢再承认呢？

杨坚皱了眉，杨广倒无所谓了，退回去拉起了萧美娘凉凉的手用力握了握，“好了，他们又不是要杀你，你别怕。”

萧美娘只是不说话，这是她第一次直面阴谋和杀机，一时间根本接受不了。杨广的怀抱还是那样宽厚，却又莫名的有些冷。

殿里又安静了，杨坚的脸色太难看，他不说话，谁又敢发出声音？

好在不一会儿，独孤皇后从偏殿走了过来，凑在杨坚耳边说了几句话，两个人对视一眼，脸色这才有些缓和。

杨坚整理了一下神情，冷声道：“幸而云昭训所食不多，也幸而太医抢救及时，云昭训无事，皇嗣虽然保住了，却也是九死一生。此人妄图毒害太子妃，误伤昭训，更残害皇嗣，罪不容诛，朕会一查到底，所有和这个小齐有来往的宫人全部下狱，严刑拷打！”

一片哀号呼救的声音落下之后，重华宫便只剩下几个心有余悸的人。杨坚说要查，可是他们都知道，人都死了，根本查不出来，这不过是给杨勇和云容裳一个交代罢了。

元芝灵还跪在地上瑟瑟发抖，居然也没有人管她，萧美娘看着心里尤其酸楚，挣脱了杨广的怀抱走上前去。

“起来吧，别跪着了。”她轻声道，便把腿脚发软的元芝灵扶了起来，回头看了一眼早已吓傻的洛黛，那丫头这才反应过来，忙上来扶住自己的主子。

重华宫里已经是乱糟糟的，元芝灵便也顾不得许多，逃过一劫的她一点欢喜都没有，只是深深的恐惧。她一头扎进萧美娘怀里，“美娘，我怕……”

萧美娘也很无奈，只好像方才杨广那样安抚地抱着元芝灵，却说不出杨广那样安慰人的话来。

那样自欺欺人的话，她说不出口。

事已成定局，杨坚挥了挥手，带着独孤皇后就走了。好好的一场欢宴居然出了这样的事，大家也都没了兴致，剩下的几个人又站了站，便也各自走了，只有萧美娘一直抱着元芝灵站在那里。

到最后重华宫只剩下了他们几个人，杨广才走上前去拍了拍萧美娘的肩膀，“好了，既然不幸中的万幸大家都安然无恙，嫂嫂便也回宫休息吧。”

元芝灵红了眼眶，“我怎么睡得着？我这条命，也不知道什么时候就要送在谁人手里……”

杨广也不知道该怎么劝，只好看了看萧美娘，萧美娘会意，松开了元芝灵，为她擦了擦眼泪。

“今日你累了，回去好好休息吧，兵来将挡，水来土掩，你这么哭哭啼啼的，也没什么用。”

元芝灵这才止了泪，“多谢你了，美娘。”说着她抬头看了一眼杨广，露出些艳羡的神情，然后又拉着萧美娘的手拍了拍，“我只盼着你和晋王好好的，别落得我这般的日子，生不如死。”

说完她就扶着洛黛走了，重华宫里便只剩下了杨广和萧美娘以及两个人的亲侍。杨广的贴身太监阿三还算有眼力，拉着还在发愣的萧瑜就退下了，看着空荡荡的重华宫，杨广才笑道：“你瞧嫂嫂也是，临走还要提点我一下。”

“我倒觉得，她怕是要一语成谶了。”

萧美娘也不看杨广，只无力地笑笑，推开杨广便往外走。杨广愣了愣，忙追上去拉住了萧美娘的袖子，“你这是何意？”

萧美娘的目光不知停留在何处，心口一抽一抽的痛。

她总算是想明白自己在害怕什么了，她怕的是未来。

她怕元芝灵的现在就是她的未来，这些王室子弟哪一个不是喜新厌旧、三妻四妾？她萧美娘可以很大度，可以不再奢求一生一世一双人，可她怕的是人无伤虎意，虎有害人心。

而更可怕的是，如果她像元芝灵一样对杨勇没什么感情也就罢了，日子挨一挨可能还过得去。

可若是她对杨广动了心呢？

她能眼睁睁地看着自己心爱的男人和别的女人一起恩爱生子吗？

她做不到，正是因为她清楚地知道她做不到，所以她才会更加害怕。

杨广英俊潇洒又文武双全，甜言蜜语会讨人开心，遇到事情临危不乱，自有一种王者的气度。

他是一个很容易让人对他动心的男人，萧美娘不觉得自己会成为一个例外，而且她甚至已经开始为他心动了。

越是这样，她越害怕。

她闭了眼，“唇亡齿寒，兔死狐悲。”

说罢，也不再等杨广，快步走出了重华宫，萧瑜见状忙跟了上去，可萧美娘疯了似的走得太快，她居然有些追不上。

正站在那里弯着腰喘气，身边刮过一阵风，杨广已经跑到了前面把萧美娘紧紧抱进了怀里。

萧美娘似乎还挣扎了几下，可杨广的力气实在太大，她最终还是乖顺地靠在了他的胸前。

月色倒是不错，两个人一闪便闪进了小路边的假山后，萧瑜有些紧张，轻手轻脚地走了过去，只能借着月色隐隐看到两个人被草木遮挡住大半的身影，却听不见他们的声音。

她一直在注视着杨广，从宴会开始她的目光就只停留在他身上。宫里的人们说杨广的那些话，她也都是听见过的，说他如何如何好，一开始她还只以为是夸大其词，谁知道杨广比起那些话来有过之而无不及。

这样一个男人，伟岸英俊，从容自信，待人接物又那般的温柔可亲，谁不会动心呢？

她自信自己和萧美娘相比是不会逊色的，虽不如她容色倾城，可胜在久处深宫，比起萧美娘来更有皇室公主的气质。

这次家宴，萧美娘让她跟着出席是在兑现她当日的承诺，她自然也好好打扮了一番，可谁知从头到尾，杨广连看都没有看她一眼。

便是萧美娘再好，她又哪里差了呢？

杨广这般无视她，让一直以来众星捧月的萧瑜有些不高兴。

她也不想等萧美娘了，一甩袖子想要走，谁知道却发现了有人鬼鬼祟祟躲在一棵树后，也在窥视萧美娘他们。

这个人是谁？

【二十一】月下情长

刚刚出了那么大的事，萧瑜虽然在宫里待久了看得多了，可还是心有余悸，便多了个心眼儿，悄悄地转到了那人身后。借着月色仔细一看，原来是宇文成都。

宇文成都虽然是外臣之子，可是得杨坚宠爱，也算作皇室子弟参加了晚宴，只不过坐在最不起眼儿的位置，萧瑜都差点儿没注意到他。

他现在在这里窥视萧美娘，这呆不楞瞪的泥猴子怕是真对萧美娘起了那种心思了。

萧瑜心思百转，也不知道在想些什么，轻手轻脚地走上前去，拍了拍宇文成都的肩膀。

宇文成都吓了一跳，反手就把萧瑜擒住，萧瑜被他抓住的手疼得紧，却只是咬了咬牙，“我好心有话要叮嘱你几句，你却这般恩将仇报。”

宇文成都听是萧瑜的声音，这才松了手，掸了掸袖子，“你在这里做什么？”

“那你又在这里做什么？”萧瑜觉得好笑，“我在等我家王妃回宫，你呢？”

“我……今儿月色好，我赏月。”

“好好好，我倒是第一次见人赏月是低着头赏的。”

宇文成都被她噎住了，萧瑜这才勾起了嘴唇，“我看你眼里，我们王妃怕是比月亮还要好看吧。”

“你究竟想说什么？”

宇文成都不喜欢萧瑜这样阴阳怪气地跟他说话，脸色便沉了下来。他素日里是个不怎么正经的顽劣公子，可他并不是一点爪子都没有。跟在杨坚身边耳濡目染，自然也学到了些如何不怒而威的皮毛。

萧瑜果然怕了些，她也是没想到宇文成都认真起来还是挺像模像样的，于是便打起精神来应付。

“我想说什么，你也应该清楚”，她转头看向了月色下似是在互诉衷肠的一双人，“人家才是正经夫妻。”

“这个我自然知道。”

看宇文成都有些气急败坏的样子，萧瑜微微一笑，偏了头，“可我看你糊涂得很呢。”

宇文成都心微顿，一时间说不出话来，萧瑜便走上前几步，轻声道：“天上的月亮你看看也就罢了，地上的月亮看多了，当心脚下有陷阱。”

她看宇文成都只是抿着嘴唇不说话，便揉了揉方才被宇文成都抓痛的手腕，轻笑了一声就走了，也不知道她在笑什么。

宇文成都毕竟也不是傻子，他知道萧瑜的意思，他喜欢萧美娘？这种事真的可能吗？

他长这么大以来，从来都不知道所谓喜欢，究竟是个什么东西，只是很想要亲近萧美娘，喜欢和她待在一起，这样就算是喜欢了？

他转身看向那月下的两个人，草木掩映间也不知道在说些什么，不过不管他们说什么，大约也和他没什么关系吧。

杨广拉着萧美娘躲到假山后，萧美娘并不愿意看他，只是偏了脸，“夜深了，我该回去了。”

“你听我把话说完再走。”杨广一急便抓住了她的手腕，萧美娘微微蹙眉，却不愿现在多与他纠缠，只问道，“那你说。”

杨广听到她这一句却也愣住了，他不知该从何说起。他明白萧美娘的心思，无非是看多了东宫的斗争生出了怯意，也是，这样的血腥谁见了不害怕呢？何况她不过一个十几岁的小姑娘。

可是她也该明白，不管她是怎么样的害怕，她既然走上了这条路便断然没有回头的余地。

杨广知道萧美娘心里比谁都明白，因此他不需要给她讲道理，那样只会让人心生厌烦。

于是他顿了顿，手从萧美娘的手腕上慢慢往下移，顺势握住了她的手，把她的手包在自己的掌心里，然后贴在心口，“你且放心，我不是太子。”

萧美娘微怔，终于愿意抬头看着他，只是还不知道该说什么，杨广却安心了些，又道：“我也不知道以后的路要怎么走，但我向你保证，就算我做不到父皇那样，也绝对不让你受委屈。”

杨广的声音是一如既往的温润好听，却又带了些如同刀刃般的笃定，这是一个成熟自信的男子才会有的语气，从容而不失风度。

萧美娘便透过这声音痴痴看着他，杨广觉得有些好笑，“路是人走出来的，我只问你一句话，你愿不愿意跟我走？”

萧美娘心思百转不知在想些什么，待回过神儿来便也轻声问道：“我也只问你一句话，你方才说的可当真？”

杨广突然变得认真起来，握着她的手紧了紧，正色道：“江山也好，草芥也罢，我杨广必不负你。”

似有一种暖意从指间一点点和血液一起在身体里激荡起一种感动，心仿佛塌陷了一块柔软，盛着杨广给出的承诺。

萧美娘便反握住他的手，“江山秀丽，草芥微渺，我跟着你就是了。”

杨广在那一瞬间有一种如释重负的感觉，他露出一个轻松的笑来，将萧美娘拥入怀中。夜色如水，萧美娘也不再故作姿态，便大大方方地靠在了杨广胸膛，听他因激动而有些不安的心跳声，也弯了弯嘴角。

杨广是习武之人，胸膛宽厚温暖，就像是冬天在火盆上被烘的暖融融的毛毯，让人一旦被包裹就半点儿也不想离开。

他身上仿佛有一种温度，能把人的心都焐热，萧美娘不由自主地往他怀里钻了钻，杨广以为是她有些冷。

眼见着深秋了，这小丫头穿得还很单薄，他把怀里的人推开些，握住了她的双手捂在胸前揉搓着，“这么凉，我还是送你回去吧，仔细再生了病。”

萧美娘离开他的怀抱后被晚风一激清醒了许多，便有些羞涩，轻轻点了点头也不敢看他。杨广看破也不说破，现在他们之间到底还没成亲，等册封礼一过，他二人过了明路就好了。因此他只是握着萧美娘的手，“走吧。”

萧美娘没说什么便跟着他沿着弯弯的青石小路绕过假山，披着月光慢悠悠地往建章宫走。

宇文成都一直看着他们，看他二人走出去了便也就跟了上去。没什么原因，他自己也被萧瑜弄得糊涂得很，只是有一种冲动，他想看看他们。

不是看看萧美娘，而是看看他们。

于是他就蹑手蹑脚地跟在后面，一开始有假山和草木遮掩还好，眼看着要转出御花园走上宫道，宇文成都知道凭杨广的精湛武艺他是躲不过去的。

他也不及多想，开口喊了一声，“杨广哥哥。”

这一声在安静的夜里有些突兀，更打断了情意绵绵的两个人，杨广略有些不满，回过身去。待看见是宇文成都，方才的一点不愉快便烟消云散，“成都？快过来让我看看是不是又长高了。”

宇文成都像是没看见萧美娘一般，凑到了杨广身前，“你一去这么久，我当然长高了，上次你回来的时候我只到你胸口，现

在我都够到你肩膀了。”

杨广笑着打量了他一番，点了点头，“果然长高了，只是不知学问和武艺有没有跟着身体一起长进了呢。”

“杨广哥哥你真是惹人嫌，回来一次不说去找我玩就罢了，我来找你了你还净说这些扫兴话。你以后要再这样，我就再也不理你了。”

宇文成都在杨广面前稚气尽显，没有半分昔日的骄纵，看得出来他和杨广真的是很亲密。萧美娘还被杨广牵着手，不过这两个人都没有理她的意思，她便也就站在一边听他兄弟二人叙旧。

其实也没什么旧可叙，天色已晚风又冷，在这里叙一会儿旧只怕要把病给叙出来。因此杨广又说了几句话便道：“今儿晚了，明日再说吧，我现在要送你嫂嫂回去。”

宇文成都似是刚看见萧美娘，便也只看了她一眼就朝着杨广道：“我说你怎么一回来理都不理我，方才在宴会上都不看我一眼，原来是有了嫂嫂就不要兄弟了。”

“那是自然。”杨广像是没听出宇文成都的埋怨，反而和萧美娘十指紧扣相视一笑，“兄弟如手足，女人如衣服，手足断尚可活，无衣蔽体却谁人敢出门？”

这语气自豪，让宇文成都感觉杨广对重色轻友这回事是不以为耻，反以为荣。萧美娘也是觉得有些好笑，抿着嘴轻笑着摇头，看得宇文成都很不是滋味。

“既是如此，我不打扰了，杨广哥哥你记得明日一定要找我玩，我要和你赛马，这一次我一定能赢你！”

杨广也笑着应了他，看这小泥猴走远了，才对着萧美娘道：“成都这孩子顽劣得很，你在宫里这些日子怕是也有所耳闻吧。”

萧美娘看宇文成都那坦然的模样，心下稍安，便也柔柔笑道："可不是，整日里就数他最闹腾，也不知道他哪里来的精力。"

杨广一听便来了兴致，一桩桩一件件和萧美娘说起往事来。

他和宇文成都从小儿就玩在一起，两个人都是好动的性子，今日比骑马明日就狩猎，再不然也偷偷斗鸡走狗、六博蹴鞠，算是一对臭味相投的好兄弟。

萧美娘一面听一面笑，真是没想到仪表堂堂的晋王殿下也有这样的一面，当真是把天下人都骗了。也难怪他和宇文成都关系好，宇文成都知道他那么多糗事，万一哪天惹得他不痛快了，还不都抖搂出去？

笑着，她又想起方才杨广的玩笑话，"你方才那女人兄弟论说得好，真不怕昔日蜀汉昭烈帝来找你辩驳不成？"

"怕什么？"杨广满不在乎，意气昂扬颇有一种豪气，"昔人既已作古，如今便是我杨广说了算。"

这般的爽朗大方，洒脱豪迈，当真是一个好男儿。

萧美娘心里泛起水波却是甜甜的味道，再不说话，只是和她牵着手默默走在月亮下。月亮便如同一只眼睛，将他们之间的情义尽数记住。

若有哪一日两个人不在一处了，怕也只有月亮能知晓他们曾经的幸福与温柔。

【二十二】往昔不记

眼见着到了建章宫，杨广才松了手，"夜深了我就不进去了，天黑你走路小心，早些休息，当心生了病。"

萧美娘笑意深深，却有些无奈，"这些话你早都叮嘱许多遍了，

我又不是三岁小儿，哪里还记不住呢？”

杨广便只是看着她笑，“可不是，我也不知道我怎么就这么啰唆了，只是看着你就有一万个不放心，恨不得能把这些话塞进你脑子里。”

萧美娘垂了头，又是欢喜又是害羞，却也舍不得转身就走，这样恋爱的时光太过美好，哪怕能延长一分都是好的。

杨广便也就看着她，他最喜欢的就是萧美娘低眸浅笑的模样，藏着无限的温柔与岁月静好。

可是眼看越来越晚了，两个人就这么杵在这儿也有些奇怪，杨广上前一步，“你现在别嫌我话多，等以后有我陪着你睡，我放了心自然就不再这么絮叨了。”

“你……”萧美娘果然红了脸，“没个正行的，我不和你说话了。”

说罢她转过身，逃也似的跑进了建章宫，“仔细摔着。”

杨广笑着追了一句，只是觉得以后若都是这样的日子，一辈子哪里能够呢？

萧美娘跑进了宫里，被杨广这般言语调戏，原想直接回华沐苑安寝的，可看到含章殿的灯还未熄，便知道独孤皇后还未睡。今日出了事，杨坚自然不会宿在后宫，这么晚了独孤皇后那么个谨慎的人必然知道她还没有回来，该去向她请个安。

这么想着，萧美娘转了脚步，走进了含章殿，果然，独孤皇后虽然卸了簪环，却还是穿着寝衣坐在桌边出神。

“母后万安。”她行了个礼，独孤皇后反而被她吓了一跳，一派肃穆的神情看到她才柔和了些，“起身吧，过来。”

萧美娘告了罪便坐了过去，“母后怎么还未安寝？可是有什么不适？”

独孤皇后摇了摇头，亲自拿起剪刀来剪了剪蜡花，那烛焰摇了摇便亮了许多。

“出了这么大的事，我怎么睡得着？”

她轻叹了一口气，萧美娘知道她在为今日的事烦心，自己虽然也惊魂未定却也只好好言相劝，“既然云昭训和太子妃，还有未出生的皇长孙都安然无恙，便知这老天是向着咱们的，母后你也千万放宽心，保重自己才是。”

独孤皇后只是皱着眉，“这宫里的腌臜事只会越来越多，防不胜防。”她顿了顿，像是在犹豫，在思虑过后却还是轻声道，“我只告诉你一个人，云昭训这孩子保住是保住了，只是……只是要生下来，难哪！”

萧美娘一惊，“这是何意？”

“太医说云昭训这次毒药所食不多尚不致命，可也不知是怎的，她身子虚得很，我只怕……”

独孤皇后没有往下说，萧美娘自然是听明白了，云昭训看着健壮实则体虚，说明在东宫正有人神不知鬼不觉的暗算着她。若不是这次出了事，恐怕都没人看得出来。

云昭训不同于元芝灵，她是在杨勇的万般宠爱下生活的，这样都能被人暗算，那对方的心机实在深不可测。再想起那无辜枉死的宫女，这一定也是个心狠手辣的人。而这样的人暗伏在自己身边，任谁都不会心安。

难怪独孤皇后说这孩子怕是生不下来，只怕这幕后主使不会善罢甘休，不知道什么时候又要出手。

萧美娘方才轻快的心情荡然无存，便只和独孤皇后一起对着

烛焰愁眉紧锁，两个人都不知所措。

好在独孤皇后毕竟是见过大世面的，也没有消沉太久，握住了萧美娘的手，“美娘，听说你是会医术的，这次母后恐怕要麻烦你了。”

“什么？”萧美娘有些疑惑，“母后尽管吩咐。”

“这宫里最容易让人利用的就是太医，你既会医术，以后定时去帮云昭训把个脉，有任何问题你只管告诉我。母后不相信那些太医的谎话，母后只信你。”

“可是……”萧美娘有些慌，“儿臣只是看过几本医术，略懂些皮毛，这样的大事儿臣岂敢胡言乱语呢？”

“这和医术深浅无关，母后只相信你是个善良的孩子，你不会害人。”

萧美娘的手被独孤皇后握得紧，便知道这差事她是躲不掉的，原想着以后要离东宫远一点，谁知道反而进了风暴中央。当真是算来算去，算了自己。

她只暗暗叹息，早知如此今晚还来请什么安？

可就算再怎么不乐意，萧美娘也不敢表露分毫，只笑道：“母后放心，儿臣一定不辱使命。”

“好孩子。”独孤皇后这才露出笑来，却也不说松手，只轻轻摩挲着她，笑问道，“今日回来得晚，哪儿去了？”

“呃……”萧美娘红了脸不敢说话，独孤皇后却早就看了出来，“和阿广在一处？”

萧美娘小小地点了点头，“月色好得很，和晋王殿下赏月去了。”

“赏月……你倒是去赏月了，只是不知道阿广赏的是月还是人。”独孤皇后轻轻笑着，一双眼睛只盯着她瞧，让萧美娘很不好意思。

独孤皇后是鲜卑人，向来不大看重男女之防，因此只道：“没什么不好意思的，且不说你们是正经的夫妻，就算是陌路人，都是饮食男女，一起赏个月也不是什么大不了的事。”

“嗯。”萧美娘只轻轻应了一声，也没再说什么。独孤皇后看她有些疲乏的样子便松了她的手笑道：“今儿也累了，回去休息，明日便多睡一会儿，不来请安也可以。”

“多谢母后惦念。”萧美娘起身行了礼便退出去了，青梅就站在含章殿门口候着她。

看到她出来，青梅便迎了上去，“公主您可回来了，奴婢听说了今晚的事都要急死了。”

“要害的又不是我，你急什么？”萧美娘笑着捏了捏这小丫头的发髻，勉强把方才心里的郁闷散了些。

可回到自己的华沐苑，却又看到萧瑜大大方方地坐在自己的屋子里，难怪青梅好好的要去含章殿门口候她呢。萧瑜虽然和青梅一样是丫鬟可是自视甚高，青梅也不敢真让她做事，对她是能躲就躲。

萧美娘是不管这两个丫头之间的事的，只看萧瑜这样在屋里等她就知道她一定是有话说，便屏退了青梅，“你想说什么？”

“你去哪儿了这么晚回来？”萧瑜有些不满的样子。

“和晋王赏月去了。”萧美娘觉得有些奇怪，便坐到了她对面，“有什么事吗？”

“我倒是没什么事，倒是你们俩亲亲热热赏月的时候，宇文成都也在一边赏月。”

原来是这样，萧美娘心下了然，难怪宇文成都这么晚了还能

和他们“偶遇”，原来早就跟在后面了。不过这也不是什么大不了的事，看他今天那样就知道他已经懂得分寸了，他和杨广毕竟是有手足之情的，就这样也挺好。

萧美娘没往心上去，“月亮挂在天上，他愿意赏就让他赏去，瑜儿，有些事你提防着是很好的，可你也记着，欲盖弥彰。”

萧瑜还有些不服气，萧美娘却不再说这事，只问了一句，“今晚的事，你怎么看？”

萧瑜一愣，脱口问道：“什么怎么看？”

“云昭训的事，你久处深宫，看得要比我懂些。”

这也是实话，萧瑜长在皇宫，别的不说，争宠的事情要比萧美娘看得多得多。

因此她只略一思索，道：“我觉得有蹊跷。”

萧美娘便看着她，示意她往下说，萧瑜顿了顿组织了一下语言，道：“这件事现在看来云昭训是自己倒霉喝了那碗汤，那个人真正要害的是太子妃。太子妃那么个软弱的性子又整日病恹恹的，肯定不能得罪什么人，要说起来就是东宫的姬妾才想害她。”

这些事萧美娘自己也能想明白，可她只是不懂，为什么偏偏要在这样的宴会上下手呢？若是要元芝灵的命，在东宫摆布了岂不容易得多？

“在这样的宴会上动手看似难以理解，其实想来也是情理之中。你看，东宫左不过就那些人，查起来很容易，可是这样一场宴会，涉及的宫人，御膳房上上下下再加上传膳的、侍宴的，不说一千也有八百人，要从这么些人里找一个凶手，可就是海底捞针了。”

萧瑜的话让萧美娘有穿云破月之感，却也升起了一种恐惧。

看萧美娘脸色不大好看，萧瑜少见的安慰了她一句，“其实你也不用太担心，这都是东宫的事，怎么也不会算到你头上来的。”

萧美娘叹了一口气，“母后让我每日去给云昭训把脉，怕再有人害了她。”

“什么？”萧瑜大吃一惊，这可是引火上身的事啊！

“你不能答应！”

“我不答应有用吗？”萧美娘颇有些无奈，觉得自己这个妹妹未免太天真，“我现在就靠着独孤皇后这棵大树好乘凉，要连她的话都不听……”

她没说下去，意思却有了。萧瑜便也陷入了沉思，半晌，才不尴不尬地道：“现在，不是有了晋王了吗？”

听到“晋王”这两个字，萧美娘心微微一动，便不可抑制地红了脸，嗔道：“你胡说什么呢？”

“我哪里胡说了？”萧瑜看萧美娘这样便有些不舒服，“你们那是正经的夫妻，你靠着他也是常理，何况我看他被你迷得不得了，再看不见旁人的。”

听她这含酸沾醋的语气萧美娘也明白了过来，今晚她有意让萧瑜接近杨广，可杨广一直在和自己说话，萧瑜骄傲如斯，自然不高兴。

说起来是她思虑不周，可是一想到要把杨广分给萧瑜，她却也有些不乐意了。

当时为了稳住她许了她侧妃的位置，谁也想不到有朝一日她对杨广会是这样的心意啊。

她现在和杨广之间，至少在她眼里，怕是容不得旁人了，那萧瑜该怎么办？

萧瑜的性格要强，虽然有些莽撞却很聪明，心机城府也都是

有的，如果有一天她们俩成了敌人……

看萧美娘的神情不大对，萧瑜又是个细心的，便轻声试探道：“美娘姐姐，你答应我的事，总不会反悔吧？”

萧美娘一惊，抬头看她，萧瑜看上去倒是一派天真的模样，干净的眼神里却又分明藏着算计。萧美娘有些害怕这样的眼神，偏过头去，“当然不会。”

萧瑜也不说什么，起身就转了出去，“我去喊青梅来帮你准备沐浴。”

看萧瑜出去了，萧美娘居然有一种惊魂未定的感觉，小小年纪却能让她有这般的压迫感，她从前当真是小瞧了这个妹妹。

现在她更是有些心慌，不管她是不是对杨广交付了真心，萧瑜总是一个棘手的人。

让她当了侧妃，只怕以后她们就要手足相残，说不定她就要死在她手上。可若是不让她当……她这样的性格就只会自己不择手段地去争取。

萧美娘便对着烛火叹了一口气，这条路，难走得很。

她下意识地抚上了自己的心口，却又愣住了。

每当她感到彷徨无依找不到出路的时候，她都会隔着衣物贴近张宝成留给她的那首《燕燕》，仿佛还能感受到他的温度一般。

可她却也好像是突然之间大梦初醒一般，想起来她已经很久很久，没有想起过张宝成了。

贴身带着那首《燕燕》就像是一种习惯，只和她自己有关，和张宝成有关的心绪已经和上面的血迹一样慢慢的褪色了。

可能是因为有独孤皇后的宠爱，可能是因为杨广是这样一个让人心动的男子，也可能是她在这大兴宫里的生活，已然和过去没有半分关系，所以她渐渐遗忘了过去。

张宝成，那个温柔而多情的男子，像是成了一个符号，代表着她最纯粹无忧的岁月，却也已经和她，和她现在的生活少了联系，也注定和她的未来不会再有牵扯。

原来曾经以为一辈子也无法释怀的伤痛，终有一日再想起时会是这样时过境迁的淡漠平和。

无关冷心也无关薄情，大约只是人的一种本能。

“你愿不愿意跟我走？”

想起杨广问她的话，她弯了弯嘴角却是一种苦涩。

便是不愿意，我也早就没有地方可以去了。

她脱去外衣，取出了那方丝帕，又捧在手里看了许久。

清新俊逸的字，像是在泣血的诗句，还有晕开的血痕……

像是在昭示着她的过去，曾有这样一段刻骨铭心的时光，像是在提醒她，曾经也有过剔骨剜肉的痛，可是到底也没什么意义了。

萧美娘打开了一个小箱子，就现在开始，她该说再见了，跟张宝成，跟往昔岁月，也跟过去的自己，都该道别了。

她看着那丝帕，心中犹有不舍，萧瑜却招呼也不打就闯了进来，“都准备好了，可以去沐浴了。”

萧美娘被她吓了一跳，丝帕落到了地上，一时间像是什么不堪的事被人发现了一样，她少有地露出了惊慌失措的神情。飞快地弯腰捡起那丝帕，揉搓成一团就扔进了箱子里，“知道了。”

她的动作很快，若不留神可能都没人会注意，可是她却分明还把心慌写在脸上，萧瑜便留了心。她只当作什么都没看到的样子，“快出来吧，天气冷了，水也热不了多久。”

说罢她转身出去了，萧美娘这才松了一口气。

箱子已经盖上了，她低头看了一眼便也没有了再打开的心思，就这样也好，就此封存，便再无人记起。

【二十三】云想衣裳

第二日，萧美娘有了独孤皇后的特许便醒得有些晚，被人伺候着起身后去含章殿请安时杨广已经坐在那里了。

独孤皇后虽然还有些愁绪，可看上去心情也好了不少，萧美娘看了杨广一眼便飞红了脸，忙低下头请安。

杨广只是笑着看她，独孤皇后也免了她的礼把她唤到了身边，“阿广从前的晨昏定省向来随性，也不知今日怎么来得这么早，怕不是为了来看我的。”

杨广只是嘿嘿一笑，“母后教训的是，以后儿子一定和美娘一起天天第一个来给您请安。”

独孤皇后笑了笑，打量着这二人心里欢喜得很，“你们如今这样好，我看着很开心。”

杨广和萧美娘对视一眼，彼此眼里的心意便都明了了，断绝了过去的萧美娘已然坦然了许多，这让杨广也有些惊喜。

可独孤皇后却又叹了一口气，“我只是怕你们以后也要闹成那个地步，说白了夫妻之间，便没有了情义也有恩义，何苦呢？”

知道独孤皇后是在为东宫的事烦心，可杨广和萧美娘却都不知道该说什么，虽然说是一家子，可这皇室中亲情淡漠，何况又是太子的家事，他们实在是不好妄议。

独孤皇后也是心里堵得慌想要找人说说话，看他们这样尴尬便也不多为难，又说了几句话自去找杨坚了，留下了杨广和萧美娘。

这一次两个人之间没有先前那般的不自然了，杨广自然地朝萧美娘伸出了手，“出去走走？”

“也好。”萧美娘微微一笑便把手放到了他手里，两个人就这么携手出了含章殿。

是个艳阳天，只是昨天刚出了大事，杨坚大肆排查宫人已然是人人自危，他们两人也都笑不出来，只是默默散着步。

萧美娘和杨广在一起的时候就会很放松，时不时也走个神儿，如今她心里记挂着独孤皇后说的给云昭训把脉的事，便旁若无人地轻轻叹了一口气。

杨广自然知道她有心事，“怎么了？”

萧美娘对他也不做隐瞒，道：“母后昨晚与我说，让我去给云昭训把脉，说是怕出纰漏。”

杨广一听就明白了，便也锁眉沉思，拉着萧美娘的手安静走了一段路，道：“你也不用太为难，有什么事对母后实话实说就好了。”

“可是……”

“你担心会得罪人？”杨广停了脚步，看着萧美娘，认真道，“美娘，我现在绝不是在与你玩笑，这宫里你不能得罪的人只有父皇和母后。”

“这个道理我晓得，只是……”萧美娘露出些难色来，“我进宫不过数月，就看到了东宫太多的事，我根基尚不稳，只怕卷入其中，不得脱身啊。”

杨广有些好笑地看着她，“你既然知道自己根基不稳，还不对母后实话实说？是要帮谁隐瞒不成？”

“当然不是！”萧美娘忙出声辩驳，“我是个胆小又自私的人，我只怕引火上身。”

胆小又自私，杨广听到这两个词居然也颇多感慨，要在这深宫平安，这两个意思不大好的词反而是最最要紧的，闲事莫管方万事无忧。只是从萧美娘这里听到这两个词，他却又有些难过，当年江陵城外的那个天真烂漫的小姑娘，终于也还是学会了这恼人的生存之道。

于是他也轻叹一声，“你和太子妃走得近，就会被人看作是一党，现在不论你承不承认，愿不愿意，如果有人要对付太子妃一定也会算上你，你之所以现在还平安无事，就是因为母后护着你。”

人人都知道独孤皇后喜爱未来的晋王妃，因此虽然她只是个小国公主却也没人敢对她无礼，甚至太子妃都因为和她交好而得到了太子的稍稍在意，不再像从前那般不闻不问。她和元芝灵已然是捆绑在一起，所以……

“所以你要帮太子妃，最好的办法，就是讨好母后。”杨广的话总是一针见血，“这是母后对你的信任，万莫辜负。”

萧美娘点了点头，被杨广这么一说，她虽然明白了该怎么做才是好的，心里却更加难过。做一件事总是要这么瞻前顾后，又不想去害人又要防着人来害自己，实在是累得很了。

于是她也不管那许多，轻轻靠到了杨广的肩上，微闭了眼，像是一只小鸟儿，“阿广……”

她这么喊他，亲昵而自然，杨广的心也像是漏跳一拍。萧美娘的动作小心翼翼的，只下巴搁在他肩头，身体却还是离得远远的，也不嫌累得慌。

他揽着萧美娘的腰让她贴近自己，“要靠便好好靠，我又不问你要好处。”

萧美娘牵起了唇角，杨广的怀抱似乎有阳光的味道，能让心里多一些暖意。

于是她也环住了他的腰，少了几分小心而多了些依赖，“阿广，我觉得我这些时日已经不像是从前的我了，就像是把自己的归路给断了一样，心里别扭得很。”

杨广对这样示弱的萧美娘生出了几分心疼来，便像哄孩子一样拍拍她的背。

其实萧美娘在宫里就像是一个孩子，像是一张白纸一样什么都不懂。逼她迅速长大固然是残忍的，却也是不让她夭折的唯一办法。

于是杨广也只能狠下心来，“初心和活路，总有一样是要辜负的，美娘，你我都无可奈何。”

“阿广，我是真的有些怕”，萧美娘放在他腰间的手紧了紧，声音也似在微微颤抖，“我从前只想过得无忧无虑，谁知如今就像是做梦一样，再不知道该怎么办的。”

杨广抱着她，带着更深的眷恋与宠溺，“莫提来路，莫问归途，你只站在我身边就好。”

一句话便如同是石头落入水中，在萧美娘心里泛起波澜，一圈圈的久久难以平静。虽最终沉入水底再不见踪影，却也是实实在在的存在于心，让人感觉很踏实。

杨广察觉到怀里的人渐渐不再彷徨无依，便松开了她。萧美娘微微抬头看他，眼睛亮得出奇，衬得眼角一颗泪痣温柔迷人。

他一时被迷住了，俯首吻上了萧美娘的眼角，萧美娘身子一顿本想推开他，却不知怎的又陷入其中。这个吻缱绻缠绵，不带情欲又含着无限怜惜。

她紧张得两手抓着杨广的手臂，眼睛也不住地眨，长长的睫毛便蹭得杨广的嘴唇有些痒。

“美娘”，他微微退开些在她耳边轻声唤着，“美娘。”

“嗯……”萧美娘飞红了脸，便只能这么应着他，然后趁他不注意一把把他推开，自己也退出去几步，“青天白日的，你做什么呢。”

她低着头脸儿红彤彤的，如同熟透的苹果，让人又怜又爱，杨广知她羞涩，便也不再做逾矩的动作，只笑着打趣道：“你说得对，这样的事该等晚上的时候，在无人处做才是。”

“阿广！”

看她又羞又气的模样，杨广便爱得不得了，也怕她当真生他的气，便笑道：“不闹了，你今日可有别的事？”

看杨广正经了起来，萧美娘也不再小气纠缠，认真想了想道：“听母后的话去云昭训那看看，再去陪太子妃说说话。出了这样的事，她恐怕昨儿一晚上都没睡呢。”

杨广点点头，虽然不是很愿意让萧美娘和元芝灵走得太近而招来池鱼之祸，可是看她孤身一人在宫里只得元芝灵一个好友，也不忍心开口劝她。

萧美娘反问道：“那你呢？”

“这么关心我啊？”杨广又是笑得极坏，萧美娘没好气儿地撇过头，“随口一问，你不说我也不稀罕听的。”

杨广轻笑出声，“我也没什么别的事，昨晚答应了成都要陪他玩耍，今日和他一起去策马。”

“既是如此，你我就此分开吧。”萧美娘看看离东宫也不远了，便与杨广作别，杨广应了她，又道：“好，等我把那猴崽子应付了，再去建章宫看你。”

【二十四】独赠暖香

东宫出了事，杨勇又提了许多人来把守，那一群阎王似的人一个个的都板着脸不理她，看得人还真有些发慌。

青梅这小丫头缩了缩脖子，大着胆子道：“晋王妃到，还不快去通传一声。”

听说是晋王妃，那些黑着脸的侍卫神色也才多了几分敬意，不一会儿就有一个小太监来领她们进去。

“不知道王妃今日来做什么？”

“我奉皇后娘娘的命令，来看看你们云昭训。”

在后宫，独孤皇后的话是最好使的，那小太监对萧美娘的态度又尊敬了不少，近乎谄媚，“那真是荣幸，可巧了，太子殿下也在妙云轩呢。”

萧美娘没说什么，只是暗想杨广的话果然不错，她一个晋王妃是没什么地位的，全靠独孤皇后的信任和宠爱才能得到如此优待。

到了妙云轩，那小太监恨不能把腰弯到地上去，“王妃您稍候片刻，奴才进去和太子殿下说一声。”

萧美娘实在看不大惯这般做派，便只点了点头不多说，很快就出来了一个宫女领她进屋。

妙云轩里浮着一种淡淡的香气，沁人心脾，陈设布置无一不是上好的，奢华却不显俗气，精致中带着古雅的味道，完完全全看不出是个妾室的屋子。

想想元芝灵那寒酸的体仁堂，萧美娘只能暗叹，嫡庶尊卑颠

倒至此，正宫地位不稳，难怪人心惶惶，祸事频出。

越往里走那香气越发馥郁，却不似寻常熏香呛鼻，细腻绵长的香气分外让人沉醉。

转过屏风，总算是到了里间云昭训的卧室，她穿一袭素衣倚在床头，杨勇坐在榻边，两个人在她来之前必然是在含情脉脉地互诉衷肠。

萧美娘低了头行礼，“太子殿下安好。”

“王妃请起，都是一家人，不必多礼。”

杨勇的声音和杨广有些像，都是一般的温润清冷，可要是分个仔细，杨广的声音如金戈，杨勇的声音如琴瑟，添了几许柔情在里面。

萧美娘起身朝他看去，倒也是一副好模样，只是可惜，虽不比杨广大多少，整个人却比杨广看上去老了许多。

杨勇指了一张锦凳，“王妃坐吧，别拘束了。”

“多谢太子殿下。”

萧美娘在杨勇面前也不敢出错，小心翼翼地捡了一张椅子坐了。杨勇对自己这位弟媳的美貌也是早有耳闻，只是一直未能好好见一面，如今一见当真是美得令人心神荡漾，也不管爱妾还在一旁，盯着萧美娘就打量了起来，一面称羡自家二弟的艳福不浅。

萧美娘有些不快，都说太子好色，果然不是谎话，哪有这样盯着弟媳看的呢？

云昭训看杨勇只盯着萧美娘看，面子上有些挂不住，更怕他这样再惹出闲话来，轻咳了几声。杨勇这才转向了她，“怎么咳嗽了？是不是冷了？”

说着就帮她把被子又往身上裹了裹，倒是个知冷知热的人，只是可惜他有这样的心思在云昭训身上，怎么就不能分出一点儿给发妻元芝灵呢？

云昭训推了推杨勇的手，看向了萧美娘，“妾身见过晋王妃，不知晋王妃今日过来，可是背了皇后娘娘的吩咐？”

这声音柔柔的，惹人怜爱，萧美娘笑笑，“吩咐算不上，母后牵挂着你的身子，因我略懂些医术，特让我常来帮你请脉，这是关切的意思。”

“多谢皇后娘娘了，也多谢晋王妃不嫌妾身粗鄙。”

懂礼数，知进退，不像是元芝灵说得那般张扬跋扈，云想衣裳花想容，萧美娘对这云容裳的印象还算不错。

杨勇为着云容裳也不敢太过逾矩，却也还是偷眼看萧美娘，道：“多谢弟妹，也劳烦弟妹代我谢过母后。”

萧美娘只是笑笑却不答话，算是把自己的不满表露了出去，杨勇也觉得有些尴尬，起身道：“既如此，你们说话吧，我还有些事要处理。”

“你的事要紧，不用记挂我的。”云容裳倒是善解人意得很，可萧美娘也看得出来她有些委屈，自己的夫君盯着弟妹看个不停，怎么想也是一件犯硌硬的事。

萧美娘起身送了杨勇，并不愿和他多言，杨勇便也不再自讨没趣，转过屏风就走了。

杨勇一走，屋里两个第一次见面的女人便也有些尴尬，萧美娘不是很会与人打交道，况且方才杨勇那一闹，她更不知要如何和云容裳说话。

好在云容裳也不是个喜欢多计较的，朝她柔声道：“王妃坐过来吧，床榻这边暖和些。”

“多谢。”

云容裳既然铺了台阶，萧美娘没有不下的道理，便坐到了床榻上，还像是故意躲开杨勇方才坐的位置似的。

云容裳未施粉黛却依旧是一副精致的美人面，看上去便如画中仙，人也透着一种如兰花般的温婉气质。要不是元芝灵之前和她说过不少云容裳的坏话，萧美娘觉得自己也一定会喜欢她的。

可既然有元芝灵的话在前，她也不得不和云容裳保持着距离，只笑道：“昨晚你受了惊，可好些了？”

“好多了，多谢王妃关心。”

一提到昨晚的事，她脸上便有了愁容，萧美娘也就不再多说，“我帮你把个脉吧。”

云容裳应了一声，便从被子里伸出自己的右手来，萧美娘轻轻搭上了她的手腕，屏息凝神。

太医们说得不错，她身子虚，可是虚的很怪异。

元芝灵也体虚，但是易察觉，可云容裳这虚却隐隐约约地摸不大准，忽聚忽散，也难怪先前的太医都不说，这样的脉象恐怕他们也不敢妄加定夺。

虽说怀着孩子的人身子都会虚一些，可萧美娘却总觉得有些不对劲。

看萧美娘蹙了眉，云容裳也有些担忧，坐直了身子凑上前去，“有什么问题吗？”

萧美娘一惊，忙帮她把袖子拉好，“没什么大事，虽然身子有些虚，大约也是因为你在病中的缘故。”

云容裳半信半疑，她自是知道这萧美娘和元芝灵走得近，也不敢把她当作可信的人，两个人互相都防备着彼此，能有什么话说呢？

萧美娘又坐了一会儿，道："时间也不早了，我还得去看看太子妃，先告辞了，以后再来看你。"

"有劳王妃费心了。"云容裳轻声道，"我这身子也就不送你了。"

"你好生静养就是了，切莫再生忧虑。"

萧美娘告了辞，走到门口便看到青梅那丫头不知在想些什么，分外出神。

"怎么了？"

青梅吓了一跳，看到萧美娘才有些不好意思的挠了挠头，"奴婢只是觉得这妙云轩的香气好闻得很，一时入了迷。"

萧美娘觉得有些好笑，"什么大不了的事，你要是喜欢，找个机会我问云昭训要些这香来便罢了。"

"可奴婢听说，这香是太子殿下独独赐给云昭训的，咱们恐怕用不上呢。"青梅知道萧美娘还要去后面的体仁堂，便扶着萧美娘慢悠悠地走。

萧美娘听了这话倒也不说什么，只点了点头，感叹一句云昭训果真是深得太子欢心，甚至觉得有些可惜。

若是没有元芝灵，或许他二人也会是杨坚和独孤皇后那般的神仙眷侣，可偏偏云昭训是个侧室，独孤皇后又只看重太子妃，倒是苦了这一双人儿了。

眼瞅着到了体仁堂，洛黛见是萧美娘，便也不去通传，只笑迎着她进去了。

萧美娘和洛黛也算熟识，便问道："你家主子昨儿可休息好了？"

洛黛露出些愁容来，“王妃快别提了，从重华宫回来后太子妃就没合过眼，说是怕做噩梦。”

“你们太子妃是个仁厚的人，自然见不得那样的事。”说着萧美娘已经到了内室，洛黛便退下了，她自掀帘进去。

果然，元芝灵坐在床榻上，手里握着一把团扇只是出神，连萧美娘来了都没察觉。

萧美娘坐到了她身边，悄没声息的便把扇子从她手里抽了出来，元芝灵吓了一跳，才看到萧美娘正对着她嘻嘻地笑。

她愁容稍展，嗔怪道：“你这促狭鬼，怎么也不出声呢，倒把我吓一跳。”

“你还说呢，我这么个大活人进来你都不知道，也不怕招贼。”

“是啊，”元芝灵轻叹了一口气，“我现在正被贼盯着呢，可不知怎的，就是心慌慌的，怎么也打不起精神来。”

“那是你总是瞻前顾后得太过了，反而是杞人忧天，譬如这把扇子”，萧美娘将那扇子握在手里细细抚摸着，“已经入秋这么久了，你还拿着它做什么？难不成还怕暑热？”

元芝灵敏感又多心，萧美娘自是知道她现在危机重重，可再怎么着也不能由着她这样只顾着担惊受怕，反而给了人可乘之机。

“倒也不是。”

元芝灵只是蹙着眉，将扇子拿回手中，上面绣的是鸳鸯戏水，极工整精细的针脚。扇柄是玉石做的，触手生凉，在这样的深秋的确有些格格不入。

“你看这扇子，还是新的，我一共也没用过几次，入了秋就把它收起来，等明年暑天有了新的扇子，这把扇子就用不到了，岂不可怜？”

“我看你啊，就是想得太多。一把扇子你要是喜欢，再拿出来用就是了，也值得你这样顾影自怜？”

元芝灵是深闺落寞才有这样的哀婉叹息，萧美娘理解她，却陷在和杨广的恋情里，无法感同身受，只得这样开解。可元芝灵又何尝不懂这些道理呢？

这样的大道理旁人说来总是简单，可落到自己身上了，又有几人看得破，逃得脱？

萧美娘正是和杨广郎情妾意，恩爱缠绵的时候，元芝灵不欲与她多说，便随口问道：“你今日怎么过来了？”

萧美娘犹豫了一下，道：“母后担心东宫再生事端，让我过来给云昭训把个脉，我离了妙云轩便到你这里来了。”

“原来如此，云昭训还好吗？”元芝灵拉着萧美娘的手，颇有些担心。

萧美娘也不想让她再烦心，道：“昨儿看诊的太医都是拔尖儿的，没什么大事了。”

“那就好。”元芝灵像是松了一口气，“说起来也怪我，好好的把汤给她做什么呢？”

“你别胡说，这怎么能怪你呢？”

话音刚落，元芝灵便咳嗽了起来，萧美娘忙帮她捶背顺气，又有些责备，“和你说过多少次了，别燃这么重的香，你只是不听。”

元芝灵一面咳嗽一面断断续续地笑道：“我哪有云昭训那般的好福气，妙云轩燃的香都是殿下亲赐的，天下独一份，我能燃的，也就是这样伤身子的香罢了。”

“那香好闻是好闻，却也有些刺鼻，算不上是多好的。”

“怎么会？殿下就是怕寻常熏香刺鼻，才特意命人配了那不

刺鼻的暖云香。”

是吗？

萧美娘细细回想，觉出些不同来。

她刚进妙云轩，那香的气味是极好的，在内室坐了许久，也只觉得馥郁温和。只是待她坐到云昭训床边的时候，才觉得有些刺鼻。

寻常人可能闻不出来，但她幼时偷读医书，萧琮闲暇时便会带着她往太医院跑，让她一一闻那些草药来识药记名，因此她的鼻子要比常人好使一些。

既然元芝灵这么说了，那暖云香定然是不会刺鼻的，那么，那刺鼻的味道是什么呢？

元芝灵已缓了过来，看萧美娘沉默不语的模样，有些疑惑，“怎么了吗？”

萧美娘回过神儿来，摇了摇头笑道：“没什么，只是有些疲乏了。”

元芝灵纵有疑虑，却也不好再多说什么，便道：“那么你就回去歇着吧，我也没什么大事，你不用挂心。母后既然让你照看云昭训，你好好照看就是了。”

萧美娘看元芝灵淡然地说出这样的话，有些心疼，也不知道元芝灵她是不是真的就不在意了，还是只是在强作大度。

她摸了摸元芝灵的头发，也没什么能说的，只留了一句，“多多保重自己。”

元芝灵看着她笑了笑，“你放心。”

回到建章宫，萧美娘便去了独孤皇后那里，独孤皇后为着近日事情多，正在念经。萧美娘便也不打扰她，只静静坐在一边听独孤皇后的念诵。

她们梁国好佛法，这些经文萧美娘已然是烂熟于心，从前却也不曾参悟过，如今听独孤皇后念来，倒也算是参了一回禅。

独孤皇后念完这一卷，便回身看着她，“你倒是能静下心来听我念经。”

萧美娘起身将她扶起，“佛经原本就是静心的东西，儿臣听母后念来自然就心静了。”

独孤皇后很是欢喜，拉着她坐到了自己身边，“云昭训那儿怎么样？”

萧美娘听杨广的话，不敢有隐瞒，便一一说来，只略去了她觉出那香有异处的事。独孤皇后听后沉吟片刻，“你说得不错，这不合常理啊。”

“母后觉得会有人对云昭训不利吗？”萧美娘有些疑惑，“太子殿下如此宠爱云昭训，只怕也无法下手吧？”

“这宫里只要想害一个人，就没有无从下手这一说。”独孤皇后顿了顿，“那个淹死的小宫女，可不就是被人当枪使了吗？”

萧美娘一惊，没想到独孤皇后虽不怎么管事，却连这也猜得到，不过她很快又觉得理所当然。独孤皇后这般人物，什么没见过呢？只怕东宫的那些小把戏在她面前不过是雕虫小技罢了，她再次庆幸自己听了杨广的话。

以独孤皇后的眼力，她只要对独孤皇后有所隐瞒，就一定会被发觉，到时要是因此失了她的信任，那是大大的得不偿失。

看萧美娘心有余悸的模样，独孤皇后有些奇怪，“怎么了？”

“无事”，萧美娘随口诌道，“儿臣去了趟体仁堂，有些担

心太子妃。”

“太子妃那么个性子，也的确是恼人”，独孤皇后叹了一口气，“当日只觉得她出身好，以后能母仪天下，谁承想一个东宫都镇不住！”

她对元芝灵是真真的恨她不成器，“那云容裳不过是一次选秀被看上了，怎么就把勇儿迷得那样子呢？美娘你说，她是不是会媚术？”

“这……”

这种话，萧美娘怎么好说呢？

可独孤皇后也不知怎么的，就笃定了这想法似的，“美娘你以后也要帮我多多留意，我非要把这狐媚子的尾巴给揪出来不可！”

萧美娘实在不知道该说什么，只好安抚独孤皇后，独孤皇后稍稍冷静后，才语重心长的道：“美娘，不是母后要危言耸听，人为了上位什么事都做得出来，你也不要一味地心大，该防的不得不防啊。”

听到这一句，萧瑜的脸便浮现在了萧美娘脑海里。

而她没想到的是，这一次独孤皇后还真就说准了。

【二十五】高山流水

杨广原本是去找宇文成都的，谁知道宇文成都被他那个风流成性的父亲宇文化及一时兴起喊了去，不得空。他扫兴而回便又去了建章宫，独孤皇后在念经，他不往她面前去凑，便转到了华沐苑。

谁知刚到院门口便听见一阵琴音，泠泠如珠玉，又如山泉倾落，一曲《高山流水》便如同溪过远山，雪落松堂，清逸流畅，雅致高蹈。

谁都知道晋王杨广善音律，又尤爱品琴，如此琴音，他只想拍手叫绝。

他心生欢喜，只以为是萧美娘，便也不避嫌，兴冲冲地转过正堂而循琴音往内室去。珠帘后果然有一女子端坐在琴旁，玉手如飞拨弄着琴弦，虽看不清面容却恍若谪仙。

杨广一时之间倒也不急着进去，只站在珠帘后看着这女子，细细品这一曲。

萧瑜自然知道杨广在看她，便也专心于手中的琴弦，她知道晋王善琴，也知道自己的琴技在萧美娘之上。如今杨广眼里只有萧美娘，看不见她，这样耗下去什么时候才能出头？

她也年轻貌美，不能总指着萧美娘，她得自己成全自己。

勾起一抹笑来，萧瑜眼里多了几分算计，连连弹错好几个音。杨广正阖眸细品，听到这里便不由得蹙了眉，掀帘而入。

“美娘这是怎么了？”

“呀！”萧瑜装作才发现杨广，做出惊慌的样子忙行礼，“奴婢拜见晋王殿下。”

不是萧美娘？

杨广微微有些失望，抬了抬手，“起吧，你是什么人，居然在王妃的卧室里弹琴。”

这些把戏他见得多了，也猜到大约这奴婢是为了引起他的注意，便多了些轻蔑。萧瑜却也不傻，没想能简单糊弄杨广，便道：“奴婢是王妃的陪嫁丫头，萧瑜。”

“萧瑜？”

杨广一想，“你是那个上林郡主？”

“正是。”萧瑜声音轻巧，“奴婢自幼爱琴，跟着美娘姐姐来到大兴宫便不得空，今日美娘姐姐出去了，奴婢实在心痒，才把玩了姐姐的琴。”

杨广想起来了，这个上林郡主萧瑜说是陪嫁的宫女，其实出身不比萧美娘低，萧岿对她十分的看重，赏赐都够得上萧美娘的嫁妆了。

这般的姿态摆出来，明眼人都知道，说是婢女，其实就是萧岿为他准备的侧妃。可他虽心里明镜似的，只是现在对萧美娘情深义重，一时也不愿意和别的女人多加纠缠，让好不容易和他亲近起来的萧美娘再多心，与他生了嫌隙。

而这个萧瑜一口一个“美娘姐姐”叫得亲热，像是姐妹情深，却也让他不禁生出几分亲近的意思来。

因此他便不再怪罪他，反而大大方方地坐到了桌边，“你的琴弹得的确好。”

“哪里，奴婢琴艺生疏，远不如美娘姐姐十分之一。”

“哦？”杨广拿着茶盏来了兴致，“本王听说王妃在家时生活贫寒，碰不到琴棋书画一类，她是怎么练琴的？”

“这……”

萧瑜原想谦逊些，好给杨广留个好印象，可这杨广怎么偏偏要问萧美娘的事呢？她好歹也是个美人，杨广便看不见吗？

可她虽有些不高兴，只是不敢在杨广面前显露出来，“美娘姐姐聪慧，总有她的办法。”

杨广便也不再追问，反正以后时间多的是，他可以慢慢问萧美娘，眼下他倒是真对方才那一曲《高山流水》起了兴趣。

“你弹的很好，只是后来好几个音都未弹准，不是指法生疏，是你心有旁骛。”

萧瑜微微一笑，“人都说曲有误，周郎顾，奴婢从前只不信，不承想王爷耳力如斯，堪比周公瑾当年风采。”

“恭维话少说。”杨广虽然这么说，语气却带笑，看不出有什么不满的。

萧瑜便放下心来，“哪里是恭维话？在王爷面前，奴婢只有吓得说不出话来，怎么有心思去编谎话呢？”

“吓？本王怎么吓到你了？”

杨广觉得这小丫头虽不比萧美娘稳重端庄，却很活泼有趣，让他来了兴致。

“王爷悄无声息站在帘后，可不是吓人吗？”

萧瑜是个聪明的，她知道她貌不如人，便只有做出和萧美娘大不同的样子来，才有可能得到杨广的一回顾。

果然，杨广上了钩。

“此事是本王不好，那你方才弹错了音，也要怪到本王头上不成？”

萧瑜低了头，声音也多了些哀戚，“不是。”

看一直欢闹的萧瑜突然失落，杨广便有些好奇，“怎么了？”

“《高山流水》是酬知己的曲子，奴婢只是感慨知音寥落，有些伤怀罢了。”

杨广听说，倒也被她勾起了些许愁思来，他生在皇家，兄弟虽多却难得见面，见了面也只是普通的寒暄，更多的是彼此的防备和算计。

说起来，他真正算得上是朋友的，不过一个宇文成都罢了。

两个人相对感怀，萧美娘就是在这个时候进了屋，“你们这

是在做什么呢？”

杨广听到萧美娘的声音，什么愁绪便都没有了，笑着站起来去迎着她，“你可回来了，让我好等。”

萧美娘把手放到了杨广伸来的手上，又看了看坐在琴边的萧瑜，哪里还有不明白的呢？

她倒也不惊讶，萧瑜的心气高，肯定不是白白听她摆布的。她许了萧瑜侧妃的位置，虽然现在心有不愿，却也不敢随意毁约，只是怕她在独孤皇后眼皮底下做出什么事来让杨广也像杨勇一样，失了独孤皇后的欢心。

可谁知道她和萧瑜说了不少次，这小丫头就是不往心里去，只知道一味地往上爬，一点儿也不顾全大局。

果然独孤皇后说得对，人都是不择手段的，意外也都是防不胜防的。

可萧美娘到底也不傻，她知道男人不喜欢咄咄逼人的女人，因此只是挽着杨广的手臂，又问了一句，“你们在做什么？阿广，你是不是欺负瑜儿了？”

“我哪里敢欺负王妃的妹妹？”杨广喜欢萧美娘亲亲热热地喊他“阿广”，因此脸上笑意更深，“不过偶然听得上林郡主弹琴，和她说了几句话。”

萧美娘点了点头，便笑看萧瑜，“弹的是什么曲子？”

萧瑜没想到萧美娘回来得这么快，还有些慌神儿，可是看她不打算计较还想和她演一出姐妹情深的样子，便也大着胆子道：“《高山流水》。”

“峨峨兮若泰山，洋洋兮若江河”，萧美娘笑着看杨广，眼神中带了几分揶揄，“晋王殿下，曲子好听吗？”

杨广看萧美娘这样，一时却也把不住这小女子的心思，便只使个眼色让萧瑜退下了。

谁知萧美娘看萧瑜走了，反而道："哼，都不用说话她就知道你的意思了，你二人怕已经是互为知己了吧？"

杨广看她含嗔带笑的娇俏模样大约也猜到萧美娘并未真往心里去，便拉着她的手一起坐到了桌边，"不过是听她说是上林郡主，又是你妹妹，一口一个姐姐的叫，我做姐夫的不好冷落了她不是？这才多说了几句话，你这个小妮子可不许与我闹别扭。"

萧美娘看着杨广一本正经解释的模样，便扑哧一声笑了出来，"我就要与你闹别扭，你又能把我怎么样呢？我不仅要与你闹别扭，我还要告诉你，以后除了我，不许你再和别的女人说话。"

虽是酸溜溜的话，可萧美娘说得活泼有趣，更像是夫妻间的玩笑，杨广觉得很受用，揽着她的腰道："有你这般凶悍的王妃，本王不敢不听，只是有些为难。"

"为难什么？可是因为我阻了殿下的桃花运？"

杨广故作愁眉苦脸，叹了一口气，"你不许我和别的女人说话倒也不是难事，只一件，我以后可怎么去向母后请安呢？"

萧美娘被他逗笑了，轻轻捶了他的胸口，"油嘴滑舌的，怪不得母后说你这人嘴里的话一句也听不得。"

一场夺宠风波就此化作夫妻二人间的情趣，萧美娘和杨广依在一起，虽然笑得满足，心里却又隐隐担忧。

萧瑜既然已经开始了，那她便不能再做看客了。

看了这么久的戏，总算是要轮到她上场了。

杨广看怀里的人似有忧色，还以为是东宫出了什么事，便也不再玩笑，"东宫，太子妃和云昭训可还好？"

萧美娘知道自己在宫里许多为人处世还要杨广来指点，因此不做隐瞒，“太子妃还是老样子，云昭训身子也的确虚，只是虚的很奇怪。”

杨广也蹙了眉，“怎么个奇怪法？”

“我也说不上来，看上去倒也没什么大碍，听你的话一五一十都告诉母后了，只有一件事……”

看萧美娘似有犹疑，杨广便知道这事非同寻常，声音也压低了些，“什么？”

“这事我还没敢给母后说。”萧美娘想了想，“云昭训屋子里的香馥郁清雅，好闻得很，可我却觉得有些刺鼻，尤其是在她床边，那味道重得很。我只当是寻常香料都会有的毛病，可谁知太子妃与我说，云昭训那香是太子殿下为了不让云昭训闻着不舒服，特意找人调制的，你说这中间是不是有问题。”

“你怀疑那香料被人动过手脚？”杨广一听就明白了萧美娘的意思，这事只是一个影儿，不告诉独孤皇后也是常理，只是……

杨广还未把自己的疑惑说出来，萧美娘已经接了口，“我是这么怀疑的，只是那屋子从前是太子妃的居所，云昭训住进去之后听说太子殿下便不许寻常人等去扰了她清静，你说谁能在那香料里动手呢？”

萧美娘顿了顿，又想起了一件事，道：“说起这香料，我去看太子妃的时候，她屋子里总是燃着特别重的沉水香，她气虚身子弱，和那香也脱不了干系。可疑的是满宫的太医没一个诊断出来，你说这里面又有些什么文章呢？”

杨广越听脸色便越不好看，他知道杨勇姬妾众多，有名分的几位就闹得不可开交，没名没分的更是不胜枚举，因此东宫不得安宁也是常理。可是他没想到，东宫这潭水居然会这么混浊，想到萧美娘已然涉足其中，他便也有些忧虑。

“以后东宫的事你还是少沾惹”，说着他嘴唇一抿，像是有什么话难开口，“太子妃……你要是能不和她来往，便也离得远些吧。”

萧美娘知道杨广会这么和她说，可真听到的时候却也有些难过。

她自是晓得要明哲保身，可是元芝灵那般可怜，一个人在东宫孤苦无依，和远嫁到大兴来的她如此相似，她总是忍不住生出惺惺相惜的心意来。

看萧美娘柳眉微蹙，杨广就有些心疼，便安抚地拍拍她的手，“好了，我不过随口一说，你别往心里去，其实长远来看，未必不是一件好事……”

听杨广若有所思的语气，萧美娘就知道他有自己的主意了，“好事？”

“甲之蜜糖，乙之砒霜”，杨广把萧美娘的手握住放到了自己的心口，“我把你当个知己才与你说这话，我想把那砒霜拿来，做成自己的蜜糖。”

萧美娘隐隐有些明白，却又像是隔了一层雾看不真切，“你别与我卖关子，究竟是什么意思？我又能帮你做什么？”

杨广听了这话便又带了坏笑，“还没正式过门就处处为我着想了，你这个王妃我娶了还真不亏。”

“少油嘴滑舌的”，萧美娘不与他玩笑，捶了他的胸口，“究竟怎么回事？”

杨广想了想，道：“此事还得长远谋划，你且不必着急，只

是也不要与太子妃走得太近，东宫的几位你都可以走动，别让人拿捏得住你的把柄，觉得你与太子妃是一党，就是帮了我的忙了。”

萧美娘半信半疑，只是盯着杨广看却又不说话，杨广被她看得微微脸红，只好牵着她的手放到唇边。

柔软的嘴唇触碰到萧美娘的纤纤素手，杨广只感觉自己的心漏跳了一拍，他抬眸看也染了红晕的萧美娘，道：“我若是得了蜜糖，必与你一半儿。”

萧美娘听出了他的意思，略有些讶异，却很快又冷静了下来。

杨广这样的天资和能力，不甘居于下位才是常理。太子虽未有什么大错，可私德上终究有了亏损，只要杨广加以利用，未必就不能成事。

萧美娘从来也不是深宫里的小儿女，她甚至觉得她能理解杨广的抱负。理解，并且愿意义无反顾地站在他身边。

因此她手一转，挣脱了杨广的掌心而抚上了杨广的脸庞，拇指摩挲着他的嘴角，“时气不好，人容易上火，让跟着的小厮给你泡几盏菊花茶，瞧你，嘴角都起皮了。”

看她莞尔一笑，温柔娇媚，杨广心里油然而生的是一种满足。

那种满足他当时无法形容，却在以后真正站到至高处的时候才领悟到，原来有一种小小的满足，远比君临天下来得更让人幸福。

只是那之后的江山万里，血染年华，低语浅笑湮没在金戈铁马里，想来也总是让人心生怅惘。

杨广倒是分外想珍惜这段时光，奈何和杨坚约定的时间快到了，又坐了一会儿就说要走，临走时留了一句他最近会比较忙，要帮着杨坚处理些政务，让她不要记挂。

萧美娘只是笑嗔他自作多情，忙让兰泽送了客，青梅看杨广走了才进屋，隐有愠色。

“你这丫头又怎么了？”

“公主你心大能忍，奴婢不能忍！那萧瑜从前就一味的欺侮你，如今她还……”青梅愣是说不出那些粗鄙的话，只一跺脚，“公主，你看她那样，摆明是想和晋王殿下说上话，想往高枝儿飞呢！”

萧美娘虽然也有些不满，却还是笑着，“人家本来就是凤凰，想落在高枝儿上有什么不对的？”

“可是……”

“好了”，萧美娘并不想多提这事，“侧妃的位置就是我不允，父皇也早早就许诺给了她，日后她是一定会和我平分秋色的，现在你就这般，早了点吧？”

“那又怎样？”青梅只是不肯服错，“不过以后如何，她现在就是个奴婢，公主您还没册封她就这样挑衅，以后还不得骑到您头上去？”

萧美娘听青梅这么说，便再如何宽心也装不了大度了，轻轻叹了一口气，“那我又有什么办法呢？”

萧瑜跟她入大兴宫，背后就有萧岿撑腰，不管她想怎么样，只要萧岿发了话，她就是侧妃。

她能怎么办？

萧美娘倒是微微有些理解元芝灵的无可奈何了。

元芝灵心里厌弃云容裳却也要装模作样地对她好，博个贤良名好说嘴，她虽不用像她那样委曲求全，可终究也要有正室的气度。

“这种话以后不要再说了，前几日皇后赏下来的珍珠链子，你挑一串上好的给她送过去吧。”

“公主！”

青梅不乐意，萧美娘也实在有些疲乏，“好了，难道你要我现在去和她吵一架，还是打她几板子呢？”

青梅没了话，只好依言去找链子，萧美娘感觉头有些疼，也不知道是不是被东宫那些事给闹的。

这以后啊，闹心的事，多着呢。

【二十六】边陲外患

杨广到了杨坚那里，杨坚正低着头看舆图，杨广便远远行了礼，“父皇。”

杨坚抬起头来，神色颇有些忧虑，道：“过来。”

杨广拾级而上，站到了杨坚身侧，“父皇在为突厥的事烦心吗？”

“是啊”，杨坚眉头紧锁，“朕一直想南下伐陈，只是可恨这突厥不得安宁，你来帮朕看看，这如何是好？”

杨广虽然是杨坚次子，可辅佐政事的一直是太子杨勇，也没出过什么差错。现在杨坚找他来多半是因为杨勇的家事也让杨坚觉得烦恼了吧。

可就算是这样，杨广虽然心中有沟壑也不敢就洋洋洒洒做长篇大论，生怕惹得杨坚猜疑。因此只做为难，问道：“诸位大臣有何高见呢？”

杨坚头也不抬，“高颎正和杨素修订律法，说是攘外必先安内，还是不要轻易动兵的好。可要是不动兵，就由着他们这样戏弄我大隋吗？”

突厥一直以来就是一个恼人的存在，当年周朝尚在的时候就不堪其忧，宇文邕更是率六军亲征北伐，奈何总是无功而返。

最可气的就是这帮子蛮夷之人，要打也不好好打，总是捞了好处就跑，惹了麻烦便当乌龟，无赖得很。

尤其是那佗钵可汗，在位的时候一面拿着北齐的好处一面又不放松北周。

可笑的是北周灭了北齐之后，齐文宣帝高洋之子高绍义北逃到突厥，佗钵可汗对他很是礼遇，扬言要替北齐复仇，可不过两年却又和北周联姻，娶了北周的千金公主。

娶了人家公主之后，又不肯把藏匿在突厥的高绍义交出去，当真是长袖善舞，左右逢源，看着是两边不得罪，却又把两边得罪了个遍。

杨坚想起过去的事，想起那无赖之极的佗钵可汗就头大。

杨广自然是知道杨坚的心思的，道："不是说佗钵可汗病重了吗？只怕是时日无多了，父皇不用为他烦心。"

"话虽如此，可他这样的无赖，只怕教出来的继承人是青出于蓝呢！"

杨广也蹙着眉，"不知佗钵可汗属意谁来做继承人呢？"

"佗钵可汗的位置是他哥哥木杆可汗让给他的，听说他记着兄长的恩情，要把王位交给木杆可汗的儿子大逻便。"

"倒是个知恩图报的。"杨广颇有些赞赏，可是看到杨坚的眼神，便敛了笑意，道，"父皇，若是让大逻便当了可汗，您想，他亲儿子庵罗能乐意吗？"

杨坚恍然大悟，"你的意思是……"

"父皇英明。"

杨广知道杨坚已经明白了，便不敢居功，只是俯身作揖，恭维杨坚。杨坚果然很满意，握住杨广的拳头把他扶起来拉到了自

己身边，欣慰地看着他，“你长年在外任职，我不大管得到你，不承想你果然大有进益了。”

“儿臣知道父皇早就有了这样的主意，恕儿臣在父皇面前卖弄了。”

杨坚摆摆手不让他说下去，“你我父子之间莫要来这样的虚礼，东宫出了事太子不得闲，这些事朕也只能仰仗你来分忧了。”

“儿臣万死不辞。”

杨坚点点头，“并州离突厥不远，你回去后这事朕便交给你了，突厥这一块重而又重，万不能出差错。”

“父皇放心，儿臣便立下军令状在此，若有差错，以死谢罪。”

杨坚露出了这几日来第一个笑容，“好了，什么死不死的，这样的事还不值得你立军令状。”

杨坚心情好了不少，看杨广便越看越觉得满意，索性将近日朝堂上的事都拿出来和他讨论。杨广的态度不卑不亢却进退得宜，既不擅自居功又不过分自谦让人生厌，大大讨得了杨坚的欢心。

大隋朝初立不久，除了北面的突厥，南陈料到隋朝不会放任他们太久，干脆趁着大隋根基不稳的时候挥师北伐。南陈自然是没有能力和大隋抗争的，他们出兵左不过是为了戍卫都城建康，收复江淮间的失地。一旦他们得逞，以后再出兵伐陈就要困难许多。

东北有北齐余党高宝宁，倚仗高句丽的势力对大隋虎视眈眈。

最可气的是，西边的吐谷浑也要来趁火打劫，攻打弘州。杨坚觉得弘州地广人稀，难守易攻，已经弃州做出了退让。可谁知他们得寸进尺，又打起了凉州的主意。

现在的大隋就是这群豺狼虎豹眼里的羔羊，谁都想分一口肉，可是羊太大，谁又不敢真的下嘴去咬，怕吃不到肉还沾一嘴毛。

这样的时候，杨勇身为太子，不说为父分忧，反而让自己后院的事闹得鸡犬不宁，杨坚难免对他生出了几分不满。

杨广知道这一点，也知道杨坚不会轻易就真的厌恶杨勇，因此不敢得意忘形，当杨坚把这些事告诉他的时候，他总是先询问，再提出自己的见解。

“其实儿臣认为，这些尚不足畏惧，怕的是他们要联合起来对付大隋。”

杨坚深以为然，他们现在彼此之间还没有利益牵扯，一旦结盟，大隋就是瓮中之鳖，辛苦创下的帝业就要轰然倾塌。

时间紧迫，要抓紧打破这种被包围的被动局面才是上策。

“阿广，你怎么看？”

杨广不相信杨坚会连这都看不出来，他这么问他，自然是为了试探。

因此他做苦思冥想状，然后道：“先弱后强，南陈和吐谷浑势力尚小，儿臣以为先拔了这两个钉子，打破大隋被围困的局面，再集中兵力对付突厥，应是上策。”

杨坚果然露出了赞赏的笑容，“阿广年纪轻轻有如此见解，前途无可限量。”

杨广忙低了头，“儿臣不敢居功。”

“有功就领，何必如此谦虚？”杨坚又盯着舆图看了好一会儿，道，“你回并州之后务必要拖住突厥，阻止他们进犯，至少一年至多三年，朕要斩草除根。”

“是。”

杨坚满意地点点头，“这事有些棘手，但凡你有什么需要的，尽管上书给朕，朕一定满足你。”

杨广领了命，看杨坚还有话说，便没有马上告退。

如今杨坚解决了头等大事，身心放松了不少，拉着杨广便坐了下来，等宫人们上了茶，杨坚便笑道：“并州没有好茶，来尝尝家里的茶。”

杨广也笑着，看杨坚喝了才敢轻抿一口，细腻绵长，果真好茶！

可是他知道，杨坚绝不是为了让他喝茶才把他留下来的，果然，杨坚思索了几番，道：“这事按理不是朕来管的，可是你母后身子弱，朕少不得为她分担些。”

杨广轻轻放下了茶盏，安静地等着杨坚的话。

“东宫的事闹成这样，皇宫里人心惶惶也就罢了，要是影响了勇儿的名声岂不事大？阿广，朕看得出来你是个懂事的，也有能力，这件事朕交给你去查，务必把贼人揪出来。”

果然，杨坚的心还是向着杨勇的，杨广便露出了忧色，“儿臣自然是想为父皇母后分忧，只是儿臣马上就要离京了，便是要找贼人也该慢慢探访，儿臣恐怕是要鞭长莫及了。”

杨坚何尝不晓得这个道理呢？只是这种家事丑闻，交给外人去办总是不大好，独孤皇后身子不好，杨勇已经乱成了一锅粥，杨谅年纪又小，除了杨广，还能指望谁呢？

杨广看出了杨坚的烦恼，道：“父皇，儿臣倒有一个人可以举荐。”

“谁？”

“不是旁人，正是儿臣的晋王妃。”

“美娘？”杨坚被杨广这么一提醒倒真想起来了，只是萧美娘还未行过册封礼，因此在他看来总是算不得真正的自家人。

看杨坚似有犹豫，杨广笑道：“美娘是母后最相信的，最近母后还让她去东宫为云昭训把脉，儿臣想着，若问东宫的事，美娘是再清楚不过的。”

别的不说，单论独孤皇后信任萧美娘这一点，就足以让杨坚也爱屋及乌，况且他印象里的萧美娘本就是知书达理识大体的人。

只是……

“美娘年纪不大，又是新妇，有些事朕怕她不好开口。”

“这个父皇放心，儿臣会教她的。”杨广说这话的时候好不得意，看得杨坚也很是欣慰，虽说好男儿志在四方，不能为红妆所累，可若是连发妻都不放在心上，又怎么指望他能怜悯苍生呢？

他和独孤皇后举案齐眉多年，自然也希望看到自己的儿子也能琴瑟和鸣。

“好，那这事朕就交给你们夫妻二人了。”他笑了笑，“夫妻同心，其利断金，朕只告诉你这一句话就够了。”

杨广起身行了大礼，“儿臣多谢父皇教导。”

杨坚点点头，“无事便退下吧，这几日就该预备着回并州了。”

杨广应了一声，又顿了顿，问道：“父皇，儿臣想问，南陈……父皇想让哪位将军南征？”

“你问这个做什么？”

杨广道：“儿臣这次回来，看成都已经长高不少了，想着也该让他历练一番。恰好宇文述将军就在安州，离南陈也近，倒不如趁这个机会让他也出去见识一番。”

杨坚知道宇文成都和杨广的关系最好，想来宇文成都成日家在皇宫里淘气也不是个事，让他出去练练也好，说不准回来的时候就懂事多了。

何况宇文成都那样的骄横，恐怕也只有他祖父宇文述才能辖

制得住他了，杨坚如今卸了好几个大包袱，只觉得浑身轻松，“好，朕答应了，也让那猴崽子高兴一回。”

【二十七】少年意气

向杨坚告退后，杨广便出了宫直奔高府去见高颍。

高颍是在杨坚当北周的丞相的时候就死心塌地跟着他的，甚至不怕灭族之祸，何况他父亲又曾经是独孤皇后的父亲独孤信的僚属。有了这一层关系，杨坚登了帝位之后便对他十分敬重，有什么大事都要来听听他的意见，最后还让杨勇娶了他的女儿，也就是现在东宫里那个不省事的高良娣。

高良娣仗着父亲是杨坚面前的红人，很有些娇纵，杨勇却一直让着她，所以她的日子应该还算好过。可是这一个云昭训分去了杨勇几乎所有的宠爱，这位高良娣总不会一点怨言都没有吧？

杨广思忖着，这位尚书左仆射，渤海郡公，他心里现在究竟是个什么样的想法呢？

高颍是个谨慎的人，听闻晋王来访，忙着朝服来迎，倒让杨广有些惶恐。

两人相携进了正堂，等人上了茶，高颍才问：“晋王殿下亲临寒舍，为的是什么事？”

杨广笑笑，“没什么大事，只是来看看您，顺便……”他顿了顿，高颍果然就紧张了起来，“顺便想问问高良娣近况。”

高颍听到杨广提及自己的女儿，便多了几分小心，“良娣身居东宫，臣也是许久未见她了，殿下到臣这里来，又能问道什么呢？”

“话是这么说，可是父女连心，良娣的事，您一定也清楚吧。”

高颎一听这话，脸色便有些不好看了，“殿下这话是什么意思？”

杨广看高颎急了，便知道这老臣是相当在意他的名声的，又是极容易较真的人。

因此他只笑道：“您别急，东宫出了事，人心惶惶的，不少人都说是高良娣下的手，可本王看来，高良娣不是那阴险的人，因此才想着来看看您，不让您为那无端的流言烦心。”

高颎听他这么说，才略略冷静下来，“良娣被臣骄纵惯了，有人这么想也是无可厚非，但老臣敢保证，她绝不会做出这种伤人性命的事来。”

杨广自然顺着他，“本王自然是相信的，只是皇兄一味地宠爱云昭训，也真是委屈了高良娣了。”

“良娣能嫁入天家已是平生之所大幸，岂敢再有他念呢？”

高颎回答得一板一眼，不过杨广知道，他是个耿直的人，说的一定是真心话。

看来高颎还是站在杨勇那边的，杨广又用心试探了几句，便越发坚定了心中的想法。杨坚让他来查东宫的事，其实也是在旁敲侧击谁才是名正言顺的储君，让他摆正自己的位置，兄友弟恭。

而一直对杨坚忠心耿耿的高颎又是这样的态度，杨勇的太子之位一时之间还动摇不得。

杨广离开高府之后并未有多沮丧，反正也是意料之中的事，毕竟杨勇辅佐杨坚理政多年，到底也是没有功劳有苦劳。

想要废太子，还要有更有说服力的理由。

杨广倒也不是很着急，这才刚刚开始，他有的是时间去慢慢谋划。

起风了，杨广裹了裹身上的大氅，远远望着皇宫的方向，总有一日，他会以一个征服者的姿态站在至高处俯瞰这一切。他渴望征服的快感和殊荣，征服那皇城，也征服这天下。

“杨广哥哥？”

有少年在他身后朗声喊了他，不用回头也猜得到是谁，杨广笑着转过身，“你怎么在这里？”

宇文成都一听他提起这事就有些颓丧，“被我父亲找回了府，把我好一顿训斥。”

“为的什么事？”杨广走到他身边，两个人便默契地并肩而行，一面走一面听宇文成都抱怨。

“也不为什么事。”看宇文成都有些羞于启齿的模样，杨广也猜到了七八分。

宇文成都的父亲宇文化及虽是宇文述的儿子，却半点儿没有他父亲宇文述的神武威风，反而骄横轻薄。且不说贪婪凶狠，又不遵循法度，仗着宇文述的权势便无法无天的，在百姓中有一个“轻薄公子”的外号。

宇文成都喜欢待在皇宫里，一方面是杨坚宠爱，另一方面便也是不大愿意和他这不成材的父亲相见。

可是宇文化及却很看重他这个儿子，宇文成都有他祖父宇文述的风范，又是杨坚面前的红人，他也总是想着能从他这儿子那里捞些好处。

这一次，宇文化及是惹了祸，他闲来无聊，带着几个家丁在长安道上策马狂奔，手里拿着弹弓，以此来戏弄百姓，一不小心便伤了人。

原本以宇文化及的性子，伤了就伤了，给几个钱没有不了的事，可偏偏那人也是个泼皮无赖，仗着自己有理吵嚷着要闹到官府去。

宇文述教导子孙非常严苛，因为不常在京都才对宇文化及的所作所为一无所知，事情若闹大了，宇文化及怕惹麻烦，这才找了宇文成都。

宇文成都年纪虽小，可论在达官贵人里的人缘儿那是相当不错的，就好比晋王杨广。

他这次把宇文成都喊出来，也就是让他去找杨广说个情，要多少银子都好说，可宇文成都却耻于开口，才闹了别扭跑出来，谁知正巧碰上了杨广。

杨广心里有了数，便揽住了宇文成都的肩膀，“怎么，你连你杨广哥哥都不相信了？”

“怎么会！”宇文成都忙辩驳，“就是太相信了，所以才不想跟你说。”

“哦？”

听杨广颇有些戏谑意味的语调，宇文成都也就明白杨广只怕是猜到了，因此叹了一口气，“我父亲做了错事，却要我来向你求情，可我不想让你为难。”

宇文成都年纪小可是在皇宫里耳濡目染，自然要比他父亲敏感得多。

他知道杨广其实一直处在一个尴尬的境地。一个才华德行都出众的又和太子年纪相仿的二皇子，他是最应该低调的。别说这件事本来就是宇文化及的错，哪怕他们是有理的，杨广都不该为他们出头。

宇文化及是宇文述的长子，宇文述又是杨坚看重的老将军，杨广和宇文成都走得近是少年情谊，可若是插手宇文化及的官司，

那就是结党营私。

杨广知道利害，但更感动宇文成都这样为他着想，因此便毫不在意似的拍了他的后脑，“有什么为难的？你为你父亲向陛下求情，不是什么大不了的事。”

“啊？”宇文成都一愣，转而明白过来，忙摇了摇头，“不行不行，陛下要是知道了，肯定会降罪的！”

“论理我不该说这些，你父亲实在是不像话，你爷爷半生戎马打下的名声，可不能败在他手里。”

宇文成都知道只有杨坚能惩治宇文化及，也好让他心里有个畏惧，却依旧下不了决心。杨广看这少年有些沮丧的模样，安慰地拍了拍他，“你放心，有我呢，只不过给他个教训罢了。”

宇文成都比起自己的父亲，还是相信杨过多一点，应了下来，只是还有些不高兴。杨广瞧他这样，笑道：“别苦着脸了，我正有好事告诉你。”

“什么？”

宇文成都提不起什么兴趣，杨广也不逗他，“马上要南下伐陈了，我跟父皇说让你去历练一番……”

杨广话没说完，宇文成都差点儿跳了起来，一脸的兴奋，“真的吗？你没哄我？”

“我哄你做什么？”杨广有些好笑，“你可不要辜负父皇的苦心啊。”

宇文成都眼睛里都像是在发光，眼看着天色将晚，他兴冲冲地就要拉着杨广回宫，“我知道我知道，我一定一战成名，到时你就该喊我小将军了！”

杨广喜欢他这样不加矫饰的神情，让他有些羡慕，只有一直被命运宠爱的人才会有这样的笑容吧。

他偏过脸去，有些人生来就拥有一切，有些人生来就注定落人一截儿，但是没关系，便是老天不给，他也要从他手里抢过来。

“杨广哥哥！”宇文成都看他有些走神儿，便扯了扯他的手臂，“过几日你陪我去看看战袍好不好？我要挑一身最好看的，让他们记得我宇文成都的英雄风姿！”

看宇文成都一脸神往，杨广也不禁将心中的阴霾驱散了些，揉了揉他的脑袋，“我马上就要回并州了，你还是自己去吧。”

“你要回去？”宇文成都先是惊讶，可一想也是，杨广只不过是回京述职，怎可能一直留在京城呢？

“那……”他撇了撇嘴，“那明日？你总不会这么急着走吧？”

“这倒不会，不过……”杨广笑得有些得意，朝他挑了挑眉，“不过我要陪你嫂嫂，可没时间和你这毛孩子耗。”

“好啊你，真是到了女人面前才知道谁是真兄弟呢。”宇文成都装作不满的样子出言抱怨，心里却又是另一番滋味。

萧美娘是个那样温柔美丽的女子，任谁都是喜欢的吧，所以他喜欢萧美娘并没什么大不了的。只是，这世上，喜欢萧美娘的人可以有很多，可以名正言顺对她好的男人，却独独只有杨广一个。

想想居然有些……

不甘心。

两个人之间随意地说着话，没过多久也就看到了宫门。宇文成都自去找杨坚，杨广则又晃去了建章宫，可巧，萧美娘正服侍独孤皇后用晚膳，婆媳两人相对而坐，安静而温馨。

宫女通报晋王来了，话音未落，杨广已经掀起了帘子，朝独孤皇后笑道：“儿臣闻着饭香来的，母后可愿意赏儿臣一碗饭吃？”

独孤皇后忙招呼他坐下，宫女早已经布好了碗筷，杨广便大方入座，看着萧美娘弯了弯嘴角就开始对付一桌菜肴。

“往哪里去了，这时候还过来。”

杨广正往嘴里塞一个桂花虾饼，听到这话忙放下了筷子，“出宫去了，父皇让儿臣帮着查访东宫的事，儿臣去了高颍大人那里。”

独孤皇后只点了点头，倒也没说什么，反而是杨广，方才吃得急，居然呛到了。看他捂着嘴咳嗽的样子，萧美娘忙给他盛了一碗汤，嗔怪道：“又无人与你抢，急什么？”

杨广灌了几口汤，好不容易把气儿顺过来，便看着萧美娘笑得有些不好意思，“我饿极了，你别见怪。”

独孤皇后已经吃好了，便坐在那里看他二人，笑道：“也是，美娘若要见怪，以后只怕见怪不过来的。”

杨广便露出不满的神情来，“母后，人家娘亲都是看自己的儿子越看越好，怎么您反而总想着在媳妇面前贬低儿臣呢？儿臣竟分不清我与美娘，哪个是您亲生的了。”

别说独孤皇后，萧美娘都被他逗笑了，“做娘亲的，只有数落自家孩子的，哪能去说人家的不是呢？”

独孤皇后大为赞同，“你瞧，还是美娘懂我的心思。”

她看着美娘笑得温柔，语气一转，“不过，我看美娘也是同自己的女儿是一样的，大约是美娘太好了，我才挑不出毛病来。”

“母后又拿我取笑了。”萧美娘微微红了脸，放下碗筷，就着宫女奉上来的水盆净了手又漱了口，才起身为独孤皇后斟茶。

“饭后不宜立刻喝茶，母后且把茶放凉些再喝。”

独孤皇后对萧美娘是怎么看怎么满意，索性拉了她坐到了自己身边，对还在用饭的杨广道：“那你可查访出什么事来了？”

杨广看这样就知道自己是没法好好用膳了，便干脆唤了人端水盆来净手，一面道：“高大人为人耿直，他并不知情，儿臣也就没再逼问了，不然伤了臣子的心，岂不是儿臣的罪过？”

“说的是，天下初定，人心不可乱，这事急不得。”独孤皇后一提到东宫的事就觉得闹心，摆摆手不愿再说，转而问道，“可说了什么时候要走？”

“大约就这两日吧，突厥那边的事，父皇信任儿臣，让儿臣去处理。”

“突厥？”独孤皇后一直帮着杨坚处理政务，自然知道那是什么事，因此有些担心，“那可是块硬骨头，你能啃得下来吗？”

杨广咧嘴一笑，满是自信与豪情，“现在啃不下来不要紧，把它收起来等以后人多了，慢慢啃。”

独孤皇后凝神细想，便猜到了他的意思，“这倒也不错，那你可更得小心行事了，成便罢，不成也别死撑。”

“母后放心，儿臣都敢与父皇立军令状了，没有不成的。”

看杨广这般意气风发，独孤皇后从心底泛起了一阵暖流，为人父母自然都盼着儿女能成材，看杨广出落得英俊倜傥，又这般的有自信和谋略，她又是骄傲又是欣慰。

“阿广，你这些兄弟里，三个弟弟都还小，眼下也只有你能辅佐着你哥哥，母后看着你这样能干，真的是很开心。”

“能让母后开心，儿臣便不算亏。”杨广听独孤皇后的话自然也是感动的，却又觉得那一句“辅佐着你哥哥”特别的戳心。

满宫里，独孤皇后是最看好他的一个，可在她心里，真正的大隋未来之主，也依旧是杨勇。不管他杨广有多优秀，都不能动摇杨勇的地位。

是啊，自古以来都是长幼尊卑有序，可是，凭什么呢？

凭什么他付出那样多的努力，小心翼翼地讨好每一个人，而想得到的东西，杨勇生来就有呢？

这是命？

谁规定的命！

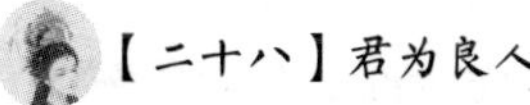

【二十八】君为良人

萧美娘看杨广情绪似有不对，大约也猜到了缘由，怕他在独孤皇后面前失态，便起身道："今日母后也乏了，儿臣送殿下出去，母后便早些歇息吧。"

独孤皇后被她这么一说，还真有些疲乏，因此也不虚留他们就让两人告退了。

杨广走出含章殿，身形依旧高大而威武，看不出半分不妥，可萧美娘却明白他心里是有苦的。因此杨广头也不回大步走出建章宫的时候，她便小跑着追上去拉住了他，"哪儿去？"

"回府去。"

"那你好歹叫辆马车啊。"萧美娘走到他面前立定，抬头看着他，"我母后跟我说过一句话，命里有时终须有，命里无时莫强求。"

杨广露出些失望来，"你也觉得我就该认命？"

萧美娘弯了弯嘴角，道："我跟母后说，就算要认命，也先让我强求一次，人若是生来就听天由命，那为何要有这一生呢？"

杨广微怔，萧美娘眼里的神采映着月光，有一种别样的风姿，那是他在任何女子身上都不曾看到过的，属于她自己的神采。

像是篝火在夤夜闪烁，远远的，却能给人安心与依靠。

“那你觉得我这么做对吗？”

“为什么是错的呢？”萧美娘也被杨广勾起了自己的往事，“我生来不祥，尚是一个婴儿的时候就成了所有人眼里的灾星。我父皇把我丢给舅舅，我母后也不敢对我太好，生怕触怒神灵。舅母厌恶我，姐妹们欺负我，只有……只有太子皇兄对我最好。我原本也已经认命了，可谁知后来，又说我是凤命，说我是你的良配。”

想起那些往事，仿佛都已经是上辈子的事了，萧美娘从不刻意去想起，便以为自己已经遗忘，可谁知一旦回忆被打开，就有一种欲望，想要倾吐出来，想要有人去听。

“说我不祥，又要说我是凤命，你说，我该信谁？”萧美娘朝着杨广，居然露出了一个笑来，衬着她亮得出奇的眼睛，让杨广看了有些难受。

“我们不过是不想听天由命，不过是想为自己去拼一把，阿广，我们为什么是错的呢？”

不是“我”，也不是“你”，而是“我们”。

杨广和萧美娘，原该是知己。

萧美娘的话一字字落在心上，敲开了心扉，杨广冷硬的神色缓和了些，便握住了她的手，“你说的是，便是错，那么……”

他与萧美娘十指紧扣，将手抬了起来，带着笃定的承诺似的一握，“也是我们携手，一起错下去。”

萧美娘也露出一个暖暖的笑来，在杨广的手背上印上一吻，“从今往后，不论你要去哪儿，不论你要做什么，皇子王孙也好，平民布衣也罢，就算你要弑天灭地，我也拔剑相随。”

“所以……”

她似有所犹豫，那短短的停顿被月光拉长，再开口时就像是

浸了月亮的温柔，“你一定要带上我。”

杨广没有回答，没有给出承诺，他只是觉得这个承诺太重，可能会让他承担不起。

又或许是因为他觉得像这样的承诺说起来太过容易，而他不愿意给萧美娘一个敷衍又浅薄的承诺。

萧美娘便就这么看着他，月色下他丰神俊朗，居然也有些高逸清雅，只是他的神情莫辨，让她一时也猜不到他在想什么。

“天要我生，我生，天要我亡，我却不肯。”

过了许久，杨广才轻轻开口，像是怕惊扰了月光，“美娘，这世上亡我者，只有你。”

我可以为了江山社稷活着，可以为了皇图霸业活着，甚至可以为了檀香小筑活着。

但我可以为了你，倾覆此生。

萧美娘微微一笑，轻轻靠在了他肩上，“亡你便是亡我，我才不傻呢。”

声音清澈而温柔，带着少女特有的娇俏，一听就是满满的欢喜，是初恋特有的欢喜。

杨广抱着她，将自己身上的大氅盖了一半到她身上，“你快回去吧，马上就要凉了。”

萧美娘点了点头，只是杨广的怀抱太过温暖，她一时也不想离开。就这时，一个不太好听的声音响起，萧美娘愣了愣，扑哧笑出了声，“你饿了？”

杨广有些尴尬，“方才没吃好。”

“那好，我去给你弄些吃的来。”萧美娘抿嘴一笑，想要回建章宫的小厨房包些点心出来，却被杨广拉住了。

萧美娘有些疑惑，“怎么了？”

杨广自己像是也有些发怔，“我……”萧美娘偏着头奇怪地看着他，杨广也不知怎的，平时巧言善辩的，现在倒如同一块木头。

“你不说，我可走了。”萧美娘把袖子从他手里扯出来，作势要走，杨广这才急急道，“我带你回晋王府好不好？”

萧美娘一愣，“这……”

二人虽是夫妻，可到底还没有办过婚礼，这不合礼法。她刚想拒绝，杨广就像是猜透了她的心思，“现在单为我一人麻烦厨房也不好，不如去晋王府，陪我吃些东西。不是什么大不了的事，你我之间不差那一个虚名了。”

萧美娘微低了头，“你府里又不是没有小厮丫鬟，非要我去做什么？”

她两只手指绞在一起，是心慌的表现，声音轻轻地像是树叶落在地上，却撩动了杨广的心。杨广上前一步握住她的手认真一握，“他们又不是你，我快离京了，想多和你待一会儿。”

萧美娘知道这样也不行，可偏偏杨广的声音像是被人施了咒，带着蛊惑的味道，等她回过神儿来的时候，已经点了头。

杨广自然是喜不自胜，萧美娘虽心里还有些犹豫，可看到杨广咧着嘴活像是个孩子的模样，却又生不起气来。

这个人说是她的良配，是她命中注定要托付一生的人，倒不如说是她的天魔星。

杨广常年都在并州，因此晋王府里伺候的人不多，显得冷冷清清的，没什么人气。丫鬟仆妇也只有那寥寥几个人，难怪杨广说没意思了。

府里服侍的以为杨广定然是在宫里用了晚膳才回来，因此他们自己就煮了些面条儿吃了，没准备什么东西。看他们手忙脚乱要架火备膳的模样，萧美娘有些看不下去，挽着杨广的手柔声道："不用忙了，你们去歇着吧，我来给殿下准备吃的。"

下人们千恩万谢地退下了，杨广才用狐疑的眼神看着她，"你？"

萧美娘朝他得意地扬了扬下巴，"我可不是什么千尊万贵的人，让你吃饱肚子可难不倒我。"

说着她松开杨广，径直走进了厨房，东翻西找，找到了些剩下的面条儿和鸡蛋，她一手拿一个鸡蛋在杨广面前晃了晃，"你瞧，我还能给你弄两个荷包蛋呢。"

杨广看她笑得眼儿弯弯，便也勾起了唇角，"好，那本王就等着王妃大展身手了。"

萧美娘只是笑着，转身蹲到了灶前，拨弄了一会儿，"还好，火还没尽，否则可有你饿的。"

她鼓捣了几下，算是把火生了起来，拍了拍手上的灰就撸起袖子，舀了些水到锅里，头也不回，"给你煮一碗我们江南的面条儿，也不知道你吃不吃得惯。"

杨广正看萧美娘看得入神，听她如此说忙道："惯，惯，你做的东西，哪有不惯的？"

萧美娘只回头嗔怪似的看了他一眼，"花言巧语。"

说罢水也快烧开了，掀盖，加面，打鸡蛋，再放作料，她做起来熟练得很，一看就知道经常做这些家务事。

萧美娘盯着在沸水里翻腾的面条儿，没察觉到杨广的目光。她俯下身去用筷子拨弄了几下，便轻快道："好了。"

谁知道她刚起身，就撞上了坚实温暖的怀抱，杨广从她身后抱着她，手紧紧环住她的腰，微微俯身，头搁在她瘦弱的肩膀上，整个人像是撒娇一般黏在了她身上。

萧美娘突然之间觉得心跳得很厉害，声音却很轻，甚至有些温柔，“怎么了？”

“没什么，就是觉得你特别好。”

杨广的声音居然带着些撒娇的意味，让只到他胸膛的萧美娘生出一种暖意。

杨广这个人一直都活得紧绷绷的，生怕出一点差错就要惹得杨坚生疑，太子不喜。像他这样身份尴尬的皇子，是最难度日的。

说起来，可能也是因为这个，他才远去并州，放弃了在杨坚面前侍奉讨好的机会，而选择韬光养晦，和……微微的喘息。

可就是这样一个人，骄傲自负不甘心，现在却在她面前如同一只乖巧温顺的大猫，依赖着她，让萧美娘有一种由衷的满足和窃喜。

人总是想要在感情里被需要被依靠，然后找到自己存在的意义，就在那个瞬间，萧美娘觉得自己找到了。

这世上，只有她能明白杨广的委屈，也只有她能理解杨广的抱负。

而也只有杨广，知道她萧美娘不是寻常闺阁女子，她也有她的坚持和追求。

没有人会想要生活在别人的光环下，可不是所有的人都有冲出那光环的勇气。在遇到彼此之前，或许两个人还有犹豫和不安，可遇见彼此之后，便只剩下笃定。

于是萧美娘微微后仰，靠进了他怀里，“我也，觉得你很好。”

杨广抱着她微微一笑，犹带了些胡茬儿的下巴在萧美娘颈间

蹭了蹭，痒痒的，萧美娘笑着躲闪，“先吃点儿东西吧，不和你闹了。”

杨广这才松开了她坐回到桌子前，萧美娘撩起袖子给他盛了一碗面。清汤寡水，最简单朴实的味道，带了柴火暖烘烘的香气，藏了人间烟火在里面。也不知道杨广是太饿了还是对这种味道有些着迷，很快就见了底。

萧美娘对自己的厨艺还是很有自信的，可看到杨广这般捧场还是有些惊喜，“你怎么就饿成这样了呢？”

杨广似还有些意犹未尽，舔了舔嘴唇，胃里暖暖的，抬头看着萧美娘，“好久没这样吃过饭了。”

萧美娘不明白为什么杨广说这话时居然有一些怅惘在里面，却只是转瞬即逝，等萧美娘再看他的时候，他已经又是一副笑容。

杨广拉着萧美娘的手让她贴近自己，然后微微前倾，靠了上去，“累了。”

萧美娘伸手温柔地抚摸着他的发冠，然后颇有些调皮地在他脸上画了个圈。她动作轻柔，触得杨广有些痒，便捉住了她作怪的手，一抬头就是她娇俏的笑容。

“吃了面条儿容易积食，走走再睡吧。”

“也好。”杨广起了身，牵着她走到门口，接过小厮递来的大氅披到了萧美娘身上，“你仔细着凉。”

厚重的暖意和杨广的气息猝不及防的席卷而来，萧美娘似有意似无意地往他身边靠了靠，撒娇一般地挽住了他的手臂，头靠到了他肩上。杨广拍了拍她的手没说什么，就慢悠悠地往小花园里去。

晋王府修建已久，只是没什么人来打理，花园自然也荒废了，看上去有几分萧索。夜渐渐深了，深秋的晚风带凉，让萧美娘不禁蜷起了身子，“真冷。”

“北方不比你们江南，再过不久就该下雪了。”杨广的声音里带了一丝愉悦，也带给了萧美娘新奇，“我还没见雪呢……你是不是不能和我一起看雪了？”

听她突然低落的声音，杨广回头安抚似的揉了揉她的头发，柔声道：“来日方长，我们有一辈子的时间。”

萧美娘抿着嘴笑却不说话，杨广便换了一种语气，“成都这孩子就要出息了，父皇南下伐陈，大约会让他也跟了去。”

“真的吗？”萧美娘果然也有些欢喜，“那小泥猴若是能在战场上学的懂事成熟一点，可要省了不少心呢。”

“是啊，说起来，反而是我不如他了，这么些年镇守并州，却没什么功绩，空有爵位在身，终是一事无成。”

“楚南有鸟，止于王庭。三年不飞，三年不鸣。”萧美娘仰头看着杨广，眼里有奕奕光彩，“不飞则已，一飞冲天，不鸣则已，一鸣惊人。”

杨广看着她，眼里有一种光芒，像是盈盈月光。他沉默着把她揽进了怀里，又默默走了许久，忽而道：“其实有时候，我很羡慕成都。”

虽然是没头没尾的一句话，萧美娘却是懂了的，她脚步一顿，停了下来，“其实我也一直很羡慕瑜儿。羡慕她能那样无忧无虑的长大，是父皇的掌上明珠，羡慕她可以恣意的使性子胡闹，只要撒个娇就不会有人怪罪她，羡慕她敢爱敢恨，知道自己要的是什么，总是活得那般潇洒……”

他们两个人都不是命运的宠儿，生来就差了那么一点儿。只是一点儿，就是天壤之别，所以他们才更容易惺惺相惜。

杨广仰头看了看月亮，斜斜挂在檐角，一派凄清。

他握了握萧美娘的手，“总有一日，你我都不用再羡慕旁人。”

萧美娘微怔，转而攀上了他的脖子，踮起脚尖俯到他耳边，吐气如兰。

“我等着那一天，我等着你……”她顿了顿，一字一顿，“君临天下。”

风起草木婆娑，吹散了流云留下一片澄明的夜空，杨广定定地看着萧美娘，害怕是自己错听了她的话。

【二十九】轻薄公子

“你说什么？”

萧美娘看他如同一只呆雁的样子就忍不住笑了，推开他转过身去，故意道：“我们江南有一句老话，好话不说二遍。”

“的确是一句，极好的话。”

萧美娘背对着他听他低低的笑声，便有一种幸福与满足，忽而腰间一紧，耳边传来一阵风声，回过神儿来已经被杨广抵在了一旁的树上。

他和她靠得很近，俯下身子呼吸便离得很近，几乎就和她的呼吸缠绕在一起。

杨广的呼吸有些重，萧美娘微红了脸想要把他推开些，杨广却捉住了她的手，“美娘……”

他轻声唤着，萧美娘偏过头去，“做什么？”

“天下良辰、美景、赏心、乐事，四者难并，而今对此良辰，有此美景，自然该趁赏心，行乐事。”

萧美娘只觉得脸上烧得厉害，杨广的呼吸也越来越近，她紧张得手脚不知如何放才好，只能一个劲儿地攥着裙角。

不敢抬头看他，却也不想推开他，就是这样矛盾的心情，让萧美娘的心里像是有一只活蹦乱跳的兔子。紧张羞涩，却也有一点儿兴奋，就在这种紧张忐忑又欲罢不能的心情里，萧美娘闭上了眼睛。

嘴唇有些痒，却只是轻轻地摩挲着，萧美娘忍不住想伸出舌头去舔，却被杨广乘虚而入。这个人大约就是在等着她主动呢，简直无赖！

萧美娘心里骂着杨广，却又被他引去了神思，不由自主地攀住了杨广的脖子，渐渐沉醉于这一个生涩的吻。杨广也很不熟练，有些莽撞，可大约是因为情至深处，即便是这样也能领着人一步步陷得更深。

这是一个微风的夜晚，萧美娘出来得急，穿的还是有些薄，没忍住打了个寒战。

杨广也不再过分，松开了她的唇把她抱进了怀里揉了揉，“可暖和些了？”

“登徒子。”萧美娘偏着头红了脸，嗔怪了一句，可杨广不以为耻反以为荣，“登徒子不嫌弃糟糠丑妻，不见异思迁，为人专一而夫妻情笃……多谢王妃夸赞。”

“你……诡辩！”

萧美娘羞恼，想要推开他，杨广却朝她做了一个噤声的动作，“嘘。”

“怎么了？”看杨广这般严肃，萧美娘也不禁紧张了起来，可杨广只道，“府里服侍的下人还未歇下又嘴碎，你这般大声，明儿大家可就都知道晋王妃凶悍了。”

“杨广！”

看萧美娘气急败坏的样子，杨广才颇有些满意地摸了摸她的头，就像是在哄一只龇牙咧嘴的小宠物。

“起风了，回去吧，眼看快宵禁了，你就留下吧。”

萧美娘原本是气鼓鼓地瞪着他，听到这一句便有些犹豫起来，“可母后那里……”

“你放心，母后是鲜卑人，不看重那些，明日我上朝的时候着人去趟建章宫就是了。”

萧美娘这才安下心来，只是转过头轻哼了一声，“我看你根本就是算计好的。”

“是又怎么样？”杨广揽过她的肩膀朝她挑了挑眉，“我又没算计外人。”

“呸，好不要脸，谁是你内人？”萧美娘推开他。

杨广虽然知道萧美娘没真的生气，可还是哄道：“王妃且宽恕我这遭，明日带你去骑马。”

杨广知道萧美娘自幼长在宫外，时常和萧琮一起玩耍，马术不错，因此也算是投其所好。果然，萧美娘欢喜了起来，“真的吗？我好久都没有骑过马了，骨头都快松了。”

杨广摇头笑道：“一个女子心心念念想着骑马，真是世间罕有。”

萧美娘便也不甘示弱，“世间罕有的女子做了你王妃，你啊，偷着乐吧。”说着她自己也笑了，待笑过后问了一句，“客房在哪里？”

杨广听说，随口唤来了一个小丫鬟，“领王妃去客房。”

小丫鬟领了命就带着萧美娘走了，走出几步杨广却突然喊住了她，“明日我要早起上朝，你不必着急起身，睡晚些也无妨。”

萧美娘回头看着他，“你少瞧不起人，我醒的时候只怕你还做梦呢。”

话是这么说，可等萧美娘醒来的时候，天已经大亮了。深秋的日头不那么刺眼，照进屋子里洒落在床帐上，她揉了揉眼睛还蒙了一蒙，这是在哪儿来着？

她躺在床上看帷帐上面绣着的石榴花才猛然想起，这是在晋王府，而且她昨日跟杨广放了狠话，如今只怕是要被嘲笑了。

如此一想，忙唤了人来，还是昨日那小丫鬟，唤作五月的。长得眉清目秀，眉宇间微微含愁，我见犹怜的。说话温柔，操一口吴侬软语，自有江南女子那水一般的气质，是个惹人心生怜爱的小姑娘。

五月心灵手巧而不多话，晋王府人不多，萧美娘也不习惯被许多人服侍，因此只让这五月一人伺候她梳洗。

大约是因为自己和五月同为南方人，萧美娘对她多了几分亲近之意，虽然这小姑娘不大爱说话，萧美娘却时不时地问她些问题。

说是原本是陈国人，只不过家中出了变故，这才入了长安。旁的她不愿说，萧美娘也就不再多问，只是看着铜镜里那纤纤素手穿过自己的三千青丝，黑色的檀木梳子灵巧地被她握在手中，衬得她一双手莹洁如玉。

“这是什么发髻？这般好看我却不曾见过。”萧美娘用手扶了扶方才插进去的一根牡丹簪，笑问道。

五月也打量着镜子里的美人面，听闻此话愣了愣，道：“回王妃，这是随云髻，因为看上去似随云卷动而得名。”

“随云髻……”萧美娘满意得很，笑道，“我听说过，只是不曾见过。”

五月道：“这是陈王宫流行的发髻，美姿仪，最得仕女们喜欢。”

萧美娘受教地点了点头，她转过头看着五月，“没想到你这丫头不仅手巧，懂得也这么多，赶明儿我问你们殿下要了你去服侍我，你肯不肯呢？”

五月一惊，慌忙跪下，“奴婢卑贱之身，岂敢言不。”

萧美娘反被她吓了一跳，忙把她扶了起来，“我不过是玩笑话，你吓成这样。”

看五月低着头不说话，萧美娘也有些奇怪，只是想着杨广快要回来了，便也不多想，只是安抚地笑笑，“快帮我换身衣裳吧，府里可有骑射用的衣服？”

五月说有，转身便去拿，是一身绿色的骑服，上面绣着朵朵玉兰花，精致的玉兰花透着一种和婉却又不失大气，萧美娘很喜欢，却又想起了什么，“这衣裳真好看，只是府里没有女眷，晋王殿下还不知道是给哪位金屋佳人准备的呢。”

五月听她这样半含酸的语气，终于也忍不住弯了弯嘴角，“王妃误会了，这衣裳昨儿殿下才命人赶制出来，就是为了今日和王妃去骑马。”

萧美娘似有不信，“当真？”

“奴婢不敢欺瞒王妃，殿下为了这衣裳找来了整个大兴最好的绣娘，足足熬了一晚上。”

萧美娘微微讶异，面上只是不露出来，还装作不在意的样子，“哼，他有心了。”

五月抿着唇笑着，帮萧美娘换好了衣裳，刚想去前厅用早膳就听见门口有人嚷嚷。萧美娘张望了一番，“怎么了？”

五月摇摇头不清楚，忙拉住了一个小厮，“前面出了什么事吵嚷起来？”

“是宇文公子。”那小厮有些不耐烦，朝萧美娘行了个礼就走了。

宇文公子……

怕是宇文成都来了找不见杨广在那胡闹呢，萧美娘颇有些无奈，那少年终究还是不够沉稳，“我们去看看吧。”

可谁知门前站着的不是宇文成都，而是一个从未见过的男子，长相原本也算得上是俊朗，只是一看便是被酒色掏空了身子，看上去憔悴而苍老。

他神色焦急地要往里冲，口称要找晋王喊冤，小厮们拼命拦着他，一个个的都很不满，只是也不敢下死手把他打出去，只怕这人大约也是个权贵。

“那是谁？”

五月摇了摇头，“宇文公子，就是那大名鼎鼎的轻薄公子。”

看到这些丫鬟小厮的神情，萧美娘大约也猜出来了，这所谓大名鼎鼎恐怕不是什么好名声。早就听说宇文成都虽然少年英雄，却有一个极不成器的父亲宇文化及，这位大约就是了。

萧美娘不愿和这种无赖打交道，只是晋王府不是他混闹的地方，他在门口这样不管不顾地嚷嚷，被有心人听了去还不知道要怎么编派呢。

因此她走上前去，呵斥道：“你们在做什么呢，哪有把客人往外赶的道理？”

小厮们听见她的声音便住了手，为首那个上前一步，“王妃恕罪，奴才们原不想拦的，只是宇文公子来势汹汹像是要寻仇似的，殿下不在府里，奴才们怕扰了王妃清静。”

的确，方才宇文化及那模样，的确是让人害怕，萧美娘不再

苛责下人，朝着宇文化及笑道："殿下不在府中，宇文公子有事等殿下回府再来吧。"

说着她不耐烦和这种人多话，转身要走，却又被喊住，"你就是晋王妃？穿成这样就是要等着出门，你说晋王不在府里，你当我是三岁小儿不成？"

世上竟有如此无礼之人，萧美娘心里气得很，可这是宇文述的长子，宇文成都的父亲，论情论理她都不能和他认真计较。因此只好笑道："宇文公子好眼力，我是要出门，却不是和殿下一起，殿下上朝未归，您请回。"

宇文化及原本是好色之人，看到萧美娘魂都被勾去了，只可惜是晋王的女人。他自知自己比不上晋王万分之一，因此只故作无礼为的是美人一怒。像他这样风月场上的一把好手，知道美人怒可比美人笑好看多了。

果然，萧美娘一发怒，他这半边身子都要酥了，既然杨广不在府中，他也就有些不管不顾起来，"不和殿下一起和谁一起，如此盛装出席，王妃当真是风流。"

"你……"

"放肆！"

杨广的声音恰好响起，带着隐隐的怒气，萧美娘向后望了望，果然看见他头戴八旒平冕，身穿朱色九章纹朝服，腰间别一把金装剑，悬着水苍玉，正是二品柱国的朝服。

她以前见的杨广都是一身常服言笑晏晏的模样，让她几乎要忘了杨广并不是一个只会在深闺为伊画眉的清润公子，他也是一个可以为她撑起一片天下的男人。

就在那个时候，她看着杨广逆着光走来，如同天神降世，带给她庇护和希望。

“阿广……”

杨广并不理傻了眼的宇文化及，径直走到了萧美娘身边握住了她的手，“没事吧？”

萧美娘摇摇头，挽住了他的手臂，刚想说话就听见宇文成都的声音，“爹，您怎么到这里来了？先前的官司好不容易才了了，您可别再惹祸了。”

“你说什么？了了？”宇文化及有些不相信，瞪着宇文成都，“不是说陛下震怒，要捉拿我归案吗？”

萧美娘听得是一头雾水，“怎么回事？”

杨广却好像很急的样子，只握了握她的手示意她不要问，然后看着宇文成都，“这里你处理一下，我要急着走了。”

说着他拉着萧美娘就往自己的卧室走，他走得很快，萧美娘不得不跟着小跑，“你要走？现在吗？去哪儿？什么时候回来？”

萧美娘抛出的一连串问题刚问完，杨广就已经推开了房门开始收拾行李，一面收拾一面道：“突厥那边出了变故，我立刻就得赶回并州。”

“变故？”

“嗯，传回来的线报说佗钵可汗突然病重，只怕突厥要变天了。”

“怎么会这样……”萧美娘经常在独孤皇后身边侍奉，自然也听她说起过这些事，突厥现在是大隋的心头刺，只是又拔不得，杨广此去必然是千难万险。

她只觉得一阵酸楚涌上心头，跑过去抱住了杨广的腰，杨广正弯着腰收拾东西，忽然就觉得背上贴上了一个软软的东西。

“阿广……”

萧美娘只唤了一声，却又不知道该说什么，让他留下吗？可杨广生来就应该是翱翔的雄鹰，她留不住也不该留。这是杨广从诸位皇子中脱颖而出的关键时刻，只要他能解决突厥的难题，他就不再是一个空有头衔的晋王，而能真正站到朝堂上指点江山。

不鸣则已，一鸣惊人，那才是杨广该有的模样。

而其他的相思之语她也不敢说，只怕说了会让杨广徒增烦恼，因此只能抱着他，紧紧地，把自己的情绪一点点传达给他。

杨广感受到了，从她颤抖的声音里听出了不舍和担忧，于是他轻轻抚上了萧美娘因为太用力而有些发白的手，无奈又温柔地唤了一声，“傻丫头。”

萧美娘像是被这一个带着宠溺的称呼唤得晃了神儿，稍稍放松，杨广就这样分开她的手转过了身去，俯下身子看着她犹带了泪珠的眼睛。

“舍不得我？”

“嗯……”萧美娘这一次不再害羞或是嗔怪，只是看着他，认真地告诉他，“我舍不得你。”

杨广只感觉心上有一股暖流，像是糖浆一样将一颗心包裹住了，他温柔地笑了笑，拂去了萧美娘眼角的泪水，“傻丫头，我还没娶到你呢，我也舍不得出事。”

萧美娘被他逗笑了，含着眼泪的笑，眼角的那颗小小的泪痣更加迷人，衬得她温柔而娇羞。杨广没忍住轻轻吻了她的眼角，“等我回来。”

萧美娘闭上了眼，钩住他的脖子，在他亲吻她眼角的时候蹭了蹭他的下巴，缠绵缱绻的动作，自是有无限的情意。

“我等你。”

【叁】别作深宫一段愁

此间是你，天下是你，
余生也是你。

【三十】晴日策马

事出紧急，杨广立刻就离开了大兴，萧美娘没有去送他，只是一个人在杨广的卧室里坐了很久，直到五月进来，“王妃，宇文公子说有事要和您说。”

萧美娘以为是宇文化及那轻薄的人，心里正不爽快呢，因此一皱眉，语气也不耐烦起来，“赶出去！”

“杨广哥哥走了你不高兴，也犯不着把我往外赶吧？我还想着和你一起回宫呢。”

萧美娘一惊，抬起头来循声望去，原来是宇文成都，五月已经退下了，萧美娘有些不好意思，“对不住，我以为是……”

一想那人是宇文成都的父亲，萧美娘忙收了话口儿，强作欢颜，“既是要回宫，那这就走吧。”

“不急，杨广哥哥和皇后娘娘说你会晚些再回去，我有几件事要跟你说”，宇文成都拦下了她，顿了顿，少有地露出了严肃的神情，“是杨广哥哥特意嘱咐的，他走得急来不及跟你说，让我转达给你。”

萧美娘看他这样便也悬起了一颗心，一双手也不由得紧张地攥住了裙子，“什么事？”

宇文成都张望了一下，又凑近了些，“东宫的事，杨广哥哥跟陛下说交给你去查。”

“什么？！”萧美娘几乎惊得要跳起来，“让我去？”

“是啊。”宇文成都早就猜到她会是这样的反应，因此不紧不慢道，“杨广哥哥的意思是，你经常出入东宫，比较熟悉，而且皇后信任你喜欢你，你行事也方便一些。”

“可是……一点头绪都没有，我怎么去查？”

“唔……”宇文成都想了想，道，“这个你不用担心，听说他已经去帮你找线索了。”

茫茫人海，上哪去找线索呢，萧美娘轻叹一口气，独孤皇后让她去帮云昭训把脉，杨广又把这摊子事揽到了她身上，当真是一团乱麻，让她有些手足无措。

宇文成都拍了拍她的肩膀，“我下面要告诉你的，才是最最要紧的事。”

萧美娘凝神静听，宇文成都低声道：“世人都说云昭训现在肚子里的这一个是皇长孙，可其实皇长孙早就有了。”

萧美娘瞪大了眼睛，惊讶得说不出话来，宇文成都道：“杨广哥哥人虽然在并州，可一双眼睛看得清楚，云昭训在嫁进东宫之前就和太子殿下有了孩子，现如今藏在云昭训父亲，云定兴那儿。”

这可是真真切切的秘密了，萧美娘大气不敢喘，只听宇文成都说书似的：“独孤皇后不喜太子纳妾，所以太子不敢把这个孩子带到他们面前。云定兴可以随意出入东宫，就是为了带皇长孙进去。”

“皇长孙……”萧美娘脑子已经蒙了，只呆呆问了一句，“那我要怎么办？他告诉我这些，是想让我怎么做呢？”

宇文成都看她这样有些好笑，轻松道：“你还真是什么都不懂，兵法有云，以静制动。你只要记得一点，这是欺君之罪。”

欺君之罪，好重的四个字，足以把任何一个荣耀顶端的人打下地狱去。

萧美娘稍微冷静了下来，“我知道了……”

她微微闭了眼深吸一口气，“回宫吧。”

宇文成都看萧美娘双手握拳强作镇定的模样就知道她这样肯定瞒不过独孤皇后的，万一到时候独孤皇后问起来，只怕就要露馅儿。因此他站起来笑道：“你穿这身骑服好看，也别白白穿了，杨广哥哥走了，我带你去城外溜一圈怎么样？”

萧美娘现在没什么心情纵马，可是她这样回宫有些情况她应付不来，便答应了他，只当是散散心。

深秋的大兴城外是高远澄明的天空和广袤无垠的平原，大块大块的云朵堆在天上似的，时不时有一行鸿雁掠过云朵，留下浅浅的痕迹。风暖暖的吹在脸上，阳光微微有些刺眼，萧美娘骑在马上眯了眼，伸出手举在眼前，阳光便缠绕在修长的五指上。

马上的她长发飞扬，身子柔美，是这无边天地间的最好的一抹风景，宇文成都就站在她身后静静地看着她。

他们之间的距离不算远，可宇文成都却莫名有些畏惧，也不知怎的，他不敢上前了。

之前在大兴宫里他们之间也时常玩笑，亲密无间，可就在那一瞬间，宇文成都突然就觉得他们之间隔了一些什么东西，让他再也无法靠近她。

秋天枯黄的野草长得很高，风一吹就像是浪花 样荡去，微微有些硬的草茎大约是把马儿弄得有些痒，它们颇有些不安地踏了踏蹄子。

萧美娘抓着缰绳转过身来，朝着他微微一笑，“你说阿广这一去，还能不能回来过年？”

那个笑和宇文成都之前看过的，萧美娘所有的笑都不一样，那笑里有了一种宇文成都不曾见过的思念。

他似乎有些明白了，他们之间隔了什么。

萧美娘有了一个思念的人，有的时候思念流成河，就会把人圈起来，自己在此岸，其他所有人都在彼方。

她在那边思念她的所念之人，而他就只能远远地看着她，永远无法靠近。

思念别人的人真是自私，沉浸在自己的思绪里便再看不到旁人，宇文成都这么想着，心里有几分埋怨，可是……

沉浸在爱情里的人，不就是因为自私地只看得见对方，所以才显得彼此是这世间独一无二的吗？

而所有的有情人，不就是因为这独一无二，才会死生相许吗？

他轻轻叹了一口气，他不喜欢读书，却记得《诗经》里有这么一句话——汉之广矣，不可泳思。江之永矣，不可方思。

萧美娘被他莫名其妙的神伤弄得有些不知所措，“你这是怎么了？”

宇文成都摇摇头，“累了，不想说话。”

“扑哧”，萧美娘没忍住笑出了声，“你方才说话的样子，特别有意思，你说你小小年纪，都在想些什么呀？”

看着她的笑，宇文成都心里却难受，他看得出来萧美娘的笑里有那么些力不从心。他还能让她笑，他很开心，可是，他到底也没有办法让她真正放下心防了。

他自己也就是个半大孩子，对情爱之事所知甚少，但是他隐隐猜得出来，他对萧美娘的那种感情，多半就是喜欢。

只是可惜，他们认识的时候，就已经站在长河两岸了。

看宇文成都这样，萧美娘稍稍猜到了些，因此玩笑道：“你该不是为了哪家姑娘烦心吧？”

宇文成都一愣，撇过脸去不再说话，萧美娘心一紧，方才宇文成都看她的眼神里，似乎有一些……

她说不上来，但是她知道，那是一种复杂的情绪。

耳边只余了风吹草浪的沙沙声，萧美娘也有些慌，她突然觉得自己不知道该怎么面对这个在她眼里一直是一个“孩子”的少年了。

“成都……”

她轻声唤道，想打破这尴尬，宇文成都却抢先道：“是啊，我总是猜不透兰泽在想些什么。”

原来是兰泽，萧美娘松了一口气，转而又笑道：“那丫头都做了些什么事？”

萧美娘笑靥如花，上午的那些不愉快的事她大约也已经释怀了，宇文成都便也安下心来，只是，不知道为什么，却又有些难受。

他甩甩脑袋把那些不该有的情绪甩走，装作苦恼的样子，“她老是给我送一些女孩子家的小玩意儿，手帕啦香囊啦，我一个大男人，要那些东西做什么？”

萧美娘一听就明白了，她早就看得出来兰泽喜欢宇文成都，大约是感恩于年少相互之恩，只是不知道宇文成都是怎么想的她也不好妄做主张。现在宇文成都既然自己提出来了，萧美娘也就顺水推舟，问道：“你若是不喜欢便直接告诉她，让她不要送了不就好了？”

“我说过啊”，宇文成都苦恼地挠了挠头，“可我刚说一句话那丫头就快哭出来了，委委屈屈地倒像是我欺负了她，你们女孩子家的心思真难懂。”

萧美娘觉得好笑，“不是女孩子家的心思难懂，是你啊，从来没想过去了解女儿家的心思。”

宇文成都很不屑，仰起头迎着阳光，“我可是要带兵打仗的将军，怎么能儿女情长呢？”

“成都，兰泽是我的婢女，我且问你，如果以后你一定要带上一个人，你愿不愿意带着她？”

阳光下的萧美娘笑意深深，落在宇文成都眼里却很刺眼，虽然一开始就知道自己是没有机会的，可听她这样撮合自己和别人，还是有些烦闷。

于是就像是在赌气似的，“愿意啊，兰泽什么都好，我为什么不愿意？”

“好！”萧美娘骑着马走到了他面前，仰面朝他笑着，“大丈夫一言九鼎，你可不许抵赖。”

宇文成都觉得自己在萧美娘的笑容里都要喘不过气了，赌气？他这是又和谁在赌气呢？

他没再说什么，意兴阑珊的样子掉转马头，“回去吧。”

萧美娘一直都很怜惜兰泽，如今看她以后有了着落正是欢喜，并没有注意到宇文成都低落的心情，将马鞭绕在手上就骑在马上不紧不慢地走着，哼着江南的小曲调，惬意得很。

宇文成都越看越不是滋味，方才一心想让她开心，现在却又莫名想给她添堵，于是他赶了上去，和她比肩而行。

“你别总操心别人的事，你自己呢？”

“我？我有什么好操心的？”萧美娘带着盈盈笑看着宇文成都，宇文成都动了动嘴唇，她这样无忧无虑的笑容又让他犹豫了起来。

可到底是少年心性，他只道：“杨广哥哥以后，肯定会有别的女人的，你怎么办？”

“什么怎么办？”萧美娘看上去满不在乎，声音却低了，“世上女子，哪一个不是要这样过的？只要他心有我，我……我大概也可以……满足了吧。”

原本是一时逞强，可听到萧美娘怅惘的语气，宇文成都却一点儿都不高兴，转过了头，“当我没问吧，反正杨广哥哥看上去是很喜欢你的。倒是那个萧瑜，那天晚宴我看得很清楚，她穿得那样显眼，一双眼睛就盯着杨广哥哥看，你也该注意点。”

“无妨，那天是我让她跟着去的。”萧美娘不想再提这些事，不是眼前的事她都不想去想，便只有这一刻自欺欺人的欢喜也是好的。

说着就像是要把这些烦恼都抛到脑后似的，她提起缰绳喊了一声“驾”就策马而去，宇文成都反而在原地愣了许久才跟上去。

等到他把马交给跟来的小厮的时候，萧美娘已经在马车上坐了许久了，正在闭目养神。听到动静睁开眼朝他笑了笑，“你和我一起回宫吗？”

“不了，我还得去我父亲那里，杨广哥哥有话要我转达给他。”宇文成都坐到了她对面，轻轻叹了一口气，杨广虽是走了，可宇文化及的事情还没了，要他出面才是。

说到宇文化及萧美娘就蹙了眉，那可真是个令人讨厌的人，只是宇文成都在面前，她不好表露出来。事关杨广，她不由得多问了一句，“什么话？”

宇文成都愣了愣，本不大愿意说，可是看杨广的态度，大约已经把萧美娘当作是和他一样的知己了，三个人便是一条船上的蚂蚱，自然要知不无言。

“我父亲惹了官司，本来想让我去找杨广哥哥求情，可杨广哥哥不方便出面，所以让我直接去找了陛下，陛下生了气，今日在朝堂上狠狠斥责了他。不仅如此，陛下还拿我父亲做例，说是要好好整顿大兴城纨绔子弟的风气。”

宇文化及没有官职在身所以没能上朝，只是一直打听着消息，听说杨坚大怒就慌了神，只想着要找杨广说情。谁知早朝结束后杨广被杨坚留下了，他便被小厮们拦在了门口，只以为是杨广避而不见，急火攻心，这才做出了混账事。

宇文成都自是知道自己父亲那个性子，可是做儿子的自然不能在外人面前说他的不是，只好为他开脱，“父亲他是着了急才唐突你的，我替他向你赔罪，你别往心里去。”

再怎么着急，那样轻浮的话都是绝对不该说出口的，只怕这宇文化及就是这样一个无赖的人。萧美娘虽然还有气，可究竟不能拂了宇文成都的面子，因此只笑问道：“那你杨广哥哥要你跟他说些什么呢？”

“陛下虽然生气，可杨广哥哥替我父亲求了情，说是现在处置我父亲会拂了我爷爷的面子。陛下才看在杨广哥哥和我爷爷的面子上饶了我父亲，杨广哥哥让我跟父亲说，好好处理了现在的事，安分几日，一来是安抚，二来也是震慑。”

萧美娘点点头，没再说什么，私心里她不大愿意杨广和这样的人有过多的牵扯，可她也知道，杨广给宇文化及这一个人情，为的是笼络宇文述。

宇文化及自然是微不足道，可是宇文述可是开国大将，深得杨坚的看重，他卖宇文家一个面子，有利无弊。

先是宇文成都，又是宇文述，看来杨广是铁了心要把宇文家

拉到自己这边了。

【三十一】咄咄相逼

说话间马车停了，到了宇文化及的府邸，宇文成都掀起帘子来看了看便下了车，又转头道："你回去吧，小心些，东宫那边的事你等着杨广哥哥的消息就是了，不用怕。"

"嗯。"萧美娘颇有些感动，一直以为宇文成都就是个长不大的猴崽子，谁想到也有这样成熟的一面呢？

他日后一定会有所作为的，兰泽跟了他，的确是一个极好的归宿。只是兰泽身份低微，恐怕也只能是个妾室，以后免不了要被人欺负。

那丫头又懦弱胆小，她还是该想想办法，能让她风风光光的出嫁才好。

可能也是凑巧，萧美娘正想着兰泽的事，马车停了之后就是兰泽来伺候她下车。她的身子还是有些单薄，穿着厚厚的衣服看上去就那么小小的一点，可怜见的，萧美娘伸手捧住了她的脸，"冷不冷？"

兰泽抬起头冲她乖巧地笑了，"不冷，王妃快回宫吧。"

可能是有宇文成都这一层，萧美娘待兰泽从来都是把她当作一个惹人疼爱的小妹妹，在华沐苑也只让她做些轻活儿。

"今儿天冷，你青梅姐姐怎么让你出来了？"

"青梅姐姐被太子妃叫去了，萧姐姐就让我来接王妃了。"她说起话来也是软软慢慢的，就像是甜甜的奶糕，能化在嘴里似的。

萧美娘又生出几分喜爱来，"那太子妃找你青梅姐姐有什么事呢？"

“说是喜欢青梅姐姐画的花样子，让她去帮忙画几个。”

有闲心找人画花样子，大约也宽了心了吧，萧美娘伸手把兰泽搂进了怀里，“当心着凉。”

兰泽仰面朝她甜甜地笑了，自记事儿以来，何曾有人这样温柔地对待她呢？

以后不管发生什么事，都一定要保护好王妃，兰泽虽然是个柔弱的丫头，却又有比寻常人更加坚韧的心。

回到建章宫，独孤皇后去了杨坚那里，萧美娘便回了华沐苑，萧瑜正站在走廊下看下人们扫地，远远看到萧美娘也不说来迎她，反而一转身回了屋。

兰泽不明所以，萧美娘摸了摸她的头让她离开了，自己则进了屋，萧瑜就坐在窗下的软榻上拨弄着手炉里的灰。

“谁招惹你了？”萧美娘明知故问，在她对面坐了下来，萧瑜本来也就是个直来直去的性子，把手炉重重放到小几上，便不客气地问道：“你昨晚去哪了？”

“晋王府。”

萧美娘淡定而从容，仿佛不觉得这是一件多了不起的事，萧瑜越发生了气，“你是什么身份啊，你怎么能跟他回去呢？”

“我是他明媒正娶的晋王妃，怎么不能了？”

她了解萧瑜，萧瑜自幼被放在手心里长大，因此很娇纵，什么东西她说要就要，说不要就一脚踢开。而如今，突然有了一个杨广，可是她却不能像从前一样毫无顾忌地拿过来。

最要紧的是，她得不到的东西却被她最最看不上的萧美娘理直气壮地拥有着，这让她不舒服。

不是因为得不到杨广，而是因为萧美娘得到了杨广，这就是

一个被宠坏的小女孩儿的心思。

萧美娘之前一直忍让，甚至还有笼络的意思，可不得不说，萧瑜这一次激怒她了。

明明是她的夫君，却怎么好像是她抢了萧瑜的东西？

她原本就有些不快，好不容易和宇文成都骑了一会儿马才消散了些，如今又被萧瑜勾了起来。她冷冷地看着萧瑜脖子上的珍珠项链，“有些东西，我可以给你，自然也可以收回来。”

“你……”萧瑜一时语塞，她知道萧美娘生气了，可她也从来不是会受气的人，因此依旧没有退让的意思，“侧妃的位子是姨夫许诺给我的，我不过给你一个面子，你别得意！”

居然搬出了萧岿来压她，真是幼稚得可笑，“那你大可试试，你看看你的好姨夫会不会为了你和我翻脸。”

现在她是大隋的晋王妃，萧岿不过是依附大隋的一个藩国之主，认真说来，她的位置已经在萧岿之上了。

萧瑜也知道这个道理，可她却不甘心就此被萧美娘压一头，因此只顿了顿，冷笑道:“萧美娘，你以为你没有把柄在我手里吗？”

萧美娘蹙了眉，只是看着她不说话，不知道这所谓把柄是什么东西。而萧瑜则站了起来，一手撑着小几，一手抚上了自己胸前垂下来的珍珠项链，“燕燕于飞，参差其羽，真是让人感动的兄妹之情啊。”

“你！”萧美娘没忍住站了起来，“你说什么？！”

“你自己心里清楚。”看萧美娘被自己刺激到了，萧瑜得了意，骄傲地抬起了下巴，“萧美娘，你说晋王他会要一个水性杨花的女子吗？”

“你窥人私隐，也高尚不到哪里去。”如果是这件事的话，萧美娘是一点理都没有的，且不论杨广会不会不介意，单说杨坚和独孤皇后，恐怕都不会轻饶了她。

“我窥人私隐也比你私奔来得体面”，萧瑜一点都不怕她，“你逃婚就是为了和张宝成私奔对不对？我告诉你，这一件事就足够把你废黜了！”

萧美娘沉默了，她恨恨看着萧瑜，因为张宝成，这一局她已经尽落了下风。

逃婚的事杨广知道，可是他不问萧美娘也就不再提起，两个人都默契地把那件事当作没有发生，只要眼前的恩爱。

可是杨广一直以为她逃婚就只是因为不想认命，如果让他知道张宝成的存在，他会怎样？

萧美娘不知道，她也不敢去赌。

不是她不相信他和杨广之间的感情，而是不相信一个男人，一个骄傲自负的男人在面对妻子另有所爱时的自尊。

好不容易才争到手的幸福，她不能放弃，绝对不能。

于是她也不得不服软，“你想怎样？想当晋王妃？”

“说不想当晋王妃那是谎话，可我知道，我当不了晋王妃。”萧瑜很坦诚，“有皇帝和皇后的信任，有晋王的宠爱，你晋王妃的位置已经是坐稳了的，我只要你实现你的承诺。”

“侧妃的事我从来没有要毁约，但是现在不是好的时机。”

“是吗？”萧瑜慢慢走上前，贴近了萧美娘，鼻尖几乎都要碰到一起，眼神如同利箭，看着萧美娘的眼睛。这样的气势和压迫，让萧美娘都有些慌，只听她慢慢道，“你真的从来都没有动摇过吗？”

一字一句，落进萧美娘耳里如同毒药，她开始无措，萧瑜满

了意，这才退开几步，又坐回了位置上，“我等不了，什么时机不时机的，难不成时机一直不到我还要等一辈子吗？”

“现在东宫的事闹成这样，你还要让阿广纳妾？”萧美娘急了，“你能不能懂事一点！”

“你放心，只要你不独占他的恩宠，我不会和你过不去的。只不过一个侧妃而已，何况这个侧妃的位置是姨夫给的，独孤皇后不会介意的。还是说……是你介意呢？”

萧瑜纯真的脸蛋儿上透露出来的算计让萧美娘心惊，她知道萧瑜从来不是小白兔，却未料是这样一只狡猾的小狐狸。

她每一步都算好了，把她能说的理由都一一驳斥了回去，好得很。

她真的很想告诉她，是的，我介意，我不想他身边有别的女人！

可是她说不出口，杨广为了拉拢宇文家的人都可以自降身份去帮宇文化及出头，自然也会为了拉拢别人而出卖自己的婚姻。

说到底，她和杨广的这一段姻缘，从一开始就是一场利益的交易罢了。他可以娶她，也可以娶别人，为了他的帝位，他什么代价都可以付出。

萧美娘像是就在那一瞬间看清了，她和杨广之间的关系，不是像和张宝成那样青梅竹马的纯粹爱恋，而是算计过得失之后的权衡利弊。不过是冰冷的政治联姻里偶然生出的温情，而这偶然生出的温情，才是最不足道的。

不是萧瑜，也会是别人，这句话她从前就跟自己说过，却没有像现在这样领悟得透彻。

“好，我答应你，册封礼一过我就请旨封你做侧妃。但是有一点，你不能影响他的前程。”

"他既是我的夫君，毁了他就是毁了我，我可不傻。"

萧美娘面无表情，萧瑜却露出了笑意，这只小狐狸虽然狡猾，却也还是稚嫩了些，一点都不知道掩饰。

"你说真的？"

"你要我给你立个字据吗？"

"那倒不用。"萧瑜看萧美娘失魂落魄的样子就很得意，"萧美娘，晋王妃又怎么样，你斗不过我。"

"斗赢了又怎样，都是身外之物。"

她们西梁王朝的人都信佛，可萧瑜对佛法却远远不够敬畏，因此反而道："是身外之物，可是我喜欢，我就是喜欢赢你。"

萧美娘只觉得很疲惫，不明白怎么好像一夕之间天地都变了呢？

她突然很想杨广能在她身边，能让她靠在他的肩膀上歇一歇。从小到大她虽然日子过得清寒，可是萧琮和张宝成都很照顾她，其他姐妹们对她的轻视她也是能躲则躲，像只乌龟一样的躲了十几年。她生在皇家，却自顾自地避开了一切争斗，自以为可以岁月静好的过一辈子。

可这一次，她没有办法再躲了，前面是风刀霜剑，后面是万丈深渊，步履维艰，生死刹那。

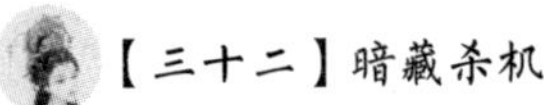

【三十二】暗藏杀机

日子又过去了许久，萧美娘没有刻意去数日子，只知道院子里的叶子落尽了，只剩下了枯枝向灰白色的天空伸展着，勾勒出一种清傲肃杀，倔强的姿态令人动容。

天气渐渐冷了，说是马上就要下雪了，年关也越来越近了，

只是杨广的归期还遥遥无期。

萧美娘听独孤皇后说，佗钵可汗突然病重，他的儿子庵罗和侄子大逻便就开始蠢蠢欲动了。早就有传闻说佗钵可汗要让侄子大逻便继承汗位，他的儿子庵罗便有些不高兴，佗钵可汗一生的梦想就是能南下征服中原，只是可惜风烛残年了依旧还在苦寒的边关。

因此庵罗似有南下的心思，想要立下一番轰轰烈烈的功劳，好压大逻便一头。杨坚就是听说突厥有异变才让杨广火速赶回了并州，只是不知道现在情况怎么样。

并州离突厥虽近但到底也不是边关，因此起了战事也一时不会被波及，听说杨广已经安排了人去突厥散布谣言，在挑拨庵罗和大逻便之间的关系，只怕大逻便不会轻易让庵罗出兵。

可这堂兄弟俩究竟是会为了汗位而互相牵制还是为了千古功绩而南下呢？

人心这东西，谁都说不准。

萧美娘叹了一口气，青梅已经取来了大氅帮萧美娘穿上，萧美娘捧了一个手炉便去了东宫妙云轩。她时常往妙云轩去，已经和云容裳很熟悉了，云容裳和婉谦逊，是个让人喜欢亲近的人，只是有时候遇上杨勇，总是让人不舒服。

好在年下事情多，杨勇不常在东宫，萧美娘也才能自由一些。

云容裳的身子虽然还是有些虚，可是将养着却也精神了一些，坐在床上做着些针线活，倒是一种安闲的心态。

看到萧美娘来了，她忙坐直了些，“你可来了，我等了你好久了。”

萧美娘脱了大氅走过去，笑道：“好好的等我做什么？”

云容裳把手里的活计递给萧美娘看，“听说你的手艺好，来帮我瞧瞧这朵荷花绣得好不好。”

萧美娘听说便坐到了榻沿上，云容裳出身不好，手便也很灵巧，萧美娘挑不出错来，“好得很，在给孩子做衣裳吗？”

“是”，云容裳露出母亲温柔慈爱的笑容来，“虽然有专门的下人做，可为娘的做一件小衣裳，到底是一份心意。”

那个不为人知的皇长孙，云容裳没有机会多亲近，恐怕是要把那一份呵护连带着愧疚一起还给这个孩子了。可怜的皇长孙，也不知道这一辈子还能不能认祖归宗了，萧美娘有些感慨，却只笑着说让她别太伤神，一面伸手帮她把了脉，“脉象不错，很平稳，孩子一定很健康。”

“借你吉言了。”云容裳又靠到了垫着的好几个软枕上，“也不知道为什么，腰特别疼，而且总是没力气，有时候头也晕，胸口也闷。可是找人看了又说没事，这孩子真是折腾人。”

“会折腾人才说明孩子健康聪明啊。”萧美娘看着云容裳已经凸起很明显的肚子，情不自禁地伸手摸了摸，心中也荡漾起一种温柔。

可能女人都有天生的母性吧，萧美娘不曾做过母亲也不曾体会过来自母亲的温柔，可是看云容裳这样幸福又满足，却也有些羡慕。

云容裳看着她，笑道：“你说的是，所以再难受我也都忍了……美娘你别羡慕我，总有一日也会轮到你的。”

萧美娘蓦地就想起了杨广来，一张脸便红了个透，“你再胡说，我就撕你嘴了！”

云容裳性情要比元芝灵活泼些，萧美娘和她在一起便也多了些随意，说着就果真要动手。云容裳一面笑一面躲，一面道：“我

明明是在说好话，你急什么？难不成你这个晋王妃还不帮晋王生孩子吗？”

“我让你再说！”萧美娘抓住了她笑着捏了捏她的脸，这才松了手，退后几步。

云容裳含笑整理衣裳，萧美娘看见她的针线活在两人玩闹的时候落到了地上，便弯腰去捡，谁知她们闹得太厉害了，活计掉得有些靠里，她不由得跪在了地上伸手去够。

云容裳低头看着，道：“要不让下人来吧，你仔细弄脏了衣裳。”

“无妨，就快够到了。”萧美娘也不抬头，只顾着伸手，却摸到了一个香囊般的东西悬在那床板上，“咦？”

“怎么了？”云容裳问道，萧美娘觉得有些蹊跷，却只是蹙着眉没声张，又探了探手，总算是把那小肚兜捡了出来。

她掸了掸灰，递给了云容裳，心里觉得不太对劲，只是不敢显露出来，笑道：“我还有点事，先走一步了。”

云容裳便笑着拉了拉她的手，“好，常来看看我，也好给我解解闷。”

萧美娘应了便出了门，等在外面的青梅看她神色不太对，小心问道：“公主，还去体仁堂吗？”

萧美娘没有回答，只是把右手放到鼻子下闻了闻，一股刺鼻的味道呛得她恶心。

麝香！

怪不得云容裳总是不舒服呢，怪不得她总觉得那屋子里的香味有些刺鼻呢，原来这才是罪魁祸首！

那这是什么时候放进床底的？

是要害元芝灵还是要害云容裳？

元芝灵之前也承宠却没有孩子，和这个又有没有关系？

太多的疑问一股脑儿冲进了萧美娘的脑子，让她整个人都有些乱，神色更是难看。

青梅看她只是脸色苍白又不说话，便着了急，“公主，说话呀，要不要找个太医去华沐苑？”

萧美娘看了她好一会儿，似乎才回过神儿，“不用，我们回吧。”

匆匆回到华沐苑，萧美娘就喊来了萧瑜，经过之前的事情，她和萧瑜也算是把话说开了。

反正萧瑜要的已经得到了，两个人现在还没到争宠的地步，何况东宫事关太子之位，她们自然是要站在一起的。

萧瑜听说萧美娘从东宫回来之后就喊她过去，知道必然是出了什么事，因此进了她的卧室也不多话，只问道：“出什么事了？”

萧美娘等她坐下后也不多说，只把手放到了她面前，萧瑜蓦地皱了眉闪开，“什么呀这么难闻？你赶紧去净手！”

萧美娘早就猜到她会是这样的反应，因此把手拿回来之后，只淡淡道：“麝香。”

“什么？！”萧瑜一听脸色都变了，“哪来的？”

“妙云轩。”

萧美娘把事情一五一十地说了，萧瑜的脸色便也却来越难看，“好阴毒的手段！被人弄死了都还在梦里呢！”

“你说，这是谁干的？”

“人心隔肚皮，我哪能知道。”萧瑜顿了顿，道，“但我觉得，这东西应该是云容裳搬进妙云轩之前就有的。”

“为什么？”

“云昭训住进妙云轩之后太子把妙云轩宝贝似的护着，不是

云昭训的心腹都只能候在外面，谁还能下手？此其一，其二，听说以前云昭训和太子殿下一同被独孤皇后训斥的时候差点儿小产是不是？你想，独孤皇后为人谨慎，就算不喜欢云昭训也会顾忌她怀的皇嗣，何况太子也在场，怎么也不可能做得太过分吧。”

“你的意思是，她那次差点儿小产，不是因为独孤皇后的责难，而是因为早就被这麝香损了身体？”

萧瑜点点头，给自己倒了一杯热茶，一面小口喝着一面看萧美娘苦思。

萧美娘想了想还是觉得有些不对，“如果是在云昭训住进妙云轩之前动的手，那就是要对付太子妃？可太子妃一直都不得宠，这又是何必呢？”

萧瑜放下杯子，“不知道，不过这东西不除掉，云昭训这个孩子必死无疑。”

萧美娘想了想，柳叶眉皱成一团，“我这就告诉她去。”

说着她起身要走，萧瑜却拦住了她，“你疯了不成？多少眼睛眼巴巴儿地等着这个孩子死，你这一出头要得罪多少人？”

“可那是条人命！”萧美娘不是不懂，可是这个孩子虽然还没有出生，她却也在一边一点点看着他慢慢长大，她狠不下心来。

“那又怎样，这皇宫这么大，最贱的就是人命。”萧瑜满不在乎，“反正是个昭训的孩子，生下来也就是个庶子，成不了气候，反而会挡了别人的路。你信不信，独孤皇后都不喜欢这个孩子。”

杨坚的子女都是独孤皇后所生，这是他们夫妻之间最骄傲的事之一，因此他们多多少少也都希望自己的子女能像他们这样。至少长孙该是正室的，可偏偏元芝灵不受宠，云昭训却怀了孕，这打破了他们的理想。

虽然都是皇嗣，可云容裳的出身实在是不好，他们一定是有过埋怨的。

萧美娘已经冷静了下来，不管她怎么不愿意，她都不能插手这件事，只能当作不知道。

“你说，想让这孩子死的，都是些什么人？”

“除了太子和云昭训，别的人不说想要他死，至少不喜欢他。”

东宫的姬妾自不必说，看重嫡庶的杨坚和独孤皇后，还有……

萧美娘几乎有些难以面对自己，杨勇的孩子，如果是个男孩儿，杨广的路就只会更难走。所以，她其实，如果不是这些日子她和那孩子有了感情，她也不会希望他生下来。

原来自己这么自私，这么不堪，以至于明知道这孩子危在旦夕，却连救他一命都不敢。

她无力地跌坐在凳子上，萧瑜虽然不太理解，可是看她这样却也没有就走，而是坐在对面看着她。

萧美娘脸色很不好看，甚至比刚从妙云轩出来的时候还要难看，手里握着茶盏，指节因为用力而泛白，萧瑜只觉得她快要把那茶盏捏碎了。

她知道萧美娘陷在天人交战里，可是她却没什么耐心等她，因此只道：“我不管你怎么想的，云昭训这个孩子是死是活都和你没有关系。”

因为他是庶子？因为很多人都不想他活？

萧美娘只是苦笑着摇摇头，“你让我再想想……”

【三十三】猝然小产

萧瑜还想说什么，青梅却走了进来，“公主，宇文公子来了。”

宇文成都自从要跟着南征之后就一直勤练武艺，已经是许久不上门了，现在来肯定是有正事，萧美娘忙道：“让他进来。”

萧瑜果然皱了眉，“你让他进来做什么？”

萧美娘不欲和她多说，“你先回去。”

看萧瑜只是坐着很不乐意的样子，萧美娘便加重了些语气，“回去！”

说话间宇文成都已经进来了，萧瑜看了他一眼，这才不情不愿地起身拂袖而去，经过他身边的时候却连正眼都没看他，显见的是不待见了。

宇文成都不和她计较，反正他们是相看两厌，没什么可说的，大大方方地坐了下来。萧美娘给他斟了一杯茶，“有什么事吗？”

宇文成都从袖子里掏出了一个小竹管，“杨广哥哥先前让人去查的事情，查到了。”

萧美娘一听就紧张了起来，忙接过竹管取出了里面的信笺。

“杨广哥哥找人查了一下那个死在东宫的宫女和自尽的小齐，发现他们的家人都得到了不少的赏银，是宫里的人给的。”

萧美娘粗略看了一下便放下了信笺，“有什么不对吗？拿金银去堵住他们的嘴，不是常用的手段吗？”

“小齐是被人利用了去才枉死的，这不奇怪。可那个淹死的宫女，对外都说是失足落水，既然是失足落水何必要给那么多银子，这不是欲盖弥彰吗？”

萧美娘细想了想，“你的意思是，那个宫女身上一定发生过什么见不得人的事，所以才要打点她的家人？”她明白了宇文成都的意思后就蹙起了眉，“那个宫女是谁的人？”

“王良媛的。”

王良媛也是凭借容貌而得了杨勇宠幸的，嫉妒云昭训便也是情理之中的事。可王良媛虽然跋扈了些，看上去倒是个没什么心计成算的人，借死了的宫女吓云容裳倒还好，重华宫夜宴和这麝香的事要的却是周密的计划。

“你说，会是同一个人吗？”

宇文成都摇了摇头，“不好说，现在云昭训怀着孩子，人人都恨不得她有个什么意外呢。”

一句话正好戳到萧美娘的心事，她微怔，轻声问道：“那你呢？”

“我？”宇文成都没想到萧美娘会这么问，可他没怎么犹豫就满不在乎地耸了耸肩，“我一个闲人，不管你们的事。不过我和杨广哥哥关系最好，私心里为他着想的话，我也不希望她生下孩子来。”

原来连最最单纯的宇文成都也是这么想的，那她又在坚持什么呢？

宇文成都看萧美娘似乎有些不对劲，便也蹙了眉，“你怎么了？”

萧美娘咬了咬嘴唇，看着宇文成都干净的眼神，好一会儿才轻声道：“当时你让我救兰泽的时候，你还记得你说了什么吗？”宇文成都有些疑惑，萧美娘也不管他记不记得，自顾自说道：“你很不高兴地对我说，宫里的人都面冷心硬，你以为我是不一样的，这句话我现在，还给你。”

“这不一样的。”她话音刚落宇文成都就迫不及待地反驳，“兰泽是个好姑娘，她和所有的事情都没有关系，干干净净的我当然要救。可这个孩子…….”

“这个孩子也是无辜的！”

萧美娘声音大了些，打断了他，宇文成都便也急了，急得一拍桌子，“生于皇家，何来无辜？这个道理我都懂，你怎么不懂呢？”

“可是……”萧美娘一时语塞，顿了顿，“佛家说，诸恶莫做，共证菩提……”

“我不信佛，我只知道儒家说，穷则独善其身，达则兼济天下，现在这天下还不知道是谁的，也轮不到你去救。”

一句话如同一声惊雷，让她清醒了不少，萧美娘，你醒醒吧。

可她还是有些倔强，虽然已经不再固执，却喃喃道：“我普度不了众生，可我只想能度一个是一个……”

宇文成都看她有些失魂落魄的样子，说不出的心疼，若是杨广在这里，一定会抱抱她的吧。可是他什么都做不到，只能坐在一边看着她这样，一边道：“乱世里，人得先度了自己。”

“是啊，要自己成全自己。”

张皇后跟她说的这句话她一直都记得，她总觉得这句话里有禅理，只是参不透。现如今像是有些领悟了，细细想来却又是一种苦涩。

宇文成都看她只是喃喃自语，声音小小的也听不清她说什么，正在想要怎么开解，兰泽却冒冒失失地闯了进来，“王妃不好了，云昭训小产了！”

“什么？！”萧美娘太过惊诧，不由自主地站了起来看着神色惊慌的小丫头，“你可不要胡说。”

“真的呀，皇后娘娘已经赶过去了，那王妃你要不要也过去？”

萧美娘脑子飞快转着，怎么她一走就出了事呢，她刚刚把脉的时候虽然身体虚弱，可是也没看出来有要小产的迹象啊。

宇文成都知道这事非同小可，可萧美娘已然呆愣在那里，他转身对着兰泽道："伺候王妃更衣，现在就过去。"

兰泽点点头，却又红了脸，朝着眉头紧锁若有所思的宇文成都道："那个，你要不要，先出去……"

宇文成都一想，也红了脸，打了帘子就出了屋，出了这么大的事，华沐苑也已经有些骚乱了。好在萧瑜平日里说话做事说一不二，宫人们都服她，如今虽然一个个都惊疑不定，但也没出什么大娄子。

没过一会儿萧美娘就出来了，朝着他道："你先回去吧，别的我们改日再说。"

说着也顾不上管宇文成都，扶着青梅就往东宫去了。

还没进东宫就看见外面的龙辇凤轿，杨坚都来了，看来这孩子是真的没能留住。

萧美娘喜欢那孩子，原以为自己会难受，可真到了这里，却也只是觉得有些可惜，也不知道自己是被宇文成都几句话说通了，还是她骨子里就是这样的自私。

东宫的人看是她来了也不阻拦，领着她去了妙云轩，果然，杨坚和杨勇正坐在外间和太医说话。她匆匆行了礼就往里间去，独孤皇后和元芝灵都已经到了，屋子里是浓浓的一股血腥气，令人作呕。

独孤皇后看见她便朝她招了招手，面色凝重，萧美娘过去行了礼，知道有话要问她，不敢就起身。

"你今日来把脉的时候，阿云怎么样？"

"回母后，儿臣来的时候脉象很平稳，也不知道怎么会突然就……"

云容裳已经醒了，面色苍白，看上去虚弱得很，连眼睛都睁不开，只是轻声道：“母后，别怪美娘，都是儿臣的不是。”

元芝灵看独孤皇后不让萧美娘起身，也不知道她是不是真要治萧美娘的罪，忙道：“是啊母后，美娘也被吓到了，您别再让她惶恐了。”

独孤皇后却不为所动，只冷声道：“我问你，你来把脉，可有什么事瞒着我吗？”

萧美娘连忙摇头，“没有，母后，儿臣怎么敢欺瞒母后呢？云昭训身子虚，她也常说自己或头晕恶心，或胸闷腰疼，儿臣以为这都是正常的，所以并未往心里去，别的一概没有了。”

独孤皇后脸色还是不大好看，元芝灵看她像是真生了气，也不知道该怎么劝。反而是云容裳，虽然一直不得她喜欢，却道：“母后，臣妾自己怀着孕尚且对妊娠一知半解，何况美娘还只是个未过门儿的待嫁新娘呢？她也不是专门的大夫，就是太医，一时疏忽也是有的，母后不要责怪她了。”

独孤皇后听这话有理，又看萧美娘跪在那里，身量小小，楚楚可怜，面色稍缓，便让何姑姑把她扶了起来。

萧美娘心有余悸，方才独孤皇后对她那般疾言厉色，分明就是怀疑她有所隐瞒。不管是出于何种原因，她这一隐瞒终究是害了皇嗣，辜负了她的信任，难怪她生气。

可独孤皇后正在气头上，她也不知道该说些什么，只能向云容裳露出了一个感激的笑容。云容裳虚弱回以一笑，看出她面有难色，方对独孤皇后说：“都是臣妾不好，没能保护好皇嗣。”

独孤皇后虽然一直不喜欢云容裳，此时听她这么说却也生出几分怜悯之心来，“你不要胡思乱想，好好养着吧。”

萧美娘看独孤皇后只顾着和云容裳说话，便转过去看元芝灵，元芝灵却只是低着头，也不知道在想些什么。萧美娘悄悄拉了拉她的手，她像是吓了一跳，抬起头来看着她，居然还有些蒙，过了好一会儿才朝她笑。

她这是怎么了呢？萧美娘知道她向来胆小，莫不是被吓到了？

这时候杨勇亲自端着药进来了，看到独孤皇后也不说行礼，径直去到了云容裳身边，“可好些了吗？”

云容裳看独孤皇后有些不高兴，忙冲他使眼色，杨勇这才反应过来。

独孤皇后只是轻哼一声，“太医怎么说？”

“回母后，太医说这是阿云身子太虚，这几日恐怕忧心劳碌了，所以才会如此。”

把麝香做成香包悬挂在床底，日积月累地杀人于无形，就连太医也看不出来，真是歹毒又谨慎。这样的人藏在这东宫，以后这些姬妾都要受罪，虽说杨勇子嗣单薄对杨广有利，可这些都是花儿一样的女子，凭什么就要受这样的罪？

到底还是做不到真正的冷心冷情，袖手旁观。况且独孤皇后方才虽然饶过了她，可谁知道她心里是不是存了芥蒂呢？

【三十四】出言挑拨

杨广说了，独孤皇后的势力在前朝后宫都不容小觑，她绝对不能因为这件事失宠于她。正不知如何是好，独孤皇后却起身说要走，并没有喊萧美娘一起，这是冷落她了。萧美娘心里一紧，忙跟着起身，“儿臣和母后一起回去吧。”

独孤皇后倒也没说什么，只是点了点头，萧美娘便像往常一样上去扶住了她。到了含章殿门口，独孤皇后道：“你先回去吧，

不用来我这里伺候了。”

虽然还是柔声细语，可是萧美娘自幼察言观色长得这么大，自然感受到了其中的疏离。若单单是失了独孤皇后的信任也就罢了，现在独孤皇后心里还是承认杨勇是太子，她要是怀疑是她萧美娘为了帮杨广上位而下的手，那可就完了！

于是她也不管边上还有宫人在看，扑通就跪在了独孤皇后面前，“儿臣有罪。”

独孤皇后反被她吓了一跳，“怎么了？”

“儿臣有事欺瞒了母后。”

独孤皇后一听就猜到了八九，便沉下脸来，“跟我进来。”

萧美娘低声应是，跟着进了含章殿，依旧端端正正地跪在了独孤皇后面前，独孤皇后也不说让她起身，只冷声道：“你说。”

“其实云昭训小产，的确是因为体弱，可是这体弱背后，另有原因。”萧美娘想了想，尽量让自己看上去显得无辜，便委委屈屈道，“儿臣先前去给云昭训把脉的时候，觉得妙云轩里燃的香有些古怪，因此怀疑云容裳体弱和暖云香有关系。云容裳送了一包暖云香给儿臣，却并没有问题。儿臣本想和母后说，可是无凭无据，暖云香又是太子殿下特意找人调制的，又不敢说，谁知今日酿成大祸……”

萧美娘揉了揉鼻子，带了些哭腔，“儿臣有负母后所托，请母后责罚。”

她不敢抬头，只偷眼瞥到独孤皇后慢慢转动碧玉扳指儿的手，她知道那是她在咀嚼她的话，看看究竟几分真几分假。萧美娘一颗心提得老高，大气都不敢喘，铜博山炉里燃着的檀香也没有办法让人安静下来。过了好一会儿，萧美娘才听见头顶传来一声“过来”，抬起头，独孤皇后的脸色柔和了不少，朝着她伸出了手，声音也温柔了许多。

萧美娘这才彻底松了一口气，慢慢起身走到了独孤皇后身边，独孤皇后拉过了她的手，轻叹了一口气，“都是他们自己作孽，美娘，你不要自责也不要害怕，人各有命，与你并无关系。”

萧美娘只是点头，并不敢多说什么，倒是独孤皇后想了会儿，道：“这事也不能就这么算了，若由着奸人为非作歹皇室尊严何在？”

说罢，她唤来了何姑姑，“妙云轩刚没了孩子，有些晦气，让人好好清理。”

何姑姑是个通透人，应了一声就去了，萧美娘暗自庆幸，那香囊迟早会被独孤皇后找到的，她也正好把这个烫手山芋丢给她，免得自己惹人怨恨。

所以，果然人不管说得多么冠冕堂皇，想得多么大公无私，临了了还是会选择保护自己。萧美娘有些沮丧，却也有些释怀，她自己也清楚，这条路要一直走下去，她不能永远是以前的那个萧美娘。

只是改变来得猝不及防，她都还没有准备好，就要接受一个新的自己。

独孤皇后看她神色不对以为是疲乏了，因此好心让她去休息，萧美娘便起了身。外面的小宫女刚给她打起帘子，独孤皇后又喊住了她，“闲来无事去太子妃那里看看，那孩子胆子小，又喜欢胡思乱想，你去开解开解。”

萧美娘应了声是，离开含章殿的时候差点儿红了眼眶，独孤皇后还让她去东宫就说明她还是相信她。

她没有因为这件事失去独孤皇后这靠山，也没有因为自己的优柔寡断而拖累杨广，心里一块大石头总算是落了地，她像是得到了新生，几乎要喜极而泣。

已经入了冬了，天也总是阴阴的，萧美娘站在廊下长长舒了一口气，凉凉的空气让她一个激灵，鼻子有些刺痛，人却清醒了不少。

含章殿以椒涂墙本就暖和，又燃了檀香，倒让人有些昏昏欲睡。现在灵台一片清明，萧美娘并不想回华沐苑，青梅不在身边，便一个人往御花园去了。

走的是先前杨广带她走的小路，人迹罕至但是难得清静，适合现在的萧美娘，不用去想那么多，只要放空自己就好了。

究竟已经是冬天了，饶是御花园也是萧索的，枯黄的草和尚未被扫去的落叶落在鹅卵石铺的小路上，墨绿色的青苔颜色深得有些发黑，点缀着破土而出的老树根，说不出的沧桑。

她踏着绣了朱鸾的鞋子不紧不慢地走着，披着白狐斗篷，风清扬起她鬓边的碎发，拂过她绝丽无双的脸，就像是误入凡尘的仙子。

元芝灵一直跟在她后面，只是她浑然不觉，走在曾和杨广一起走过的路上，便是西风吹在脸上微微有些刺痛，心却也有那么些温暖。

马上就要过年了，也不知道他能不能回来，而眼前的困扰和烦恼，仿佛只要想到他，只要想到他那天抱着她说的“等我回来娶你”，就能够烟消云散。

不知不觉，杨广已经成了她最大的慰藉。

能和一个倾心相恋的人过一辈子，就算要面对那许多的风刀霜剑，其实也已经是很幸运了。

想着，她嘴角不禁微微上扬，仿佛连想到他都是一件令人开心的事。

渐渐走至幽僻处，她想要回身，却听见有人语，像是宇文成都在那里。萧美娘起了好奇心，踮着脚尖循声而去，果然看到他在那里和一个小姑娘说话。

那小姑娘正是兰泽，这两个人是彼此的玩伴，亲密得不得了，只是在建章宫多有不便，因此他们也只好在外边说说话。

一个是高大的少年，一个是娇小的少女，看上去很是般配，又有青梅竹马的情谊，唯一的遗憾就是兰泽出身不好，否则这也该是一对璧人。

隔得有些远，萧美娘听不到他们在说什么，只是像有一种温柔在心里化开，有的时候，看见别人的幸福也是一件幸福的事，至少能让人相信这世上不是只有冷漠和疏离，也有简单纯粹的真心相待。

元芝灵跟在她后面，见她止了脚步像是在窥探什么，便也走上前去轻轻拍了拍她的肩膀，萧美娘吓了一跳差点儿喊出声来。见是元芝灵，她舒了一口气，拍着自己的胸口，“你怎么悄没声息地出来了，倒把我吓了一跳。”

元芝灵微微一笑，“那是你看人家看得太着迷了，我的脚步声都没听到。”

她已经看见了宇文成都他们，便也差不多猜到了萧美娘的心思，“想把兰泽给宇文公子？”

萧美娘对元芝灵是没什么好隐瞒的，点了点头，“我是有这个打算，只是又舍不得让兰泽当妾，以后要是再有个厉害的主母，

岂不是要受委屈？”

“当妾又有什么不好？人家常说妻不如妾，人家当妾的可过得比正妻风光呢。”

听元芝灵这语气就知道她在愤愤不平，云容裳小产的消息一出，正在和杨坚一起商量修订律法等事的杨勇居然不管不顾地跑回了东宫。这也就罢了，就连一向不大喜欢云容裳的杨坚和独孤皇后也一反常态地对云容裳嘘寒问暖，她心里自然不好受。

萧美娘也不知道怎么开解，她也是没见过像杨勇这样的人，私下里怎样且不管，居然连面子上的功夫都不肯做，让元芝灵这个太子妃如此尴尬。

她拉着元芝灵往回走，半晌才道：“话虽如此，可不管怎么说你才是太子妃，她们生的孩子总是要尊你做嫡母的。”

“嫡母？嫡母总不如生母亲，面上尊你敬你，背地里还不知道怎么算计你呢，女人啊还是该有自己的孩子才是。”元芝灵说着话锋一转，“宇文公子自幼和晋王交好，他若是再要了你的贴身婢女，那可就是真正的一家人了。”

萧美娘聪慧，自然听出了她话里的意思，杨广的抱负她清楚，旁人自然也猜得出。她和元芝灵一个是太子妃，一个是晋王妃，其实为了彼此的夫君，她们原本应该是对手。

萧美娘不由得多了几分防备，因此只笑道：“要这么说我还有些怕，阿广和成都是臭味相投，他们要成了一家人，还不知道要怎么淘气呢。”

元芝灵只是笑笑，“说得也是。”

萧美娘不知怎么，觉得元芝灵那笑里有一些别的意思她看不大懂，却又不敢去问，仿佛一深究就是她刻意逃避的事。

她有些不想和元芝灵再说这个了，转而道：“天这么冷，你怎么出来了呢？”

“外面是天冷，可是待在东宫，心寒。”元芝灵笑着摇摇头，东宫乱糟糟的都是为了云容裳，她一个太子妃却只是个花架子，实在是尴尬。

看萧美娘没应声，元芝灵试探似的小心开口，“美娘，你就不觉得云容裳这小产有些蹊跷吗？”

“怎么说？”

萧美娘隐隐有些不安，总觉得元芝灵像是知道些什么，多了几分小心。

元芝灵似毫无察觉，缓缓道：“你日日为她把脉都好好的，怎么孩子说没就没了呢？你瞧今日在妙云轩，母后那般对你，我都替你捏一把汗。”

萧美娘听她这么说，觉得是自己想多了，有些不以为意，“你也糊涂了，哪有人会用自己的孩子做局的？”

元芝灵停了脚步，拉住萧美娘的手，凑上前去轻声道：“晋王如今被委以重任，太子殿下正不安呢，孩子以后还会有，可有的东西，说没就没了。”

“可就算是这样，那也……”萧美娘摇摇头，“我不信。”

“向来人心最难测，你为什么不信呢？”元芝灵看着她，眼神深了些，“还是说，你是知道些什么，所以不信？”

萧美娘不由得心一震，蹙了眉几乎是脱口而出一句，“你这是什么意思？”

元芝灵愣了愣，便露出无所谓的笑来，“我能有什么意思啊，太子虽是我夫君，可你才是我最亲近的人，我总是为你担心的，

怕你遭了别人的暗算。”

她说得很真诚，萧美娘很是感动，因此笑着安慰她道：“事情既然已经过去了，你我也不用再多说，母后自会去处理的。”

“看来，你是真的知道些什么，只是不想告诉我。”元芝灵看上去有些黯然，勉强地牵了牵嘴角，“你现在，也和云容裳好了，所以就冷落我了。”

“怎么会！”萧美娘没想到元芝灵居然会这么想，忙解释道，“我就是担心你会胡思乱想，会害怕，所以才不告诉你，你若是因此误会我，那我可就冤枉了。”

“所以……”元芝灵问得有些着急，显见的是心慌，“她是被人害的？是什么人？上次晚宴下毒的人吗？”

她抛出了这一连串的问题，萧美娘有些无奈地笑笑，“我又不是神仙，哪能知道这些？总之你不要多想，与你无关的。”

“怎么无关？这次害了云容裳，谁知道下一个是谁？美娘，你要是知道什么，一定要告诉我。”

萧美娘看元芝灵红红的眼眶，感觉得到她内心的恐惧，因此道：“也没别的，我就是觉得云容裳屋子里那香有问题。”

“暖云香？”

“是，可也就是我的猜测罢了，你可千万别往心里去。”萧美娘故作轻松地拍了拍她的肩膀，“你放心，没人能害你。”

“那就好。”元芝灵笑着握住了萧美娘的手，往她肩上靠了靠，“虽然我比你大一些，可是美娘，这宫里我能依靠的，只有你了。所以你不要害我，也不许骗我，更不许不管我。”

撒娇似的语气让萧美娘又是心酸又是宽慰。心酸的是元芝灵出身高贵，娇生惯养的千金小姐，这些年在东宫，过得也实在是委屈，宽慰的是她终于有一日也能被人依赖和需要。

于是她抱住了她，安抚地轻拍着她的背，“你放心。”

元芝灵在萧美娘怀里窝了一会儿才抬起头，“东宫太乱了，我就不拉着你过去了，以后再来陪陪我吧。”

【三十五】云中来书

萧美娘看着东宫也不远了，也不想再去蹚那蹚浑水，自然没什么意见，和她告了别就回了建章宫，恰巧在宫门口遇见了一同回来的宇文成都和兰泽。

兰泽看见她慌忙行礼，小脸儿红彤彤的，萧美娘没忍住打趣儿了一句，“怎么脸冻得这么红，快让你青梅姐姐给你添件衣裳去。”

兰泽看着她痴痴笑着，都不好意思地低了头，萧美娘爱怜地把她拉到了自己身边，才把目光落到宇文成都身上。

他也正巧看着他，在军营待了这些日子，看上去成熟了些，眉宇间也多了些坚毅之色。

两个人四目相对，他便不动声色地转过目光，看着兰泽，“你快去添件衣裳吧。”

兰泽应了一声却只是站在萧美娘身边不敢就走，萧美娘看着她只是笑，“现在有的人说话比我的话还好使了，你还不快回去呢。”

兰泽一听这话脸红了个透，像只兔子一样跑了，萧美娘一直含笑看着她的背影，宇文成都却好似并不在意，正色问道：“情况怎么样？”

萧美娘有许多话要说，因此侧了侧身子，“进屋说吧。”

屋子里笼着火盆，暖烘烘的，萧美娘一边站在火盆前烤着手，一边把事情告诉了宇文成都。宇文成都坐在桌子前蹙眉，“太子

妃的话也不是没有道理，这个孩子好好的突然就没了，除非是云昭训自己下的手。”

“我不信世上会有母亲利用自己的孩子来陷害别人。”萧美娘看着宇文成都，“你们都把人想得太狠心了。”

宇文成都不置可否，“或许吧，不过你也把人想得太善良了。”

萧美娘不再作声，默默烤着火，宇文成都转着手里的茶盏，也不再说话，屋子里一下子安静了。

安静令人尴尬，萧美娘倒是神色如常，宇文成都却有些不自然，东看西望不安分，惹得萧美娘忍不住摇头道：“你真是连一刻安静都做不到。”

宇文成都只是冲她一笑，萧美娘知道他是无聊，便也走过去坐到了他对面，“方才和兰泽在一起？”

“嗯。”提到兰泽，宇文成都便像是变了一个人，脸上的嬉笑都不见了。

萧美娘没有察觉，笑得别有深意，“也不是小孩子了，一见面就有说不完的话，也不知道你们在干些什么。”

“你总算不觉得我是小孩子了。”宇文成都冷不防说了这么一句话，里面有几分无奈，让萧美娘有些摸不着头脑。而宇文成都却也不等她想明白，忙问道，“你真想让我收了兰泽？”

他语气有些急，萧美娘便笑了，“这么着急，等不及了？”

听萧美娘这么说，宇文成都红了脸，说是害羞，却又像是着急，“萧美娘，你……”

明明是急匆匆的一句话，临了了他却又咽了回去，再开口时却已经是黯然，坐在那里有些颓丧，“我知道了。”

萧美娘隐隐猜出了这个少年的心事，也很感激他没有把话说破让两人难看，可现在这样的情形，她却也不知道还能说什么，因此只默默喝茶。

还是宇文成都等自己手里的那盏茶凉得差不多之后，放下了茶盏，慢悠悠道：“我会收了她的”，说完他顿了顿，又轻声补了一句，“为了杨广哥哥。”

萧美娘蹙了眉，“什么叫为了杨广哥哥？成都，你是真心想要她吗？”

“我是不是真心，你也该知道。”

一句话把萧美娘千万句大道理堵了回去，看着宇文成都再也说不出话来，不能再继续说下去了，有些话就该点到为止。

“罢了，你要没什么事就回去吧，我今天也累了。”

宇文成都也不再多说，起身连个招呼都不打就走，像是在和谁生闷气。

萧美娘看了心里也有些难过，可这样的事却最是恼人。世上这些因因果果就像是无数根线，缠绕在一起，剪不断，理还乱。

独孤皇后说妙云轩晦气，特意找高人来作了法，暗中把事情查了个透。

萧美娘卸了东宫这个大担子也轻松了不少，一日日地反而乐得自在，虽然心里还是闷闷的，可眼看着下了第一场大雪，大兴宫成了一个琉璃世界，也让她稍稍展颜。

江陵地处南方，地湿气暖，几个小丫头都没见过这样的大雪，吵着要去外面玩。萧美娘也不约束她们，只不过不管青梅和兰泽怎么撺掇她，她也不愿意出去，总说畏寒。

仿佛没有了那个人在，就连这样的雪景也可以轻易辜负。

第一场雪，要和你赏才是。

独孤皇后把东宫的事情接了过去，她也就乐得清闲，只日日去含章殿请安伺候，别的一概不管。这日在窗下看书看得乏累了，听人说有并州来的书信，萧美娘便放下书伸了个懒腰，起身想去含章殿问问独孤皇后杨广的归期。

建章宫的路已经被宫人们清扫了出来，只是踩着还是有些滑，萧美娘走得很小心，生怕出丑。好容易走到连廊，才能扶着栏杆慢慢欣赏开皇元年的第一场雪。

骤雪初霁，琼枝玉叶，浩然一色，她扶着栏杆看了好一会儿，只觉得心上似有一种凉莹莹的抚慰。雪像是有一种冰香，带着世人千丝万缕的情绪，凝结于此间，折射出别样的光彩。

落了片白茫茫大雪真干净，这场雪要是能把所有的污浊掩埋就好了，萧美娘轻叹一口气，又往含章殿去。

小宫女给她打起了帘子，她轻手轻脚走进内室才看见原来杨勇和元芝灵都在，坐在独孤皇后下首，一个个都低着头，显见的是刚刚才被训斥过。

萧美娘大叫尴尬，也只好硬着头皮行了礼。独孤皇后见是她来了，面色稍缓赐了座，转而对那两个人说："这样的脏东西以后不许再出现！否则本宫绝不轻饶了你们！可听明白了？"

"儿臣明白。"两个人连忙应是，萧美娘这才看到独孤皇后面前的托盘里有一个锦绣香囊，想来是从妙云轩搜出来的了。

"勇儿你先去吧，太子妃留下。"

杨勇头都不敢抬，连忙去了，元芝灵则更加忐忑，两只手攥着她的帕子，委委屈屈地看了萧美娘一眼。

萧美娘给了她一个安抚的眼神，却见独孤皇后犹自在思索，不好开口，便也只好坐在一边低着头等。

果然，独孤皇后的声音严厉，“这件事情闹大了，面子上不好看，可也不能就这么算了让小人得意。”她顿了顿，“本宫便命你们两个人去把这件事查清楚，不管结果如何，只告诉本宫一人，不许有任何隐瞒！”

萧美娘还有些蒙，不知道这事怎么又摊到了自己头上，真是今日不宜出门。

元芝灵也不比她好多少，有些为难的样子，“母后，单凭这一个香囊，可怎么查呀？”

“慢慢查，坏事做多了，总会露出马脚的。”独孤皇后似不经意地瞥了她一眼，吓得她一个哆嗦，感觉头皮都有些发麻，慌忙低了头。

“云昭训这几日怎么样？”

元芝灵听独孤皇后突然问她话，居然愣了一愣，“云昭训搬回醉花居之后一直在养身子，一日日的已经好起来了，母后不必挂怀。”

“那就好，你告诉她，孩子没了便没了，好好养着，不许怨声载道。”

“是，云昭训一直都很懂事的。”元芝灵只觉得自己衣服都要被冷汗湿透了。

“去吧。”

独孤皇后像是也乏了，往后仰了仰靠到了软枕上，伸手揉了揉肩膀，萧美娘连忙过去服侍。独孤皇后很有些安慰，看元芝灵出去了便拍了拍萧美娘帮她揉肩的手，拉着她坐到自己身边，“也就是你，不让我生气。”

萧美娘抿嘴一笑，“太子殿下和太子妃也都是极孝顺的，儿臣只不过是近水楼台罢了。”

“和阿广待的时间也不长，怎么把他的油嘴滑舌学来了？”独孤皇后的笑意总算进了些到眼睛里，“我知道你为了什么来，给你准备好了。”

说着她拿过一份书信，笑道：“这是阿广单单写给你的，抓在手里怪厚的，也不知道有多少体己话要说。”

萧美娘急于知道杨广的消息，面对独孤皇后的打趣便也只是微红了脸，默默拆开信看了起来。

信上洋洋洒洒说了不少并州的事，大到他怎么和突厥人周旋，小到有一天吃饭太急被鱼刺卡了喉咙，没有太多好听的话，读来像是他就在自己面前对着自己絮絮叨叨，可爱又亲昵。

他也还是一味地风趣，给她描述了不少并州风土人情，像是说书似的引人入胜，萧美娘不禁带了一抹笑意在脸上。

其实也不用他这么浪费笔墨，只要是他的信，哪怕只有一句“安好，勿念”，都已经足够了。

独孤皇后看萧美娘读信入了迷，便坐在一旁看她的神情，那脸上小女儿家特有的羞涩与欢喜，像极了从前的她。杨坚一直以来就不甘心居于人下，数次征伐，她也曾像萧美娘这样日日等着他一封家书，反反复复地读，生怕错漏了一个字。

也就是熬过了那些两地相思的日子，才换来如今的荣耀与殊宠。要论这夫妻情分恩义，还是杨广最合她的心意，外面的花花世界再好，又哪里比得过一个等着自己回家的人呢？

萧美娘细细读完信，忍不住又翻看了一边，信上的每一个字都像是糖块，在心间化开，丝丝甜蜜和血液一起融化在身体里，她微微笑着的时候那一对小小的梨涡里也像是盛满了糖浆。

她将信贴在心头，似有些意犹未尽，“多谢母后。”

独孤皇后也才回过神儿，笑问了一句，“都说了些什么？”

“他说事情多，恐怕不能回来过年了。”

字里行间满满的讨好只为了逗她开心，恐怕也就是为了这最后一句吧，萧美娘心里又漾起了些落寞。

你看这个人真是惹人厌，喜也由他，悲也由他。

独孤皇后自然明白她的心思，柔声劝慰道：“男人总是要以天下为重的，只有撑起了这个天，才能好好护着家，你说是不是这个道理？”

“是，儿臣明白的。”萧美娘细心地将信纸折好又装回了信封里，独孤皇后便就看着她，眼底泛起了笑意，“这么多张信纸，难道就只写了这一件事？”

萧美娘有些不好意思，“说了许多琐事，都不是要紧的，也不知道哪里来的那么多话。”

“男人都心大，能把琐事说给你听才是心里有你，阿广会是个好夫君。”

独孤皇后越想越觉得杨广实在是合心，只是可惜他命不好，没能早点出生，否则现在的东宫也不至于这么乌烟瘴气。

【三十六】贼喊捉贼

一想到那些事她就来气，便拉着萧美娘看桌上的香囊，“你瞧瞧，这是从妙云轩搜出来的，里面装的东西能要人命！东宫居然有这种脏东西，真是污人眼睛！”

萧美娘装作惊讶的样子，“难道云昭训是被这个害的？”

“可不是吗？不过这东西怕是云昭训搬进妙云轩之前就有了，居心叵测，我才不能轻放了她。否则她心存侥幸，以后更加要无法无天了。”

“那母后可知道是什么人做的了？”

独孤皇后有些愤愤，听萧美娘这么问她却也有些无奈，“藏得太深了，一点儿把柄都没有，我看她肯定不是第一次对人下毒手了。”

萧美娘顺着独孤皇后的背，劝道：“善恶终有报，母后别生气了。”

“这件事原本与你无关，只是太子妃懦弱经不了事，还是要你去帮衬着。”独孤皇后看萧美娘的眼神多了几分怜爱，甚至流露出了几分软弱，“这些事，母后只能拜托你了。”

独孤皇后是一个强势的女人，却在她面前用这样的语气说话，其中的意思不言而喻。萧美娘原本不想接这个烫手山芋，可现在却一定要接过来，为了独孤皇后对她的信任和宠爱，也为了杨广的锦绣江山。

只是独孤皇后的意思她不过是帮衬着元芝灵，可元芝灵是个没什么主意的，事无大小都要问她，萧美娘也是无可奈何。萧瑜看萧美娘为这事弄得焦头烂额，好歹还算是有些良心，时不时给她出出主意。奈何元芝灵胆子小怕得罪人，因此一连好几天下来却一点进展都没有，元芝灵急得要哭，惹得萧美娘都不大愿意往东宫去了。

萧瑜晚间在屋里伺候她卸簪环，一面问道：“事情还没有头绪吗？”

萧美娘看着镜子里的自己，这几天她仿佛都憔悴了不少，叹了一口气，“我便是有天大的神通，太子妃不想得罪人，我也是没办法的，这么闹下去，什么时候才是个头儿。”

萧瑜很是同情，却又无比理解元芝灵，“人人都怕得罪人，你也别一味地当那出头鸟。”

“你以为我想当？可这是皇后的意思，我能怎么办？”

“其实要我说云昭训的孩子既然已经没了，事情也该了结了，随便找个人出来顶个罪就完了。”

“你说得轻松”，萧美娘簪环尽褪，自己取过了梳子，一面道，“让谁去顶罪？这是要命的事。”

萧瑜没再说话，萧美娘也就对着镜子一面思索一面梳头，纤纤素手檀木梳，流云般的青丝滑顺如绸，要是什么事情都能像头发这样用梳子理一理就通顺就好了。

她放下了梳子，指尖轻轻按着头皮，“我实在是怕了她了，明日还是去找云昭训说说话吧。”

云容裳的醉花居虽然比不上妙云轩，却也是极好的一所院落，她身子早就养好了，只是懒得出门见人。可就不出门人又有些无聊，因此听说萧美娘来了她外衣都来不及披就出来迎她。“阿弥陀佛，总算有个人来陪我说话了。”

云容裳虽然和她认识得晚，可两个人性情脾气都合得来，倒有些相逢恨晚的意思。

萧美娘打趣道：“太子殿下日日都在这里，我哪里敢来？今日特地打听了殿下和陛下在议事我才敢过来的。”

云昭训穿得单薄，从冰天雪地里回到温暖如春的屋里便打了个冷战，听到萧美娘这话，她一面哆嗦一面去捏她的脸，“你这油嘴滑舌是和谁学的？看我撕了你的嘴。”

萧美娘笑着去躲，两个人闹着到了里屋，服侍的沁儿奉上了茶，她们这才能坐下来斯斯文文地说话。

“听说你最近很忙？”

“可不是，谁能比得过你的闲散？”萧美娘捧着茶盏小口小口地抿着，“君山银针，这么名贵的茶也只有你这里才能喝得上了。”

“君山银针，香气清高，味醇甘爽，久置不变其味，我猜到你要来，特意给你留的。”说着她举起了茶盏，“以茶代酒，君子如茶，敬你一杯。”

萧美娘也不说喝，反而放下了茶盏，偏着头笑道：“这么恭维我，怕是不怀好意吧。”

“就你心眼儿多。”云容裳笑着饮了自己的茶，并不介意，“我是有事要问你，却也不算是不怀好意。”

“那你问吧，我看看你要问什么再决定这茶喝还是不喝。”

萧美娘看着云容裳，她慢悠悠地将茶盏放到了桌上，长长的指甲轻轻敲击着茶盏，想了好一会儿才道：“我知道事情过去了，虽说要查可也查不出什么了，我就想问问你，你打算怎么办？”

“什么怎么办？我还不是要听太子妃的吩咐。”

“你别蒙我，太子妃那么个性子，肯定是一问摇头三不知，真正拿主意的还是你。”云容裳依旧是笑着，只是这笑意里却也藏了探究，变得有些假，“我不是要为难你，我就是想知道，你要怎么还我孩子一个公道。”

萧美娘低了头，眼看着细如松针的茶叶竖悬在嫩黄色的茶水中，忽上忽下，正如同她的心绪，浮沉不宁。

“这茶我怕是无福消受了，你想要的公道，大约……”

云容裳露出了些失望的神色，却很快又换了笑容，“无妨，我知道你们都有难处，我只是有些可惜……”她说着便哽咽起来，“算着日子他出生的时候正该是花开的时候，花开得那么好，他怎么就看不到了呢……”

萧美娘听她这么说难受得不得了，却又只能狠着心道：“这话别再说了，传到母后耳朵里，她会不高兴的。”

“我知道”，云容裳抹了抹眼泪，“就连殿下面前我都不说，只在你面前说说心里话。”

萧美娘起身走到她身边，手搭上了她的肩膀，“孩子总会有的，节哀吧。”

她这么说着，却想起了那日独孤皇后的话，她疾言厉色地让元芝灵警告云容裳不许口出怨言，那一定是听到了什么才对。云容裳的小心谨慎她是相信的，那么那些话是怎么传到独孤皇后耳朵里的呢？

真是有意思，居然连一个正经历着丧子之痛的母亲都要这样污蔑。

萧美娘叹了一口气，云容裳又道：“美娘，我是相信你的，你告诉我，你有没有怀疑的人？”

萧美娘摇了摇头，“无凭无据，怎好凭空污人清白？”

云容裳握着她的手，“你知道吗，这些天我一直在想，是谁这么恨我。我承认我是占了她们的恩宠，可我也时常劝殿下雨露均沾，好几次把他赶去了别人那里。还有其他出不了头的妾室，我也是能帮扶就帮扶。你说，她们怎么就这么恨我？”

萧美娘默不作声，只听她带着血泪控诉，“我自认没什么对不住人的地方，甚至都在讨好她们，生怕得罪了她们惹祸上身。你也说了，无凭无据不好污人清白，可有的人却偏偏恶语中伤，

害得我孤立无援，除了太子殿下愿意信我，我什么都没有。”

“更可恨的有一种人，她把坏事做尽，还能博个贤良名。”

萧美娘只感觉心一震，没忍住露出讶异的神色来。云容裳抬了头，笑得有些古怪，眼睛里的笑意像是绝妙的嘲讽，“‘魏武少时，尝与袁绍好为游侠，观人新妇，因潜入主人园中，夜呼叫云：有偷儿至。庐中人皆出观，帝乃抽刃劫新妇。’美娘，这《假谲》的故事，你一定听过的，对不对？”

萧美娘忘了自己是怎么离开醉花居的了，只感觉脑子糊涂得很，元芝灵跟她说云容裳在算计她，云容裳又说元芝灵才是把坏事做尽的人。

贼喊捉贼的故事，谁是贼？要捉贼的是谁？怕被贼捉的人，又是谁？

【三十七】私藏麝香

没过几日，宇文成都找来了那失足落水而溺死的宫女翠纹的家人，那满脸沧桑的农妇一提到女儿便哭得伤心，她说宫里的人给了她很多银两用作丧葬。

翠纹是王良媛锦画堂的大宫女，因此找来了王良媛对质。王良媛是个直爽的性子，毫不犹豫就承认了。

“翠纹是我近身服侍的人，她死了我多给些银钱下葬有什么不对的？难不成我体恤下人还体恤出罪过了？”

还是一味地趾高气扬，空有皮囊而全无心计，萧美娘知道她没有撒谎。

“体恤下人当然没有罪过，只不过你也体恤得过分了，欲盖弥彰。”

“什么欲盖弥彰？我才要说你血口喷人呢！”王良媛急了，“我知道你在找害云容裳的犯人，你要找就找，别拿我来顶罪！”

“谁说要拿你顶罪了？一码归一码，说的是翠纹的事，你扯到云昭训身上做什么？”

“你……”

王良媛知道自己论口舌是争不过萧美娘的，虽然不服气也不甘心，却也有些害怕，“好，一码归一码，翠纹的死与我无关，你放了我去吧。”

“翠纹的死或许与你无关，但是有人说翠纹曾经拿着你的令牌从宫外送了东西进来，这事你总不能再说与你无关了吧。”

“我……”王良媛一时语塞，好端端的怎么把这件事扯出来了？

“送的是什么东西？麝香吗？”

“不是！”王良媛出声为自己辩解，“不是那种东西，不是用来害人的！”

“那是什么？”

萧美娘坐在那里看着她神色慌张，自己则做了个咄咄逼人的坏人。王良媛真的被她唬住了，半天才支支吾吾道：“不过是一些催子药，我自己吃的，没害人。”她一抬头看萧美娘有些怀疑的样子，大概也是急着撇清自己，忙道：“你要是不信，大可去问那宫外的大夫，我没撒谎。私相授受是宫里的大忌，翠纹帮我做这种事，我自然要对她好一点，她无缘无故地死了，多给些银钱有什么错？”

“好了，我知道了。”萧美娘还算满意，这些天的努力究竟没有白费，于是她站了起来，“你先待在锦画堂里思过，待我回

禀了皇后再做处置。”

王良媛没什么话说就被带回了锦画堂，萧美娘看了还坐在那里发愣的元芝灵一眼，“怎么了？”

元芝灵看着她，“美娘，可惜你是个女儿身，不然世上还不知要少多少喊冤抱屈的人呢。”

萧美娘也只是笑了笑，因为云容裳的话，她对元芝灵虽然面子上还是一如既往的亲密，只是交心却少了。

元芝灵也不知道有没有察觉，萧美娘猜以她的敏感多思，肯定能觉出端倪来。她不是不相信元芝灵，整个大兴宫最想相信元芝灵的人就是她，可是她不敢去赌。她深知那在背后操刀的刽子手有多可怕，所以她不敢把自己赌进去。

怕再和元芝灵待在一起自己会演不下去，萧美娘匆匆走了，只留了元芝灵在屋里。

她今日梳了一个回心髻，只有两根简单的玉鸦簪缀在发间，玉光盈盈，她的眸色却深不见底。通水玉琉璃护甲紧紧扣着朱红漆香桌的桌角，像是要把那桌角掰断似的，洛黛站在一边有些害怕，怯怯喊了一声，“主子……”

元芝灵只转头瞪了她一眼，抽出一根玉鸦簪狠狠摔在了地上，簪子应声断为三截，看上去可怜得很。

且说萧美娘回到了含章殿便把王良媛交代的事情不敢隐瞒一五一十告诉了独孤皇后。独孤皇后听后沉默了许久，“那你的意思呢？”

“私相授受是大忌，儿臣认为应该秉公处理，不过……”萧美娘顿了顿，又道，“马上就要过年了，这是陛下建国都以来第一个新年，儿臣希望大家都好好的，也算是为大隋祈福，不如就罚王良媛禁足，等到除夕再放出来吧。”

独孤皇后蹙着眉，萧美娘站在她面前有些紧张，秋香色绣牡丹绫帕被她攥得皱巴巴的。好在独孤皇后露出了一抹笑来，“你倒是会说话，既不得罪人又能杀鸡儆猴，也会做事，美娘，本宫没有看错你。”

萧美娘悬着的心放了下来，笑道：“儿臣愚钝，什么都不懂，就只记得一句话，家和万事兴。”

“说的是，此事便罢了，这些日子闹得我头疼”，独孤皇后说着就闭上了眼，并着两指在太阳穴处按压着。

萧美娘走过去接过了她的手，“如今事情过去了，母后便好好休息吧。”

“哪里能休息呢，一交年关琐事就多得很，理不出个头绪来。”她顿了顿，抬头看着萧美娘，“我就盼着来年春天阿广早些把你娶进门，这样我就乐得做一个两耳不闻窗外事的老婆子了。”

“母后！”经此一事，萧美娘和独孤皇后的关系亲近了不少，便如同亲生女儿似的。她红了脸轻捶了独孤皇后的肩膀一下，撒娇似的，“您是做大事的，自然做不惯琐事，可您再这么打趣儿臣，儿臣也不帮您了。”

独孤皇后把她拉到身前戳了戳她的额头，“看把你惯的，都敢威胁我了。”

“母后慈爱，儿臣才敢如此。”说着，萧美娘也大着胆子偎进了独孤皇后的怀里，独孤皇后便抱着她，“只是可惜，成了婚之后，你大约是要和阿广一起去并州的。”

“不管在哪里，儿臣一定日日为母后祝祷，愿母后青春常在。”

独孤皇后生了五个儿子，虽有几个女儿却都在战乱中长大又

都早早地就出嫁，真正承欢膝下的时间并不多。要说起来，还是萧美娘更像她的女儿多一些，也难怪她对她宠爱有加。

只是想起萧美娘的身世，独孤皇后也免不了一番唏嘘，多好的一个丫头啊，怎么就生来不祥而被嫌弃呢？

“美娘，开春后的册封礼，按理来说该有娘家人到场的。”

独孤皇后知道萧美娘的身世，也多多少少听说过萧美娘在家时的处境，因此一直不敢说，生怕引起萧美娘的伤心事来。可眼看着婚期将近，也不得不提，否则到时公主嫁做晋王妃，娘家却没有人，伤的还是萧美娘的面子。

果然，一提起娘家人，萧美娘情绪都低落了些，轻轻“嗯”了一声，独孤皇后爱怜地将她鬓角的碎发别至耳后，“你告诉母后，想让谁来，只要你开口，便是萧岿母后都能把他喊过来。”

“我……”萧美娘何曾被长辈这样宠爱过，差点儿红了眼眶，却不敢太过失态，因此低低道，“儿臣在家不受宠，只有母后张氏和皇兄萧琮待儿臣最好，母后体弱，不敢惊扰，若是能见一见皇兄就心满意足了。”

萧美娘明明红着眼眶却依旧笑靥如花，人人都知道她的委屈，独她一直温顺懂事，就因为这样，才更加让人心疼。

独孤皇后默默叹息着，恨不能把萧美娘十几年来失去的呵宠一股脑儿塞给她，“好，不就是太子么，你嫁给我们杨家，什么都不用怕的了。”

萧美娘终是没忍住落下了泪来，前半生过得太苦，中间又经历了剜心之痛，可能都是劫数吧。她用前半生的苦，修来了一个杨广和一个独孤伽蓝，就在那一个瞬间，她仿佛都尽数相抵了。

王良媛被禁足了，虽然莫名其妙背了一个锅却也不算冤枉，何况只是禁足，小惩大诫，没什么话说。

云容裳心知王良媛不过是替罪羊，好心去探望过她，谁知王良媛一心以为是云容裳要害她。她也是愚笨，不仅把云容裳的东西拒之门外，还对她口出恶言，惹得杨勇不喜，生生断送了自己的前途。

不过这些事萧美娘是无心去管了，来年春天就是册封礼，半点儿也疏忽不得，独孤皇后吩咐了元芝灵来教她礼仪，又配了好几个教引嬷嬷。

元芝灵曾笑言，哪里是娶媳妇儿，比嫁女儿还费心，眼看着便过了大隋建朝以来第一个除夕。

妙云轩出过事之后元芝灵也没有搬回去，还是留在体仁堂，萧美娘便常常在体仁堂和她玩笑。有时候云容裳也会来，她冷眼旁观这两个女人明明彼此嫌弃厌恶，可说起恭维话来却一点儿都不嫌假，反而是她看着有些尴尬。

有时候她坐在两个人中间看她们说话，也不禁去想，这两个人在心里，又是怎么看她的呢？

说到底，猜来猜去，人心还是隔肚皮，何必呢？

萧美娘现在也学着不那么较真儿，有些事情说不得便不要去说，得过且过就好。反正不管她们怎么看她，她都是要走下去的，那既然注定要走下去，何必再去管流言蜚语。

虚情假意到底也是情意，不必当真。

那一日云容裳不在，元芝灵和萧美娘两个人在一处很是亲密，头挨着头一起看一副绣品。一会儿说这针脚密，一会儿说那颜色好，说得兴起，元芝灵笑道："我想起来了，上次找你家青梅那丫头帮我描了花样子，要不现在拿出来咱们一起绣着玩吧。"

“好啊，青梅画的花样子最好看了。”萧美娘一听就来了兴致，“你放在哪里了，我去取。”

“天冷后懒得动针，我让她们收在那上面的箱子里了。”元芝灵伸手指了指，果然那个大柜子上面还有几个小匣子，雕刻得非常精致。

元芝灵搬过了一边的梯子想要自己上去拿，谁知洛黛在外面说独孤皇后有话要吩咐她。

册封礼在即，很多事情萧美娘不便插手，独孤皇后便把元芝灵当成了左膀右臂，打定了主意要让元芝灵学着管事。可元芝灵又一直是懦弱没有主见的，因此最怕听到独孤皇后找她。

果然，她苦了张脸，“不知道我又是哪里做错了事，母后要责备我呢。”

萧美娘笑着把她从梯子上拉了下来，“好了你快去吧，说不定是好事呢。”

“好事怎么轮得到我？”元芝灵叹了一口气，转身出去了，留了萧美娘一人在屋里。

萧美娘等了好一会儿元芝灵都没有回来，她也不说着急，自己爬上了梯子去拿那几个小匣子。谁知那小匣子上面还有一个小小的缎盒，萧美娘没有看见，无意将那缎盒打落在地上。

萧美娘看那缎盒是攒金丝的，绣着精美的石榴，一看就知道装的是贵重的东西，只是怎么会放到那上面去呢？

她心里有了疑惑，回头看看并没有人在外面，便小心翼翼地打开了那个缎盒。

就在缎盒被打开的一瞬间，刺鼻的味道闯进了萧美娘的鼻息之间，她几乎被熏迷了眼睛，将那缎盒扔到了地上一下子退开几步。

定了定神再看去，原来那缎盒里装着的，是几块麝香。

像是有一股寒气顺着脊梁骨往上蹿，萧美娘脑子一下子就炸开了，头皮发麻。

为什么元芝灵会有麝香这种东西？

是不是其中有什么误会，还是有人要陷害她？

萧美娘感觉得到自己在发抖，她想到了所有可怕的阴谋，却独独没有想到，也不敢去想，最合情理的那一个解释。

那个令人恐惧而深恶痛绝，躲藏在东宫伺机而动，害了一条条人命的刽子手，怎么会是懦弱的太子妃？

空气仿佛都凝滞了，压在萧美娘身上喘不过气来，华美的宫室也仿佛变成了修罗地狱，令人窒息。萧美娘只想着要逃离，因此她将那缎盒收好后就匆匆走了，一路上走得飞快，青梅都差点儿跟不上。

好不容易回到了华沐苑，萧瑜和兰泽看她一副像是被鬼追赶的样子都吓了一跳，忙问青梅出了什么事。青梅也是一头雾水急得要哭，萧美娘脸色苍白，坐到了床榻上就一个劲儿地发抖，问她也不说话，像是被魇住了。

萧瑜觉出些不寻常来，拦下了要去回禀独孤皇后的兰泽，“先别惊动。”

“都这样了还怎么不惊动？”青梅直流眼泪，“好歹找个太医来啊。”

萧瑜摇摇头，看萧美娘这样不像是生了病，倒像是受了惊，她方才是在东宫，那肯定是在东宫出的事。能把她吓成这样，万一闹大了必然又是一场动荡，册封礼在即，萧美娘宜静不宜动。

“别再哭哭啼啼的了，都出去，谁都不许声张！”萧瑜拿起

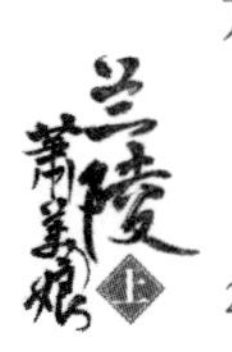

了架子，把青梅和兰泽一并赶了出去，在回过头的时候萧美娘正看着她。

眼神有些空洞，把萧瑜吓了一跳，惊魂未定地拍了拍胸口，“回过神儿就好，出什么事了。”

萧美娘偏过了眼神，摇摇头并不想说。

也不知道该说什么，不过是在体仁堂找到了麝香，这又能说明什么？云容裳先前那番话就挑拨了她和元芝灵的关系，说不定这是她设的局呢？

萧美娘只觉得乱得很，是非不分，善恶不明，每个人都像是无辜的，每个人又都像是血债累累。

“出去。”

萧瑜蹙了眉，“到底发生什么事了你倒是说清楚啊，你这样……”

“出去！”

萧美娘像是生了气，没来由的火气让萧瑜也有些不高兴，还没册封就摆王妃架子了，什么意思？可她也没再说什么，摔了帘子就走了，该知道的她总有办法知道，萧美娘到底是指望不了多久的。

【三十八】色授魂与

屋子里安静下来了，萧美娘就像是被抽走了力气一样颓然地躺倒在锦被上，脑子里嗡嗡作响，乱哄哄地吵得人心慌。

可能是身体僵硬了太久，陷入软软的被褥之后稍稍有了些放松的感觉，更是觉得很疲累，她强迫自己闭上眼睛好好去想一想一直以来发生的事情，想要拨开重重迷雾看看每个人都是什么样的嘴脸。可是越想陷得越深，深得望不见尽头的夜，没有一丝光亮，而她在这里摸索前行，多想念一个肩膀。

渐渐地她就这么睡过去了，梦里很不安稳，总是听见有人在冷笑，总是感觉有人在窥视她，眼前是一片血红色。那冷笑的声音越来越靠近她，似乎就在她面前，她挥舞着双手却只是触摸到空气。

摆脱不掉那种压抑的氛围，萧美娘越来越害怕，身体好像被黏住了，又好像沉在水里，她拼命挣扎，终于恢复了一些神智。

蓦地睁开眼睛，大口喘着气，后背已然湿透，眼前是兰泽焦急的脸，灵台慢慢清明，“怎么了？”

“王妃！”兰泽喜极而泣，扑到她身上大哭着，萧美娘还有些疑惑，眼前却又出现了宇文成都的脸。她一惊，“你怎么在这里？”

宇文成都皱着眉也是一脸担忧，语气有些埋怨，“兰泽哭着去找我说你出事了，我才带了太医过来。”

“怎么会，我这是怎么了？”

萧美娘自己都有些摸不着头脑，宇文成都有些好笑，“太医说你受了惊吓，怎么，你自己不记得了？”

惊吓……那可不是惊吓么。

看萧美娘的神情突然黯淡了下来，宇文成都也不知道哪里出现了问题，想问问她出什么事了，可兰泽犹自哭哭啼啼的，他也只好先安慰那小丫头。

萧美娘便躺在床上看着床帐上面的回纹花样，好容易宇文成都把兰泽哄着离开了，她也不看他，只轻声问了一句，“他什么时候回来？”

宇文成都愣了愣，然后勾起一抹意味不明的笑来，“我以为是出什么事了呢，你总不会是因为想他了才如此吧？”

萧美娘长长叹了一口气，并不想和他多说什么，只道：“有

个人，你去帮我调查一下。”

“谁？”看萧美娘说到重点了，宇文成都便也正经了起来，萧美娘犹豫了一会儿，道，“重华宫夜宴的时候那个奉汤的宫女。”

“奉汤的宫女有上百人，你让我查哪一个？”

“打翻云昭训汤碗的那一个。”

宇文成都露出些惊讶的神色来，“为什么？你是不是知道了什么事？”

“就是因为不知道，才让你去查，成都，拜托你了。”

不管元芝灵是不是无辜，萧美娘都想去证明，她想看看自己一直以来真心相待的闺中密友是不是一直在骗她，想看看究竟是布局人的城府太深还是她萧美娘太天真。

她的神情看上去淡漠而决绝，宇文成都不明白其中的缘故，想要开口问可动了动嘴唇还是咽了回去，只应了她又道：“我在这里不大方便，先走了。”

萧美娘这才转过头冲他弯了弯嘴角，“难得你也知道不方便。”

宇文成都听她的揶揄微微有些尴尬，没再说什么便起了身，走到门口的时候又似有些不甘心，可是一回头却看到萧美娘只是呆呆地盯着床帐看。她脸上没有一点儿血色，眉间微蹙，眼神无光，看上去楚楚可怜，他纵有话也没办法现在说出来惹她烦恼。

因此，他想了想，语气也变得温柔了许多，“杨广哥哥说并州暂时没什么大事了，大约半个月，也就能到大兴了。”萧美娘微怔，并没有说话，可是看得出来，她的眼神里多了几许光彩和温柔。

宇文成都说不出是什么感受，他愿意萧美娘开心，却又辛酸那份欢愉里没有他的位置。

萧美娘病来的蹊跷，独孤皇后觉得奇怪，可太医得了宇文成都的吩咐，对独孤皇后只说是最近太累了所以身体撑不住。独孤皇后怜悯她，特许她好好休息，萧美娘也懒怠见人，总觉得她们在暗算自己，因此就待在华沐苑里发呆，无聊却也自在。

之前她不告而别，元芝灵却一直没有来看过她，萧美娘猜她大约知道自己看见了什么，所以……不敢来见她？

若不是心虚，为什么不敢呢？

她合上手里的书，轻叹了一口气，就在窗前撑着头出神。虽然过了年，可是春寒料峭的也还是冷，不过到底春天来了。萧美娘虽然畏寒，那些小丫头却一个比一个活泼，萧美娘自己从小是操持着家务长大的，因此没有主子架子，她们胆子也就大了，她坐在屋里都能听见外面的说笑声。

春天来了天气回暖，屋檐下的冰凌也渐渐融化了，滴答滴答的水声常常敲击着她的梦境，像是在数着时间。

杨广快要回来了，虽然眼前的事情是一团乱麻，可她也不知是哪里来的自信，总觉得只要杨广回来，就是春暖花开。

前几日刚送来的书信又被她翻出来细细读了一遍，说的是回京路上的见闻，尽管那一字一句都已经倒背如流，可是读起来依旧是那样的欢喜。

原来思念一个人，也是一件甜甜的事。

忽听得外面笑声戛然而止，然后是一声“云昭训安好”，云容裳来了？

萧美娘慌忙把书信收好，云容裳便一个人走了进来，天水绿的上衣绣着缠枝连云，梨花青的长裙，腰间悬着白玉同心佩，简约又不失华美。海水玉海棠花簪松松绾着一个惊鸿髻，萧美娘不得不说，云容裳这个女人真的非常会打扮，看似不刻意着墨却已

经晕开了一片万水千山。

她笑着走过来，坐到了软榻上，打趣道："我说怎么这么久不见你，以为你在偷懒，却不想在摆棋，好风雅的晋王妃。"

萧美娘收起了桌上的棋谱，"我出身不好，碰不到这些风雅的事，如今只能算是附庸风雅。"

云容裳接过了青梅奉上来的茶抿了一口，笑道："世上哪有那么多风雅之人，说到底不都是俗人附庸风雅吗？"

萧美娘笑笑，将面前的芋头云片糕往云容裳面前推了推，"那你怎么有空来看我这个俗人了呢？"

"那不是你总不往东宫去，我想你了。"云容裳说着自己都笑了起来，"我听说你累病了，原想着不过三两天就好了，谁想到拖了这么久，因此特来看看你。"说着她拾了一块糕在手，咬了一小口，笑道："原来是我自作多情了，你的小日子过得美着呢。"

萧美娘一看见她就想起先前的事，并不愿意多说，可云容裳又哪里是真的只是来看她呢。因此她慢悠悠地吃完点心，偏着头笑道："说来也奇怪，太子妃也病了，好几日都没出门，你们俩倒是碰的巧。"

萧美娘端茶盏的手顿了顿，然后轻飘飘地一笑，"是么，那赶明儿我该去看看她。"

"明人不说暗话，美娘……"云容裳身子微微前倾，"你怕是知道了什么不该知道的事吧。"

萧美娘蓦地抬头，看着云容裳眼里真真假假的笑意，却只是强作镇定，"什么不该知道的事？我不明白，你给我说说。"

"你非要与我打哑谜是不是？"云容裳放下了茶盏，便敛了笑意，"有人在装纯良，行恶事，如今装不下去了，自然是要病的。"

萧美娘见她非要把话放到明面上来，躲都躲不过去，也只好摊了牌，“可那人只怕入戏太深，把自己都瞒过去了，我们这些看客又能怎么样？”

“戏唱得再好，都是要卸妆下台的。”云容裳勾起了唇角，分明是优雅俏丽的面孔，却又露出几分危险来，“只看她是稳稳当当地走下来，还是马失前蹄，丑态毕露。实不相瞒，我觉得后一种，更有看头儿。”

萧美娘明白过来，“你是要我陪你唱一出戏，好让别人出丑？”

“她不仁，休怪我不义！”

云容裳一向淡然的眼神里露出一种凶光来，“这些年来我受的气，我是一定要还给她的！”

萧美娘暗自心惊，原以为云容裳是个恬淡温柔的女子，却不想卸下面具后也是这样的面孔。云容裳却似不容她多想，虽然说的是恳求的话，却显得有些咄咄逼人，“美娘，我不想害人，可我也不能让人白白害了我！”

萧美娘摇了摇头，“你只觉得她害了你，可她又何尝没有因为你而受尽委屈，说到底都是可怜人，何必要如此苦苦相逼，你死我活？”

云容裳微怔，眼里的狠戾褪去，渐渐染上了哀戚，“我也不想，可我有我的苦衷，美娘，你不知道我们做妾的人有多苦，一辈子的算计都比不过一个名分。太子妃只能有一个，母凭子贵，我就是不为了我自己，也该为了我的孩子去拼一把。”

“我原本以为你会说，你是为了太子殿下。”

萧美娘也似有些难过，她看得出来杨勇是真的对云容裳上了心，一举一动莫不是把她当成了稀世珍宝。可在云容裳眼里，她

去争去斗的原因，仅仅是因为一个名分。

云容裳听了她的话只觉得好笑，“美娘啊，你真是活在梦里呢，花开不过百日，人好不过三载，花落了人老了，总有新人换旧人。”

“色授魂与，心愉一侧。”萧美娘不知怎的想起了这一句话，鬼使神差的念了出来，蹙着眉不知在想些什么。

云容裳也被这一句话说得有些伤感，“看似美好的两情相悦，其实也只在一个‘色’字上罢了。”

萧美娘觉得有些难过，却又不得不承认这才是理所当然，因此她低低问道：“那你想怎么办呢？”

“我要她抵命！”

云容裳的话如同金玉，掷地有声，萧美娘却被吓到了，“非要如此吗？”

“美娘，你等着瞧，她的野心可不仅仅是太子妃，她现在能害我，以后也能害别人。”

萧美娘只是摇头，“她不会，不会的。”

反反复复念叨着一句“不会”，然后又垂了头，“阿云，今日的话我就当做没听到，我不管你要做什么，但是请你留她一条后路，就算是为……皇长孙积福。”

“啪——”

云容裳没忍住拍着桌子站了起来，佩环轻响，眼睛瞪得很大，手指着萧美娘微微有些颤抖，“你，你知道？”她一下子蒙了，然后这个聪明的女人抓到了重点，“那晋王也……”

她跌坐在软榻上，脸色苍白如纸，“那……”

萧美娘有些不忍，走过去抚上了她的肩，“你别担心，我与阿广都没有恶意。”

“呵，晋王不想再上一步吗？他会放过他吗？”

萧美娘看得出来云容裳已经有些不管不顾了，皇长孙一直养在外面，其实并不是因为云昭训不受宠，而是因为她不想让他过早地成为靶子，所以杨勇才会为了她们母子甘愿背上一个欺君的罪名。

可谁知道，最想瞒的人反而没有能瞒过，杨广早就知道了，他握着杨勇欺君的把柄，也握着那个孩子的命。

“那是皇长孙，是他的亲侄子。”

“皇室血亲淡泊，侄子算什么？”云容裳定了定神，“你是要和我做交易吗？还元芝灵的命？”

萧美娘有些无奈，为什么这些人眼里嘴里都是交易呢，难道就真的只能谈利，不能论情吗？

“我什么都不知道，皇长孙的事也好，太子妃的事也好，我是个瞎子，聋子，也会是个哑巴。”

云容裳看着她，眼里满满的是探究，像是在试探她的话有几分可信，终于，她像是松了一口气，“你还只不过是个做着梦的小姑娘，我信你。而且……”

她顿了顿，又道：“那孩子是我的把柄在你手里，以后你有什么要我帮忙的，直说就是，元芝灵我也不会赶尽杀绝，算是还你的恩情。”

“什么恩情不恩情的”，萧美娘轻叹一口气，“你怎么就不信我是真心的呢。”

“真心也好，假意也罢，你我各取所需，谁也不吃亏。”

听她这么说，萧美娘也懒得再多说了，她们这些人整日里都只想着交易，想着各取所需。云容裳看似恬然，其实也是精于算计，这是一个聪慧的女人，和元芝灵的聪慧不一样。

元芝灵的聪慧藏在懦弱的外表下，就像是藏在棉花里的毒针，因为里外不一而显得阴狠恶毒。而云容裳这个女人聪慧，但是聪慧得云淡风轻，会让人惊叹于她的手段，但又不觉得突兀，仿佛一幅水墨画，就算多了一个墨点，都像是恰到好处。

两个人一比，高下立现，元芝灵斗不过云容裳，理智上说她应该帮云容裳一把，卖个人情，可是那份理智终是抵不过她对元芝灵的一点情分。

可是元芝灵呢，到了不得不争的时候，她为了更上一步，是不是会念及她们两个人的情分呢？

这就像是一场赌局，萧美娘已经把自己当作赌注，送上了赌桌。

【三十九】此间余生

冰雪消融尽了，御花园也染了星星点点的绿，像是点墨渲染的画卷，春意渐深。

杨广回到大兴的时候，正是梅花绽放的时候，别的花不过才打了花苞，它已经开得团团簇簇，清香散开便是江山万里的锦绣繁华。经历了霜雪的梅花，在早春显露出另一种清高自傲的生机来。

青梅手巧，折了好几株梅花来插瓶，萧美娘和萧瑜一起修修剪剪，送了一瓶去给独孤皇后赏玩，喜得独孤皇后赏了青梅一身新衣裳，让那丫头好几日都春风得意的。

梅花开的时候不像别的花一样拥挤，梅枝疏朗而显风骨，精致的花朵便如同美玉雕琢而成，缀在枝头不多不少。缠枝白玉瓷瓶本就高洁清雅，用来配梅花再好不过，萧美娘站在桌前修剪花枝，意兴闲闲，却突然被人从背后抱住。

她一惊就开始挣扎，却听得有人轻笑一声，“别动，我就抱

抱你。”

那一瞬间，萧美娘只觉得自己整个身体都软了，几乎有些支撑不住，不自觉地靠到了杨广宽厚的胸膛上。

“阿广……”

她原本想要用最温柔最欢喜最甜蜜最动听的声音，在他回来的时候，轻轻唤他的名字，可谁知道一开口却是掩不住的哭意。

杨广忙把她转过来，好气又好笑，“你哭什么呀，快别哭了，我以后再不吓你了。”

说着，他手忙脚乱的就帮萧美娘擦眼泪，可萧美娘眼泪就跟开了闸一样，止都止不住，倒把杨广的袖子沾湿了。

“祖宗，你别再哭了，你要再哭，我可要被母后责骂了。”

萧美娘看他手足无措的模样，无奈里带着宠溺和怜惜，不禁笑得眉眼弯弯，只是眼泪还是流，又哭又笑的比杨广的无措还要滑稽。

她自己抹了抹眼泪，捶着杨广的胸膛，“你比信上说的晚了半个月，我还以为你被人绊住了，不想回来了。”

“家里有这么个爱哭的王妃，我哪里敢不回来？我还怕你把大兴宫给淹了呢。”

“你不许油嘴滑舌的！”萧美娘不知怎么的变得有些娇纵，像是要把这晚了的半个月里所有的委屈和忧心尽数倾泻在这个人身上。

这个爱着她，呵宠她，绝对不会责怪她的人。

只有在杨广这里，萧美娘才是最简单的，最好的萧美娘。

杨广把她抱进了怀里，“好，不油嘴滑舌了，我只说一句真心话，很认真地跟你说。”

萧美娘靠在他怀里，听着他笃定的心跳，还有他在她耳边轻声道：“我想你，非常非常想。”

萧美娘咬着嘴唇不让自己再哭，双手环着杨广的腰，脸深深埋进他的胸膛，来自宫外的风尘味道，驱散了惶惑不安。她感觉自己像是在发抖，于是就把杨广抱得更紧，他不在的日子里，她一个人也经历了很多。那些深沉的阴谋和算计一点儿一点儿把她对世界的善意和信任打磨圆滑，可只要杨广在这里，她就好像还是那个小女孩儿。

杨广安抚着她，“我知道你受了不少委屈，以后有我在，不会再这样了。”

“嗯……”半晌，她才在他怀里闷闷道，“发生了一些事，我特别想你，总是在想，要是你在就好了。”

“傻丫头。”杨广松开了她，揉揉她的脑袋，“成都都跟我说了，你做得很好。”

“你已经见过他了？”萧美娘有些吃惊，不知怎的又使起了小性儿，“我说呢，在你眼里，只怕成都比我还要重要，说什么想我，都是鬼话。”

杨广没忍住捏了捏她的脸，“你别冤枉了人，我还不是为了你。”

“为了我？”

看她有些疑惑的样子，杨广便拉着她坐到了紫檀木折枝梅花贵妃榻上，轻声道：“你猜得不错，那个奉汤的宫女，是得了太子妃的吩咐的。”

在夜宴上打翻了汤碗，罪不至死，元芝灵不敢杀她怕惹人怀疑，因此让人另寻了个错处把她打发出宫了。所以宇文成都要找她才很麻烦，千般打听才知道了那宫女的籍贯，恰巧杨广在回京的时候要经过那里，便干脆让杨广绕了一点路。

那宫女一开始并不敢说，可见是晋王亲自上门，便也就支支吾吾地说被赐还故里的时候太子妃给了她不少银钱。

让人打翻云容裳的汤，再把自己手中那碗下了毒的汤假做贤良让给云容裳，事后还能装得清白无辜。

云容裳说得对，坏事做尽，还能博个贤良名，元芝灵实在是厉害。

而更让她觉得可怕的是，元芝灵居然一点点，哪怕一丝一毫都没有被人怀疑，除了云容裳，所有人都觉得她是一个大度宽厚，贤良淑德的太子妃。

是啊，谁能想到一直以来懦弱而不经事的太子妃，会是最最歹毒的那一个呢？

她一直以为看到的就是真的，可原来这世上多的是优伶匠人，做事留三分。说不得谁是真谁是假，只是觉得自己太过天真，未曾想过会被人骗得这么惨。

“阿广，你是不是早就猜到了……”

“嗯？”杨广蹙了眉，“你怎么会这么想？”

萧美娘又往他身边靠了靠，“之前，成都跟我说了一些话，句句都戳到了我心里，那些话不是他会说的。”

在麝香的事初露端倪的时候，宇文成都说，穷则独善其身，达则兼济天下，他说乱世里人要先度自己。

那些话，恰到好处的让她看清了一些事，不是知她甚深的人不会这么说。

当时她心绪太乱不及多想，如今再回想，那应该是杨广的话。

没错，萧美娘现在才敢回想，自从她和元芝灵相识之后的每一件事，她说的话做的事，仿佛都是真心实意的，可是带着疑虑去推敲，又仿佛都是别有用心。

萧美娘不敢再细想，其中的心机太深重，她转身扑进杨广怀里，“阿广，我还能有相信的人吗？”

她的声音很低，带着惶惑和迷惘，杨广只觉得心疼，却又无可奈何。

他只能抱着她，轻抚着她的背，声音轻柔而带了一丝无奈，“我没猜到是太子妃下的手，但是我知道那孩子活不了，我也知道你心软……”他顿了顿，觉得有些残忍，“美娘，我其实特别想跟你说，只要有我在，你可以一辈子都是一个无忧无虑，纯良天真的小丫头。如果我不是身份尴尬的晋王，我一定会倾己所有护你一生平安喜乐，可是……”

可是他面前的路太长太险。

“其中有太多的心酸无奈，我没有办法一直护着你，但是我向你保证，我绝对不会骗你。”

“我知道的”，萧美娘抿着嘴唇，绵绵的鼻音听上去就像是在撒娇，可是她说的话却铿锵有力，“我不要你护着我，我也想护着你，我想的是有一天，我们能站在一起，看看这个天下。”

嘴唇上似有轻轻的羽毛拂过，回过神儿来时，已经贴上了两片柔软，萧美娘一下子忘记了怎么闭眼。目光所及处是杨广合上的眼睛，睫毛轻颤，看得出来他的紧张。萧美娘喜欢他的深情，痴迷于他的温柔，伸手环住了他的脖子，拥抱着他，像是要一起沉沦下去。

后背触及一片柔软，杨广已然把萧美娘压到身下，吻得更加深入。说不出是个什么样的感觉，像是有些害怕，却又不愿逃离，像是有些羞涩，却又不舍推拒。

“你是我的王妃”，她已经是沉迷不知今夕何夕，只听见有人在耳边用低哑性感的声音，带了无限的深情，“此间是你，天下是你，余生也是你。”

萧美娘痴痴看着眼前的人，丰神俊朗，姿容奕奕，她忍不住抚上了他的脸庞，指尖停留在他的嘴角。

他可以很不正经，也可以如此深情。

杨广捉住她的手腕，亲吻了她的指尖，便拉着她坐了起来，替她理了理鬓发，将那支松了的玉垂扇步摇复又为她戴好。

然后像是在欣赏一件绝世珍品，赞叹道：“我家的王妃真好看！”

萧美娘轻轻一笑，笑他如同孩童炫耀那般的口气，小小的骄傲最暖人心。于是她捏了捏杨广的脸，“我家的晋王殿下也好看。”

两个人对视一眼，不约而同的笑出了声来，情意氤氲开来，正是岁月静好，却听得有人站在帘子外道：“殿下，王妃，听人说云昭训去了含章殿。”

“是昭训一个人来的吗？”

“是。”

萧美娘止了笑意，复又蹙眉，看向了杨广，“她怎么来了？”

云昭训不得宠爱，除了晨昏定省几乎不往含章殿来，且要来也都是和元芝灵一起，如今这样倒是反常。

杨广一直握着萧美娘的手，“我们一起去看看吧。”

先前云容裳就说她不会放过元芝灵，如今过去了这么长时间，却也没听说东宫闹出过什么事来。元芝灵是许久未见了，云容裳也没有再露过面，萧美娘都快忘了这回事了，莫不是她二人已经斗完了？

正没个头绪却已经被杨广拉着到了含章殿门口，等人进去通报后没一会儿就让他们进去，看来也不是什么需要避着人的大事。

萧美娘心里有了个底，到独孤皇后面前的时候便也不显得局促，独孤皇后看是他二人一起来的，便笑道："这是约好了呢还是赶了巧？"

原来杨广在华沐苑赖了那许久竟没有让独孤皇后知道吗？萧美娘愣了愣，便转头瞪了杨广一眼，杨广嘿嘿一笑，"这回不是赶巧，儿臣方才就在华沐苑。"

"好啊，果然是人家说的，有了媳妇儿忘了娘。"

杨广没有争辩，像是默认了，萧美娘倒是觉得有些不妥，可独孤皇后并不介意，随手一指，"坐吧，别拘着了。"

两人这才和云容裳彼此见礼，各自落座。

独孤皇后和云容裳的话像是还没说完，因此也没有顾得上萧美娘他们，只对云容裳道："既是如此，东宫的事先由你拿捏着办，只是有一点，不许过了太子妃去。"

"臣妾知道。"

萧美娘看不明白，不过独孤皇后的话虽然严厉，但是并没有生气，因此她也揣度着道："太子妃姐姐怎么了吗？"

云容裳看着她笑道："许是最近时气不好，姐姐偶然病了，她素来身子弱，一连几日都没能下床。姐姐一片孝心，怕母后担忧，因此让我向母后请罪。"

借着时气让素来体弱的元芝灵流连病榻，应了元芝灵往日那柔柔弱弱的模样，不惹人怀疑，真是好手段。

云淡风轻，不仅伤了元芝灵的身，还夺了元芝灵的权，笑谈间已经赢了一局，云容裳果然厉害。

不过她好歹也算是遵守了她的承诺，给元芝灵留了一条退路。

她看着她笑得别有深意，萧美娘也回以一笑，"既是如此，还要多麻烦云姐姐照顾太子妃，请云姐姐转达给太子妃，我改日再去看她。”

云容裳点点头，便起了身，“母后，太医还在东宫煎药，臣妾先告退了。”

“去吧。”独孤皇后也不留她，何姑姑帮她扶了扶软枕，她便闲闲靠了上去，比先前要随意了些，“阿广你可去见过你父皇了？”

“见过了，并州的情况父皇也都知道了。”

“嗯，你再与我说说看，突厥那边可还好吗？”

“回母后，佗钵可汗已经于年底过世了，如今他的儿子、侄子为了王位斗得不可开交，肯定是顾不上侵犯我大隋了。”

“那就好，只是事无绝对，别掉以轻心了，突厥这根刺难拔得很。”

“儿臣明白。”

萧美娘这些日子跟在独孤皇后身边耳濡目染，这些事也能听懂个七八，因此她虽然坐在一边不说话，却也把事情理了个透。

佗钵可汗病重，为了报兄长的传位之恩，要把王位传给侄子大逻便，可他的亲子庵罗不乐意，明里暗里和大逻便斗了许久，以至他们都忘了佗钵可汗还有一个侄子摄图。

杨广这次回并州就派人暗中联合了这位摄图，假意用突厥王位来换突厥三年不侵犯大隋。摄图年龄大、势力强，自然对王位有野心，虽然知道其中别有用心，可为了近在咫尺的王位，还是答应了下来。

杨广给他出谋划策，让他在佗钵可汗去世、大逻便继位之后带头反对，说大逻便生母卑贱，不配做可汗。突厥群臣畏惧摄图

的势力，一呼百应，违背了佗钵可汗的遗嘱，改立庵罗为可汗。

只是庵罗虽然出身高贵但是并没有什么谋算，他感恩摄图的恩情，事事顺从摄图，突厥的政权实际把握在了摄图手里。

杨广又趁机派人联系上了被废的大逻便，说愿意与他结盟，为他夺回王位，条件依旧是三年不侵犯大隋。大逻便复位心切，没怎么思虑就答应了，自以为有了大隋的支持便无所畏惧，四处让人辱骂庵罗。

庵罗性子温暾，虽然生气却杀不得大逻便，苦不堪言，便干脆把王位让给了摄图。至此，摄图继位，号沙钵略可汗，立庵罗为第二可汗。大逻便虽然依旧不满，可是拗不过摄图的势力，突厥的王权之争才算是尘埃落定。

不费一兵一卒就瓦解了一个政权，搅乱了一个时局，杨广也算是个人才了。

不及萧美娘多想，独孤皇后已经看着她笑了许久，“美娘今日怎么了，头上的步摇都戴歪了，服侍的宫女怎么这么不当心啊。”

看着独孤皇后明显的揶揄，萧美娘就知道她一定是猜到了，因此红着脸扶了扶步摇，“儿臣竟没有留意，失仪了。”

“不过也好，若是这宫女能把这步摇不偏不倚戴的刚刚好，美娘你可就要留神了。”

说着，独孤皇后自己捂着嘴笑了起来，杨广看萧美娘窘迫的样子，忙道：“母后，儿臣自知手笨，您和美娘也犯不着一唱一和的打趣儿臣吧。”

“你还好意思说呢，没见谁娶妻之前天天往未婚妻子面前凑的，当心人笑话。”独孤皇后嗔怪着，眼底里却全是笑意，“册封礼之前，你不许再来华沐苑了。”

“可……”杨广想要辩解，却大约是自己也觉得有些不像样，居然应了下来，“儿臣知道了。”

萧美娘和独孤皇后都暗自纳罕，觉得杨广这是转了性了，只是不知道他又在打什么鬼主意。

独孤皇后不理他，转而看着萧美娘，“听说萧琮已经在来的路上了，这几日就能到。”

“真的吗？”萧美娘没忍住露出欢喜的神色来，“皇兄真的要来大兴了？”

独孤皇后难得见她这样生动的神情，她一直以来都很克制自己的情绪，温顺懂事，能让人看得出她失意，却极少让人看得出她欢喜。

见她如此，独孤皇后也很欣慰，“那是自然，你兄妹二人感情深厚，此番可以好好叙叙旧了。”

“多谢母后。”萧美娘忙起身谢恩，何姑姑上前扶住了她不让她跪下去。

独孤皇后含笑看着杨广，“看见了，以后你要是欺负美娘，人家可有个做太子的哥哥呢，看你怕不怕。”

一想到萧琮，想到他带着些痞气的笑，想到他朗朗喊她“美娘”的模样，萧美娘就很欢喜。如果说这个世上有一个人，让她想分享所有的喜与愁，比起杨广，可能萧美娘更愿意选择萧琮。因为血肉相连的亲情是抹不掉的，所以才比那听起来虚无缥缈的爱情更靠得住。

【四十】落梅深处

转眼又过去了几天，这几天华沐苑安静得很，杨广居然真的没有再上门。春风拂绿了宫苑，萧琮也终于到了大兴。

梁国太子入大兴，自然是要先见一见杨坚。萧美娘原想趁着春色晴好抚琴一曲，心却一直怦怦跳着，手指落在琴弦上也有些不听使唤。

干脆丢了琴，萧美娘起身往香炉里又添了些苏合香，见香烟袅袅升起，又觉得屋里闷得慌，推开了窗。

春风还有些凉，进了屋吹乱了桌上的卷轴，也吹得廊下的铃铛不住地响，丁零零让人心有些慌。

在一旁服侍的青梅哪里猜不出她的心思，笑道："公主是等不及要见我们太子殿下了，不如就去等着他吧。"

萧美娘瞥了她一眼，"合适吗？"

听她有些小心翼翼的语气，青梅道："公主思念亲人，有什么不合适的。"

也是，萧美娘便也不再犹豫，披了一件披风就往前面去。

穿过御花园就是杨坚议政的地方，她们这些后宫的人是不该去的，萧美娘就只远远站着，踱来踱去，时不时踮起脚尖张望着，盼着能看见萧琮飒爽的身影。

萧琮不知道现在是什么样，有没有长高变壮些，穿的又是什么衣裳。虽则不过大半年没见，萧美娘倒觉得过了小半辈子，而且……

她脚步一顿，心也似停了一拍，她不知道自己可不可以问一问，那个她刻意不愿意去想起的人，过得好不好。

是不是一如既往的清瘦温和，是不是还总在嘴角挂一抹浅浅的笑意，是不是又爱恋上了别家女子。

她知道这似乎是不该的，却又偏偏控制不了自己。

张宝成，这个名字，仿佛想起来都是一种禁忌。

她轻轻叹了一口气，想要见萧琮的心情也似散了几分，又抬头张望了一下，卵石小路的尽头依旧是空无一人。

“青梅，要不我们……啊！”

不知是谁捂住了她的嘴就把她往僻静处拉扯，哪里还有青梅的影子？大兴宫里谁这么大胆？！

她不知道那人的意图，只是拼命挣扎，情急之下抓破了那人手背，“嘶——”

那人倒吸一口凉气，手上的力道松了松，萧美娘一把推开他跳出几步，惊魂未定。好容易站稳了脚步，才发觉那个声音有些耳熟，再一看，顿时气恼，“怎么是你？！”

杨广靠在一株梅树上，一面揉着手上的伤口，一面朝她笑得有些痞，“幸好没抓在脸上，否则人家可要笑你嫁一个丑夫了。”

“杨广！你做什么吓我！”萧美娘也不说心疼，只是气得不得了，站在不远处狠狠瞪着他，方才的愁绪都顾不上了。

杨广看她凤目圆睁，气呼呼的模样只觉得可爱，于是撇了撇嘴，将右手伸到她面前，“疼……”

好委屈的模样，吃准了萧美娘心软，可萧美娘这一次偏偏不肯心软，不说去安慰他，反而狠狠拍了他的手背。

“啪——”杨广痛呼一声，“好狠心的妇人，还未过门就要谋杀亲夫！”

“呸！你这该死的胡说！”萧美娘也不理他，转身要走，却被身后那人又拉了回去，“好容易见你一面，怎么就要走了？”

萧美娘作势要推开他，“母后说了不让你我见面，你快回去。”

“母后只说不让我去华沐苑，可没说不让我见你。”杨广像

是早就猜到她会这么说，反而把人往怀里带，就往梅花深处去。

萧美娘见状，无可奈何，只能跟着他，“那你究竟有些什么事呢？”

杨广止了脚步，靠着一棵树便把萧美娘搂进了怀里，“无他，思君尔。”

萧美娘微怔，转而扑哧一笑，“那你那日在母后面前为什么答应得那么爽快？我还以为你有多了不起呢。”

“你不知道为什么，我来告诉你……”说着他勾起一个略有些不怀好意的笑，让萧美娘有些不敢上前，不知道他又在打什么鬼主意。可是犹豫了半天，终耐不过好奇，凑了上去，杨广便也俯到她耳边，轻声道，“我觉得偷情更有趣些。”

说着还极坏地舔了舔她的耳垂，惹得萧美娘一阵战栗要推开他，却又被他紧紧抱着动弹不得。

又羞又气，萧美娘也只能红着脸要挣脱他的怀抱，“你再这样我就恼了，我告诉母后去，你欺负人！”

看萧美娘真的红了眼眶，杨广才有些慌忙无措，忙松了她，“是我该死，失了分寸，王妃饶我这一次吧。”

萧美娘转过身去不理他，杨广也不知道该如何是好，他第一次把萧美娘惹哭，所有的漂亮话都说不出来，只能像个做错事的孩子一样站在那里。

红梅簇簇，在晴好阳光下宛若玉石雕成，嫩黄色的花蕊躲藏在嫣红的花瓣里，含羞带怯，又像是笑纳了一整个春日。

他伸手折了一枝梅花在手，走到萧美娘身前，恭恭敬敬地双手奉上，“我负荆请罪，王妃别再生气了。”

萧美娘恼他不知分寸，不愿再搭理他这些话，因此并不看他。

杨广没法，趁她不留意将手中的梅花簪到了她发髻间。清冷娇艳的红梅衬得她如云青丝更显精致，云鬓花颜花为饰，和婉中又添了几分自然之趣。

“这是什么？”萧美娘摸了摸自己的头发，触到了柔软的花朵，又是好气又是好笑，作势把杨广推开，“什么叫负荆请罪？你这是负荆请罪吗？”

杨广知道萧美娘气消了大半，朗声一笑，“红梅难比美人妆，只逗王妃一笑罢了。”

萧美娘还想板着脸，却又忍不住笑了，只好转过身去不看他，嗔怪一句“油嘴滑舌。”

杨广笑着把她拉到自己身边，揽住了她的肩膀，萧美娘也不再吵闹，安安静静地站在他身边，一起靠着一株老梅，微微仰起头来看阳光缠绕着花枝。

“你从哪儿来？”

“晋王府。”杨广柔声笑道，“听说我大舅子来了，我当然要来见见他。”

“我皇兄才没说要见你。”萧美娘笑着轻轻把头靠到杨广肩膀上，然后像突然想起了什么似的，拉过杨广搭在她肩上的手，“痛不痛啊？”

她握着杨广的手，手背上被抓破了皮，渗出些血丝来。说着不心疼，可萧美娘看到他的伤口还是忍不住揪心，蹙着眉埋怨道：“你说你好好的吓我做什么？受了伤痛的还不是你自己？”

“谁说的？”杨广满不在乎的模样，甚至还有些满足，“你还为我心疼呢，够够的了。”

“谁要心疼你？少自作多情了。”萧美娘低头看他的伤口，

眼神里透出的情绪不似她说的话那样无情。她抬起杨广的手，放到唇边轻轻吹着伤口，“我母后说，吹吹就不疼了。”

“嗯，真的，你一吹就一点儿都不疼了。”杨广一伸手刚好能揉到萧美娘的头发，“再说了，这是你抓出来的，我甘之若饴。”

萧美娘撇了撇嘴，泄恨似的拍了拍杨广的手背，力气不大，恰到好处的撒娇，“傻子。”

杨广被她撩拨得有些心痒，揽住她的腰让她往自己身上贴了贴，萧美娘便两手搭着他肩膀，抬头看着他，眼底有一种狡黠，“怎样？”

梅林深处残雪初融，鼻息间是梅花清冷的味道，阳光掠过稀疏的花枝，在覆着墨绿色青苔的石阶上刻下斑驳的光影。萧美娘瑰姿艳逸，笑意深深，眼睛里像是有钩子，杨广不由得低了头，从她眼睛里看着一脸痴迷的自己。

“好不容易偷次情，当然要做偷情做的事。”

看他一本正经地说这种话，萧美娘都不知道自己该怎么回应，只是眼底的笑意又深了些。

红梅簇簇，俪影成双，萧美娘也似是忘记了礼法，钩着杨广的脖子任他在唇上辗转缠绵。早春的新燕落在花枝上，啁啾几声闹落了花瓣，落在萧美娘发间。像是被人窥视了一般，萧美娘微微推开杨广，“青天白日的，别这样了。”

杨广只是抱着她，看她低着绯红的脸颊，眼里也像是有一汪春水，说不出的动人。

他的声音低哑，带着笑意，“方才还钩着我，现在羞什么？”

“方才明明是你脸皮厚……”

软绵绵的声音虽是嗔怪的话，听起来却是满满的情意，他们离得很近，呼吸都缠绕在一起，亲密无间。

“燕子是多子多福的吉祥鸟，好兆头。”说着，杨广又贴了上来，萧美娘便也就放纵自己跟他这么疯一回。

妃色绣牡丹宫装，腰间悬着和田莲纹玉佩，暗红色的披风被风吹起，卷起些落花。杨广身穿鸦青色广袖锦服，金线绣云纹，玉冠温润，两个人站在一起，就是一双璧人，任谁也不忍心将他们分开。

杨广吻得越来越投入，萧美娘有些呼吸不过来，推了推他的肩膀，杨广这才松开了她。只是她贪恋他身上的味道，很干净的味道，让人温暖安心。于是她钩着他的脖子不许他离开，“抱抱我。”

杨广自然唯命是从，将萧美娘圈紧怀里，侧脸贴着她的头发，有些痒。萧美娘则安心地靠在他怀里，听他平稳的心跳，一声声让人陷入更深的眷恋里。

要是一辈子都能像这样，一辈子都嫌短。

咔嚓——

不远处传来了树枝被踩断的声音，有人走近了，萧美娘如同受惊的小鸟儿推开了杨广，转头望去。

一株梅树下站着一个男子，水绿色的衣裳绣着翠竹，还是一样的清瘦秀逸，只是脸上少了浅浅的笑意。疏疏梅枝下他似是无喜无悲，一脸淡漠，一双眼睛只是盯着两人十指相扣的手。

他露出凄惶笑容，启唇似要喊出一声“美娘”，却终究只是低头垂眸，“王妃安好。”

春回乍暖，树影深深，原是故人来。